SCIENCE FICTION

Herausgegeben
von Wolfgang Jeschke

Von Anne McCaffrey erschienen in der Reihe
HEYNE SCIENCE FICTION & FANTASY:

Der Drachenreiter (von Pern)-Zyklus

1. Die Welt der Drachen · 06/3291
2. Die Suche der Drachen · 06/3330
3. Drachengesang · 06/3791
4. Drachensinger · 06/3849
5. Drachentrommeln · 06/3996
6. Der weiße Drache · 06/3918
7. Moreta – Die Drachenherrin von Pern · 06/4196
8. Nerilkas Abenteuer · 06/4548
9. Drachendämmerung · 06/4666

Dinosaurier-Planet-Zyklus

1. Dinosaurier-Planet · 06/4168
2. Die Überlebenden · 06/4347

Planet der Entscheidung · 06/3314
Ein Raumschiff namens Helva · 06/3354; auch ↗ 06/1008
Die Wiedergeborene · 06/3362
Wilde Talente · 06/4289
Killashandra · 06/4728

ANNE McCAFFREY

MORETA – DIE DRACHENHERRIN VON PERN

Science Fiction Roman

Deutsche Erstveröffentlichung

WILHELM HEYNE VERLAG
MÜNCHEN

HEYNE SCIENCE FICTION & FANTASY
Band 06/4196

Titel der amerikanischen Originalausgabe
MORETA: DRAGON LADY OF PERN
Deutsche Übersetzung von Birgit Reß-Bohusch
Das Umschlagbild schuf Vicente Segrelles/Norma
Die Illustrationen sind von Johann Peterka

6. Auflage

Redaktion: Friedel Wahren

Printed in Germany 1994
Umschlaggestaltung: Atelier Ingrid Schütz, München
Satz: Schaber, Wels
Druck und Bindung: Elsnerdruck, Berlin

ISBN 3-453-31171-X

Dieses Buch
ist meiner Tochter
Georgeanne Johnson
gewidmet

Zeichnung: Peterka · Ringer · 1980
High Reaches Weyr
Cron Hold
high reaches
ruatha
Ruatha Hold
Nabol Hold
fort
Tillek Hold
tillek
Fort Weyr
Ista
boll
Südl. Boll Hold

gar Weyr
bitra
Bitra Hold
Benden Weyr
lemos
Lemos Hold
benden
Igen Weyr
Keroon Hold
igen
keroon
Seehold
nerat
Nerat Hold
ista
Südweyr
rn

Prolog

Rubkat im Sagittarius-Sektor war eine goldene Sonne vom G-Typ. Sie besaß fünf Planeten, zwei Asteroiden-Gürtel und einen Wanderstern, den sie angezogen und während der letzten Jahrtausende festgehalten hatte. Als sich Menschen auf Rubkats dritter Welt niederließen und sie Pern nannten, schenkten sie dem Wanderer, der in einer stark ellipsenförmigen Bahn um seine Adoptivsonne zog, wenig Beachtung. Zwei Generationen lang verschwendeten die Kolonisten kaum einen Gedanken an ihn – bis sich der helle Rote Stern im Perihel seiner Stiefschwester näherte. Waren nämlich die Umstände günstig und schoben sich keine anderen Planeten des Systems dazwischen, dann versuchte eine bestimmte Lebensform des Wanderplaneten ihrer unwirtlichen Heimat zu entfliehen und den Raum nach Pern mit seinem gemäßigten, angenehmen Klima zu überbrükken. Zu diesen Zeiten regneten Silberfäden von Perns Himmel, die alles vernichteten, was sie berührten. Die Verluste, welche die Siedler anfangs erlitten, waren erschrekkend hoch. Und während des Kampfes ums Überleben ging Perns enge Bindung zum Mutterplaneten verloren.

Um die Gefahr der schrecklichen Fäden in den Griff zu bekommen – denn die Bewohner von Pern hatten gleich zu Beginn ihre Transportschiffe ausgeschlachtet und auf alle technischen Geräte verzichtet, die auf einem ländlichen Planeten nicht unbedingt nötig waren –, arbeiteten weitsichtige Männer und Frauen einen langfristigen Plan aus. In der ersten Phase züchteten sie aus einer einheimischen Lebensform eine spezielle Abart und bildeten Menschen mit starkem Einfühlungsvermögen und telepathischen Fähigkeiten aus, diese Tiere zu steuern. Die Drachen – so genannt nach den mythischen Geschöpfen auf der Erde, mit denen sie Ähnlichkeit aufwiesen – besaßen zwei wertvolle Eigenschaften: Sie konnten ohne Zeitverzug von einem Ort an den anderen gelangen, und sie spien Flammen, wenn sie bestimmtes Phosphorgestein fraßen. Da die Drachen fliegen konnten, waren sie in der Lage, die Fäden mitten in der Luft zu versengen und sich blitzschnell an einen anderen Ort zu begeben, wo ihnen die Plage nichts anhaben konnte.

Es dauerte Generationen, bis das Potential der Drachen voll entwickelt war. Die zweite Phase der Abwehr gegen die tödliche Infiltration sollte aber noch länger dauern. Denn die Fäden, Pilzgeflecht-Sporen ohne jeden Verstand, verschlangen in blinder Gefräßigkeit jede organische Materie und vermehrten sich, sobald sie einmal im Boden eingenistet waren, mit erschreckendem Tempo. Man hatte jedoch einen Wurm entdeckt, der eine Symbiose mit den Fäden einging und verhinderte, daß sie sich im Boden ausbreiteten. Diesen Wurm setzte man auf dem Südkontinent aus. Der ursprüngliche Plan sah vor, daß die Drachen Menschen und Herden aus der Luft schützen sollten, während die Würmer alle Fäden vernichteten, die zu Boden fielen und die Vegetation gefährdeten.

Die Leute, die diesen Zweistufenplan ausgearbeitet hatten, bedachten jedoch nicht, daß sich im Laufe der Zeit manches verändern könnte, und sie ließen zudem geologische Besonderheiten außer acht. Der Südkontinent, üppiger und schöner als der rauhe Norden, erwies sich nämlich als instabil, und die gesamte Kolonie mußte schließlich in den Norden ziehen und vor den Fäden Zuflucht in den natürlichen Höhlen der Gebirge suchen, von denen unzählige den gesamten Kontinent durchzogen.

Fort, die erste Siedlung, in die Ostflanke der Großen Westberge gebaut, wurde bald zu eng, um alle Menschen aufzunehmen. Eine neue Kolonie entstand ein Stück weiter im Norden, an einer höhlendurchzogenen Klippe nahe einem großen See. Aber auch Ruatha, wie sich der Ort nannte, war nach wenigen Generationen übervölkert.

Da der Rote Stern im Osten stand, beschlossen die Bewohner von Pern, auch einen Stützpunkt in den Ostbergen zu errichten, falls sich dort geeignete Höhlen finden ließen. Denn nur Felsen und Metall, beides beklagenswert knapp auf Pern, waren ein zuverlässiger Schutz gegen die sengende Sporenplage.

Inzwischen hatte man die geflügelten, feuerschnaubenden Drachen immer größer gezüchtet, so daß sie mehr Raum benötigten, als die Höhlenfestungen boten. Uralte Kegel erloschener Vulkane, einer hoch über der Burg Fort, der andere in den Bergen von Benden, erwiesen sich als bewohnbar, vor allem da sich auch in ihren Flanken Höhlen fanden. Mit der letzten Kraft der großen Steinschneider, die man einst von der Erde mitgebracht hatte, um Bergwerke anzulegen, sprengte man zwei Drachen-Weyr in den Fels. Alle nachfolgenden Burgen und Weyr mußten von Menschenhand in den Stein gehauen werden.

Die Drachenreiter auf den Höhen und die Bewohner der Burgen und ihrer Dörfer gingen ihren jeweiligen Aufgaben nach, und im Lauf der Zeit entwickelte jede der Gruppen ihre eigenen Gebräuche und Traditionen, die bald so starr wie Gesetze waren.

Dann kam eine Spanne von zweihundert Umläufen des Planeten Pern um seine Sonne; in dieser Zeit befand sich der Rote Stern am anderen Ende seines stark ellipsenförmigen Orbits, ein eisbedeckter, einsamer Gefangener des fremden Systems. Keine Fäden fielen auf Pern. Die Bewohner tilgten die Spuren der Verheerungen, bauten Getreide an und zogen Obstbäume aus den kostbaren Samen, die sie mitgebracht hatten. Ja, sie dachten sogar daran, die kahlen, versengten Berghänge wieder aufzuforsten. Nach und nach vergaßen sie, welche Plage einst ihre Vorfahren um ein Haar ausgelöscht hätte. Dann fielen die Fäden von neuem, als der Wanderplanet in Perns Nähe zurückkehrte; fünfzig Jahre lang litt die Welt unter dem Sporenangriff aus dem Raum. Die Bewohner von Pern gedachten mit Dankbarkeit ihrer Vorfahren, welche die Drachen gezähmt hatten. Die Geschöpfe mit ihrem Feueratem erwiesen sich auch jetzt als die Retter von Pern.

Die Drachenreiter hatten sich während des langen Intervalls ausgebreitet und gemäß dem alten Verteidigungsplan an vier weiteren Orten niedergelassen.

Die Bedeutung der Südhemisphäre und der dort ausgesetzten Würmer war im unmittelbaren Kampf um die neuen Lebensräume verlorengegangen. Mit jeder Generation verblaßte zudem die Erinnerung an die Erde, bis sie den Bewohnern von Pern nur noch als Mythos oder Legende greifbar war oder ganz in Vergessenheit geriet.

Beim sechsten Auftauchen des Roten Sterns hatte sich ein kompliziertes wirtschaftliches und soziologisches Gefüge entwickelt, mit dessen Hilfe man die stets wiederkehrende Plage zu besiegen hoffte. Die sechs Weyr, wie man die alten Vulkan-Horte des Drachenvolkes nannte, verpflichteten sich, Pern in Zeiten der Gefahr beizustehen, wobei jeder Weyr ein genau abgegrenztes geographisches Gebiet im wahrsten Sinn des Wortes unter seine Fittiche nahm. Die übrige Bevölkerung leistete den Weyrn Tribut, denn die Drachenkämpfer besaßen auf ihren Vulkankegeln kein Akkerland und konnten auch kein Handwerk erlernen, da sie in ruhigen Zeiten mit der Ausbildung von Drachen und Jungreitern und bei Fädeneinfall mit dem Schutz der Siedlungen genug zu tun hatten.

Kolonien entstanden überall da, wo sich Höhlen fanden – manche natürlich größer oder strategisch günstiger gelegen als andere. Eine starke Hand war vonnöten, um die verängstigten, hysterischen Menschen während der Fädeneinfälle zu leiten; man brauchte eine kluge Vorratswirtschaft, um Lebensmittel zu lagern, wenn der Anbau stets in Gefahr war, und außergewöhnliche Maßnahmen, um das Volk gesund und produktiv zu halten, bis die Zeit der Gefahr wieder vorüber war.

In der Umgebung jeder Felsenburg entstanden auch Werkstätten, wo Leute in den verschiedensten Fertigkeiten ausgebildet wurden. Die Handwerksgilden waren unabhängig von den Burgen, in deren Bereich sie sich befanden, und kein Burgherr konnte die Produkte ›seiner‹ Gildenhallen Bewohnern aus anderen Gebieten vorenthalten. Jede Gilde hatte ihre Meister, Gesellen und Lehrlinge, dazu einen Mann, der den Berufsstand nach außen hin vertrat und verwaltete. Er trug die Verantwortung für die Qualität der Waren, die seine Gilde herstellte, und sorgte dafür, daß die Produkte gerecht verteilt wurden.

Natürlich entwickelten sich im Lauf der Zeit gewisse Rechte und Privilegien der Burgherren und Gildemeister, ebenso der Drachenreiter, von denen in Zeiten der Sporenregen ganz Pern abhing.

Der stärkste soziale Strukturwandel vollzog sich naturgemäß in den Weyrn, da man die Bedürfnisse der Drachen über alle anderen Erwägungen stellte. Die Drachen – das waren die goldenen und die grünen Weibchen sowie die blauen, braunen und bronzefarbenen Männchen. Nur die goldenen Drachenköniginnen legten Eier; die Grünen wurden steril, sobald sie Feuerstein kauten – und das war gut so, da sie einen starken Sexualtrieb besaßen und ihre Nachkommen die Weyr sicher bald übervölkert hätten. Als Kampfdrachen zeigten sie jedoch eine enorme Wendigkeit und Aggressivität und waren unersetzliche Streiter gegen die Fäden. Da die Königinnen keinen Feuerstein fraßen, konnten sie nicht direkt gegen die Sporen anrücken; ihre Reiterinnen setzten jedoch Flammenwerfer gegen die Plage des Roten Sterns ein. Die blauen Männchen waren etwas kräftiger als ihre zierlichen grünen Schwestern, während die Braunen und die Bronzedrachen vor allem durch ihre Ausdauer bestachen. Theoretisch erwählte eine Königin jeweils das Männchen, das den langen, anstrengenden Paarungsflug als Sieger bestand. In der Regel waren das Bronzedrachen, und der Reiter, dessen Tier die Königin eines Weyrs für sich gewann, übernahm das Kommando über die Kampfgeschwader. Die eigentliche Verantwortung für den Weyr – sei es nun während oder nach dem Vorbeizug des Roten Sterns – trug jedoch die Reiterin der Drachenkönigin. Das Geschick der Drachen lag ebenso in ihren Händen wie das der Weyrbewohner. Eine starke Weyrherrin war für das

Überleben des Weyrs so wichtig wie die Drachen für das Überleben von Pern.

Ihre Aufgabe bestand darin, den Weyr mit allem Nötigen zu versorgen, die hier geborenen Kinder gründlich ausbilden zu lassen, Ausschau nach Reiter-Kandidaten in Burgen und Gildehallen zu halten und sie den frischgeschlüpften Jungdrachen gegenüberzustellen. Da das Leben im Weyr freier und weniger hart war als auf den Höfen und in den Werkstätten und die Drachenreiter zudem ein hohes Ansehen genossen, fehlte es nie an geeigneten Bewerbern. Selbst Angehörige der edelsten Burggeschlechter zählten zu den Drachenreitern.

Unsere Geschichte beginnt zu dem Zeitpunkt, da sich der sechste Vorbeizug des Roten Sterns seinem Ende nähert – etwa vierzehnhundert Planetenumläufe nach der Landung der ersten Menschen auf Pern.

Kapitel I

Fort-Weyr, Ruatha, 10. 3. 43–1541

»Sh'gall muß einige dringende Weyr-Angelegenheiten erledigen«, erklärte Moreta zum dritten Mal und zog ihren verschwitzten, ölfleckigen Kittel aus, in der Hoffnung, daß Nesso den Wink verstünde.

»Im Moment wäre es seine wichtigste Aufgabe, dich zu dem Fest auf Ruatha zu begleiten.« Selbst wenn Nesso gutgelaunt war, klang ihre Stimme quengelig. Im Moment aber schien die Wirtschafterin des Fort-Weyrs entrüstet über die Schmach, die ihrer Weyrherrin offensichtlich drohte, und ihr Tonfall bekam Ähnlichkeit mit dem Kreischen einer Säge.

»Er suchte Baron Alessan bereits gestern auf. Ein Fest ist nicht der rechte Zeitpunkt zur Erörterung wichtiger Dinge.« Moreta erhob sich, um das Gespräch zu beenden, das sie nicht begonnen hatte und das endlos mit echten oder eingebildeten Klagen gegen Sh'gall weitergehen würde, wenn sie Nesso nicht irgendwann zum Schweigen brachte. Die Feindschaft beruhte auf Gegenseitigkeit, und Moreta fand sich nicht selten in der Rolle der Vermittlerin. Sie konnte Sh'gall leider nicht ändern, aber sie hatte auch keine Lust, Nesso zu entlassen, denn trotz ihrer Fehler war die Frau eine hervorragende Wirtschafterin, die ihre ganze Kraft für den Weyr einsetzte. »Ich muß jetzt baden, Nesso, sonst komme ich unverzeihlich spät nach Ruatha. Es freut mich, daß du für die Daheimgebliebenen ein besonders gutes Essen eingeplant hast. Und K'lon geht es besser, seit das Fieber ausgebrochen ist. Berchar wird nach ihm sehen. Laß *du* ihn in Ruhe!«

Der warnende Blick, den Moreta Nesso zuwarf, unterstrich ihren Befehl. Nesso hatte die übereifrige Angewohnheit, Moretas Platz ›einzunehmen‹, wann immer die Weyrherrin abwesend war. »Laß mich jetzt bitte allein, Nesso! Du hast eine Menge Arbeit, und ich sehne mich nach einem Bad.« Moreta begleitete ihre Worte mit einem Lächeln, während sie Nesso sanft am Ellbogen nahm und zum Ausgang schob.

»Sh'gall hätte dich begleiten sollen, wirklich!« murmelte die streitbare Frau, als Moreta den bunten Türvorhang zur Seite schob. Sie schwieg erst, als sie die schlafende Drachenkönigin erreichte.

Orlith, die nun bald ihre Eier in der Brutstätte ablegen würde, döste weiter, ohne die Wirtschafterin zu bemerken. Die Drachenkönigin hatte auf dem Felsensims Platz genommen, um den satten Goldglanz ihrer Haut, die Moreta am Vormittag mit viel Öl eingerieben hatte, nicht wieder zu zerstören. Die Weyrherrin war bereits auf dem Weg zu ihrem Bad gewesen, als sie von K'lons Fieber erfuhr und nach dem kranken Drachenreiter schaute. Dann hatte sie sich noch rasch vergewissert, ob Leri, der frühreren Weyrherrin von Fort, nichts fehlte, denn die alte Frau lehnte es strikt ab, sich von Nesso bedienen zu lassen.

Das Gespräch mit der Wirtschafterin war unvermeidlich gewesen, denn Nesso hatte von dem Streit zwischen Sh'gall und Moreta ›gehört‹ und auch erfahren, daß Sh'gall danach sehr unvermittelt aus dem Weyr verschwunden war – in seinen Reitkleidern und nicht im Feststaat. Außerdem hatte sie Angst, daß K'lon an seinem Fieber sterben oder den ganzen Weyr anstecken könnte – und das drei Tage vor dem nächsten Fädeneinfall!

Moreta zog sich aus. Sie hätte längst auf dem Fest sein und ein paar freundliche Worte mit den anderen Gästen wechseln sollen, bevor die Wetten auf die Renner abgeschlossen wurden.

»Orlith?« Moretas Gedanken strahlten Gelassenheit und Frieden aus, als sie Kontakt mit ihrer Königin aufnahm. Die verschlafene Antwort Orliths ließ sie Nessos kleinliches Gekeife vergessen. »Mach dich allmählich bereit, meine Schöne! Wir fliegen bald nach Ruatha.«

Scheint auf Ruatha noch die Sonne? fragte Orlith hoffnungsvoll.

»Ich nehme es an. T'ral flog die Morgenrunde, und er meint, daß es schön bleibt.« Während Moreta sprach, öffnete sie ihre Truhe und holte das neue Festgewand hervor; die warmen goldbraunen Töne unterstrichen die Farbe ihrer Augen. »Du weißt, er kennt das Wetter wie kein zweiter.«

Die Königin summte zufrieden und räkelte sich.

»Sei vorsichtig!« warnte Moreta besorgt.

Ich weiß. Meine Haut soll glänzen, entgegnete Orlith geduldig. *Das schaffe ich schon, bis wir Ruatha erreichen. Aber danach will ich mich sonnen. Und wenn mir so richtig warm ist, nehme ich ein Bad im See von Ruatha.*

»Hältst du das für richtig – bei deinem prall gespannten Leib, Liebes? Der See ist so eisig wie das *Dazwischen!*« Moreta erschauerte bei dem Gedanken an die kalten Fluten.

Nichts ist kälter als das Dazwischen, erklärte Orlith mit großer Entschiedenheit.

Moreta legte ihre Sachen zurecht und betrat die Badehöhle. Sie nahm eine Handvoll Duftsand und schwang die Beine über den Rand der erhöhten Steinmulde, von der schwacher Dampf aufstieg. Als sie bis an die Hüften im warmen Wasser des Badeteiches stand, begann sie sich abzuschrubben, bis die Haut prickelte. Dann tauchte sie kurz unter und bearbeitete das nasse Haar ebenfalls mit Duftsand.

Du brauchst lange, um dich zu säubern, obwohl nicht viel dran ist an dir, stellte Orlith ein wenig ungeduldig fest.

»Mag sein, daß an mir nicht viel dran ist, aber du vergißt, daß ich dich Koloß baden und ölen mußte! Da gerät man ins Schwitzen.«

Du sagst immer das gleiche.

»Du aber auch!«

Diese kleinen Sticheleien störten in keiner Weise das herzliche und enge Verhältnis zwischen Drachenkönigin und Reiterin. Die beiden bildeten seit zwanzig Planetenumläufen eine telepathische Gemeinschaft, auch wenn Moreta die Führung im Fort-Weyr erst letzten Winter übernommen hatte, als Leris Holth sich weigerte, zum Paarungsflug aufzusteigen.

Moreta spülte ihr Haar noch einmal durch, trocknete es ab und fuhr mit den Fingern durch die kurzen Locken, um sie in Form zu bringen. Sie erinnerte sich noch gut, wie stolz sie früher auf ihre schweren blonden Flechten gewesen war. Aber der Lederhelm, den sie im Kampf gegen die Fäden tragen mußte, saß so eng und heiß um den Kopf, daß sie sich bald entschlossen hatte, ihre Haarpracht zu opfern. Aber das ließ sich wieder ändern, sobald der Rote Stern weitergezogen war.

Sobald der Rote Stern weitergezogen war ... Moreta, die gerade in ein frisches Untergewand schlüpfte, hielt überrascht inne. Noch acht Planetenumläufe bis zum nächsten Intervall – oder sieben, wenn man die bereits angebrochene Bahn nicht mitzählte. Wenn diese Spanne vorbei war, mußte sie nie mehr mit Orlith aufsteigen, um gegen die Sporen anzukämpfen. Der Rote Stern war dann so weit von Pern entfernt, daß seine Fäden die Kontinente des Planeten nicht mehr erreichten.

Ob der Sporenregen so unvermittelt aufhörte wie nach einem Sommergewitter? überlegte Moreta und schlüpfte in die weichen braunen Schuhe. Oder würde er wie die Winterregen ganz allmählich verebben?

Das Land konnte ein wenig Regen gebrauchen. Schnee wäre natürlich noch besser. Oder ein richtig klirrender Frost. Frost war stets der Verbündete der Weyr.

Sie streifte das Kleid über die etwas zu kräftigen Schultern und strich es über den festen Brüsten und der schmalen Taille glatt. Der fließende, weiche Stoff verdeckte die harten Muskeln von Gesäß und Oberschenkeln, die ein Erbe ihres Lebens als Drachenreiterin waren.

Insgeheim störte es sie, daß Sh'gall sie nicht nach Ruatha begleitete. Sie kannte Alessan, den neuen Burgherrn, kaum. Unbestimmt erinnerte sie sich an einen langbeinigen jungen

Mann mit grünen Augen, die in einem merkwürdigen Kontrast zu seiner dunklen Haut und der verwilderten schwarzen Haarmähne standen. Er hatte immer zwei Schritte hinter seinem Vater gewartet. Leef, der alte Burgherr, war ein strenger, aber gerechter Mann gewesen, einer von denen, die stets pünktlich ihren Tribut an den Weyr entrichteten. Er besaß die starke Hand, die nötig war, um einen so goßen, blühenden Besitz zu verwalten. Die Burgherren auf Ruatha hatten stets auf Tradition geachtet, und viele ihres Geschlechts waren von Drachen auserwählt worden.

Der alte Leef hatte eine Reihe von Söhnen gezeugt, und es war bis zuletzt nicht sicher gewesen, welchen er zu seinem Nachfolger bestimmen würde. Um Zwietracht zu vermeiden, hatte er die Zügel selbst fest in der Hand gehalten. Obwohl die Annäherung des Roten Sterns viele Gefahren brachte, war es Baron Leef gelungen, mehrere neue Burgen und Höfe an den Steilflanken von Ruathas Tälern zu errichten und dort die tüchtigsten seiner Söhne mit ihren Familien anzusiedeln. Diese Expansion hatte ihm geholfen, Ruhe und Ordnung auf seiner Burg zu gewährleisten. Baron Leef hatte für die Zukunft geplant. Moreta fand diese Voraussicht in Ordnung; Sh'gall und viele andere Drachenreiter betrachteten das Ausdehnungsbestreben der Burgen und ihrer Bewohner allerdings mit Besorgnis. Sechs Weyr mit insgesamt zweitausenddreihundert Drachen waren mehr als ausgelastet, wenn sie all die Ländereien frei von Fäden halten wollten. Man sprach deshalb davon, während des nächsten Intervalls einen neuen Weyr zu gründen – doch das war nicht ihr Problem.

Moreta befestigte das Goldkollier mit den grünen Steinen und streifte die schweren Armbänder über. Der junge Mann mit den hellen Augen mußte Alessan sein. Sie hatte ihn oft gegen Ende eines Sporeneinfalls bei den Flammenwerfer-Trupps gesehen. Obwohl er sich immer korrekt verhalten hatte, war er ihr doch aufgefallen. An ihn konnte sie sich deutlicher erinnern als an die übrigen neun Söhne des Barons, die alle die scharfgeschnittenen, kantigen Züge ihres

Erzeugers geerbt zu haben schienen und wenig Ähnlichkeit mit ihren jeweiligen Müttern hatten.

Heute nun sollte das erste Fest auf Ruatha stattfinden, seit der Rat der Barone zu Beginn dieses Planetenumlaufs Alessans Erbanspruch auf die Burg bestätigt hatte. Ruhetage, an denen schönes Wetter herrschte und obendrein keine Sporen fielen, waren selten.

»Da heute zwei Feste stattfinden, werde ich mich nach Ista begeben«, hatte Sh'gall ihr am Morgen erklärt. »Ich sprach bereits gestern mit Alessan darüber, und er schien nicht gekränkt.« Sh'gall rümpfte die Nase. »Der Pöbel strömt bereits in Scharen zusammen, um den Rennen beizuwohnen; ich schätze, du wirst auf deine Kosten kommen.« Sh'gall mißbilligte Moretas Gefallen an Rennen und Wetten, und auf den wenigen Festen, bei denen sie seit Orliths Paarung mit Kadith gemeinsam erschienen waren, hatte er ihr die Freude an diesem Zeitvertreib mit seinen bissigen Bemerkungen verdorben. »Mir wird die Sonne und die leichte Fischkost guttun. Baron Fitatruc ist bekannt für seine ausgezeichnete Küche. Ich kann nur hoffen, daß auf Ruatha dein Gaumen nicht zu kurz kommt.«

»Bis jetzt ließ die Gastfreundschaft auf Ruatha nie zu wünschen übrig.« Etwas in Sh'galls Tonfall zwang sie, die Burg zu verteidigen. Sh'gall hatte für den alten Baron große Ehrfurcht empfunden, schien aber von seinem Nachfolger nicht allzuviel zu halten. Moreta wußte, daß er oft vorschnell urteilte, und so beschloß sie, sich selbst eine Meinung von Alessan zu bilden.

»Außerdem habe ich Baron Ratoshigan versprochen, daß ich ihn nach Ista mitnehme. Er hat keine Lust, das Fest von Ruatha zu besuchen, sondern will unbedingt dieses kuriose Geschöpf besichtigen, das auf Ista herumgezeigt wird.«

»Welches kuriose Geschöpf?«

»Davon weißt du gar nichts?« Sh'galls Tonfall verriet Staunen über ihre Unkenntnis. »Ein paar Seeleute von der Meerburg Igen fanden das Tier. Es hatte sich an einen entwurzelten Baum geklammert und trieb in der Großen Strömung. Da die Männer noch nie ein solches Geschöpf gesehen hatten, brachten sie es zum Herdenmeister nach Keroon.«

Ach, deshalb der hochfahrende Ton! Sh'gall schien aus irgendeinem Grund anzunehmen, daß sie immer noch auf dem laufenden über die Ereignisse ihrer Heimatburg war. Dabei lebte sie seit mehr als zehn Planetenumläufen im Fort-Weyr!

»Wie ich hörte, handelt es sich um eine Art Raubkatze«, fügte Sh'gall hinzu. »Wohl irgendein Tier, das die Vorfahren auf dem Südkontinent zurückließen. Ein ziemlich wildes Biest. Von so etwas läßt man am besten die Finger.«

»Nun, manchmal könnten auch bei uns ein paar wilde hungrige Raubkatzen nicht schaden. Die Tunnelschlangen haben sich so vermehrt, daß die Hunde mit der Plage nicht mehr fertig werden.« Ihre Antwort paßte ihm irgendwie nicht. Er warf ihr einen seiner finsteren, schwer zu deutenden Blicke zu und verließ wortlos den Weyr. Seine unerwartete Reaktion verärgerte Moreta. Nicht zum ersten Mal bedauerte sie, daß Kadith auch beim zweiten Paarungsflug Orlith besiegt hatte. Aber dann rief sie sich in Erinnerung, daß der alte L'mal Sh'gall für einen der fähigsten Geschwaderführer gehalten hatte. Und bis zum Ende der Sporeneinfälle brauchte der Weyr den fähigsten Geschwaderführer. Alle hatten geglaubt, daß L'mal bis zum nächsten Intervall durchhalten würde; als er erkrankte und bald danach starb, waren die Weyrbewohner fassungslos über den Verlust. Moreta hatte L'mal hochgeschätzt, und Leri sprach stets mit großer Achtung und Liebe von ihrem Weyrgefährten. Sh'gall war noch jung, überlegte Moreta; es war keine einfache Aufgabe, in dieser schweren Zeit den Weyr zu übernehmen, und er litt unter dem Vergleich mit dem älteren, erfahrenen L'mal. Mit der Zeit würde auch Sh'gall mehr Toleranz und Verständnis entwickeln. Inzwischen mußte eben sie diese Eigenschaften in vollem Maß einsetzen, um ihn in seiner Lernperiode zu unterstützen.

Als Moreta den Pelzumhang über die Schultern warf, klirrten die Goldreifen an ihren Armen. Der Schmuck war ein Geschenk des alten Baron Leef, weil sie seine liebevoll gehegten Obstgärten durch ein äußerst riskantes Tiefflug-Manöver vor den Sporen bewahrt hatte. Unterstützt von ihrer wendigen Königin, hatte Moreta die Fädenklumpen mit einem Flammenwerfer zu Asche versengt, bevor sie Schaden anrichten konnten. Sie war damals noch sehr jung gewesen und eben erst von Ista in den Fort-Weyr gekommen; es hatte sie gereizt, den neuen Weyrgenossen vorzuführen, wie klug und geschickt Orlith war. Jetzt würde sie ein solches Wagnis nicht mehr eingehen; sie erinnerte sich noch gut an den kalten Zorn in L'mals Augen, als er sie wegen ihrer Tollkühnheit zur Rede gestellt hatte. Leefs Dank hatte kaum dazu beigetragen, ihr schlechtes Gewissen zu beruhigen – und sie trug die Reifen heute auch nur, weil sie großartig zu ihrem neuen Kleid paßten.

Gehen wir überhaupt noch zu dem Fest? erkundigte sich Orlith voller Sehnsucht.

»Aber ja, mein Liebes!« Gewaltsam schob Moreta ihre Erinnerungen beiseite.

Sie freute sich auch auf das Fest, auf die heitere Ausgelassenheit der jungen Leute, die auf Ruatha zusammenströmen und mit Baron Alessan den jüngsten Sieg über die Sporenplage feiern würden. Sh'gall hatte berichtet, daß die Bewohner voller Stolz über ihren Erfolg waren und daß er Alessan ermahnt habe, über der Erleichterung nicht seine Aufgaben als Burgherr zu vernachlässigen.

»Vielleicht ist es ganz gut, daß sich Sh'gall für Ista entschieden hat ... und daß er Baron Ratoshigan gleich mitnimmt«, sagte Moreta zu Orlith.

Dort sind er und Kadith gut aufgehoben, stellte Orlith gleichmütig fest, während sie ihrer Reiterin ins Freie folgte.

Orlith blieb auf dem schmalen Sims stehen und spähte über den Weyr-Kessel hinweg. Die meisten Felsvorsprünge, auf denen sich sonst Drachen sonnten, waren leer.

Sind denn alle fort? fragte Orlith erstaunt und reckte den langen biegsamen Hals, um einen Blick auf die schattigen Simse im Westen zu werfen.

»Wenn an einem Tag gleich zwei Feste stattfinden? Aber sicher! Hoffentlich kommen wir nicht zu spät zu den Rennen!«

Orliths große Facettenaugen kreisten. *Du und deine Rennen!*

»Dir machen sie nicht weniger Spaß als mir, und im allgemeinen hast du droben von den Feuerhöhen einen viel besseren Überblick als ich. Nur keine Eifersucht! Auch wenn ich eine Schwäche für schnelle Renner habe – reiten würde ich nur auf dir!«

Besänftigt durch Moretas Worte, machte sich Orlith klein und streckte die Vorderpfote so aus, daß die Reiterin sie besteigen und sich auf ihren Sitz zwischen den beiden Nakkenwülsten schwingen konnte. Moreta strich die Röcke glatt und wickelte sich fester in den Umhang. Im Grunde reichte kein noch so warmes Gewand aus, um sie gegen die totale Kälte des *Dazwischen* zu schützen; aber der Ritt dauerte nur ein paar Atemzüge, und das ließ sich ertragen.

Orlith stieß sich vom Felsensims ab. Obwohl ihr Leib bereits geschwollen war, gehörte sie nicht zu den faulen Drachen, die sich einfach in die Tiefe sacken ließen, um dann im letzten Moment die Schwingen auszuspreizen. Holth, die alte Königin, trompete einen Abschiedsgruß, und der Wachreiter auf dem Sternenstein winkte, als Moreta sich bei ihm abmeldete.

Orlith ließ sich vom Wind tragen, der in den länglichen Kessel einfiel: den Krater eines erloschenen Vulkans, der nun seit langem den Weyr beherbergte. Irgendwann in grauer Vorzeit war eine Steinlawine über die Hänge in die Tiefe gedonnert, hatte die Südwestflanke des Weyrs durchbrochen und war in den See gestürzt. Zwar hatten Maurer den See freigeräumt und an seinem Ufer einen hohen Damm errichtet, aber es war weder gelungen, die verschütteten Höhlen und Weyr freizuräumen, noch die Symmetrie des Kessels wiederherzustellen.

»Du betrachtest dein Reich, meine Königin?« fragte Moreta mit einem leisen Lachen, als Orlith in einer weiten Spirale über den Fort-Weyr flog.

Aus der Höhe sieht man viele Einzelheiten in der richtigen Relation. Es ist alles in Ordnung.

Der Wind riß Moretas Antwort weg, und sie klammerte sich an die Reitgurte. Orlith überraschte sie oft mit solchen freiwilligen Auskünften. Wenn Moreta jedoch zu bestimmten Dingen oder Personen etwas erfragen wollte, entgegnete Orlith meist, daß sie die Gedanken fremder Reiter nicht lesen könne. Die Königin äußerte sich zum Weyr im allgemeinen oder zur Moral der Kampfgeschwader. Manchmal lieferte sie auch Informationen über Kadith, den Bronzedrachen des Weyrführers. Über Sh'gall sprach sie kaum. Aber in zwanzig Planetenumläufen telepathischer Symbiose hatte Moreta gelernt, selbst ein Schweigen oder eine ausweichende Antwort richtig zu interpretieren. Die Reiterin eines goldenen Drachen hatte es nie leicht. Und das Amt der Weyrherrin, so hatte Leri mehr als einmal beteuert, verdoppelte die Ehren und die Mühen. Man mußte das eine wie das andere hinnehmen und sich ab und zu einen kleinen Schluck Fellis-Saft gönnen.

Moreta stellte sich die Feuerhöhen von Ruatha vor, mit ihren unverkennbaren Feuerkuhlen, den Leuchttürmen und dem Wehrgang im Osten.

»Bring uns nach Ruatha!« befahl sie Orlith und biß die Zähne gegen die Kälte des *Dazwischen* zusammen.

Schwärze, dunkler als die Nacht,
Kälte jenseits aller Dinge.
Zwischen Tod und Leben wacht
nur die dünne Drachenschwinge.

Moreta murmelte die Worte des alten Liedes oft als eine Art Bannspruch gegen den Schock des *Dazwischen*. Zum Glück war Ruatha nicht weit entfernt vom Fort-Weyr, und Moreta hatte kaum das Wort ›Kälte‹ gedacht, als bereits die Sonne wieder schien und sie über den Feuerhöhen von Ruatha kreisten. Ganze Drachengeschwader lagen auf den warmen Klippen und begrüßten Orlith, als sie aus dem Nichts erschien. Die Königin freute sich über die Ehrenbezeigungen. Es geschah so selten, daß sich Drachen einfach zum Vergnügen trafen, dachte Moreta. Die Sporenplage ließ es nicht zu. Noch acht Planetenumläufe ...

Während Orlith tiefer glitt, beobachtete Moreta die Drachen. Viele erkannte sie an ihren Rumpf- und Flügelnarben, aber andere waren ihr auch fremd.

Sie kommen von Telgar und aus dem Hochland, berichtete Orlith. *Bronzedrachen, Braune, Blaue und Grüne. Unsere Freunde von Benden waren hier, mußten aber bereits aufbrechen. Wir hätten eher kommen sollen.* Der letzte Satz klang ein wenig vorwurfsvoll, denn Orlith besaß eine Schwäche für Tuzuth, den Bronzedrachen von Benden.

»Tut mir leid, Liebes, aber es gab vorher soviel zu erledigen.«

Orlith schnaubte und spannte die Brustmuskeln an. Sie stieß auf die Feuerhöhen zu, aber während sich Moreta innerlich bereits auf die Landung einstellte, glitt die Königin weiter, hinweg über die Straßen mit den dichtgedrängten Buden und die buntgekleidete Menschenmenge. Nun begriff Moreta. Orlith hatte sich die leere, von Tischen, Bänken und Lampions gesäumte Tanzfläche als Landeplatz ausgesucht.

Wir vertreten immerhin den Fort-Weyr, meinte Orlith knapp. *Das sollen die Bewohner von Ruatha merken.*

Orlith landete mitten auf der Tanzfläche, die Schwingen hochgestellt, um Luftwirbel zu vermeiden. Die Banner ringsum flatterten heftig, aber vom Boden stieg kaum eine Staubwolke auf.

»Gut gemacht, Liebes!« lobte Moreta ihre Königin und tätschelte sie liebevoll.

Sie warf einen Blick auf die imposanten Steilklippen, an die sich Ruatha schmiegte, gekrönt von Felsenbändern, auf denen ganze Scharen von Drachen die Sonne genossen. Die Fenster der Burg standen weit offen und waren mit bunten

Tüchern und Flaggen geschmückt. Auf den Vorplatz hatte man Tische und Stühle gestellt, damit die Ehrengäste die Marktbuden und die Tanzfläche gut überblicken konnten. Moreta schaute rasch in die entgegengesetzte Richtung. Hier erstreckte sich die Ebene, auf der die Rennen stattfanden. Die Startschranken waren zum Glück noch nicht errichtet, und sie atmete erleichtert auf.

Einen Moment lang ruhte jede Aktivität. Die Besucher standen dichtgedrängt um die Tanzfläche und beobachteten Orlith. Doch dann entstand Bewegung unter den Zuschauern. Eine Gasse bildete sich, und jemand bahnte sich einen Weg nach vorn.

Der neue Burgherr, stellte Orlith fest.

Moreta schwang das rechte Bein über Orliths Nacken und glättete ihren Rock. Dann warf sie einen Blick auf den Mann, der ihr mit gelassenen, selbstsicheren Schritten entgegenkam. Er hatte breite Schultern und die hellen Augen, an die sie sich von früher erinnerte.

Kurz vor Orlith blieb er stehen und verneigte sich. Die Drachenkönigin nahm seinen Gruß mit einem leichten Nikken entgegen. Dann war der hochgewachsene junge Baron mit zwei Schritten neben Moreta, um ihr beim Absteigen zu helfen.

Die grünen Augen, die einen so ungewöhnlichen Kontrast zu seiner dunklen Haut bildeten, hielten Moretas Blick fest. Er umfaßte sie leicht an der Taille, hob sie von Orliths Vorderpfote und stellte sie sanft zu Boden. Dann verbeugte er sich noch einmal. Moreta stellte fest, daß seine wirre dunkle Mähne inzwischen zu einer ordentlichen Frisur gebändigt war.

»Willkommen auf Ruatha, Weyrherrin!« sagte er mit einem überraschend weichen Tenor. »Ich fürchtete schon, Sie und Orlith würden unser Fest nicht besuchen.«

»Der Weyrführer läßt grüßen. Es tut ihm leid, daß er nicht selbst kommen konnte.«

»Er suchte mich bereits gestern auf und brachte sein Bedauern zum Ausdruck. Aber es wäre traurig gewesen, wenn

Ruatha auch auf die Anwesenheit seiner Weyrherrin hätte verzichten müssen.« Seine Stimme gewann an Wärme. »Orlith glänzt prächtig – und das in ihrem Zustand!«

Die Königin schaute ihn aus großen regenbogenbunten Augen an, ebenso überrascht wie Moreta, daß sich der junge Mann so streng an das alte Begrüßungsritual hielt. Nun, Leef hatte sicher darauf geachtet, daß sein Erbe die Traditionen kannte, bevor er das Amt des Burgherrn übernahm.

»Oh, sie ist bei ausgezeichneter Gesundheit«, entgegnete Moreta, die nur zu gern über ihre Königin sprach. »Ihren Glanz besitzt sie allerdings schon immer – ein ganz eigenartiger Farbton ...«

Ihre Antwort wich vom Ritual ab, und Alessan zögerte einen Moment lang.

»Manche Königinnen sind so hell, daß sie beinahe gelb wirken, und andere wieder so dunkel wie Bronzedrachen.« Moreta ließ ihre Blicke über Orlith schweifen. »Mein Drache hat auch nicht die klassische Goldnuance.«

Alessan lachte leise. »Spielt der Farbton denn eine Rolle?«

»Für mich ganz bestimmt nicht. Mich würde es nicht einmal stören, wenn Orlith grüngolden wäre. Ich bin ihre Reiterin!« Sie schaute Alessan prüfend an. Ob er sich über sie lustig machte? Aber seine grünen Augen mit den winzigen braunen Punkten um die Pupille verrieten nichts als höfliches Interesse.

»Sie sind Orliths Reiterin und die Herrin von Fort.«

»So wie Sie der Herr von Ruatha.« In ihrem Innern breitete sich eine leise Abwehr aus, denn sie glaubte in seinen formellen, harmlosen Sätzen einen seltsamen Unterton zu spüren. Hatte etwa Sh'gall mit einem Baron über seine Weyrherrin gesprochen?

Orlith?

Die Feuerhöhen liegen warm in der Sonne, entgegnete die Königin ausweichend und wandte ihrer Reiterin den Kopf zu. Ihre Augen schillerten sehnsüchtig.

»Dann geh nur, Liebes!« Oreta gab ihr einen leichten Klaps auf die Schulter und verließ an Alessans Seite die

Tanzfläche. Sobald sie sich ein Stück entfernt hatten, schnellte Orlith in die Höhe und steuerte die Felsensimse in einem extrem flachen Winkel an. Dabei flog sie so dicht über die Marktbuden hinweg, daß die Besucher entsetzt aufschrien. Alessan versteifte sich.

Was soll das, Liebes? fragte Moreta freundlich, aber bestimmt. *Bist du im Moment nicht etwas zu schwer für solche Kapriolen?*

Ich zeige ihnen nur, wozu die Weyr-Königin fähig ist! Ihnen tut so eine Demonstration gut, und mir schadet sie nicht. Paß auf!

Von Moretas Platz sah es so aus, als würde Orlith jeden Moment mit den Vorderpfoten den Klippenrand streifen, aber sie hatte den Winkel haarscharf berechnet. Lässig schwebte sie über die Kante hinweg, vollführte eine knappe Wende und landete direkt über dem Haupteingang der Burg, wo die übrigen Drachen ein Stück zur Seite gerückt waren. Die Schwingen eng an den Körper geschmiegt, legte sie sich auf den warmen Stein und stützte den flachen dreieckigen Kopf auf die Vorderpfoten.

Exhibitionistin! spöttelte Moreta und wandte sich ihrem Begleiter zu. »Jetzt fühlt sie sich wohl, Baron Alessan.«

»Orliths Flugkünste sind Legende«, entgegnete er, und sein Blick streifte ihren Goldschmuck.

Allem Anschein nach wußte er, woher das kostbare Geschmeide stammte.

»Ein unschätzbarer Vorteil bei einem Sporenregen!«

»Ja, aber heute wollen wir ein Fest feiern«, erklärte Alessan mit Nachdruck.

»Die beste Gelegenheit, Geschick und Kunstfertigkeit von Burg *und* Weyr zur Schau zu stellen.« Moreta deutete auf die reich geschmückten Verkaufsstände und die festlich herausgeputzte Menschenmenge. Sie löste ihre Hand von seinem Arm, zum einen, weil seine versteckte Kritik sie ärgerte, zum anderen aber, um ihren Umhang abzunehmen. Die Nachmittagssonne von Ruatha hatte die Kälte des *Dazwischen* vertrieben. »Kommen Sie, Baron Alessan!« meinte sie und nahm erneut seinen Arm. »Es ist Ihr erstes Fest als

Erbbaron von Ruatha und mein erster Ausflug seit der Wintersonnenwende. Versuchen wir also, den Tag zu genießen!«

Sie hatten die Straße mit den Verkaufsständen erreicht, wo die Besucher die ausgestellten Waren besichtigten und bereits lebhaft feilschten. Moreta schaute mit einem Lächeln zu Baron Alessan auf. Seine kantigen Züge mit den leicht gerunzelten Brauen entspannten sich ein wenig.

»Ich fürchte, ich habe wenig von den Tugenden meiner Mutter geerbt, Lady Moreta.«

»Dafür alle Laster von Ihrem Vater, wie?«

»Baron Leef hatte keine Laster«, entgegnete Alessan, wie es die Höflichkeit verlangte, aber das Blitzen in seinen Augen verriet Moreta, daß er zumindest eine Spur vom Humor des alten Herrn besaß.

»Die Rennen haben noch nicht begonnen?«

Alessan verlangsamte seine Schritte und musterte sie aufmerksam.

»Nein, noch nicht!« Das klang zurückhaltend. »Wir wollten warten, bis alle Gäste eingetroffen sind.«

»Ich sah eine Menge Renner drunten angepflockt. Wie viele Läufe werden denn durchgeführt?« Sie warf ihm einen Blick von der Seite zu. Machte er sich überhaupt etwas aus Rennen?

»Insgesamt waren zehn geplant, aber es kamen weniger Anmeldungen als erwartet. Mögen Sie Rennen, Lady Moreta?«

»Ich komme aus Keroon, Baron Alessan; auf dem Hof meines Vaters wurden Renner gezüchtet. Meine Leidenschaft für diese Tiere ist nie ganz geschwunden.«

»Dann wissen Sie sicher, auf welche Teilnehmer Sie setzen müssen.«

Sie bemühte sich, den lockeren Gesprächston beizubehalten. »Ich wette nie, Baron Alessan. Der Anblick eines guten Rennens ist mir Genuß und Aufregung genug.« Seine Miene wirkte so unsicher, daß sie das Thema wechselte. »Leider sieht es so aus, als hätten wir die Besucher aus dem Osten verfehlt.«

»Die Weyrführer von Benden verließen Ruatha kurz vor Ihrer Ankunft.« Stolz schwang in seiner Stimme mit. Es geschah nicht oft, daß so illustre Gäste zu einem Fest kamen.

»Schade. Ich hätte gern ein wenig mit ihnen geplaudert.« Moretas Bedauern war ehrlich, aber sie empfand auch eine gewisse Erleichterung. Die Weyrführer von Benden sahen Orliths Leidenschaft für den Bronzedrachen Tuzuth ebenso ungern wie sie selbst. Bei Jungköniginnen waren Beziehungen zwischen den Weyrn erwünscht, nicht aber bei den Herrscherinnen. »War Bendens Erbbaron ebenfalls hier?«

»Ja.« Alessan strahlte. »Baron Shadder und ich hatten ein kurzes, aber sehr herzliches Gespräch. Leider treffen Ost und West viel zu selten zusammen. Sie kennen Baron Shadder?«

»Ich traf ihn im Ista-Weyr.« Moreta erwiderte Alessans Lächeln, denn Shadder von Benden war zweifellos sehr populär. Die Wärme und Fürsorge, die er ausstrahlte, hatte stets etwas sehr Persönliches. Sie seufzte. »Es tut mir wirklich leid, daß ich nicht früher kommen konnte. Wer ist sonst noch anwesend?«

Ein Schatten huschte über Alessans Gesicht. »Im Moment Hofbewohner und Gildemeister von Ruatha, Fort, Crom, Nabol, Tillek und dem Hochland«, zählte er knapp auf. »Eine lange Reise für manche von ihnen, aber alle scheinen begeistert, daß das schöne Wetter bis jetzt gehalten hat.« Er beobachtete den regen Handel an den dicht umdrängten Buden. »Tilleks Erbbaron kommt vielleicht später mit dem Weyrführer vom Hochland. Baron Tolocamp traf vor etwa einer Stunde ein. Er kleidet sich gerade um.«

Moreta lachte mitfühlend. Baron Tolocamp war ein tatendurstiger, ungestümer Mann, der stets seine Meinung laut kundtat und sich zum Experten in allen Dingen machte. Da er keine Spur von Humor besaß, waren Gespräche mit ihm anstrengend und langweilig. Moreta ging ihm aus dem Weg, wann immer sie konnte. Seit sie das Amt der Weyrherrin bekleidete, konnte sie sich seinem Geschwätz allerdings nicht mehr so leicht entziehen wie früher.

»Wie viele seiner Damen hat er denn mitgebracht?«

»Fünf.« Alessans Miene war unbewegt. »Lady Uma, meine Mutter, freut sich sehr über die Besuche von Lady Pendra.«

Moreta wandte den Kopf ein wenig ab, weil sie gegen das Lachen ankämpfte. Ganz Pern wußte, daß Lady Pendra alles daransetzte, eine ihrer zahlreichen Töchter, Nichten oder Kusinen an Alessan zu verheiraten. Alessans junge Gemahlin Suriana war einen Planetenumlauf zuvor bei einem Sporenregen ums Leben gekommen. Baron Leef hatte seinen Sohn nicht zu einer Wiederheirat gedrängt. Viele vermuteten deshalb, daß er Alessan nicht zu seinem Nachfolger ernennen würde. Die Töchter des Barons von Fort galten als tüchtig, waren jedoch alles andere als reizvoll, und Moreta räumte ihnen nur geringe Chancen ein. Aber Alessan würde in der Tat bald wieder heiraten müssen, um die Erbfolge zu sichern.

»Liegt Ihnen als Weyrherrin von Fort viel an einer Verbindung mit Burg Fort?« Seine Stimme klang kühl und verhalten.

»Ich denke, Sie verdienen etwas Besseres!« entgegnete Moreta ernst, doch im nächsten Moment prustete sie los. »Verzeihen Sie, ich weiß, daß dies eine wichtige Angelegenheit ist ... aber Sie haben ja keine Ahnung, wie Sie klingen!«

»Wie denn?« Auch Alessan hatte Mühe, ernst zu bleiben.

»Wie jemand, der in die Ecke gedrängt wird, um dort Prügel zu beziehen! Hören Sie, das hier ist Ihr erstes Fest! Sie sollten es genießen.«

»Wollen Sie mir dabei helfen?« Der reine Schalk blitzte jetzt in seinen Augen.

»Kann ich das?«

»Nun – Sie sind meine Weyrherrin.« Er verbeugte sich übertrieben. »Da Sh'gall Sie nicht begleiten konnte, ist es meine Pflicht, an Ihrer Seite zu bleiben.«

»Ich hätte ein schlechtes Gewissen, wenn ich Sie ganz in Beschlag nehmen würde.« Noch während sie das sagte, wußte Moreta, daß sie nicht die Wahrheit sprach. Der junge Mann hatte etwas Rebellisches an sich, das ihr gefiel.

»Dann wenigstens die meiste Zeit?« Der flehende Tonfall stand in krassem Widerspruch zu den spöttisch blitzenden Augen und Alessans Lachen. »Ich kenne meine Pflichten, aber ...«

»Die jungen Mädchen warten nur darauf, Ihnen vorgestellt zu werden.«

»Ich habe fast den Eindruck, daß man meinetwegen die Heiratskandidatinnen von ganz Pern hier versammelt hat.«

»Wundert Sie das? Sie sind jetzt eine ausgezeichnete Partie, Baron Alessan.«

»Suriana hat *mich* geliebt, nicht meinen Rang«, entgegnete Alessan mit gepreßter Stimme. »Als unsere Heirat arrangiert wurde, hatte ich nichts außer mir selbst zu bieten. Sie nahm mich, wie ich war.«

Das erklärte, weshalb Baron Leef seinem Sohn Zeit gelassen und nicht sofort auf eine zweite Heirat gedrängt hatte. Moreta war erstaunt und empfand zugleich eine Spur von ... Neid? Oder Sehnsucht? »Da hatten Sie mehr Glück als die meisten von uns«, entgegnete sie leise. Wer eine Bindung mit einer Drachenkönigin einging, konnte den Menschenpartner nicht mehr frei wählen. Andererseits verblaßte jede menschliche Partnerschaft neben dem innigen Verhältnis zwischen Reiterin und Drachen ...

»Ja, und ich war mir dessen voll bewußt!« Mit diesem ruhigen Satz deutete Alessan an, daß er seine neuen Pflichten als Burgherr kannte und anzunehmen gedachte. Moreta begann sich zu wundern, weshalb Sh'gall eine so starke Antipathie gegen den jungen Mann entwickelt hatte.

Sie schlenderten inmitten des Gewühls an den Verkaufsbuden vorbei. Moreta stieg der Duft von würzigen Speisen und süßen Pasteten in die Nase, der Geruch nach gegerbtem Leder, die Ätzlauge am Glasbläserstand, das Gemisch aus Parfüm und Kräutern, der Schweiß von Menschen und Tieren. Freudige Erregung hatte die Menge erfaßt.

»Ich fühle mich wohl hier ... und ich hoffe nur, daß Sie Freude an den Rennen und am Tanz haben.«

»In dieser Reihenfolge?«

»Da das eine vor dem anderen auf dem Programm steht: ja.«

»Vielen Dank für Ihr Kompliment, Weyrherrin.« Sein Ton war gespielt formell.

»Sind die Harfner schon eingetroffen?«

»Gestern ...« Alessan schnitt eine Grimasse.

»Die Leute entwickeln einen gesunden Appetit, nicht wahr?«

»Das wäre halb so schlimm, aber sie reden ununterbrochen! Immerhin sind es so viele, daß wir bis in den Morgen hinein tanzen können. Sogar der Meisterharfner hat versprochen, das Fest mit seiner Gegenwart zu beehren.«

Moreta glaubte schon wieder einen sonderbaren Unterton in Alessans Worten zu hören. Mochte er Tirone etwa nicht? Der Meisterharfner war ein Hüne von einem Mann, und sein Baß übertönte alle anderen Stimmen. Er bevorzugte die stürmischen Balladen und Sagas, die sein Können am besten zur Geltung brachten, aber das war seine einzige Schwäche, und Moreta hatte sie nie als solche empfunden. Freilich besaß sie erst seit kurzem das Amt der Weyrherrin und kannte ihn in seiner Eigenschaft als Bewahrer der Tradition von Pern sicher nicht so gut wie Alessan. Und sie konnte sich vorstellen, daß es nicht gerade einfach war, Tirone zum Gegner zu haben.

»Er besitzt eine herrliche Stimme«, stellte sie zurückhaltend fest. »Kommt Meister Capiam ebenfalls?«

»Ich glaube schon.«

Wieder diese knappe Antwort! Moreta ärgerte sich über Alessan. Schätzte er denn außer Baron Shadder gar niemanden von den Führern Perns, die ihr so ans Herz gewachsen waren? Capiam, der Meisterheiler, hatte einfach keine Feinde! Oder konnte es sein, daß Alessan ihn unbewußt für den Tod seiner Frau verantwortlich machte?

»Halten Sie es für richtig, Moreta, daß Orlith in ihrem Zustand noch Schauflüge absolviert?« Unvermittelt stand Baron Tolocamp neben ihnen. Er war ihnen offenbar schon eine geraume Weile durch die Menschenmenge gefolgt, sonst wäre es ihm kaum gelungen, ihnen so wirksam den Weg abzuschneiden.

»Sie begibt sich frühestens in zehn Tagen zur Brutstätte, um ihre Eier abzulegen.« Moreta versteifte sich, gereizt über die Frage und den Fragensteller.

»Orlith flog mit meisterlicher Präzision«, warf Alessan ein. »Eine Gabe, die wir hier auf Ruatha sehr zu schätzen wissen.«

Baron Tolocamp blieb stehen, hüstelte und schaute Alessan verständnislos an.

»Sie setzt sich gern in Szene, wenn genug Publikum da ist, um ihre Künste zu bestaunen«, lachte Moreta. »Aber bis jetzt hat sie sich dabei noch nicht einmal eine Kralle abgebrochen.«

»Ah so, hmm. Dort drüben steht übrigens Lady Pendra, Moreta!« meinte Tolocamp mit plumper Jovialität. »Alessan, darf ich Sie mit meinen Töchtern bekannt machen?«

»Im Moment würde ich gern Lady Moreta über den Festplatz begleiten, Baron Tolocamp, da Sh'gall leider verhindert ist, Ruatha zu besuchen.« Er warf einen Blick auf die Gruppe junger Damen, die friedlich mit einigen seiner Höflinge plauderten. »Ihre Töchter führen ohnehin gerade eine angeregte Unterhaltung, in der ich sie nicht gern störe.«

Tolocamp begann zu schmollen.

»Ein Glas Wein, Moreta? Hier entlang.« Alessan führte sie mit festem Griff von Baron Tolocamp weg, der ihnen nachstarrte, entgeistert über den brüsken Abschied.

»Das wird er mir noch lange vorhalten«, murmelte Moreta, aber sie folgte dem Baron von Ruatha nur zu bereitwillig.

»Dann ertränken Sie Ihren Kummer in einem Glas von Bendens köstlichem Weißwein. Ich habe eigens einen Schlauch davon kaltstellen lassen.« Er winkte einen Diener herbei und gab ihm einen leisen Auftrag.

»Der Weiße von Benden? Mein Lieblingstropfen!«

»Und ich hatte schon befürchtet, Sie würden die Weine Tilleks bevorzugen.«

Moreta rümpfte die Nase. »Ich *muß* die Weine von Tillek bevorzugen.«

»Mir schmecken sie zu herb. Das macht der saure Boden von Tillek.«

»Stimmt, aber Tillek leistet seinen Tribut an den Fort-Weyr nun mal in Form von Wein. Und es ist leichter, Baron Diatis recht zu geben, als mit ihm zu streiten.«

Alessan lachte.

Als der Diener mit zwei feingeschliffenen Gläsern und einem Weinschlauch zurückkam, erspähte Moreta in einiger Entfernung Baron Tolocamp, der mit seiner Gemahlin, Lady Uma und den Töchtern im Schlepptau auf sie zusteuerte. Im gleichen Moment verkündete ein Ausrufer den Beginn der Wettrennen.

»Lady Pendra läßt sich bestimmt nicht so rasch abschütteln«, seufzte Moreta. »Wie können wir ihr nur entkommen?«

Alessan starrte zum Rennplatz hinüber. »Ich möchte aus einem bestimmten Grund vor allem das erste Rennen mitverfolgen. Wenn wir uns beeilen ...« Er deutete auf die gewundene Straße, die zur Ebene hinunterführte. Aber auf diesem Weg konnten sie der Abordnung von Burg Fort auf keinen Fall entgehen.

»Das schaffen wir höchstens noch mit Orliths Hilfe ... und sie schläft.« Dann erblickte Moreta ein Gerüst, mit dessen Hilfe am Südende des Hofes eine Mauer errichtet wurde. »Warum sehen wir uns die Sache nicht von dort oben an?« Sie deutete.

»Großartig! Eine Reiterin kennt eben keine Angst vor der Höhe.« Alessan nahm ihre Hand und steuerte sie geschickt durch die Menschenmenge. Sie entfernten sich immer weiter von Baron Tolocamp und seinen Damen. Die Leute, die bereits auf der halbfertigen Mauer standen, machten Platz für den Baron und die Weyrherrin. Alessan drückte Moreta sein Glas in die Hand und erklomm geschickt die oberste Reihe der Steinquader. Dann kniete er nieder und gab ihr mit einem Wink zu verstehen, daß sie die beiden Gläser nach oben reichen sollte.

Einen Moment lang zögerte Moreta. L'mal hatte ihr oft genug eingeschärft, den Weyr mit Würde zu vertreten, besonders wenn die kritischen Blicke von Burgbewohnern und Gildenangehörigen auf sie gerichtet waren. Aber höchstwahrscheinlich hatte Orlith sie mit ihrer Tollkühnheit angesteckt. Der Tag war herrlich warm – genau das, was sie brauchte, um einmal die Bürde der Verantwortung zu vergessen. Es gab Benden-Wein, Rennen und später sicher Musik und Tanz. Moreta, die Weyrherrin von Fort, wollte sich einmal richtig amüsieren.

Das ist dein gutes Recht, pflichtete Orlith ihr schläfrig bei.

»Schnell!« drängte Alessan. »Die Renner nehmen schon Aufstellung.«

Moreta wandte sich an den Drachenreiter, der ihr am nächsten stand.

»R'limeak, kannst du mir nach da oben helfen?«

»Moreta!«

»Nun sieh mich nicht so entsetzt an! Ich will das Rennen mitverfolgen, das ist alles!« Sie raffte die Röcke und stieg mit dem rechten Fuß auf R'limeaks verschränkte Hände. »Und jetzt mit Schwung, sonst schürfe ich mir die Nase an den Steinen auf!«

R'limeak leistete ihren Anweisungen nur halbherzig Folge, und wenn Alessan sie nicht mit starker Hand gestützt hätte, wäre sie wohl abgerutscht.

»Wie verdattert er aussieht!« lachte Alessan, und seine grünen Augen strahlten.

»Vielleicht tut ihm das Erlebnis gut. Diese blauen Reiter können unheimlich steif sein.« Sie nahm Alessan ein Glas ab. »Ah, was für eine herrliche Aussicht!« rief sie, nachdem sie sich rasch vergewissert hatte, daß die Startschranken noch geschlossen waren. Ihr Blick schweifte vom Fuß der Ruatha-Klippen über die Holzdächer der bunten Verkaufsstände, die leere Tanzfläche, die Felder und die von Steinwällen geschützten Obstgärten bis hin zum Ruatha-Fluß, der vom Eissee hoch droben in den Bergen gespeist wurde. Zwar waren die Bäume noch kahl, und ein später Frost hatte die Weiden bräunlich verfärbt, aber ein seidiger blaugrüner Himmel wölbte sich über der Landschaft, kein Wölkchen war zu sehen, und in der Luft lag eine angenehme Wärme. Moreta sah mit den geübten Augen der Drachenreiterin, daß drei Renner verspätet der Startlinie zustrebten.

»Ruatha wirkt heute so heiter«, sagte sie. »Wenn ich sonst herkomme, sind in aller Regel die Fensterläden verschlossen und die Türen verrammelt, und Mensch und Tier haben sich vor den Sporen in die Innenhöfe geflüchtet.«

»Dabei haben wir häufig Gäste«, entgegnete Alessan. Seine Blicke waren fest auf die Startschranken gerichtet. »Ruatha liegt äußerst günstig. Fort mag ein gutes Stück älter sein, aber den Vegleich mit unserer Burg hält es nicht aus.«

»In den Harfner-Archiven steht, daß Fort als Provisorium gleich nach der Überfahrt errichtet wurde.«

»Ein Provisorium, das sich vierzehnhundert Planetenumläufe lang erhalten hat! Wir auf Ruatha bauen unsere Burganlage ständig aus. Seit neuestem besitzen wir sogar eigene Unterkünfte für Leute, die unsere Rennen besuchen.«

Moreta lachte ihn an. Sie spürte, daß sie beide nur redeten, um die Aufregung vor dem Start zu überspielen.

»Da! Endlich sind sie aufgestellt!«

Zum Glück trieb eine schwache Brise die Staubwolken, die am Startplatz aufgewirbelt wurden, in die entgegengesetzte Richtung. Moreta sah die weiße Flagge niedergehen und hielt den Atem an, als die Tiere mit gewaltigen Sätzen lospreschten.

»Eine Kurzstrecke?« fragte sie und kniff die Augen zusammen. In dem Gewirr von Köpfen, Leibern und Beinen waren die Favoriten schwer zu erkennen. Die Tiere stürmten so dichtgedrängt dahin, daß sich die Farben der Satteldecken verwischten.

»Ja, damit fangen wir immer an«, erklärte Alessan geistesabwesend und hielt eine Hand über die Augen, um das grelle Sonnenlicht abzuschirmen.

»Allmählich wird das Feld auseinandergezogen ... ich könnte schwören, daß der Renner an der Spitze Ruathas Farben trägt!«

»Ich hoffe es«, flüsterte Alessan erregt.

Anfeuerungsrufe drangen von der Rennbahn bis zu ihnen herauf.

»Fort greift an!« schrie Moreta, als sich das zweite Tier aus dem Hauptfeld löste. »Und schnell!«

»Er muß nur sein Tempo beibehalten!« Das klang wie ein Gebet.

»Er schafft es!« Alessan gab keine Antwort, sondern starrte mit zusammengepreßten Lippen zur Ziellinie. »Na bitte ... er *hat* es geschafft!«

»Sind Sie sicher?«

»Völlig sicher. Die Ziellinie befindet sich parallel zu mir. Sie haben einen Siegrenner! Stammt er aus eigener Zucht?«

»Ja, ja! Er hat tatsächlich gewonnen?« Alessan sah sie fragend an. Er schien auf ihre Bestätigung zu warten.

»Und ob! Mit respektablen zwei Längen. Sie dürfen mir schon glauben. Bei Rennen irre ich mich nie.« Moreta hob ihr Glas. »Auf Ihren Sieger!«

»Auf meinen Sieger!« Seine Stimme klang sonderbar heftig, und in seinen Augen lag eher Trotz als Triumph.

»Ich begleite Sie gern in den Zielraum«, schlug sie vor, als sie sah, daß sich die Tiere im kurzen Gras hinter der Rennstrecke versammelten.

»Ich genieße den Moment lieber hier oben in Ihrer Gesellschaft«, meinte er und fügte lachend hinzu: »Hier muß ich mir keine Zwänge auferlegen. Dag ist unten. Er betreut meine Zucht, und er hat an dem Sieg mindestens den gleichen Anteil wie ich. Heute ist sein großer Tag. Außerdem wäre es höchst unschicklich für den Gastgeber, sich wie ein Irrer zu freuen, nur weil einer seiner Renner gewonnen hat.«

Moreta fand seine Offenheit erfrischend. »Es ist doch sicher nicht der erste Sieg, den Sie mit einem Renner einheimsen?«

»Doch.« Er winkte einen Diener zu sich und bat ihn, die Gläser noch einmal vollzuschenken. »Vor acht Planetenumläufen erhielt ich von Baron Leef die Aufgabe, Renner für Spezialzwecke zu züchten.« Obwohl er sich um einen leichten Plauderton bemühte, schwang in seiner Stimme eine gewisse Schärfe mit. »Die geeignete Zuchtwahl hat eine große Tradition auf Pern.«

»Vor *acht* Umläufen?« Moreta sah Alessan prüfend an. »Dann kann das da aber keinesfalls Ihr erster Sieg sein.« Sie deutete zum Ziel hinunter.

Der Burgherr lächelte. »Mein Vater hatte ganz bestimmte Vorstellungen. Er benötigte ausdauernde, kräftige Zugtiere, die obendrein nicht zuviel Futter verschlangen.«

Moreta nickte. Sie kannte den alten Baron. Doch dann warf sie Alessan einen verwirrten Blick zu. »Und aus diesen Kreuzungsversuchen ist ein Sprinter hervorgegangen?«

»Nicht direkt.« Alessan schmunzelte. »Der Sieger stammt von einer Linie ab, die als untauglich ausgesondert wurde. Zäh, mutig, gute Futterverwerter, aber klein und von zierlichem Knochenbau. Die Tiere schaffen es, all ihre aufgestaute Energie in kurzen Sprints explodieren zu lassen ... fünfzig Drachenlängen im Höchstfall, wenn ich ehrlich bin. Über die Neunzig-Längen-Marke hinaus sind sie unbrauchbar. Aber eine halbe Stunde Ruhepause, und sie halten die Strecke erneut voll durch. Langlebige Geschöpfe übrigens. Eigentlich war es Dag, der die Qualitäten der drahtigen kleinen Biester erkannte.«

»Wenn ich Sie recht verstehe, konnten Sie die Tiere zu Lebzeiten Ihres Vaters nicht bei Rennen einsetzen?« fragte Moreta mit einem verhaltenen Lächeln.

»Kaum.« Alessan grinste sie an.

»Ich kann mir denken, daß Sie heute eine hohe Summe einnehmen werden: ein Neuling, der sofort den Sieg davonträgt ...«

»Hoffen wir es! Wenn Sie wüßten, wie lange Dag und ich darauf warten mußten!«

»Meinen herzlichen Glückwunsch, Baron Alessan!« Moreta hob das gefüllte Glas. »Sie sind ein Mensch, vor dem man sich in acht nehmen muß. Erst führen Sie Baron Leef hinters Licht – und dann geben Sie dem Renngeschehen einen völlig unerwarteten Verlauf!«

»Ich hatte keine Ahnung, daß Sie soviel von Rennern verstehen, sonst hätte ich Sie zu einer Wette überredet ...«

»Ich bin als Zuschauerin hier, nicht zum Geldverdienen. Werden Sie Ihren Trumpf nun auch bei den Fort-Rennen einsetzen?«

»Ich könnte das Tier sogar heute noch einmal laufen lassen; aber das wäre unhöflich gegenüber meinen Gästen.« Das Rennfieber in seinen Augen verriet, daß ihm seine Rolle als Burgherr im Moment lästig war. »Aber vielleicht ist das ganz gut. Die anderen werden an einen Zufallssieg glauben. Ein einziger Renner am Start ... der Mann hat mehr Glück als Verstand!« Er ahmte den näselnden, etwas abschätzigen Tonfall der Züchter nach. »Sie haben recht, ich werde das Tier bei möglichst vielen Rennen starten lassen. Ich siege gern. Es ist eine ganz neue Erfahrung.«

Seine Ehrlichkeit überraschte sie. »Sind Sie übrigens sicher, daß Ihr Vater nichts von diesen Experimenten wußte? Baron Leef machte auf mich stets den Eindruck eines Mannes, der über das Geschehen auf seiner Burg genau im Bilde war – nicht nur auf seiner Burg übrigens, sondern im gesamten Westen.«

Alessan schaute sie nachdenklich an. »Möglich, daß er etwas merkte, obwohl Dag und ich alle erdenklichen Vorsichtsmaßnahmen trafen. Wir glaubten uns sicher vor einer Entdeckung.« Der Burgherr lachte leise. »Sie können sich gar nicht vorstellen, was wir alles auf uns nahmen, um ihn zu täuschen. Aber vermutlich haben Sie recht. Mein Vater ließ sich nicht ohne weiteres hinters Licht führen.«

»Nun, ich nehme an, daß er Sie nicht allein wegen Ihrer

Zuchterfolge zum Erben ernannte. Sicher stecken ganz besondere Fähigkeiten in Ihnen ...«

Alessan blinzelte ihr zu. »Der Weyr hat Anspruch auf meine Dienste, aber nicht auf meine Geheimnisse.«

»*Eines* habe ich bereits aufgedeckt. Soll ich ...« Moreta sprach den Satz nicht zu Ende, weil ihr zu Bewußtsein kam, daß ihr Geplänkel mit Alessan aufmerksam beobachtet wurde. Aber warum sollte sie auf einem Fest nicht fröhlich sein? Sie warf R'limeak einen finsteren Blick zu, und der blaue Reiter wandte sich verlegen ab.

Alessan sah sich ebenfalls um und begann leise zu fluchen. »Nicht einmal auf einer halbfertigen Mauer hat man seine Ruhe«, meinte er kopfschüttelnd, als er Baron Tolocamp samt Gefolge zielstrebig näher kommen sah.

»Bloß das nicht!« seufzte Moreta. »Ich lasse mir die Rennen nicht durch albernes Geplauder oder gar eine Heiratsvermittlung vermiesen. Da, von dort drüben überblicken wir das Geschehen ebenso gut!« Sie deutete auf eine kleine Anhöhe im Feld unterhalb der Straße. Im nächsten Moment raffte sie entschlossen die Röcke und balancierte über einen Haufen von Steinblöcken, die noch nicht in die Mauer eingefügt waren, in die Tiefe. »Vergessen Sie den Wein nicht!« rief sie über die Schulter zurück.

»Vorsicht, Sie brechen sich noch das Genick!« Alessan nahm dem verdutzten Diener den Weinschlauch aus den Händen und folgte ihr, bevor die anderen merkten, was sie vorhatten.

Steine rollten unter ihren Sohlen, aber sie erreichten unbeschadet die Straße. Im Laufschritt überquerten sie die Wiese hinter den Verkaufsbuden. Da sich in Moretas Rock ständig Kletten und Ranken festhängten, hob sie den schweren Saum einfach ein Stück an.

»Nicht die Spur von Würde«, stellte Alessan mit gespielter Entrüstung fest, während sie sich vorsichtig einen Weg über das holprige Feld bahnten.

»Ein Fest ist keine formelle Angelegenheit.«

»Leider sind Sie sehr formell gekleidet.« Er erwischte sie

gerade noch am Ellbogen, als sie ins Stolpern geriet. »Dieses Prachtgewand eignet sich schlecht für ein Querfeldeinrennen. So, da wären wir!« Alessan blieb abrupt stehen. »Von hier haben wir einen ungehinderten Ausblick auf die Start- und Ziellinie. Geben Sie mir Ihr Glas!«

»Ich wüßte nicht, was ich lieber täte.« Moreta hielt ihm den feingeschliffenen Kelch entgegen.

»Warum hatte ich bisher keine Ahnung davon, daß die Weyrherrin von Fort rennbesessen genug ist, um auf die Annehmlichkeiten der Ehrentribüne zu verzichten?«

»Ich war während der letzten zehn Planetenumläufe auf jedem Ruatha-Fest ...«

»Allerdings *dort!*« Er deutete zum Burghof hinauf.

»Wie es sich für mich geziemte. L'mal war dagegen, daß ich mich unter die Reitknechte mischte.«

»Wo Sie mit großer Sicherheit mich angetroffen hätten!« Alessan grinste.

»Sammelten Sie Erfahrungen mit Siegrennern?«

»Beim Goldenen Ei, nein!« Alessan täuschte Entsetzen vor. »Ich hatte nicht den Auftrag, schnelle, sondern ausdauernde Tiere zu züchten. Bei den Festen mußte ich unserem Rennverwalter Norman zur Seite stehen.«

Moreta hob erneut das Glas. »Auf den Mann, der sich durchsetzte und gewann!«

Ihre Blicke trafen sich. Moreta fühlte sich immer stärker von dem neuen Burgherrn angezogen, und das nicht nur, weil er ihre Leidenschaft für Rennen teilte. Er ließ sich schwer einordnen. Mit Tolocamp, Ratoshigan oder Diatis hatte er wenig gemeinsam. Er wirkte aufgeschlossener und sehr humorvoll; wenn er nun noch gut tanzte, dann konnte es tatsächlich sein, daß sie ihn den ganzen Abend für sich in Beschlag nahm.

Als Moreta zögernd den Blick von Alessan löste, entdeckte sie, daß zwei weitere Drachen über der Burg kreisten. Sie suchte nach Orlith, die sich immer noch über dem Haupteingang der Burg sonnte, und freute sich über den goldenen Schimmer ihrer Haut. Dann spürte sie, daß Alessan sie beobachtete, und wandte sich etwas verlegen ab.

»Eine liebe alte Gewohnheit«, murmelte sie und zuckte mit den Schultern.

»Kein Wunder bei einer so langen Partnerschaft ...«

»Haben Sie sich eigentlich bereits an Ihr neues Amt als Herr von Ruatha gewöhnt?«

»Nein. Ich bin eben erst dabei ...« Alessan unterbrach sich, als er das zärtliche Lächeln sah, das Orlith galt. »Selbst nach zwanzig Planetenumläufen ...?«

»Da – die Flagge! Der nächste Lauf beginnt.« Moreta lenkte seine Aufmerksamkeit auf das Renngeschehen. Jemand, der selbst kein Drachenreiter war, würde kaum begreifen, daß die telepathische Gemeinschaft, die bei der Gegenüberstellung geknüpft wurde, ein Wunder war – ein sehr intimes Wunder.

Kapitel II

Ruatha, 10. 3. 43

Das zweite Rennen ging über eine längere Strecke. Man hatte die Zielflaggen versetzt und die Bahn verbreitert, weil auf dieser Distanz mehr Renner antraten.

»Haben Sie diesmal ebenfalls einen Kandidaten im Feld?« fragte Moreta, als die Startfahne niederging.

»Nein. Ich besitze nur drahtige Sprinter und schwere, ausdauernde Zugtiere. Aber einer meiner Pächter hat einen aussichtsreichen Bewerber gemeldet. Man kann im Gedränge die Farben zwar schlecht erkennen; seine Satteldecke müßte jedoch blau mit roter Schraffierung sein.«

Das Feld war bereits etwas auseinandergezogen, als unvermittelt einer der Renner stürzte und zwei weitere mit zu Fall brachte. Moreta hielt den Atem an. Sie hoffte, daß sich die Tiere rasch wieder aufrappeln würden. Zwei der Renner kamen wieder auf die Beine. Der eine schüttelte benommen den Kopf, während der zweite reiterlos hinter dem Hauptfeld herrannte. Der dritte allerdings machte nicht einmal den Versuch aufzustehen.

Moreta rannte los, quer über das Feld.

»Ich verstehe nicht, weshalb er stürzte.« *Orlith!*

»Vermutlich ist er bei dem Gedränge ausgerutscht.« Alessan lief an ihrer Seite zur Rennstrecke hinunter. Ihre Besorgnis hatte ihn angesteckt.

»So dicht war das Feld nicht, und gestrauchelt ist er auch nicht!« Sie rannte weiter, obwohl sie sah, daß sich die beiden abgeworfenen Reiter über der Tier beugten und von der Startlinie Rennknechte herbeiliefen. *Orlith, warum steht er nicht auf?*

Beim Näherkommen erkannte Moreta, daß sich die Flanken des gestürzten Renners hoben und senkten. Seine Nase berührte den Boden, und er machte keine Anstalten, sich zu erheben. Das war sehr ungewöhnlich. Renner zogen es im allgemeinen vor, so rasch wie möglich auf die Beine zu kommen.

Hat er sich etwas gebrochen, Orlith?

»Er bekommt keine Luft«, sagte ein Reiter zum anderen. »Und die Nüstern sind blutig.«

Orlith, wach auf! Ich brauche dich!

»Dennoch – er hätte sich längst aufrichten müssen. Baron Alessan! Lady Moreta!« Der eine Reiter wandte sich ihnen zu, und Moreta erkannte Helly, einen tüchtigen Stallmeister, der viel Rennerfahrung besaß.

Er kann nicht atmen, erklärte Orlith schläfrig und ein wenig unwirsch über die Störung. *Seine Lungen sind mit Flüssigkeit gefüllt.*

Moreta beugte sich über den Kopf des Renners. Sie beobachtete das verzweifelte Blähen der Nüstern und den blutigen Ausfluß. Als sie nach der Halsschlagader tastete, spürte sie nur einen schwachen Puls. Er war viel zu unregelmäßig für ein Tier, das erst einige Drachenlängen gelaufen war.

Ein paar Männer ringsum schlugen vor, den Renner hochzustemmen. Moreta scheuchte sie mit einer Handbewegung zur Seite.

»Er kann nicht atmen. Die Luft dringt nicht bis in die Lungen vor.«

»Dann müssen wir einen Luftröhrenschnitt machen. Wer hat ein scharfes Messer?«

»Zu spät«, meinte Moreta. Sie schob die Lefzen des Tieres zurück und deutete auf den weißlich verfärbten Gaumen.

Die Umstehenden wußten ebenso wie sie, daß das Tier im Sterben lag. Vom Ziel erreichte sie das Jubelgeschrei der Zuschauer. Der Renner stieß einen gequälten Seufzer aus, und sein Kopf sackte zur Seite.

»So etwas erlebe ich zum ersten Mal«, murmelte der zweite am Sturz beteiligte Reiter. »Und ich beschäftige mich mit Rennern, seit ich einen Sattelgurt festziehen kann.«

»Haben Sie ihn geritten, Helly?« fragte Alessan.

»Ja, weil Vander mich darum bat. Sein Jockey ist erkrankt. Am Start wirkte das Tier ganz ruhig.« Helly unterbrach sich und schüttelte langsam den Kopf. »Zu ruhig, wenn ich mir's genau überlege. Aber ich kam eben erst vom Vorrennen zurück, und die anderen hatten das Tier für mich gesattelt ... Ging am Start tüchtig los, als sei es gewillt, sein Bestes zu geben.« Ärger und Hilflosigkeit schwangen in Hellys Stimme mit.

»Könnte das Herz gewesen sein«, erklärte einer der Zuschauer mit Kennermiene. »Da kippen sie oft ganz plötzlich weg. Wie wir Menschen auch.«

Nicht bei dem blutigen Nasenschleim, dachte Moreta.

»He, was ist denn hier los?« rief jemand gereizt. »Warum schafft man das Tier nicht ... Oh, Baron Alessan! Ich wußte nicht, daß Sie hier sind.« Der Rennverwalter schob sich an den Umstehenden vorbei. »Ist es tot? Verzeihung, Baron, aber wir müssen die Bahn für den nächsten Lauf freimachen.«

Alessan und Moreta nahmen den erschütterten Helly in ihre Mitte und führten ihn an der Menge vorbei, die bereitwillig eine Gasse bildete.

»Ich begreife das nicht ... ich begreife das ehrlich nicht.«

Der Stallmeister stand offensichtlich unter einem Schock. Moreta merkte, daß sie immer noch den Kelch in der Hand hielt, und reichte ihn Alessan, der den Weinschlauch von der Schulter nahm und einschenkte. Moreta bot das gefüllte Glas Helly an, und er trank es in einem Zug leer.

»Helly, was ist geschehen? Brachte er die Beine durcheinander – oder was?«

Ein untersetzter Mann in den Farben Ruathas war schwankend näher gekommen und wich nun erschrocken zurück, als er erkannte, wer Helly beistand. Er hielt ein feuchtes Tuch an die Stirn gepreßt und versuchte sich gleichzeitig vor Moreta und Alessan zu verbeugen. Wieder geriet er ins Taumeln.

»Helly, was war denn los?« In diesem Moment kam der Karren mit dem toten Renner in Sicht. »Beim Ei!« murmelte der Mann und tupfte sich die Stirn ab.

»Vander, fühlen Sie sich nicht wohl?« Helly gab Moreta das leere Glas zurück und trat neben den völlig verwirrten Pächter. Gemeinsam folgten sie dem Wagen mit dem Kadaver.

Moreta und Alessan blieben zurück. Das Interesse der Menge wandte sich wieder dem Renngeschehen zu. Knechte schleppten Eimer mit Wasser zu den eingezäunten Weiden am Rande der Bahn, wo die Tiere angepflockt auf ihren Einsatz warteten. Hin und wieder übertönte ein aufgeregtes Wiehern das Geschrei der Zuschauer.

»Ich kenne keine Erkrankung der Atemwege, die zu einem so plötzlichen Tod führen könnte«, murmelte Moreta.

»Ich war fest davon überzeugt, daß der Renner lediglich vom Sturz betäubt war und rasch wieder auf die Beine kommen würde«, stellte Alessan fest. »Woher wußten Sie so rasch, daß ihm etwas anderes fehlte?«

»Auf unserem Hof gab es immer Renner«, entgegnete sie ausweichend, denn außerhalb des Weyrs wußte kaum jemand, daß Orlith sie bei ihrer Heiler-Tätigkeit unterstützte.

»Dann haben Sie in Ihrer Jugend eine bemerkenswerte Ausbildung erhalten. Ich bilde mir nämlich ein, einiges von Rennern zu verstehen.«

»Davon bin ich überzeugt – wenn es Ihnen gelungen ist, aus Zugtier-Material einen Renner zu züchten ...«

In diesem Moment wurden zwei Renner an ihnen vorbeigeführt, allem Anschein nach Teilnehmer am Langstreckenlauf, und Moreta beobachtete die Tiere, bis sie in der Menge verschwanden.

»Nun – fehlt den beiden etwas?«

»Bestimmt nicht. Sie sind auf ihr Rennen gut vorbereitet. Nicht ein Tropfen Angstschweiß im Fell.«

»Könnte Vanders Tier schon vorher krank gewesen sein?«

»Das läßt sich nicht ausschließen«, meinte Moreta nachdenklich, »aber ich halte es für unwahrscheinlich. Helly sagte, daß der Renner laufen *wollte.* Ein krankes Tier würde sich anders verhalten. Vielleicht war es doch das Herz.«

»Gut. Ich möchte auch keine Probleme heraufbeschwören. Nicht heute, auf meinem ersten Fest.« Alessan runzelte die Stirn und drehte sich langsam um. Sein Blick streifte die Reihen der angepflockten Renner. »Es muß sich um irgendeinen dummen Zufall handeln. Ich kenne Vander. Sein Hof liegt einen guten Tagesritt im Süden. Er hat diesen Renner für den heutigen Lauf gründlich vorbereitet.« Alessan seufzte. »Aber werfen wir zur Sicherheit einen Blick auf seine anderen Tiere. Sie müßten da drüben stehen, wenn ich die Koppel-Nummern noch richtig im Kopf habe.« Er nahm Moreta am Arm und führte sie nach rechts.

Aber wie konnte sich so rasch Flüssigkeit in den Lungen stauen, wenn das Tier gesund gewesen war? überlegte Moreta. Sie wollte Orlith fragen, aber sie spürte, daß die Königin bereits wieder schlief. Renner spielten bei Drachen längst keine so große Rolle wie bei Menschen.

Alessan zog Moreta unvermittelt an sich, als ein Renner an ihnen vorbei zum Startplatz galoppierte. Seine Hufe wühlten das Gras auf, und er tänzelte so nervös, daß der Reiter Mühe hatte, im Sattel zu bleiben. Zwei Rennknechte liefen nebenher, aber sie hielten einen Respektabstand zu dem aufgeregten Tier ein. Moreta schaute der Gruppe nach.

»Nun?« erklang Alessans warmer Tenor dicht neben ihrem Ohr. Jetzt erst merkte sie, daß er immer noch schützend den Arm um sie gelegt hatte.

»Nein, der hier war alles andere als krank«, meinte sie lachend und löste sich von ihm. »Der hatte lediglich das Rennfieber.«

»Hier ist Vanders Koppel. Wenn ich mich recht erinnere, hatte er sieben Tiere angemeldet.« Alessan zählte und nickte dann. »Sagten Sie nicht, daß Sie aus Keroon stammen? Hier – diesen Renner kaufte er kürzlich in Keroon.«

Moreta streckte lachend die Hand aus und ließ das Tier an ihren Fingern schnüffeln, bis es sich an ihren Geruch gewöhnt hatte. Dann tastete sie seine Ohren nach dem Brandzeichen ab.

»Nein, von unserem Hof kommt er nicht.«

Alessan zuckte lächelnd mit den Schultern und unter-

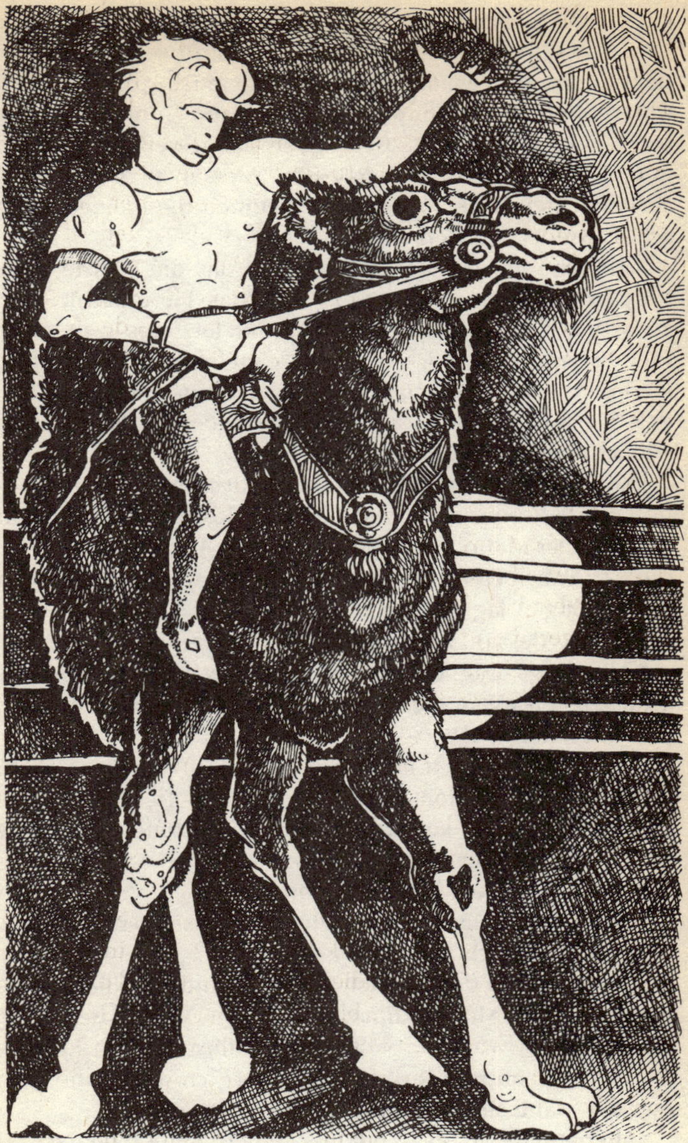

suchte die übrigen Tiere. »Sie sehen prächtig aus. Vander kam schon vor zwei Tagen hier an, damit seine Tiere vor dem Rennen gut erholt sind. Ich werde mich später mit ihm unterhalten. Sollen wir jetzt zurück zu den ... nein, das darf nicht wahr sein!« Das Geschrei der Menge verkündete, daß der nächste Lauf begonnen hatte. Alessan warf ihr einen zerknirschten Blick zu. »Nun versäumen Sie meinetwegen schon wieder ein Rennen!«

»Ich sehe mir die Rennen an, weil das die Würde einer Weyrherrin besser unterstreicht als das Herumschleichen zwischen den Koppeln – obwohl mir letzteres weit mehr Freude bereitet! Darf ich einen Blick auf Ihren Sieger werfen, wenn wir schon hier sind? Ich hege den finsteren Verdacht, daß Sie mit Rücksicht auf Ihre Gastgeberpflichten darauf verzichtet haben, nach ihm zu sehen.«

Die Erleichterung und Freude in Alessans Augen bestätigten ihre Vermutung. Er wollte eben losgehen, als ihm ein untersetzter Mann mit langen, kräftigen Armen und den typischen Säbelbeinen des Jockeys entgegengerannt kam. Auf seinen Zügen lag ein breits Grinsen.

»Baron Alessan! Suchen Sie etwa Squealer?«

»Allerdings, Dag! Das hast du großartig gemacht, wirklich großartig!« Alessan hieb Dag kräftig auf die Schultern. »Ein perfektes Rennen!«

Dag verbeugte sich steif vor Moreta.

»Meine Gratulation zu einem solchen Tier!« sagte die Weyrherrin. Dann konnte sie nicht widerstehen und fügte hinzu: »Es gibt nur wenige Menschen, denen es gelang, Baron Leef so hinters Licht zu führen.«

Dag warf ihr einen bestürzten, ja entsetzten Blick zu. »Lady Moreta, ich hätte nie gewagt ...«

Alessan boxte den kleinen Mann freundschaftlich in die Rippen. »Lady Moreta kommt von einem Hof, auf dem Renner gezüchtet wurden. Sie freut sich über unseren Erfolg.«

»Wo ist denn nun Ihr Squealer, Dag? Ich würde ihn gern aus der Nähe sehen.«

»Hier entlang, Lady. Aber im Moment kann man gar keinen Staat mit ihm machen. Ich habe ihn langsam auf und ab geführt, bis er nicht mehr so erhitzt war, Baron Alessan, und ihn dann mit lauwarmem Wasser gewaschen. Das Rennen hat ihn nicht im geringsten erschöpft. Er könnte jederzeit ...« Dag warf Moreta einen erschrockenen Blick zu und schwieg.

»Er ist ein Hengst?« fragte Moreta erstaunt.

»Ja. Weil er so knochig aussieht, konnte ich den Herdenmeister bisher immer beschwatzen, daß er zu jung oder zu kränklich zum Kastrieren sei. Und danach brachte ich ihn meist heimlich auf eine andere Weide.«

»Und das über Planetenumläufe hinweg?« Moreta war beeindruckt von soviel Anhänglichkeit.

»Squealer besitzt zum Glück keine auffälligen Merkmale«, sagte Alessan. »Das erleichtert die Sache ein wenig.«

Moreta sah einen hageren braunen Renner, der allein am Ende einer halbleeren Koppel wartete. Er hatte lange staksige Beine, aber derbe Gelenke. Einen Moment lang überlegte sie, was sie zum Lob des struppigen kleinen Kerls sagen könnte.

»Er hat wunderschöne Augen«, meinte sie schließlich.

Als hätte Squealer verstanden, daß von ihm die Rede war, drehte er sich um und betrachtete sie.

»Und er ist intelligent! Bleibt völlig gelassen.«

Squealer nickte ein paarmal, und die drei lachten über seine Reaktion.

Alessan winkte ab. »Ich weiß, daß es nicht viel über Squealer zu sagen gibt«, meinte er und tätschelte den Renner liebevoll.

»Squealer hat sein erstes Rennen gewonnen«, entgegnete Moreta. »Das will etwas heißen! Vielleicht gewinnt er noch viele andere, aber ...« Sie lächelte. »... nicht alle an einem Tag!«

Dag schnitt eine enttäuschte Grimasse.

»Hatten Sie eigentlich mehr Bewerber erwartet, Baron Alessan?« fragte Moreta und deutete auf ein paar unbenutzte Koppeln.

»Dag, das weißt du besser. Du hast Norman geholfen ...«

»Nun, wir hatten in der Tat mit mehr Leuten gerechnet. Während der ganzen letzten Siebenspanne herrschte schönes Wetter, und es gibt genug Höfe, in denen man die Renner für eine Nacht unterbringen kann. Uns wundert vor allem das Fehlen von Baron Ratoshigan; er besitzt einen Sprinter, der in diesem Jahr sämtliche Wettläufe für sich entschied. Sein Herdenmeister nahm auf dem Fest, das Baron Ratoshigan kürzlich gab, den Mund ziemlich voll ...«

»Es war vielleicht ganz gut, daß Squealer nicht gleich bei seinem ersten Lauf gegen die besten Renner des Westens antreten mußte ...«

»Er hätte es geschafft!« fuhr Dag auf, doch dann merkte er, daß Alessan ihn nur neckte. »Squealer ist jetzt abgekühlt. Ich bringe ihn rasch in seinen Stall.«

»Gut, dann sehen wir uns wieder die Rennen an.« Alessan wandte sich an Moreta. »Start- oder Ziellinie?«

»Ziel. Vielleicht erleben wir noch ein spannendes Finish.«

Für Leute, die ein Finish sehen wollten, schlenderten sie etwas zu lässig dahin, aber ihr Weg führte mitten durch die Koppeln, und Moreta genoß das.

»Ich frage mich tatsächlich, warum Baron Ratoshigan nicht kam.«

»Mir fehlt er nicht.« Moreta gab sich keine Mühe, ihre Abneigung zu verbergen.

»Ich teile Ihre Gefühle, aber ich hätte Squealer gern mit seinem Sprinter gemessen.«

»Das verstehe ich. Es muß großes Vergnügen bereiten, Ratoshigan zu schlagen.«

»Ich denke, Süd-Boll untersteht dem Fort-Weyr?«

»Das bedeutet nicht, daß ich den Mann mögen muß.«

Im gleichen Moment kam von der Seite ein gewaltiger Wasserschwall und durchtränkte Moreta bis auf die Haut. Den bildreichen Flüchen Alessans entnahm die Weyrherrin, daß auch er vor dem Segen nicht verschont geblieben war.

Was ist dir zugestoßen? erkundigte sich Orlith augenblicklich. Moreta war froh um die moralische Unterstützung ihrer Drachenkönigin, als sie wie erstarrt dastand und ihr das Wasser aus den Haaren in die Augen lief.

»Nichts Besonderes – ich bin nur naß geworden«, erklärte die Weyrherrin ihrer Königin.

Die Sonne scheint. Du wirst rasch trocknen.

»Nur naß? Völlig aufgeweicht sind Sie!« polterte Alessan.

Der Rennknecht, der im hohen Bogen einen Eimer Schmutzwasser ausgekippt hatte, weil er nicht ahnen konnte, daß die Weyrherrin von Fort und der Baron von Ruatha nicht auf den Tribünen saßen, wo sie eigentlich hingehörten, reichte Moreta völlig verstört ein Tuch, das allerdings schon verschiedenen anderen Zwecken gedient hatte und das Unheil nur verschlimmerte. Alessan rief wütend nach sauberem Wasser und frischen Kleidern und befahl, daß man ein Zelt freimachen solle.

Mit seinem Toben erreichte er, daß sämtliche Umstehenden das Mißgeschick bemerkten. Helfer rannten los, während Moreta dem entsetzten Knecht immer wieder versicherte, daß sie ihm nicht böse sei. Allerdings wußte sie genau, daß die Rennen nun ohne sie ablaufen mußten. Am liebsten hätte sie Orlith geholt und wäre in den Weyr heimgekehrt – aber sie holte sich in den nassen Klamotten vermutlich den Tod, sobald sie ins *Dazwischen* ging. Das neue braungoldene Festgewand war jedenfalls gründlich ruiniert.

Alessan zupfte sie am Ärmel. »Ich weiß, daß Sie Besseres gewöhnt sind, Moreta«, sagte er drängend. »Aber der Kittel hier ist sauber und trocken, und Sie könnten damit wenigstens die Rennen zu Ende verfolgen. Ich habe keine Ahnung, ob meine Schwester oder das Gesinde meiner Mutter Ihr Festkleid bis zum Abend trocken bekommen, aber ich verspreche Ihnen, daß ein paar angemessene Gewänder zur Auswahl bereitliegen werden, wenn die Rennen vorbei sind.«

Alessan hielt in einer Hand ein einfaches, schmal geschnittenes braunes Kleid und in der anderen Sandalen sowie einen hübschen, aus bunten Lederschnüren geflochtenen Gürtel. Er deutete auf das gestreifte Zelt des Rennverwalters. Im gleichen Moment schleppte der unglückliche Knecht zwei Eimer mit sauberem heißen Wasser herbei. Unter einen Arm hatte er sich einen Stapel mit frischen Handtüchern geklemmt.

»Kommen Sie, Moreta, bringen wir die Sache in Ordnung, ja?« Die Bitte in Alessans Worten und der Kummer in seinem Blick hätten selbst einen Stein erweicht.

»Und Sie?« fragte sie den Burgherrn, während sie zum Zelt ging. Die rechte Seite seines Anzugs war völlig durchnäßt.

»Ich fürchte, Sie haben den größeren Schwall abbekommen. Mein Zeug trocknet in der Sonne ... während wir die Rennen beobachten.«

Moreta lachte. »Also gut, ich werde mich beeilen.«

Der Knecht brachte das Wasser und die Handtücher ins Zelt. Sobald er gegangen war, streifte sich Moreta die Sachen vom Leib. Selbst ihre Unterwäsche tropfte, und so war sie froh, daß der schlichte braune Kittel aus einem kräftigen, undurchsichtigen Gewebe bestand. Rasch tauchte sie die Haare in das klare Wasser, denn die Schmutzbrühe hatte ihnen nicht gerade gutgetan. Dann rubbelte sie sich mit viel Wasser und den Tüchern gründlich sauber. Als das Geschrei der Menge das Finish des vierten Laufes ankündigte, erschien sie fertig angezogen vor dem Zelt.

»Jetzt glaube ich, daß Sie von einem Pächterhof stammen«, meinte Alessan mit leisem Lachen. Er reichte ihr ein gefülltes Glas. »Der Wein ist unversehrt geblieben.«

»Das nenne ich Glück!«

Der Knecht wand sich vor Verlegenheit und entschuldigte sich immer wieder, bis Moreta ihn mit einer ungeduldigen Geste verscheuchte. »Hinter den Rennzäunen fliegen oft schlimmere Dinge durch die Gegend als Schmutzwasser«, meinte sie lachend. »Ich bin froh, daß die Sache so glimpflich abgegangen ist.«

Alessan geleitete sie zur Ziellinie.

»Der letzte Lauf war ein Sprint – nur fünf Bewerber«, berichtete er.

»Und Squealer nicht dabei?« Moreta unterdrückte ein Lachen, als Alessan die gleiche säuerliche Miene aufsetzte wie zuvor Dag.

Die nächsten Rennen waren so spannend, daß sie die Tragödie des zweiten Laufes und auch ihr Mißgeschick völlig vergaß. Da sie in dem schlichten Gewand kaum jemand erkannte, konnte sich Moreta ungestört unter die Menge mischen. Sie fühlte sich zurückversetzt in die Zeit, als sie die Rennen von Keroon an der Seite ihres Jugendfreundes Talpan mitverfolgt hatte. Merkwürdig, daß sie ausgerechnet jetzt an ihn dachte ...

Ein geschäftstüchtiger Bäcker trug ein Tablett mit duftenden Fleischpasteten durch die Menge. Erst jetzt merkte Moreta, wie hungrig sie war.

»Kommen Sie!« sagte Alessan, der ihren Blick bemerkt hatte. »Sie sind mein Gast.« Er führte sie durch das Gewühl.

Der lockere, knusprige Teig war mit herrlich gewürztem Fleisch gefüllt, und Moreta verschlang im Nu drei Pasteten.

»Bekommen Sie im Weyr denn nichts zu essen?« neckte sie Alessan.

»Keine Sorge, ein Topf mit Stew steht immer bereit«, entgegnete sie. »Aber das Zeug schmeckt längst nicht so gut wie die Pasteten hier.«

Alessan musterte sie mit einem seltsamen Gesichtsausdruck.

»Sie sind ganz anders, als ich mir die Weyrherrin von Fort vorgestellt hatte«, erklärte er dann freimütig. Moreta überlegte müde, was Sh'gall wohl über sie erzählt haben mochte. »Leri habe ich näher kennengelernt«, fuhr der Burgherr fort. »Sie bleibt gewöhnlich ein Weilchen und plaudert mit den Bodentrupps ...«

»Ich würde das auch tun«, wehrte Moreta seine versteckte Kritik ab, »wenn ich nicht sofort nach dem Sporenregen zurück in den Weyr müßte.«

»Müßte?« Alessan zog die Brauen hoch.

»Haben Sie sich nie überlegt, wer die verwundeten Drachen versorgt?« Sie sprach schärfer als beabsichtigt, weil er sie an ihre Pflichten erinnert hatte. In zwei Tagen mußten die Reiter von Fort wieder zum Kampf gegen die Fäden aufsteigen, und sie hatte Angst, daß es zu neuen Verletzungen käme.

»Ich dachte natürlich, daß den Weyrn stets die besten Heiler zur Verfügung stehen.« Alessans Antwort klang so formell, daß Moreta ihre heftige Antwort bedauerte. Sie legte dem Burgherrn rasch die Hand auf den Arm. Er drückte sie lächelnd und fuhr fort: »Aber ich hatte keine Ahnung, daß diese Aufgabe Ihnen zufällt.«

»Baron Alessan ...« Dag kam mit wiegenden Schritten auf sie zu. »Runel setzt Squealer ständig herunter! Ich habe ihm den Stammbaum zu erklären versucht, aber er will mir einfach nicht glauben.«

Alessan verzog das Gesicht und schloß einen Moment lang die Augen.

»Und ich hatte so gehofft, Runel auf diesem Fest nicht zu begegnen.«

»Das ist Ihnen bei fast allen anderen Gästen gelungen, Baron; aber Runel kann ich Ihnen nicht abnehmen!«

Alessan seufzte resigniert.

»Wer ist denn Runel?« erkundigte sich Moreta.

Die beiden Männer schauten sie erstaunt an.

»Soll daß heißen, daß Sie Runel nicht kennen?« Heiterkeit vertrieb die Resignation aus Alessans Zügen. »Na, dann wird es aber höchste Zeit!«

Dag stieß einen entsetzten Laut aus.

»Das Rennen fängt gleich an«, erinnerte Alessan Dag. »Das ist das einzige Ereignis – außer einem Sporenregen vielleicht –, das Runels Litaneien Einhalt gebietet.«

Moreta war neugierig geworden.

»Da drüben steht er mit seinen Kumpanen.« Dag deutete verstohlen mit dem Daumen.

Moreta fiel zuerst auf, daß die Festbesucher einen deutlichen Abstand zu den drei Männern wahrten. Zwei waren allem Anschein nach Hofbesitzer – einer trug die Farben von

Fort und der andere die von Ruatha. Bei dem dritten handelte es sich um einen wettergegerbten Alten, dessen Kleider nach Stall rochen, obwohl sie ordentlich gebürstet und gebügelt waren. Der Mann von Ruatha verneigte sich tief vor Alessan, während er Moreta nur einen flüchtigen Blick zuwarf.

Alessan wandte sich an den Alten. »Hör zu, Runel! Ich habe den Renner, der heute auf der Kurzstrecke siegte, vor vier Planetenumläufen selbst gezüchtet. Seine Mutter ist die Sprintstute Dextra und sein Vater Vanders brauner Hengst Evest.«

Runels Gesichtsausdruck änderte sich dramatisch. Er warf den Kopf zurück, sein Blick verschleierte sich. »Squealer im Besitz von Alessan, Sieger des Ruatha-Festes im dritten Monat des dreiundvierzigsten Planetenumlaufs, sechstes Wiedererscheinen des Roten Sterns. Sohn von Dextra, der fünfmaligen Siegerin auf der Sprintstrecke, und Evest aus dem Stall Vander, im Besitz von Baron Leef, neunmaliger Sieger über Kurzstrecken. Dextra, gezeugt von Dimnal und geboren von Tran, der neunzehnfachen Siegerin über ...«

»Da, nicht mehr zu bremsen!« flüsterte Dag der Weyrherrin zu.

»Wie lange geht das noch?«

»Bis zurück zur Überfahrt«, murmelte Alessan. Er hatte die Arme verschränkt und tat so, als hörte er Runel aufmerksam zu.

»Allerdings kennt er nur die Renner des Westens«, merkte Dag kritisch an.

»Das reicht voll und ganz. Der Mann hat ein eidetisches Gedächtnis? Ich wußte zwar, daß es solche Leute gibt, habe aber noch nie jemanden von der Sorte persönlich kennengelernt.«

»Nennen Sie ihm einen Renner, und schon fährt er ab! Das Schlimme dabei ist nur, daß er ganz vorn anfangen muß ...«

»Geht er denn auf sämtliche Feste?«

»Auf alle, die er irgendwie erreichen kann.« Dag warf Alessan einen düsteren Blick zu.

Der Burgherr hob die Schultern. »Es ist sein einziges Talent. Mein Vater sorgte übrigens dafür, daß seine älteren Söhne in den verschiedensten Gilden gute Lehrplätze erhielten. So dient Runels Gedächtnis einem bestimmten Zweck ...«

»Genau. Er langweilt die Leute damit zu Tode«, seufzte Dag und warf einen sehnsüchtigen Blick auf den Rennplatz. »Es geht los!« Erleichterung machte sich auf seinen Zügen breit. Er stellte sich direkt vor Runel auf und sagte laut: »Das Rennen!«

Runels Begleiter zerrte an den Armen des Mannes, doch der schien sich immer noch in Trance zu befinden. »Das Rennen, Runel! Das Rennen beginnt!«

Runel schaute verwirrt umher.

»Runel, das Rennen beginnt«, wiederholte der Hofbesitzer von Fort und zerrte den Hirten in Richtung Ziellinie.

Alessan nahm Moreta ein Stück beiseite, und auch Dag ergriff die Flucht vor dem Trio. Moreta sah, daß die Zuschauer vor Runel rascher eine Gasse bildeten als vor Alessan.

»Sie sollten ihn erst mal hören, wenn er einen Familienstammbaum herunterrasselt!«

»Haben Sie das schon miterlebt?«

»Bei jedem Geburtsfest!« Alessan rollte die Augen zum Himmel.

»Ich könnte mir denken, daß so ein Mann in der Harfnerhalle von größerem Nutzen wäre als auf einer Burg.«

»Mein Vater hatte genug Verstand, das zu verhindern.«

»Warum? Bei dem Talent ...«

»Sein Großvater war Harfner auf unserer Burg und erinnerte sich zu oft an Dinge, die besser in Vergessenheit geraten wären.« Alessan grinste boshaft. »Mein Großvater sorgte dann dafür, daß seine Fähigkeiten weniger ... nun ja, weniger rufschädigend eingesetzt wurden. Aber eine ganze Reihe seiner Verwandten sind der Harfnergilde eng verbunden. Sie arbeiten vor allem in den Archiven, wo sie sich die alten Schriften einprägen, ehe die Tinte auf den dünnen Häuten ganz verblaßt ist.«

Sie suchten sich einen freien Platz im Zielraum und beobachteten den Einlauf des sechsten Rennens. Hier und da fingen sie Gesprächsfetzen auf. Die meisten Leute schienen zufrieden mit dem Fest und dem neuen Burgherrn, auch wenn manche eher freimütige Bemerkung Alessan in Verlegenheit zu bringen schien. Das Hauptgesprächsthema bildete jedoch das Wetter.

»Die Hitze kommt viel zu früh! Wir werden im Sommer zerfließen.«

»Ich ziehe die milden Tage zwar Regen- und Schneestürmen vor, aber irgendwie widerspricht es dem natürlichen Rhythmus der Jahreszeiten ...«

»Meine Herden sind unruhig. Bei der Wärme steigen ganze Wolken von Insekten auf und quälen die Tiere, bis sie nichts mehr fressen ...«

»Ein paar Tage Frost würden Pern guttun. Auch die Tunnelschlangen vermehren sich wie rasend.«

»Ich überlege schon, ob ich vorzeitig mit der Schur anfangen soll. Die Wolle ist zwar noch dünn, aber die Tiere schwitzen zum Erbarmen. Wenn es dann allerdings wieder kalt wird ...«

Moreta warf Alessan einen lächelnden Blick zu. »Seien Sie froh, daß die Leute sich nur über das Wetter beschweren. Kein Pächter erwartet von seinem Burgherrn, daß er das Wetter ändert. Für solche Dinge müssen meist die Weyr herhalten.« Sie schnitt eine Grimasse.

Der letzte Lauf brachte ein überraschendes Ergebnis. Zwei Renner überquerten die Ziellinie so dicht nebeneinander, daß selbst das geübteste Auge keinen Unterschied sah. Unter den Wettern und Besitzern entwickelte sich ein heftiger Disput. Alessan, der genau an der Ziellinie gestanden hatte, griff in den Streit ein und verdoppelte kurzerhand die Siegprämie.

Das war genau die richtige Entscheidung. Zufrieden und

gutgelaunt verließen Reiter, Rennknechte und Zuschauer die Bahn.

»Sie sind ein großzügiger Burgherr, Alessan.«

»Vielen Dank.« Alessan schaute zu den Koppeln hinüber. »Ah, gerade rechtzeitig ...« Moreta folgte seinen Blicken. Ein Knecht führte ein kräftiges hochbeiniges Tier heran, das eine Satteldecke in den Farben von Ruatha trug. »Steigen Sie auf, Lady Moreta!«

»*Das* ist die Kreuzung, die Sie für Ihren Vater züchten mußten, nicht wahr?«

Alessan nickte lachend. Er half ihr beim Aufsteigen und schwang sich dann hinter sie auf den breiten Sattel.

»Also, ich persönlich würde Squealer vorziehen«, meinte sie, als sich der Tier in Bewegung setzte.

»Aus Ihnen spricht die Rennbegeisterung. Mein Vater ließ sich mehr von der Vernunft leiten.« Alessans Blick streifte erneut die halbleeren Koppeln zu beiden Seiten der Rennbahn.

»Ich verstehe wirklich nicht, was Ratoshigan gehindert hat, seine Renner hier antreten zu lassen. Er hätte geradewegs den Fluß heraufsegeln können.« Alessan schüttelte den Kopf. »Im Normalfall läßt sein Pächter Soover – Sie kennen ihn sicher von Süd-Boll – selbst bei Feuer, Nebel oder Sporeneinfall kein Rennen aus.«

»Es sind doch mehr als genug Leute auf Ihrem Fest erschienen!« Moreta deutete auf die Verkaufsbuden, vor denen sich dichte Menschentrauben drängten.

Auch die Tische rund um die Tanzfläche waren bereits belagert. Verlockender Bratenduft drang zu ihnen herüber.

Alessan war quer durch das Feld geritten und lenkte das Tier jetzt auf die Straße, die zur Burg hinaufführte. Moreta warf einen Blick auf die Feuerhöhen. Sie stellte fest, daß sich Tamianth vom Hochland zu Orlith gesellt hatte.

»Manche Geschöpfe lieben die Wärme«, meinte Alessan. »Kann es sein, daß die ausgiebigen Sonnenbäder den Drachen helfen, die Kälte im *Dazwischen* besser zu ertragen?«

Moreta erschauerte unwillkürlich, und Alessan legte ihr den Arm fester um die Taille.

»Wenn wir gegen die Fäden ankämpfen, bin ich dankbar für die Kälte des *Dazwischen*«, entgegnete sie. Ihre Gedanken wandten sich dem nächsten Einsatz zu, der in zwei Tagen bevorstand.

Dann führte Alessan das Reittier die Rampe zum Burghof hinauf. Die Hufe dröhnten schwer über das Pflaster und erregten die Aufmerksamkeit der Ehrengäste. Moreta winkte Falga, der Weyrherrin vom Hochland, fröhlich zu.

»Ist dein neues Festkleid nicht rechtzeitig fertig geworden, Moreta?« fragte Falga, als sie ihnen entgegenkam.

»Du kannst es beim nächsten Fest bewundern, Falga«, erklärte Moreta lachend. »Das hier ist mein Renntribünen-Kostüm.«

»Ach, du und deine Rennen!« meinte Falga gutmütig und wandte sich wieder ihren Gesprächspartnern zu.

Plötzlich tauchte Tolocamp neben ihnen auf. Seine joviale Miene konnte nicht darüber hinwegtäuschen, daß er Moretas staubiges Reitgewand mißbilligte.

»Vielen Dank, Baron, ich schaffe das schon!« Sie übersah Tolocamps hilfreich ausgestreckte Hand und schwang sich geschickt vom Rücken des Renners.

»Kommen Sie, Lady Moreta, ich bringe Sie gleich in meine Räume!« Lady Uma hatte sich durch die Menge gekämpft und nahm sie nun am Arm.

Froh, daß sie Tolocamps kritischer Musterung entrann, folgte Moreta Alessans Mutter. Als sich jedoch ihre Blicke trafen, war ihr klar, daß die Baronin ihr Verhalten nicht weniger mißbilligte als Tolocamp – wenn auch aus anderen Gründen. Allem Anschein nach hatte sie die Vermittlungspläne der Burgherrin gründlich durchkreuzt. Schweigend brachte Lady Uma sie in die inneren Gemächer der Burg, und dieses Schweigen wirkte stärker als jedes Wort des Tadels. In den Privaträumen der Baronin lagen jedoch mehrere elegante Kleider zur Auswahl bereit, und in der Badestube dampfte bereits warmes, mit Duftkräutern angerichtetes Wasser.

»Wir haben Ihr Kleid in Ordnung gebracht, Lady Moreta«,

erklärte Lady Uma, als sie die Tür hinter sich schloß. »Ich fürchte nur, daß es vor dem Tanz nicht mehr richtig trocken wird.« Sie musterte Moretas Figur. »Hm, Sie sind schmaler, als ich dachte. Vielleicht das hier ...« Sie deutete auf ein rostrotes Kleid, winkte dann jedoch ungeduldig ab, eine Geste, die Moreta an Alessan erinnerte. »Nein, das wird Ihrem Rang einfach nicht gerecht. Eher dieses ...« Lady Uma hob ein glitzerndes grünes Gewand aus steifer Seide hoch.

Moreta strich mit den Fingern über den weichen Stoff des roten Kleides. Das Leibchen war wie für sie geschaffen, aber der Rocksaum saß eine Handbreit höher, als es sich für eine Weyrherrin geziemte. Ihr Blick fiel abwägend auf den prächtigen grünen Feststaat. Nein, in dem Zeug würde sie auf der Tanzfläche nur schwitzen.

»Das rote Kleid gefällt mir sehr gut; ich danke der Besitzerin, daß sie es mir für ein paar Stunden leiht.« Sie musterte lächelnd die Frauen, die sich um sie geschart hatten, aber keine der Anwesenden schien die Worte auf sich zu beziehen. »Ich werde mich beeilen«, versprach Moreta. Sie ging mit raschen Schritten ins Bad und zog den Vorhang hinter sich zu, in der Hoffnung, daß der Hinweis genügen und man sie allein lassen würde.

Die Wärme entspannte ihre verkrampften Muskeln, und sie blieb länger im Wasser, als sie beabsichtigt hatte. Erst als sie aus dem Bad gestiegen war und ihr Haar abzutrocknen begann, hörte sie im Vorraum ein Geräusch. Offenbar hatte doch jemand auf sie gewartet.

»Lady Uma?« rief sie ein wenig erschrocken.

»Ich bin es nur, Oklina«, entgegnete eine schüchterne junge Stimme. »Haben Sie alles gefunden, was Sie brauchen?«

»Ja, vielen Dank.«

»Darf ich Ihnen beim Frisieren helfen?«

»Nicht nötig – mein Haar ist kurz.«

»Ach so!« Leise Enttäuschung schwang in der Stimme mit.

»Ich bin fürchterlich selbständig, Lady Oklina«, lachte

Moreta. »Nur mit den Haken und Verschlüssen des Kleides komme ich nicht zurecht.« Sie schob den Vorhang mit einem Ruck beiseite, und Oklina, die ihr zu Hilfe eilen wollte, hätte sie beinahe überrannt. Verlegen wich das junge Mädchen zurück.

Oklina ähnelte ihrem Bruder sehr stark, Lady Uma dagegen überhaupt nicht. Moreta schloß daraus, daß die Baronin wohl nicht ihre leibliche Mutter war. Die dunkle Haut, die bei Alessan einen so reizvollen Kontrast zu den grünen Augen bildete, verlieh dem Mädchen ein eher schwermütiges Aussehen, aber sie hatte ein ausdrucksvolles Gesicht und anmutige Bewegungen. Mit einer Spur von Neid registrierte Moreta die langen glänzendschwarzen Haarflechten Oklinas.

»Ich ... es tut mir leid, daß Sie mit mir auskommen müssen, aber draußen wird gerade aufgetragen, und bei all den Gästen ...« Oklina hakte geschickt das Leibchen am Rock fest und begann es am Rücken zu schnüren.

»Wenn ich besser achtgegeben hätte ...«

»Oh, Marl wäre am liebsten im Erdboden versunken, als er merkte, wen er da mit dem Schmutzwasser übergossen hatte! Er brachte das Gewand selbst hierher und ging erst wieder, als er sah, daß die Mägde es ins Waschhaus trugen. So ein schönes neues Kleid – und noch vor dem ersten Tanz verdorben ...« Oklina seufzte und warf einen wehmütigen Blick auf ihr eigenes Kleid, das offensichtlich eine ihrer älteren Schwestern abgelegt hatte.

»Mit dieser Robe kann ich sicher leichter tanzen«, lachte Moreta und wirbelte im Kreis, daß der Rock flog.

»Alessan befahl uns ausdrücklich, Kleider herzurichten, die elegant genug sind, daß Sie zum Tanz bleiben.«

»Tatsächlich?«

»Ich ... das hätte ich wohl nicht sagen dürfen.« Tränen standen in Oklinas Augen, aber dann schluckte sie und fuhr fort: »Wissen Sie, er war seit Surianas Tod auf keinem Fest mehr. Nicht einmal zu seiner Einsetzung als Erbbaron kam er. Hat er sich gefreut, als Squealer siegte?«

»Er war begeistert!« Moreta lächelte über die Bewunderung, die Oklina ihrem Bruder entgegenbrachte. »Und das mit Recht! Der Renner gewann mit fünf Längen Vorsprung.«

»Oh, wirklich? Und er hat seine Freude echt gezeigt?« Als Moreta nickte, begannen die dunklen Augen des Mädchens zu leuchten. »Ich habe nur den Start mitverfolgt ...« Das ausdrucksvolle Gesicht verdüsterte sich kurz. »... und die Anfeuerungsrufe gehört. Sind Sie Dag begegnet? Dag läßt Squealer nicht aus den Augen. Der Alte versteht eine Menge von Rennen. Er arbeitete früher als Jockey bei Baron Leef. Siegrenner wittert er geradezu. Und er hatte Vertrauen in Alessans Zuchtversuche, obwohl alle anderen meinten, er solle die Finger davon lassen, ehe Baron Leef ...« Oklina biß sich auf die Unterlippe. »Ich fürchte, ich rede zuviel.«

»Ich höre Ihnen gern zu.« Moreta erlebte einen solchen Redeschwall nicht selten. Gerade die jüngeren Mädchen auf einer Burg wurden ziemlich unterdrückt und fanden kaum Gelegenheit, ihre Gefühle und Meinungen zu äußern. »Und ich bin sicher, daß Squealer die Zeit und die Mühe lohnen wird, die Alessan und Dag aufgewendet haben.«

»Ja?« Oklina strahlte. »Oh, die Harfner fangen an!« Das Mädchen lief ans Fenster und schaute zur Tanzfläche hinunter.

»Dann kommen Sie! Es wird höchste Zeit zum Tanz!«

Oklina warf ihr einen schüchternen Blick zu. Moreta konnte sich denken, daß Lady Uma dem jungen Mädchen eine Reihe anderer Arbeiten zugedacht hatte, aber sie wollte persönlich dafür sorgen, daß die Kleine das Fest ein wenig genießen konnte.

Die Korridore und der Saal waren leer, und im Hof entzündeten Mägde eben die Leuchtkörbe. Moreta blieb einen Moment lang auf der Rampe stehen und warf einen Blick hinauf zu den Feuerhöhen. Orlith hatte die Augen geschlossen und schlief in der Abendsonne. Wahrscheinlich wachte sie erst wieder auf, wenn die kühle Nachtbrise einsetzte. Die meisten anderen Drachen aber betrachteten das lebhafte Treiben mit großen funkelnden Augen.

»Herrliche Geschöpfe!« Oklinas Tonfall verriet Entzücken und Furcht zugleich. Einen Moment lang stockte sie, doch dann sprudelte sie hervor: »Hatten Sie ... große Angst?«

»Bei der Gegenüberstellung? Und wie! Die Sucher entdeckten mich erst am allerletzten Tag auf dem Hof meines Vaters. Man brachte mich in höchster Eile nach Ista, wo ich gerade noch Zeit fand, ein Bad zu nehmen und mich umzuziehen. Ehe ich so richtig erfaßte, was geschah, stand ich schon in der Brutstätte. Orlith verzieh mir zum Glück, daß ich zu spät kam ...« Ein sanftes Lächeln huschte über Moretas Züge.

Oklina seufzte sehnsüchtig.

Früher hatte Moreta oft Schuldgefühle entwickelt, wenn junge Mädchen sie um ihr Leben im Weyr beneideten. Inzwischen aber wußte sie, daß es nicht genügte, eine Drachenkönigin für sich zu gewinnen. Was danach kam, waren meist harte Arbeit und Pflichterfüllung.

»Wenn mein Bruder nicht zum Nachfolger auf Ruatha bestimmt worden wäre, hätte er vielleicht auch einen Drachen für sich gewonnen«, wisperte Oklina der Weyrherrin zu.

»Tatsächlich?« Moreta war verblüfft. Sie wußte gar nicht, daß man auf Ruatha nach möglichen Kandidaten für die Gegenüberstellung gesucht hatte.

»Dag hat es mir verraten.« Oklina nickte heftig. »Es war vor zwölf Planetenumläufen. Dag erzählte, Baron Leef sei wütend gewesen, weil Alessan doch sein Erbe antreten sollte, und er bot den Drachenreitern seine übrigen Söhne an, aber die Drachen wollten keinen haben. Woher wissen die Tiere eigentlich so genau Bescheid?«

»Suchdrachen haben ein feines Gespür«, erklärte Moreta und verlieh ihrer Stimme einen geheimnisvollen Klang. »Jeder Weyr besitzt Drachen, die das Potential in jungen Menschen erkennen.« Moreta zuckte mit den Schultern. »Es gibt Weyrgeborene, die ihr Leben lang mit Drachen zu tun hatten und nie ein Tier für sich gewinnen konnten, und dann wieder völlige Außenseiter – wie mich –, denen es auf Anhieb gelingt. Die Drachen wissen es immer.«

»Die Drachen wissen es immer ...« Oklinas Flüstern klang wie ein Gebet oder wie eine Beschwörung. Sie warf einen verstohlenen Blick zu den Feuerhöhen, als fürchtete sie, einer der schlummernden Drachen könnte ihre geheimen Wünsche übelnehmen.

»Kommen Sie, Oklina!« sagte Moreta rasch. »Ich habe schon eine Ewigkeit nicht mehr getanzt.«

Kapitel III

Ruatha, 11. 3. 43

Die Dämmerstimmung auf Ruatha rief in Moreta Glücksgefühle wach. So sollte ein Fest sein – Weyr, Burgen und Gilden vereint bei Speisen und Trank, Tanz, Gesprächen und fröhlichem Lachen. Die Leuchtkörbe warfen goldene Lichtkreise auf die dicht besetzten Tische, auf die Tänzer, auf die kleinen und größeren Gruppen, die herumstanden und sich unterhielten, und auf die durstigen Seelen, die das große Weinfaß umlagerten. Kinder liefen in der Menge umher, und hin und wieder übertönten ihre hellen Stimmen die Musik und das rhythmische Stampfen der Tänzer. Herrliche Bratendüfte stiegen ihr in die Nase.

Auf dem Podest hatten sich neun Harfner eingefunden; fünf weitere saßen in der Nähe und warteten auf ihren Einsatz. Moreta suchte nach Tirone, aber sie konnte den Meisterharfner nirgends entdecken. Er würde es doch nicht versäumen, dem neuen Erbbaron seine Aufwartung zu machen? Nun, vielleicht kam er später noch.

Moreta und Oklina erreichten den Ring der Zuschauer, und die Menge machte bereitwillig eine Gasse frei, als sie sich der Tanzfläche näherten. Oklina wollte umkehren, nachdem sie die Weyrherrin an den Tisch der Ehrengäste geleitet hatte, aber Moreta hielt sie am Arm fest. Und als Alessan aufsprang, um ihr Platz anzubieten, zog sie das Mädchen einfach neben sich auf die Bank.

»Das reicht für uns beide!« Moreta warf Alessan einen bedeutsamen Blick zu. »Ihre Schwester war so lieb, auf mich zu warten und mir beim Umkleiden zu helfen.«

Auf einen Wink Alessans rückten die übrigen Gäste ein wenig zusammen. Der Burgherr musterte kritisch Moretas

Kleid und runzelte die Brauen. »Konnten die Frauen nichts Besseres für Sie auftreiben?« fragte er leise.

»Oh, ich hatte die Wahl zwischen mehreren Prunkroben, aber das hier schien mir zum Tanzen am besten geeignet. Es fühlt sich herrlich leicht an.« Sie lächelte ihm zu. »In Zukunft werde ich immer zwei Kleider mitnehmen, wenn ich auf ein Fest gehe: eines, in dem ich mir die Rennen ansehen kann, und ein zweites, in dem mich die Leute ansehen können.« Sie hob den Kopf und versuchte die exaltierte Miene von Tolocamps Gemahlin zu imitieren.

Alessan blinzelte mit Verschwörermiene und füllte ihr Glas. »Der Weiße von Benden!« flüsterte er.

Sie hatte kaum den ersten Schluck getrunken, als die Harfner eine schnelle, fröhliche Tanzmelodie anstimmten.

»Darf ich bitten, Weyrherrin?« Alessan war aufgesprungen und streckte beide Hände aus.

»Gern.« Moreta wandte sich mit einem Lächeln an Oklina. »Könnten Sie inzwischen darauf achten, daß mir niemand den Platz und den Wein wegnimmt?« Dann folgte sie Alessan auf die Tanzfläche. Sie fand rasch den Rhythmus und genoß es, in seinen Armen herumzuwirbeln.

Moreta tanzte leidenschaftlich gern, aber im Fort-Weyr gab es selten Gelegenheit dazu. Eigentlich tanzte man nur bei der Gegenüberstellungszeremonie. Hin und wieder kam ihr zwar zu Ohren, daß die blauen und grünen Reiter nach dem Tod eines Drachen oder nach einem besonders harten Kampf gegen die Sporen wilde Tanz-Orgien abhielten, aber von solchen Zusammenkünften hielt sich Moreta im allgemeinen fern.

Die Musik verscheuchte ihre Gedanken an den Weyr und ihre Pflichten, und sie war außer Atem, als Alessan sie endlich an den Tisch zurückbrachte. Begeistert applaudierte sie den Harfnern.

»Ich muß mich jetzt ein wenig um Falga kümmern«, sagte Alessan, nachdem Moreta Platz genommen hatte. »Aber ich hoffe, daß Sie mir noch den einen oder anderen Tanz reservieren.«

»Macht es Spaß, mit Alessan zu tanzen?« fragte Oklina, als sie Moreta den Kelch mit dem goldenen Benden-Wein zuschob.

»Und ob! Er ist leichtfüßig und kennt sämtliche Schrittfolgen.«

»Ich weiß: Er hat mir die wichtigsten Tänze beigebracht. Wenn bei uns im Großen Saal musiziert wird, fordert er mich auch meist auf – aber heute, bei all den jungen Mädchen, die eigens seinetwegen gekommen sind, hat er bestimmt keine Zeit ...«

»Dann suche ich Ihnen eben einen anderen Partner!« Moreta ließ ihre Blicke über die Menge schweifen.

»Nein, das geht nicht.« Oklina sah sie ängstlich an. Eben formierten sich auf dem Podium die Paare zu einem neuen Tanz. »Ich soll doch bei der Betreuung der Gäste helfen.«

»Tun Sie das nicht? Sie sorgen seit geraumer Zeit für mein Wohlbefinden!« Moreta lächelte das junge Mädchen an. »Aber das bedeutet nicht, daß Sie den ganzen Abend stillsitzen müssen.«

»Moreta!« Eine kräftige Hand legte sich auf ihre Schulter. Sie schaute auf und erkannte B'lerion, den Reiter des Bronzedrachen Nabeth aus dem Hochland-Weyr. »Ich weiß, daß du dieser Musik nicht widerstehen kannst. Und mir erst recht nicht!«

Der Bronzereiter wartete ihre Zustimmung nicht ab, sondern zog Moreta hoch und blinzelte über ihre Schulter hinweg Oklina zu.

Moreta war der sehnsüchtige Ausdruck in Oklinas Gesicht nicht entgangen. Sie wußte, daß B'lerion auf die meisten Frauen Eindruck machte. Er war hochgewachsen und kräftig, hatte verführerische dunkle Augen und lachte gern. Außerdem verstand er es, die Mädchen mit seiner Schlagfertigkeit und seinen lebhaften Erzählungen zu begeistern. Nach ihrem Einzug im Fort-Weyr hatte sie eine kurze Affäre mit ihm gehabt, und sie war sicher, daß ihr drittes Kind von ihm stammte. Leider wuchs es als Pflegling in einer anderen Familie auf, aber Moreta war von Anfang an als Heilerin der verwundeten Drachen eingesetzt worden, und diese Pflicht hatte absoluten Vorrang. Obwohl B'lerion als Geschwaderführer nicht an Sh'gall heranreichte, hatte Moreta insgeheim gehofft, daß Nabeth Orlith bei ihrem ersten Paarungsflug besiegen würde. Nun, es half nichts, versäumten Möglichkeiten nachzutrauern. Der stärkste, klügste Drache machte in der Regel das Rennen – das war der einzige Weg, die Rasse zu verbessern. Und Sh'galls Kadith hatte sich eben zweimal als der stärkste und schnellste Bronzedrache erwiesen. Das sagte sich Moreta immer wieder eisern vor.

B'lerion war gutgelaunt und erwies sich wieder einmal als ausgezeichneter Tänzer. Er hatte von ihrer unfreiwilligen Dusche gehört und meinte, das sei die gerechte Strafe dafür, daß sie den jungen Burgherrn für sich ganz allein in Anspruch genommen habe. Dann begann er zu sticheln, warum Sh'gall nicht auf dem Fest sei, um sein Eigentum zu schützen.

»Ich habe nie verstanden, wie du es zulassen konntest, daß Kadith deine Königin nahm. Stell dir vor, Nabeth wäre Sieger geblieben! Wir beide hätten den Fort-Weyr schon in den Griff bekommen! Und du magst Sh'gall nicht. Gib es ruhig zu!«

Er preßte sie enger an sich, und Moreta wußte, daß er halb im Ernst sprach. Aber sie wußte auch, daß B'lerion immer im Ernst sprach, wenn er eine Frau für sich gewinnen wollte. Er war ein Charmeur, der seine Aktivitäten nicht auf einen Weyr oder eine Burg beschränkte.

»Du und Weyrführer von Fort? Du hast nicht die Spur von Verantwortungsgefühl!«

»Mit deiner Hilfe wäre ich über mich hinausgewachsen. Außerdem sind es nur noch acht Planetenumläufe, bis der Rote Stern endgültig verschwindet. Stell dir vor, was für ein herrliches Leben wir dann geführt hätten!« Er legte den Arm um ihre Taille. »Du kannst nicht leugnen, daß wir beide gut zusammenpasen ... und daß wir unseren Spaß hatten ...«

»Wann hattest du mal keinen Spaß, du Weiberheld?« Moreta löste sich lachend aus seinem Arm. Sie befürchtete, daß jemand B'lerions Aufmerksamkeiten mißdeuten könnte. Und sie schuldete Sh'gall ihre ungeteilte Unterstützung – zumindest bis zum Ende der Sporeneinfälle. Als sie an den Tisch zurückkehrte, folgte er ihr und nahm neben Oklina Platz.

»Darf ich um den nächsten Tanz bitten, Lady Oklina? Ich bin B'lerion, der Reiter des Bronzedrachen Nabeth. Moreta wird Ihnen bestätigen, daß ich völlig harmlos bin. Gönnen Sie mir einen Schluck von Ihrem Wein?«

»Das ist Lady Moretas Wein!« protestierte Oklina und versuchte das Glas festzuhalten, aber B'lerion nahm es lachend an sich.

»Moreta würde mich bestimmt nicht verdursten lassen. Ich trinke auf Sie und Ihre großen dunklen Augen!«

Moreta merkte deutlich, daß Oklina bei B'lerions Komplimenten in Verwirrung geriet. Das junge Mädchen zählte sicher erst sechzehn Planetenumläufe. Man würde sie bald an einen Hofbesitzer oder Handwerksmeister im Osten oder Süden von Pern verheiraten, möglichst weit weg von Ruatha, um den Stammbaum stark zu erhalten. Wenn der Rote Stern weitergezogen war, hatte Oklina bestimmt schon eine große Kinderschar und würde nur noch verschwommen an dieses Fest zurückdenken. Oder sie erinnerte sich mit Freude an B'lerions Aufmerksamkeiten. Die Harfner spielten einen langsamen Tanz, und B'lerion führte das Mädchen aufs Podium.

Die Bänke leerten sich, denn die getragenen Klänge lockten auch die älteren Gäste auf die Tanzfläche. An einem Ende der Tafel saß Lady Uma und hörte ernsthaft dem Geplauder einer protzig gekleideten Gutsbesitzerin zu. Als beide zufrieden zum Podium hin nickten, sah Moreta, daß Alessan mit einem jungen Mädchen tanzte. Wohl die Tochter der Gutsbesitzerin – eine Heiratskandidatin? Lady Umas schwaches Lächeln hatte etwas Berechnendes, und Moreta betrachtete das Mädchen genauer. Sie war hübsch, mit lokkigem dunklen Haar, wirkte jedoch mit ihrem gezierten Augenaufschlag ziemlich albern. Moreta konnte sich nicht vorstellen, daß Alessan viel mit so einem naiven Ding anfangen konnte – vor allem jetzt, da er als Erbbaron von Ruatha unter den schönsten und klügsten Frauen des Kontinents wählen konnte. In diesem Moment bemerkte Moreta einen Bronzereiter von Fort am Rande der Tanzfläche. Sie war verblüfft, denn sie hatte geglaubt, daß S'peren nach Ista geflogen sei.

»Ist das Fest auf Ista schon vorbei?« fragte sie ihn erstaunt.

»Es war eher enttäuschend, nachdem sie das Tier weggeschafft hatten. Keine Rennen.« S'peren lächelte. »Und längst nicht so viele Gäste wie auf Ruatha.« Er nickte zur überfüllten Tanzfläche hin. »Die Leute waren nicht in Feststimmung. Es geht eine Krankheit in Igen, Keroon und Telgar um.«

»Unter den Tieren?« Der rätselhafte Tod des Renners kam ihr plötzlich wieder in den Sinn.

S'peren warf ihr einen erstaunten Blick zu. »Nein, unter den Menschen. Eine Art Fieber, wie ich hörte. Meister Capiam kümmert sich darum. Angeblich befand er sich auf Ista, aber ich sah ihn nirgends.«

»Wie geht es den Weyrführern von Ista?« Mit F'gal und Wimmia hatte sie während ihres Aufenthalts im Ista-Weyr stets eine enge Freundschaft verbunden.

»Gut. Sie lassen dich wie immer herzlich grüßen. Ach, da fällt mir noch etwas ein! Ein Tierheiler namens Talpan hat sich nach dir erkundigt. Er erzählte, daß er dich noch vom Hof deines Vaters her kennt.«

Seltsam, dachte Moreta, nachdem sie noch ein paar höfliche Worte mit S'perens Begleitern gewechselt hatte. Heute war ihr erstmals seit vielen Planetenumläufen Talpan in den Sinn gekommen ... und einige Stunden später erhielt sie ein Lebenszeichen von ihm.

Der Tanz ging zu Ende, und sie hielt nach Alessan Ausschau. Er war ein so angenehmer Partner. Dann sah sie ihn auf dem Podium, an der Seite eines dunkelhaarigen Mädchens. Oklina? Als die Kleine sich umdrehte, erkannte Moreta, daß es eine Fremde war. Alessan tat ihr allmählich leid. Sie konnte sich noch gut erinnern, wie elend sie sich gefühlt hatte, kurz bevor Orlith zum entscheidenden Paarungsflug aufgestiegen war und ihr plötzlich sämtliche Bronzereiter von Pern den Hof machten.

Moreta trank ihr Glas leer und begann nach einem Partner zu suchen. Als sie keinen entdeckte, schlenderte sie an den nächstbesten Weinausschank und ließ sich ihren Kelch nachfüllen. Ein Schluck – und sie schüttelte sich! Das war kein Benden-Wein, sondern der herbe Rebensaft von Tillek. Ein Blick auf die Ehrentafel zeigte ihr Alessan, flankiert von zwei hübschen Mädchen, eines davon mit prächtigem rotblonden Haar. Lady Uma war offensichtlich nicht untätig geblieben. Ein wenig enttäuscht suchte sich Moreta einen freien Hocker und lauschte den Harfnern, die jetzt mit Liedvorträgen begannen.

Die erste Ballade hatte einen temperamentvollen Refrain, und die Weyrherrin sang ihn begeistert mit. Nach der zweiten Stufe spürte sie Orlith in ihren Gedanken.

Gefällt dir der Gesang? fragte sie ihre Königin.

Singen ist eine schöne Beschäftigung. Es macht die Seele leicht und frei und vereint die Gedanken.

Es folgten vier Traditionsballaden, jede mit großem Eifer vorgetragen. Dann überraschte sie der junge Harfner von Ruatha, der eine schöne Tenorstimme hatte, mit einem Lied, das ihm beim Durchforschen der Archive in die Hände gefallen war. Es hatte eine eingängige Melodie und fremdartige, sehr eigenwillige Rhythmen. Ein uralter Gesang, dachte Moreta, und genau richtig für diesen weichen Tenor. Auch Orlith fand Gefallen daran.

Unser Geschmack ist oft der gleiche, stellte Moreta fest.

Oft, aber nicht immer.

Wie meinst du das?

Die Harfner singen! wich Orlith aus, und Moreta wußte, daß sie keine direkte Antwort erhalten würde.

Dann fragten die Harfner nach Wünschen aus dem Publikum. Moreta hätte gern ein Lied aus den Ebenen von Keroon gehört, aber es war eine düstere Ballade, die nicht zur Stimmung dieses Festes paßte. Talpan hatte sie oft gesummt ...

Nach den Vorträgen betrat Alessan die Bühne und dankte den Harfnern für ihr Kommen und ihre Musik. Er lud sie ein, sich mit Ruatha-Wein zu stärken, damit sie so lange weiterspielen konnten, bis auch der letzte Tänzer erschöpft das Podium verließ. Von den Tischen kamen Hochrufe. Den Gästen gefiel es, daß der Burgherr nicht gleich bei seinem ersten Fest knauserte.

Die nächste Tanzrunde eröffneten die Harfner mit einem Reigen. Das gab Alessan Gelegenheit, beide Partnerinnen gleichzeitig aufs Podium zu führen. B'lerion tanzte wieder mit Oklina, aber Lady Uma achtete nicht darauf, weil sie nur Augen für Alessan hatte.

Moreta machte sich entschlossen auf die Suche nach Benden-Wein. Unterwegs hielten sie ein paar Gutsleute auf und erkundigten sich nach dem Befinden von Leri und Holth. Sie bedauerten, daß die einstige Weyrherrin von Fort das Fest nicht besuchte.

Gib ihre Grüße an Holth weiter, Orlith. Es wird die beiden freuen, daß man sie vermißt.

Nach einer Pause entgegnete Orlith, Holth sei ganz froh, nicht die ganze Nacht auf einem kalten Felsensims herumsitzen zu müssen.

Spürst du die Kälte, Liebes? erkundigte sich Moreta besorgt.

Die Feuerhöhen bleiben lange warm. Außerdem liegen Nabeth und Tamianth dicht neben mir. Du solltest etwas essen! Mich ermahnst du immer, wenn ich nichts esse.

Moreta lächelte über Orliths selbstgefälligen Ton. Aber ihre Königin hatte nicht unrecht. Der herbe Tillek-Wein machte sie fast ein wenig beschwipst, und ihr Magen knurrte. Am besten besorgte sie sich etwas zu essen, ehe der Reigen zu Ende ging. Sie ergatterte ein Tablett mit scharf gewürzten Wherhuhnscheiben, gebackenen Gemüseknollen und anderen Delikatessen. Als sie damit den Tisch der Ehrengäste – und die Karaffe mit dem Benden-Wein – ansteuerte, endete der Tanz. Alessan verbeugte sich vor seinen beiden Tänzerinnen, und schon stand Lady Uma neben ihm und stellte ihm das nächste Mädchen vor. Aus dem Augenwinkel erspähte Moreta Baron Tolocamp, der mit wichtiger Miene auf sie zusteuerte, und sie bog ab, als habe sie ihn nicht gesehen. Sie hatte keine Lust, sich den Abend durch seine Beschwerden und Quengeleien verderben zu lassen. Einen Moment lang überlegte sie, ob sie am Tisch der Harfner haltmachen sollte, denn dort gab es sicher den besten Wein, aber die Harfner konnten sie auch nicht vor Tolocamp schützen. So schlängelte sie sich unauffällig hinter das Podium und blieb aufatmend im Halbdunkel stehen.

Um ein Haar wäre sie über einen Stapel Packsättel gestolpert, die jemand hier außer Sichtweite der Gäste gelagert hatte. Das brachte sie auf eine Idee. Sie zog einen der Sättel heran, setzte sich und begann in aller Ruhe zu essen. Tolocamp bereitete ihr ernsthafte Sorgen. Wenn der Rote Stern erst weiterwanderte und die Burgherren nicht mehr auf die Drachenreiter angewiesen waren, würde er sicher ständig an den Weyrn herummäkeln. Moreta hegte ihre Zweifel, ob Sh'gall ihn ebensogut in Schach halten konnte wie die Sporenplage.

Endlich ißt du! stellte Orlith fest.

Moreta klappte eine Bratenscheibe zusammen und biß herzhaft hinein. Das Fleisch war zart und saftig.

Das Zeug schmeckt großartig! berichtete sie ihrer Königin.

Jemand kam um die Ecke des Podiums gestolpert, und Moreta zog sich tiefer in den Schatten zurück. Hatte Tolocamp etwa ihren Zufluchtsort entdeckt? Oder war da jemand, der einem dringenden Bedürfnis nachgeben wollte?

Es ist Alessan, beruhigte sie Orlith. Moreta staunte. Im allgemeinen besaß ihre Königin kein besonders gutes Namengedächtnis.

»Moreta?« Alessans Stimme klang unsicher. »Ah, da sind Sie ja!« rief er erleichtert und kam ein paar Schritte näher. »Ich sah, wie Sie vorhin die Flucht vor Tolocamp ergriffen. Ich komme beladen mit Speis und Trank. Störe ich?«

»Überhaupt nicht, falls Sie an einen Schluck Benden-Wein gedacht haben! Das Zeug von Tillek, das Sie da ausschenken lassen, ist nicht schlecht, aber ...«

»Aber es hält den Vergleich mit Benden nicht aus, ich weiß. Hoffentlich haben Sie das keiner Menschenseele verraten ...«

»Damit sich alle auf den kostbaren Tropfen stürzen? Beim Großen Ei, ich werde mich hüten! Und Sie haben noch mehr von dem knusprigen Wherhuhn mitgebracht? Meine Hochachtung vor Ihren Köchen! Hier, machen Sie es sich bequem!« Sie schob ihm einen Sattel zu und reichte ihm dann das leere Glas. »Ich bin am Verdursten.«

»Ich habe gleich den ganzen Schlauch mitgebracht.« Alessan schenkte vorsichtig ein.

»Aber sicher müssen Sie ihn mit Ihren Freunden teilen.«

»Sagen Sie das noch einmal ...« Alessan traf Anstalten, ihr das gefüllte Glas wieder abzunehmen.

»Das war unfair von mir. Sie taten nur Ihre Pflicht als Gastgeber ...«

»Aber das gründlich! Von jetzt an nehme ich mir die Freiheit, das Fest zu genießen.«

»Das können Gastgeber selten.«

»Meine Mutter hat mir mit viel Geschick ...«

»... und Eifer ...«

»... jedes heiratsfähige Mädchen im Westen vorgeführt, und ich habe brav mit jeder der Damen getanzt. Reden kann man allerdings mit den wenigsten. Übrigens – wer ist der Bronzereiter, der Oklina nicht mehr losläßt? Kann man sich auf ihn verlassen?«

»B'lerion ist ein liebenswerter Mensch, den ich sehr schätze. Aber weiß Oklina, daß Drachenreiter selten feste Bindungen eingehen?«

»Wie jedes Mädchen auf Pern«, entgegnete Alessan trokken.

»Ich kenne B'lerion seit vielen Planetenumläufen«, setzte Moreta hinzu. Es sprach für Alessan, daß er seiner Schwester Kummer ersparen wollte.

Sie aßen schweigend, und Alessan schien nicht weniger hungrig zu sein als sie. Plötzlich stimmten die Harfner einen neuen Tanz an, einen temperamentvollen Rhythmus, bei dem die Partnerin gehoben, herumgewirbelt und wieder aufgefangen werden mußte. Moreta erkannte die Herausforderung in Alessans Augen: Im allgemeinen nahmen nur die jungen, beweglichen Leute an diesem akrobatischen Tanz teil. Moreta lachte leise. Sie war weder ein schüchternes, unsicheres junges Ding noch eine der müden Burg-Matronen, die nach allzu häufigem Kindersegen matt und ohne jede Vitalität waren. Als Kampfreiterin nahm sie es mit jedem Tänzer auf. Orlith ermutigte sie.

So stellte sie ihr Tablett ab, gab Alessan die Hand und betrat an seiner Seite die Tanzfläche, wo eben die ersten Tänzer zu Fall gekommen waren und nun den gutmütigen Spott der Zuschauer ertragen mußten.

Moreta und Alessan blieben das einzige Paar, das den wilden Tanz unversehrt überstand. Tosender Beifall belohnte ihre Geschicklichkeit. Atemlos und ein wenig schwindlig von den schnellen Drehungen, trat Moreta an den Rand des Podiums. Jemand drückte ihr ein Glas Wein in die Hand, und noch vor dem ersten Schluck wußte sie, daß es der köstliche Weiße von Benden war. Alessan stand mit glühendem Gesicht und schweratmend von der Anstrengung neben ihr, aber ebenso begeistert und gelöst wie sie.

»Beim Ei, mit dem richtigen Partner zeigst du deine wahren Talente, Moreta!« rief Falga und gesellte sich zu ihnen. »In solcher Form habe ich dich noch nie erlebt. Alessan, das hier ist mein schönstes Fest seit vielen Planetenumläufen. Damit übertreffen Sie sogar Baron Leef, dessen gesellige Zusammenkünfte ich immer zu schätzen wußte. S'ligar wird es bedauern, daß er nicht mit herkam.«

Die Drachenreiter in Falgas Begleitung prosteten Alessan zu.

»Wir sehen uns hoffentlich in Crom wieder, Moreta«, meinte Falga, ehe sie sich zum Gehen wandte. Die Harfner spielten eine sanfte alte Melodie an.

»Können Sie sich überhaupt noch rühren?« flüsterte Alessan.

»Aber ja.« Moreta schaute unauffällig in die Richtung, in die seine Blicke schweiften, und sie sah, daß Lady Uma ein junges Mädchen zum Podium schleppte.

»Mir sind heute schon genug Heiratskandidatinnen auf die Zehen gestiegen«, seufzte er und führte sie auf die Tanzfläche, ohne auf Lady Umas finstere Miene zu achten.

Alessan zog sie eng an sich, und sie gaben sich der wiegenden Musik hin. Moreta pochte immer noch das Blut in den Schläfen, aber allmählich ließ ihr Herzklopfen nach, die Muskeln hörten zu zittern auf, und eine kühle Brise streifte ihr erhitztes Gesicht. Sie merkte, daß sie diese Melodie seit ihrer Jugend in Keroon nicht mehr gehört hatte – und wieder kam ihr Talpan in den Sinn.

»Sie denken an einen anderen Mann!« murmelte Alessan dicht neben ihrem Ohr.

»An einen Jungen, den ich kannte. In Keroon.«

»Sie denken gern an ihn zurück?«

Schwang da eine Spur von Eifersucht in Alessans Stimme mit?

»Wir machten beide eine Lehre bei dem gleichen Heiler. Er beendete seine Ausbildung, aber ich kam nach Ista und gewann Orlith für mich.«

»Und jetzt heilen Sie Drachen.« Einen Moment lang lokkerte Alessan seinen Griff, doch dann preßte er sie wieder eng an sich. »Tanzen Sie, Moreta von Keroon! Beide Monde stehen am Himmel. Wir können die ganze Nacht tanzen.«

»Die Harfner sind vielleicht anderer Ansicht.«

»Nicht, solange wir sie gut mit Wein versorgen ...«

Alessan blieb an ihrer Seite, bis die Mehrzahl der Gäste aufgebrochen waren und Orlith im Morgengrauen auf der Tanzfläche landete.

»Es war ein Fest, an das ich lange denken werde, Baron Alessan.« Sie wählte bewußt einen formellen Abschied.

»Ihre Gegenwart hat es verschönt, Weyrherrin«, entgegnete er und half ihr beim Aufsteigen. »Vorsicht!« raunte er, als sie von Orliths Vorderpfote abrutschte. »Glauben Sie, daß Sie den Weyr erreichen, ohne vorher einzuschlafen?«

»Ich habe meinen Weyr noch immer wohlbehalten erreicht.«

»Stimmt das, Orlith?«

Moreta warf ihm einen entrüsteten Blick zu. Er wagte es, in ihrer Gegenwart die Drachenkönigin zu Rate zu ziehen?

Er meint es gut. Orlith blinzelte sie aus schläfrigen Augen an.

Moreta lachte leise. »Orlith behauptet, daß Sie es gut meinen!«

»Sie hat recht, Weyrherrin. Ich wünsche Ihnen eine sichere Heimkehr.«

Alessan winkte ihr noch einmal zu und schlenderte dann an den leeren Tischen und halb umgekippten Bänken vorbei zur Burgstraße, wo die Mehrzahl der Verkaufsbuden bereits abgebaut waren.

»Zurück zum Fort-Weyr«, sagte Moreta mit einem leisen Bedauern. Ihre Augen brannten, und ihre Glieder fühlten sich steif und schwer an. Es kostete sie Mühe, das Bild des Sternsteins heraufzubeschwören. Dann schwang sich Orlith in die Lüfte, und Ruatha blieb im Dunkel zurück, einem Dunkel, in dem hier und da noch ein paar Leuchtkörbe glommen.

Kapitel IV

Süd-Boll, Fort-Weyr, 11. 3. 43

»Und?«

Capiam, der vor dem kleinen Holztisch im Labor saß und den Kopf auf die verschränkten Arme gelegt hatte, schrak auf, als er die gebieterische Frage hörte. Einen Moment lang war ihm vor Erschöpfung so schwindlig, daß er die Gestalt, die vor ihn hingetreten war, nicht erkannte.

»Und, Meisterheiler? Sagten Sie nicht, daß Sie sofort zurückkommen und mir das Ergebnis Ihrer Untersuchung mitteilen würden? Das war vor Stunden! Nun finde ich Sie hier, und Sie schlafen!«

Die gereizte Stimme und die anmaßende Haltung konnten nur zu Baron Ratoshigan gehören. Hinter ihm tauchte der hochgewachsene Weyrführer von Fort auf, der Capiam und Ratoshigan von dem Fest auf Ista nach Süd-Boll gebracht hatte.

»Ich mußte mich nur einen Augenblick hinsetzen, Baron Ratoshigan, um meine Aufzeichnungen zu ordnen.«

»*Und?*« Die dritte Aufforderung war an Unverschämtheit kaum zu überbieten. »Welche Diagnose haben Sie für diese ...« Ratoshigan sagte nicht ›Simulanten‹, aber es wäre selbst dann deutlich aus seinem Tonfall hervorgegangen, wenn die verängstigte Pflegerin Capiam nicht mehrmals darauf hingewiesen hätte, daß Baron Ratoshigan jeden als Simulanten und Drückeberger bezeichnete, der sein Brot aß und in seinem Haushalt lebte, ohne dafür hart zu arbeiten.

»Ihre Leute sind schwerkrank, Baron Ratoshigan.«

»Sie wirkten noch recht fidel, als ich nach Ista aufbrach. Es waren keine Siechen und keine von Sporen Verwundeten darunter.« Ratoshigan wippte auf den Zehen, ein hagerer Mann mit einem langen knochigen Gesicht, einem schmalen verkniffenen Mund und harten kleinen Augen über einer messerscharfen Nase.

»Wir haben bereits zwei Tote zu beklagen«, sagte Capiam langsam. Es fiel ihm schwer, die furchtbare Schlußfolgerung auszusprechen, zu der er gelangt war, ehe ihn die Müdigkeit übermannt hatte.

»Tote – zwei? Und Sie wissen nicht, woran sie starben?«

Verschwommen nahm Capiam wahr, daß Sh'gall einen Schritt zurückgetreten war. Der Weyrführer verkraftete Krankheit und Tod nicht sonderlich gut, offenbar weil es ihm bis jetzt gelungen war, beidem auszuweichen.

»Nein, ich weiß nicht genau, woran sie starben. Die Symptome – Fieber, Kopfschmerzen, Appetitlosigkeit, ein trockener, stoßweiser Husten – treten ungewöhnlich heftig auf, und die Kranken sprechen auf die normalen Heilmittel nicht an.«

»Aber Sie *müssen* etwas tun! Schließlich sind Sie der Meisterheiler!«

»Der Rang bedeutet nicht, daß ich allwissend bin.« Capiam hatte leise gesprochen, weil seine erschöpften Heiler in einem Nebenraum schliefen, aber Ratoshigan kannte solche Rücksichten nicht, und er steigerte sich mit wachsender Entrüstung in ein immer lauteres Geschrei. Capiam erhob sich und kam um den Tisch herum. Langsam wich Ratoshigan zurück, bis er draußen im Dunkel stand. »Wir haben viele Dinge vergessen, die wir nicht mehr brauchten.« Capiam seufzte. Er hätte einfach nicht einschlafen dürfen. Es gab soviel zu tun. »Diese Todesfälle sind erst der Anfang, Baron Ratoshigan. Ich fürchte, daß eine Epidemie auf uns zukommt.«

»Haben Sie und Talpan deshalb den Befehl erteilt, das exotische Tier zu töten?« Zum erstenmal meldete sich Sh'gall zu Wort. In seiner Stimme schwangen Ärger und Verblüffung mit.

»Epidemie?« Ratoshigan brachte Sh'gall mit einer Handbewegung zum Schweigen. »Epidemie? Mann, was reden Sie da? Ein paar kranke Leute sind ...«

»Nicht nur ein paar, Baron Ratoshigan!« Capiam straffte die Schultern und lehnte sich gegen die kühle Stuckwand. »Vor zwei Tagen erreichte mich ein Hilferuf von der Meerburg Igen. Dort starben innerhalb kürzester Zeit vierzig Menschen, darunter drei der Seeleute, die das seltsame Katzentier aus dem Wasser gefischt hatten. Hätten sie es nur auf seinem Baumstamm im Meer treiben lassen!«

»*Vierzig* Tote?« Ratoshigan schien die Nachricht nicht recht zu glauben. Sh'gall dagegen zog sich noch weiter vom Eingang zur Krankenstation zurück.

»Es werden immer mehr – auf Igen selbst, aber auch auf dem nahegelegenen Berghof, dessen Bewohner gekommen waren, um die Sensation zu bestaunen.«

»Warum brachte man die Katze dann zum Fest von Ista?« Der Erbbaron wirkte jetzt empört.

»Um die Neugier der Leute zu befriedigen«, entgegnete Capiam bitter. »Außerdem transportierte man sie noch vor Ausbruch der Krankheit nach Keroon, weil man hoffte, daß der dortige Herdenmeister sie identifizieren könnte. Ich half gerade den Heilern von Igen bei ihrer harten Arbeit, als mich eine Trommelbotschaft nach Keroon rief. Die Leute von Herdenmeister Sufur litten ebenso wie die Renner an einer rätselhaften Krankheit, die unheimlich schnell ausgebrochen war. Sie nahm den gleichen Verlauf wie die auf Igen. Die nächste Botschaft kam von Telgar. Auch dort wütete die Seuche, allem Anschein nach eingeschleppt von zwei Händlern aus Keroon, die in Telgar Renner gekauft hatten. Sämtliche Tiere starben, dazu die beiden Händler und zwanzig weitere Menschen. Ich vermag nicht abzuschätzen, wie viele Menschen Kontakt mit den Erkrankten hatten und ihrerseits angesteckt wurden. Diejenigen unter uns, die am Leben bleiben werden, können Talpan danken ...« Capiam warf Sh'gall einen düsteren Blick zu. »... daß er so rasch die Zusammenhänge erkannte.«

»Aber das Katzentier strotzte doch vor Gesundheit!« widersprach Sh'gall.

»Das stimmt«, erklärte Capiam mit mattem Lächeln. »Es

war allem Anschein nach immun gegen die Krankheit, die es nach Igen, Keroon, Telgar und Ista einschleppte.«

Sh'gall verschränkte abwehrend die Arme über der Brust.

»Wie kann ein in einem Käfig eingesperrtes Tier eine Krankheit übertragen?« Ratoshigans Nasenflügel zuckten erregt.

»Auf Ista wurde es ebensowenig in einem Käfig gehalten wie auf dem Schiff; es war halb verdurstet und völlig entkräftet, als man es an Bord holte. Und auf Keroon befand es sich in einem Freigehege, damit der Herdenmeister seine Gewohnheiten besser beobachten konnte. Es hatte genügend Zeit und Gelegenheit, eine Reihe von Leuten anzustecken.«

Zuviel Zeit und Gelegenheit, dachte Capiam verzweifelt. Die Heiler konnten einfach nicht alle Menschen aufspüren, die das exotische Geschöpf besichtigt und sein weiches Fell berührt hatten, um dann infiziert in ihre Höfe und Burgen zurückzukehren.

»Aber ... aber ... ich habe eben erst eine Schiffsladung wertvoller Renner von Keroon erhalten!«

Capiam seufzte. »Ich weiß, Baron. Meister Quitrin berichtete mir, daß einige der inzwischen gestorbenen Rennknechte in den Zuchtställen gearbeitet hatten. Außerdem war die Katze eine Nacht lang auf einem der Züchterhöfe untergebracht. Auch dort wütet inzwischen die Epidemie.«

Endlich begannen Raoshigan und Sh'gall den Ernst der Lage zu begreifen.

»Und das zu einem Zeitpunkt, da der Rote Stern uns mit seinen Sporen bedroht!« murmelte Sh'gall.

»Dieses Virus nimmt ebensowenig Rücksicht auf uns, wie es die Fäden tun«, meinte Capiam mit einem Achselzucken.

»Sie haben doch sämtliche alten Schriften in Ihrer Gildenhalle gesammelt! Durchforschen Sie die Archive! Es muß sich der eine oder andere Hinweis finden.«

Sh'gall hatte wohl noch nie im Leben einen Mißerfolg hinnehmen müssen, dachte Capiam und unterdrückte ein müdes Lächeln. Eines Tages, das hatte er sich fest vorgenommen, würde er die vielfältigen Reaktionen der Menschen auf Leid und Unglück niederschreiben. Wenn er diese Katastrophe überlebte …

»Ich veranlaßte eine gründliche Suche, sobald ich die Berichte von Igen in der Hand hielt. Hören Sie gut zu, Baron Ratoshigan! Sie müssen folgendes tun …«

»Ich *muß?*« Der Baron richtete sich erbost auf.

»Ja, Baron Ratoshigan. Sie kamen her, um meine Diagnose zu hören. Ich habe eine Epidemie festgestellt. Als Meisterheiler von Pern besitze ich in einem solchen Fall Befehlsgewalt über Burg, Gilde und Weyr!« Er warf Sh'gall einen verstohlenen Blick zu, um sich zu vergewissern, daß auch der Fort-Weyrführer seine Worte hörte. »Lassen Sie per Trommel verbreiten, daß ab sofort die Burg und sämtliche Höfe, die Ihre Leute auf dem Weg von der Küste bis hierher besuchten, unter Quarantäne stehen! Niemand darf die Burg verlassen, niemand darf sie betreten. Verbieten Sie größere Menschenansammlungen …«

»Aber wer erntet das Obst …?«

»Sie werden genug damit zu tun haben, die Kranken zu versorgen. Meister Quitrin und ich haben beschlossen, neue Behandlungsmethoden zu erproben, da sich die üblichen Heilmittel als wirkungslos erwiesen. Bitten Sie Ihren Verwalter und die Frauen Ihres Haushalts, den Großen Saal als Lazarett herzurichten …«

»*Meinen* Großen Saal?« Ratoshigan starrte ihn entsetzt an.

»Und bringen Sie in den neugebauten Ställen keine Tiere unter, sondern Ihr Gesinde, das in viel zu engen Kammern zusammengepfercht haust!«

»Ich *wußte,* daß Sie auf diesen Punkt kommen würden!« geiferte Ratoshigan.

»Leider erweist sich nun, daß die Warnungen der Heiler ihre Berechtigung hatten!« schrie Capiam ihn an. Die aufgestauten Sorgen und Ängste brachen sich endlich Bahn. »Sie werden die Kranken isolieren und für sie sorgen! Dazu sind Sie als Burgherr verpflichtet. Wenn Sie es nicht tun, haben Sie keine Burg mehr, sobald der Rote Stern weitergezogen ist.«

Die Schärfe, mit der Capiam sprach, brachte Baron Ratoshigan endlich zum Schweigen. Der Heiler wandte sich an Sh'gall.

»Weyrführer, bringen Sie mich bitte zur Burg Fort! Ich muß so rasch wie möglich zurück in meine Gildehalle. Und versetzen Sie sofort nach Ihrer Ankunft den Weyr in Alarmbereitschaft!«

Sh'gall zögerte, aber nicht, um mit seinem Drachen Kontakt aufzunehmen.

»Weyrführer!«

Sh'gall schluckte. »Haben *Sie* dieses Tier berührt?«

»Nein. Talpan warnte mich rechtzeitig.« Aus dem Augenwinkel sah Capiam, wie Ratoshigan zusammenzuckte.

»Sie können mich jetzt nicht im Stich lassen, Meister Capiam!« rief der Baron und umklammerte hysterisch seine Hand. »Ich habe das Tier berührt. Ich könnte ebenfalls sterben.«

»Ja, das ist möglich. Sie besuchten das Fest auf Ista, um ein eingesperrtes, wehrloses Tier zu ärgern und zu reizen ... und nun hat es sich auf unerwartete Weise für diese Grausamkeit gerächt.«

Sh'gall und Ratoshigan starrten den im allgemeinen sehr taktvollen Meisterheiler sprachlos an.

»Kommen Sie, Sh'gall, ich habe keine Zeit zu verlieren! Sie selbst sollten möglichst rasch alle Reiter isolieren, die das Fest auf Ista besuchten, besonders jene, die dem Tier zu nahe kamen.«

»Aber was soll *ich* tun, Meister Capiam, was soll *ich* tun?«

»Das, was ich Ihnen vorhin befahl. Sie werden in zwei bis drei Tagen wissen, ob Sie sich angesteckt haben. Regeln Sie deshalb die Burgangelegenheiten möglichst noch vorher!«

Capiam winkte, und Sh'gall folgte ihm bedrückt in den Hof, wo die großen Augen des Bronzedrachen aus dem Dunkel glommen.

»Drachen!« Sh'gall blieb unvermittelt stehen. »Bekommen auch Drachen diese Krankheit?«

»Talpan verneinte es. Glauben Sie mir, Weyrführer, das war seine Hauptsorge.«

»Sie sind völlig sicher?«

»Talpan war sicher. Bis jetzt haben sich weder Where noch Wachwhere oder Wherhühner angesteckt, obwohl alle drei Arten auf Keroon oder auf Igen mit dem Katzentier in Berührung kamen. Die Renner erkranken, nicht jedoch Herdentiere und die von Pern stammenden Wher-Arten. Da Drachen Verwandte der ...«

»Doch nicht der Wherhühner!« fiel ihm Sh'gall ins Wort.

Capiam widersprach nicht, obwohl man in seiner Gilde mit Sicherheit wußte, daß Drachen und Wherhühner gemeinsame Vorfahren hatten.

»Der Drache, der die Katze von Igen nach Keroon brachte, ist gesund geblieben – und er beförderte das Tier bereits vor zehn Tagen!«

Sh'gall schien immer noch zu zweifeln, aber er führte den Meisterheiler schweigend zu Kadith.

Der Bronzedrache hatte seine Vorderpfote gesenkt, damit Sh'gall und der Heiler bequem aufsteigen konnten. Capiam liebte diese Flüge hoch über das Land hinweg, auch wenn er sich bemühte, dieses Privileg seiner Gilde nicht allzuoft auszunützen. Dankbar nahm er hinter Sh'gall auf dem Nacken des Tieres Platz. Er hatte keine Gewissensbisse, daß er Sh'gall und Kadith in diesem außerordentlich dringlichen Fall für seine Dienste einsetzte. Der Weyrführer war gesund und kräftig; er würde vermutlich sogar eine Ansteckung überleben.

Capiam war so beschäftigt mit all den Dingen, die er im Lauf der nächsten Stunden erledigen mußte, daß er den Flug durch die Morgendämmerung nicht so wie sonst genoß. Talpan hatte versprochen, auf Ista die Quarantäne vorzubereiten, die Ostgebiete zu warnen und alle jene zu isolieren, die mit der Katze in Kontakt gekommen waren. Er wollte versuchen, den Weg sämtlicher Renner zu verfolgen, die im Lauf der letzten achtzehn Tage den Zuchtbetrieb von Keroon verlassen hatten. Capiam selbst mußte den Westen alarmieren und sich noch einmal in die Archive vertiefen. Die Trommeln von Fort kamen vermutlich den ganzen Tag nicht mehr zum Stillstand. Zuerst galt es, Ruatha zu verständigen. Viele Drachenreiter hatten zunächst das Fest von Ista besucht und waren dann nach Ruatha weitergeflogen, um dort noch ein paar Stunden bei Wein oder Tanz zu verbringen. Wenn er nur nicht eingeschlafen wäre! Er hatte kostbare Zeit verschwendet, in der ahnungslose Männer und Frauen die Krankheit weiterverbreiten konnten!

Sh'galls Warnruf gab Capiam gerade noch Zeit, die Schenkelriemen fester zu umklammern. Als sie ins *Dazwischen* tauchten, kam ihm flüchtig der Gedanke, ob die erbarmungslose Kälte vielleicht die Krankheitserreger abtötete ...

Unvermittelt kreisten sie über den Feuerhöhen von Fort und landeten auf dem Feld vor der Hauptburg. Sh'gall war offensichtlich nicht gewillt, auch nur eine Sekunde länger als nötig in seiner Gesellschaft zu verweilen. Er wartete, bis Capiam abgestiegen war, und bat den Heiler dann, noch einmal seine Anweisungen zu wiederholen.

»Richten Sie Berchar und Moreta aus, daß sie die Symptome nach eigenem Gutdünken bekämpfen sollen. Ich melde mich, sobald wir eine wirksame Behandlungsmethode gefunden haben. Die Seuche hat eine Inkubationszeit von zwei bis vier Tagen. Es gibt Überlebende. Versuchen Sie festzustellen, wo sich Ihre Reiter und die übrigen Weyrbewohner in dieser Zeit aufhielten.« Das freizügige Kommen und Gehen in einem Weyr erwies sich nun als gefährlicher Nachteil. »Keine Menschenansammlungen ...«

»Es steht ein Sporenregen bevor!«

»Gut, die Weyr müssen ihre Pflicht erfüllen ... aber versuchen Sie die Kontakte mit den Bodentrupps einzuschränken.« Capiam versetzte Kadith einen dankbaren Klaps auf die Schulter. Der Bronzedrache sah den Meisterheiler aufmerksam an, lief dann ein paar Schritte vorwärts und erhob sich senkrecht in die Lüfte.

Capiam schaute dem Drachen und seinem Reiter nach, bis

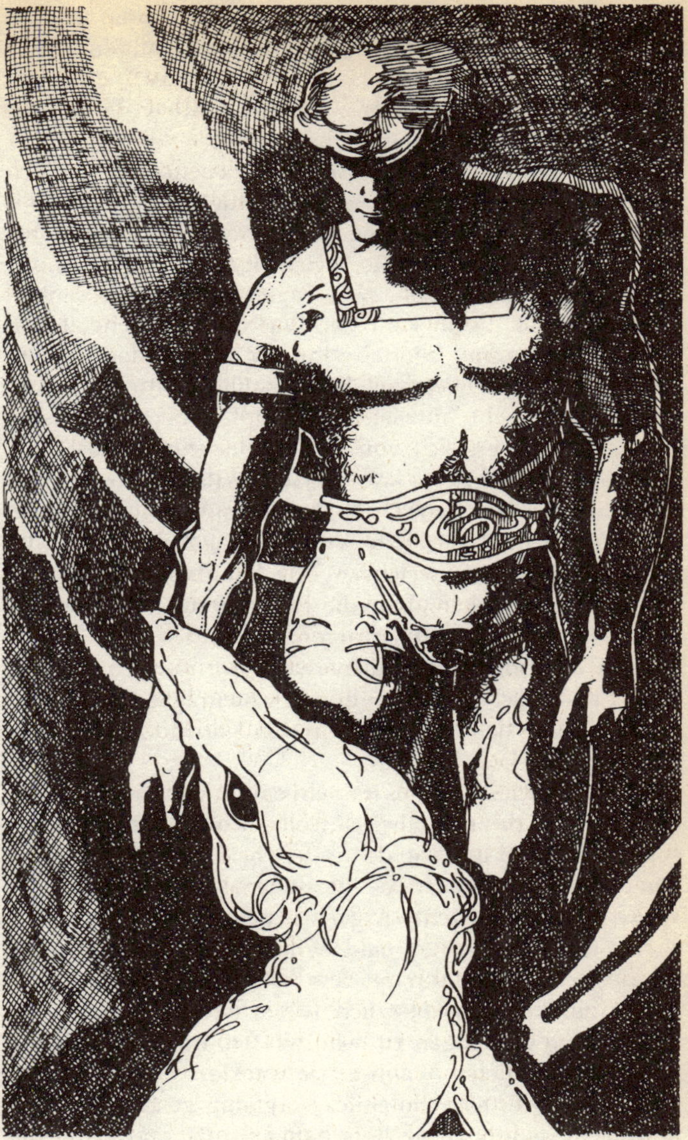

sie die Bergkette jenseits der Burg erreicht hatten und im *Dazwischen* verschwanden. Dann ging er mit müden Schritten die kleine Anhöhe zum Haupteingang hinauf. Er sehnte sich nach seinem Bett. Aber zunächst mußte er die für Ruatha bestimmte Trommelbotschaft entwerfen.

Die Nachtluft enthielt eine Spur von Feuchtigkeit, die sich später zu Morgennebel verdichten würde. Im Hof war alles finster; lediglich am Eingang zur Harfnerhalle brannte ein Leuchtkorb. Capiam staunte, welche Fortschritte der Anbau zur Harfnerhalle in den zwei Tagen seiner Abwesenheit gemacht hatte. Dann kam der Wachwher angehetzt, beschnüffelte ihn und begrüßte ihn mit gurgelnden Lauten. Capiam tätschelte liebevoll Burrs häßlichen Kopf. Wachwhere waren sehr nützliche Geschöpfe, aber die meisten Menschen fühlten sich von ihrem Aussehen abgestoßen, wohl weil es in einem so krassen Gegensatz zur Eleganz und Schönheit der Drachen stand. Der Legende nach hatte man einst Wachwhere als letzte Verteidigungskette gegen die Fäden eingesetzt – in welcher Weise, konnte sich Capiam allerdings nicht denken, denn die Tiere waren Nachtgeschöpfe, die kein Sonnenlicht ertrugen.

Auch das Innere der Harfnerhalle war nur schwach erhellt. Capiam schloß die Tür und beschleunigte seine Schritte. Er wandte sich nach links, in den Korridor, der zu den Archiven führte.

Ein lautes, mißtönendes Rasseln empfing ihn, und er warf einen Blick in das Bibliotheksgewölbe. Zwei Lehrlinge, einer gegen die Wand gelehnt, der andere halb über einem Stapel von Pergamenten zusammengesunken, schnarchten um die Wette. Sein anfänglicher Ärger wich einem gutmütigen Lächeln. Der Morgen zog bald herauf, und Meister Fortine würde die beiden schon mit dem nötigen Nachdruck an die Arbeit zurückholen. Plötzlich fühlte sich Capiam zu erschöpft, um die Fragen zu beantworten, mit denen sie ihn sicherlich überfielen, wenn er sie weckte.

Leise holte er sich ein Stück sorgfältig geschabter Haut und setzte eine knappe Botschaft auf, die später mit der großen Trommel an die Weyr und Hauptburgen ausgesandt und von dort an die kleineren Höfe und Handwerksbetriebe weitergeleitet werden sollte. Er legte die Botschaft so auf Fortines Schreibpult, daß der Meister sie auf keinen Fall übersehen konnte. Wenn alles klappte, würde die Nachricht von der Epidemie im Lauf des Vormittags sämtliche Bewohner von Pern erreichen.

Verfolgt vom Schnarchen der Lehrlinge, schleppte sich Capiam zu seinen Räumen. Er bekam vielleicht noch ein paar Stunden Schlaf, ehe die Trommeln zu lärmen begannen. Wenn sich der Rote Stern wieder von Pern entfernte, wollte er endlich damit beginnen, eine eigene Heiler-Halle zu errichten. Der Krach in der Harfnerhalle war oft nicht zu ertragen.

Er erreichte sein Zimmer und öffnete die Tür. Gedämpftes Licht brannte, auf einem Tisch standen eine Schale mit frischem Obst und ein kleiner Krug Wein, und die Bettdecke war einladend zurückgeschlagen. Desdra! Wie aufmerksam von ihr!

Capiam warf seine Sachen in eine Ecke, setzte sich auf die Bettkante und zerrte mit letzter Kraft die Stiefel von den Füßen. Nachdem er den Gürtel abgenommen hatte, fühlte er sich einfach zu müde, um noch aus den Kleidern zu schlüpfen. Er rollte sich auf die Matratze und zog die Felldecke über die Schultern.

Dann stöhnte er. Durch die Trommelbotschaft im Archiv würde Fortine zwar wissen, *daß* er zurückgekehrt war, aber nicht, zu welcher Uhrzeit. Wenn der Mann ihn nun in aller Frühe aufsuchte? Capiam brauchte seinen Schlaf, sonst fiel er selbst dieser Epidemie zum Opfer, ehe er wußte, wie man sie bekämpfte.

Er stolperte vom Bett zu seinem Schreibtisch. NICHT STÖREN! schrieb er in Großbuchstaben auf ein Blatt und legte es vor die Tür.

Dann endlich fand er den ersehnten Schlaf.

Kapitel V

Fort-Weyr, 11. 3. 43

Moreta war sicher, daß sie höchstens ein paar Minuten geschlafen hatte, als Orlith sie weckte.

Zwei Stunden, wenn du es genau wissen willst – aber Kadith ist außer sich!

»Warum?« Moreta fiel es entsetzlich schwer, den Kopf aus den Kissen zu heben. Auch ihre Beine fühlten sich steif und schwer an. Sie wußte nicht, ob das vom Tanzen oder vom Wein kam; aber vermutlich fand sie nicht mehr die Zeit, es herauszukriegen, wenn Sh'gall wieder einmal einen Anfall schlechter Laune hatte.

Eine Krankheit geht um, erklärte Orlith ein wenig verwirrt. *Sh'gall lief erst einmal zu K'lon und weckte ihn.*

»Weckte K'lon?« Kopfschüttelnd streifte Moreta das erstbeste Gewand über, das ihr in die Finger kam. Der Stoff fühlte sich ein wenig klamm an, und in ihrer Schlafkammer war es kühl. Offenbar hatte sich das Wetter geändert.

Über dem Weyr liegt feiner Nebel, stellte Orlith fest.

Moretas Zähne klapperten. »Warum in aller Welt mußte er K'lon wecken? Der Mann war schwerkrank und braucht seine Ruhe!«

Er ist überzeugt davon, daß K'lon die Krankheit hier eingeschleppt hat. Orlith klang völlig perplex. *K'lon war in Igen.*

»K'lon ist oft in Igen. Sein Freund lebt dort ... ein grüner Reiter.«

Moreta wusch sich das Gesicht mit kaltem Wasser und putzte die Zähne mit einem Minzestift, aber der schlechte Geschmack ließ sich nicht vertreiben. Während sie mit einer Hand Ordnung in ihr verstrubbeltes Haar zu bringen versuchte, holte sie aus der Obstschale ihres Wohnraums eine

Goru-Birne. Die herbe Frucht half vielleicht, die Nachwirkungen des Benden-Weins zu mildern.

»Moreta!« Sh'galls herrische Stimme erklang am Weyr-Eingang.

Moreta fand gerade noch Zeit, Orliths Schnauze liebevoll zu tätscheln, ehe Sh'gall hereinstürmte. Die Drachenkönigin schloß die Augen und tat, als schliefe sie. Sh'gall rannte an ihr vorbei bis zur Schlafkammer der Weyrherrin, blieb jedoch an der Schwelle abrupt stehen.

»Eine Krankheit breitet sich über ganz Pern aus. Menschen sterben. Auch Renner scheinen betroffen. Niemand darf den Weyr verlassen!«

In Sh'galls weitaufgerissenen Augen spiegelte sich echte Angst, und Moreta starrte ihn einen Moment lang verblüfft an.

»Morgen werden Fäden fallen, Sh'gall! Die Drachenreiter müssen den Weyr verlassen.«

»Komm mir nicht zu nahe! Ich bin vielleicht auch schon angesteckt.«

Moreta hatte sich nicht vom Fleck gerührt. »Was hältst du davon, wenn du mir in aller Ruhe erzählst, was du weißt?« meinte sie betont gelassen.

»Dieses Tier aus dem Süd-Kontinent, das sie auf Ista herumzeigten ... es hatte die Keime einer tödlichen Krankheit in sich. Die Seuche hat sich inzwischen über Igen und die Zuchthöfe von Keroon bis nach Telgar ausgebreitet. Selbst in Süd-Boll gibt es bereits Kranke. Auf Baron Ratoshigans Burg sterben die Bewohner. Meister Capiam hat ihm und seinen Leuten eine Quarantäne aufgezwungen. Und uns!«

»Renner, sagst du?« Moreta hielt den Atem an und wandte sich ängstlich Orlith zu. »Auch Drachen?« Sie hatte den gestürzten Renner berührt, und wenn nun ihre Königin ...

»Nein, nein – keine Drachen! Capiam und Talpan waren sich darüber einig. Sie ließen die Raubkatze töten. Mir erschien sie völlig gesund.«

»Wie konnten Menschen auf Süd-Boll sterben, wenn sich das Tier noch in Ista befand?«

»Weil eine Epidemie herrscht! Alles fing damit an, daß diese Seeleute die Katze aus dem Meer fischten und mit nach Hause nahmen. Jeder wollte sie sehen, und man führte sie in Igen, Keroon und Ista vor, ehe dieser Talpan erkannte, daß sie ein Überträger war. Ja, so hieß das Wort, das Capiam benutzte: Die Katze war ein Krankheitsüberträger.«

»Und man stellte sie auf dem Fest von Ista aus?«

»Keiner wußte es, bis dieser Talpan ankam und mit Capiam sprach. Er hatte sämtliche infizierten Orte besucht.«

»Wer? Talpan?«

»Nein, Capiam! Talpan ist ein Tierheiler.«

»Ja, ich weiß.« Moreta blieb ruhig, weil sie spürte, daß die Ereignisse Sh'gall völlig durcheinandergebracht hatten. »Auf dem Fest von Ruatha sprach kein Mensch von diesen Dingen.«

Sh'gall seufzte. »Weil man dem Volk die Wahrheit noch nicht gesagt hatte! Außerdem – wer redet schon auf einem Fest von Krankheiten? Aber ich habe Capiam eben zu seiner Gildehalle zurückgebracht. Und zuvor mußte ich Ratoshigan und Capiam nach Süd-Boll fliegen, weil der Baron die Botschaft erhalten hatte, unverzüglich heimzukehren. Einige der Erkrankten auf seiner Burg waren gestorben. Und er hatte eine frische Ladung Renner aus Keroon erhalten. Vermutlich schleppten sie die Seuche ein.« Sh'gall starrte düster vor sich hin und erschauerte dann. »Capiam meinte, daß ich vielleicht verschont bleibe, weil ich das Katzentier nicht berührte. Ich darf nicht krank werden. Ich bin doch der Weyrführer!« Wieder überlief ihn ein Frösteln.

Moreta musterte ihn aufmerksam. Die Haarsträhnen klebten ihm feucht an den Schläfen. Er hatte bläuliche Lippen und eine blasse Haut. »Du siehst nicht gut aus.«

»Mir geht es großartig – wirklich! Ich habe im Eissee gebadet. Capiam sagte, daß die Krankheit Ähnlichkeit mit den Sporen habe. Kälte und Wasser vernichten die Sporen!«

Moreta riß ihre Felldecke vom Bett und ging damit auf ihn zu.

»Komm mir nicht nahe!« Er streckte abwehrend die Arme aus und trat zwei Schritte zurück.

»Nun sei nicht albern, Sh'gall!« Sie warf ihm die Decke zu. »Nimm das, sonst bekommst du eine Erkältung! Und eine Erkältung macht dich anfällig gegen jede andere Krankheit.« Moreta trat an den Tisch und schenkte ihm in aller Hast ein Glas Wein ein. »Trink! Wein wirkt antiseptisch. Nein, keine Sorge, ich komme dir nicht zu nahe!« Erleichtert sah sie, daß er sich in die Decke gewickelt hatte, und stellte den Wein so ab, daß er ihn bequem erreichen konnte. »Wie kann man nur so idiotisch sein und vor Sonnenaufgang im Wasser des Eissees baden – um anschließend ins *Dazwischen* zu gehen! Nun setz dich und berichte noch einmal der Reihe nach, was auf dem Fest von Ista vorgefallen ist! Wohin mußtest du Capiam bringen, und was sagte er ganz genau?«

Während sie Sh'galls immer noch aufgeregten Worten lauschte, ging sie bereits im Geist die Maßnahmen durch, die sie treffen mußte, um den Weyr so gut wie möglich vor der Seuche zu schützen.

»Aus dem Süd-Kontinent kam noch nie etwas Gutes!« fügte Sh'gall unnötig hinzu. »Es hat schon seinen Grund, wenn niemand dieses Land betreten darf!«

»Von einem Verbot war nie die Rede! Es hieß lediglich, daß die Alten bei ihrer Übersiedlung alles mit in den Norden nahmen, was sie zum Leben brauchten. Worin bestehen nun die Symptome dieser Krankheit?« Moreta erinnerte sich an den blutigen Nasenschleim des verendeten Renners: das einzige äußere Zeichen seiner tödlichen Krankheit.

Sh'gall starrte eine Weile verständnislos ins Leere; erst allmählich sammelte er seine Gedanken. »Fieber. Ja, genau – es tritt Fieber auf.« Er sah sie beifallheischend an.

»Es gibt viele Arten von Fieber, Sh'gall.«

»Berchar weiß sicher Näheres. Capiam sprach jedenfalls von Fieber, Kopfschmerzen und einem trockenen Husten.

Sowas wirft doch im allgemeinen weder Mensch noch Tier um!«

»Welche Heilmittel nannte Capiam?«

»Wie sollte er ein Heilmittel nennen, wenn er noch gar nichts Näheres über diese Seuche weiß! Aber sie werden es herausfinden. Sie müssen nur gründlich genug suchen. Ach so, er erwähnte, daß du die Symptome nach eigenem Gutdünken bekämpfen sollst.«

»Sagte er etwas von einer Inkubationszeit? Wir können eine Quarantäne schließlich nicht ewig aufrechterhalten.«

»Ich weiß. Capiam hat vor Menschenansammlungen gewarnt. Und er machte Ratoshigan harte Vorwürfe, weil der auf seiner Burg zu viele Leute auf engstem Raum zusammenpfercht.« Sh'gall lächelte dünn. »Das sagen wir den Burgherren ständig, aber hören sie auf uns? Jetzt müssen sie dafür büßen.«

»Sh'gall, Capiam muß dir doch gesagt haben, wieviel Zeit von der Ansteckung bis zum Ausbruch der Krankheit vergeht!«

Der Weyrführer hatte seinen Wein leergetrunken. Er runzelte die Stirn und strich sich über die Augen. »Ich bin todmüde. Ich habe die halbe Nacht bei Ratoshigan auf den Meisterheiler gewartet. Er erwähnte etwas von zwei bis vier Tagen Inkubationszeit. Dann gab er mir den Auftrag herauszufinden, wo sich unsere Reiter in den letzten Tagen aufhielten. Und er erließ ein Versammlungsverbot. Nun, der Weyr hat auch seine Pflichten. Ich muß jetzt ein wenig schlafen. Da du ohnehin wach bist, kannst du den anderen ja Bescheid geben. Sag ihnen, daß sie sich gestern womöglich eine schwere Krankheit geholt haben.« Er warf ihr einen gebieterischen Blick zu. »Ich hoffe sehr, daß du nicht wie gewohnt beschwichtigst und beschönigst.«

»Eine Epidemie ist etwas anderes als ein verwundeter Kampfreiter, der Trost braucht.«

»Und sprich mit Berchar! Ich möchte genau wissen, was K'lon fehlt. K'lon selbst wußte es nicht, und Berchar war nicht in seinen Räumen.« Sh'galls Tonfall drückte Mißbilligung aus. Da er in einer Burg aufgewachsen war und obendrein keine Männerfreundschaften pflegte, hatte er nicht das geringste Mitgefühl oder Verständnis für die vielschichtigen Beziehungen der grünen und blauen Reiter.

»Gut, ich werde mit Berchar sprechen.« Sie war ziemlich sicher, daß sie ihn bei S'gor, einem grünen Reiter, finden würde.

Sh'gall stand auf, schwankend vor Müdigkeit und von dem Wein, den er auf leeren Magen getrunken hatte. »Keiner verläßt mir den Weyr, und keiner kommt herein, verstanden? Sorg dafür, daß der Wachreiter die entsprechenden Befehle erhält!« Er hob mahnend den knochigen Zeigefinger.

»Es ist ein wenig spät, vor Fäden zu warnen, die sich bereits eingegraben haben, findest du nicht auch?« entgegnete sie bitter. »Man hätte die Feste absagen müssen.«

»Bis gestern wußte kein Mensch, wie ernst die Sache war. Gib meine Anordnungen sofort an die Weyrbewohner weiter!«

Immer noch in die Decke gewickelt, stolperte Sh'gall aus dem Weyr. Moreta sah ihm nach. Ihre Schläfen pochten. Warum hatten sie die Feste nicht abgesagt? All die Menschen auf Ruatha! Und Drachenreiter aus sämtlichen Weyrn, die sich sowohl auf Ista wie auf Ruatha vergnügt hatten! Was hatte S'peren erzählt? Krankheit in Igen, Keroon und Telgar? Aber von einer Epidemie war nicht die Rede gewesen. Oder von Toten. Und Vanders Renner? Moreta stöhnte leise, als sie an die Koppeln längs der Rennstrecke dachte. Wie ansteckend war der Renner im Moment seines Todes gewesen, als sich erschrockene Reiter und hilfreiche Zuschauer um ihn scharrten? Sie hätte sich nicht einmischen sollen. Es war nicht ihre Angelegenheit.

Du bist bekümmert, meinte Orlith, und die Facetten ihrer großen Augen nahmen ein besänftigendes Blau an. *Ein Renner darf dich nicht bekümmern!*

Moreta preßte die Stirn gegen den Kopf des Drachen und streichelte seine Augenwülste.

»Es geht nicht nur um den Renner, Liebes. Eine Krankheit breitet sich im Land aus. Eine sehr gefährliche Krankheit! Wo ist Berchar?«

Bei S'gor. Er schläft. Es ist noch sehr früh. Und neblig!

»Dabei war es gestern so schön!« Sie dachte an die starken Arme, die sie herumgewirbelt, hochgeworfen und wieder aufgefangen hatten, an die Herausforderung in Alessans grünen Augen.

Du hast den Tag genossen, stellte Orlith mit tiefer Befriedigung fest.

»Allerdings!« Moreta seufzte wehmütig.

Nichts kann das Gestern ungeschehen machen, erklärte Orlith philosophisch. *Aber nun mußt du dich um das Heute kümmern.* Moreta lachte leise über die Logik des Drachen. *Leri möchte dich sprechen,* fügte die Königin hinzu.

»Gut. Leri ist vielleicht die einzige, die je von einer solchen Epidemie gehört hat. Und sie weiß vielleicht auch, wie man einen Tag vor Sporeneinfall eine solche Nachricht im Weyr verbreitet.«

Sie streifte ihre warme Reitjacke über. Orlith hatte wie immer recht mit dem Wetter. Als Moreta ihren Weyr verließ und die Stufen zu Leris Räumen hinaufeilte, kam der Nebel in Schwaden vom Gebirge herab. Nebel oder nicht – morgen würden Sporen fallen. Sie hoffte inständig auf eine Wetterbesserung. Wenn kein Wind aufkam, der die grauen Wände zerriß, dann verdreifachte sich die Gefahr der Unfälle. Drachenaugen durchdrangen den Nebel, Menschenaugen jedoch nicht. Manchmal achteten die Reiter nicht auf die Warnungen ihrer Tiere und prallten gegen Berggipfel oder Klippen.

Orlith, richte bitte dem Wachreiter aus, daß heute niemand, weder Drachenreiter noch Burgbewohner, den Weyr betreten oder verlassen darf! Er soll den Befehl auch an seine Ablösung weitergeben.

Wer würde den Weyr schon bei diesem Nebel besuchen? fragte Orlith. *Und das einen Tag nach den Festen!*

»Orlith?«

»Ich habe die Botschaft ausgerichtet. Belgeth ist zu schläfrig, um Fragen zu stellen. Orlith klang verdächtig zahm.

»Einen angenehmen Tag, Holth!« sagte Moreta höflich, als sie das Quartier der früheren Weyrherrin betrat und am Schlaflager ihrer Königin vorbeikam.

Holth blinzelte kurz und vergrub dann den Kopf um so tiefer in den Vorderpfoten. Die greise Königin war so altersdunkel, daß man sie fast für einen Bronzedrachen halten konnte.

Neben ihr, am Rand der Felsenplattform, die Holth als Bett diente, saß Leri auf einem Berg von Kissen, dick vermummt in wollene Tücher. Leri schlief neben Holth, einmal, wie sie feststellte, weil der Drache die Wärme seiner vielen Sonnenbäder gespeichert zu haben schien, zum anderen aber auch, weil sie selbst dann keine so langen Wege zurücklegen mußte. In den letzten Planetenumläufen rebellierten Leris Gelenke gegen die starke Beanspruchung, der sie so lange ausgesetzt gewesen waren. Wiederholt hatten Moreta und Meister Capiam die frühere Weyrherrin gedrängt, in den warmen Süden zu ziehen. Auf Ista war sie jederzeit willkommen. Leri blieb unnachgiebig. Sie erklärte, sie sei keine Tunnelschlange, die sich häutete. Sie sei im Weyr geboren und habe die Absicht, ihre letzten Tage bei den wenigen Freunden zu verleben, die ihr noch geblieben waren.

»Ich höre, du hast dich bis über die erste Wache hinaus vergnügt.« Leri hob fragend die Augenbrauen. »War das der Grund für Sh'galls dramatischen Auftritt?«

»Nein. Und so dramatisch war sein Auftritt gar nicht – eher kläglich. Eine Epidemie geht auf Pern um.«

Besorgnis verdrängte den Spott aus Leris Zügen. »Was? Wir hatten noch nie eine Epidemie auf Pern. Zumindest keine, von der ich gehört oder gelesen hätte.«

Da ihre Bewegungsfreiheit durch die geschwollenen Gelenke stark eingeschränkt war, betreute Leri das Archiv des Weyrs, um Moreta wenigstens in diesem Bereich ein wenig zu entlasten. Leri nahm sich oft die alten Aufzeichnungen vor – vor allem den Klatsch, wie sie betonte.

»Schade! Ich hatte so gehofft, daß du etwas beisteuern könntest. Eine Ermutigung vielleicht. Sh'gall befindet sich in heller Aufregung, und diesmal mit Recht.«

»Mag sein, daß ich noch nicht weit genug in die Vergangenheit vorgestoßen bin.« Leri schob Moreta eines ihrer Kissen zu und deutete gebieterisch auf den kleinen Holzhokker, der für Besucher reserviert war. »Wir sind im großen und ganzen eine zähe, gesunde Rasse. Knochenbrüche gibt es zwar mehr als genug, dazu Verbrennungen von Fäden und gelegentlich mal Fieber – aber nichts, das einen Kontinent erschüttern könnte. Um welche Art von Krankheit handelt es sich denn?«

»Meister Capiam konnte sie bisher nicht identifizieren.«

»Hm, das klingt nicht besonders schön.« Leri rollte die Augen. »Und gestern fanden *zwei* Feste statt, nicht wahr?«

»Man erkannte die Gefahr zu spät. Meister Capiam und Talpan ...«

»Dein Jugendfreund?«

»Ja. Er ist Tierheiler, und *er* kam dahinter, daß diese Raubkatze aus dem Südkontinent der Krankheitsüberträger war.«

»Die Katze aus dem Südkontinent?« Leri schnalzte leise mit der Zunge. »Und irgendein Idiot brachte das Geschöpf aus reiner Angeberei nach hier, nach dort und nach überall, damit die Krankheit nun ganz sicher hier, dort und überall ist! Jeder mußte das Ding mit eigenen Augen sehen – auch unser edler Weyrführer!«

»Sh'galls Bericht klang ein wenig wirr, aber allem Anschein nach hatte er Baron Ratoshigan nach Ista mitgenommen, weil der das Tier besichtigen wollte. Gleichzeitig traf Capiam ein, der die Krankheitsfälle auf Igen, Keroon und Telgar untersucht hatte ...«

»Große Faranth!«

Moreta nickte. »Dann erreichte den Baron eine dringende Trommelbotschaft aus seiner Burg. Auch dort war die Seuche ausgebrochen. Sh'gall brachte ihn und Meister Capiam heim.«

»Wie gelangte die Krankheit so rasch zu ihm? Das Tier kam doch nur bis Ista?«

»Ja, aber man hatte es zunächst nach Keroon transportiert, wo Meister Sufur es untersuchte. Niemand ahnte, daß es Krankheitskeime in sich trug ...«

»Und weil wir einen milden Winter mit eisfreien Flüssen hatten, verfrachteten die Züchter von Keroon ihre Renner per Schiff über den halben Kontinent!« schloß Leri. Die beiden Frauen sahen sich betroffen an.

»Talpan versicherte Capiam, daß Drachen immun sind.«

»Offenbar müssen wir im Moment auch für kleine Lichtblicke dankbar sein«, meinte Leri.

»Morgen fallen Fäden. Diesen Einsatz schaffen wir wohl noch, bevor die ersten Reiter erkranken. Die Inkubationszeit beträgt zwei bis vier Tage.«

»Das ist kein großer Vorsprung.« Leri runzelte die Stirn. »Du warst nicht auf Ista?«

»Nein, nur Sh'gall. Allerdings brach bei den Rennen von Ruatha eines der Tiere im zweiten Lauf ganz unvermutet zusammen ...«

Leri nickte. »Und du standest so nahe, daß du helfen wolltest? Der Renner starb?«

»Ja, zu diesem Zeitpunkt eine rätselhafte Sache. Sein Besitzer hatte kurz zuvor einige Tiere aus Keroon erhalten.«

»Nein!« Leri seufzte resigniert. »Welche Behandlung empfiehlt Capiam? Er muß sich doch einiges überlegt haben, wenn er die Fälle im ganzen Land untersucht?«

»Er will, daß wir die Symptome nach eigenem Gutdünken bekämpfen, bis er weiß, um welche Krankheit es sich genau handelt.«

»Und *was* gibt es zu bekämpfen?«

»Kopfschmerzen, Fieber, einen trockenen Husten.«

»Aber davon stirbt man doch nicht!«

»Dachten wir bis jetzt ...«

»Mir gefällt die ganze Sache nicht.« Leri wickelte sich enger in ihr Tuch. »Obwohl wir mal einen Harfner hatten – L'mal ließ ihn versetzen, weil er meist nur die düsteren Balladen vortrug –, der behauptete, es gäbe nichts Neues unter der Sonne. Eine karge Hoffnung unter diesen Umständen, aber wir sollten sie nicht außer acht lassen. Bring mir bitte einen Stapel Aufzeichnungen her! Am besten die ganz alten, die so etwa beim letzten Erscheinen des Roten Sterns beginnen. Zum Glück wollte ich heute morgen nicht ausreiten!«

Da Leri ihren Weyr nur bei Sporeneinfall verließ, um das Kampfgeschwader der Königinnen zu verstärken, lächelte Moreta ihr zaghaft zu. Die alte Frau versuchte die Sache mit Humor zu nehmen.

»Sh'gall hat es sicher dir überlassen, den Weyr zu benachrichtigen.«

»Zumindest alle jene, die bereits wach sind. Und Nesso ...«

Leri rümpfte die Nase. »Das ist genau die Richtige. Sieh zu, daß sie die Neuigkeit nicht in die falsche Kehle bekommt, sonst haben wir heute mittag die ersten Hysterieanfälle. Und wenn du schon hier bist, mach mir doch bitte meinen Wein zurecht, ja?« Leri streckte sich voller Unbehagen. »Der Wetterwechsel tut meinen Gelenken nicht gut.« Sie sah Moretas Zögern. »Wenn du ihn selbst mischst, kannst du sicher sein, daß die Fellissaft-Dosis nicht zu hoch ausfällt.« Sie warf der jüngeren Weyrherrin einen herausfordernden Blick zu. Moreta sah es nämlich nicht gern, daß Leri soviel Fellissaft nahm. Sie vertrat die Ansicht, daß die alte Frau überhaupt keine Medikamente bräuchte, wenn sie in den Süden ginge.

Aber sie mischte wortlos den Wein. Die feuchte Kälte, die sie selbst frösteln ließ, war für Leri sicher eine Qual.

»Hat es dir auf dem Fest gefallen?« erkundigte sich Leri, während Moreta die Fellistropfen zählte.

»O ja! Ich war unten auf der Rennbahn und konnte einen Großteil der Läufe von einem erhöhten Aussichtspunkt mitverfolgen. Baron Alessan begleitete mich.«

»Was? Hast du damit nicht die ehrgeizigen Vermittlungspläne seiner Mutter durchkreuzt?«

Moreta lachte. »Keine Sorge, er tanzte mit ganzen Scharen von jungen, hübschen Mädchen! Übrigens gelang es uns als einzigem Paar, beim Wurftanz auf den Beinen zu bleiben.«

Leri nickte. »Alessan besitzt eine große Anziehungskraft. Ich nehme an, daß er allmählich über den Tod dieser wilden, schönen Frau hinwegkommt, die er geheiratet hatte. Eine traurige Angelegenheit. Sein Großvater übrigens, Baron Leefs Vater ... ach was, das sind alte Geschichten, die du längst kennst.« Moreta kannte sie nicht, schloß aber aus Leris Tonfall, daß sie auch nichts Näheres erfahren würde. »Ich unterhalte mich oft mit Alessan, wenn sich die Bodentrupps nach einem Sporeneinfall wieder sammeln. Er hat immer eine Flasche Benden-Wein bei sich.«

»Das ist mir auch schon aufgefallen.«

Leri lachte über Moretas Ton.

»Sieh an, sieh an! Ich hege den Verdacht, daß sein Weinkeller bis an die Decke mit Benden-Weißem gefüllt ist. Aber ich bin froh, daß Leef gerade ihn zu seinem Nachfolger machte. Er hat mehr Schwung und Verstand als sein älterer Bruder ... ich vergesse immer, wie er heißt. Egal. Alessan übertrifft ihn bei weitem. Wußtest du eigentlich, daß er bei einer Suche entdeckt wurde?«

»Ja, und daß sein alter Herr sich weigerte, ihn im Weyr ausbilden zu lassen.« Moreta runzelte die Stirn. Alessan hätte einen prachtvollen Bronzereiter abgegeben.

»Nun, er hatte das Recht dazu, wenn der Junge als sein Nachfolger vorgesehen war. Das ist inzwischen zwölf Planetenumläufe her. Damals lebtest du noch auf Ista.«

Moreta drückte der alten Frau den Weinkelch in die Hand.

»Auf deine Gesundheit!« meinte Leri ironisch, bevor sie den ersten Schluck nahm. »Hmm! Versuch dich heute noch ein wenig auszuruhen, Moreta! Zwei Stunden Schlaf reichen nicht, wenn morgen Fäden fallen. Und viele der Reiter werden nach dem ausgiebigen Feiern zu Dummheiten neigen. An Capiams seltsame Epidemie will ich gar nicht denken ...«

»Ich lege mich später hin. Erst muß ich noch ein paar wichtige Punkte erledigen.«

»Manchmal frage ich mich, ob es richtig von L'mal und mir war, deine Fertigkeit als Heilerin voll für den Weyr in Anspruch zu nehmen.«

»Bestimmt!« Moretas prompte Antwort wurde von Holth und Orlith bekräftigt.

»Ist ja schon gut!« Leri kraulte Holths Augenwülste.

»Noch einmal – was benötigst du nun genau aus den Archiven?«

»Die ältesten noch lesbaren Aufzeichnungen.«

Moreta nahm das Kissen, das Leri ihr geliehen hatte, und warf es der alten Frau zu, die es geschickt auffing.

»Und iß etwas!« rief Leri ihr nach, als sie den Weyr verließ.

Nebel zog in die Täler und trieb zum Westrand des Weyrkessels. Der Wachreiter hatte sich eng in die Vorderpfoten seines Drachen geschmiegt und fand so ein wenig Schutz vor den Elementen. Moreta fröstelte. Obwohl sie bereits zehn Planetenumläufe hier lebte, konnte sie den Nebel des Nordens immer noch nicht ausstehen; allerdings hatte sie auch die feuchte Hitze der südlichen Breiten nicht sonderlich geschätzt. Und es half nicht viel, sich voller Sehnsucht an das angenehme Klima von Keroon zu erinnern. Ob die Epidemie inzwischen auch die Hochfläche erreicht hatte? Und ausgerechnet Talpan war der Krankheit auf die Spur gekommen! Talpan, von dem sie so lange nichts gehört hatte und der seit gestern ständig in ihren Gedanken herumspukte ...

Moreta warf den Kopf zurück und stieg zur Sohle des Kessels ab. Zuerst wollte sie nach K'lon sehen und dann Berchar aufsuchen, selbst wenn das bedeutete, daß sie in S'gors privaten Wohnbereich eindringen mußte.

K'lon schlief, als sie den Krankentrakt erreichte, aber auf

seiner Stirn war nicht die Spur von Fieberschweiß zu erkennen. Seine helle Haut hatte wieder eine gesunde Farbe. Da Berchar K'lon in der schlimmen Phase seines Fiebers ständig betreut hatte, sah Moreta keinen Grund, den blauen Reiter ein zweites Mal zu wecken.

Ein Teil der Leute war inzwischen wach, und die Vorbereitungen für den Sporeneinfall am kommenden Tag liefen. Das Gelächter der Jungreiter, die Feuerstein in kleine Säcke füllten, klang gedämpft durch den Nebel. Moreta überlegte, ob sie Ausbilder F'neldril fragen sollte, wie viele der Jungen er am Vortag zur Beförderung der Festgäste abgestellt hatte. Die auf Ista ausgestellte Raubkatze hatte einige von ihnen womöglich bewogen, entgegen dem Befehl zur sofortigen Rückkehr, die Sensation zu besichtigten.

»Etwas mehr Schwung, Freunde! Hier kommt die Weyrherrin persönlich, um nachzusehen, ob die Säcke für den morgigen Sporenkampf auch ordentlich gefüllt sind!«

Viele Drachenreiter von Fort behaupteten, daß F'neldril der einzige Reiter sei, dem sämtliche Drachen des Weyrs gehorchten, weil er sie alle ausgebildet hatte. Er besaß in der Tat einen unheimlichen Instinkt, dachte Moreta, wenn er sie durch den wallenden Nebel erkennen konnte. Nun tauchte er rechts von ihr auf, ein Mann mit kantigen Zügen und einer Sporennarbe, die von der Stirn bis zum Ohr verlief. Moreta hatte ihn von Anfang an gemocht, und er war einer ihrer ersten Freunde im Fort-Weyr gewesen.

»Wie geht es Ihnen, Weyrherrin? Orlith gedeiht? Wie ich höre, bekommen wir bald ein neues Gelege.«

»Und damit neue Jungreiter, die Sie tyrannisieren können, F'neldril!«

»Ich?« Er schlug sich entsetzt an die Brust. »Habe ich je einen Jungreiter tyrannisiert?«

Moreta lachte, wurde aber gleich darauf ernst. »Wir haben Probleme, F'neldril ...«

»Wer von ...«

»Nein, es hat nichts mit Ihren Jungreitern zu tun. Im Südosten hat sich eine Epidemie ausgebreitet, die langsam, aber sicher nach Westen vorrückt. Ich muß deshalb wissen, wie viele Ihrer Schützlinge gestern die Festbesucher beförderten und wie lange sie in Ista blieben. Ich werde diese Frage übrigens allen Reitern unseres Weyrs stellen. Wenn wir verhindern wollen, daß sich die Seuche hier einnistet, müssen wir vorbeugen.«

»Ich bringe es heraus, Moreta, verlassen Sie sich darauf!«

»Gut, aber vermeiden Sie trotz der ernsten Lage jede Panik! Leri hat übrigens gebeten, daß ihr jemand die ältesten noch lesbaren Aufzeichnungen vom Archiv in ihren Weyr bringt.«

»Was treibt eigentlich der Meisterheiler? Liegen seine Lehrlinge auf der faulen Haut, weil wir ihre Arbeit mit übernehmen müssen?«

»Je mehr Leute nach der Ursache der Krankheit forschen, desto besser. Eile tut not!« Moreta seufzte ungeduldig. F'neldril konnte manchmal stur und pedantisch sein.

»Leri bekommt die Aufzeichnungen, sobald die Jungreiter die Säcke gefüllt und sich ein wenig gesäubert haben. Es hätte wenig Sinn, die kostbaren Häute mit schwarzen Fingerabdrücken zu verzieren. He, M'barak, nennst du das *voll?* Du mußt den Sack schütteln – dann geht noch eine Menge hinein!«

Es gehörte zu F'neldrils Prinzipien, erst eine Arbeit abzuschließen, ehe er die nächste begann. Aber Moreta entfernte sich in dem sicheren Wissen, daß Leri nicht lange auf ihre Unterlagen warten würde.

Sie ging weiter zu den Unteren Höhlen und blieb einen Moment lang im Eingang stehen. Nur wenige Leute saßen an den langgestreckten Tischen, und sie kämpften offensichtlich gegen die Folgen des Festes an. Mußte diese Epidemie ausgerechnet am Tag nach zwei Festen ausbrechen, da die eine Hälfte der Reiter diese Nachricht als schlechten Scherz abtäte und der Rest nicht nüchtern genug wäre, um den Ernst der Lage zu begreifen? Und morgen stand ein Sporenregen bevor! Wie sollte sie nur die Aufmerksamkeit der Leute erringen?

Wenn du gegessen hast, fällt dir sicher etwas ein! kam die ungerührte Antwort ihres Drachen.

»Eine ausgezeichnete Idee!« Moreta ging an den kleinen Frühstücksherd, goß sich einen Becher *Klah* ein, rührte einen großen Löffel Süßwürze dazu und nahm sich ein warmes Brötchen aus dem Rohr. Als sie Ausschau nach einem ruhigen Plätzchen hielt, entdeckte sie Peterpar, den Herdenaufseher des Weyrs, der gerade sein Hufmesser wetzte. Er war ungekämmt und alles andere als ausgeschlafen.

»Schneid dich nicht!« meinte sie ruhig und setzte sich neben ihn.

Peterpar zuckte beim Klang ihrer Stimme zusammen, hörte jedoch keine Sekunde auf, das Messer zu wetzen.

»Warst du auf Ista oder auf Ruatha?«

»Leider hier wie dort. Auf Ista gab es Bier. Und auf Ruatha diesen sauren Wein von Tillek.«

»Hast du auch das Raubtier auf Ista besichtigt?« Moreta hielt es für günstiger, dem Mann die Neuigkeit schonend beizubringen.

»Mhm.« Peterpar runzelte die Stirn. »Meister Talpan war ebenfalls da. Verbot mir, in die Nähe der Bestie zu gehen, obwohl sie in einem Käfig mit dicken Gitterstäben saß. Läßt Sie übrigens grüßen, der Mann. Später ...« Peterpar schüttelte den Kopf, als mißtraue er seiner Erinnerung. »Später brachten sie das Tier dann um!«

»Aus gutem Grund.« Moreta berichtete, was sie erfahren hatte.

Peterpar hielt das Messer starr in die Luft und schaute sie entsetzt an. Als sie fertig war, fand er seinen Gleichmut jedoch rasch wieder.

»Was kommen muß, kommt!« Er begann erneut, sein Messer zu wetzen.

»Die letzte Ladung Renner, die wir als Tribut bekamen ...« Sie nahm langsam einen Schluck von dem warmen, anregenden *Klah*. »Woher stammten die eigentlich?«

»Von Tillek.« Peterpars Miene spiegelte die Erleichterung wider, die er empfand. »Auf Ista ging das Gerücht um, daß eine Krankheit unter den Rennern von Keroon herrscht. Die ... gleiche Geschichte?« Sie spürte, daß er die Frage nur zögernd stellte.

Moreta nickte.

»Wie kann ein Raubtier aus dem Süd-Kontinent an Menschen *und* Tiere des Nordens eine Krankheit übertragen?«

»Meister Talpan sagte, daß es so ist. Offensichtlich besitzen weder wir noch die Renner eine Immunität gegen die Infektion, die diese Katze einschleppte.«

Peterpar hielt den Kopf schräg und verzog das Gesicht zu einer Grimasse. »Dann hatte das Tier, das beim Ruatha-Rennen zusammenbrach, ebenfalls diese Krankheit?«

»Alles deutet darauf hin.«

»Tillek bekommt kein Zuchtmaterial von Keroon. Ein Glück! Aber ich will dennoch die Herden untersuchen, sobald ich meinen *Klah* getrunken habe.« Er schob das Hufmesser in die Scheide, rollte den Streichriemen zusammen und steckte ihn ein. »Drachen erkranken nicht, oder?«

»Meister Tarpan verneint es.« Moreta stand auf. »Die Reiter sind allerdings in Gefahr.«

»Ach, hier im Weyr lebt ein robuster Schlag«, sagte Peterpar stolz. »Wir wissen jetzt Bescheid und können uns vorsehen. Ich möchte wetten, daß kaum einer von uns krank wird. Machen Sie sich keine Sorgen, Moreta! Wir müssen uns zunächst einmal um den morgigen Sporeneinfall kümmern.«

Oft kam der Trost von völlig unerwarteter Seite, dachte Moreta. Aber Peterpars Worte erinnerten sie daran, daß die Weyrbewohner unter anderem deshalb so robust waren, weil sie gut und vernünftig aßen. Viele Krankheiten ließen sich durch die richtige Kost vermeiden oder abschwächen. Und eine ihrer wichtigsten Pflichten als Weyrherrin bestand darin, die Zusammenstellung der Speisen entsprechend des jahreszeitlichen Angebots abzuwandeln. Moreta spähte umher und suchte das Gewölbe nach Nesso ab. Die Küchenaufseherin genoß es vermutlich, so wichtige Neuigkeiten zu erfahren und im Weyr zu verbreiten.

»Nesso, könntest du bitte in der nächsten Zeit etwas Speerlauch und Weißknollen in deine Stews mischen?«

Nesso schniefte gekränkt. »Das hatte ich ohnehin vor. Und wenn du heute schon gefrühstückt hast, ist dir vielleicht aufgefallen, daß die Morgenbrötchen mit Zitruskraut gewürzt sind. Ein Quentchen Vorsorge erspart den Heiler!«

»Dann weißt du schon von dieser Krankheit?«

Wieder ein Schniefen. »Nachdem ich im ersten Morgengrauen wachgerüttelt wurde ...«

»Sh'gall hat dir Bescheid gesagt?«

»Nicht direkt. Aber er klirrte und polterte mit dem Küchengeschirr herum und schimpfte halblaut vor sich hin, ohne Rücksicht auf diejenigen, die im Gewölbe schliefen!«

Moreta wußte genau, warum Nesso so gern an Festtagen Nachtwache im Küchengewölbe hielt. Sie spionierte begeistert die kleinen Geheimnisse der Weyrbewohner aus und registrierte genau, wann wer mit wem heimkehrte. Dieses Wissen gab ihr offenbar ein Gefühl der Macht.

»Wer hat außer dir noch von der Sache erfahren?«

»Alle, mit denen du sprachst, ehe du zu mir kamst.« Und sie warf Peterpar, der mit schlurfenden Schritten das Gewölbe verließ, einen düsteren Blick nach.

»Also, was hast du genau gehört?« Moreta kannte Nessos Hang zum Klatschen ebenso wie ihre Unfähigkeit, die Tatsachen korrekt weiterzugeben.

»Daß auf Pern eine Epidemie ausgebrochen ist, an der alle sterben.« Nesso warf Moreta einen entrüsteten Blick zu. »Was natürlich völlig idiotisch ist!«

»Nicht ganz. Meister Capiam hat uns in der Tat vor einer Krankheit gewarnt, die epidemisches Ausmaß angenommen hat.«

»Nun, hier merken wir noch nichts davon.« Nesso schwang ihren Schöpflöffel. »K'lon geht es wieder prächtig, obwohl er brutal aus dem Schlaf gerissen und mit Fragen überhäuft wurde. An Epidemien sterben höchstens Burgbewohner.« Nesso verachtete jeden, der nicht in einem

Weyr lebte. »Was kann man anderes erwarten, wenn die Menschen in Quartieren hausen, die nicht einmal geräumig genug für einen Wachwher wären!« Nessos selbstgerechte Entrüstung verebbte, als sie Moretas Gesichtsausdruck sah. »Du ... du meinst das im Ernst?« Ihre Augen weiteten sich. »Ich dachte, Sh'gall hätte zuviel Wein erwischt. Oh! Und sämtliche Reiter besuchten gestern Ista oder Ruatha!« Nesso klatschte zwar gern, aber sie war nicht dumm, und sie erfaßte den Ernst der Lage sofort. Die Frau atmete tief durch, wischte den Schöpflöffel mit einem Lappen ab und tauchte ihn dann so heftig in den Brei, daß ein paar Tropfen in die Glut zischten. »Woran erkennt man diese Krankheit?«

»An Kopfschmerzen, Fieber, Schüttelfrost, einem trockenen Husten ...«

»Genau die Symptome, die K'lon hatte!«

»Bist du sicher?«

»Natürlich bin ich sicher. Und K'lon befindet sich auf dem Weg der Genesung. Ich wußte es doch: Wir Weyrleute sind nicht so leicht unterzukriegen!« Es tröstete Moreta ein wenig, daß die Aufseherin die gleiche Ansicht vertrat wie Peterpar. »Gestern war Berchar noch bei ihm, aber es ging ihm bereits viel besser. Paß auf, wir sollten den Reitern nicht sofort die Symptome schildern, denn heute morgen haben sicher die meisten von ihnen einen Brummschädel – aber nicht von der Epidemie, sondern vom Wein!« Sie rührte den Brei noch einmal kräftig durch und wandte ihre Aufmerksamkeit dann ganz Moreta zu. »Wie lange dauert es, bis diese Krankheit durchbricht?«

»Zwei bis vier Tage, nach Capiams Auskunft.«

»Na, dann können sich die Reiter wenigstens noch voll auf den morgigen Sporeneinfall konzentrieren.«

»Der Meisterheiler hat ein Versammlungsverbot erlassen. Niemand darf den Weyr besuchen, niemand darf ihn verlassen. Der Wachreiter weiß bereits Bescheid.«

»Nach den beiden Festen und bei dieser Nebelsuppe kommen ohnehin keine Besucher. Falls du Berchar suchst – der ist bei S'gor.«

»Das hatte ich vermutet. Und noch eines: Sh'gall darf auf keinen Fall gestört werden.«

»Oh?« Nessos Brauen hoben sich fast bis zum Haaransatz. »Glaubst du etwa, daß er die Krankheit bereits erwischt hat? Er muß morgen unbedingt einsatzbereit sein! Und was erzähle ich den Geschwaderführern, wenn sie nach ihm fragen?«

»Daß sie sich an mich wenden sollen! Sh'gall ist nicht krank, sondern völlig erschöpft. Er war gestern bis spät in die Nacht mit Meister Capiam unterwegs.«

Damit verließ Moreta die Küchenaufseherin. Sh'gall würde im Schlaf die erste Panik überwinden und dann mit frischen Kräften gegen die Sporen anreiten. Sein ganzes Talent entfaltete sich, wenn er die Kampfgeschwader anführte.

Nebel hüllte die Weyrherrin ein, als sie die Unteren Höhlen verließ.

Orlith, könntest du Malth sagen, daß er mich in S'gors Weyr bringen soll?

Ich komme selbst.

Ich weiß, daß du alles für mich tun würdest, Liebes, aber du mußt dich schonen, und außerdem herrscht dichter Nebel. Wenn Malth mich abholt, tauche ich nicht völlig unerwartet in S'gors Weyr auf.

Malth kommt. Etwas in Orliths Tonfall vermittelte Moreta das Gefühl, daß Malth der Bitte nur zögernd nachkam. Dabei sollte Malth eigentlich wissen, daß die Weyrherrin die Privatsphäre ihrer Reiter nur im äußersten Notfall verletzte.

Das weiß Malth, versicherte Orlith sofort.

Kaum hatte die Königin diesen Gedanken übermittelt, als die Nebelschwaden in heftige Bewegung gerieten und der grüne Drache so dicht neben Moreta landete, daß sie nur noch aufzusteigen brauchte.

Richte ihm meinen Dank und meine Bewunderung für den exakten Flug aus, Orlith!

Schon geschehen!

Moreta schwang sich auf Malths Nacken. Sie hatte immer

ein merkwürdiges Gefühl, wenn sie einen Drachen bestieg, der um so vieles kleiner war als ihre Königin. Dabei besaß sie bestimmt nicht S'gors Gewicht und Statur und mußte sich eigentlich keine Vorwürfe machen, daß sie das Tier überlastete.

Malth wartete einen Augenblick, bis Moreta richtig saß, und startete dann durch den Nebel nach oben. Sanft landete der grüne Drache auf dem Felsensims vor seinem Weyr.

»Danke, Malth!« Moreta sprach betont laut, um S'gor Zeit zu geben, sich auf ihre Ankunft vorzubereiten. Sie stieg ab und ging auf den gelben Schein zu, der aus dem Weyr in den Felsengang herausdrang. Der Drache hinter ihr schien mit dem Nebel zu verschmelzen; nur seine großen Augen schimmerten ermutigend.

»Bleib draußen!« rief S'gor mit eindringlicher Stimme. Seine Gestalt hob sich schemenhaft gegen den Lichtschein ab.

»S'gor, ich kann nicht hier im Nebel stehenbleiben! Ich hatte mich wirklich rechtzeitig angekündigt!« Im Moment konnte sie keine Rücksicht auf seine Gefühle nehmen.

»Berchar ist schwerkrank, Moreta! Er fühlt sich entsetzlich elend, und er hat mir verboten, irgend jemanden in den Weyr zu lassen!« Während er sprach, ging S'gor rückwärts, und Moreta folgte ihm zielbewußt in den Korridor und die Felsenkammer. Mit ausgebreiteten Armen blieb S'gor vor der Schlafnische stehen.

»Ich muß mit ihm sprechen, S'gor!« Moreta kam näher.

»Bitte nicht, Moreta! Er ist im Delirium. Und bleib auch mir fern! Ich habe mich vermutlich angesteckt ...« S'gor trat zur Seite, aus Angst, die Weyrherrin könnte ihn berühren. In diesem Moment vernahm sie das zusammenhanglose Stammeln und Stöhnen des Fieberkranken. »Siehst du?« S'gor fühlte sich bestätigt.

Moreta schob den Vorhang beiseite, der die Schlafnische vom Weyr abtrennte, und blieb auf der Schwelle stehen. Selbst im Halbdunkel konnte sie die Veränderung erkennen, die mit Berchar vorgegangen war. Seine Züge wirkten eingefallen und hager, die Haut war bleich und glänzte vor Schweiß. Berchars Medizintasche lag auf dem Tisch, und sie trat näher. »Seit wann ist er krank?« Sie hob ein Fläschchen hoch.

»Gestern hatte er bereits schreckliche Kopfschmerzen, deshalb gingen wir nicht wie geplant zum Fest.« S'gor ordnete nervös die Medikamente auf dem Tisch. »Beim Frühstück war noch alles in Ordnung. Wir wollten nach Ista, um einen Blick auf diese Raubkatze zu werfen. Dann bekam Berch auf einmal rasende Kopfschmerzen und mußte sich hinlegen. Ich glaubte ihm anfangs nicht ...«

»Er nahm *Schwitzwurzel* gegen Kopfschmerzen?«

»Nein, Weidensalz natürlich!« S'gor hob das Fläschchen mit den Kristallen hoch.

»Danach dann Schwitzwurzel?«

»Ja, aber das half überhaupt nichts. Gegen Mittag glühte er richtig, und dann bestand er darauf, dieses ... dieses Akonit zu nehmen. Ich fand das reichlich komisch, denn immerhin helfe ich ihm öfter bei seiner Arbeit und weiß einigermaßen Bescheid. Aber er fuhr mich nur an, daß er genau wisse, was er tue. Heute morgen bat er mich dann, ihm eine Federfarn-Infusion zu machen und zehn Tropfen Fellissaft beizumischen. Das habe ich getan. Er litt unter fürchterlichen Schmerzen.«

Moreta nickte beruhigend, obwohl sie eine große Unsicherheit spürte. Akonit bei Fieber und Kopfschmerzen? Federfarn und Fellissaft ja, aber ...

»Was das Fieber sehr hoch?«

»Er wußte noch, was er tat – wenn deine Frage darauf abzielt.« Das klang, als wollte S'gor sich und den Freund verteidigen.

»Daran habe ich keine Sekunde gezweifelt, S'gor. Berchar zählt zu den Besten seiner Gilde, und wir schätzen uns glücklich, daß er dem Fort-Weyr zugeteilt wurde. Welche Anweisungen erteilte er dir sonst noch?«

»Alle Besucher von hier fernzuhalten.« Er warf Moreta einen anklagenden Blick zu. Sie ließ sich davon nicht im mindesten beeindrucken. »Unverdünnte Federfarn-Essenz alle zwei Stunden, bis das Fieber nachläßt; außerdem alle vier Stunden eine Dosis Fellissaft.«

»Glaubte er, daß ihn K'lon angesteckt hatte?«

»Berchar sprach mit mir nie über seine Patienten.«

»Ich wollte, er hätte diesmal eine Ausnahme gemacht!«

S'gor musterte sie erschrocken. »Geht es mit K'lon ... zu Ende?«

»Nein, er schläft im Moment ganz ruhig.« Moreta wünschte, sie könnte das gleiche von sich sagen. »Ich muß Berchar allerdings sofort sprechen, wenn sein Fieber ein wenig sinkt. Vergiß das nicht! Es ist ungeheuer wichtig.« Von Zweifeln geplagt, musterte sie den Kranken. Allem Anschein nach hatte K'lon die gleiche Krankheit erwischt, die Meister Capiam als Epidemie bezeichnete. Aber warum war er genesen, während die Seuche im Südosten von Pern die Menschen dahinraffte? Konnte das tatsächlich mit dem Leben im Weyr zusammenhängen? Förderten die Übervölkerung in den Burgen und das viel zu warme Wetter die Ausbreitung der Krankheit? Sie merkte, daß ihr Schweigen S'gor ängstigte. »Halte dich an Berchars Anweisungen! Ich werde dafür sorgen, daß euch niemand stört. Dein Grüner soll Orlith Bescheid geben, sobald ich mit Berchar sprechen kann. Und richte Malth meinen Dank aus! Ich weiß, daß es ihm schwerfiel, etwas gegen deinen Willen zu tun.«

S'gor lächelte. »Malth meint, es sei schon gut. Er ist bereit, dich nach unten zu bringen.«

Der Flug durch den dichten Nebel war ein unheimliches Erlebnis.

Malth würde es nicht wagen, die Weyrherrin von Fort abzuwerfen, erklärte Orlith mit Nachdruck.

Das habe ich keine Sekunde angenommen – aber ich kann die Hand vor den Augen nicht mehr erkennen!

Der grüne Drache landete geschickt an der gleichen Stelle neben den Unteren Höhlen, wo er sie abgeholt hatte. Als er wieder zu seinem Weyr aufstieg, wand sich der Nebel in einer trägen Spirale nach oben.

Keine Schwitzwurzel, um das Fieber zum Ausbruch zu bringen, wiederholte Moreta im Geist. Eher Federfarn, um es zu senken. Akonit – vielleicht, um das Herz zu kräftigen? Dann mußte das Fieber gefährlich hoch ansteigen. Und Fellissaft gegen die Schmerzen. Hatte Sh'gall die Schmerzen beim Aufzählen der Symptome vergessen – oder hatte Capiam sie nicht genannt? Zu dumm, daß es ihr nicht möglich gewesen war, wenigstens ein paar Worte mit Berchar zu wechseln! Aber vielleicht war K'lon inzwischen wach und konnte ihr weiterhelfen.

Er schläft, erklärte Orlith. *Und du solltest auch eine Weile schlafen.*

Allmählich verebbte das Entsetzen, das Sh'galls Neuigkeit ihr eingeflößt hatte, und Erschöpfung breitete sich aus. Der Nebel hatte sich zu einer so undurchdringlichen Masse verdichtet, daß man sich auf dem Wege zum Krankentrakt verlaufen konnte.

Mich verfehlst du bestimmt nicht, meinte Orlith ruhig. *Wenn du dich etwas nach links hältst, kommst du geradewegs auf mich zu. Ich sorge dafür, daß du sicher in unseren Weyr zurückkehrst.*

»Gut, ich werde mich jetzt ein paar Stunden ausruhen«, sagte Moreta. Sie brauchte den Schlaf, den Sh'gall mit seinem stürmischen Eindringen unterbrochen hatte. Für den Augenblick war alles Nötige getan; sie wollte nur noch die Medizinvorräte überprüfen, ehe sie zum Weyr hinaufstieg. Also wandte sie sich etwas nach links.

Und jetzt immer geradeaus! riet Orlith.

Das war für den Drachen leichter gesagt, als für Moreta getan. Nach ein paar Schritten konnte sie nicht einmal mehr den gelben Lichtschein aus den Unteren Höhlen erkennen; aber sie spürte Orliths Teilnahme und Nähe und schöpfte daraus Zuversicht. Mutig drang sie in den Nebel vor.

K'lon war vergessen. Ihre Gedanken kehrten immer wieder zu diesem Punkt zurück. Die Burgbewohner starben, aber K'lon, der Drachenreiter, lebte. Sh'gall war völlig übermüdet gewesen, als er sie aufsuchte. Vielleicht hatte er Capiams Botschaft nicht vollständig ausgerichtet. Aber

S'peren waren ebenfalls Gerüchte von einer schweren Krankheit zu Ohren gekommen. Und morgen sollten Sporen fallen. Und der gestrige Tag war so harmonisch verlaufen ... bis auf den Zwischenfall mit dem Renner ...

Nun hör endlich auf, dich zu quälen! schimpfte Orlith. *Du hast getan, was du konntest. Ganz bestimmt findet sich irgendein Hinweis in den Archiven. Leri wird ihn entdecken.*

»Ich glaube, es ist der Nebel, der mich so deprimiert. Ich habe das Gefühl, als müßte ich für alle Ewigkeit durch das Nichts irren.«

Du bist mir ganz nahe. Gleich hast du die Treppe erreicht!

Orlith behielt recht. Eine Sekunde später stieß Moreta mit der Fußspitze hart gegen die unterste Felsenstufe. Sie ertastete mit einer Hand die Wand und dann den Türrahmen zum Lagerraum. Die Riegel waren so alt, daß Moreta sich manchmal fragte, weshalb man die Dinger überhaupt noch benutzte. Sie drückte die schwere Bohlentür nach innen. Selbst der Nebel konnte die vielfältigen Gerüche, die ihr entgegenströmten, nicht ersticken. Moreta griff nach oben und deckte den Leuchtkorb ab. Der würzige Duft getrockneter Kräuter belebte und schärfte ihre Sinne. Als sie weiter in den Raum vordrang, konnte sie die einzelnen Gerüche unterscheiden; das große Licht deckte sie gar nicht ab, da sie wußte, wo sich die Fiebermittel befanden. Die mit Federfarn gefüllten Regale sowie die dicken Bündel, die von der Decke hingen, um durchzutrocknen, erschienen ihr mehr als ausreichend, um sämtliche Weyrbewohner gleichzeitig zu behandeln. Ganz schwach vernahm sie das hastige Rascheln der Tunnelschlangen. Die lästigen Biester hatten ihre eigenen Ein- und Ausgänge durch die Felsenspalten. Nesso mußte mal wieder Gift auslegen. Auf dem Regal rechts war Akonit – ein viereckiger Glasbehälter, bis an den Rand gefüllt mit der zerstoßenen Wurzel. Daneben große Mengen Weidensalz und vier Gefäße mit Fellissaft. Sh'gall hatte außerdem von Husten gesprochen. Moreta sah sich um: Tussilago, Schwarzwurz, Ysop, Thymus, Oesob und Borrago – alles im Übermaß vorhanden. Die Alten hatten bei ihrer Überfahrt sämtliche Heilkräuter und Bäume mitgebracht, mit denen sie Krankheiten und Unwohlsein lindern konnten. Einige davon halfen sicher auch gegen diese neue Epidemie.

Sie kehrte um, verdeckte den Leuchtkorb und blieb einen Moment lang in der Tür stehen. Der Rahmen war blankpoliert von all den Händen, die sich dagegen gestemmt hatten. Generationen. Generationen, die alle möglichen seltsamen Ereignisse und ungewöhnlichen Krankheiten überlebt hatten – so wie sie diese neue Prüfung überleben würden!

Der Nebel hatte sich nicht gelöst, und sie sah die Treppe nur schemenhaft. Wieder stieß sie mit dem Fuß gegen die unterste Stufe.

Sei vorsichtig! warnte Orlith.

»Ich werde mir Mühe geben.« Moretas rechte Hand tastete die Felswand entlang. Ihre Füße suchten im Nichts, bis sie die Sicherheit der nächsten Stufe spürten. Der Nebel spann sie immer dichter ein. Aber Orlith sprach ihr so lange Mut zu, bis sie den schwachen Schimmer ihres Weyrs erkennen konnte.

In der Felsenkammer war es deutlich wärmer als draußen. Orliths Augen leuchteten, als Moreta näher trat und sie streichelte. Einen Moment lang schmiegte sie sich an die weiche duftende Haut ihres Drachen.

Du bist müde. Du mußt jetzt endlich schlafen!

»Du kommandierst mich schon wieder herum, was?« Aber Moreta ging gehorsam in ihre Schlafkammer, zog sich rasch aus, wickelte sich in die Felldecken und war im Nu eingeschlafen.

Kapitel VI

Ruatha, 11. 3. 43

Alessan sah, wie Moreta den Arm zum Abschied hob und winkte. Gleich darauf stieß sich der große Drache kraftvoll ab und schnellte in die Höhe; seine goldene Haut hob sich schimmernd gegen den dunkelgrauen Himmel ab und überstrahlte den schwachen Lichtschein der halb heruntergebrannten Fackeln. Und dann trat das ein, worauf Alessan gewartet hatte: Orlith und ihre Reiterin, die schöne Weyrherrin von Fort, verschwanden im *Dazwischen.* Die Festflaggen, die im Sog der mächtigen Schwingen geflattert hatten, hingen wieder schlaff an ihren Masten.

Alessan atmete tief durch und reflektierte lächelnd noch einmal die Glanzpunkte seines ersten Festes als Herr von Ruatha. Sein Vater hatte ihm oft genug eingeschärft, daß eine gute Planung der Schlüssel zum Erfolg sei. Gewiß, daß Squealer gesiegt hatte, war das Ergebnis einer langen, sorgfältigen Planung, aber er hatte nie und nimmer mit Moretas Gesellschaft bei den Rennen gerechnet. Und sie war eine so spontane Begleiterin gewesen. Ebensowenig hatte er geahnt, daß sie mit ihm tanzen würde, eine leichtfüßige Partnerin, die es verstand, das Temperament und die Begeisterung eines Mannes zu wecken. Wenn seine Mutter ein Mädchen für ihn fand, das sich mit Moreta messen konnte …

»Baron Alessan!«

Er wirbelte herum, von einem heiseren Wispern aus seinen angenehmen Träumen geschreckt. Dag kam aus den Schatten gehuscht und blieb ein halbes Dutzend Schritte von ihm entfernt bolzengerade stehen.

»Baron Alessan …« Die formelle Anrede und die Angst in Dags Stimme beunruhigten Alessan.

»Was ist denn, Dag? Irgend etwas mit Squealer …«

»Dem geht es prächtig. Aber sämtliche Tiere von Vander husten, ganz hart und trocken! Außerdem fiebern sie und sind mit kaltem Schweiß bedeckt. Und ein Teil der Renner, die in der Nähe von Vanders Koppel angepflockt sind, fangen ebenfalls zu husten an. Norman weiß nicht, was er davon halten soll ... es kam alles so plötzlich. Aber *ich* kenne mich aus, Baron Alessan, und ich bringe unsere Tiere weg, zumindest alle, die in den Ställen untergebracht waren und nicht auf der Koppel. Ich bleibe mit ihnen im Freien und warte ab, ob sich dieser Husten ausbreitet oder nicht.«

»Dag, glaubst du wirklich ...?«

Dag hob besänftigend die Hand. »Es ist ja gut möglich, Baron Alessan, daß es nur am warmen Wetter liegt oder am Gras. Aber ich denke nicht daran, unseren Squealer aufs Spiel zu setzen! Nicht nach seinem heutigen Sieg ...«

Alessan unterdrückte ein Lächeln. Er kannte Dags Liebe zu den Rennern.

»Ich hüte unsere Vollblüter auf den höhergelegenen Zuchtweiden, bis *die* da ...«, er deutete mit dem Daumen zu den Koppeln, »... verschwunden sind. Ich habe ein wenig Proviant eingepackt, und in den Bergen gibt es genug Felsenschlangen, die ich fangen und braten kann. Außerdem nehme ich meinen mißratenen Enkel mit; das wird uns beiden guttun.«

Dags zweitgrößte Liebe nach Squealer galt Fergal, dem jüngsten Sohn seiner Tochter, einem gerissenen kleinen Burschen, der auf ganz Ruatha für seine Streiche bekannt war. Insgeheim bewunderte Alessan den Einfallsreichtum des Jungen, aber als Burgherr hatte er die Pflicht, seinen Späßen Grenzen zu setzen. Seine jüngste Untat – die zum Bleichen ausgelegte Bettwäsche für die Gästezimmer war plötzlich mit Ruß beschmiert gewesen – hatte Lady Uma so empört, daß er für das Fest Hausarrest bekam.

»Wenn ich nur wüßte ...«

Dag preßte einen Finger gegen die ohnehin leicht nach oben gerichtete Nase. »Vorsicht ist besser als Reue!«

»Also gut, dann tu, was du für richtig hältst!« Alessan

sehnte sich nach Schlaf, und wenn Dag sich einmal etwas in den Kopf gesetzt hatte, gab er nicht so leicht nach. »Und kümmere dich um diesen ... diesen ...«

»Schmutzfink?« half Dag ihm grinsend aus.

»Genau. Auf den Weiden kann er vermutlich weniger anstellen als auf der Burg.«

»Lassen Sie mir eine Botschaft zukommen, Alessan, wenn sämtliche Besucher mit ihren hustenden Tieren abgezogen sind!« Dags Grinsen wurde breiter. Er machte auf dem Absatz kehrt und ging mit wiegenden, zielbewußten Schritten auf die Ställe zu.

Alessan sah ihm einen Moment lang versonnen nach und überlegte, ob er Dag zu viele Freiheiten einräumte. Vielleicht versuchte der alte Narr nur wieder einen Streich seines Enkels zu vertuschen. Andererseits stellte ein Husten, der sich so rasch auf den Koppeln ausbreitete, durchaus eine Gefahr dar. Wenn er ausgeschlafen hatte, mußte er Norman aufsuchen und ihn fragen, ob man schon eine Erklärung für den Tod von Vanders Renner hatte. Konnte es sein, daß Vander in seinem Ehrgeiz die Krankheitszeichen übersehen hatte? Alessan wollte es nicht glauben, aber er wußte selbst, wie das Rennfieber einen Menschen packen konnte.

Er schlenderte zur Burg zurück, vorbei an Gruppen von Besuchern, die sich in ihre Fellsäcke gerollt hatten und am Wegrand schliefen. Es war ein schönes Fest gewesen. Auch das Wetter hatte durchgehalten. Eine Spur von Feuchtigkeit in der Luft kündigte für den neuen Tag allerdings Dunst oder Nebel an.

Auch in der Burg selbst stieß man überall auf Schläfer, und Alessan bewegte sich mit äußerster Vorsicht, um niemanden zu stören. Sogar auf dem breiten Korridor vor seinen Räumen lagen die Leute auf Strohsäcken. Zum Glück hatte seine Mutter nicht verlangt, daß er sein Quartier mit irgendwelchen Gästen teilte. Oder hatte sie insgeheim sogar darauf gehofft, daß er Besuch mitbrachte? Er lächelte, als er die Tür schloß und sich aus seinem Festtagsstaat schälte.

Erst in diesem Moment fiel ihm ein, daß Moreta ihr Gewand nicht mitgenommen hatte. Halb so schlimm. Das gab ihm die Gelegenheit, sie nach dem Sporeneinfall aufzusuchen. Er streckte sich auf seinem Bett aus, zog die Decken bis ans Kinn und war gleich darauf fest eingeschlafen.

Aber kurze Zeit später – ihm erschien es wie Sekunden – wurde er so unbarmherzig wachgerüttelt, daß er sich in seine Kindheit zurückversetzt fühlte, als ihn seine Brüder des öfteren mit vereinten Kräften aus dem Bett geworfen hatten.

»Alessan!« Lady Umas entnervter Ausruf machte ihn hellwach. »Gutsherr Vander ist schwer erkrankt. Zwei der Leute, die ihn begleiteten, liegen ebenfalls mit Fieber zu Bett. Heiler Scand glaubt nicht, daß sie zuviel gegessen oder getrunken haben. Und dein Rennverwalter läßt ausrichten, daß vier Tiere verendet und eine Reihe weiterer krank sind!«

»Wessen Tiere?« Hatte Dag mehr gewußt, als er sagen wollte?

»Keine Ahnung, Alessan!« Lady Uma kümmerte sich nicht um die Renner, obwohl sie Ruathas Haupteinnahmequelle waren. »Baron Tolocamp besprach die Angelegenheit mit ...«

»Baron Tolocamp maßt sich Befugnisse an, die er nicht besitzt!« Alessan sprang auf, schlüpfte hastig in seine Kleider und Stiefel, wischte mit einer ärgerlichen Geste den Festschmuck beiseite und streifte im Laufen eine warme Jacke über. In seiner Hast wäre er um ein Haar über die Schläfer gestolpert, die den Korridor bevölkerten. Die meisten der im Großen Saal untergebrachten Gäste waren jedoch wach und rückten zur Seite, als er vorbeikam. Alessan nickte ihnen lächelnd zu, während er insgeheim Tolocamp verwünschte.

Erbbaron Tolocamp stand im Hof, einen Arm gegen die Brust gepreßt und das Kinn nachdenklich in eine Hand gestützt. Norman war bei ihm und verlagerte ängstlich das Gewicht von einem Fuß auf den anderen. Unter seinen Augen zeichneten sich dunkle Ringe ab; allem Anschein nach war er diese Nacht überhaupt noch nicht ins Bett gekommen. Seine Miene hellte sich auf, als er den Burgherrn heranstürmen sah.

»Einen guten Morgen, Tolocamp!« Alessan gab sich keine Mühe, den Ärger zu verbergen, den er über die Einmischung des älteren Mannes empfand. »Was gibt es, Norman?«

Er versuchte, den Rennverwalter beiseite zu ziehen, aber so leicht ließ sich Tolocamp nicht vertreiben.

»Das hier könnte eine ernste Sache sein, Alessan«, erklärte er mit wichtiger Miene.

»Vielen Dank, darüber werde ich befinden.« Alessan sprach so knapp und scharf, daß Tolocamp ihn verblüfft anstarrte. Der Burgherr nutzte seine Schrecksekunde und trat mit Norman beiseite.

»Vier von Vanders Rennern sind tot«, flüsterte Norman, »und der fünfte macht es nicht mehr lange. Neunzehn Tiere, die in unmittelbarer Nähe standen, leiden inzwischen an Schweißausbrüchen und einem scheußlichen Husten.«

»Habt ihr sie von den gesunden Tieren isoliert?«

»Daran arbeiten meine Leute seit dem Morgengrauen, Baron Alessan.«

»Lady Uma berichtete mir, daß Vander und zwei seiner Männer erkrankt sind.«

»Ja, Baron. Ich bat Meisterheiler Scand noch in der Nacht, nach ihnen zu sehen. Anfangs dachte ich, Vander sei nur erregt über den Verlust seines Renners, aber seine Leute haben hohes Fieber bekommen. Und nun klagt auch noch Helly über unerträgliche Kopfschmerzen. Da Helly nicht trinkt, kann das nicht vom Wein herrühren.«

»Vander hatte gestern Kopfschmerzen, nicht wahr?«

»Ich ... ich weiß nicht mehr, Baron Alessan.« Norman seufzte und fuhr sich mit der Hand über die Stirn.

»Ja, natürlich, Sie hatten soviel zu erledigen, und die Organisation klappte auch großartig.« Alessan dachte mit einem Lächeln an die Zeit zurück, da er Norman bei der Vorbereitung der Rennen geholfen hatte.

»Das freut mich, aber ...« Normans Blicke wanderten zur Burgstraße, und er deutete auf einen Reisewagen, vor den vier Renner gespannt waren. »Kulan sollte Ruatha wirklich nicht verlassen ...«

Noch während die Männer das Gespann beobachteten, begann das Leittier hart zu husten.

»Ich sagte Kulan, daß er mit dem kranken Tier nicht losziehen dürfte, aber er hörte nicht auf mich.«

»Wie viele Besucher brachen heute morgen ihr Lager ab?« Alessan spürte zum erstenmal eine nagende Unruhe. Wenn sich dieser Husten in seinem Burgbereich ausbreitete, zu einer Zeit, da erst die Hälfte der Felder gepflügt waren ...

»Einige Dutzend verschwanden im ersten Morgengrauen, vor allem jene mit eigenen Reisewagen und Gespannen. Ihre Tiere befanden sich nicht in der Nähe der Rennkoppeln. Kulans Renner dagegen ist eindeutig krank ...«

»Ich werde selbst mit ihm sprechen. Erkunden Sie inzwischen, wie viele Leute bereits den Heimweg angetreten haben. Und schicken Sie mir einige unserer Pächter! Ich brauche sie als Boten. Wir müssen alle Besucher zurückholen. Kein Tier verläßt die Burg, ehe wir wissen, was es mit diesem Husten auf sich hat!«

»Und die Menschen?«

»Auch die Menschen bleiben hier. Noch eines: Ich möchte Meister Scand wegen Vander sprechen.«

Kulan zeigte sich alles andere als begeistert, daß er aufgehalten wurde. Sein Renner habe nur einen Frühhusten, behauptete er. Das käme von der staubigen Luft und dem ungewohnten Gras und würde sich schon wieder legen. Kulan war unruhig. Er hatte eine beschwerliche Dreitagereise vor sich, ehe er seinen Hof erreichte. Sein Zweitältester führte während seiner Abwesenheit die Geschäfte, und er bezweifelte, daß der Junge alles richtig machte. Alessan fragte ihn ruhig, ob er es sich leisten könne, ein krankes Tier heimzubringen, das dann seine gesunden Herden ansteckte. Ein Tag Aufschub oder zwei, bis man Näheres über diesen rätselhaften Husten wisse, müßte ihm die Sache doch wert sein!

Tolocamp gesellte sich zu ihnen und hörte gerade noch den letzten Teil der Diskussion. Aus seinen Blicken sprach

Entsetzen, aber zum Glück schwieg er wenigstens, bis Kulan und seine Leute umgedreht hatten und zur Festwiese zurückkehrten.

»Sind solche drastischen Maßnahmen wirklich notwendig? Ich meine, die Leute müssen zurück auf ihre Höfe – so wie ich auf meiner Burg endlich nach dem Rechten schauen muß!«

»Sobald wir wissen, was den Tieren fehlt, Tolocamp! Sicher stört es Sie und Ihre reizenden Damen nicht allzusehr, noch ein paar Tage meine Gäste zu bleiben.«

Tolocamp musterte den jungen Burgherrn unsicher, entwaffnet von soviel freundlicher Bestimmtheit. »Die Damen können bleiben, wenn sie wollen, aber ich muß heim. Wenn Ihr Trommler so nett wäre, vom Fort-Weyr einen Drachen für mich zu bestellen ...«

»Sie sagten selbst erst vor wenigen Minuten, Tolocamp, daß dies hier eine ernste Sache sein könnte. Sie haben recht behalten. Keiner von uns kann es sich leisten, seine Herden durch Krankheit zu verlieren. Nicht zu diesem Zeitpunkt! Vielleicht stellt sich heraus, daß nur die Tiere, die an den Rennen beteiligt waren, betroffen sind. Aber ich müßte mir schwere Vorwürfe machen, wenn ich keine Vorsichtsmaßnahmen zur Eindämmung der Infektion ergriffen hätte.« Alessan glaubte zu erkennen, daß Tolocamps Widerstand schwächer wurde. »Kulan ist einer von meinen Pächtern; ich wäre Ihnen sehr dankbar, wenn Sie mit den Leuten sprechen würden, die zu Ihrem Burgbereich gehören. Ich will keine Panik verbreiten, aber es sind bereits vier Renner eingegangen, und auf den Koppeln gibt es eine Reihe von Tieren, die von einem schlimmen Husten befallen sind.«

»Hmm, ja ...«

»Ich danke Ihnen, Tolocamp. Ich wußte, daß ich auf Ihre Hilfe zählen kann.«

Alessan wandte sich rasch ab, ehe Tolocamp ein Gegenargument einfiel. Er ging zur Küche hinüber, wo übermüdete Mägde große Krüge mit *Klah* sowie Tabletts mit Weißgebäck und Obst herrichteten. Wie er gehofft hatte, überwachte Oklina die Aktivitäten. Auch ihr sah man an, daß sie diese Nacht keinen Schlaf gefunden hatte.

»Oklina, es gibt Probleme«, sagte er ruhig. »Drunten auf der Festwiese breitet sich unter den Rennern eine Krankheit aus. Bestell Lady Uma, daß niemand die Burg verlassen darf, bis ich Genaueres weiß. Ich bin im Moment auf ihre Überredungskunst und ihre großzügige Gastfreundschaft gegenüber den Besuchern angewiesen.«

Oklinas Augen hatten sich entsetzt geweitet, aber sie gewann rasch ihre Fassung wieder und wies eine der Mägde zurecht, die einen Krug *Klah* verschüttet hatte.

»Schläft unser Bruder Makfar noch?« erkundigte sich Alessan.

»Nein. Er brach mit seinen Leuten vor zwei Stunden auf.«

Alessan fuhr sich mit der Hand über die Stirn. Makfar hatte zwei Renner an den Wettläufen teilnehmen lassen. »Schick ihm einen Boten nach, sobald du mit Mutter gesprochen hast! Wie ich Makfar kenne, ist er noch nicht weit gekommen. Hmm – was sagen wir ihm nur?«

Oklina lächelte. »Daß du dringend seinen Rat benötigst ...«

»Genau.« Er legte ihr einen Moment lang den Arm um die Schultern. »Und trommle die übrigen Geschwister zusammen! Sie müssen für Sicherheit auf dem Burggelände selbst sorgen.«

Als Alessan in den Hof zurückkehrte, erwartete ihn Norman mit einer ganzen Anzahl von Ruatha-Pächtern. Alessan befahl ihnen, sich mit Kurzschwertern zu bewaffnen und jeweils zu zweit die wichtigsten Straßen abzureiten, um die Reisenden zurückzuholen. Wo Überredungskünste nichts halfen, sollten sie Gewalt anwenden. Kurz darauf meldeten sich seine Brüder mehr oder weniger verschlafen zur Stelle. Er gab ihnen den Auftrag, sich ebenfalls Waffen zu besorgen und notfalls die Boten zu unterstützen, in erster Linie aber darauf zu achten, daß niemand mehr Ruatha verließ. Genau in diesem Moment kam Baron Tolocamp in den Hof gestürmt. Er hatte eine streitbare Miene aufgesetzt.

»Alessan, ist das alles nicht ein wenig übertrieben ...?«

Sein Einwand wurde übertönt vom Dröhnen der Nachrichtentrommeln aus der Burg am Fluß. Alessan erkannte den Code der Heiler, und einen Moment lang weidete er sich an Baron Tolocamps Verwirrung, aber die Schadenfreude verflog, als er den Inhalt der Botschaft voll begriff. Die Umstehenden, die den Trommelcode nicht verstanden, lasen Furcht und Betroffenheit in den Gesichtern der Barone. Trommeln eigneten sich hervorragend zum Übermitteln von Botschaften, dachte Alessan grimmig, nur machten sie eben verdammt viel Lärm, der meist die falschen Zuhörer anlockte.

Achtung, Epidemie! Sie breitet sich von Igen, Keroon, Telgar und Ista über den gesamten Kontinent aus! verkündeten die Trommeln. *Äußerst ansteckend und gefährlich! Zwei bis vier Tage Inkubationszeit. Kopfschmerzen. Fieber. Husten. Unbedingt Nebeninfektionen vermeiden. Hohe Todesrate. Symptome behandeln! Ab sofort Quarantäne! Renner ebenfalls gefährdet. Wiederholung: Achtung, Epidemie! Sämtliche Reisen untersagt. Versammlungsverbot. Capiam.*

Die letzten Trommelwirbel waren ein Befehl, die Botschaft weiterzuleiten.

»Aber hier hat ein Fest stattgefunden!« rief Tolocamp in seiner einfältigen Art. »Außer einer Handvoll Renner ist niemand krank! Und die waren weder auf Igen noch in Keroon oder sonstwo!« Tolocamp funkelte Alessan so wütend an, als sei der Burgherr der Urheber der Nachricht.

»Vander ist krank, dazu zwei seiner Leute ...«

»Weil sie zuviel getrunken haben!« behauptete Tolocamp. »Es kann nicht dieselbe Krankheit sein. Capiam sagt, daß eine Epidemie näherrückt: er erwähnt mit keinem Wort, daß sie bereits auf Ruatha wütet!«

»Wenn der Meisterheiler von Pern eine Quarantäne verhängt«, sagte Alessan mit leiser, zorniger Stimme, »dann haben Sie und ich uns seiner Autorität zu beugen, Erbbaron Tolocamp!« Alessan kam nicht zu Bewußtsein, daß er in diesem Moment starke Ähnlichkeit mit seinem strengen Vater hatte. Tolocamp schwieg mit einem Mal.

Das war auch gut so, denn nun stürmten all jene auf die beiden Burgherren ein, die Capiams Botschaft verstanden hatten.

»Was redet Capiam da?«

»Er kann doch keine Quarantäne verhängen! Ich muß zurück auf meinen Hof.«

»Meine Herdentiere sind hochträchtig ...«

»Meine Frau ist mit den Kleinen allein im Haus ...«

Tolocamp hatte sich gefangen. Er stand breitbeinig neben Alessan und bestätigte immer wieder, daß die furchtbare Botschaft stimmte und Meister Capiam das Recht hatte, eine Quarantäne anzuordnen.

»Meister Capiam weiß, was er tut!« – »Wir erfahren sicher Näheres, sobald die Botschaft auf dem ganzen Kontinent verbreitet ist.« – »Es handelt sich lediglich um eine Vorsichtsmaßnahme.« – »Richtig: Bereits gestern ging ein Renner ein!« – »Meister Scand wird uns mehr dazu sagen.« – »Nein, absolut niemand darf Ruatha verlassen. Sie bringen Ihren eigenen Hof in Gefahr und verschleppen die Krankheit womöglich noch weiter!« – »Ein paar Tage Verzögerung sind wirklich nicht zuviel verlangt.«

Alessan antwortete rein mechanisch, während die erste Woge der Panik über ihn hinwegschwappte. Er hatte die ersten Schritte unternommen, indem er die Leute zurückholen ließ und einen Massen-Exodus unterband. Nun taten er und Tolocamp ihr Bestes, um die Besorgnis zu dämpfen. Während er Rede und Antwort stand, errechnete Alessan im Geist, wie lange die Vorräte in der Burg reichten. Die Festbesucher konnten kaum mehr als einen Tag von ihrem Reiseproviant leben. Und wenn Vander seine Umgebung angesteckt hatte – sollte man dann die Kranken in der Burg unterbringen oder einen der Ställe leerräumen? Das Lazarett konnte im Höchstfall zwanzig Leute aufnehmen. Vier Tiere tot, eines halbtot und neunzehn mit schwerem Husten – in einem Tag vierundzwanzig von insgesamt einhundertzweiundzwanzig Rennern befallen! Er hatte sich noch nie in einer solchen Notlage befunden. Darauf war er nicht vorbereitet. Er kannte den Sporenregen, diese unvermeidliche Plage, die seit Menschengedenken auf Pern wütete. Die beiden Ereignisse hatten nichts miteinander zu tun; aber ebenso gleichgültig, wie die Fäden das Land zerstörten, würde diese neue heimtückische Gefahr die Menschenleben auslöschen. ›Hohe Todesrate!‹ hatten die Trommeln gewarnt. Gegen die Sporen gab es Drachen. Womit bekämpfte man die neue Krankheit? Fand er vielleicht Aufschluß über Katastrophen dieser Art in den alten Aufzeichnungen von Ruatha, die sein Vater so oft zu Rate gezogen hatte?

»Da kommt ja endlich Ihr Heiler, Alessan«, sagte Tolocamp.

Die beiden Burgherren gingen Meister Scand ein Stück entgegen. Das sonst so freundliche runde Gesicht des Mannes war knallrot vom Laufen, und er hatte die Lippen zu einem dünnen, ärgerlichen Strich zusammengepreßt. Schweiß perlte ihm über die Stirn, und er fächelte sich mit einem nicht gerade sauberen Lappen Luft zu. Alessan hatte schon immer geahnt, daß Scand sein Handwerk gerade gut genug verstand, um die zahlreichen Schwangerschaften auf der Burg zu überwachen und hier und da eine kleine Wunde zu versorgen; aber der neuen Lage schien er nicht gewachsen.

»Baron Alessan, Baron Tolocamp«, keuchte Scand, »ich kam, so schnell ich konnte! Täusche ich mich, oder war das vorhin eine Trommelbotschaft im Code der Heiler? Ist etwas geschehen?«

»Was fehlt Vander?«

Alessans scharfe Frage ließ Scand zusammenzucken. Er räusperte sich und tupfte sich den Schweiß von den Schläfen. Offenbar fiel es ihm schwer, seine Ohnmacht einzugestehen. »Also, ich bin gewissermaßen ratlos, denn der Kranke hat bis jetzt nicht auf den Schwitzwurzelsud angesprochen, den ich ihm in der Nacht einflößte. Eine Dosis, wenn ich das bemerken darf, die einem Drachen Schweißausbrüche verursacht hätte! Sie zeigte keinerlei Wirkung.« Scand fuhr sich wieder nervös über das Gesicht. »Der Mann klagt über fürchterliches Herzjagen und Kopfschmerzen, die keinesfalls vom Wein herrühren, da er nicht einen Tropfen Alkohol zu sich nahm; er fühlte sich schon vor den gestrigen Rennen elend.«

»Und die beiden anderen Männer, seine Knechte?«

»Auch sie sind ohne jeden Zweifel krank.« Scands geschraubte Sprechweise ging Alessan mehr denn je auf die Nerven. »Sehr, sehr krank, denn sie können sich nicht von ihren Strohlagern erheben und leiden an den nämlichen Herzbeschwerden und Kopfschmerzen wie ihr Herr. Ich bin geneigt, diese beiden Symptome zu bekämpfen, anstatt die Männer schwitzen zu lassen, wie das bei normalem Fieber üblich ist. Darf ich nun fragen, ob die Nachricht aus der Heiler-Halle in irgendeiner Weise mich betraf?« Scand hielt den Kopf schräg.

»Meister Capiam hat eine Quarantäne über das Land verhängt.«

»Eine Quarantäne? Wegen drei Leuten?«

»Baron Alessan?« Ein hochgewachsener hagerer Mann im blauen Gewand der Harfner schlenderte näher. Graue Fäden durchzogen sein Haar, und seine Nase schien mehrfach Bekanntschaft mit Gewalt gemacht zu haben, aber er hatte einen offenen Blick und strahlte Ruhe und Tüchtigkeit aus. »Ich bin Harfnergeselle Tuero. Wenn Sie wollen, übermittle ich Meister Scand den vollen Inhalt der Botschaft, damit Sie weitermachen können.« Tuero nickte zu der erregten Menschenmenge hin, die sich im Hof versammelt hatte.

In diesem Moment dröhnten Ruathas Trommeln auf und gaben die Neuigkeit an die Siedlungen und Höfe im Norden und Westen weiter. Der dumpfe Hall der mächtigen Instrumente verstärkte noch die Atmosphäre der Besorgnis. Lady Uma, begleitet von Lady Pendra und deren Töchtern, erschien am Haupteingang. Angespannt lauschte sie auf den Rhythmus der Trommeln. Dann warf sie Alessan einen langen, ruhigen Blick zu und nickte kaum merklich. Die Frauen scharten sich um Harfner Tuero und den Heiler, der nun am ganzen Körper zitterte und den schmuddeligen Lappen schlaff in der Hand hielt.

Zum ersten Mal im Leben empfand Alessan echte Dankbarkeit für die bedingungslose Unterstützung durch seine Familie – ja, sogar für Baron Tolocamps übereifrige Hilfsbereitschaft. Ein Reiter kam angestürmt und bat um Verstärkung; ein widerspenstiger Hofbesitzer, mit dem Alessan bereits in der Vergangenheit Schwierigkeiten gehabt hatte, weigerte sich umzukehren. Dann dröhnte der große Reisewagen von Makfars Familie über die Auffahrt, und die Umstehenden wichen zur Seite. Alessan bat seinen ältesten Bruder, ein paar Helfer zu organisieren, die aus Verkaufsbuden und Festzelten Unterkünfte für die Besucher errichteten. Den meisten Leuten machte es nichts aus, eine Nacht lang am Straßenrand oder in einem überfüllten Korridor zu kampieren; bei vier Nächten dagegen würde das Probleme geben. Tolocamp stürzte sich sofort auf Makfar, um ihm gute Ratschläge zu erteilen, und Alessan überließ es den beiden, das Unterbringungsproblem gemeinsam zu lösen. Er selbst wollte sich endlich mit Norman die kranken Tiere auf den Rennkoppeln ansehen.

Alessan atmete erleichtert auf, als er den Wirrwarr des Burghofes hinter sich gelassen hatte.

»So etwas habe ich noch nie erlebt, Baron Alessan!« Norman mußte laufen, um sich den langen Schritten des Burgherrn anzupassen. »So viele Tiere in so kurzer Zeit angesteckt! Und ich weiß absolut nicht, was ich tun kann. Wenn man überhaupt etwas tun kann ...« Seine Stimme klang verzweifelt. »Ein Tier kann schließlich nicht sagen, daß ihm etwas fehlt.«

»Nun, man erkennt eine Krankheit daran, daß die Renner die Nahrung verweigern und völlig apathisch werden.«

»Nicht die Zugtiere! Die machen weiter, bis sie zusammenbrechen.«

Beide Männer blickten auf die großen Weiden jenseits der Felder, wo die kräftigen Tiere grasten, die Alessan auf Wunsch seines Vaters gezüchtet hatte.

»Errichten Sie eine Sperrzone! Renner und Zugtiere dürfen nicht zusammenkommen.«

»In Ordnung, Baron Alessan, aber die Tränke der Renner liegt weiter oben am Wasser.«

»Nun, der Fluß ist breit. Hoffen wir das Beste!«

Alessan sah, daß der Rennverwalter die gesamte Ebene ausgenutzt hatte, um kranke und gesunde Tiere voneinander zu trennen. Die gesunden Tiere befanden sich auf den Außenkoppeln; dann kam ein breiter ringförmiger Grasstreifen, und in der Mitte drängten sich die erkrankten Renner. Ihr Husten klang hart und abgehackt durch die kühle Vormittagsluft. Die Gelenke der Tiere waren geschwollen, und ihr Fell wirkte stumpf und fleckig.

»Mischen Sie Federfarn und Thymus ins Trinkwasser, Norman! Falls die Tiere die Flüssigkeitsaufnahme verweigern und Austrocknungsgefahr besteht, flößen Sie ihnen das Zeug mit Spritzen ein! Vielleicht könnten wir ihnen auch Nesseln zu fressen geben. Manche Renner sind klug und wissen selbst am besten, was ihnen hilft. Und Nesseln haben wir in Hülle und Fülle.« Alessan warf einen Blick auf die Weiden, an deren Rändern sich wie jedes Jahr dichte Büsche des sonst so ungeliebten Unkrauts ausbreiteten. »Husten die Herdentiere ebenfalls?« Er schaute in die entgegengesetzte Richtung.

»Ehrlich gestanden, an die habe ich bis jetzt keinen Gedanken verschwendet.« Norman besaß wie alle Rennerliebhaber eine tiefe Verachtung für die trägen, friedlichen Herdentiere. »In der Trommelbotschaft war nur von Rennern die Rede.«

»Gut. Wir werden nämlich einige der Herdentiere schlachten müssen, um die unerwarteten Gäste zu versorgen. Ich habe nach dem Fest nicht mehr genügend Frischfleisch in der Burg.«

»Baron Alessan, hat Dag ...« Norman deutete zaghaft zu den großen Höhlen am Fuße der Klippe, die als Ställe ausgebaut waren. Hierhin brachte man die Renner vor jedem Sporeneinfall.

Alessan warf Norman einen wissenden Blick zu. »Ah, dann hatten Sie also die Finger mit in diesem Komplott?«

»Ja, Baron«, entgegnete Norman ruhig. »Dag und ich machten uns große Sorgen, als sich dieser Husten auszubreiten begann. Ich wollte Sie nicht beim Fest stören, aber da die Zucht-Vollblüter keinerlei Kontakt zu den Tieren hier hatten – oh, sehen Sie sich das an!«

»Beim Ei!«

Ein Vierergespann wartete am Rande des Feldes darauf, von einem großen Reisewagen abgeschirrt zu werden. Plötzlich sackte das Leittier zusammen und riß seinen Nachbarn mit.

»Holen Sie ein paar Männer, die sich um das Gespann kümmern, Norman! Benutzen Sie die drei übrigen Tiere zum Wegschaffen der Kadaver. Sämtliche toten Renner sollen dort draußen verbrannt werden.« Alessan deutete auf eine Mulde in den Feldern, die man vom Burghof aus nicht sehen konnte. »Und halten Sie schriftlich fest, welche Tiere verendet sind. Wir werden Schadenersatz anbieten müssen.«

»Ich habe niemanden mehr für diese Aufgabe.«

»Dann schicke ich Ihnen einen unseren Pfleglinge. Er soll außerdem in Erfahrung bringen, wie viele Menschen heute nacht hier auf den Koppeln kampierten.«

»Soviel ich weiß, die meisten Rennknechte, dazu der alte Runel und seine beiden Freunde. Später, als Sie ein Weinfaß hier aufstellen ließen, kamen noch einige Züchter, die keine Lust zum Tanzen hatten.«

»Wenn wir nur mehr über diese Krankheit wüßten! Wie lautete die Trommelbotschaft? ›Symptome behandeln‹ – nicht wahr?« Alessan ließ seine Blicke erneut über die von Husten gequälten Tiere wandern.

»Dann versuchen wir es erst einmal mit Federfarn, Thymus und Nesseln. Vielleicht erhalten wir noch eine nähere Anweisung vom Herdenmeister.« Norman schaute zuversichtlich in Richtung Osten.

Im allgemeinen war von dort keine Hilfe zu erwarten, dachte Alessan, aber er klopfte Norman ermutigend auf die Schulter. »Tun Sie einfach das, was Sie für das Beste halten.«

»Sie können sich auf mich verlassen, Baron Alessan!«

Normans ruhige Worte richteten Alessan ein wenig auf, als er quer über ein Stoppelfeld zur Burg zurückkehrte. War es erst einen Tag her, seit er und Moreta auf der Anhöhe dort gestanden hatten, um die Rennen zu beobachten? Unvermittelt blieb er stehen. Moreta hatte Vanders sterbenden Renner untersucht! Da die Trommelbotschaft ihren Weyr eher erreichte als Ruatha, wußte sie inzwischen sicher, welche Folgen ihr Handeln haben konnte. Aber als Heilerin besaß sie wohl am ehesten die Möglichkeit, dieser Krankheit vorzubeugen.

Wie alle anderen Bewohner von Ruatha hatte er die Weyrherrin von Fort vom Sehen gekannt, war jedoch bei früheren Festen kaum in ihre Nähe gekommen. So hatte er sie für eine zurückhaltende, kühle Frau gehalten, die ganz der Kultur und Tradition der Weyr verhaftet war. Die Entdeckung, daß sie sich von Rennen ebenso begeistern ließ wie er selbst, hatte sein Herz schneller schlagen lassen. Lady Uma hatte ihn am frühen Abend beiseite genommen und ihn scharf getadelt, weil er Moretas Zeit zu sehr in Anspruch nahm. Alessan wußte, daß sie im Grunde wütend war, weil er sich nicht genügend um die heiratswilligen Mädchen kümmerte, die sie eingeladen hatte. Er wußte auch, daß es seine Pflicht war, das Geschlecht der Ruatha zu erhalten, und so hatte er sich nach der Zurechtweisung ehrlich um die Kandidatinnen bemüht ... bis er Moreta hinter dem Harfner-Podium verschwinden sah. Zu diesem Zeitpunkt war er es mehr als leid, sich das neckische Gekicher und das alberne Geschwätz junger Mädchen anzuhören, die alles daransetzten, ihn von ihren Qualitäten zu überzeugen. Er hatte seine Pflicht als Burgherr getan, aber es mußte ihm auch gegönnt sein, dieses erste Fest als Erbbaron ein wenig zu genießen. In Moretas Gesellschaft! Und genau das hatte er getan. Einen Moment lang kam ihm nun der Gedanke, daß die harten Prüfungen des heutigen Tages eine Art gerechter Ausgleich für die Freuden des gestrigen Abends waren, aber er merkte selbst, daß das eine kindische Anwandlung war, und verdrängte sie rasch wieder.

Er kannte jetzt die Situation auf der Koppel. Seine nächste vordringliche Aufgabe bestand darin, die Angehörigen aller jener zu verständigen, die nicht vom Nachrichtennetz der Trommler erfaßt wurden; sie warteten vermutlich voller Sorge auf die Rückkehr der Festbesucher und würden in Scharen nach Ruatha strömen, wenn man sie nicht umgehend warnte. Dann galt es herauszufinden, ob noch mehr Leute außer Vander Renner in Keroon gekauft hatten und wo sich diese Tiere nun befanden. Und er mußte überlegen, was er mit den Gästen anfing, die sich seinen Befehlen widersetzten. Die kleine Burgzelle hielt zwar einem aufsässigen Halbwüchsigen wie Fergal stand, aber nie und nimmer einem aggressiven Pächter oder Hofbesitzer.

Tolocamp, der den Aufbau eines großen Zeltes an der Südmauer der Burg überwacht hatte, fing Alessan ab.

»Einen Augenblick, Baron Alessan!« begann der ältere Mann steif und mit ausdruckslosem Gesicht. Er hatte das Kinn entschlossen vorgeschoben. »Ich begreife zwar, daß die Quarantäne auch mich betrifft, aber ich möchte dennoch zurück auf meine Burg. Ich werde in meinen Räumen bleiben und keinen Menschen in meine Nähe lassen. Sehen Sie sich das hier an ...« Er deutete auf das Durcheinander zwischen Burgstraße und Hof. »... und Sie können sich vorstellen, was während meiner Abwesenheit auf Fort vor sich geht!«

»Baron Tolocamp, ich hatte immer den Eindruck, daß Sie Ihre Söhne ausgezeichnet auf ihre Pflichten als künftige Burgverwalter vorbereitet haben.«

»Das ist richtig.« Tolocamp hob stolz den Kopf. »Das ist richtig. Ich übergab Campen die Verantwortung, ehe ich zum Fest aufbrach. Damit er Erfahrung sammeln kann ...«

»Gut. Diese Quarantäne gibt ihm die beste Gelegenheit dazu.«

»Mein lieber Alessan, einer Krise wie dieser ist er auf keinen Fall gewachsen!«

Alessan preßte die Lippen zusammen. »Baron Tolocamp, Sie wissen besser als ich, was eine dringende Botschaft im

Code des Meisterheilers bedeutet. Würden Sie zulassen, daß jemand dagegen verstößt?«

»Nein, nein, selbstverständlich nicht. Aber hier handelt es sich um außergewöhnliche Umstände ...«

»*Hier* – ganz recht. Ihr Sohn muß allerdings keine Gäste betreuen.« Beide Männer beobachteten, wie sechs Männer mit gezogenen Schwertern eine Gruppe von aufgebrachten Pächtern auf die Burgstraße zurückdrängten. Zwei von Alessans Brüdern waren bei den Bewaffneten. »Außerdem gehören Heiler- und Harfnergilde zum Einflußbereich Ihrer Burg. Campen kann sich dort Rat holen.« Alessan dämpfte seinen barschen Ton. Er durfte Tolocamp nicht vor den Kopf stoßen; er brauchte die Unterstützung des Barons vor allem bei den älteren Leuten, die es nicht gewohnt waren, von einem jungen, unerfahrenen Burgherrn Befehle entgegenzunehmen. »In Meister Capiams Botschaft hieß es, daß die Inkubationszeit zwei bis vier Tage beträgt. Einen Tag sind Sie bereits hier.« Alessan warf einen Blick auf die hochstehende Sonne. »Wenn Sie sich auch morgen noch völlig gesund fühlen, können Sie in aller Stille nach Fort zurückkehren. Inzwischen aber sollten Sie den anderen mit gutem Beispiel vorangehen.«

»Allerdings.« Tolocamps Miene wurde milder. »Sie haben völlig recht. Der Burgherr muß seinen Untertanen Vorbild sein. Auf der anderen Seite scheint sich die Krankheit auf jene zu beschränken, die unmittelbar mit den Rennen zu tun hatten. Ich konnte diesem Sport noch nie etwas abgewinnen.« Mit einer verächtlichen Geste tat er den beliebtesten Zeitvertreib des Kontinents ab.

Alessan fand keine Zeit zu einer Antwort, denn in diesem Moment kamen einige Männer mit besorgten und zugleich entschlossenen Mienen auf die beiden Burgherren zu.

»Baron Alessan ...«

»Ja, Turvine?« Der Sprecher war ein Pflanzer aus der südöstlichsten Ecke von Ruatha. In seiner Begleitung befanden sich einige Hirten aus dem Grenzgebiet.

»Die Trommeln reichen nicht in die entlegenen Bezirke

von Ruatha. Wir werden von unseren Familien zurückerwartet. Es liegt mir fern, eine Anordnung der Heiler zu mißachten, aber man muß auch gewisse Rücksichten nehmen. Wir können unmöglich länger warten ...«

Makfar hatte die Abordnung bemerkt, und obwohl Alessan Turvine seine ganze Aufmerksamkeit schenkte, entging ihm nicht, daß sein Bruder eine Handvoll Bewaffneter zusammenrief.

»Ihr bleibt – das ist mein Befehl!« erklärte Alessan so scharf, daß die Männer zurückwichen. Unsicher wandten sie sich an Tolocamp, in der Hoffnung, Hilfe von ihm zu erhalten, aber der Erbbaron von Fort versteifte sich und ignorierte ihre stumme Bitte. Alessan erhob die Stimme, damit ihn auch diejenigen verstehen konnten, die auf der Straße und im Hof die Auseinandersetzung mitverfolgten. »Die Trommeln haben eine Quarantäne verkündet. Ich bin euer Burgherr. Im Moment habt ihr mir zu gehorchen. Und ich sage, daß weder Mensch noch Tier diese Burg verläßt, ehe die große Trommel ...« Alessan deutete gebieterisch zum Turm hinauf. »... die Quarantäne wieder aufhebt!«

Stille folgte seinen Worten. Alessan begab sich mit raschen Schritten zum Haupteingang der Burg, dicht gefolgt von Tolocamp.

»Sie müssen Boten aussenden, sonst kommen die Angehörigen dieser Leute nach Ruatha«, sagte Tolocamp leise.

»Ich weiß. Aber wie kann ich das bewerkstelligen, ohne die Gesunden zu gefährden?« Alessan wandte sich nach links, dem Arbeitszimmer der Burg zu; hier warteten in herausfordernd ordentlichen Stapeln die verdammten Aufzeichnungen, für die er im Moment keine Zeit fand. Man hatte auch diesen Raum für das Fest in ein Gästezimmer umgewandelt, und auf dem Boden lagen Schlafsäcke, deren Besitzer offenbar in aller Hast aufgebrochen waren. Alessan stieß sie mit dem Fuß beiseite und durchsuchte die Kartenregale. Endlich hatte er den großen Plan gefunden, auf dem Ruatha mit seinem gesamten Einflußbereich eingetragen war; das Straßen- und Wegenetz wies einen Farbcode auf, der die Wichtigkeit der einzelnen Verbindungen kennzeichnete; auch die Höfe und Siedlungen waren je nach Größe unterschiedlich markiert.

Baron Tolocamp äußerte sich erstaunt über die hervorragende Qualität der Karte. »Ich hatte keine Ahnung, daß Sie hier so gut ausgerüstet sind!« meinte er mit dem ihm eigenen Mangel an Takt.

Alessan lächelte. »Sie kennen sicher den alten Spruch der Harfner: ›Burg Ruatha war geplant, während Fort durch Zufall entstand.‹« Er fuhr mit dem Zeigefinger die Nordverbindung entlang bis zu einer Stelle, wo sich die Wege nach Nordwesten, Westen und Nordosten verzweigten. Etwa zwanzig Höfe lagen in diesem Gebiet. Die große Weststraße dagegen wand sich ohne Nebenwege durch die Berge und mündete in die Hochfläche.

»Baron Alessan ...«

Er wandte sich um und sah die Harfner, die zum Fest aufgespielt hatten. Tuero hatte sich zum Sprecher der Gruppe gemacht.

»Wir möchten uns als Boten zur Verfügung stellen.« Tuero grinste schief, was seine Nase noch abenteuerlicher erscheinen ließ. »Vielleicht lassen sich damit die erregten Debatten auf dem Vorplatz etwas dämpfen. Die Harfner von Pern warten auf Ihre Befehle.«

»Ich danke euch für das Angebot, aber ihr könntet euch ebenfalls angesteckt haben, wie alle, die das Fest von Ruatha besuchten. Mir geht es nicht darum, die Leute festzuhalten, sondern ich will ein Ausbreiten der Krankheit verhindern.«

»Baron Alessan ...« Tuero lächelte immer noch. »Eine Botschaft muß nicht unbedingt *persönlich* überbracht werden.« Er trat mit raschen Schritten näher, beugte sich über die Karte und deutete auf einen Punkt an der Nordstraße. »Wir verständigen die Bewohner dieses Hofes per Trommel und bitten sie, die Nachricht an die nächstgelegenen Anwesen weiterzugeben. So entsteht eine Staffette, die bis an die Grenzen von Ruatha vordringt.«

Alessan starrte die Karte an und ließ im Geist die Siedlungen an sich vorbeiziehen. Am weitesten entfernt von der Burg lag zweifellos das Eisenbergwerk, aber der Ritt dorthin dauerte auch nicht länger als drei Tage. Dag hatte nur die Zuchtrenner fortgeschafft; es gab bestimmt noch genug Tiere auf der Burg, die den ersten Abschnitt der Nachrichtenstaffette schafften; und sie stellten kein Risiko für andere Renner dar, da sie wieder nach Ruatha zurückkehrten. *Falls* sie nicht unterwegs erkrankten ...

»Da keiner von uns länger als nötig Ihre Gastlichkeit entbehren möchte, können Sie sich darauf verlassen, daß wir wiederkommen. Und das Übermitteln von Botschaften gehört schließlich zu den Pflichten unserer Gilde.«

»Ein sehr gutes Argument«, murmelte Tolocamp.

»Gut, ich bin einverstanden. Darf ich es Ihnen überlassen, Tuero, die Botschaft zu formulieren? Unsere Trommeln reichen bis etwa hierher.« Alessan zog mit dem Finger einen Kreis um Ruatha. »Ich bezweifle, daß irgend jemand daran dachte, die Unheilsnachricht an die weiter entfernten Orte zu übermitteln. Insgesamt sieben Höfe in jenem Randgebiet besitzen Renner; sie können die Botschaft am leichtesten weiterverbreiten.«

»Ein Glück, daß wir ebenfalls sieben sind.«

Alessan nickte lächelnd. »Jemand soll dem Volk draußen berichten, daß geeignete Boten gefunden sind. Ich nehme an, daß unser Trommler droben in seinem Turmzimmer wartet, aber seine Sachen sind hier in den Schränken aufbewahrt – Tinte, Häute und Federn. Sagt mir Bescheid, wenn ihr losreitet! Ich habe Reisekarten und werde Renner bereitstellen lassen. Vermutlich wollt ihr rasch aufbrechen, damit ihr nicht im Freien übernachten müßt.«

»Das ist nichts Ungewohntes für uns Harfner, glauben Sie mir.«

»Und vielleicht könnt ihr unterwegs erfragen, wer im Lauf der letzten Wochen Tiere von Keroon erhielt.«

»Oh?« Tuero zog erstaunt die Brauen hoch.

»Vander bekam eine Schiffsladung Renner aus der Zucht von Keroon ...«

»Und die Trommelbotschaft nannte Keroon als Seuchengebiet, nicht wahr? Gut, wir werden uns umhören. Der eisfreie Winter hat sich demnach nicht unbedingt als Segen erwiesen.«

»Nein, alles andere als das.«

»Nun, wir werden sehen.« Mit einer leichten Verbeugung wandte sich Tuero ab und kehrte mit seinen Gildegenossen in den Burghof zurück.

»Alessan, es gibt auch in Fort soviel zu tun ...«, jammerte Tolocamp.

»Farelly ist droben im Turm und steht Ihnen zur Verfügung, Tolocamp!« Alessan deutete betont höflich zur Turmtreppe und verließ dann seinen Arbeitsraum. Baron Leef hatte ihm einmal sein Rezept anvertraut: Man vermied Streit am besten dadurch, daß man ihm aus dem Wege ging. ›Taktvollen Rückzug‹ hatte sein Vater diese Methode genannt.

Alessan blieb kurz im Schatten des großen Tores stehen und beobachtete das Gewimmel im Burghof und auf der Straße. Zelte wurden aufgeschlagen, kleine Kochfeuer brannten, und die Glut unter dem großen Drehspieß war neu angefacht. Über die Felder bewegte sich langsam eine Reitergruppe. Alessan erkannte seinen Bruder Dangel und zwei Pächter von Ruatha. Alle drei hatten die Schwerter gezogen. Der Mann, den sie bewachten, war Pflanzer Baid. Sie ritten auf die dünne graue Rauchsäule zu, die aus einer Mulde in der Ferne aufstieg. Der Burgherr nickte. Das war die richtige Antwort auf Gehorsamsverweigerung. Wer dabei ertappt wurde, daß er heimlich die Burg verlassen wollte, mußte Norman beim Verbrennen der Tierkadaver helfen.

Ein Reiter kam über das Stoppelfeld galoppiert und lenkte sein Tier die Straße herauf, vorbei an Zelten und Feuern. Er sprang im Hof ab und schaute nervös umher. Als Alessan aus dem Schatten trat, ließ der Mann die Zügel los und rannte ihm entgegen.

»Baron Alessan – Vander ist tot!«

Kapitel VII

Harfner-Halle und Fort-Weyr, 11. 3. 43

Das Dröhnen hallte in Capiams Kopf wider, bis er aufschrak und schützend die Hände gegen die Stirn preßte. Selbst durch seinen Schlaf waren die Trommeln gegeistert, begleitet von quälenden Bildern, und das Erwachen war nicht nur eine Flucht vor den eindringlichen Rhythmen, sondern ebenso ein Protest gegen die Pein, die ihm die Alpträume bereiteten. Er lag im Bett, erschöpft von der Anstrengung des Wachseins. Der nächste Trommelwirbel ließ ihn zusammenfahren, und er wühlte sich tiefer in sein Kissen.

Hörte das denn gar nicht mehr auf? Er hatte nicht gewußt, daß Trommeln so infernalisch laut sein konnten. Warum war ihm das bist jetzt nicht aufgefallen? Es wurde höchste Zeit, daß die Heiler ihre eigene, ruhige Unterkunft bekamen. Das Pochen wurde so stark, daß er sich die Ohren zuhielt. Dann erinnerte er sich an die Botschaften, die er selbst niedergeschrieben hatte und die an alle Gildehallen und Burgen hinausgehen sollten. Wurden sie etwa jetzt erst ausgesandt? Es mußte längst Mittag sein! Begriffen die Trommler nicht, wie wichtig eine Quarantäne war? Oder hatte ein Lehrling den Text leichtsinnig beiseite gelegt, um selbst länger schlafen zu können?

Die Schmerzen durchfuhren ihm den Schädel wie Nadeln. Es war unerträglich. Und sein Herz pochte ebenso schnell wie die Trommelwirbel. Merkwürdig! Capiam lag im Bett, gequält von den Trommelechos und seinem eigenen unruhigen Herzschlag.

Dann verstummten die Trommeln draußen, aber weder sein Kopf noch sein Herz nahmen davon Notiz. Capiam rollte sich auf die Seite und versuchte aufzustehen. Er mußte etwas gegen diese Kopfschmerzen unternehmen. Stöhnend schwang er die Beine über den Bettrand. Die Schmerzen nahmen zu, als er zu seinem Schrank wankte.

Fellissaft! Ein paar Tropfen. Das würde ihm helfen. Das hatte bisher immer noch geholfen. Er maß die Dosis mit zitternden Händen ab, goß Wasser dazu und schluckte das Gemisch. Sein Schwindel verstärkte sich, als er die paar Schritte zu seinem Bett zurückging. Er atmete schwer. Schweiß brach ihm aus allen Poren.

Capiam kannte schlaflose Nächte und Überarbeitung, und ihm war klar, daß sein Zustand damit nichts zu tun hatte. Wieder stöhnte er. Er hatte jetzt keine Zeit, krank zu werden! Ausgerechnet er sollte diese Epidemie aufgeschnappt haben! Heiler wurden einfach nicht krank! Außerdem hatte er sich nach jedem Patientenbesuch gründlich mit Rotwurz gewaschen.

Warum wirkte der Fellissaft nicht? Er konnte mit diesen Kopfschmerzen nicht nachdenken. Aber er *mußte* nachdenken. Es gab soviel zu erledigen: Notizen zu ordnen, den Verlauf der Krankheit zu analysieren, die Möglichkeit gefährlicher Nebeninfektionen wie Bronchitis oder Lungenentzündung abzuklären ... Aber wie sollte er arbeiten, wenn es ihm nicht einmal gelang, die Augen offenzuhalten? Stöhnend fuhr er sich mit den Fingern über die Schläfen und dann über die heiße, feuchte Stirn. Beim Ei! Er glühte vor Fieber.

Er spürte, daß jemand den Raum betreten hatte. »Nicht in meine Nähe kommen!« rief er und riß unwillkürlich einen Arm hoch. Ein neuer Schmerz durchzuckte seinen Schädel.

»Keine Angst, ich bleibe hier stehen!«

»Desdra!« Ein erleichterter Seufzer.

»Ich gab einem Lehrling den Auftrag, an deiner Tür Wache zu halten, bis du richtig ausgeschlafen warst.« Ihre ruhige Stimme tat ihm wohl. »Du hast dieses seltsame Fieber selbst erwischt?«

»Ironie des Schicksals, was?« Selbst in dieser Sekunde bewies der Heiler noch Humor.

»So könnte man es nennen, wenn du im Moment nicht der gefragteste Mann von ganz Pern wärst!«

»Die Quarantäne gefällt den Leuten nicht, habe ich recht?«

»Ganz und gar nicht. Der Trommlerturm wurde regelrecht belagert. Aber Fortine versteht sich durchzusetzen.«

»Meine Aufzeichnungen befinden sich in der Reisetasche. Gib sie Fortine! Der Mann kann hervorragend organisieren, aber von Diagnosen versteht er wenig. Er wird alles brauchen, was ich über diese Epidemie in Erfahrung gebracht habe.«

Desdra beugte sich über sein Gepäck und holte die Notizen heraus. »Viel ist es nicht.«

»Nein, aber in Kürze weiß ich mehr!«

»Es geht eben nichts über persönliche Erfahrung. Hast du irgendwelche Wünsche?«

»Nein. Halt, doch: Wasser, frische Säfte ...«

»Durch die Quarantäne ist der Nachschub blockiert.«

»Dann eben nur Wasser. Niemand darf diesen Raum betreten, und *du* kommst am besten nicht näher als zu diesem Tisch.«

»Ich habe mich darauf eingestellt, dich zu versorgen.«

Er schüttelte den Kopf und bedauerte es gleich darauf. »Nein, ich bleibe lieber allein.«

»Stumm dem Leid ergeben?«

»Laß die Witze, Mädchen! Die Krankheit ist hochgradig ansteckend. Gibt es noch mehr Betroffene auf der Burg oder in unserer Gilde?«

»Zumindest bis vor einer halben Stunde gab es keine.«

»Und jetzt ist es?« Capiam konnte die Uhr nicht erkennen.

»Spätnachmittag: vier.«

»Jeder, der auf einem der beiden Feste war und hierherkommt ...«

»Was aufgrund deiner Trommelbotschaft ausdrücklich verboten ist ...«

»Es gibt immer Leute, die der Ansicht sind, für sie gelte das Verbot nicht ... Jeder, der zurückkommt, muß vier Tage lang isoliert werden. Zwei Tage scheinen die Inkubationsnorm zu sein, wenn man die Berichte durchgeht ...«

»... und dich anschaut ...«

»Erfahrung macht klüger. Leider weiß ich noch nicht, wie lange die Ansteckungsgefahr nach Ausbruch der Krankheit bestehen bleibt. Deshalb müssen wir doppelt achtsam sein. Ich werde Buch über meine Symptome und den Heilungsverlauf führen. Das Zeug liegt hier, falls ...«

»Sind wir jetzt nicht eine Spur zu pathetisch?«

»Du behauptest doch seit Jahren, daß ich eines Tages an einer der Krankheiten sterben werde, die ich nicht heilen konnte.«

»Bitte, hör endlich mit diesem Unsinn auf, Capiam!« Desdras Stimme klang eher wütend als besorgt. »Meister Fortine läßt die Lehrlinge und Gesellen rund um die Uhr in den Archiven schuften ...«

»Ich weiß. Ich hörte sie letzte Nacht schnarchen.«

»Ah – den Verdacht äußerte Meister Fortine auch, als ihm niemand den Zeitpunkt deiner Heimkehr nennen konnte. Leider war er selbst sehr spät ins Bett gekommen und erschien erst gegen Mittag wieder an seinem Arbeitsplatz. Er will dich sicher sprechen.«

»Er darf keinen Fuß über die Schwelle meines Zimmers setzen.«

»Das weiß er vermutlich.«

Warum wirkte der Fellissaft nicht? Sein Herz schlug immer rasender.

»Bitte, Desdra, richte Fortine aus, daß Schwitzwurzel keinerlei Erleichterung bringt. Im Gegenteil, sie scheint den Zustand noch zu verschlimmern. In Igen und Keroon verwendeten sie dieses Medikament im Anfangsstadium der Krankheit, und es gab viele Tote. Er soll lieber mit Federfarn arbeiten. Und andere Fiebermittel erproben.«

»Was? Verschiedene Mittel für *einen* Patienten?«

»Er wird genug Patienten für die verschiedensten Heilmethoden bekommen«, murmelte Capiam. »Geh jetzt, Desdra! Mein Schädel fühlt sich an wie ein Trommlerturm.«

Desdra lachte leise. Hielt sie es für das beste, ihn normal zu behandeln, damit er nicht auf Todesgedanken kam? Bei Desdra wußte man nie so recht, wie man dran war. Das verlieh ihr einen besonderen Reiz, war aber wohl auch die Ursache, daß sie den Meistergrad nicht erhielt. Eine Heilerin mußte hin und wieder sanft und diplomatisch ans Werk gehen. Und sanft behandelte sie ihn nicht gerade. Dennoch war Capiam erleichtert, daß gerade sie sich um ihn kümmerte.

Er lag flach ausgestreckt da und bemühte sich, den Kopf ganz still zu halten. Das Kissen schien sich in Stein verwandelt zu haben. Er verdrängte den Schmerz mit ganzer Willenskraft, sagte sich immer wieder vor, daß der Fellissaft gleich wirken und seinen Körper wohltuend betäuben würde. Sein Herz begann wieder zu rasen, ein Symptom, über das viele Patienten klagten. Er hatte nicht geahnt, daß es die Kranken so sehr schwächte. Immer noch hoffte er, daß der Fellissaft ihm helfen würde.

Lange Zeit rührte er sich nicht. Die Kopfschmerzen ließen merklich nach, aber sein Herz pochte hart, und er fand keinen Schlaf. Dabei spürte er eine Mattigkeit, die bis ins Mark ging; die wenigen Ruhestunden waren von Alpträumen durchzogen gewesen und hatten ihm keine Erholung verschafft. Capiam überlegte, welche Kräuter wohl am ehesten gegen das harte Hämmern seines Herzens halfen – Weißdorn, Adonis, Fingerhut, Tanacetum, Akonit ... Er entschied sich für Akonit, die zuverlässige Wurzel, die so viele Leiden heilte.

Als er sich aufrichtete, unterdrückte er mühsam ein Stöhnen; er wollte nicht, daß jemand Zeuge seiner Schwäche wurde. Es reichte schon, daß der Meisterheiler zusammengeklappt war; die Einzelheiten seines Leidens mußten nicht unbedingt mit der großen Trommel verkündet werden.

Zwei Tropfen reichten sicher. Akonit war ein starkes Mittel und mußte stets mit Vorsicht eingenommen werden.

Capiam kramte eine dünne Pergamentrolle sowie Feder und Tinte aus seinem Schrank, nahm alles mit ans Bett und rückte den Hocker so nahe heran, daß er darauf schreiben konnte. Dann trug er das Datum und die genaue Uhrzeit ein und schrieb daneben seine Beobachtungen. Sein Herz schlug wie verrückt.

Er war froh, als er sich endlich wieder hinlegen konnte. Er zählte seine Atemzüge, setzte seine ganze Willenskraft ein, um das Herz zu einem langsameren Rhythmus zu zwingen. Irgendwann bei dieser Übung übermannte ihn der Schlaf.

Holth ist erregt. Sh'gall hat Streit mit Leri. Orliths besorgter Tonfall weckte Moreta aus ihrem tiefen Schlaf.

»Warum bleibt er nicht im Bett und überläßt das Kommando über den Weyr mir?«

Er meint, daß Leri zu alt zum Fliegen sei und daß die Seuche die Alten zuerst hinrafft.

»Beim Roten Stern! Diese Geschichte mit der Epidemie hat ihm den Verstand verwirrt!« Moreta zog sich rasch an; als sie in ihre feuchtkalten Stiefel schlüpfte, schnitt sie eine Grimasse.

Leri beharrt darauf, mit den Bodentrupps zu sprechen – jetzt erst recht! Sie will herausfinden, wie weit sich die Krankheit ausgebreitet hat. Sie ist der Ansicht, das sei ungefährlich, solange sie jeden direkten Kontakt vermeide.

»Sie hat völlig recht.« Leri stieg nie von ihrem Drachen, wenn sie die Berichte der Bodentrupps entgegennahm. Das hatte sich im Lauf vieler Planetenumdrehungen oft als Vorteil erweisen.

Moreta rannte die Felsentreppe nach oben. Immer noch herrschte dichter Nebel. Noch ehe sie den Weyr erreichte, sah sie, wie sich Holth erregt auf ihrem Lager hin und her warf. Sh'galls wütende Stimme klang ihr entgegen, und sie beschleunigte ihre Schritte.

»Was fällt dir ein, dich in die Arbeit des Königinnen-Geschwaders einzumischen!« fauchte sie, noch ehe sie richtig zum Stehen kam.

Sh'gall wirbelte herum und streckte beide Arme aus, um sie auf Distanz zu halten. Holth schwang den schweren Kopf erschrocken hin und her. »Und wie kannst du es wagen, Holth und Leri vor einem Einsatz so aufzuregen?«

»Ich bin keineswegs so klapprig, daß ich mit einem hysterischen Bronzereiter nicht allein fertigwerde!« stellte Leri trocken fest, aber ihre Augen funkelten wütend.

»Ihr Königinnen haltet zusammen, was?« schrie Sh'gall. »Auch gegen jede Vernunft und Logik!«

Holth brüllte los, und aus dem Weyr darunter hörte man Orlith trompeten. Gleich darauf drangen die verwirrten Rufe der übrigen Drachen durch den Nebel.

»Beruhige dich, Sh'gall! Es hat keinen Sinn, den ganzen Weyr aufzuscheuchen.« Leris Stimme klang hart, aber beherrscht, und ihre Blicke ließen Sh'gall nicht los. Auch wenn sie die Herrschaft über den Weyr abgegeben hatte, strahlte sie immer noch Macht und Befehlsgewalt aus. Als Sh'gall sich betreten abwandte, sah Leri mit strenger Miene Moreta an. Die Weyrherrin sprach besänftigend auf Orlith ein, und der Lärm außerhalb des Weyrs verebbte. Auch Holth hörte auf, den schweren Schädel bedrohlich hin und her zu pendeln.

»So!« Leri faltete die Hände über den unförmigen Schriften, die sie auf dem Schoß liegen hatte. »Genau der rechte Augenblick, um wegen Kleinigkeiten einen Streit anzufangen! Der Weyr braucht mehr denn je Einigkeit und eine starke Hand, die ihn lenkt. Wir haben eine doppelte Gefahr zu bewältigen. Deshalb möchte ich dir jetzt ein paar Dinge sagen, Sh'gall, die du in deiner durchaus löblichen Sorge um den Weyr übersehen hast. Nahezu alle Reiter können sich auf den beiden gestrigen Festen angesteckt haben. Aber der Hauptüberträger bist vermutlich *du,* weil du nicht nur dieses arme Geschöpf auf Ista besichtigt hast, sondern obendrein im Krankentrakt von Süd-Boll warst.«

»Ich habe weder die Krankenstube betreten noch die Katze angerührt! Außerdem badete ich im Eis-See, ehe ich in den Weyr zurückkehrte.«

»Schade, daß deine Zunge eher aufgetaut ist als dein Verstand! Einen Augenblick noch, Weyrführer!« Leris scharfer Tonfall wischte die Antwort beiseite, die der Bronzereiter auf den Lippen hatte. »Während *du* schliefst, waren Moreta und ich nicht untätig.« Sie deutete auf die schweren Archivrollen. »Die Wachreiter wissen, daß niemand den Weyr aufsuchen darf – was bei dem Nebel und nach den beiden Festen ohnehin kaum jemand tun wird. Die Trommeln von Burg Fort haben keine Sekunde geschwiegen. Peterpar untersuchte die Herden, fand aber keine Krankheitssymptome; kein Wunder, da die letzte Lieferung von Tillek kam. Nesso sagte allen Reitern Bescheid, die bereits wieder nüchtern genug waren, um die harten Tatsachen aufzunehmen. Und K'lon befindet sich auf dem Wege der Genesung. Moreta, weißt du inzwischen Näheres über Berchar?«

Moreta hatte nie daran gezweifelt, daß Leri über die Vorgänge außerhalb ihres Weyrs genau informiert war. Aber die ehemalige Weyrherrin war viel zu klug und diskret, um ihr Wissen auszuspielen.

»Berchar!« rief Sh'gall. »Was ist mit ihm?«

»Er hat sich allem Anschein nach bei K'lon angesteckt. S'gor pflegt ihn in seinem Weyr und läßt niemanden in die Nähe.«

Sh'gall begann sie mit erregten Fragen zu bestürmen.

»Wenn K'lon genesen ist, wird Berchar vermutlich auch wieder gesund«, erklärte Moreta ruhig.

»Zwei Kranke!« Sh'gall fuhr sich mit der Hand an die Kehle und dann über die Stirn.

»Capiam sagt, daß bis zum Ausbruch der Krankheit zwei bis vier Tage vergehen. Dir kann also noch nichts fehlen«, gab ihm Leri in ihrer direkten, aber nicht unfreundlichen Art zu verstehen. »Du wirst morgen die Geschwader in den Kampf gegen die Sporen führen. Holth und ich begleiten das Königinnen-Geschwader, und ich werde wie gewohnt die Berichte der Bodentrupps entgegennehmen – wenn Bodentrupps abgestellt werden. Ich glaube aber nicht, daß Nabol und Crom so schnell in Panik ausbrechen. Die beiden

Burgen liegen so weitab, daß die Krankheit auf gar keinen Fall bis dorthin gelangt sein kann. Aber ich werde wie gewohnt im Sattel bleiben und so die Ansteckungsgefahr auf ein Minimum herabsetzen. Es gehört zu den wesentlichen Pflichten der Weyr, mit jedem Burgherrn in Kontakt zu bleiben. Ohne die Hilfe der Bodentrupps hätten wir die doppelte Arbeit; oder bist du anderer Ansicht, Weyrführer?«

In Sh'galls Zügen spiegelte sich Ratlosigkeit. Offenbar hatte er bisher nicht darüber nachgedacht, daß die Bodentrupps ihn im Stich lassen könnten.

»Außerdem – was macht es schon, wenn ich mir diese merkwürdige Krankheit zuziehe? Ich bin nicht nur alt ...« Sie warf Sh'gall einen boshaften Blick zu. »... sondern obendrein die Reiterin, die ihr am leichtesten entbehren könnt!«

Holth und Orlith trompeteten besorgt. Selbst Kadith röhrte, als Moreta zu Leri lief und sie umarmte.

»So etwas darfst du nie mehr sagen! Du bist die tüchtigste und tapferste Königinreiterin von ganz Pern!«

Leri löste sich sanft aus Moretas Umklammerung und entließ Sh'gall mit einer gebieterischen Geste. »Geh jetzt! Alles, was im Moment getan werden kann, ist getan.«

»Ich kümmere mich um Kadith«, murmelte er und rannte los, als würde ihn jemand verfolgen.

»Und du beruhigst dich wieder!« sagte Leri zu Moreta. »Meinetwegen muß niemand Tränen vergießen. Es stimmt doch: Ich bin entbehrlich. Vielleicht möchte Holth längst Schluß machen, aber das kann sie nur, wenn ich abtrete.«

»Leri! Sag doch nicht solche Sachen! Was täte ich ohne dich?«

Leri warf ihr einen langen, prüfenden Blick zu, und ihre Augen glänzten. »Das, was du tun mußt, Mädchen. Eine andere Möglichkeit hast du gar nicht. Aber du würdest mir fehlen. Und nun begibst du dich am besten zu den Unteren Höhlen. Der Wirbel, den die Königinnen und Kadith vorhin veranstaltet haben, trägt sicher nicht dazu bei, die Leute zu beruhigen.«

Moreta trat ein paar Schritte zurück. Sie schämte sich ihrer intensiven Gefühle.

»Du machst dir Sorgen, weil du diesen Renner auf Ruatha berührt hast, nicht wahr?«

Moreta zuckte gleichmütig mit den Schultern. »Es ist nun mal geschehen, und ich kann es nicht mehr rückgängig machen. Mein impulsives Handeln hat L'mal des öfteren verärgert ...«

»Dafür hat er dein Geschick im Umgang mit verwundeten Drachen um so mehr bewundert. Geh jetzt, sonst regen sich die Weyrbewohner unnötig auf! Und bring bitte diesen Gurt zu T'ral! Er soll ihn flicken.« Sie warf Moreta einen zusammengerollten Lederriemen zu. »Wäre ein schmähliches Ende, wenn ich miten im Flug aus dem Sattel rutschen würde. Ab mit dir, mein Kind! Und überprüfe auch dein Kampfgeschirr; in harten Zeiten ist der Alltagstrott eine gute Hilfe. Ich muß jetzt meine spannende Lektüre fortsetzen.« Leri schnitt eine Grimasse und begann in den Aufzeichnungen zu blättern.

Moreta kehrte in ihren Weyr zurück. Gehorsam inspizierte sie das Reitgeschirr, das sie nach dem letzten Fädeneinfall geölt und an seinen Haken gehängt hatte.

Es tat mir leid, daß ich dich wecken mußte; aber Holth bestand darauf.

»Das war vollkommen in Ordnung.«

Holth ist eine großartige Königin. Orliths Augen leuchteten.

»Und Leri eine wunderbare Reiterin.« Moreta trat neben ihre Königin, die den Kopf senkte und sich streicheln ließ. »Das wird unser letzter Sporenkampf für die nähere Zukunft«, fügte sie hinzu und fuhr sanft über Orliths gewölbten Bauch.

Ich kann noch lange fliegen, wenn es nötig ist.

»Es stört dich doch nicht, daß ich mich das kurze Stück von Malth mitnehmen ließ?«

Nein. Aber du sollst wissen, daß ich immer für dich da bin.

»So groß kann eine Notlage gar nicht sein, daß ich dich von deinen Eiern wegholen würde.« Moreta tätschelte ihre

Flanken. »Es wird bestimmt wieder ein prächtiges Gelege.«

Bestimmt. Die Antwort der Königin klang selbstgefällig.

»Bis später. Ich muß zu den Unteren Höhlen.« Moreta straffte die Schultern, als könnte sie so dem Ansturm ängstlicher Fragen leichter begegnen. Dann rief sie sich in Erinnerung, daß im Weyr ein harter, tüchtiger Schlag lebte. Die Bewohner mußten bei jedem Sporeneinfall damit rechnen, daß einer der Ihren verwundet oder gar getötet wurde. Sie ertrugen dieses Wissen mit großer Tapferkeit. Warum sollte die neue unsichtbare Drohung ihnen gefährlicher erscheinen als die sichtbaren Fäden, die alles ringsum versengten?

Sie durfte sich nicht von Sh'galls Furcht beeinflussen lassen. Noch konnte niemand mit Sicherheit sagen, daß bereits der Kontakt zur Erkrankung führte. Und was war mit K'lon und Berchar? Nun, vielleicht ein dummer Zufall; K'lon war so oft auf Igen, um A'murry zu besuchen.

Moreta nahm Leris Lederriemen und verließ den Weyr nach einem letzten Blick auf Orlith, die sich bequem in ihre Felsenkuhle bettete. Der Nebel löste sich allmählich auf. Durch die dünnen Schleierfetzen konnte sie die Felsenstufen in der Tiefe erkennen, und nach der Hälfte des Weges wurde auch der Eingang zu den Unteren Höhlen sichtbar.

Der Speisesaal war gedrängt voll. Geschirr klapperte, und ein würziger Duft stieg Moreta in die Nase. Mägde und Jungreiter gingen mit *Klah*-Krügen von Tisch zu Tisch; kaum jemand trank Wein. Die übrigen Königinreiterinnen – Lidora, Haura und Kamiana – saßen mit ihren Weyrgefährten an einem erhöhten Tisch.

Bei Moretas Ankunft verstummten die Gespräche einen Moment lang. Sie entdeckte T'ral, der bereits eine Reihe von zerrissenen Gurten neben sich liegen hatte, und ging lächelnd durch die Tischreihen auf ihn zu.

»Leris Riemen müßte geflickt werden, T'ral.«

»Nur her damit! Wir können es uns nicht leisten, die tüchtige alte Dame zu verlieren!« entgegnete der braune Reiter und legte den Gurt ganz nach oben.

»Haben wir die Trommeln richtig verstanden, Moreta?« fragte einer der jüngeren braunen Reiter. Seine Stimme klang eine Spur zu laut und sorglos.

»Das kommt darauf an, wie stark deine Kopfschmerzen heute morgen waren«, meinte sie. Hier und da klang ein Lachen auf.

»*Klah* oder Wein?« erkundigte sich Haura, als Moreta an den Tisch trat.

»Wein«, erklärte Moreta ruhig, und die Reiter an den Nachbartischen nickten anerkennend.

»Ihre Beine sind sicher noch schwach!« rief jemand.

»Herrlich, die Tänze auf Ruatha, nicht wahr?« Sie nahm einen Schluck Wein und schaute dann in die Runde. Alle Blicke waren auf sie gerichtet. »Wer kennt die Nachricht der großen Trommel noch nicht?«

»Wer sie noch nicht kannte, den hat Nesso am Frühstücksherd damit empfangen«, stellte einer der Männer boshaft fest, und die Küchenaufseherin schwang grimmig ihren Schöpflöffel.

»Dann wißt ihr ebensoviel wie ich. Eine Epidemie bedroht Pern, ausgelöst durch das seltsame Geschöpf, das die Seeleute zwischen Igen und der Insel Ista aus der Meeresströmung fischten. Die Krankheit erfaßt Menschen und Renner, nicht aber Wachwhere, Wherhühner und Drachen, wie Meister Talpan, der Tierheiler, versicherte. Meister Capiam meint, wenn die Seuche aus dem Süd-Kontinent kommt, ist sie mit Sicherheit in den alten Aufzeichnungen erwähnt ...«

»Wie alles verlorengegangene Wissen«, witzelte jemand.

»Infolgedessen ist es nur eine Frage der Zeit, bis wir sie bekämpfen können. Aber ...« Moretas Tonfall wurde ernst. »Meister Capiam warnt vor Menschenansammlungen ...«

»Das hätte er *gestern* tun sollen.«

»Zugegeben. Uns steht morgen ein Sporeneinfall bevor, aber ich halte nicht viel von Helden. Die Symptome sind Kopfschmerzen und Fieber.«

»Dann hat K'lon die Krankheit bereits erwischt?«

»Es sieht so aus; aber er befindet sich auf dem Wege der Genesung.«

Eine besorgte Stimme meldete sich von der Ostseite des Gewölbes: »Was ist mit Berchar?«

»Er hat sich höchstwahrscheinlich bei K'lon angesteckt, liegt aber völlig isoliert und wird von S'gor gepflegt.«

»Sh'gall?«

Ein unsicheres Raunen ging durch die Menge.

»Vor zehn Minuten war er noch völlig gesund«, meinte Moreta trocken. »Er wird morgen kämpfen wie wir alle.«

»Moreta?« T'nure, der Reiter des grünen Drachen Tapeth, war aufgestanden. »Wie lange soll diese Quarantäne dauern?«

»Bis Meister Capiam sie wieder aufhebt!« Sie bemerkte den rebellischen Ausdruck in T'nures Zügen. »Und der Fort-Weyr hält sich an seine Weisungen!« Noch ehe sie den Satz beendet hatte, erklang das unmißverständliche Trompeten der Königinnen. Kein Drache hätte es je gewagt, Orlith oder einer ihrer goldenen Gefährtinnen den Gehorsam zu verweigern. »Declan und Maylore – ihr beide kümmert euch um die Verwundeten, solange Berchar krank ist! Nesso, du hältst dich mit deinen Frauen bereit, um ihnen zu helfen! S'peren, kann ich auf deine Unterstützung rechnen?«

»Jederzeit, Weyrherrin.«

»Haura?« Die Königinreiterin nickte zögernd. »Gut. Gibt es noch irgendwelche Fragen?«

»Fliegt Holth?« erkundigte sich Haura ruhig.

»Ja«, entgegnete Moreta knapp. »Leri wird wie gewohnt mit den Bodentrupps sprechen. Auf Holths Rücken hat sie genügend Schutz vor einer Ansteckung.«

T'ral meldete sich zu Wort. »Wie steht es mit den Bodentrupps, Moreta? Soviel ich weiß, schicken Nabol und Crom morgen ihre Leute. Aber was geschieht die nächsten Male, wenn die Fäden über Tillek und dann über Ruatha fallen? Bis dahin hat sich die Epidemie vielleicht ausgebreitet ...«

»Warten wir ab, bis es soweit ist!« meinte Moreta betont unbekümmert. *Ruatha! Vollgepfropft mit Festgästen!* »Die Burgen werden ihrer Pflicht ebenso nachkommen wie die Weyr!«

Beifall begleitete ihre letzten Worte. Sie nahm Platz und gab mit einer Geste zu verstehen, daß die Diskussion beendet war. Nesso kam und stellte ein Gedeck vor ihr ab.

»Du solltest vielleicht wissen, daß die neueren Trommelbotschaften alle Fortines Code tragen«, sagte sie leise.

»Nicht den von Capiam?«

Nesso schüttelte langsam den Kopf. »Nur die erste kam vom Meisterheiler selbst.«

»Ist das sonst jemandem aufgefallen?«

Nesso schniefte gekränkt. »Ich kenne meine Pflichten, Weyrherrin!«

Die Kopfschmerzen wollten und wollten nicht nachlassen. Capiam suchte mühsam nach einer Lage, in der sein fieberheißer Körper weniger schmerzte. Seine Uhr ging viel zu langsam: noch eine Stunde, bis er die vierte Dosis Fellissaft einnehmen konnte! Sein Herz schlug etwas langsamer, seit er das Akonit geschluckt hatte. Vorsichtig rollte sich der Heiler nach rechts. Er entspannte die Nackenmuskeln und ließ den Kopf auf das riedgefüllte Kissen sinken. Der Druck nahm zu. Er spürte jede einzelne Faser.

Zu allem Übel begann die große Trommel zu dröhnen. Um diese Zeit? War der Turm etwa rund um die Uhr besetzt? Konnte man überhaupt nicht mehr schlafen? Capiam entzifferte noch, daß die Botschaft an den Telgar-Weyr gerichtet war, aber dann ließ seine Konzentration nach.

Sollte er die Stunde wirklich abwarten? Es war seine Pflicht gegenüber Pern, stark zu bleiben. Aber manchmal fiel die Pflicht schwer ...

Capiam seufzte wieder und kämpfte mit ganzer Willenskraft gegen die Kopfschmerzen an. Er hätte auf die Botschaft achten sollen, die nach Telgar hinausging. Wie sonst erfuhr er, was auf dem Planeten geschah; welchen Verlauf die Krankheit nahm? Aber er konnte nicht klar denken ...

Kapitel VIII

Fort-Weyr, 12. 3. 43

Als Orlith Moreta früh am nächsten Morgen weckte, war der Nebel von den Berghängen des Fort-Weyrs verschwunden.

»Und im Nordwesten, nach Crom und Nabol zu?« fragte Moreta, während sie ihre Reitsachen überstreifte.

Der Patrouillenreiter ist unterwegs. Er wird uns Bescheid geben, entgegnete Orlith.

»Sh'gall?«

Zieht sich gerade an. Kadith berichtet, daß er gesund und ausgeruht ist.

»Könntest du Malth nach Berchars Befinden fragen?«

Eine kleine Pause entstand, als Orlith mit dem grünen Drachen Kontakt aufnahm. *Malth meint, daß es ihm noch schlechter als gestern geht.*

Das gefiel Moreta gar nicht. Wenn Berchar am Vortag Schwitzwurzel genommen hatte, mußte das Fieber eigentlich längst aus seinem Körper gewichen sein.

Laß den Kopf nicht hängen! meinte Orlith ermutigend. *Der Weyrführer ist gesund geblieben, und du bist es ebenfalls!*

Moreta verließ mit einem leisen Lachen ihre Schlafkammer, umarmte die goldene Königin und kraulte ihr liebevoll die Augenwülste. Dann musterte sie kritisch Orliths geblähten Bauch.

»Kannst du wirklich noch fliegen?«

Was denkst du? Orlith drehte den langen biegsamen Nakken und betrachtete die Wölbungen an ihren Flanken. *Das verschwindet, sobald ich durch die Lüfte segle!*

»Holth und Leri?«

Schlafen noch.

»Vermutlich hat Leri bis spät in die Nacht über diesen Aufzeichnungen gebrütet.«

Orlith blinzelte nur.

Nachdem Moreta aus dem Speisesaal zu Leris Weyr zurückgekehrt war, um ihr den geflickten Gurt zu bringen, hatte sie die einstige Weyrherrin in die Schriften vertieft angetroffen.

»Weyrbewohner werden nun mal nicht krank«, hatte die alte Frau mit einem tiefen Seufzer bemerkt. »Bauchschmerzen von zu reichlichem Essen oder jungem Wein, Fädenverletzungen, Zusammenstöße in der Luft, Messerstechereien, Abszesse, jede Menge Nieren- und Leberinfektionen, aber *richtig krank* war in den letzten zwanzig Planetenumläufen seit dem Wiedererscheinen des Roten Sterns niemand.« Leri gähnte. »Verdammt langweiliges Zeug. Aber keine Sorge, ich werde weiterlesen. Jedenfalls haben wir es hier schriftlich, daß die Drachenreiter ein robustes Volk sind.«

Moreta hatte diese angenehme Gewißheit mit in den Schlaf genommen. Und auch über die sonstigen Kümmernisse tröstete sie sich hinweg. Nesso zog vielleicht die falschen Schlüsse aus der Tatsache, daß Fortine die Trommelbotschaften aussandte. Capiam mußte sich vermutlich erst einmal von seinen vielen Krankenbesuchen erholen. Nach Sh'galls Worten war der Mann vier Tage lang nicht ins Bett gekommen! Sh'galls Furcht vor dieser Epidemie paßte zu seinem ewigen Gejammer über jedes kleine Wehweh. Der Weyrführer reagierte einfach übertrieben. Selbst den eigenen Kontakt mit dem kranken Renner nahm Moreta nicht mehr so ernst; die Berührung war so kurz gewesen, daß es schon ein Riesenzufall sein mußte, wenn sie sich angesteckt hatte.

So trat die Weyrherrin nach einem langen, tiefen Schlaf in den frostigen, hellen Morgen hinaus und sah dem Sporeneinfall guten Mutes entgegen. Moreta begann einen Kampftag immer zu früher Stunde – und ganz besonders diesmal, da Berchar krank war und sie noch einmal kontrollieren mußte, ob alles für die Behandlung verwundeter Reiter und Drachen vorbereitet war.

Declan, Maylone und sechs Helfer stellten bereits die Medikamente im Lazarett zurecht. Declan und Maylone stammten von einem Rennergestüt aus ihrer Heimat. Sie waren im vergangenen Planetenumlauf als Kandidaten für Pelianths Gelege in den Weyr geholt worden, hatten aber keinen der Jungdrachen für sich gewinnen können. Da sich Declan als geschickter Helfer für Berchar entwickelte und Maylone jung genug war, um eine zweite Gegenüberstellung mitzumachen, hatte man beide behalten. Moreta beabsichtigte auf jeden Fall, Declan zu ihrem Assistenten auszubilden. Ein Weyr hatte nie genug Heiler für Mensch und Tier.

Declan, ein schmalgesichtiger Zwanzigjähriger, brachte Moreta einen Becher *Klah,* während sie einen Blick auf die vorbereiteten Sachen warf. Die Weyrherrin hatte einen Moment lang in Erwägung gezogen, einen Jungreiter in die Heiler-Halle zu schicken, damit er einen erfahrenen Mann für den erkrankten Berchar holte, aber die Quarantäne und die Tüchtigkeit, die Declan und Maylone an den Tag legten, hielten sie davon ab; sie würden das schon allein schaffen. Die meisten Reiter waren ohnehin in der Lage, kleinere Wunden selbst zu behandeln.

Sie bediente sich eben aus dem Kessel mit dem Frühstücksbrei, als Sh'gall die Höhle betrat. Er ging geradewegs zu seinem Tisch und schob alle Stühle bis auf einen beiseite. Dann setzte er sich und winkte einen verschlafenen Jungreiter näher. Der Junge wollte das Podest betreten, aber Sh'gall wehrte ihn mit einem kurzen, scharfen Befehl ab. Während die Anwesenden das Schauspiel verblüfft und ein wenig amüsiert beobachteten, holte der Junge einen Becher *Klah* und eine Schale mit Brei und stellte beides vorsichtig an der äußersten Kante des langgestreckten Tisches ab. Sh'gall wartete, bis der Junge fort war, ehe er sein Frühstück holte.

Moreta empfand diese umständlichen Vorsichtsmaßnahmen als übertrieben. Der Weyr hatte mit dem Sporeneinfall heute mittag genug zu tun. Um jedoch die Autorität des Weyrführers nicht zu untergraben, schwieg sie. Nesso hatte ein neues Gewürz in den Brei gemischt, und sie versuchte herauszuschmecken, was es war.

Nach und nach kamen die Geschwaderführer und ihre Stellvertreter und meldeten sich bei Sh'gall. Alle waren klug genug, seine selbstgewählte Isolation zu respektieren.

Die drei Königinreiterinnen erschienen gemeinsam und gesellten sich zu Moreta. Sie gab einem Jungreiter durch eine Geste zu verstehen, daß er die Frauen bedienen und ihr noch einen Becher *Klah* bringen sollte. Kamiana, ein paar Planetenumläufe jünger als Moreta, war wie gewohnt die Ruhe selbst. Ihr kurzes dunkles Haar ringelte sich widerspenstig nach dem Morgenbad, und das gebräunte glatte Gesicht strahlte Zuversicht aus. Dagegen wirkte Lidora, die schon genug Einsätze geflogen hatte, um einen kühlen Kopf zu bewahren, ziemlich erregt. Aber Lidora hatte erst kürzlich den Weyrgefährten gewechselt, und ihre Stimmung schwankte seitdem des öfteren. Haura, die Jüngste, schien vor jedem Fädeneinfall zu zittern, aber sie beruhigte sich stets, sobald das Königinnengeschwader aufstieg.

»Er geht kein Risiko ein, was?« fragte Kamiana nach einem Blick auf Sh'gall.

»Er brachte Capiam von Ista nach Süd-Boll und Burg Fort.«

»Wie geht es Berchar?«

»Er hat noch Fieber.« Moretas Geste deutete an, daß dies völlig normal sei.

»Hoffentlich gibt es keine ernsthaften Verletzungen.« Kamiana hatte sich an Haura gewandt, die eine tüchtige, aber nicht gerade begeisterte Krankenpflegerin war.

Moreta brachte Kamiana mit einem tadelnden Blick zum Schweigen. »Holth übernimmt die Spitze«, sagte sie. »Leri ist mutig, und wir können sie in dieser Position gut im Auge behalten. Haura und Kamiana fliegen unten, Lidora und ich oben. Vielleicht herrscht in Crom und Nabol kein Nebel ...«

»Habt ihr einen Patrouillenreiter ausgesandt?« erkundigte sich Lidora.

»Von allen Weyrführern, die ich kenne, ist Sh'gall am wenigsten geneigt, sich auf einen Blindflug einzulassen«, entgegnete Moreta trocken.

Der Jungreiter kam mit dem Frühstück und bediente die Frauen. Nach und nach trafen die Kampfreiter ein, holten sich ihr Essen vom Herdkessel und nahmen an den Tischen Platz. Die Geschwader-Zweiten besprachen sich mit ihren Leuten und erteilten Anweisungen. Alles verlief völlig normal und ruhig – bis zu dem Moment, da der Patrouillenreiter eintraf.

»Nach Auskunft des Hochland-Reiters ist die Sicht bis zur Küste hinunter völlig klar«, verkündete A'dan gutgelaunt, während er seinen Helm abnahm und zum Frühstücksherd schlenderte.

»Nach Auskunft des Hochland-Reiters?« fragte Sh'gall. »Hast du etwa mit ihm gesprochen?«

»Natürlich.« A'dan wandte sich erstaunt dem Weyrführer zu. »Sonst wüßte ich doch nicht Bescheid. Wir trafen uns in ...«

Sh'gall richtete sich zu seiner vollen Größe auf. Er war rot angelaufen und warf Moreta einen vernichtenden Blick zu. »Hat man dir nicht gestern mitgeteilt, daß absolutes Versammlungsverbot besteht und Kontakte zu anderen Personen zu meiden sind?«

»Die Begegnung mit einem Reiter ist doch keine Versammlung ...«

»Der Reiter kam aus einem anderen Weyr! Willst du diese Krankheit unbedingt auf Fort einschleppen? Achtung, alles herhören! Heute während des Sporenregens nähert sich kein Reiter unseres Weyrs einem Hochlandbewohner, egal ob Reiter, Pächter oder Burgherr! Erteilt alle notwendigen Befehle vom Sattel aus, am besten im Flug! Berührt nichts und niemanden! Habe ich mich wenigstens diesmal klar und deutlich ausgedrückt?« Wieder warf er Moreta einen anklagenden Blick zu.

»Wie gedenkt Sh'gall dieses Verbot durchzusetzen?« raunte Kamiana der Weyrherrin zu.

Moreta winkte ungeduldig ab. Sh'gall war mit seiner Rede noch nicht zu Ende.

»Heute kämpfen wir gegen die Sporen!« fuhr er laut, aber

etwas weniger aggressiv fort. »Nur die Drachen und ihre Reiter können Pern frei von Fäden halten. Deshalb leben wir abgeschieden in unseren Felsenfestungen, und deshalb müssen wir uns von den übrigen Bewohnern Perns absondern. Denkt daran! *Nur Drachenreiter können Pern frei von Fäden halten!* Wir müssen dieser Aufgabe gewachsen bleiben.«

»Wie das die Leute aufmuntert!« sagte Lidora halblaut zu Moreta. In ihrer Stimme schwang Ärger mit, und auf ihren Wangen zeigten sich hektische rote Flecken. »Glaubt er etwa, er kann uns ewig hier einsperren?«

Moreta warf der dunkelhaarigen Frau einen langen, scharfen Blick zu. Lidora begann an ihrer Unterlippe zu nagen.

»Ärgerlich, Lidora, ich weiß. Aber Liebeleien auf einem Fest sind ohnehin selten von Dauer.« Sie hatte die Ursache von Lidoras Unmut richtig erraten und überlegte nun, wer wohl die Leidenschaft der Reiterin auf dem Fest von Ruatha geweckt haben mochte. Scheinbar gleichgültig wandte sie sich ab, aber sie dachte wieder an Alessan und die herrlichen Stunden, die sie mit ihm verbracht hatte. War das nun die Strafe? Sie hatte ein wenig angegeben, als sie dem gestürzten Renner zu Hilfe kam, hatte versucht, Alessans Aufmerksamkeit zu erringen ...

Bänke und Stiefel scharrten über den harten Stein. Das Geräusch rief sie in die Wirklichkeit zurück. Hastig erhob sie sich. Die Tradition verlangte, daß Sh'gall dem Königinnen-Geschwader letzte Anweisungen erteilte. Moreta blieb ein paar Schritte vor seinem Tisch stehen, gewarnt von dem Blick, den er ihr zuwarf.

»Leri besteht darauf, mitzufliegen?«

»Es gibt keinen Grund, sie davon abzuhalten.«

»Sag ihr noch einmal ausdrücklich, daß sie nicht absteigen darf!«

»Das tut sie nie.«

Sh'gall zuckte mit den Schultern, als wollte er andeuten, daß damit seine Verantwortung gegenüber Leri endete. »Dann kümmert euch um eure Drachen! Der Sporenregen ist für Mittag angekündigt.« Er drehte sich um und winkte die Geschwaderführer zu sich.

»Hat er schon wieder was an Leri auszusetzen?« erkundigte sich Kamiana, wobei sie vergaß, daß sie kurz zuvor selbst Bedenken geäußert hatte.

»Halb so schlimm.« Moreta verließ die Höhle, gefolgt von den Königinreiterinnen.

Überall im Weyr herrschte Aufbruchstimmung. Auf den Felsensimsen und der Kesselsohle legten Reiter ihren Drachen die Kampfriemen an und befestigten Säcke mit Feuerstein. Manche rieben Öl in eben erst verheilte Wunden oder massierten rauhe Hautstellen am Rumpf und an den Schwingen ihrer Gefährten. Die Geschwaderführer und ihre Stellvertreter überwachten die Vorbereitungen. Jungreiter flitzten auf Botengängen hin und her. Die Atmosphäre war betriebsam, aber nicht hektisch. Die Geschäftigkeit machte einen vertrauten, ja beinahe tröstlichen Eindruck auf Moreta. Wenn sie überlegte, daß jetzt anderswo Menschen und Tiere im Sterben lagen ...

Das ist kein guter Gedanke, ermahnte Orlith sie streng.

»Du hast recht. Ich sollte mich lieber auf den Fädeneinfall konzentrieren. Verzeih mir!«

Schon gut. Wir haben einen klaren Tag und werden die Sporen vernichten.

Orliths Ruhe und Zuversicht erfüllten Moreta mit Optimismus. Das erste Sonnenlicht fiel vom Osten in den Kessel ein, und die frische Luft wirkte nach dem feuchtkalten Wetter des letzten Tages belebend. Ein richtiger Frost wäre jetzt ein Segen, dachte sie, als sie die Felsentreppe erklomm. Keine längere Kälteperiode, nur ein paar kühle Tage, in denen die lästigen Insekten erfroren und die junge Brut der Tunnelschlangen einging.

»Ich kümmere mich zuerst um Holths Geschirr.«

Leri hat Hilfe.

Moreta lachte über Orliths Ungeduld. Das war Kampfgeist! Als sie ihren Weyr betrat, hatte sich die Drachenkönigin bereits aus ihrer Felsenkuhle erhoben. Ihre großen Augen funkelten und kreisten erregt. In einem Ausbruch von Leidenschaft und Zuneigung preßte Moreta die Arme so fest wie möglich um die stumpfe dreieckige Schnauze; sie wußte, daß sie ihrer Gefährtin nicht wehtun konnte. Orlith begann zu summen, und Moreta spürte, wie sich die Vibrationen auf ihren Körper übertrugen. Mit einem Seufzer gab sie ihre Königin frei und wandte sich dem Kampfgeschirr zu, das an einem Haken hing.

Während sie die Gurte befestigte, befühlten ihre Finger noch einmal das Leder. Die Kälte im *Dazwischen* machte die Ausrüstung rasch brüchig, und die meisten Reiter mußten ihre Ledergeschirre drei- bis viermal während einer Planetenumdrehung erneuern. Moreta fand keine Schwachstellen. Dann untersuchte sie Orliths Schwingen und begutachtete den Agenodrei-Behälter. Die Ungeduld ihrer Königin wuchs, aber Moreta vergewisserte sich, daß die Düse nicht verstopft war, und schnallte den schweren Tank um. Erst dann begab sie sich auf den Felsensims hinaus. Ein Stück weiter oben warteten bereits Holth und Leri.

Moreta winkte Leri zu, und die ehemalige Weyrherrin salutierte zackig. Moreta setzte den Helm auf, rückte das Visier zurecht, schob den unhandlichen Flammenwerfer etwas nach hinten und bestieg Orlith. Mit einem mächtigen Satz schwang sich die Drachenkönigin in die Luft.

»Streng dich nicht so an!« meinte Moreta besorgt.

Fliegen ist für mich keine Anstrengung.

Zu Moretas Beruhigung flog Orlith eine elegante Spirale und landete genau neben Kadith auf dem Rand des Kessels. Der Drache des Weyrführers war ein kräftiges Geschöpf mit einem satten Bronzeton und grünlich schimmernder Unterhaut. Und obwohl es größere Bronzedrachen im Weyr gab, hatte er bei seinen Paarungsflügen mit Orlith alle anderen Bewerber an Beweglichkeit, Wagemut und Ausdauer übertroffen. Kadith schaute zu Orlith auf und rieb seinen Kopf liebevoll an ihrem Nacken. Orlith nahm den Gunstbeweis zurückhaltend entgegen; sie preßte nur kurz ihre Schnauze gegen die seine.

Dann gab Sh'gall den Reitern der grünen, blauen, braunen und bronzefarbenen Drachen das Signal, ihre Gefährten mit Feuerstein zu füttern. Moreta konnte dieses Zeremoniell nie so recht ernst nehmen, obwohl sie wußte, daß es eine entscheidende Voraussetzung zur Vernichtung der Fäden war. Sie beherrschte sich jedoch und blickte starr geradeaus, sie kannte die nachdenklichen, beinahe ängstlichen Mienen der Drachen, wenn sie die Feuersteinbrocken zwischen den breiten Zähnen zermalmten und dabei gut achtgaben, daß sie sich nicht aus Versehen auf die Zunge bissen.

Aber nach Abschluß der Vorbereitungen boten die zwölf Drachengeschwader einen Anblick, der Moreta jedesmal von neuem mit Begeisterung und Stolz erfüllte.

Orlith trat nervös von einem Fuß auf den anderen. Moreta gab ihr einen liebevollen Klaps auf die Schulter. »Setz dich doch hin!«

Sie sind bereit. Alle haben Feuerstein geschluckt. Warum fliegen wir nicht? Kadith?

Moreta gehörte nicht zu den Reiterinnen, die jeden Drachen verstehen konnten. So wußte sie nicht, was Kadith entgegnete, aber Orlith schien sich zu beruhigen. In Normalzeiten herrschte die goldene Königin über Fort, den ältesten und größten Weyr des Planeten; sie und ihre Reiterin besaßen auf Pern eine hervorragende Position. Aber während des Fädeneinfalls lag das Kommando beim Weyrführer, und Orlith hatte Kadith und Sh'gall bedingungslos zu gehorchen. Das gleiche galt für Moreta.

Plötzlich hob sich das äußere Geschwader in die Lüfte und ging mit kräftigen Schwingenschlägen immer höher. Es bildete die oberste von drei versetzt angeordneten Staffeln, die den Luftraum im Westen kontrollieren sollten. Das zweite Geschwader startete und verharrte in mittlerer Höhe, bis auch die Drachen des dritten Geschwaders die ihnen zugewiesenen Positionen eingenommen hatten. Dann verschwand die Gruppe unvermittelt im *Dazwischen*. Als nächstes erhoben sich die Nord-Süd-Geschwader, die quer zur vermuteten Bahn der Fäden fliegen sollten. Auch sie gingen ins *Dazwischen.* Die Diagonalgeschwader, die im Nordwesten beginnen würden, stiegen nun ebenfalls auf und tauchten ins *Dazwischen.* Wieder hob Sh'gall den Arm, und diesmal stimmte Kadith in das ungeduldige Trompeten von Orlith ein. Der Weyrführer wollte seine drei Geschwader nach Osten lenken, etwa auf eine Linie mit der Hochfläche von Crom, weil man dort die vorrückende Front der Fäden erwartete. Die Königinnen bildeten die untere Staffel, da es Aufgabe ihrer Reiterinnen war, die Sporen zu vernichten, die den Erdboden erreichten. Mit ihren kräftigen Schwingen konnten sie langsamer gleiten als die übrigen Drachen und besaßen bei den unberechenbaren Aufwinden eine bessere Flugstabilität.

Kadith löste sich von der Klippe, und Orlith folgte so ungestüm, daß Moreta hart gegen die Gurte gepreßt wurde. Dann glitten sie in Position. Holth schwebte dicht vor ihnen. Haura und Kamiana nahmen die Plätze ganz außen ein, und Lidora gesellte sich zu Moreta.

Kadith sagt, wir sollen ins Dazwischen *gehen.*

Hast du die Erkennungsmerkmale?

Klar und deutlich.

Dann auf ins Dazwischen, *Orlith!*

»Schwärze, dunkler als die Nacht,
Kälte jenseits aller Dinge,
Zwischen Tod und Leben ...«

Die schroffen Berge von Nabol lagen in der Ferne, und die Sonne auf ihrer Winterbahn wärmte ihnen Schultern und Rücken. In der Tiefe breitete sich die kahle Ebene östlich von Crom aus; hier und da schien glitzernder Rauhreif die Flächen zu überziehen.

Moretas erster Blick fiel auf Leri und Holth, die den Sprung unbeschadet überstanden hatten. Haura und Kamiana richteten ihre Positionen so aus, daß die Fünfergruppe ein weit auseinandergezogenes Delta bildete. Über ihnen glitten die Kampfgeschwader nach Westen, zum Teil so hoch, daß sie nur als dunkle Punkte zu erkennen waren. An den übrigen Verteidigungsfronten flogen neun weitere Geschwader dem bis jetzt unsichtbaren Feind entgegen. Moreta drehte den Kopf nach hinten. *Wie ist der Wind?*

Schwach. Orlith scherte leicht nach rechts und links aus, um die Windstärke zu testen.

Das hieß, daß die Fäden aller Voraussicht nach schräg einfallen würden. Probleme gab es wohl erst in der Nähe der Nabol-Berge, wo Aufwinde die Fädenklumpen in die Höhe wirbelten oder unvermittelt absacken ließen.

Sie sind da!

Moreta warf wieder einen Blick nach hinten. Sie sah den silbrigen Schleier, der sich über den Himmel zog, den Vorhang, der unerbittlich zum Boden hin wuchs. Fädeneinfall!

Der Front entgegen! Und Orlith schoß mit mächtigen Flügelschlägen auf den vernichtenden Regen zu.

Moreta fühlte sich wie stets gebannt, hin- und hergerissen zwischen Sorge und Begeisterung. Sie legte sich in die Kampfriemen und atmete tief durch. Es dauerte eine Weile, bis die Geschwader in der Höhe die Fäden erreichten – und noch länger, ehe sie und die übrigen Königinnen eingreifen konnten. Wieder warf sie einen Blick auf Holth.

Sie fliegen ausgezeichnet, beruhigte Orlith sie. *Die warme Sonne tut beiden gut.*

Dann tauchte die Fädenfront auf, und über den Himmel schossen kurze, grelle Flammen. Moreta konnte erkennen, daß die in verschiedenen Höhen gestaffelten Drachen die Sporen gut abdeckten, schloß jedoch aus dem Muster der orangeroten Blitze, daß die Fäden ungleichmäßig fielen. Es gab Stellen, an denen kein Feuerstrahl über den Himmel züngelte.

Kadith will, daß wir die Formation weiter auseinanderziehen. Der Regen fällt nicht überall gleich dicht. Die zweite Staffel schließt auf. Jetzt haben die Südgeschwader Kontakt mit den Sporenmassen. Orlith pflegte das Kampfgeschehen zu kommentieren, bis das Geschwader der Königinnen die Flammenwerfer einsetzte. Von da an konzentrierte sie sich dann ganz darauf, den sengenden Fäden so auszuweichen, daß sie und Moreta unverletzt blieben. *Die oberste Staffel greift ein. Bis jetzt haben wir keine Ausfälle.*

Die gab es selten in den ersten erregenden Momenten des Sporenregens, dachte Moreta. Die Reiter waren frisch und ihre Drachen angriffslustig. Fehler schlichen sich später ein, wenn die Kämpfer damit vertraut waren, wie dicht und wie schnell die Fäden fielen. Die zweite Stunde war die gefährlichste. Die Spannung hatte nachgelassen, Reiter und Drachen verschätzten sich in der Entfernung, oder die Flammen schossen am Ziel vorbei. Außerdem nahm der Regen gegen Ende oft einen ganz anderen Verlauf als zu Beginn.

Kadith sieht sich um. Kadith sprüht Flammen! Getroffen! Erregung mischte sich in Orliths bis dahin so ruhige Aussagen. *Jetzt ist er im* Dazwischen. *Und wieder hier. Alle Geschwader kämpfen jetzt. Die ersten Drachen kehren um und starten ein zweites Mal!*

Der Wind zerrte an Moreta, und sie verlagerte das Gewicht des Flammenwerfer-Riemens auf ihrer Schulter. Langsam trieben die zu Ascheflocken verkohlten Fädenbündel in die Tiefe. An stürmischen Tagen war ihr Visier oft bedeckt von einer klebrigen schwarzen Schicht. Sie befanden sich jetzt am unteren Saum des Sporeneinfalls.

Sh'galls Geschwadern ist nichts entgangen, stellte Orlith fest.

Manchmal regneten die Sporen gleich zu Beginn dicht geballt vom Himmel, und die Reiter hatten es schwer, sämtliche Fäden zu zerstören. Es gab allerdings unter den erfahrenen Kämpfern nicht wenige, die diese Art des Sporeneinfalls bevorzugten; sie behaupteten, daß dann gegen Ende des Einsatzes, wenn Drachen und Reiter bereits erschöpft waren, nur noch vereinzelt Fäden niedergingen. Aber Moreta hatte den Eindruck, daß nicht zwei Sporenplagen gleich waren. Es gab so viele Faktoren, die ein Abweichen von der Norm bewirkten ...

Der alte L'mal hatte Moreta einmal erklärt, daß man die Tüchtigkeit eines Drachen nicht danach beurteilen sollte, wie gut sein Reiter zu prahlen verstand. Solange keine

Fäden den Boden erreichten, waren Flug und Kampf geglückt!

Die Ebenen von Crom huschten in der Tiefe vorbei. Moretas Blicke wanderten ein Stück voraus; automatisch tauschte sie ihre Eindrücke und Beobachtungen mit Orlith aus. In diesem Moment war sie eins mit ihrem Drachen und empfand wie Orlith den glühenden Wunsch, in die Tiefe zu stoßen und anzugreifen, anstatt abzuwarten, ob das eine oder andere Fädenknäuel den Kampfgeschwadern entging. Manchmal beneidete sie die Grünen um ihren Flammenatem. Aber Feuerstein machte steril – was bei der Paarungslust der grünen Weibchen ein Segen war –, und eine Königin mußte für Nachwuchs in den Weyrn sorgen!

Fäden!

»Haura!«

Werth hat das Knäuel entdeckt und verfolgt es!

Moreta beobachtete, wie die jüngere Königin in einer Steilkurve tieferging und unter dem Gewirr der tödlichen Parasiten auftauchte. Der Flammenwerfer züngelte. Die Asche verteilte sich in der Luft.

Nun sind alle gewarnt, erklärte Orlith.

Sag ihnen, daß sie etwas weiter ausschwärmen sollen! Wir haben die Fädenfront hinter uns gelassen. Kamiana begleitet Holth und Leri! Haura fliegt nach Norden, und wir begeben uns nach Süden!

Orlith wendete und gewann an Tempo und Höhe.

Dieses Hin- und Herhetzen kostete am meisten Kraft. Aber das dunkle Erdreich der Hochfläche enthielt eine Menge Mineralstoffe, und wenn sich die Fäden hier erst einnisteten, fanden sie genug Nahrung, um die Felder zu verwüsten, die man in Hunderten von Planetenumläufen dem Boden abgerungen hatte.

Sie näherten sich den Fußbergen mit den ersten Höfen von Crom. Die Häuser mit ihren fest verrammelten Fenstern und Toren schmiegten sich schutzsuchend an die Hügelflanken. Auf den Feuerhöhen loderten Flammen. Moreta kam der Gedanke, ob die Bewohner wohl noch alle gesund waren.

»Frag den Wachwher, Orlith!«

Der hat doch keine Ahnung! Orliths Tonfall enthielt eine Spur von Arroganz. Die Königin ließ sich nur ungern zu einem Gedankenaustausch mit den einfältigen Nachtreptilien herab.

»Diese Geschöpfe haben auch ihren Nutzen!« meinte Moreta. »Sh'gall sieht es sicher nicht gern, wenn wir mit den Menschen selbst Kontakt aufnehmen – und so können wir vielleicht doch etwas erfahren.«

Orlith stieg höher, als sich die nächste Bergkette in den Himmel schob. Reiterin und Drache behielten den silbernen Schauer im Auge, während sie im Zickzack den ihnen zugewiesenen Streifen abflogen. Über dem nächsten Plateau sahen sie Lidora und Ilith das gleiche tun.

Kadith befiehlt, daß wir uns über Crom sammeln sollen, erklärte Orlith nach mehreren langen Flügen.

»In Ordnung.«

Moreta stellte sich die Feuerhöhen von Crom vor, murmelte ihren Bannspruch gegen das *Dazwischen* und tauchte bei dem Wort ›Nacht‹ über Crom auf. Die Burg lag an einem Fluß, der in Kaskaden zu Tal floß. Wenn die Metalljalousien geöffnet waren, konnte man von den Festern aus den ersten der beiden Wasserfälle bewundern. Die Weiden waren leer; offenbar hatte man die Tiere rechtzeitig in die Ställe getrieben. Moreta dachte flüchtig an die bunten Tücher und Fahnen, die ihr von den Festern Ruathas entgegengeweht hatten, und sie bat Orlith, den Wachwher von Crom nach der Epidemie zu fragen.

Er weiß nichts von einer Krankheit, sondern fürchtet sich nur vor den Fäden. Orlith wirkte gereizt. *Kadith sagt, daß die Fäden jetzt sehr dicht fallen. Er mahnt zur Vorsicht. Bis jetzt gab es nur drei kleinere Verletzungen. Alle Drachen stoßen mächtige Flammen aus. Formationsflug!*

Moreta betrachtete das herrliche Schauspiel, das sich bot, als sämtliche Kampfgeschwader über Burg Crom zusammenströmten. Zu schade, daß die Burgbewohner das nicht sehen konnten! Der Formationsflug war ein stolzer Anblick

– aber die Konzentration aller Geschwader auf einer kleinen Fläche ließ viele Freiräume für die Fäden.

Unvermittelt schoß Orlith zur Seite. Moreta sah das Sporenknäuel – und einen blauen Drachen heranjagen!

»Wir haben den kürzeren Weg!« rief sie, ergriff den Flammenwerfer und neigte sich weit nach links, während Orlith das Knäuel unterflog. Der Feuerstrahl fand sein Ziel, aber zugleich sah Moreta verschwommen ein blaues Schwingenpaar.

»Zu nahe, der Idiot! Wer war das?«

N'men, der Reiter von Jelth, erklärte Orlith. *Einer der jungen Blauen. Du hast ihn nicht getroffen.*

»Ein Treffer hätte ihm vielleicht Vernunft in den Schädel gebrannt!« fauchte Moreta, war aber doch erleichtert, daß der junge Reiter unverletzt geblieben war. »Wahnsinn, so tief zu fliegen! Hat er denn nicht gesehen, daß wir kamen? Ich werde dafür sorgen, daß er nächstes Mal die Augen besser aufmacht!«

Fäden! Orlith schoß in eine andere Richtung. Lidora hatte das Knäuel ebenfalls erblickt, und da sie näher war, überließ Orlith ihr die Beute. *Kadith lockert die Formation. Verteilen!*

Das Königinnenschwader veränderte seine Position, flog nach Norden und versengte einzelne Fäden, die in den Luftströmungen der Drachenschwingen zu Boden trudelten.

Moreta und Orlith setzten hier einem Klumpen nach und zerstörten dort ein Geflecht. Sie registrierten, daß Sh'gall mitten im Kampf die Geschwader neu ordnete, um die höheren Bereiche besser in den Griff zu bekommen. Überschneidungen ließen sich dabei kaum vermeiden, besonders da man den einzelnen Geschwadern stets einschärfte, zusammenzubleiben und den richtigen Abstand beizubehalten. Dann schickte Sh'gall ein paar Patrouillenreiter nach Norden; er wollte sichergehen, daß sich nirgends Fäden eingegraben hatten.

Der Sporenregen dauerte an. Der Feuerstein wurde knapp, und man vereinbarte Treffpunkte mit den Jungreitern, die für den Nachschub zuständig waren. Moreta überprüfte ihren Flammenwerfertank. Er war noch halbvoll.

Orlith meldete weitere Verletzungen, die aber alle nicht ernsthaft schienen: vor allem Brandwunden an den Flügeln und Schweifenden der Drachen. Moreta erreichte die schneebedeckten Gipfel des Bergmassivs, das die Grenze zwischen Crom und Nabol bildete. In der Kälte erfroren und verschrumpelten die Fäden meist, aber zur Sicherheit überflogen die Königinnen die Hänge, während Sh'gall und Kadith die übrigen Geschwader ins *Dazwischen* und nach Nabol beorderten.

Haura erklärte, daß sie und Leri neue Brennstoffzylinder für ihre Flammenwerfer benötigten und deshalb in der Nähe des Bergwerks landen würden.

»Leri, setz dich bitte mit dem dortigen Wachwher in Verbindung!«

Holth sagt, daß alle Wachwhere dumm sind und keine Ahnung von den Dingen haben, die für uns Wichtigkeit besitzen. Ich werde aber weiterfragen.

Für Holth, die nicht mehr die Beweglichkeit der jungen Königinnen besaß, bedeutete jede Landung ein Risiko. Moreta beobachtete sie besorgt, aber Leri nahm Rücksicht auf ihre Gefährtin und lenkte sie zu einem breiten Felsenband ganz in der Nähe der Bergwerkshütten. Ein Jungreiter erschien auf einem grünen Drachenweibchen aus dem *Dazwischen.* Trotz der unförmigen Zylinder, die zu beiden Seiten des Nackens befestigt waren, landete das Tier elegant. Der Junge löste einen Tank und stieg ab. Er lief zu Holth, erklomm ihre Vorderpfote und tauschte die Behälter aus. Moreta und Orlith kreisten ein Stück weiter oben. Der Jungreiter kehrte zu seinem Drachen zurück. Holth erreichte mit ein paar Schritten den Rand des Felsenbandes, beugte sich weit vor und ließ sich in die Tiefe fallen.

Sie fliegen, berichtete Orlith. *Alles in Ordnung.*

»Bring uns zu Kadith!«

Sie gingen ins *Dazwischen* und tauchten über einem

schroffen Felsental auf, als ein Fädenknäuel den nahen Grat berührte.

Tapeth kümmert sich darum!

Das grüne Drachenweibchen legte die Schwingen eng an den Körper und ließ sich wie ein Stein nach unten sacken. Ihr Flammenatem versengte die Felsen. Erst dicht vor den Klippen spreizte sie die Schwingen und glitt in einer eleganten Kurve zur Seite.

Bring uns hin! Moreta warf einen Blick auf ihre Tankanzeige. Sie würde mehr Brennstoff brauchen, um den gesamten Grat zu übersprühen. Aber das mußte sein, denn in dieses unwegsame Tal kamen keine Bodentrupps.

Dann schwebten sie über dem rußgeschwärzten Stein. Orlith verharrte an Ort und Stelle, bis Moreta beide Hänge in Flammen gehüllt hatte. Fäden zischten und kringelten sich, zerfielen zu schwarzer Asche. Systematisch jagte sie das Feuer in einem immer weiteren Bogen über die Fläche. Sie wollte sichergehen, daß auch nicht ein Fingerbreit des Schädlings entkam.

»Wir landen am Rand der verkohlten Zone, Orlith. Ich brauche jetzt ebenfalls einen neuen Tank.«

Schon unterwegs! Orlith setzte mit Leichtigkeit auf.

»Ich möchte mir den Bergrücken genauer ansehen. Bisher konnte ich nicht erkennen, ob er aus Sandstein oder Schiefer besteht.«

Moreta löste die Kampfriemen und glitt zu Boden. Ihre Füße, vom langen Ritt wund und trotz der gefütterten Stiefel kältestarr, schmerzten bei dem Sprung in die Tiefe. Zögernd ging sie auf die geschwärzte Fläche zu, die Finger an der Düse des Flammenwerfers. Sie spürte die Restwärme der Feuerstrahlen und verlangsamte ihre Schritte noch mehr, einmal um ihre klammen Zehen zu wärmen, zum anderen aber, weil Vorsicht nie schaden konnte. Sie hatte eine Abneigung gegen solche Inspektionen, aber sie waren nötig, und je eher man sie durchführte, desto besser, denn die Fäden gruben sich in die kleinsten Spalten und Nischen.

Die Ostseite des Kamms bestand aus glattem, rissefreiem

Urgestein, in dem sich keine Fäden festsetzen konnten. Auch der Westhang bildete eine undurchdringliche Wand. Tapeths Flammen mußten die Parasiten beim Auftreffen vernichtet haben.

Ihre Füße erwärmten sich auf dem Rückweg zu Orlith. Unvermittelt tauchte ein Jungreiter aus dem *Dazwischen:* Die Fänge seines Drachen schwebten kaum eine Handbreit über dem Felsvorsprung. Blitzschnell zog der Blaue die Schwingen eng an den Körper und landete. Orlith knurrte tief in der Kehle; der junge Drache senkte den Kopf und begann zu zittern. Auch die fröhliche Miene seines Reiters wirkte mit einem Mal gedämpft.

»Du hast wohl vergessen, was F'neldril euch immer über den Sicherheitsabstand predigt!« fauchte Moreta den jungen T'ragel an. »Stell dir vor, du fliegst gegen die Felswand! Du warst noch nie in dieser Gegend und kannst ihre Gefahren nicht beurteilen!«

Der Jungreiter löste stumm den Tank von der Flanke seines Drachen. »Vernunft ist mir lieber als Eleganz!« fuhr Moreta fort und riß ihm den Behälter wütend aus den Händen. »Damit du dieses Tal besser kennenlernst, bleibst du hier, bis sich der Grat abgekühlt hat! Halt Ausschau nach Sporennestern, vor allem da unten, wo sich die Kuhlen mit Moosbewuchs befinden! Kannst du mit einem Flammenwerfer umgehen? Gut! Der Rest in meinem Tank müßte reichen. Aber dein Drache soll sich melden, sobald du das geringste bemerkst. Das geringste – hast du verstanden?«

Eine Stunde Wachdienst in der Kälte und Einsamkeit würde dem Kerlchen die Liebe zu riskanten Landemanövern vielleicht austreiben. Immer wieder geschah es, daß Jungreiter trotz eindringlicher Warnungen des Weyrführers und der Ausbilder auf unerklärliche Weise verschwanden. Diese Todesfälle, unter denen die älteren Drachen so sehr litten, waren unnötige Verluste, hervorgerufen durch puren Leichtsinn.

Moreta schwang sich wieder auf Orlith. Der Junge hatte sich in Wachposition begeben, allerdings so nahe wie nur möglich bei seinem blauen Drachen. Die beiden sahen klein und verloren aus.

Kadith ruft!

»Ich nehme an, der Sporenregen geht allmählich zu Ende.« Moreta schnallte die Kampfriemen fest. Ihre Strafpredigt machte sicher nur den halben Eindruck, wenn sie selbst gegen die Vorschriften der Drachenreiter verstieß!

B'lerion reitet!

Moreta lächelte, als sie Orlith bat, sich zu den übrigen Geschwadern zu gesellen. Und während sie ins *Dazwischen* tauchten, fragte sie sich einen Moment lang, wie es B'lerion bei Oklina ergangen war.

Dann befanden sie sich auf der Westseite der Nabol-Berge, und die Fäden fielen in dichten Klumpen. Moreta fand keine Zeit, ihren Dank für die frischen Drachen und ihre Reiter zum Ausdruck zu bringen. Aber der Einsatz dauerte nicht lange. Sie versengte gerade noch ein oder zwei Fädenknäuel, als Orlith unvermittelt verkündete: *Der Sporenregen ist vorbei!*

Die Königin bremste ihren Flug und begann zu gleiten, während Moreta sich müde gegen die Kampfriemen lehnte. Der Gurt des Flammenwerfers schnitt ihr mit einem Mal tief in die Schulter. Sie spürte einen dumpfen Druck im Kopf, vermutlich weil sie sich auf zu viele Dinge gleichzeitig konzentriert hatte – Windrichtung und Gleitwinkel, Flammenstärke und Abstand ...

»Verwundete?«

Dreiunddreißig – meist harmlose Sachen. Allerdings auch zwei schlimm versengte Schwingen. Dann vier Reiter mit angebrochenen Rippen und drei mit ausgerenkten Schultern.

»Hm ... solche Verletzungen sind meist die Folge von schlampigen Flugmanövern!« Dennoch war Moreta erleichtert, daß den Reitern nicht mehr fehlte. Schwerer wogen die Verletzungen der Drachen. Sie haßte es, Schwingen zusammenzuflicken, aber sie besaß eine Menge Übung darin.

B'lerion grüßt uns. Sein Bronzedrache Nabeth ist ausgezeichnet geflogen. Orlith bog voller Bewunderung den geschmeidigen Hals nach hinten, als der Bronzedrache vom Hochland sie einholte und neben ihnen herflog. B'lerion hob den Arm und winkte.

»Frag ihn, ob er sich auf dem Fest gut amüsiert hat!« Sie begrüßte die Ablenkung, weil sie im Moment nicht an ihre Pflichten als Heilerin denken mochte.

Ja. Kadith will, daß wir in den Weyr zurückkehren und die Verletzten behandeln!

»Erkundige dich noch rasch, ob B'lerion etwas von der Epidemie gehört hat!«

Ja, aber er weiß nichts Näheres. Drängend fügte Orlith hinzu: *Kadith sagt, daß Dilenth schwer verwundet ist!*

Moreta winkte B'lerion zum Abschied. Schade, daß Sh'gall und Kadith B'lerion und Nabeth immer als Rivalen betrachteten! Aber vielleicht waren sie es wirklich. Orlith hatte eine Schwäche für den tüchtigen Bronzedrachen, und Moreta ertappte sich häufig bei dem Gedanken, daß sie das kommende Intervall lieber mit einem so heiteren Gefährten wie B'lerion als mit Sh'gall verbringen würde.

»Bring uns zurück zum Weyr!«

Die Kälte und das Schweigen im *Dazwischen* halfen Moreta, sich wieder zu sammeln. Dann kreisten sie dicht über dem Weyrtrichter; Orlith hatte ihr Auftauchen nicht weniger knapp berechnet als der blaue Jungreiter. Auf der Kesselsohle waren die verletzten Drachen versammelt, umgeben von aufgeregten Helfern. Das durchdringende Wimmern der verwundeten Tiere erfüllte die Luft. Moreta schloß einen Moment lang erschöpft die Augen.

»Zeig mir Dilenth!« befahl sie, als Orlith sich in den Kessel senkte.

Die große Schwingenmembran ist versengt! Ich werde ihn beruhigen. Mitleid färbte die Gedanken der Königin, während sie dicht über dem wild um sich schlagenden Blauen kreiste. Reiter und Weyrvolk versuchten den verwundeten Flügel mit Betäubungssalbe einzustreichen, aber Dilenth war außer sich vor Schmerzen und ließ niemanden in seine Nähe. Moreta sah deutlich die schlaff herabhängende Schwinge, deren Saum kraftlos im Staub schleifte.

Es war in der Tat eine böse Verletzung. Am schlimmsten hatte es die Vorderkante des Flügels von der Speiche bis zum Daumengelenk erwischt. Die Stützknorpel waren verbrannt und verschwanden in der großen Armschwingenmembran. Moreta vermutete, daß auch die Handschwinge zwischen Gelenk und Fingerspanten beschädigt war; hier hatten sich einige Fäden verfangen, als Dilenth ein Ausweichmanöver versuchte. Die Haut um die Stützrippen schien verhältnismäßig heil. Ob die Fingerstreben gebrochen waren, konnte sie nicht erkennen, aber sie hoffte das Gegenteil, denn falls die Handschwinge kein Wundsekret bildete, würde der Flügel vielleicht für immer steif bleiben.

Dilenths Verletzung gehörte zu den schlimmsten, die ein Drache überhaupt erleiden konnte, da sowohl die Vorderkante wie auch der hintere Saum der Armschwinge betroffen waren. In der verheilten Membran bildete sich oft verhärtetes Gewebe, das den Gleitflug des Drachen beeinträchtigte. Zuerst mußte Moreta das noch vorhandene Gewebe stützen; sie hoffte nur, daß genug übriggeblieben war, um den Heilungsprozeß in die Wege zu leiten. Dilenth war jung und konnte noch neues Gewebe bilden – aber er würde lange Zeit auf der Invalidenliste stehen.

Moreta sah Nesso in der Gruppe, die Dilenth betreute. F'duril tat sein Bestes, um den Blauen zu beruhigen, aber der Drache riß sich immer wieder von seinem Reiter los und warf den Kopf heftig hin und her.

Orlith landete dicht vor dem verwundeten Blauen. Sie hatte kaum den Boden berührt, als Moreta bereits die Kampfriemen von ihren Schenkeln löste und in die Tiefe glitt. Jungreiter liefen herbei und nahmen den Agenodrei-Tank sowie ihren Reitumhang im Empfang.

»Wo ist Rotwurz? Ich muß mir zuerst die Hände waschen.« Moreta versuchte den Lärm zu übertönen. *Orlith, bring ihn zur Ruhe!*

Die Königin bohrte ihre Blicke in die von Dilenth, und der

Drache hörte auf, sich umherzuwälzen. Der erleichterte F'duril beschwor Dilenth, tapfer zu sein, und bedankte sich im gleichen Atemzug bei Orlith und Moreta.

»Die Hälfte des Wirbels, den er veranstaltet, ist auf den Schock zurückzuführen«, sagte Moreta zu F'duril, während sie ihre Hände in einem Becken mit Rotwurz wusch. Die Lösung brannte in ihren kalten, starren Fingern.

»Die große Membran besteht nur noch aus Fetzen«, murmelte Nesso dicht neben ihr. »Wie soll das je wieder zusammenwachsen?«

»Wir werden sehen«, entgegnete Moreta knapp. Es ärgerte sie, daß Nesso die Zweifel aussprach, die sie insgeheim selbst hegte. »Du kannst mir den Ballen breiten weichen Stoffs bringen, den wir im Lager haben, dazu unsere dünnsten Ruten zum Körbeflechten. Wo stecken Declan und Maylone?«

»Declan ist bei L'rayl. Sorth wurde am Kamm von einem Fädenklumpen getroffen. Maylone ... ich weiß nicht, er behandelt irgendeinen anderen Drachen.« Nesso zappelte nervös. Sie mochte es nicht, wenn sie mehrere Dinge gleichzeitig erledigen mußte. »Mir blieb keine andere Wahl, als die verletzten Reiter der Pflege ihrer Gefährtinnen oder der Mägde zu überlassen. Oh, warum mußte ausgerechnet Berchar krank werden?«

»Das läßt sich nicht ändern. Haura wird in Kürze landen. Sie kann sich dann mit dir zusammen um die Reiter kümmern.« Moreta verdrängte ihre Ungeduld. Gefühle waren in diesem Moment ein Luxus, den sie sich nicht leisten konnte. »Besorgt mir nur den Tuchballen und die Ruten! Dann brauche ich hier dicht neben dem verwundeten Flügel meinen Arbeitstisch. Schick mir jemanden mit ruhigen Händen! Ach ja, Öl und dünnflüssige Salbe fehlen auch noch. Wenn das erledigt ist, kannst du wieder nach den Reitern sehen. Warte – mein Nadelkästchen und die Spule mit dem Wundfaden ...«

Während Nesso losrannte und nach Helfern rief, inspizierte Moreta den verletzten Flügel. Die wichtigsten Stützknochen waren zum Glück unbeschädigt. Aber man hatte soviel Betäubungssalbe aufgetragen, daß sie nicht erkennen konnte, ob sich Wundsekret bildete. Fetzen der Armschwinge hingen von den Ellbogen- und Fingergelenken. Vielleicht reichten sie zum Zusammenflicken. Jedes noch so kleine Hautstück war eine Hilfe. Sie beugte die Finger, die immer noch steif vom langen Flug durch die Kälte waren.

Dilenth wimmerte nur noch gedämpft, aber ein neuer Laut störte ihre Konzentration.

»Du weißt, daß ich von Anfang an eine böse Vorahnung hatte! Du weißt, daß uns beiden nicht wohl zumute war! Irgendwie fühlte ich, daß wir nicht richtig flogen ...« F'durils Litanei der Selbstvorwürfe erreichte Moreta. »Ich hätte einen Atemzug länger im *Dazwischen* verharren sollen! Du konntest nicht anders, Dilenth. Es ist nicht deine Schuld, sondern meine! Du hattest nicht genügend Raum zum Wenden. Und ich schickte dich zu früh zurück ins Kampfgetümmel! Es ist ganz allein meine Schuld!«

Moreta fuhr den Mann hart an, um ihn aus seiner Hysterie zu reißen. »F'duril, nun nimm dich aber zusammen! Du regst Dilenth weit mehr auf als ...« Moreta brach mitten im Satz ab. Sie hatte die Brandspuren an seiner Kleidung entdeckt. »Hat dich denn niemand versorgt, F'duril?«

»Ich flößte ihm einen Becher Wein ein, Moreta.« Ein Reiter in rußverschmierter Kampfkleidung tauchte links von Dilenth auf. »Und eben habe ich Salbenverbände geholt.«

»Dann sieh zu, daß du sie anlegst!« Moreta drehte sich gereizt um. »Wo bleibt denn Nesso? Bringt sie heute überhaupt nichts zuwege?«

»Wie schlimm steht es um Dilenth?« erkundigte sich der Reiter, während er geschickt die Reste von F'durils Reitjacke aufschlitzte. Moreta erkannte ihn nun. Es war A'dan, F'durils Weyrgefährte. Er sprach mit leiser, besorgter Stimme.

»Schlimm genug.« Sie beobachtete A'dan, der die Verbände sicher anlegte und befestigte. »Du bist sein Weyrgefährte? Hast du eine ruhige Hand?«

Ein fürsorglicher Weyrgefährte war besser als gar keine

Hilfe und für Moreta auf alle Fälle angenehmer als die jammernde Nesso mit ihren düsteren Prognosen. Die ersten Sekretperlen drangen durch die Salbe auf Dilenths Flügelrippen.

»Diese Nesso ...«

Moreta wollte eben selbst die Unteren Höhlen aufsuchen, als die dicke Küchenaufseherin in Sicht kam, beladen mit Ruten, einem Gefäß dünnflüssiger Salbe und Moretas Nadelkästchen. Hinter ihr hetzten drei Jungreiter her. Einer trug eine Waschschüssel und einen in Wherhaut gehüllten Stoffballen, der so groß war wie er selbst. Die beiden anderen schleppten einen Tisch und stellten ihn neben der verwundeten Schwinge des blauen Drachen auf.

»Oh, das wird eine Ewigkeit dauern, bis es verheilt ist ... wenn es je wieder richtig heilt!« stöhnte Nesso und schüttelte den Kopf. Dann bemerkte sie Moretas Gesichtsausdruck und ergriff die Flucht.

Moreta holte einmal tief Luft, um sich zu beruhigen, und griff dann nach dem Topf mit dem Öl. Während sie ihre Hände gegen die betäubende Wirkung der Salbe einfettete, erteilte sie A'dan und den Jungreitern ihre Befehle.

»Paß auf, D'ltan!« Sie deutete auf den Jungen mit den kräftigsten Händen. »Schneid mir Tuchbahnen ab, etwa so lang wie die Vorderkante von Dilenths Flügel. A'dan, du badest deine Hände in diesem Öl und trocknest sie gut ab! Das Ganze wiederholst du noch zweimal. Beim letztenmal tupfst du die Finger nur vorsichtig ab. Wir müssen unsere Hände oft einölen, damit die Salbe sie nicht gefühllos macht. M'barak ...« Sie deutete auf einen hochgewachsenen Jungreiter. »... du mißt Wundzwirn von dieser Länge ab ...« Sie breitete die Arme aus. »... und fädelst ihn in die Nadeln. B'greal ...« Sie wandte sich dem dritten Jungen zu. »... du reichst mit die Ruten, wenn ich es dir sage. Wascht euch aber erst mal alle die Hände in Rotwurz!

Wir stützen den Flügel von unten mit Tuch, das mit ein paar Stichen am Schwingenknochen befestigt und vom Rücken zu den Fingergelenken gespannt wird«, erklärte sie

A'dan und musterte ihn scharf, um sich zu vergewissern, daß er sie verstand. »Dann müssen wir ... wenn du dich übergeben willst, A'dan, tu es gleich! Später brauchen wir dich. Es wird für Dilenth wie auch für F'duril eine Beruhigung sein, daß du mir hilfst. F'duril weiß, daß du seinen Drachen besonders sorgsam behandelst!« Sie ließ nicht lokker, denn sie war auf seine Hilfe angewiesen. »Betrachte das Ganze nicht als Operation einer Drachenschwinge, sondern stell dir vor, du hättest eine feine Sommertunika vor dir, die geflickt werden muß! Etwas anderes machen wir nicht: Wir flicken ein feines Gewebe zusammen!«

Mit ihren eingefetteten Fingern nahm sie von einem der Jungreiter die eingefädelte Nadel mit der dünnen Spitze entgegen. Sie hoffte auf A'dans Tapferkeit. *Orlith?*

Ich kann kurz mit seinem Grünen T'grath sprechen, meinte Orlith ein wenig scharf. *Dilenth erfordert meine ganze Aufmerksamkeit, und bisher ist keine der anderen Königinnen zurückgekehrt.*

Aber bereits in der nächsten Sekunde warf A'dan entschlossen den Kopf zurück, trocknete sich die Hände und trat neben Moreta. Seine Blässe verlor sich, und seine Miene wirkte ruhig, obwohl er immer noch zwanghaft schluckte.

»Gut! Fangen wir an! Und denk daran: Wir flicken ein Gewebe zusammen, das ist alles!«

Moreta schwang sich auf den stabilen Tisch, winkte ihn neben sich und griff nach der ersten Tuchbahn. Bei den ersten Stichen entlang der Rippe zuckten Dilenth und A'dan gleichzeitig zusammen. Der Flügel war mit Betäubungssalbe bestrichen, und Orlith hatte Dilenth völlig unter mentaler Kontrolle. Der Drache konnte keinen Schmerz empfinden. Vermutlich beeinflußte A'dan die Reaktion des Tieres. Also lenkte Moreta ihn mit Befehlen ab, während sie nähte; bat ihn, hier das feine Tuch zu spannen und dort lockerzulassen.

»Jetzt befestige ich den Saum hier an der Unterseite. Zieh den Stoff nach links! Die Vorderkante des Flügels wird wulstig bleiben, das läßt sich nicht ändern ... aber wenn wir genug von der Armschwinge retten können ... So! Nimm jetzt den Salbenspachtel, A'dan, und streich das Tuch ein! Wir legen es auf die Fragmente der Armschwingen-Membran. Ganz vorsichtig ... wie bei einem hauchdünnen Stoff! M'barak, die nächste Bahn! Die Sehne hier ist arg gedehnt, aber zum Glück nicht gerissen.« *Orlith, sorg dafür, daß er nicht ständig mit dem Schwanz umherpeitscht! Jede Bewegung macht die Operation nach schwieriger.*

Moreta nahm dankbar zur Kenntnis, daß Dilenth wieder ruhiger wurde. Vermutlich war eine zweite Königin gelandet, die nun Orlith unterstützte. Einen Moment lang glaubte sie Sh'gall zu erkennen, aber er blieb nicht stehen. Sie wußte, daß dem Weyrführer dieser Aspekt des Sporenkampfes nicht sonderlich behagte.

»Als nächstes brauche ich die Ruten, B'greal! Die längste zuerst! Siehst du, A'dan, wir können sie mit Gaze befestigen und damit den schlaff herabhängenden Flügelsaum stützen. Und ich glaube, daß die Membranfragmente ausreichen. Ja, er wird wieder fliegen können, ganz bestimmt. Langsam jetzt, ganz sachte – wir breiten die Hautfetzen auf dem Gazestreifen aus. M'barak, kann ich die dünnflüssige Salbe haben? Wir tauchen die Stücke hinein, dann verkleben sie nicht mit dem Stoff ...«

Während sie mit A'dans Hilfe geduldig die Armschwingenmembran zusammensetzte, konnte sie den Weg des Fädenklumpens genau erkennen. Wären F'duril und der Blaue nur einen Atemzug früher aus dem *Dazwischen* getaucht, hätte die brodelnde Masse den Reiter getötet. Sie mußte F'duril sagen, daß er nicht mit dem Schicksal hadern durfte. Er hatte enormes Glück gehabt ...

Sie retteten mehr Segelfragmente, als Moreta ursprünglich zu hoffen gewagt hatte. Ihre Zuversicht wuchs. Nach und nach würde alles wieder zusammenwachsen, obwohl die neue Membran bestimmt lange Zeit wulstig und dick aussah; erst im Lauf der Planetenumdrehungen würde der kräftige Höhenwind das gröbere Gewebe abschleifen. Dilenth lernte sicher, mit der verhärteten Tragfläche umzugehen. Die meisten Drachen gewöhnten sich an solche Unebenheiten, sobald sie wieder zu fliegen begannen.

Dilenth wird wieder fliegen, erklärte Orlith gelassen, als Moreta von der geflickten Schwinge zurücktrat. *Du hast getan, was du konntest.*

»Orlith meint, daß die Operation geglückt ist, A'dan«, erklärte sie dem grünen Reiter mit einem erschöpften Lächeln. Sie wandte sich an die drei Jungen und nickte ihnen dankbar zu. »Ihr wart großartige Helfer. Nun müssen wir Dilenth noch zu einem der Weyr auf der Kesselsohle schaffen; dann seid ihr erlöst.«

Sie sprang vom Tisch und wäre nach vorn gekippt, wenn A'dans Hand sie nicht gestützt hätte. Sie lehnte sich einen Moment an die Tischkante. Nesso erschien und reichte ihnen Wein.

Dilenth begann mit einem Mal zu schwanken; Orlith hatte ihre strenge Kontrolle über ihn gelockert. Sofort kümmerte sich die Drachenkönigin wieder um den verwundeten Artgenossen, während Moreta nach F'duril Ausschau hielt.

»Der wird dir keine große Hilfe sein«, stellte Nesso säuerlich fest und deutete zu dem blauen Reiter hin, der ganz langsam in die Knie ging und zusammenbrach.

»Es war die Angst um Dilenth, dazu die eigene Verletzung ...«, stieß A'dan hervor und eilte dem Weyrgefährten zu Hilfe.

Dilenth stöhnte und versuchte ihren Reiter mit der Schnauze zu erreichen.

»Es ist schon gut, Dilenth«, meinte A'dan, während er F'duril umdrehte. »Er hat nur ein wenig Sand abbekommen ...«

»Und etwas mehr Wein!« murmelte M'barak, während er den beiden anderen Jungreitern zu verstehen gab, daß sie A'dan helfen sollten.

»Das Schlimmste ist jetzt überwunden!« erklärte A'dan mit gespielter Munterkeit.

»Was weiß der!« Nesso warf Moreta einen düsteren Blick zu, während der blaue Drache zu einem Felsenlager taumelte, auf einer Seite gestützt von A'dans Tigrath und K'lon und auf der anderen von Rogeth.

Es dauerte ein paar Sekunden, bis Moreta dämmerte, daß K'lon und Rogeth hier gar nichts zu suchen hatten. »K'lon ...?«

»Er meldete sich freiwillig!« sagte Nesso mit quengeliger Stimme. »Er fühlte sich wieder gut und wollte nicht tatenlos herumsitzen. Außerdem war er der einzige Reiter, der uns zur Verfügung stand.«

»Der einzige Reiter *wofür?*«

Nesso schaute an der Weyrherrin vorbei. »Es war nun mal ein Befehl, den der Weyr nicht ignorieren konnte! Eine Notlage. Er und F'neldril kamen zu dem Schluß, daß man der Trommelbotschaft Folge leisten müsse.«

»Von welcher Trommelbotschaft redest du da, Nesso?« Nun verstand Moreta Nessos Verlegenheit: Die Küchenaufseherin hatte wieder einmal ihre Kompetenzen überschritten.

»Sie benötigten dringend einen Drachenreiter, der Baron Tolocamp nach Burg Fort brachte. Auf Ruatha herrscht die Krankheit – und auf Fort noch schlimmer. Man kann doch eine Burg in so einer verzweifelten Lage nicht ohne Führung lassen!« stammelte Nesso und schielte dabei ängstlich nach Moreta. »Meister Capiam ist krank ... er muß krank sein, denn Fortine beantwortet alle Botschaften.« Nesso schnitt eine Grimasse und begann die Hände zu ringen. »Auf Igen und Ista gibt es kranke Reiter, und auf Telgar wütet die Seuche ganz besonders! Dabei gehen in zwei Tagen im Süden Sporen nieder! Ich frage dich, wer wird sie bekämpfen, wenn drei der sechs Weyr keine Reiter schicken können?«

Moreta zwang sich, ganz langsam und tief durchzuatmen; allmählich begriff sie den Kern von Nessos wirrem Geschwätz. Die Frau begann jetzt zu schluchzen – entweder weil sie Gewissensbisse spürte oder weil sie erleichtert über die Beichte war.

»Wann traf die Trommelnachricht ein?«

»Es waren zwei. Die erste kam gleich, nachdem die Geschwader aufgebrochen waren. Man verlangte nach einem Reiter, der Baron Tolocamp heimbringen könnte.« Nesso wischte sich die Augen trocken und warf Moreta flehende Blicke zu. »Curmir bestand darauf, daß wir antworten müßten.«

Nessos Geheul machte Moreta nervös. »Mir ist klar, daß du die Antwort nicht bis zu unserer Rückkehr hinausschieben konntest. Aber Curmir gab doch sicher zu verstehen, daß die Geschwader gerade gegen die Fäden ankämpften?«

»Das ... das wußten sie ohnehin. Nur ... F'neldril und K'lon waren in der Nähe ... hier ... nein, dort ...« Nesso deutete auf einen Punkt nahe den Unteren Höhlen. »... und hörten die Botschaft mit. K'lon erklärte sich sofort bereit, den Auftrag zu übernehmen. Da er die Krankheit bereits überstanden hat, ist er wohl immun dagegen. Wir mußten ihm beipflichten, daß er besser geeignet sei als F'neldril oder einer der Jungreiter.« Nesso sah sie unterwürfig an. »Wir wollten Berchar nach dem Infektionsrisiko fragen, aber S'gor ließ keinen Menschen auch nur in die Nähe des Heilers; und er selber konnte keine Auskunft geben. Hätten wir Tolocamps Bitte abschlagen sollen? Es ist doch selbstverständlich, daß er in dieser Krise die Burg nicht im Stich lassen will. Auch Curmir fand, daß es unter diesen außergewöhnlichen Umständen unsere Pflicht sei, dem Burgherrn zu helfen, selbst wenn wir dabei gegen ein Gebot des Weyrführers verstießen ...«

»Ganz zu schweigen vom Meisterheiler und seiner Quarantäneanordnung!«

»Aber Capiam befindet sich doch im Herrschaftsbereich der Burg Fort!« widersprach Nesso, als ob das ihr Handeln rechtfertigte. »Und ich denke mit Schaudern an die Dinge, die in Baron Tolocamps Abwesenheit auf Burg Fort geschehen könnten!«

Moreta dachte eher mit Schaudern an die Krankheit, die sich offenbar auch auf Ruatha ausbreitete. Außerdem hatte Nesso ihr immer noch nicht den Inhalt der zweiten Trommelbotschaft verraten.

»Wie war das mit den kranken Reitern? Kam diese Nachricht etwa unverschlüsselt?«

»Aber nein, ich bitte dich! Curmir sah den Code im Archiv nach. Wir haben noch nichts in dieser Sache unternommen; wir gaben die Botschaft auch nicht weiter, weil der entsprechende Hinweis fehlte. F'neldril und K'lon meinten, erst müßtest du davon erfahren. Allein in Telgar sind fünfundvierzig Reiter erkrankt!« Nesso preßte in einer dramatischen Geste die Hand an die Brust. »Neun davon geht es äußerst schlecht. Igen meldet zweiundzwanzig und Ista vierzehn Ausfälle.« Nesso schien die düsteren Zahlen irgendwie zu genießen.

Einundachtzig Reiter von dieser Epidemie erfaßt? Angst und Verzweiflung stiegen in Moreta auf. *Reiter krank?* Ihre Gedanken wirbelten im Kreis. Ausgerechnet jetzt, in der Zeit der Sporeneinfälle, da sämtliche Drachenreiter gebraucht wurden! Im Fort-Weyr waren dreißig Mann noch vom letzten Einsatz her und dreiunddreißig seit heute verletzt. Und bis Dilenth wieder fliegen konnte, verging sicher eine Planetenumdrehung! Warum das alles? Noch acht Umläufe bis zum Beginn des nächsten Intervalls, in dem die Sporenplage für lange Zeit gebannt war! Moreta schüttelte den Kopf. Sie hätte sich Sh'galls gestammelten Bericht von dieser Krankheit doch aufmerksamer anhören sollen, anstatt die Fakten zu verdrängen, weil sie unbequem waren. Sie wußte, daß Meister Capiam keine willkürlichen Verbote erteilte. Aber im allgemeinen waren die Reiter kerngesund und gut trainiert; wenn sie einmal erkrankten, kamen sie rasch wieder auf die Beine. Warum sollten sie in ihren abgelegenen, geräumigen Felsenweyrn eine Infektion bekommen, die in den überfüllten Burgen, Gesindestuben und Ställen wütete?

Die Vernunft sagte ihr, daß die Epidemie längst auf dem Vormarsch gewesen war, als Sh'gall ihr die Neuigkeit überbrachte. Sie selbst hatte sich vielleicht angesteckt, als sie in ihrem Wunsch, Alessan zu beeindrucken, das kranke Tier untersuchte! Aber wie hatte irgend jemand die Gefahr ahnen können? Zu dem Zeitpunkt, da Talpan den Zusammenhang zwischen der Seuche und dem Reiseweg der gefangenen Raubkatze erkannte, hatte sie vermutlich gerade die Rennen auf Ruatha beobachtet.

Dich trifft keine Schuld, vernahm sie die zärtlichen Gedanken Orliths. *Es war dein Recht, das Fest zu genießen.*

»Sollen wir etwas wegen der anderen Weyr unternehmen, Moreta?« fragte Nesso. Sie hatte zu flennen aufgehört, aber sie rang immer noch die Hände, eine unentschlossene Geste, die Moreta nicht weniger nervte als vorher die Tränen.

»Ist Sh'gall schon heimgekommen?«

»Er war kurz da, machte sich aber gleich auf die Suche nach Leri. Er schien wütend.«

Orlith?

Sie sind beschäftigt, aber ihnen fehlt nichts weiter.

»Nesso, hast du ihm die Trommelbotschaften ausgerichtet?«

Nesso warf Moreta einen verzweifelten Blick zu und schüttelte dann den Kopf. »Er war einfach nicht lange genug da – ehrlich, Moreta!«

»Ich verstehe.« Moreta wußte, daß Nesso dem Weyrführer nie und nimmer eine so niederschmetternde Nachricht überbringen würde, selbst wenn ihr eine halbe Ewigkeit zur Verfügung gestanden hätte. Also mußte sie selbst Sh'gall informieren – ein Gespräch, das sicher neue Bitterkeit hervorrief, und dies an einem Tag, da sie beide vor Sorgen nicht mehr ein und aus wußten. »Wie geht es Sorth?«

»Oh, ich glaube, das haben wir geschafft«, erklärte Nesso begeistert. Sie schien froh, daß Moreta das Thema wechselte. »Er ist hier drüben. Ich dachte mir schon, daß du einen Blick auf meine Arbeit werfen würdest.«

Die Spätnachmittagssonne spiegelte sich am Zahnfelsen des Fort-Weyrs, und Moreta kniff die Augen zusammen, als sie mit den Blicken Nessos ausgestrecktem Arm folgte. Die Behandlung von Dilenths Flügel hatte weit länger gedauert, als ihr zu Bewußtsein gekommen war.

Noch liegt dein Schlaffelsen in der Sonne, Orlith. Du solltest nach dem harten Kampf und dem Ritt im Dazwischen *die Wärme genießen.*

Du bist auch müde. Wann legst du eine Ruhepause ein?

Wenn ich das Wichtigste erledigt habe, entgegnete Moreta. Die Fürsorge ihrer Königin tröstete sie. Moreta knetete ihre Fingerkuppen; an manchen Stellen war Salbe durch den Ölfilm gedrungen und hatte die Haut gefühllos gemacht. Sie tauchte beide Hände in Rotwurzlösung und trocknete sie gründlich mit einem Tuch ab, das Nesso ihr reichte.

Ein blauer Drache wimmerte auf seinem Felsensims; besorgt schaute Moreta auf.

»Sein Reiter hat sich die Schulter gebrochen.« Nesso schniefte. »Ein zerrissener Reitgurt ...«

Ein anderer blauer Reiter fiel Moreta ein. *Orlith, der Junge – ist er noch in diesem Felsental?*

Nein. Es hatten sich keine Sporen eingegraben. Er meldete sich beim Ausbilder zurück. Der Mann war erstaunt, daß du ein halbes Kind solchen Gefahren aussetzt!

Das Kerlchen wäre in viel größere Gefahren geraten, wenn er weiter so verwegene Flugmanöver veranstaltet hätte! Ich werde mal ein paar ernste Worte mit dem Ausbilder sprechen müssen – nicht nur wegen des Jungen! Sie wandte sich an Nesso und sagte laut: »Sehen wir uns Sorth an!«

»Er ist schon alt. Ich bezweifle, daß seine Wunde rasch verheilt.« Nesso versuchte mit aller Gewalt, wieder Gnade vor Moretas Augen zu finden, aber im Grunde verstand sie wenig von Drachenverletzungen – noch weniger als von der Verwaltung eines Weyrs.

Doch Moreta war inzwischen zu dem Schluß gekommen, daß sie wohl ebenfalls jemanden losgeschickt hätte, der Baron Tolocamp heimbrachte. Fort brauchte seinen Burgherrn, und auf Ruatha war er sicher ein unbequemer Gast. Flüchtig kam ihr der Gedanke, daß auf Ruatha vermutlich noch niemand krank war, sonst hätte Alessan nicht zugelassen, daß Tolocamp die Quarantäne brach.

Sorth hatte eine Wunde an der Vorderkante der Handschwinge davongetragen; der Knochen war dicht hinter dem Gelenk durchtrennt. L'rayl äußerte sich begeistert über Declans Geschick bei der Behandlung und bezog hastig Nesso in sein Lob ein, als er ihre wütenden Blicke bemerkte. Moreta sah, daß der Knochen ordentlich geschient und die Brandwunde mit Salbe bestrichen war.

»Eine böse Verletzung«, stellte sie fest, als Sorth vorsichtig die Schwinge senkte.

»Etwas näher am Gelenk, und er könnte die Flügelspitze nicht mehr bewegen«, erklärte L'rayl betont sachlich. Der Mann hatte die Angewohnheit, nach jedem Satz die Zähne zusammenzubeißen, als wollte er seine Worte abhacken, ehe sie jemanden kränkten.

»Ein Bad im See wird die Schwellung abklingen lassen. Aber er soll damit bis morgen warten; dann hat sich bereits eine Sekretkruste gebildet!« meinte Moreta und legte dem alten braunen Reiter beruhigend eine Hand auf die Schulter.

»Sorth sagt, daß er sich schon darauf freut«, entgegnete L'rayl nach einer Pause. »Das Wasser wird den Flügel tragen und die Schmerzen lindern.« Der Alte schien hin und her gerissen zwischen Sorge und Bewunderung. Unvermittelt wandte er sich ab und streichelte die Schnauze seines Gefährten.

»Wie viele Reiter wurden insgesamt verletzt?« fragte sie Nesso, als sie sich dem Krankentrakt zuwandten. Bei einundachtzig Ausfällen in den anderen Weyrn mußte Fort vielleicht in die Bresche springen.

»Mehr als nötig.« Nesso hatte ihre bissige Art wiedergewonnen.

Die Küchenaufseherin blieb ihr hartnäckig auf den Fersen, als sie einen kurzen Besuch im Lazarett machte. Da die meisten der verwundeten Reiter halb betäubt von Fellissaft waren oder bereits schliefen, wandte sich die Weyrherrin bald wieder zum Gehen. Aber Nesso ließ sich immer noch nicht abschütteln.

»Moreta, du mußt jetzt etwas von meinem ausgezeichneten Stew essen: Das wird dir guttun!«

Moreta hatte keinen Hunger. Sie wußte, daß Nessos Vorschlag vernünftig war, aber sie hätte lieber erst nach der Rückkehr von Sh'gall und Leri gegessen. In einem Anflug von Bosheit überquerte sie die Kesselsohle zu den Unteren Höhlen mit so schnellen Schritten, daß die Küchenaufseherin laufen mußte, um sie wieder einzuholen. Verärgert über diese kindische Regung ließ es Moreta stumm zu, daß Nesso ihr eine mächtige Portion auf den Teller häufte und eigenhändig dicke Brotscheiben vom Laib schnitt. Zum Glück kam in diesem Moment ein Jungreiter in den Speisesaal gehetzt und erklärte, daß Tellani Nesso *sofort* brauchte.

»Aha, das Kind kommt! Sie hatte bereits zu Beginn des Sporenregens die ersten Wehen.« Nesso hob die Arme und Blicke resigniert zum Himmel. »Obwohl wir vermutlich nie erfahren werden, wer der Vater war. Tellani weiß es nicht ...«

»Nun, irgendwelche Erbmerkmale gibt es immer. Grüße Tellani von mir und wünsch ihr alles Gute!«

Insgeheim dankte die Weyrherrin Tellani, daß sie ausgerechnet diesen Zeitpunkt für die Entbindung gewählt hatte. Nesso ließ sie endlich in Ruhe, und eine Geburt kurz nach einem Fädeneinfall galt als gutes Omen. Ein wenig Glück konnte der Weyr im Moment gebrauchen. Und wenn es ein Junge war, stießen sich die Drachenreiter wohl kaum an der ungeklärten Vaterschaft. Dennoch mußte sie ein ernstes Wort mit Tellani reden. Es war doch nicht so schwer, sich zu merken, mit wem man das Lager teilte – obwohl Tellani natürlich außergewöhnlich hübsch und begehrt war. Vielleicht sollte man Tellanis Kinder in anderen Weyrn aufziehen lassen, um das Risiko der Blutsverwandtschaft möglichst gering zu halten.

Es war leichter, an eine bevorstehende Geburt zu denken, als sich den müden Kopf mit den anderen unlösbaren Problemen zu zerbrechen: kranke Reiter; ein Meisterheiler, der keine Botschaften mehr unterzeichnete; ein Reiter und ein Harfner, die gegen den Befehl ihres Weyrführers handelten;

ein verwundeter Drache, der monatelang an den Weyr gefesselt sein würde; und ein kranker Heiler, der womöglich starb ...

Malth sagt, daß Berchar sehr schwach ist. S'gor macht sich große Sorgen, meldete Orlith verschlafen. *Wir sind zu dem Schluß gekommen, daß die Frau einen Sohn zur Welt bringen wird,* fuhr Orlith fort. Moreta war erstaunt. Orlith benutzte sehr selten den Plural; offenbar bezog sie sich auf andere Drachen.

Ich danke dir, meine Schöne! Moreta barg das Gesicht in den Händen, damit niemand in der Höhle die Tränen in ihren Augen sah. Orlith wußte, daß sie gerade jetzt Ablenkung von ihren Sorgen brauchte. Und wieder einmal empfand sie tiefe Dankbarkeit, daß die Königin unter allen Mädchen in der Brutstätte ausgerechnet sie, die Nachzüglerin, gewählt hatte!

»Moreta?«

Verwirrt schaute Moreta auf. Vor ihrem Tisch standen Curmir, K'lon und F'neldril und warteten respektvoll.

»*Ich* hatte darauf bestanden, Baron Tolocamp zu fliegen«, erklärte K'lon mit fester Stimme. Er hatte das Kinn vorgeschoben, und seine Augen glänzten. »Du könntest vielleicht sagen, daß ich von Sh'galls Quarantäne-Befehl nichts gehört hatte, da Rogeth und ich während meiner Erkrankung in einem Weyr an der Kesselsohle untergebracht waren.« K'lon blinzelte Moreta zu, eine Geste, die sie bei jedem anderen Reiter empört hätte. Aber sie wußte, daß der im Weyr ergraute Mann nicht sonderlich erbaut gewesen war, als Kadith bei Orliths Paarungsflug den Sieg davontrug und der in seinen Augen viel zu junge Sh'gall die Rolle von L'mal übernahm. K'lons Abneigung hatte sich noch verstärkt, als Sh'gall ihm offen zu verstehen gab, daß er seine Bindung zu dem grünen Igen-Reiter A'murry mißbilligte.

Moreta versuchte ernst zu bleiben, merkte aber an Curmirs Miene, daß ihr das nicht ganz gelang.

»Du hast dich an die Tradition gehalten.« Soviel Spielraum mußte sie ihm gewähren. »Der Burgherr von Fort hat ein Recht darauf, von Reitern unseres Weyrs befördert zu werden. Hast du seine Familie heimgebracht?«

»Nein, obwohl Rogeth durchaus bereit war, es zu tun. Aber Lady Pendra entschied, daß sie und ihre Töchter die Quarantäne nicht brechen könnten.«

Wieder fing Moreta Curmirs Blick auf; der Harfner wußte ebenso wie alle anderen hier im Westen, weshalb Lady Pendra die Quarantäne nicht brechen wollte. Moreta empfand großes Mitleid für Alessan. Nicht nur die Töchter von Baron Tolocamp – auch alle anderen heiratsbesessenen Schönen saßen auf Ruatha fest!

»Lady Pendra meinte, daß sie die vier Tage ausharren würde.«

»Ob vier Tage oder vier Planetenumläufe«, spöttelte F'neldril, »das verbessert weder ihre Gesichter noch ihre Chancen!«

»Hast du Meister Capiam gesehen, K'lon?«

In K'lons Zügen spiegelten sich jetzt Ärger und gekränkter Stolz. »Nein, Moreta. Baron Tolocamp befahl mir, ihn im Vorhof der Burg abzusetzen, und das tat ich. Gleich darauf holten ihn Baron Campen, Meister Fortine und noch ein paar Männer zu einer wichtigen Besprechung ab. Mir verwehrte man den Zutritt zu den Hauptgebäuden, angeblich um mich vor der Ansteckung zu schützen! Sie hörten mir gar nicht zu, als ich erklärte, daß ich die Krankheit bereits überstanden hätte.«

Ehe Moreta antworten konnte, hörte man das laute Trompeten des Wachdrachen. Sh'gall und sein Geschwader kehrten endlich heim. Noch während sich die Weyrherrin hastig erhob, sah sie die Staubwolken, die bei der Landung der Tiere vom Boden aufstiegen.

Alle sind heil und gesund, berichtete Orlith. *Kadith meint, der Sporenregen sei ohne weitere Zwischenfälle zu Ende gegangen. Aber Sh'gall ist wütend, weil ihn kaum Bodentrupps unterstützten.*

»Keine Bodentrupps!« erklärte sie den Männern an ihrer Seite warnend.

Sh'gall kam durch den Staub direkt auf Moreta zu. In einigem Abstand folgten die Reiter seines Geschwaders, während die Drachen sich zu ihren Felsensimsen in der Höhe begaben. Die Miene des Weyrführers wirkte so drohend, daß K'lon, Curmir und F'neldril taktvoll beiseite traten.

»Crom hat keine Bodentrupps geschickt!« schrie Sh'gall und feuerte Handschuhe, Helm und Schutzbrille so heftig auf einen der Tische, daß ein Teil der Sachen zu Boden schlitterte. »Nabol kam mit zwei Mannschaften an, aber erst nachdem Leri dem Baron ernste Folgen angedroht hatte! Dabei hat die Krankheit weder Crom noch Nabol erreicht. Faule, dumme, starrköpfige Gebirgler! Sie benutzen diese Seuche als Ausrede, um sich vor ihren Pflichten zu drücken. Wenn unser Weyr ausrückt, um die Fäden zu bekämpfen, dann sollen sie gefälligst auch ihren Teil beitragen! Und ich werde mich mit Meister Capiam unterhalten müssen! Diese ständigen Trommelbotschaften machen uns die Burg- und Hofbesitzer kopfscheu.«

»Wir haben eine neue Unglücksnachricht«, begann Moreta. Es war jetzt nicht die Zeit, ihm die Dinge schonend beizubringen. »Unter den Reitern von Igen und Telgar gibt es viele Kranke. Möglicherweise können die Weyr ihre Pflichten nicht wie sonst erfüllen.«

»*Unser* Weyr wird kämpfen, solange ich etwas zu sagen habe!« Sh'gall funkelte sie an, als hätte sie ihm widersprochen. Dann wirbelte er herum und wandte sich den Leuten zu, die an den Tischen des Speisesaals saßen. »Habe ich mich klar genug für alle ausgedrückt? Der Fort-Weyr tut seine Pflicht!«

Seine Rede wurde von einem Laut überlagert, den jeder Reiter fürchtete: dem schrillen, nervenzerrenden Kreischen von Drachen, das den Tod eines Artgenossen verkündete.

Ch'mon, der Bronzereiter von Igen, war am Fieber gestorben, und sein Drache Helith hatte sich gleich darauf ins *Dazwischen* gestürzt. Es war der erste von zwei Todesfällen in Igen; im Lauf des Abends ereigneten sich in Telgar fünf weitere. Der Fort-Weyr befand sich in einem Schockzustand.

Leichenblaß schleppte Sh'gall den Harfner mit in die Turmstube und gab ihm den Befehl, in der Heilerhalle nach dem jüngsten Stand der Dinge zu fragen. Curmir leitete die Botschaft mit dem Trommelcode für ›äußerst dringend‹ ein. Die Aufregung des Weyrführers steigerte sich noch, als er von Fortine erfuhr, daß die Epidemie inzwischen den gesamten Kontinent erfaßt hatte. Als Medikamente empfahlen sie fiebersenkende, aber keine schweißtreibenden Mittel, kleine Dosen von Akonit bei Herzbeschwerden, Weidensalz oder Fellissaft gegen Kopfschmerzen sowie Schwarzwurz, Tussilago oder sonstige Hausmittel gegen den Husten. Sh'gall ließ von Curmir eine persönliche Stellungnahme des Meisterheilers anfordern. Die Heilerhalle bestätigte zwar den Eingang der Nachricht, aber es folgte keine Antwort.

»Seid ihr sicher, daß K'lon diese Krankheit hatte?« fragte er, während er zurück zu den Unteren Höhlen stürmte. Seine Stimme überschlug sich vor Erregung, und er funkelte den blauen Reiter so wütend an, daß der entsetzt zurückwich. »Womit hat ihn Berchar behandelt?« Er schoß auf Moreta zu und blieb drohend vor ihr stehen. »Weißt du, welche Mittel K'lon bekam?«

»Nach S'gors Worten genau diejenigen, die Meister Fortine vorschlägt. *Und K'lon ist wieder gesund!*«

»Aber Ch'mon starb!«

Irgendwie schien er ihr die Schuld daran zu geben.

»Die Krankheit hat uns im Griff, Sh'gall«, entgegnete Moreta und sammelte Kraft aus jener inneren Quelle, die Orlith hieß. »Was immer wir jetzt reden oder tun – an dieser Tatsache kommen wir nicht vorbei. Niemand verlangte von uns, an diesen Festen teilzunehmen.« Sie merkte, daß einige der umstehenden Reiter nickten. »Aber die meisten von uns genossen den Tag.«

»Und das hier ist dabei herausgekommen!« Sh'galls Körper zitterte vor Wut.

»Wir können das Geschehene nicht rückgängig machen, Sh'gall. Nur – K'lon überlebte die Seuche, so wie wir heute den Kampf gegen die Sporen überlebten und wie die Drachenreiter seit dem Wiedererscheinen des Roten Sterns jeden Kampf gegen die Sporen überlebten; so wie wir alle Naturkatastrophen überlebten, die uns seit der Großen Überfahrt heimsuchten!« Sie lächelte müde. »Offenbar sind wir doch ein zäher Schlag, sonst wäre Pern schon längst unser Untergang gewesen!«

Weyrvolk und Reiter atmeten bei Moretas Worten zaghaft auf; Sh'gall jedoch warf ihr einen langen, zornerfüllten Blick zu und verließ stumm die Unteren Höhlen.

Die Begegnung hatte Moreta aus dem Gleichgewicht gebracht. Ihre – und Orliths – Energie war bis zum letzten Funken aufgezehrt, und es fiel ihr schwer, sich auf den Beinen zu halten. Zitternd griff sie nach der Stuhllehne. Die Schwäche hatte nicht nur mit Sh'galls Zorn zu tun, sondern mit der bitteren, nicht mehr zu umgehenden Erkenntnis, daß sie allem Anschein nach das nächste Opfer dieser Epidemie im Weyr wurde. Ihr Kopf schmerzte, aber nicht so wie sonst nach einer längeren Anspannung oder der Konzentration beim Operieren verletzter Drachenschwingen.

Dir geht es nicht gut, bestätigte Orlith ihre Eigendiagnose.

Das Zeug steckt vermutlich in mir, seit ich diesem Renner zu Hilfe eilte, entgegnete Moreta. *L'mal warnte mich stets, daß die Renner noch einmal mein Untergang sein würden.*

Du bist zwar krank, aber von Untergang kann nicht die Rede sein, stellte Orlith trocken fest. *Komm jetzt in den Weyr und ruh dich aus!*

»Curmir!« Moreta winkte den Harfner näher. »Angesichts von Berchars Erkrankung halte ich es für notwendig, daß wir noch einen Heiler von der Gildenhalle anfordern. Einen Meister ... und zumindest noch einen Gesellen!«

Curmir nickte langsam und warf ihr einen langen prüfenden Blick zu.

»S'peren soll für Dilenth eine Halteschlinge anfertigen. Wir können nicht verlangen, daß T'grath den verletzten Flügel stützt, bis die Membran heilt. So große Opfer führen nur zu Zwist unter Weyrgefährten.« Moreta erhob sich mühsam und setzte vorsichtig einen Fuß vor den anderen, um ihrem Kopf jede Erschütterung zu ersparen. Noch nie hatten Schmerzen sie so unvermittelt und heftig überfallen. Vor ihren Augen war ein Flimmern. »Ich denke, das ist im Moment alles. Ich habe einen harten Tag hinter mir und fühle mich kaputt.«

Curmir bot ihr seinen Arm, aber sie wehrte mit einer leichten Geste ab und verließ langsam die Unteren Höhlen.

Ohne Orliths Zuspruch hätte Moreta es wohl nicht geschafft, die Weyrsohle zu überqueren; sie fröstelte in der plötzlichen Kühle der Nachtluft, und der Weg schien sich endlos hinzudehnen. Auf der Treppe mußte sie sich mehrmals gegen die innere Felswand lehnen.

»Hat es dich also erwischt!« sagte Leri unvermutet. Die alte Frau saß auf den Stufen vor Moretas Weyr; ihre Hände ruhten auf dem Knauf ihres Gehstocks.

»Komm nicht näher!«

»Ich werde mich hüten. Aber Orlith bat mich um Hilfe. Jetzt verstehe ich, warum. Sieh zu, daß du ins Bett kommst!« Leri schwang ihren Stock. »Ich habe alle Medikamente abgemessen und bereitgestellt, die auf Fortines Liste genannt sind. Weidensalz, Akonit, Federfarn ... ach ja, und der Wein enthält einen Schuß Fellissaft aus meinen Privatvorräten. Da siehst du, welche Opfer ich für dich bringe! Los, du schaffst es! Tragen kann ich dich nicht. Ich habe heute schon genug für diesen Weyr geleistet.«

Leris trockener Humor gab Moreta die Kraft, die letzten paar Stufen zu erklimmen und in den Korridor ihres Weyrs zu wanken. An seinem Ende schimmerten Orliths Augen wie zwei große gelbe Räder. Einen Moment blieb sie stehen und schöpfte Atem. Ihre Schläfen pochten unerträglich.

»Ich nehme an, die Leute in den Unteren Höhlen wissen nicht, daß du krank bist.«

»Curmir ahnt es wohl, aber er wird schweigen.«

»Vernünftig von dir – angesichts der Schreckensbotschaft von Igen! Sie schafft es, Orlith!« Dann schwenkte Leri wütend den Stock. »Nein, du hilfst ihr nicht. Du würdest mit deinem aufgeblähten Bauch höchstens im Korridor steckenbleiben. Beeil dich, Moreta! Ich kann nicht die ganze Nacht auf dieser zugigen Treppe verbringen. Ich brauche meinen Schlaf. Morgen bekomme ich sicher jede Menge Arbeit.«

»Danke. Ich hatte gehofft, daß du meine Aufgaben übernehmen würdest.«

»So verkalkt bin ich noch nicht, daß ich Nesso nach Belieben schalten und walten lasse! Ich wünsche dir gute Besserung, Moreta!« Leris Stimme klang mit einem Mal sanft und leise. Sie richtete sich mühsam auf.

Orlith kam bis an den Korridor und streckte die Schnauze aus, so daß Moreta sich festhalten konnte, als sie die Felsenkammer durchquerte. Orlith sandte beinahe greifbare Wogen von Zuneigung, Mitgefühl und Trost aus. Dann war Moreta in ihrem Schlafgemach; sie heftete den Blick fest auf die Medikamente, die auf dem Tisch bereitstanden. Insgeheim segnete sie Leri. Sie wußte, wie schwer es der alten Frau fiel, die Treppen nach oben zu steigen. Moreta trank den mit Fellissaft vermischten Wein in einem Zug und schnitt eine Grimasse, als sie den bitteren Nachgeschmack spürte. Wie konnte Leri das Zeug den ganzen Tag schlukken? Ohne sich auszuziehen, schlüpfte Moreta unter die Felldecke und bettete den Kopf ganz langsam auf das Kissen.

Kapitel IX

Heilerhalle, 13. 3. 43; Kuppenfels-Konferenz und Fort-Weyr, 14. 3. 43; Heilerhalle, 15. 3. 43

Capiam konnte nicht weiterschlafen, obwohl er sich am liebsten wieder in seine verrückten Fieberträume verkrochen hätte, weil sie leichter zu ertragen waren als das Elend, das die Rückkehr ins Bewußtsein brachte. Etwas drängte sich in sein verschwommenes Denken und zwang ihn zum Erwachen. Etwas, das er unbedingt erledigen mußte. Etwas, das keinen Aufschub duldete. Er öffnete mühsam die verquollenen, klebrigen Lider und richtete den Blick auf die Uhr. Es war neun. »Ach so ... Zeit für meine Medizin!«

Ein Heiler konnte seine Berufsgewohnheiten offenbar nicht einmal dann abschütteln, wenn er selbst krank war. Er stützte sich auf einen Ellbogen und wollte das Pergament heranziehen, auf dem er den Krankheitsverlauf festhielt, aber ein Hustenreiz kratzte ihn wie mit winzigen Messern in der Kehle und ließ sich nicht unterdrücken. Diese Anfälle, die seinen ganzen Körper schüttelten, schwächten Capiam noch mehr als die Kopfschmerzen, das Fieber und die bleierne Gliederschwere.

Ganz vorsichtig, um nur ja keinen neuen Anfall hervorzurufen, zog er die Notizen auf sein Bett und tastete nach seinem Schreibgerät.

»Erst der dritte Tag?« Seine Krankheit schien jede einzelne Stunde zu einer Ewigkeit des Leidens auszudehnen. Zum Glück war der Tag schon zu drei Vierteln vorbei.

Es tröstete Capiam kaum, daß sein Fieber nachgelassen hatte und die rasenden Kopfschmerzen zu einem dumpfen, aber erträglichen Pochen abgeflaut waren. Er legte die Finger der Rechten leicht auf die Schlagader des linken Handgelenks. Der Puls war immer noch schneller als normal, aber doch wesentlich ruhiger. Capiam trug den Wert ein und fügte eine Beschreibung des harten, trockenen Hustens an. Wie auf dieses Stichwort hin schüttelte ihn der nächste Anfall. Er krümmte sich zusammen und zog die Knie bis ans Kinn, um die Muskelkrämpfe zu lindern, die den Husten begleiteten. Schließlich lag er schweißgebadet und erschöpft da; erst nach geraumer Zeit brachte er die Energie auf, seine Weidensalz-Dosis zu nehmen.

Er mußte sich ein neues Mittel gegen diesen Husten überlegen. Was unterdrückte die Krampfanfälle wohl am ehesten? Er fuhr sich über die schmerzende Kehle. Die Luftröhre brannte und fühlte sich völlig wund an.

»Demütigend ist das!« murmelte er heiser. Und er schwor sich, in Zukunft den Kranken, zu denen er gerufen wurde, mehr Mitgefühl entgegenzubringen.

Die Trommeln begannen zu dröhnen, und ihre Botschaft verwirrte ihn: Baron Tolocamp sandte sein Beileid an die Weyrführer von Telgar und Igen. Was tat der Erbbaron eigentlich auf Burg Fort? Hätte er nicht auf Ruatha die Quarantäne abwarten sollen? Und wie viele Tote ...? Capiam begann erneut zu husten, und so entgingen ihm die Namen der Opfer. *Tote Reiter;* Pern konnte es sich nicht leisten, auch nur einen Drachenreiter zu verlieren!

Warum hatte man ihn nicht früher zu Rate gezogen? Wenn in einer einzigen Meerburg neun Menschen erkrankten, war das doch außergewöhnlich genug, um wenigstens einen Bericht an die Heilerhalle zu entsenden! Aber er hegte selbst Zweifel, ob er die Bedeutung einer solchen Botschaft richtig eingeschätzt hätte.

»Capiam?« wisperte Desdra.

»Ich bin wach.« Seine Stimme war ein heiseres Krächzen.

»Dann hast du die Trommelbotschaft gehört?«

»Zum Teil ...«

»Deiner Miene nach zu schließen, war es der falsche Teil.«

»Komm nicht näher! Wie viele Reiter starben?«

»Fünfzehn in Igen, zwei in Ista und acht in Telgar. Das ist der augenblickliche Stand.«

Capiam wußte nicht, was er darauf antworten sollte.

»Und wie viele sind krank?« seine Stimme schwankte.

»Eine ganze Reihe befindet sich auf dem Wege der Besserung«, entgegnete Desdra betont forsch. »Neunzehn in Igen, vierzehn in Ista, zwei in Fort ... sie alle scheinen die Epidemie überstanden zu haben.«

»Und in den Burgen, Höfen und Gilden?« Er hatte Angst vor ihrer Antwort und ballte die Finger kraftlos zu Fäusten.

»Im Moment führt Fortine die Heilerhalle. Boranda und Tirone unterstützen ihn dabei.« Capiam erkannte an ihrem Tonfall, daß er ihr keine weiteren Informationen entlocken würde.

»Was suchst du eigentlich in meinem Zimmer?« fragte er gereizt. »Du weißt ...«

»Ich weiß, daß du das Husten-Stadium erreicht hast. Ich bringe dir einen Saft, der die Anfälle lindert.«

»Woher weißt du, was ich in meinem Falle verschreiben würde?«

»Der Narr, der sich selbst behandelt, hat nur einen Narren als Patienten.«

Capiam wollte über ihre Antwort lachen, aber der Versuch endete mit einem schmerzhaften Hustenanfall; als er vorbei war, rollten dem Meisterheiler Tränen über die Wangen.

»Ein schönes Gemisch aus Schwarzwurz, Süßstoffen und etwas Salbenkraut, um die wunde Luftröhre zu betäuben. Es müßte den Hustenreiz dämpfen.« Sie stellte den dampfenden Krug auf seinen Tisch und zog sich mit ein paar schnellen Schritten an die Tür zurück.

»Du bist eine tapfere, mitleidige Seele, Desdra«, meinte er, ohne auf ihr sarkastisches Nasenrümpfen zu achten.

»Das täuscht – ich handle durchaus mit der nötigen Feigheit. Wenn es irgendwie geht, möchte ich mir nämlich die Qualen ersparen, die du durchgemacht hast.«

»Bin ich so ein schwieriger Patient?« fragte Capiam trostbedürftig. Er nippte an dem Gebräu.

Desdra zuckte mit den Schultern.

»Ich nehme an, daß sich bis jetzt keine Hinweis auf diese seltsame Krankheit in den Archiven gefunden hat.«

»Meister Tirone bezieht sämtliche Lehrlinge, Gesellen und Meister in die Suche mit ein. Sie gehen die Aufzeichnungen der letzten zweihundert Planetenumläufe um jeweils ein Jahrzehnt zurück ...«

Capiam stöhnte und mußte erneut husten, bis ihm jeder Knochen im Leib weh tat. Er hörte Desdra in seinem Medizinschrank kramen.

»Ich habe hier eine aromatische Salbe gesehen. Vielleicht hilft es, wenn du sie auf die Brust reibst. Den Saft hast du zum Großteil verschüttet.«

»Wirf her! Ich reibe mich selbst ein!«

»Ich hatte gar nicht die Absicht, mich zu opfern. Pfui! Das räumt deine Nase bis zur Stirnhöhle hinauf frei!«

»Völlig unnötig.« Capiam konnte die scharfe Salbe bis ans Bett riechen. Merkwürdig, wie empfindlich der Geruchssinn bei dieser Krankheit reagierte! Erschöpft von dem letzten Hustenanfall, ließ er sich in die Kissen sinken.

»Spürst du neben dem Husten auch eine starke Müdigkeit?«

»Starke Müdigkeit?« Capiam lächelte gequält. »Totale Erschöpfung! Mein Körper ist wie Blei. Und so geschwächt, daß ich nicht einmal einen Krug heben kann, ohne die Hälfte des Inhaltes zu verschütten! Ich war noch nie im Leben so entsetzlich geschafft ...«

»Oh, dann hast du das Schlimmste dieser Krankheit hinter dir!«

»Wie tröstlich!« Seine Energie reichte gerade noch für Sarkasmus.

»Wenn ...« Sie betonte das erste Wort. »... deine Aufzeichnungen stimmen, müßte es dir ab morgen besser gehen. Das heißt, falls wir es schaffen, dich hier im Bett festzuhalten und Zweitinfektionen zu vermeiden.«

Das Weidensalz begann zu wirken. Er spürte ein leises Summen im Kopf. Eben wollte er Desdra ein Kompliment über ihren Hustensaft machen, da erschütterte ihn der nächste Anfall.

»Mit der frohen Kunde lasse ich dich jetzt allein«, meinte Desdra, winkte ihm zu und verließ den Raum.

Capiam preßte beide Hände gegen die wunde Kehle.

Er hoffte von ganzem Herzen, daß Desdra vorsichtig war. Er wollte auf gar keinen Fall, daß sie die Krankheit bekam. Warum hatten diese verdammten Seeleute das Katzenvieh nicht absaufen lassen? Neugier hatte schon immer ins Verderben geführt.

Kuppenfels-Konferenz, 14. 3. 43

In den Ebenen von Keroon, weitab von jeder menschlichen Siedlung, hatte ein Erdbeben in grauer Vorzeit einen Granitbuckel aufgeschoben. Der auffallende Kuppenfels diente den Jungreitern oft als Orientierungshilfe bei ihren Übungsflügen. Nun aber wurde er zum Schauplatz einer ungewöhnlichen Begegnung: Die Weyrführer von Pern trafen sich, um über das Geschick des Planeten zu beraten.

Die mächtigen Bronzedrachen landeten beinahe gleichzeitig und bildeten einen großen Kreis an der Südflanke des Felsens. Die Reiter stiegen ab und gingen zögernd noch etwas näher an den Kuppenfels heran, bis K'dren von Benden, den der Humor auch in harten Zeiten nie verließ, zu lachen begann.

»Keiner von uns wäre hier, wenn er die Krankheit hätte«, meinte er und nickte S'peren zu, der an Sh'galls Stelle gekommen war.

»Zu viele hatten sie bereits«, entgegnete L'bol von Igen. Seine Augen waren vom Weinen gerötet.

M'tani von Telgar blickte nur zu Boden und ballte die Hände zu Fäusten.

»Wir haben euren Schmerz geteilt«, antwortete S'ligar vom Hochland mit großem Ernst und verneigte sich vor L'bol und M'tani sowie vor F'gal von Ista. Die beiden anderen Bronzereiter murmelten ebenfalls ihr Beileid. »Heute aber versammeln wir uns hier, um Notmaßnahmen zu besprechen, die wir den Trommeln nicht anvertrauen können und die unsere Königinnen nicht übermitteln«, fuhr S'ligar fort. Da er der älteste unter den Anwesenden war, übernahm er stillschweigend die Leitung der Konferenz. Er überragte die anderen Drachenreiter um Haupteslänge; seinen breiten Schultern und dem mächtigen Brustkasten sah man die Kraft an, die in dem Mann steckte. Aber er hatte ein ungemein sanftes Wesen und nutzte seine Körpergröße nie aus, um andere einzuschüchtern. »Wie unsere Weyrherrinnen ganz richtig feststellten, wäre es unklug, die Zahl der Kranken und der Todesopfer in unseren Weyrn offen zu verkünden. Im Moment herrscht einfach zuviel Angst und Entsetzen. Und die Bewohner der Burgen leiden noch stärker als wir.«

»Das ist kein Trost!« fauchte F'gal. »Wie oft versuchte ich Baron Fitatric davon zu überzeugen, daß die Übervölkerung von Burg und Handwerkerhütten schlimme Folgen haben könnte!«

»Keiner von uns dachte dabei an *so etwas*«, warf K'dren ein. »Andererseits: Wer befahl *uns*, dieses fremdartige Tier aus dem Süden zu begaffen ... oder gleich zwei Feste an einem Tag zu besuchen?«

»Genug, K'dren!« unterbrach ihn S'ligar. »Ursache und Wirkung spielen nun keine Rolle mehr. Wir haben uns hier eingefunden, um zu beraten, wie die Drachenreiter ihre Pflicht am besten erfüllen können.«

»Die Pflicht verliert ihren Sinn, S'ligar!« stieß L'bol hervor. »Sollen wir leere Gehöfte gegen die Fäden schützen? Sollen wir unsere Haut und die der Drachen in Gefahr bringen, um *ein Nichts* zu verteidigen? Wir schaffen es nicht einmal, uns gegen diese Pest zu wehren!« L'bols Drache summte und streckte dem gequälten Reiter seinen großen flachen Kopf tröstend entgegen. Die anderen Bronzedrachen fielen ein. L'bol wischte sich die Tränen von den Wangen.

»Wir werden die Fäden bekämpfen, weil das der einzige Dienst ist, den wir den Kranken in Burgen und Höfen erweisen können. Sie sollen keine Angst vor dem Sporeneinfall aus der Tiefe des Raumes haben«, sagte S'ligar mit seiner tiefen, sanften Stimme. »Wir kämpfen nun schon zu lange um diese Welt, als daß wir sie einer unsichtbaren Gefahr wegen den Parasiten des Roten Sterns überlassen dürften! Diese Krankheit, mag sie sich noch so schnell ausbreiten und noch so heftig gegen uns wenden, sie wird uns nicht bezwingen! Haben wir nicht seit Hunderten von Planetenumläufen den Sieg gegen die Fäden errungen? Jede Krankheit läßt sich mit Medikamenten bekämpfen. Wir werden sie ausrotten, so wie wir eines Tages die Fäden am Ort ihres Entstehens ausrotten werden!«

»K'lon, der Reiter von Rogeth, hat die Epidemie überwunden«, erklärte S'peren in die Stille, die S'ligars Worten folgte. »Und er berichtet, daß sich auch Meister Capiam auf dem Wege der Besserung befindet ...«

»Zwei!« schleuderte L'bol ihm verächtlich entgegen. »Ich habe auf Igen fünfzehn Tote und einhundertvierzig Kranke! Manche Höfe im Osten melden sich nicht mehr, wenn man ihren Trommelcode anschlägt. Ich mag nicht daran denken, wie es in den Siedlungen aussieht, die kein eigenes Nachrichtensystem besitzen und deshalb nicht kundtun können, wie es ihnen ergangen ist.«

»Capiam auf dem Wege der Besserung?« S'ligar klammerte sich an diese Hoffnung. »Er ist der Mann, der diese Epidemie am ehesten in den Griff bekommt! Und es gibt sicher mehr als zwei Leute, die überlebt haben. Aus Keroon ertönen immer noch die Trommeln, obwohl dort die Pest am härtesten zuschlug. Im Hochland-Weyr und im Fort-Weyr gibt es zwar Krankheitsfälle, aber die Burgen von Tillek, Hochland, Nabol und Crom blieben verschont.« S'ligar heftete seine Blicke fest auf L'bol. »Es sind nur noch sieben Planetenumläufe bis zum Abzug des Roten Sterns. Mein Leben war geprägt von der Geißel der Sporen!« Plötzlich straffte er die Schultern und setzte eine strenge Miene auf. »Glaubt ihr, ich habe fünfzehn Planetenumdrehungen lang als Drachenreiter gekämpft, um dann vor einem obskuren Fieber klein beizugeben?«

»Das gleiche gilt für mich«, erklärte K'dren. Er trat einen Schritt auf den Weyrführer des Hochlands zu. »Ich habe Kuzuth geschworen, daß wir die Plage des Roten Sterns heil und gesund überstehen würden.« K'drens Tonfall wurde schärfer. »Morgen fallen Fäden über Keroon, und es ist die Pflicht *aller* Weyr, sie zu bekämpfen. Benden kann zwölf Geschwader zur Verfügung stellen.«

»Igen hat selbst acht!« Zorn überlagerte L'bols Verzagtheit, und er starrte K'dren trotzig an. Timeth trompetete laut los, richtete sich auf und breitete die Schwingen aus. Die übrigen Bronzedrachen stimmten verwirrt in den Angriffsschrei ein und spreizten ebenfalls die Flügel. »Igen wird bereit sein.«

»Das bezweifelt niemand«, erklärte S'ligar besänftigend und hob den Arm zu einer Geste des Zuspruchs. »Aber wir wissen auch, wie viele Igen-Reiter krank sind. Der Kampf gegen die Sporen ist, wie K'dren schon sagte, zu einer Aufgabe für *alle* Weyr geworden. Und wir werden jeweils unsere kräftigsten und gesündesten Reiter schicken. Solange diese Epidemie herrscht, müssen die Weyr zusammenstehen. Es ist wichtig, daß die Geschwader vollzählig antreten, da uns in manchen Gebieten keine Bodentrupps zur Verfügung stehen.«

S'ligar holte eine Pergamentrolle aus seiner Tasche. Sie bestand aus fünf Streifen, die der Weyrführer in den Sand legte und mit der Fußspitze den übrigen Bronzereitern entgegenschob.

»Hier sind die Namen meiner Geschwaderführer und ihrer Stellvertreter. Den Königinnen fällt es offensichtlich schwer, diese Dinge zu übermitteln. Ich habe meine Reiter in der Reihenfolge ihrer Tüchtigkeit aufgeführt. Sollte mir etwas zustoßen, so schlage ich B'lerion als meinen Nachfolger vor.« Ein Lächeln huschte über die Züge des Hochland-Führers. »Falga ist damit voll und ganz einverstanden.«

K'dren lachte dröhnend. »Hat nicht *sie* ihn vorgeschlagen?«

S'ligar warf K'dren einen Blick zu, in dem ein leiser Vorwurf zu erkennen war. »Ein wirklich kluger Weyrführer kommt den Gedanken seiner Weyrherrin zuvor.«

»Genug!« fauchte M'tani. Die dunklen Augen unter den dichten schwarzen Brauen blitzten ärgerlich. Er warf seine Listen neben die von S'ligar. »T'grel bildet sich schon immer ein, daß er ein guter Anführer ist. Und er machte mich darauf aufmerksam, daß er keines der beiden Feste besucht hatte ... also muß ich ihn wohl oder übel für seine Tugend belohnen.«

»Du hast Glück«, meinte K'dren trocken. Er legte auch seine Listen in den Sand. »L'vin, W'ter und H'grave aus meinem Weyr besuchten leider beide Feste. Deshalb schlage ich M'gent vor. Er ist zwar noch jung, scheint aber ein außergewöhnliches Talent im Umgang mit anderen Reitern zu entwickeln. Er war nicht auf den Festen.«

F'gal schien sich nur ungern von seinen Aufstellungen zu trennen. »Es steht alles Nötige darauf«, erklärte er schließlich müde und ließ sie zu Boden sinken.

»Leri hat mich vorgeschlagen«, meinte S'peren achselzuckend. »Obwohl Sh'gall das vermutlich rückgängig machen wird, sobald es ihm wieder besser geht. Er hatte hohes Fieber, als uns die Kunde von der Konferenz erreichte, und so stellte Leri die Listen zusammen.«

»Leri kennt sich aus.« K'dren nickte. Er bückte sich, nahm die fünf Streifen auf, legte sie aufeinander und rollte sie ein. »Hoffen wir, daß die Dinger in meinem Weyr verstauben können!« Er schob die Unterlagen in seine Tasche. »Aber ich empfinde es als Trost, daß wir diese Bestandsaufnahme machen und die künftigen Pläne besprechen konnten.«

»Das erspart eine Menge unnötiger Sorgen«, pflichtete S'ligar ihm bei und hob ebenfalls fünf der Streifen auf. »Ich schlage außerdem vor, daß wir ganze Geschwader als Ersatz entsenden und keine Einzelreiter – denn die meisten Leute sind an ihren Verband und an ihren Geschwaderführer gewöhnt.«

Die anderen nickten.

»Was mich beunruhigt«, meinte L'bol und starrte düster auf die Listen in seiner Hand, »ist die Tatsache, daß wir kaum von Bodentrupps unterstützt werden.«

K'dren winkte ab. »Die Königinnen haben bereits beschlossen, daß sie diese Aufgabe übernehmen. Sie werden sich – sofern sie gerade flugfähig sind – bei jedem Sporeneinfall bereithalten.«

»Von wem stammte der Vorschlag, Jungreiter für diese Arbeit einzusetzen?« erkundigte sich M'tani.

»Wir werden vielleicht auf sie zurückgreifen müssen«, meinte S'ligar.

»Jungreiter haben niemals die Umsicht, die ...«, begann M'tani.

»Das kommt ganz auf ihren Ausbilder an«, warf K'dren ein.

»Die Königinnen werden die Jungreiter ein wenig im Auge behalten«, sagte S'ligar rasch, ehe M'tani auf den Gedanken kam, K'drens Bemerkung als persönlichen Angriff aufzufassen. »Welche andere Möglichkeit habe wir denn, wenn sämtliche Bodenmannschaften ausfallen?«

»Hm, ich kenne keinen Jungreiter, der einer Königin den Gehorsam verweigern würde«, gab F'gal zu.

»S'peren, wer führt den Fort-Weyr, nachdem nun auch Moreta erkrankt ist? Kamiana?«

»Nein, Leri.« S'peren blickte besorgt in die Runde. »Schließlich ist sie mit dieser Aufgabe am besten vertraut.«

Die Weyrführer murmelten erstaunt.

»Wenn eine der übrigen Königinnenreiterinnen ihr den Entschluß ausreden könnte, wären wir alle erleichtert.« S'peren zeigte offen, daß er mit der Entscheidung nicht einverstanden war. »Leri hat ihre Pflichten gegenüber dem Weyr mehr als erfüllt. Andererseits weiß sie, wie man die Drachenreiter führt. Die Leute vertrauen ihr, und das ist wichtig, nun da sowohl Sh'gall wie Moreta krank sind.«

»Wie geht es Moreta?« erkundigte sich S'ligar.

»Leri meinte, daß Orlith nicht sonderlich beunruhigt wirkt. Die Königin wird jetzt bald die Brutstätte aufsuchen, um ihre Eier zu legen. Da ist es fast gut, daß Moreta an den Weyr gefesselt ist. Wie ich sie kenne, wäre sie per Renner über das Land geritten.«

M'tani schüttelte den Kopf. »Jetzt eine Königin zu verlieren: welche Katastrophe! Die Krankheit schlägt so schnell und unvermittelt zu, daß die Drachen gar nicht begreifen, was geschieht. Und wenn ihre Reiter tot sind, stürzen sie sich ins *Dazwischen*.« Er biß die Zähne zusammen und schluckte. Die anderen Reiter schauten taktvoll über seine Tränen hinweg.

»In Kürze wird Orlith ihre Eier legen und die Brutstätte nicht mehr verlassen«, sagte S'ligar sanft. »S'peren, habt ihr genug Kandidaten im Fort-Weyr?«

S'peren schüttelte den Kopf. »Wir dachten, es bliebe uns noch eine halbe Ewigkeit bis zur Suche ...«

»Seht euch die Jungen und Mädchen, die ihr von außerhalb in den Weyr bringt, ganz genau an!« riet L'bol dumpf.

»Wenn es soweit ist, könnte der Hochland-Weyr mit ein paar vielversprechenden jungen Leuten aushelfen, die garantiert gesund sind. Vielleicht schließen sich die übrigen Weyr an.« Die Männer im Kreis murmelten zustimmend. »Würdest du das Leri ausrichten?«

»Der Fort-Weyr nimmt euer Angebot dankbar zur Kenntnis.«

L'bol wandte sich ungeduldig seinem Drachen zu. »Dann wären wir also fertig?«

»Einen Augenblick. Wenn wir schon hier versammelt sind, würde ich gern noch ein Thema anschneiden, das ich für sehr wichtig halte.« S'ligar hakte die Daumen in seinen Gürtel. »Ich weiß, daß einige unter uns daran denken, den Süd-Kontinent zu erforschen, sobald der Rote Stern weitergewandert ist ...«

»Nach diesem Unheil?« L'bol starrte S'ligar ungläubig an.

»Eben. Die Alten haben uns in ihren Schriften eine Menge

Wissen überliefert. Aber solange wir keine wirksame Waffe gegen derartige Epidemien kennen, muß der Süden tabu bleiben!« S'ligar durchschnitt mit einer scharfen Handbewegung die Luft und warf dann dem Weyrführer von Benden einen forschenden Blick zu.

»Ein sehr vernünftiger Gedanke!« stellte K'dren fest.

M'tani nickte kurz und wandte sich an S'peren.

»Ich kann natürlich nicht für Sh'gall sprechen, aber ich nehme an, daß der Fort-Weyr dieser Entscheidung voll zustimmen wird.«

»Seid versichert, daß von *meinem* Weyr niemand den Südkontinent betritt!« erklärte F'gal mit lauter, mühsam beherrschter Stimme.

»Gut, dann ist auch diese Angelegenheit geklärt. Die Königin-Reiterinnen werden beraten, wie viele Geschwader die Weyr jeweils für einen Fädeneinfall abstellen. Die Listen besitzen wir ja.« S'ligar schwenkte seine Pergamentrolle. »Ich wünsche euch einen guten Heimflug. Mögen die Weyr ...« Er unterbrach sich. Offenbar war ihm jetzt erst zu Bewußtsein gekommen, daß der traditionelle Abschiedsgruß im Moment etwas unpassend klang.

»Die Weyr *werden* gedeihen, S'ligar!« K'dren lächelte den Hünen zuversichtlich an. »Sie werden gedeihen wie früher!«

Die Bronzereiter gingen zu ihren Tieren und schwangen sich mit der Leichtigkeit und Eleganz langer Übung auf die Nacken ihrer Gefährten. Nahezu gleichzeitig schnellten die sechs Drachen in die Lüfte und verschwanden nach einigen kräftigen Flügelschlägen im *Dazwischen*.

Fort-Weyr, 14. 3. 43

Etwa zur gleichen Zeit, da sich die Bronzereiter am Kuppenfels trafen, entdeckte Capiam, daß er für seinen Husten nur den richtigen Zeitpunkt wählen mußte, um einen Teil der hereinkommenden, noch schmerzlicheren Botschaften zu versäumen. Selbst nachdem das Dröhnen der großen

Trommeln im Turm verstummt war, hallten die Kadenzen in seinem Kopf nach und verdrängten den Schlaf, nach dem er sich so sehr sehnte. Nicht daß er im Schlaf Erholung fand! Er fühlte sich meist völlig zerschlagen, wenn er nach kurzem Einnicken wieder erwachte. Und die Alpträume! Das hellgefleckte Biest mit seinen Büschelohren, das einen ahnungslosen Kontinent mit Krankheitskeimen verseucht hatte, würde ihn wohl bis in alle Ewigkeit verfolgen. Und die Ironie des Schicksals war, daß vermutlich die Alten selbst das Werkzeug erschaffen hatten, das nun ihre Nachkommen auszurotten drohte.

Wenn nur die Seeleute das Katzentier auf seinem Baumstamm in der Östlichen Strömung hätten treiben lassen! Wenn es nur auf dem Schiff verdurstet oder an Erschöpfung eingegangen wäre, ehe es all die Menschen auf dem Festland anstecken konnte! Wenn nur die Leute nicht so verdammt erpicht darauf gewesen wären, sich nach der Langeweile des Winters zu zerstreuen! Wenn! Wenn! Wenn! Wenn Wünsche Drachen wären, könnte ganz Pern fliegen ...

Und wenn er selbst nur einen Funken Energie aufbrächte, wäre ihm vielleicht ein Mittel in den Sinn gekommen, das die Krankheit linderte oder gar heilte. Ganz sicher hatten auch die Alten gegen Epidemien zu kämpfen gehabt. In den ältesten Schriften fanden sich in der Tat Abschnitte, in denen sie sich rühmten, daß sie die Krankheiten, welche die Menschheit vor der Großen Überfahrt heimgesucht hatten, auf Pern gänzlich ausgerottet hatten (für Capiam übrigens ein Beweis dafür, daß es zwei Überfahrten gegeben hatte und nicht nur eine, wie viele Leute – einschließlich Tirone – behaupteten.) Die Alten hatten bei jener ersten Überfahrt viele Tiere mitgebracht: das Pferd, von dem der Renner abstammte; das Rind als Vorfahr der Herdentiere; dazu kleine eierlegende Haustiere, Hunde und eine kleine Abart dieses verdammten Katzentiers, das sich nun als Seuchenüberträger erwiesen hatte. Die Geschöpfe (so stand es in den Aufzeichnungen) hatten die Reise vom Ursprungsplaneten der

Alten in Embryoform mitgemacht. Das bedeutete, daß die Alten von einer anderen *Welt* als Pern stammten – nicht nur von einem anderen *Kontinent.* Die zweite Überfahrt war dann jene von Süd nach Nord gewesen. Vermutlich hatten die Ahnen die Flucht vor den Krankheitskeimen ergriffen, überlegte Capiam bitter. Hätten die Alten nicht wenigstens für kurze Zeit ihre Eigenlobhymnen unterbrechen und näher beschreiben können, *wie* sie die Epidemien besiegt hatten? Was nützte das Wissen um ihren Erfolg, wenn man den Weg zum Erfolg nicht kannte?

Capiam zerrte mit kraftlosen Fingern an den Felldecken. Sie stanken, weil man sie eine Ewigkeit nicht mehr gelüftet hatte. Aber er wagte nicht, sein Zimmer zu verlassen. Was hatte Desdra gesagt? *Wenn man eine Krankheit nicht heilen kann, muß man sie eben ertragen ...*

Aber er *war* Heiler. Er würde zuerst sich selbst heilen und damit den anderen beweisen, daß man diese elende Krankheit durchaus überwinden konnte. Er mußte nur seine Logik und seine ganze Willenskraft einsetzen, um das Problem zu lösen. Wie auf dieses Stichwort hin schüttelte ihn ein neuer Hustenkrampf. Als er sich einigermaßen erholt hatte, griff er nach dem Sirup, den Desdra auf das Nachtkästchen gestellt hatte. Warum kam sie nicht und kümmerte sich um ihn?

Fortine war insgesamt dreimal erschienen und hatte ihn vom Korridor aus in verschiedenen Dingen um Rat gefragt. Capiam konnte sich nicht mehr entsinnen, worum es gegangen war. Er hoffte, daß er vernünftige Entscheidungen getroffen hatte. Auch Tirone hatte bei ihm vorbeigeschaut, wohl weniger, um ihn zu trösten, als vielmehr, um sich davon zu überzeugen, daß er noch am Leben war.

Die Burg selbst und die Gildehallen in ihrem Bereich waren von der Epidemie verschont geblieben, obwohl man Heiler – Meister, Gesellen und Lehrlinge – in die Krankheitsregionen entsandt hatte. Dagegen meldeten vier Gutsbesitzer und zwei Pflanzer nahe der Küste Opfer.

Der Sirup erwies sich als wohltuend für seine wunde

Kehle. Wenn die Krankheit bei ihm den gleichen Verlauf nahm wie bei den anderen, dann mußte der Husten bald nachlassen. Und falls er sich keine Lungenentzündung oder Bronchitis zuzog, würde er bald wieder auf dem Damm sein.

K'lon, der blaue Reiter vom Fort-Weyr, war wieder vollkommen gesund. Capiam hoffte, daß der Mann in der Tat an der Epidemie und nicht an irgendeiner schweren Erkältung gelitten hatte; diese Hoffnung wurde durch die Tatsache gestützt, daß K'lon einen engen Freund im Igen-Weyr hatte, wo die Seuche besonders heftig wütete, und daß Berchar, der Heiler des Fort-Weyrs, ebenso erkrankt war wie der grüne Reiter, mit dem er sein Lager teilte. Capiam versuchte sich von dem schmerzhaften Gedanken abzulenken, daß auch Drachenreiter unter den Opfern waren. *Drachenreiter konnten einfach nicht sterben.* Noch waren acht Planetenumläufe bis zum Abzug des Roten Sterns zu überstehen. Es gab Hunderte von Pulvern, Wurzeln, Rinden und Kräutern, um die Krankheit auf Pern zu bekämpfen; aber die Anzahl der Drachen und Reiter war eng begrenzt.

Warum kam Desdra nicht mit einer ihrer hochgepriesenen Kraftbrühen? Er sehnte sich weniger nach der Suppe als nach dem Gespräch mit ihr, denn die langen Stunden, die er allein in seinem Zimmer verbrachte, verführten ihn nur zum Grübeln. Er wußte, daß er dankbar für die Abgeschiedenheit seines Raumes sein sollte, denn sie reduzierte die Gefahr einer Zweitinfektion auf ein Minimum, aber ihm fehlte einfach die Gesellschaft. Dann aber dachte er an die überfüllten Krankenräume der Burgen, und ihm kam in den Sinn, daß die armen Menschen, die dort dahinsiechten, sicher gern mit ihm getauscht hätten.

Capiam empfand keine Schadenfreude bei dem Gedanken, daß er die Barone seit langem vor der Übervölkerung ihrer Burgen gewarnt hatte. Im Gegenteil, es schmerzte ihn, daß er recht behalten hatte. Aber warum litten auch die Drachenreiter an dieser Epidemie? Sie hatten geräumige Unterkünfte, waren abgehärtet und erwiesen sich gegen viele der kleinen Leiden, die der einfachen Bevölkerung zu schaffen machten, als immun. Igen, Keroon und Ista – diese Weyr hatten direkten Kontakt mit der exotischen Katze gehabt. Und die Reiter der Fort-, Hochland- und Benden-Weyr hatten die Feste besucht. Beinahe jeder Drachenreiter hatte somit Zeit und Gelegenheit gefunden, sich anzustecken.

Capiam machte sich schwere Vorwürfe, daß er Sh'gall gebeten hatte, ihn von Süd-Boll zurück nach Fort zu bringen. Andererseits hatte Sh'gall Baron Ratoshigan eigens nach Ista geflogen, weil sie dort das seltene Geschöpf besichtigen wollten. Das war ein paar Stunden vor seiner beunruhigenden Konferenz mit dem jungen Tierheiler Talpan gewesen. Erst nach seinem Besuch in Süd-Boll und dem Anblick von Baron Ratoshigans kranken Rennknechten war Capiam klar geworden, wie kurz die Inkubationszeit der Krankheit war und wie heimtückisch sie um sich griff. Die Sorge um das Wohl von Pern hatte ihn bewogen, auf schnellstem Weg in die Heilerhalle zurückzukehren – und der schnellste Weg war eben immer noch der Flug mit einem Drachenreiter. Sh'gall hatte sich angesteckt, aber, so sagte Capiam sich vor, er war jung und kräftig. Auch Ratoshigan war erkrankt, eine Tatsache, die Capiam beinahe als eine Art ausgleichende Gerechtigkeit empfand. Bei der Vielzahl menschlicher Charaktere war es einfach nicht möglich, alle Leute zu mögen. Capiam mochte Ratoshigan nicht; aber er sollte eigentlich keine Schadenfreude darüber empfinden, daß der Mann nun Seite an Seite mit seinen Knechten litt.

Wieder einmal schwor sich Capiam, mehr Toleranz und Verständnis für die Kranken aufzubringen, wenn er sich erholt hatte. Wenn! Jawohl, *wenn* und nicht *falls!* Falls ... das klang so mutlos. Wie hatten die vielen tausend Patienten, die er in seiner langen Laufbahn als Heiler betreut hatte, die langen Stunden der Seelenerforschung überstanden? Capiam seufzte und spürte, daß sich in seinen Augenwinkeln Tränen sammelten: ein weiterer Beweis seiner entsetzlichen Schlaffheit. Wann würde er endlich wieder die Kraft zu konstruktivem Denken und Nachforschen aufbringen?

Es mußte eine Antwort geben, eine Lösung, eine Heilmethode, eine Therapie, eine Abhilfe, ein Mittel. Irgend etwas gab es ... irgendwo. Wenn es den Alten gelungen war, unvorstellbare Entfernungen zu überbrücken und aus gefrorenen Samen oder Embryos Tiere zu züchten, Drachen nach dem Muster der legendären Feuer-Echsen zu entwickeln, dann mußten sie auch in der Lage gewesen sein, Bakterien oder Viren zu bekämpfen, die sie selbst oder diese Tiere bedrohten. Es konnte nur eine Frage der Zeit sein, versicherte Capiam seinem müden Gehirn, bis man die entsprechenden Hinweise entdeckte. Fortine hatte die Aufzeichnungen durchforschen lassen, die in den Archivhöhlen gestapelt lagen. Als er dann seine Leute in die Burgen und Höfe schikken mußte, um die überarbeiteten Gildegefährten abzulösen, hatte Tirone großmütig seine Harfner für diese Aufgabe zur Verfügung gestellt. Die Harfner waren allerdings Laien auf dem Gebiet der Heilkunde, und wenn sie nun einen wichtigen Satz übersahen, weil sie die Bedeutung nicht erkannten oder falsch einschätzten ... Aber so gefährliche Dinge wie eine Epidemie wurden doch sicher nicht in einem einzigen Satz abgehandelt ...

Wann kam endlich Desdra mit der Suppe, damit er aufhörte, sich das Gehirn zu zermartern? »Hör auf zu jammern!« Seine Stimme war ein heiseres Krächzen, das ihn selbst erschreckte. »Du benimmst dich wie ein grämlicher alter Mann! Dabei bist du am Leben! Wenn man eine Krankheit nicht heilen kann, muß man sie ertragen ... sich an sie gewöhnen ...«

Wieder drangen die Trommeln wie Hämmer in seine Gedanken. Die Botschaft kam von Keroon. Sie brauchten Medikamente. Heiler Gorby meldete, daß seine Vorräte an Borrago und Akonit zur Neige gingen, daß er große Mengen Tussilago für die Bronchitis-Kranken und Stechpalme gegen Lungenentzündungen benötigte.

Neue Furcht durchzuckte Capiam. Bei diesem unvorhergesehenen Bedarf an Arzneien gingen der Apotheke in der Heilerhalle sicher bald die Rohstoffe aus. Die Zuchtbetriebe von Keroon, die viel mit Tierkrankheiten zu tun hatten, mußten eigentlich selbst in der Lage sein, sich zu versorgen. Aber Verzweiflung erfaßte ihn, wenn er an die kleineren Höfe dachte. Dort hatte man vermutlich nur ein paar Allerweltsmittel zur Hand, heimische Kräuter und Rinden, die man gelegentlich gegen Heilpflanzen aus anderen Gebieten tauschte ... Welche noch so tüchtige Hausfrau würde sich mit Vorräten eindecken, die für eine Epidemie reichten?

Dazu kam, daß die Krankheit während der kalten Jahreszeit zugeschlagen hatte. Die meisten Arzneipflanzen pflückte man während der Blüte, wenn sie ihre Heilkraft am stärksten entfalteten. Die Wurzeln und Knollen dagegen sammelte man im Herbst. Frühlingsblüte und Herbsternte waren so fern ...

Capiam wälzte sich auf seinem Lager hin und her. Wo blieb Desdra? Wie lange mußte er hier noch allein ausharren?

»Capiam?« Desdras ruhige Stimme durchbrach sein Selbstmitleid. »Noch etwas Suppe?«

»Desdra! Diese Botschaft von Keroon ...«

»Als ob es nur *ein* Fiebermittel gäbe! Fortine hat eine lange Liste von Ersatzmedikamenten zusammengestellt.« Desdra schien wütend auf Gorby. »Da wären Eschenrinde, Buchsbaum und Thymus, neben Borrago und Federfarn. Vielleicht erweist sich eine dieser Arzneien sogar als Lösung unseres Problems. Semment vom Großen Gutshof beispielsweise glaubt, daß Thymus bei Lungenleiden besser als alles andere wirkt. Meister Fortine schwört auf Federfarn, eine Pflanze, die man zu jeder Jahreszeit und überall findet. Wie geht es dir übrigens?«

»Elend. Ich kann nicht einmal die Hände hochheben.« Er versuchte seine Schwäche zu demonstrieren.

»Die Müdigkeit ist Teil dieser Krankheit. Du hast die Symptome selbst niedergeschrieben. Wenn man eine Krankheit nicht heilen kann ...«

Er nahm seine letzte Kraft zusammen und warf mit dem Kissen nach ihr. Es plumpste einen Meter neben dem Bett zu Boden. Lachend hob Desdra das Wurfgeschoß auf und legte es wieder an seinen Platz.

»Zumindest dein Temperament zeigt eine Aufwärtstendenz. Nun trink die Suppe!« Sie stellte die Kraftbrühe auf dem Tisch ab.

»Sind auf Fort alle gesund?«

»Alle, ja. Sogar der pompöse Tolocamp, der sich in seinen Privaträumen verbarrikadiert hat. Ich fürchte nur, der Kerl holt sich eine Lungenentzündung, weil er ständig am Fenster steht und seine Wachen kontrolliert.« Desdra grinste boshaft. »Er hat Boten im Hof stationiert. Ihnen wirft er Zettel zu, auf denen er die säumigen Posten beschimpft. Nicht einmal eine Tunnelschlange würde seiner Aufmerksamkeit entgehen.« Ein spöttisches Lächeln kräuselte ihre Lippen. »Meister Tirone mußte ein ernstes Wort mit ihm reden, ehe er überhaupt ein Lazarett auf seinem Gelände errichten ließ. Der Baron befürchtete, daß dies eine willkommene Ausrede für seine Untertanen sein würde, sich auf seine Kosten durchfüttern und pflegen zu lassen. Tirone ist unheimlich wütend auf Tolocamp. Er möchte seine Harfner aussenden, aber der Burgherr verweigert ihnen die Rückkehr. Der Mann läßt sich nicht davon überzeugen, daß die Harfner einer Infektion aus dem Wege gehen können. Er sieht die Epidemie als eine Art Nebel, der aus den Wiesen, Bächen und Felsspalten aufsteigt und alles einhüllt ...«

Desdra versuchte ihn wohl aufzuheitern, denn im allgemeinen war sie nicht klatschsüchtig.

»Ich hatte doch eine Quarantäne angeordnet!«

Desdra zog die Nase kraus. »Stimmt! Tolocamp überrumpelte Alessans Bruder, als der junge Burgherr krank wurde. Seitdem klagt er ununterbrochen, daß er seine geliebte Gemahlin und die zarten Töchter in den Fängen der Epidemie auf Ruatha zurücklassen mußte!« Desdra schüttelte den Kopf. »Als ob er oder Lady Pendra das nicht absichtlich getan hätten! Die jungen Damen rissen sich darum, Alessan zu pflegen.«

»Wie ist die Lage im Fort-Weyr und auf Ruatha?«

»K'lon berichtet, daß es Moreta den Umständen entsprechend gut geht. Berchar leidet vermutlich an einer Lungenentzündung, und neunzehn Reiter – einschließlich Sh'gall – sind an ihre Lager gefesselt. Ruatha scheint besonders hart betroffen. Fortine hat Freiwillige auf die Burg geschickt. Aber jetzt trink deine Suppe, ehe sie kalt wird! Ich habe unten eine Menge zu tun und kann hier nicht ewig herumstehen.«

Capiam merkte, daß seine Hand stark zitterte, als er den Becher nahm.

»Und sowas wirft mit Kissen!« stellte Desdra trocken fest.

Er hob das Gefäß mit beiden Händen an die Lippen, ohne einen Tropfen zu verschütten. »Was hast du da hineingemischt?« fragte er nach dem ersten Schluck.

»Eine Prise von diesem und eine Spur von jenem. Ich möchte ein paar Stärkungsmittel ausprobieren. Wenn sie bei dir anschlagen, mache ich einen ganzen Bottich von dem Gebräu.«

»Es schmeckt miserabel.«

»Aber es ist nahrhaft. Beeil dich!«

»Ich ersticke an dem Zeug!«

»Wenn du jetzt nicht trinkst, hole ich Nerikla, Tolocamps dürre, langbeinige Tochter! Sie wartet nur darauf, dich pflegen zu dürfen.«

Capiam fluchte, aber er trank den Becher leer.

»So, das klingt schon sehr viel besser«, meinte sie lachend und zog die Tür hinter sich zu.

»Glaubst du vielleicht, mir gefällt es?« erkundigte sich Leri bei S'peren. »Aber alte Drachen besitzen ein gutes Gleitvermögen. Deshalb fliegen Holth und ich bei Fädeneinfall auch immer noch im Königinnengeschwader mit.« Leri tätschelte liebevoll Holths Flanke. »Es sind vor allem die Finger- und Ellbogengelenke, die verhärten, so daß in der Flügelspitze kein Gefühl mehr für waghalsige Flugmanöver ist. Das Gleiten dagegen erfolgt aus dem Schultergelenk. Kostet kaum Mühe bei unseren Windverhältnissen. Warum mußte es zu allem anderen so verdammt kalt werden? Regen ließe sich leichter ertragen und wäre der Jahreszeit besser angemessen.« Leri zog den Fellumhang enger um die Schultern. »Ich möchte den Jungreitern diese Routinearbeiten nicht anvertrauen. Die wollen immer nur große Taten vollbringen – wie der junge T'ragel, der damals auf dem Bergkamm Millimeter neben Moreta landete. Hm, L'bol geht es also nicht sehr gut?«

»Er hat zwei Söhne verloren.« S'peren schüttelte traurig den Kopf, ehe er einen Schluck von dem Wein nahm, den Leri ihm vorgesetzt hatte. S'peren weilte gern bei Leri, um ihr Bericht zu erstatten. Das erinnerte ihn an die Zeit, da L'mal auf Fort geherrscht und er selbst viele Stunden in diesem Weyr verbracht hatte. Er wartete unterbewußt darauf, L'mals kräftige Gestalt auftauchen zu sehen und seinen herzlichen Gruß zu vernehmen. L'mal hatte es verstanden, seine Leute selbst in schlimmen Zeiten zu trösten und zu ermutigen. Nun, wenigstens war Leri da, klug und aufmerksam wie eh und je. »Könnte Igen acht volle Geschwader stellen?«

»Was?« Leri warf ihm einen erstaunten Blick zu. »Vermutlich nicht. Torenth übermittelte Holth, daß die eine Hälfte der Weyrbewohner krank ist und der Rest zumindest krank wirkt. Die verdammte Neugier ... und dazu die viele Sonne da unten! Macht die Kerle träge und brennt ihnen den letzten Verstand aus den Köpfen! Gingen natürlich alle hin, um das Wundertier anzugaffen! Und merken jetzt erst, daß sie einen viel zu hohen Eintrittspreis gezahlt haben.« Sie las aufmerksam die Listen, die S'peren ihr überreicht hatte. »Tut mir leid, von den Namen ist mir kaum einer bekannt. Die müssen alle neu sein. Als L'mal noch lebte, wußte ich genau, wie die Reiter und ihre Drachen hießen.«

»S'ligar erkundigte sich, wie es Moreta geht.«

»Hat wohl Angst um Orlith und ihre Eier?« Leri schaute den Bronzereiter über die Listen hinweg prüfend an.

S'peren nickte. »S'ligar hat uns Kandidaten angeboten, für den Fall ...«

»Das war auch seine verdammte Pflicht!« Als Leri S'perens Gesichtsausdruck bemerkte, lächelte sie. »Ich will sagen, es war nett von ihm, daß er daran dachte. Besonders da Orlith im Moment die einzige Königin mit einem Gelege ist ...« Über Leris Züge huschte ein etwas boshaftes Lächeln.

S'peren nickte noch einmal. Aus diesem Blickwinkel hatte er die Sache noch nicht betrachtet. Es warf ein neues Licht auf S'ligars rührende Besorgnis um Moreta und Orlith.

»Nur keine Panik, S'peren! Moreta geht es gut. Orlith ist ständig bei ihr, und jeder im Fort-Weyr weiß, daß sich die Königin darauf versteht, Trost zu spenden.«

»Ich dachte, das träfe nur auf verwundete Drachen zu.«

»Glaubst du im Ernst, Orlith würde ihre Weyrgefährtin und Reiterin im Stich lassen? Selbstverständlich kümmert sie sich um Moreta. Von unserer Drachenkönigin könnten alle Weyr etwas lernen. Würde mich nicht wundern, wenn Moreta ein paar tiefgreifende Änderungen vornimmt, sobald sie wieder gesund ist ... und sobald Orlith erneut zum Paarungsflug aufsteigt.« Leri blinzelte S'peren zu. »Das Mädchen muß ihrer Königin endlich zu verstehen geben, welche Partner sie bevorzugt.«

S'peren verbarg nur mühsam sein Erstaunen über Leris direkte Worte. Natürlich waren sie alte Freunde, und sie hatte das Gefühl, in seiner Gegenwart offen sprechen zu können. Er nahm rasch einen Schluck Wein. Was versuchte Leri da anzudeuten? Er mochte Moreta sehr gern. Sie hatte im letzten Planetenumlauf die schlimm zugerichtete Flanke von Clioth geheilt. Und Clioth war natürlich auch zum Paarungsflug aufgestiegen. Aber S'peren war seltsam erleichtert gewesen, als Clioth zurückkam, ohne den Sieg errungen zu haben, trotz seiner freundschaftlichen Gefühle für Moreta und trotz des natürlichen Wunsches, Clioth als besten Bronzedrachen des Fort-Weyrs zu sehen. Andererseits hatte er Sh'galls Fähigkeiten als Geschwader- und Weyrführer nie in Frage gestellt. Der Mann besaß einen unheimlichen Instinkt dafür, wann einen Drachen die Kräfte verließen oder wann sein Flammenatem nicht mehr ausreichte; er sah auch genau, welcher Reiter sich nicht mutig genug den Fäden in den Weg stellte. S'peren strebte daher die Position des Weyrführers nur halb so begeistert an wie Clioth den Paarungsflug mit Orlith.

»K'lon?« unterbrach Leri seine Gedankengänge. Ihre Blicke wanderten zum Weyreingang.

Clioth bestätigte S'peren, daß der blaue Drache Rogeth soeben neben ihm auf dem Felsensims landete.

»War auch höchste Zeit, daß der junge Mann in seinen eigenen Weyr zurückkehrte«, meinte Leri mit gerunzelter Stirn. »Er muß Helfer bekommen, sonst macht er sich kaputt. Völlig unangebrachte Schuldgefühle ... vielleicht sieht er auch die Chance, zwischen den Botenritten seinen Freund in Igen versorgen zu können.«

Es stand außer Zweifel, daß der blaue Reiter völlig erschöpft war, als er den Weyr betrat. Seine Schultern hingen müde nach vorn, und die Schritte besaßen keine Spannkraft. Sein Gesicht war schmutzverkrustet von dem Flug, mit Ausnahme der hellen Flecken um die Augen, wo ihn die Brille geschützt hatte. Die Kleider hatten sich mit Feuchtigkeit vollgesogen und waren in der Kälte des *Dazwischen* gefroren.

»Fünf Tropfen aus dem blauen Fläschchen«, raunte Leri S'peren zu. Dann richtete sie sich auf und sagte in normaler Lautstärke: »S'peren, mach K'lon einen Becher *Klah* zurecht! Misch einen Schuß Wein aus meinen Vorräten hinein! Und du, junger Mann, nimm Platz, ehe du mir umkippst!« Leri deutete gebieterisch auf einen Stuhl. Sie hatte den Besucherhocker durch mehrere Stühle ersetzt, die in einem, wie sie es ausdrückte, ›ansteckungssicheren‹ Abstand im Raum verteilt waren.

K'lon konnte sich in der Tat kaum noch auf den Beinen halten; er sank auf den Stuhl und nahm dankbar den Becher, den S'peren ihm reichte.

»Trink das Zeug in einem Zug, K'lon!« ermunterte ihn Leri. »Das wird dein Blut nach all den Flügen im *Dazwischen* wieder auf Normaltemperatur bringen. Du siehst beinahe so blau aus wie Rogeth. Na, wie schmeckt das? Ein Spezialrezept von mir, um müden Kämpfern wieder auf die Beine zu helfen.« Ihre Stimme klang freundlich, aber sie beobachtete K'lon mit scharfen Augen. »Was gibt es Neues in den Gildehallen?«

K'lons Miene hellte sich auf. »Erstmals bringe ich gute Nachrichten. Meister Capiam befindet sich auf dem Weg der Besserung. Der Meisterheiler ist noch sehr geschwächt, aber er flucht bereits wieder. Desdra meint, sie wird ihn noch festbinden müssen, damit er das Bett nicht zu früh verläßt. Er läßt sich bereits ganze Stapel von Aufzeichnungen aus den Archiven kommen. Und noch etwas ...« K'lon schien die Müdigkeit mit Gewalt beiseitezuschieben. »Er ist ganz fest davon überzeugt, daß die Krankheit selbst nicht zum Tod führt! Die Menschen sterben an Folgeinfektionen wie Lungenentzündung, Bronchitis und sonstigen Erkrankungen der Atemwege. Wenn man das vermeiden kann, wird alles gut.« Dann lief ihm ein Schatten übers Gesicht. »Aber in den Burgen ist diese Vorsorge einfach nicht möglich. So viele Menschen auf so engem Raum zusammengepfercht ... und keine Ausweichmöglichkeiten ... vor allem jetzt nicht, wo es wieder Stein und Bein friert. Die Barone hätten die Patienten am liebsten in Zelten untergebracht. Die dünnen Häute eignen sich vielleicht für ein Fest, aber niemals für Kranke! Ich war überall, selbst auf abgelegenen Höfen, wo man nichts von der Seuche wußte. Die Leute dachten, nur sie hätten Probleme ...« Er schlug die Hände vor die Augen und stöhnte.

»A'murry?« fragte Leri leise.

K'lons Kummer durchbrach die Schranken, die er sich mühsam auferlegt hatte. »Er leidet an einer Brustfellentzündung. Eine der Frauen, die ihn pflegte, war stark erkältet.« Die Anklage in seinen Worten war nicht zu überhören. »Von Fortine bekam ich Schwarzwurzsalbe und eine Mixtur, die er selbst zusammengestellt hatte. Ich gab A'murry eine Dosis, und der Husten schien in der Tat nachzulassen. Außerdem rieb ich ihm Brust und Rücken dick mit der Salbe ein.« Ängstlich sah er die beiden anderen an. »Ich muß wieder zu A'murry. Wann immer ich kann! Er darf doch nicht an der Krankheit sterben, mit der ich ihn ansteckte! Und sagt bitte nicht, es reicht, wenn Rogeth und Granth in Verbindung bleiben! Ich muß mich selbst um A'murry kümmern.« K'lons Gesicht verzerrte sich. Er sah so aus, als würde er jeden Moment in Tränen ausbrechen. Um seine Erregung zu meistern, nahm er einen tiefen Zug von dem heißen *Klah*. »Das tut gut«, sagte er mit einer leichten Verbeugung zu Leri hin. »Aber zurück zu den Gilden ...«

Er stockte, blinzelte erstaunt, und dann sackte sein Kopf zur Seite. Leri gab S'peren einen Wink.

»Genau im richtigen Augenblick«, meinte sie, als S'peren den Reiter auffing. Sie nahm ihren Fellumhang von den Schultern. »Wickle ihn damit ein und schieb ihm ein Kissen in den Nacken. Er wird jetzt mindestens zwölf Stunden schlafen. Holth, sei ein Schatz und sag Rogeth, daß er in seinen Weyr zurückkehren und sich gründlich ausschlafen soll.« Sie stupste die Flanke der Königin an. »Du horchst auf Nachricht von Granth!«

»Und wenn er nun gebraucht wird?« fragte S'peren, während er K'lon ein bequemes Lager bereitete. »Von der Gilde oder von A'murry?«

»Obwohl A'murry schwer krank ist, kann ich nicht zulassen, daß K'lon die Quarantänebestimmungen bricht«, erklärte Leri. »Ich muß mir später eine Strafe für ihn ausdenken, denn er hat eindeutig gegen meinen Befehl verstoßen. Und da er in der Hauptsache den Transport von Medikamenten und von Heilern übernimmt, können wir auch andere Boten einsetzen. Jungreiter zum Beispiel. Die werden sich tapfer und wagemutig vorkommen und doch genügend Respekt vor der Epidemie haben, um nicht zu nahe an die Kranken heranzugehen. Päckchen lassen sich an vorher vereinbarten Stellen abwerfen, ohne daß es zum direkten Kontakt kommt. Das gleiche gilt für Botschaften. Die Jungen werden diesmal eben keine markanten Felsformationen ansteuern, sondern Orientierungsfähnchen. Eine gute

Übung!« Leri warf einen nachdenklichen Blick auf den schlafenden K'lon. »Aber jetzt verbreitest du am besten die Nachricht, die er von der Heilerhalle mitgebracht hat: daß diese Epidemie nicht zum Tod führt. Wir müssen noch stärker als bisher auf unsere Genesenden achten. Wer auch nur das geringste Anzeichen einer Erkältung hat, wird von der Krankenpflege ausgeschlossen.«

»Es ist schwer genug, überhaupt Pfleger zu finden«, stellte S'peren fest.

»So! Dann frag die Feiglinge mal, wer *sie* im Krankheitsfall versorgen wird!« Leri rollte die Listen zusammen und verstaute sie sorgfältig in einem Regal. »So, mein Freund, du verkündest erst mal die frohe Botschaft in den Unteren Höhlen und stellst anschließend die Geschwader für den morgigen Fädeneinfall zusammen!«

Heilerhalle, 15. 3. 43

Hart fiel das Licht der vielen Lampen, die Capiam hatte heranschaffen lassen, um die engen, verblaßten Schriftzeichen der alten Aufzeichnungen zu erhellen, auf die angenehmen Züge von Tirone, dem Meisterharfner von Pern. Tirone, der an Capiams ausladendem Schreibtisch Platz genommen hatte, sah den Heiler mit düster gerunzelter Stirn an – ein völlig ungewohntes Mienenspiel bei einem Mann, der bekannt war für seine Liebenswürdigkeit und seinen ausgeprägten Sinn für Humor. Die Epidemie hatte alle gezeichnet, selbst jene, die ihr entkommen waren.

Viele glaubten, Tirone sei auf seinen Wegen quer durch den Kontinent irgendwie gegen die Krankheit gefeit gewesen. Man hatte den Harfner ins Grenzgebiet von Tillek und Hochland gerufen, damit er dort einen Streit um die Bergwerke schlichtete, und auf diese Weise war er nicht mehr rechtzeitig zum Fest von Ruatha erschienen. Als dann die Trommeln von der Quarantäne kündeten, war er eilends zurückgeritten und hatte die Renner jeweils auf Höfen gewechselt, die nicht von der Krankheit befallen waren. Er bekam einen heftigen Streit mit Tolocamp, der nicht zulassen wollte, daß er den Burgbereich und die Heilerhalle betrat; aber allem Anschein nach trugen Tirones Logik und die Tatsache, daß er jeden Kontakt mit Kranken vermieden hatte, den Sieg davon. Oder hatte einer der Wachtposten dem Meisterharfner verraten, auf welche Weise Baron Tolocamp von Ruatha auf seine Burg zurückgekehrt war?

Schließlich war es Tirone auch noch gelungen, von Desdra eine Besuchserlaubnis beim Meisterheiler zu erkämpfen.

»Wenn ich die Einzelheiten nicht von Euch erfahre, Capiam, muß ich mich auf Gerüchte stützen – nicht gerade die ideale Quelle für einen Meisterharfner.«

»Geduld, Tirone, ich liege doch nicht im Sterben! Euer Wunsch, einen wahrheitsgetreuen und genauen Bericht vom Verlauf der Krankheit abzufassen, ist durchaus lobenswert, aber ich habe im Moment Dringlicheres zu tun.« Capiam deutete auf die Schriftrollen. »Ich muß herausfinden, wie man diese verdammte Krankheit heilt oder zum Stillstand bringt, ehe sie noch mehr Menschenleben kostet.«

»Ich habe die strikte Anweisung, Euch nicht zu ermüden, sonst bläst mir Desdra das Lebenslicht aus!« entgegnete Tirone mit einem schwachen Lächeln. »Aber Ihr müßt verstehen, daß ich im Augenblick der schlimmsten Krise keinerlei Kontakt zu meiner Gilde hatte. Nicht einmal der Meister der Trommeln kann mir eine vernünftige Auskunft geben, obwohl ich natürlich einsehe, daß weder er noch seine Gesellen die Zeit fanden, die Botschaften aufzuzeichnen, die Tag und Nacht bei ihnen eintrafen. Tolocamp weigert sich, mich zu empfangen, obwohl seit dem Fest auf Ruatha fünf Tage vergangen sind und er keinerlei Krankheitssymptome zeigt. Und die wirren, zusammenhanglosen Reden des Volkes nützen mir nichts. Der Chronist braucht die Angaben eines geübten Beobachters, wie Ihr es seid. Man sagte mir, daß Ihr mit Talpan von Ista gesprochen hättet?« Tirone nahm die frisch geschnittene Feder zur Hand.

»Talpan … mit dem Mann müßt Ihr Euch länger unterhalten, wenn diese Geschichte erst ausgestanden ist.«

»Das wird nicht möglich sein. Beim Ei! Hat man Euch nicht Bescheid gesagt?« Der Harfner richtete sich auf und streckte ihm die Hände voller Mitgefühl entgegen.

»Danke, es geht! Nein, man hat mir nicht Bescheid gesagt.« Einen Moment lang schloß Capiam die Augen, um den Schock zu verarbeiten. »Sie dachten wohl, die Wahrheit würde mich zu sehr bedrücken. Mit Recht. Talpan war ein großartiger Mann mit einem klaren, scharfen Verstand. Hatte das Zeug zum Herdenmeister.« Capiam spürte, wie Tirone einen Moment lang den Atem anhielt, und schaute ihn forschend an. »Auch Herdenmeister Trume?« Und als Tirone nickte, biß Capiam die Zähne zusammen. So war das also. Man hatte Tirone zu ihm gelassen, damit der ihm schonend die harten Tatsachen beibrachte. »Bitte, erzählt nun auch den Rest der schlimmen Nachrichten, die Desdra und Fortine verschwiegen! Im Moment bin ich zu betäubt, um den Schmerz voll zu spüren.«

»Ihr wißt sicher, daß es schreckliche Verluste gab …«

»Existieren bereits Zahlen?«

»In Keroon starben neun von zehn Erkrankten. Auf der Meerburg in Igen traf das Hilfsschiff fünfzehn Kranke an, die zwar sehr geschwächt waren, aber am Leben bleiben werden. Wir wissen noch nichts Endgültiges über die Höfe rund um Igen, Keroon oder Ruatha. Ihr könnt stolz auf Eure Heiler sein, Capiam. Sie taten alles Menschenmögliche, um den Kranken beizustehen …«

»… und sie starben ebenfalls?« fragte Capiam, als Tirone nicht weitersprach.

»Sie brachten Eurer Gilde große Ehre.«

Capiams Herz schien zu stocken. Alle tot? Mibbut, der sanfte Kylos, die sinnliche, robuste Loreana, der ernsthafte Rapal, Sneel, der sich besser als jeder andere auf das Einrichten von Brüchen verstand, Galnish? Sie *alle?* War es wirklich erst sieben Tage her, seit er die Kunde von dieser furchtbaren Krankheit erhalten hatte? Und jene bereits vom

Tod Gezeichneten, die er auf Keroon und Igen behandelt hatte? Obwohl er inzwischen sicher war, daß die Epidemie an sich nicht zum Tod führte, mußten sich die Überlebenden auf eine neue Art von Verlust einstellen – auf den Tod von Hoffnungen und Freundschaften, auf die Vernichtung von Zukunftsplänen. Und das alles so dicht vor dem Intervall, der lange ersehnten Zeit des Friedens! Capiam spürte, wie ihm Tränen über die Wangen liefen, aber wenigstens milderten sie den Druck, der seine Brust einschnürte. Er ließ ihnen freien Lauf und atmete langsam ein und aus, bis er seine Gefühle wieder unter Kontrolle hatte. Er durfte sich nicht von ihnen leiten lassen; er mußte logisch denken. »Auf der Meerburg von Igen leben an die tausend Menschen. Fünfzehn davon waren krank, als mich Burdion rief und um Rat fragte.«

»Burdion gehört zu den Überlebenden.«

»Ich nehme an, er hat den Verlauf der Krankheit für Euch aufgezeichnet.« Capiam konnte nicht verhindern, daß sein Tonfall heftig wirkte.

»Ich glaube schon«, entgegnete Tirone, ohne die Erregung des Kranken zu beachten. »Das Logbuch der *Windtoss* steht uns ebenfalls zur Verfügung.«

»Der Kapitän war bereits tot, als ich die Meerburg erreichte.«

»Habt Ihr dieses Tier mit eigenen Augen gesehen?« Tirone beugte sich ein wenig vor, und in seinem Blick glitzerte die Neugier, die er nicht zu äußern wagte.

»O ja, ich habe es gesehen.« Das Bild hatte sich tief in Capiams Gedächtnis gebrannt. Ruhelos war die Katze durch seine Fieber- und Alpträume geschlichen. Capiam würde nie mehr das gereizte Fauchen vergessen, die schwarzweißen, starr abstehenden Schnurrhaare, die braunen Flecken auf den Fängen, die Risse und Kerben in den zurückgelegten Büschelohren, die dunkelbraunen bis schwarzen Ringe auf dem schimmernden hellen Fell. Er erinnerte sich an den ohnmächtigen Haß der eingesperrten Kreatur; schon damals, beim ersten Anblick der wütenden Katze, hatte er das

Gefühl gewonnen, daß dieses Geschöpf sich an den Menschen rächen würde, die in dichten Trauben sein Gefängnis umstanden und es anstarrten. »Ja, Tirone, ich habe es gesehen. Wie Hunderte anderer Menschen, die das Fest von Ista besuchten. Talpan und ich standen an die zwanzig Minuten vor seinem Käfig, während der Tierheiler mir klarzumachen versuchte, weshalb man es seiner Meinung nach töten mußte. In diesen zwanzig Minuten steckte es wohl noch eine ganze Reihe Menschen an, wenngleich Talpan die Gaffer ein Stück von den Gitterstäben zurückgedrängt hatte. Womöglich habe ich mir die Seuche ebenfalls dort geholt: gleich an der Quelle und nicht durch andere Kranke.« Diese Erkenntnis erleichterte Capiam irgendwie. Da er völlig übermüdet und erschöpft gewesen war, hatte die Krankheit bereits nach vierundzwanzig Stunden die Herrschaft über seinen Körper gewonnen. Diese Vermutung war besser als der Verdacht, er habe es auf Igen und Keroon an Hygiene fehlen lassen. »Talpan war zu dem Schluß gelangt, daß nur die Katze als Überträger jener Krankheit in Frage kam, die bereits eine Reihe von Rennern zwischen Igen und Keroon erfaßt hatte. Mich hatte man nach Keroon gerufen, weil dort so viele Bewohner erkrankt waren. Auf der Suche nach der Ursache kam ich während des Festes von Ista zu dem gleichen Ergebnis wie Talpan. Das Geschöpf hatte übrigens panische Angst vor den Drachen.«

»Tatsächlich?«

»Ja, die Leute berichteten mir davon. Aber K'dall vom Telgar-Weyr gehört ebenso zu den Toten wie sein blauer Drache.«

Tirone schrieb, so schnell er konnte, und stellte immer neue Fragen. »Aber wie gelangte die Krankheit nach Süd-Boll, wenn die Katze bereits auf dem Fest von Ista getötet wurde?«

»Ihr vergeßt das Wetter.«

»Das Wetter?«

»Ja. Das Frühjahr begann so mild, daß die Herdenzüchter von Keroon ihre Renner schon gegen Ende des Winters auf

Schiffe verfrachteten. So bekam Baron Ratoshigan seine Zuchttiere zu einem viel früheren Zeitpunkt als normal. Das gleiche gilt für die anderen Züchter. Viele von ihnen besuchten das Fest auf Ruatha.«

»Hm, das ist eigenartig. Ein tödliches Zusammenspiel von so vielen kleinen Ereignissen ...«

»Wir können dankbar sein, daß Tillek eine eigene Zucht besitzt und die Höfe von Hochland, Crom und Nabol beliefert. Und daß die in Keroon gezüchteten Renner, die für Benden, Lemos, Bitra und Nerat bestimmt waren, entweder an der Epidemie eingingen oder wegen der Quarantäne nicht mehr auf die Reise geschickt wurden.«

»Die Weyrführer haben sämtliche Reisen in den Südkontinent untersagt«, erklärte Tirone. »Die Alten hatten sicher ihre Gründe, ihn zu verlassen. Zu viele Gefahren ...«

»Nun mal langsam, Tirone!« widersprach Capiam verärgert. »Die meisten Lebensformen *hier* stammen aus dem Süden oder wurden dort entwickelt.«

»Dafür gibt es bis heute keinen schlüssigen Beweis ...«

»Das Leben und die Erhaltung des Lebens fallen in mein Fach, Meisterharfner.« Capiam schwenkte eine der Schriftrollen. »So wie die Erschaffung und Vermehrung des Lebens einst Sache unserer Vorfahren war. Die Alten brachten vom Südkontinent sämtliche Tiere mit, die wir heute um uns haben, einschließlich der Drachen, die sie durch Gen-Manipulation eigens für ihre Zwecke schufen.«

Tirone wollte widersprechen, aber Capiam fuhr bereits fort:

»Wir besitzen längst nicht mehr das Wissen und Können unserer Vorfahren, auch wenn wir heute in der Lage sind, Renner und Herdentiere für bestimmte Aufgaben zu züchten. Und ...« Capiam schluckte und wehrte sich gegen die Kälte, die in seinem Innern aufstieg. »Und mir kommt plötzlich zu Bewußtsein, daß wir in einer doppelten Gefahr schweben.« Er dachte an Talpan und die Hoffnungen, die er in den klugen jungen Mann gesetzt hatte, an Herdenmeister Trume, an den Kapitän der *Windtoss,* an die Toten seiner eigenen Gilde, von denen jeder ein besonderes Talent besessen hatte ... Das alles war nun ausgelöscht – durch eine kurze, tödliche Krankheit! »Es gibt vielleicht sehr viel mehr festzuhalten als die Zusammenhänge einer Epidemie, Tirone. Das sollte Euch in Unruhe versetzen! Nicht nur das Leben, auch das Wissen von Pern geht unwiederbringlich verloren. Was Ihr so bald wie möglich niederschreiben solltet, ist das aussterbende Wissen, sind die Techniken, die uns nicht mehr zugänglich sind!« Capiam deutete auf die alten Schriften. »Wir können den Aufzeichnungen der Alten bereits heute nicht mehr genau entnehmen, auf welche Weise sie ihre Wunder vollbrachten. Dabei sind es noch nicht einmal die Wunder, an denen uns liegt, sondern all die Kleinigkeiten, die sie einfach nicht erwähnten, weil sie ihnen selbstverständlich erschienen, weil sie *Allgemeinwissen* waren. Allgemeinwissen, das heute keinem mehr geläufig ist! *Das uns fehlt!* Und es sieht so aus, als hätten wir im Lauf der letzten sieben Tage wieder ein gewaltiges Stück dieses Allgemeinwissens verloren! Mehr, als wir je ersetzen können ...«

Capiam lehnte sich zurück, erschöpft von seinem Ausbruch. Die Aufzeichnungen lagen ihm wie ein drückendes Gewicht auf den Knien. Das Gefühl des Verlustes, der Druck der Angst waren ständig in ihm gewachsen. An diesem Morgen, als die Lethargie erstmals schwand, war er sich der vielen Fakten und Praktiken, der Eingebungen und Ideen bewußt geworden, die er nie niedergeschrieben oder nur flüchtig angedeutet hatte. Im Normalfall hätte er sie irgendwann beiläufig an seine Gesellen weitergegeben, wenn diese das komplexe Gefüge ihres Berufes erfaßt hatten. Auch er war auf diese Weise in den Besitz vieler Informationen gelangt, fast immer durch mündliche Überlieferung, durch Diskussionen und Gespräche mit seinen Lehrern und anderen Meistern.

Capiam merkte, daß Tirone ihn scharf musterte. Es lag ihm fern, Reden zu schwingen. Das war im allgemeinen die Aufgabe der Harfner.

»Ihr habt nur zu recht, Capiam«, begann Tirone zögernd.

Er räusperte sich und fuhr dann fort: »Aber ein wenig Geheimniskrämerei scheint zu allen Gilden zu gehören, sogar zur Hierarchie der einzelnen Berufsgruppen ...«

»Oh, nicht schon wieder die Trommeln!« Capiam vergrub den Kopf in den Händen und preßte die Daumen an die Ohren, um das Dröhnen auszusperren.

Tirones Miene hellte sich auf. Er gab Capiam durch Gesten zu verstehen, daß er die Hände von den Ohren nehmen solle. »Eine gute Nachricht! Von Igen. Sie haben den Fädeneinfall unversehrt überstanden. Zwölf Geschwader stiegen zum Kampf auf.«

»Zwölf?« Capiam überschlug im Geist noch einmal die Zahl der Toten und Kranken. »Igen kann nie und nimmer zwölf Geschwader stellen!«

»Drachenreiter müssen streiten, wenn Silberfäden vom Himmel gleiten!« In Tirones wohltönender Stimme schwang Stolz und Freude mit.

Capiam starrte ihn an. Also hatten sich die Weyr vereint, um die Gefahr, die vom Roten Stern drohte, zu bekämpfen?

»Das Kämpfen liegt ihnen im Blut. Trotz ihrer entsetzlichen Verluste steigen sie auf wie eh und je, um den Kontinent zu verteidigen ...«

Tirone starrte in weite Ferne, fast in Trance versunken. Ärgerlich sah Capiam ihn an. Jetzt war nicht der rechte Moment, Balladen und Lehrgesänge zu verfassen! Und doch lösten die Worte des Meisterharfners irgendeine Erinnerung aus, rührten an längst vergessene Dinge ...

»Seid einen Augenblick still, Tirone! Ich muß nachdenken. Es gibt einen Weg, Pern von dieser Epidemie zu befreien. Bitte, laßt mich jetzt allein!«

Blut! murmelte Capiam. *Es liegt ihnen im Blut ... Blut ...* Er schlug sich mit den Fäusten gegen die Schläfen, als könnte er die verschütteten Erinnerungen aus seinem Gehirn prügeln. Aus weiter Ferne glaubte er die brüchige Stimme von Meister Gallardy zu hören. Ja, er hatte sich auf seine Gesellenprüfung vorbereitet, und der alte Gallardy hatte Stunde um Stunde von außergewöhnlichen und veralteten Heilmethoden erzählt. Dabei war auch die Rede von Blut gewesen ... von den heilenden Eigenschaften, die das Blut ... nein, das Blutserum hatte! *Genau das war es!*

»Capiam?« Desdra stand besorgt neben ihm. »Geht es dir gut? Tirone meinte ...«

»Mir geht es ausgezeichnet, ganz ausgezeichnet! Was hast du immer zu mir gesagt? Wenn man eine Krankheit nicht heilen kann, muß man sie eben ertragen. Aber es gibt noch einen anderen Weg. Man kann sich gegen eine Krankheit auch abhärten: immun machen! Und das geschieht mit Hilfe von Blut. Nicht mit Pulvern, Säften oder Kräutern. Nein, mit Blut! Und zwar mit meinem Blut! Weil ich die Epidemie überwand!«

»Meister Capiam!« Desdra trat auf ihn zu und stockte dann, weil ihr die Vorsichtsmaßnahmen der vergangenen fünf Tage wieder einfielen.

»Ich glaube nicht, daß ich dich noch anstecken kann, meine tapfere Desdra! Ich bin das Heilmittel! Zumindest glaube ich das.« In seiner Erregung stieg Capiam aus dem Bett und ließ die Felldecken achtlos zu Boden gleiten. Er wollte zu dem Regal, in dem er seine Schriften aus der Lehrlings- und Gesellenzeit aufbewahrte.

»Capiam! Du wirst stürzen!«

Capiams Beine gaben nach, und er umklammerte den Stuhl, auf dem Tirone gesessen hatte. Ihm fehlte die Kraft, bis ans Regal weiterzugehen.

»Hol mir bitte meine Aufzeichnungen! Die ältesten ... da links, im obersten Fach!« Er setzte sich, vor Schwäche an allen Gliedern zitternd. »Es stimmt. Es muß stimmen. ›Das Blut eines Genesenen hilft anderen, sich vor der Krankheit zu schützen!‹«

»Dein Blut, mein Freund, ist im Moment recht dünn und schwach«, erklärte Desdra und pustete den Staub von den Aufzeichnungen. »Ich bringe dich jetzt wieder ins Bett.«

»Gleich, gleich!« Capiam blätterte hastig die Pergamentstöße durch. Die spröden Blätter knisterten und raschelten. »Wann war das nur? Im Frühling – ja.« Das wußte er noch, denn seine Gedanken hatten sich während der Lektionen eher mit Herzensdingen als mit der Heilkunde beschäftigt. Desdra legte ihm die Hand auf die Schulter.

»Nun hör mir gut zu! Da bringe ich zwei Stunden lang Leuchtkörbe rings um dein Bett an, damit du genug Licht zum Lesen hast, und nun sitzt du im finstersten Winkel deines Zimmers und schmökerst! Marsch, zurück ins Bett! Ich habe dich nicht tagelang gepflegt, damit du mir jetzt an einer Erkältung stirbst!«

»Und bring mir meinen Koffer, bitte!« Er las weiter, während Desdra ihn zum Bett geleitete. Sie hüllte ihn fürsorglich in seine Felldecken, aber er schob das Zeug ungeduldig beiseite.

»Capiam!« Sie war wütend, als sie mit seinem Heilerkoffer zurückkam und die zerknüllten Decken sah. Energisch hielt sie ihn mit einer Hand an der Schulter fest und legte ihm die andere auf die Stirn. Er versuchte seinen Ärger über die ständigen Störungen zu unterdrücken.

»Was willst du – es geht mir großartig!«

»Tirone glaubte, du hättest einen Rückfall, weil du dich so sonderbar benahmst. Wie kann ein erwachsener Mensch rufen: *Blut! Blut! Es ist in meinem Blut!* Das meinst du doch wohl nicht im Ernst?«

Er hörte kaum auf ihre Worte, denn er hatte die Lektionen gefunden, die er in jenem Frühling vor dreißig Planetenumläufen niedergeschrieben hatte, als es für ihn weit wichtigere Dinge gab als Brandwunden, Infektionen, präventive Maßnahmen oder gesunde Ernährung.

»Da steht es doch!« rief Capiam triumphierend. »›Das farblose Serum, das sich nach dem Gerinnen von Blut abscheidet, produziert die lebenswichtigen Globuline, die eine Erkrankung verhindern. Intravenös gespritzt, schützt das Blutserum mindestens vierzehn Tage lang, eine Zeitspanne, die im allgemeinen ausreicht, um eine Epidemie zum Stillstand zu bringen.‹« Capiam las hastig weiter. Die Blutbestandteile ließen sich durch Ausschleudern trennen. Meister Gallardy hatte gesagt, daß die Alten dazu besondere

Trennzentrifugen besessen hätten, aber das Serum ließ sich auch mit anderen Geräten absondern. »›Das Serum überträgt die Krankheit in so abgeschwächter Form, daß die körpereigenen Abwehrstoffe erwachen und auch die bösartigen Keime vernichten.‹«

Capiam ließ sich in die Kissen sinken und schloß die Augen. Die Schwäche, die er in diesem Moment empfand, entsprang der Erleichterung und dem Triumph. Er erinnerte sich sogar, wie er innerlich gegen das Mitschreiben dieser veralteten Methode rebelliert hatte, einer Methode, die jetzt vielleicht Tausenden von Burgbewohnern und Drachenreitern das Leben retten konnte.

Desdra beobachtete ihn mit einem merkwürdigen Gesichtsausdruck. »Aber das ist doch eine rein homöopathische Angelegenheit, mal abgesehen davon, daß dieses Zeug direkt in die Vene gespritzt wird.«

»Je rascher das Serum vom Körper aufgenommen wird, desto besser! Und wir brauchen eine Behandlung, die schnell wirkt. Desdra, wie viele Drachenreiter sind im Moment krank?«

»Wir wissen es nicht, Capiam. Man hat aufgehört, uns Zahlen zu übermitteln. In der Trommelbotschaft hieß es, daß zwölf Geschwader aufgestiegen seien, aber in dem jüngsten Bericht, den uns übrigens K'lon brachte, war von einhundertfünfundsiebzig Reitern die Rede. Auch eine Königinreiterin befand sich darunter. L'bol verlor gleich zu Beginn zwei Söhne.«

»Einhundertfünfundsiebzig? Gibt es Nebeninfektionen?«

»Davon wurde nichts gesagt. Wir haben allerdings auch nicht gefragt ...«

»Wie steht es auf Telgar? Und im Fort-Weyr?«

»Wir kümmerten uns in erster Linie um die Sterbenden und nicht um die Drachenreiter«, erklärte Desdra tonlos. Sie ballte die Hände zu Fäusten, bis ihre Knöchel weiß hervortraten.

»Ich verstehe. Aber unser aller Leben hängt von den knapp zweitausend Drachenreitern auf Pern ab. Nörgle bitte nicht ständig an mir herum, sondern besorg lieber alles, was ich für das Serum benötige. Und sobald K'lon hier eintrifft, soll er sich bei mir melden. Gibt es sonst noch jemanden in unserer Halle, der die Krankheit bekam und überstand?«

»Nein – keinen, der sie überstand.«

»Hmm. Wann wird K'lon hier sein?«

»Wir erwarten ihn jeden Moment. Er übernahm in den letzten Tagen den Transport unserer Heiler und Medikamente.«

»Gut. Was ich jetzt brauche, sind jede Menge steriler Zweilitergläser mit Schraubdeckeln, reißfeste Schnur, frisch geschnittenes Schilfrohr ... hm, Nadeldorne habe ich selbst ... Rotwurz und ... ach ja, koch mir einige von den Spritzen aus, mit denen die Köche immer das Fleisch begießen. Ich besitze zwar einen Kasten mit gläsernen Spritzen, die Meister Clargesh eigens nach meinen Anweisungen fertigen ließ, aber mir fällt im Moment einfach nicht ein, wo ich sie verstaut habe. So, ab mit dir! Halt, noch etwas, Desdra: ein wenig hochprozentigen Schnaps und noch mehr von deiner guten Suppe!«

»Das mit dem Schnaps leuchtet mir ein«, entgegnete sie von der Tür her. »Aber die Suppe, die du so verabscheust?«

Er schwang ein Kissen, und sie schloß lachend die Tür hinter sich.

Capiam blätterte in seinen Notizen, bis er den Anfang von Meister Gallardys Lektion gefunden hatte:

Bei Ausbruch einer übertragbaren Krankheit hat sich der Einsatz eines Serums bewährt, das aus dem Blut eines genesenen Patienten gewonnen wird. Verabreicht man einem Gesunden eine Serum-Injektion, so ist er vor Ansteckung geschützt. Wird sie einem bereits Infizierten gegeben, so mildert das Blutserum den Verlauf der Krankheit. Lange vor den Überfahrten behandelte man viele ansteckende Krankheiten mit Serum-Impfungen, und es gelang, eine Reihe davon völlig auszumerzen: Windpocken, Diphtherie, Grippe, Röteln, Roseola, Masern, Scharlach, Pocken,

Typhus und Typhoide, Kinderlähmung, Tuberkulose, Hepatitis, Virus-Zytomegalie, Herpes, Gonokokken ...

Typhus und Typhoide waren Capiam bekannt; es hatte mehrere Ausbrüche aufgrund unzureichender Hygiene gegeben. Er und die anderen Heiler fürchteten diese Krankheit wegen der beengten Lebensverhältnisse in den Burgen. Diphtherie und Scharlach waren im Lauf der letzten hundert Planetenumdrehungen gelegentlich aufgeflackert, zumindest so oft, daß er Symptome und Therapien während seiner Ausbildung gelernt hatte. Die anderen Krankheiten kannte er nicht; die Wortstämme waren sehr, sehr alt. Er mußte die einzelnen Begriffe im Lexikon der Harfner nachsehen.

Capiam las weiter. Wenn man einem genesenen Patienten anderthalb Liter Blut abzapfte, konnte man daraus fünfzig Milliliter Serum zur Immunbehandlung gewinnen. Die Injektionsmenge schwankte nach Gallardys Worten zwischen einem und zehn Millilitern. Capiam dachte an sein Gespräch mit Tirone, bei dem er den Verlust der alten Techniken bedauert hatte. Mußte er nicht bei sich selbst beginnen? Hätte er nicht besser auf Meister Gallardys Worte achten sollen?

Capiam mußte nicht lange rechnen, um zu erkennen, welche gewaltige Aufgabe ihm bevorstand, wenn er sämtliche Drachenreiter impfen wollte, ganz zu schweigen von den Baronen und Gildemeistern oder den Heilern, die sich um die Kranken kümmern und die Impfungen durchführen mußten.

Die Tür schwang auf, und Desdra kam zurück. Capiam konnte sich nicht erinnern, sie je so aufgelöst wie an diesem Tag gesehen zu haben. Sie schleppte einen Weidenkorb und stieß die Tür mit dem Fuß zu.

»Hier ist alles, was du mir aufgetragen hast ... dazu die Glasspritzen, die Meister Genjon für dich anfertigte. Drei waren zerbrochen, aber die übrigen habe ich bereits ausgekocht.«

Desdra stellte den Korb vorsichtig neben seinem Bett ab.

Sie rückte seinen Nachttisch näher und stellte darauf eine Schale mit konzentrierter Rotwurzlösung, ein Bündel Schilfrohre und die in Blätter gehüllten Nadeldorne. Dann schob sie einen dampfenden Kessel auf eine Stahlunterlage. Capiam sah darin einen kleinen Glasbehälter, einen Verschluß und Genjons Spritzen. Aus ihrer Tasche holte Desdra eine Rolle fester Schnur. »So!«

»Das ist doch nie und nimmer ein Zweiliter-Gefäß!«

»Nein, aber du bist auch noch nicht kräftig genug, um zwei Liter Blut zu spenden. Mehr als einen halben Liter darfst du nicht verlieren. K'lon wird sicher bald eintreffen.«

Desdra wusch seinen Arm rasch mit Rotwurz und schnürte ihm den Oberarm mit der Kordel ab, während er die Hand zur Faust ballte, damit die Vene besser hervortrat. Sie lag wie ein dicker bläulicher Strick unter der blassen Haut. Mit einer Zange nahm Desdra den Glasbehälter aus dem Kessel. Sie öffnete das Bündel mit den Schilfrohren, holte eines heraus und befestigte einen Nadeldorn an seinem Ende. »Ich kenne die Technik zwar, habe sie aber noch nicht oft angewandt.«

»Dann bekommst du jetzt sicher Übung. Ich kann nicht selbst einstechen, meine Hand zittert zu stark.«

Desdra preßte die Lippen zu einem dünnen Strich zusammen, tauchte die Finger in Rotwurz, stellte den Glasbehälter neben das Bett auf den Boden, hielt das eine Ende des Schilfrohrs schräg hinein und befestigte den Dorn am anderen Ende. Die Spitzen eines Nadeldorns waren so fein, daß man die winzige Öffnung darin kaum sah. Desdra stach ohne große Mühe in die gestaute Ader und lockerte dann den Knebel. Capiam schloß die Augen. Er spürte einen leichten Schwindel, als die ersten Tropfen durch den Dorn und das Rohr zu fließen begannen und der Blutdruck absank. Der Augenblick der Schwäche ging rasch vorbei, und er beobachtete fasziniert den Weg, den das Blut in den Glasbehälter nahm. Er machte eine Faust, und das Blut floß stärker. Wie aus weiter Ferne schien er wahrzunehmen, daß der Lebenssaft seinen Körper verließ; sein Herz schlug schneller, um sich dem Fließen anzugleichen. Aber das war absurd. Er kämpfte gegen Übelkeit an, als Desdras Finger einen mit Rotwurz getränkten Bausch über die Einstichstelle drückten und den Dorn mit einer geschickten Bewegung herauszogen.

»Das reicht voll und ganz, Meister. Ein Dreiviertelliter ... du bist ganz bleich. Drück den Bausch fest auf! Hier, ein Schluck Schnaps!«

Sie drückte ihm den Becher in die Linke. Das starke Getränk schien sich sofort in seinen Adern zu verteilen und den Platz des verlorenen Blutes einzunehmen. Aber als Heiler wußte er natürlich, daß diese Vorstellung Unsinn war.

»Und was nun?« fragte Desdra. Sie hielt das verschlossene Gefäß mit seinem Blut hoch.

»Ist der Deckel wirklich fest zugeschraubt?« Und als sie nickte, fuhr er fort: »Dann wickle die Schnur fest um den Hals und verknote sie mehrmals! Gut so. Gib her!«

»Du glaubst doch nicht im Ernst, daß ich dich jetzt aufstehen lasse?« Ihre Miene war streng und ihr Blick grimmig entschlossen. Für eine Frau, die immer kühle Gelassenheit predigte, wirkte sie plötzlich sehr besorgt.

»Gallardy meinte, daß sich die Blutbestandteile unter dem Einfluß der Zentrifugalkraft trennen. Mit anderen Worten, wir müssen das Gefäß schnell herumwirbeln, damit das Serum entstehen kann.«

»Also schön.« Desdra trat so weit vom Bett zurück, daß sie genügend Bewegungsfreiheit hatte, und begann dann das Glas über ihrem Kopf zu schwingen.

Capiam sah, daß ihr nach kurzer Zeit der Schweiß auf der Stirn stand. Er war froh, daß sie ihm die Arbeit abgenommen hatte. Er selbst wäre einfach noch zu schwach gewesen. »Vielleicht könnten wir die Hunde einsetzen, die sonst den Bratenspieß drehen ... wenn wir sie irgendwie dazu bringen, ihr Tempo zu steigern. Außerdem muß die Drehung gleichmäßig erfolgen ...«

»Warum? Glaubst du, wir ... müssen das ... noch öfter ... tun?«

»Wenn meine Theorie stimmt, werden wir ziemlich viel von dem Serum brauchen. Hast du ausrichten lassen, daß K'lon sofort nach seiner Ankunft hierhergebracht werden soll?«

»Ja. Wie ... lange ... noch?«

Capiam hatte Angst, daß alles umsonst war, wenn sie zu früh mit der Schleuderbewegung aufhörte. Andererseits hatte Meister Gallardy von einer ›kurzen Zeit‹ gesprochen ... wenn die alten Notizen stimmten ...

Heute, da er auf eine Heilertätigkeit von dreißig Jahren zurückblickte und wußte, daß man diesen Beruf ungeheuer ernst nehmen mußte, verfluchte er insgeheim die Gleichgültigkeit des von Frühlingsgefühlen geplagten jungen Burschen, der er damals gewesen war. »Das müßte reichen, Desdra. Vielen Dank!«

Atemlos verlangsamte Desdra den Schwung, stoppte den Glasbehälter mit der freien Hand und stellte ihn sacht auf den Tisch. Capiam beugte sich vor, und gemeinsam bestaunten sie die Schichten, die sich gebildet hatten.

Desdra deutete zweifelnd auf die strohfarbene Flüssigkeit, die ganz oben schwamm. »Das ist also dein Heilmittel?«

»Im Grunde kein Heilmittel. Es macht den Körper immun.« Capiam sprach das ungewohnte Wort sorgfältig aus.

»Muß man es trinken?« Die Stimme der jungen Frau klang neutral, aber unterschwellig spürte er ihr Entsetzen.

»Nein, obwohl es bestimmt nicht schlechter schmecken würde als manche der Sachen, die ich in den letzten Tagen schlucken mußte. Nein, das hier wird in die Vene injiziert.«

Sie warf ihm einen langen, nachdenklichen Blick zu. »Deshalb also wolltest du die Glasspritzen.« Desdra schüttelte den Kopf. »Wir haben nicht genug davon.« Sie machte eine Pause und fügte dann hinzu: »Ich finde, wir sollten zuallererst Meister Fortine aufsuchen ...«

»Hast du kein Vertrauen in mich?« fragte Capiam gekränkt.

»O doch. Gerade deshalb mache ich diesen Vorschlag. Meister Fortine war einige Male zu oft im Lazarett unseres übervorsichtigen Burgherrn. Er hat sich angesteckt.«

Kapitel X

Fort, Weyr und Ruatha, 16. 3. 43

Als Moreta erwachte, spürte sie Orliths Nähe. Die Königin strahlte Freude und Erleichterung aus.

Es geht dir besser! Das Schlimmste ist vorbei!

»Es geht mir besser?« Moreta ärgerte sich über das Zittern in ihrer Stimme. Zu deutlich erinnerte es sie an die entsetzliche Mattigkeit, die sie noch am Vortag gequält hatte.

Viel besser. Du wirst sehen, heute schöpfst du wieder Kraft.

»Weißt du das, oder hoffst du das nur?«

Moreta erkannte selbst, daß diese Frage eigentlich überflüssig war. Während der Krankheit war ihr Orlith so nahe gewesen, als habe sie in ihrem Körper Wohnung genommen. Sie hatte jeden Augenblick des Leidens mit Moreta geteilt, hatte versucht, die Auswirkungen der Krankheit zu dämpfen und zu vermindern. Die Drachenkönigin durchlitt mit ihr die rasenden Kopfschmerzen, die Fieberqual und den harten, trockenen Husten. Nun, am vierten Tag der körperlichen und geistigen Erschöpfung, benötigte sie vor allem Orliths Trost.

Holth hat eine großartige Neuigkeit! Meister Capiam besitzt ein Serum, das den Ausbruch der Krankheit verhindert.

»Verhindert? Und die bereits Angesteckten ... werden sie geheilt?« Moreta war sich selbst in der Abgeschiedenheit ihres Krankenlagers bewußt, daß es auf Fort eine Reihe von Kranken gab und daß in anderen Weyrn einige Reiter und Drachen sogar den Tod gefunden hatten. Sie hatte auch erfahren, daß am Vortag zwei Geschwader des Fort-Weyrs aufgestiegen waren, um für Igen die Fäden zu bekämpfen. Und daß Berchar und Tellanis Baby gestorben waren. Sie wußte, daß die Epidemie den gesamten Kontinent in ihren

Klauen hielt. Es war höchste Zeit, daß die Heiler ein Mittel entdeckt hatten, um ihr Einhalt zu gebieten.

Die Seuche hat einen Namen. Es ist eine sehr alte Krankheit.

»Ja? Wie heißt sie?«

Ich kann mich nicht erinnern, meinte Orlith schuldbewußt.

Moreta seufzte. Namen waren eine Schwäche der Drachen. Und doch, dachte sie stolz, Orlith behielt eigentlich sehr viele Namen.

Holth erkundigt sich, ob du bereits Hunger verspürst.

»Bestell Grüße an Holth und unsere prächtige Leri und sag ihnen, daß ich sehr hungrig bin.« Moreta war selbst erstaunt über diese Tatsache. Vier Tage lang hatte ihr der bloße Gedanke an Essen Übelkeit bereitet. Durst hatte sie geplagt, ein hartnäckiger Husten, der in der Kehle brannte, und eine so entsetzliche Schwäche, daß sie zwischendurch geglaubt hatte, sie würde sich nie wieder von ihrem Krankenlager erheben. Ohne Orlith hätte sie diese Zeit wohl nicht durchgestanden.

»Wie geht es Sh'gall?« fragte Moreta. Sie hatte bereits heftig gefiebert, als Kadith die beiden Königinnen Holth und Orlith mit der Nachricht weckte, sein Reiter sei zusammengebrochen.

Er ist schwach. Und er fühlt sich elend.

Moreta lächelte. In Orliths Gedanken schwang Verachtung mit, als wollte die Königin ausdrücken, ihre eigene Reiterin habe sich viel tapferer verhalten.

»Du darfst nicht vergessen, Orlith, daß Sh'gall noch nie im Leben krank war. Es muß ein schlimmer Schock für sein Selbstwertgefühl gewesen sein.«

Orlith entgegnete nichts.

»Was hört man von Ruatha? Bitte, verschweig mir nichts!« fügte sie hinzu, als sie Orliths Zögern spürte.

Leri kommt. Erleichterung begleitete diese Feststellung. *Sie weiß Bescheid.*

»Leri kommt hierher?« Moreta versuchte sich aufzusetzen, keuchte aber, weil ihr sofort schwindlig wurde. Mit geschlossenen Augen blieb sie liegen und horchte auf die schlurfenden Schritte und das resolute Klopfen des Gehstocks. »Leri, du sollst doch nicht ...«

»Warum nicht?« ertönte Leris Stimme im Vorraum. »Guten Morgen, Orlith! Ich bin am Ende meines Lebens angelangt und fürchte mich nicht vor diesem ›ansteckenden Virus‹, wie es die Heiler nennen.« Leri schob den bunten Türvorhang beiseite und musterte die jüngere Weyrherrin mit einem gutgelaunten Blick. »Ah, endlich hast du etwas Farbe im Gesicht!« In der Linken trug sie einen verschlossenen Topf und eine Henkelflasche. Außerdem baumelten noch zwei Behälter von ihrem Gürtel, damit sie die rechte Hand frei für ihren Stock hatte. Als Leri den Raum betrat, stellte Moreta fest, daß die alte Frau beweglicher wirkte als in den ganzen Monaten zuvor. Sie stellte ihre Sachen auf der Truhe ab und ließ sich mit einem Seufzer auf das Fußende von Moretas Bett fallen. »So!« sagte sie befriedigt und legte den knorrigen Stock neben sich. »Du scheinst es geschafft zu haben.«

»Irgend etwas riecht da sehr verlockend«, meinte Moreta und atmete tief ein.

»Ein Brei, den ich eigenhändig für dich gekocht habe. Ich ließ mir Vorräte und ein Kohlebecken bringen, damit ich die Speisen selbst zubereiten kann. Nesso hat es auch erwischt. Das heißt, daß sie mich eine Weile in Frieden läßt. Gorta hat die Küchenaufsicht übernommen, und sie macht ihre Sache gut, wenn du mich fragst.« Leri schöpfte den Brei in zwei Schalen und sah Moreta von der Seite an. »Ich leiste dir Gesellschaft, da ich auch noch kein Frühstück hatte und mir das Zeug vielleicht guttut. Übrigens habe ich Orlith heute morgen zum Futterplatz geschickt, ehe sie uns völlig vom Fleisch fällt. Sie verschlang vier fette Böcke und einen Wher. Nun sieh mich nicht so schuldbewußt an! Du konntest kaum etwas für dich selbst tun, geschweige denn für deine Königin. Sie hat sich wirklich nicht vernachlässigt gefühlt. Und sie kennt mich schon so lange, daß sie auch auf mich hört. Schließlich stammt sie aus Holths Gelege. Sie mußte einfach fressen, Moreta. In Kürze sucht sie die Brutstätte auf; sie wollte nur noch warten, bis es dir besser geht. Aber nun haben wir es bald geschafft.«

Moreta rechnete rasch. »Ist sie nicht etwas früh dran? Eigentlich hat sie noch fünf bis sechs Tage Zeit.«

»Sie befand sich unter starkem seelischen Druck. Nun mach dir keine Gedanken! Iß! Je eher deine Kräfte zurückkehren, desto besser für uns alle!«

»Ich bin bereits viel kräftiger. Gestern ...« Moreta lächelte wehmütig. »Wie kommst du zurecht?«

»Ganz problemlos.« Leri wirkte sehr selbstzufrieden. »Wie gesagt, ich ließ mir ein Kohlebecken und Vorräte bringen. Da Orlith auf jeden deiner Atemzüge horchte und Holth immer auf dem laufenden hielt, konnten wir dich so gut versorgen, als hätte Meister Capiam persönlich an deinem Bett gestanden.«

»Ich erfuhr eben von Orlith, daß er ein Mittel gegen die Seuche entdeckt hat.«

»Einen Impfstoff, wie er es nennt. Aber ich lasse nicht zu, daß er dir Blut abnimmt!«

»Warum sollte er?« fragte Moreta verblüfft.

»Er zapft allen Genesenen Blut ab und stellt daraus ein *Serum* her, das den Ausbruch der Krankheit bei anderen verhindert. Behauptet, das sei eine alte Heilmethode. Ich kann nicht sagen, daß mir die Angelegenheit gefällt.« Leri schüttelte sich. »Als K'lon sich zum Transport von Medikamenten in der Heilerhalle einfand, schnappte er ihn wie ein Schlachtopfer.« Leri lachte leise und fuhr dann fort: »K'lon übernahm sich bei seinen Botenritten für die Heilerhalle. Ich habe jetzt ein paar Jungreiter dazu bestimmt, ihm zu helfen. Gefiel mir selbst nicht recht ... aber sie haben ihre Aufgabe bis jetzt recht ordentlich erledigt. Oh, es war so viel los, daß ich gar nicht weiß, wo ich anfangen soll!«

Unter Leris leichtem Geplauder spürte Moreta Sorge und Erschöpfung, aber die alte Frau schien mit der Krise zu wachsen.

»Hat es ... noch mehr Tote im Weyr gegeben?« fragte Moreta zögernd.

»Nein!« Leri schüttelte trotzig den Kopf. »Und es hätte überhaupt keine geben müssen. Aber die Leute wollten einfach ihren Verstand nicht einsetzen. Du weißt, wie schnell die Grünen und Blauen die Nerven verlieren. Genau das taten sie, als ihre Reiter erkrankten, statt sie zu unterstützen. Vielleicht ist sogar was dran an Jalloras These, daß die Panik die Krankheit erst recht verschlimmerte ...« Leri starrte einen Moment lang ins Leere. »Jallora ist die Gesellin, die man uns zusammen mit zwei Lehrlingen von der Heilerhalle schickte. Dich hatte es am schlimmsten erwischt, weißt du das? Vermutlich warst du erschöpft nach dem langen Fest ... kein Schlaf, die Aufregung, dann der Fädeneinfall und die schwierige Behandlung von Dilenth ... Ihm geht es übrigens gut. Nun, Orlith hätte niemals zugelassen, daß du stirbst. Sie gab ein so gutes Beispiel, daß wir die übrigen Königinnen baten, die Kranken zu bewachen und auf keinen Fall sterben zu lassen. Es wäre doch gelacht, wenn die Drachenreiter dieses seltsame Virus nicht besiegen könnten! Schließlich leben wir nicht in der dumpfen Enge der Burgen ...«

»Wie viele sind denn krank, wenn die Weyr sich bereits vereinigen müssen, um gegen die Fäden anzukämpfen?«

Leri schnitt eine Grimasse. »Du mußt jetzt tapfer sein. Mit Ausnahme des Hochland-Weyrs melden alle Weyr einen Ausfall von nahezu zwei Dritteln. Wir können – wenn man die Kranken und Verletzten abzieht – gerade zwei Geschwader zusammenstellen.«

»Aber du sagtest doch, Meister Capiam hätte ein neues Mittel?«

»Zur Vorbeugung. Und dieser Impfstoff reicht längst nicht aus.« Leris Stimme klang wütend. »So beschlossen die Weyrherrinnen, daß man zunächst die Hochland-Reiter impfen müsse, da wir im Moment alle von S'ligar und Falga abhängen. Sobald mehr von dem Serum hergestellt ist, kommen die übrigen Weyr an die Reihe. Im Moment läßt Meister Capiam per Trommeln Leute suchen, die von der Krankheit genesen sind. Tolocamp beschwert sich natürlich, daß die Drachenreiter bevorzugt werden, aber ich finde die Entscheidung vernünftig.«

»Tolocamp ist nicht krank?«

»Er rührt sich nicht aus seinen Räumen.«

»Für eine Frau, die ihren Weyr nur selten verläßt, bist du hervorragend informiert.«

Leri lachte. »K'lon hält mich auf dem laufenden. Sofern Capiam ihn nicht für seine Dienste beschlagnahmt. Zum Glück hat Rogeth einen gesunden Appetit und kommt täglich in den Weyr zurück, um sich vollzufressen.«

»Drachen fressen doch nicht täglich!«

»Blaue Drachen, die zweimal in der Stunde ins *Dazwischen* gehen, schon!« Leri warf Moreta einen ernsten Blick zu. »Ich bekam eine kurze Nachricht von Capiam, konnte seine Schrift aber kaum lesen. Er lobte K'lons unermüdlichen Einsatz ...«

»A'murry?«

»Auf dem Weg der Besserung. Eine knappe Angelegenheit, aber Holth blieb ständig in Kontakt mit Granth, sobald wir erkannten, wie wichtig die Hilfe der Drachen ist. L'bol verlor beide Söhne und weiß sich vor Trauer nicht zu fassen. M'tani benimmt sich unmöglich, aber er hat eben schon länger als alle anderen gegen die Fäden gekämpft und sieht in diesem Zwischenfall eine persönliche Kränkung. Wenn wir K'dren und S'ligar nicht hätten, gäbe es wohl auch Probleme mit F'gal. Er hat den Mut verloren.«

»Leri, du redest und redest, aber du verschweigst mir etwas!«

»Ja, Mädchen.« Leri tätschelte sanft Moretas Arm, öffnete die Flasche und schenkte ein Glas voll. »Trink einen Schluck!« befahl sie.

Gehorsam trank Moreta; sie wollte eben fragen, was in aller Welt Leri da zusammengebraut hatte, als sie Orliths Gedanken schützend in ihrem Innern spürte.

»Euer Familiensitz ...« Leri schaute an ihr vorbei, und ihre Stimme klang belegt. »... ist hart betroffen.«

Moreta richtete sich ein wenig auf und beobachtete das

abgewandte Gesicht der alten Frau. Tränen strömten Leri über die Wangen.

»Nachdem wir zwei Tage lang keine Trommelbotschaft mehr erhalten hatten, machte sich der Harfner von Keroon auf die Reise flußabwärts ...« Leris Finger umklammerten Moretas Arm. »Es ... war niemand mehr am Leben.«

»Niemand?« Moreta war starr. Der Besitz ihres Vaters hatte an die dreihundert Menschen ernährt; weitere zehn Familien wohnten in Hütten nahe der Flußklippen.

»Trink das!«

Wie betäubt gehorchte Moreta. »Niemand am Leben? Nicht einmal die Hirten draußen bei den Rennern?«

Leri schüttelte langsam den Kopf. »Weder die Hirten noch die Renner«, wisperte sie. Moreta konnte die Tragödie nicht in ihrem vollen Ausmaß erfassen. Was sie im Moment am meisten schmerzte, war die Vernichtung des Gestüts. Als vor zwanzig Planetenumläufen die Suche der Drachenreiter positiv verlaufen war, hatte sie sich dem Wunsch ihrer Familie gefügt und ein neues Leben im Weyr begonnen. Natürlich bedauerte sie den Tod ihrer Familie; sie hatte ihre Mutter, ihre Brüder und den alten Onkel, der im Hause lebte, sehr gern gehabt und ihrem Vater großen Respekt entgegengebracht. Aber die Renner, die ihre Vorfahren seit acht Generationen mit soviel Sorgfalt gezüchtet hatten ... der Verlust traf sie tief.

Orlith summte leise, und das Mitgefühl ihres Drachen wurde sanft verstärkt von einem zweiten Gedankenstrom. Moreta spürte, wie das entsetzliche Gewicht ihres Kummers durch Liebe und Zuneigung erleichtert wurde, durch ein tiefes Verständnis für ihr umfassendes Leid, durch die Bereitschaft, ihr einen Teil des schweren Druckes und der Trauer abzunehmen.

Tränen strömten Moreta über die Wangen und versiegten erst, als sie sich völlig leergeweint hatte. Ihre Gefühle schienen merkwürdig losgelöst von Körper und Geist zu schweben. Mit merkwürdiger Klarheit erkannte sie, daß Leri ein starkes Mittel in ihren Wein gemischt hatte. Dann sah sie, daß die alte Frau sie mit unendlich müden, traurigen Augen beobachtete. Jede Linie und Falte in dem schmalen Gesicht wirkte noch tiefer eingegraben als sonst.

»Das Werk meiner Familie ist also völlig zerstört?« fragte Moreta schließlich.

»Vielleicht haben einige Jungtiere auf den Ebenen überwintert. Der Harfner konnte es nicht überprüfen, weil er nicht wußte, wo sich die Weiden befinden. Und wir hatten noch keine Zeit, einen Patrouillenreiter loszuschicken.«

»Nein, nein, natürlich nicht ...« Moreta begriff, daß es in der augenblicklichen Lage unmöglich war, solche Dinge herauszufinden. Aber sie klammerte sich insgeheim an diese Hoffnung. »Die Einjährigen und die trächtigen Tiere standen im allgemeinen auf der Winterweide. Jemand vom Hof hat sie sicher versorgt ...«

Gefühle der Liebe und Zuversicht hüllten sie ein. *Wir sind bei dir!*

Orlith, ist das Holth?

Natürlich.

Ich danke euch. Moretas Gedanken schwebten umher, losgerissen von ihrem Körper, bis sie Leris ängstlichen Gesichtsausdruck bemerkte. »Ich habe mich gefaßt. Holth wird es dir bestätigen. Wußtest du, daß sie mit mir spricht?«

»Ja, sie hat sich während deiner Krankheit daran gewöhnt, dich zu beobachten«, meinte Leri mit einem freundlichen, gelassenen Lächeln.

»Was hast du in den Wein gemischt? Ich fühle mich ... schwerelos.«

»Genau das wollte ich erreichen. Fellissaft, Betäubungskraut und ein paar Tropfen einer Euphorie-Droge. Nur um den Schock zu dämpfen.«

»Kommt noch mehr?« An Leris zitternden Lippen erkannte Moreta, daß sie in der Tat noch nicht alle schlimmen Nachrichten erfahren hatte. »Dann ... berichte, solange ich mich noch in diesem merkwürdigen Schwebezustand befinde! Der Hof meiner Familie ... kann kein Einzelfall gewesen sein.«

Leri schüttelte den Kopf. »Ruatha?« fragte Moreta zögernd.

»Wurde schwer geprüft.«

»Alessan?« Angst stieg in ihr auf. Der junge Erbbaron, der eben erst sein Amt übernommen hatte ...

»Nein, er hat die Krankheit überstanden und befindet sich auf dem Weg der Genesung. Aber in seiner Familie und unter den Gästen hat die Epidemie entsetzlich gewütet. Auch in den Rennställen ...«

»Dag?«

»Wir erfuhren kaum Namen. Der Igen-Weyr und die Burg sind nahezu menschenleer. Baron Fitatric, seine Gemahlin, die Hälfte ihrer Kinder ...«

»Beim Großen Ei, wurde denn nichts und niemand verschont?«

»Doch. Auf Bitra, Lemos, Nerat, Benden und Tillek gab es verhältnismäßig wenige Kranke, und diese Leute wurden sofort isoliert, so daß sich die Ansteckung in Grenzen hielt. Die Burgen sandten Helfer aus ...«

»Warum?« Moreta ballte die Fäuste. »*Warum?* So dicht vor dem Ende unserer Leiden! Noch acht Planetenumläufe bis zum nächsten Intervall! Moretas Stimme klang hart und schrill. »Wußtest du, daß sich meine Familie nach dem letzten Vorbeizug des Roten Sterns in Keroon niederließ? Daß sie bereits damals die Rennerzucht begründete? Und jetzt – so kurz vor dem Ende der Sporenplage – wird alles ausgelöscht!«

»Du hast doch eben selbst gesagt, daß ein Teil der Herden vielleicht auf den Winterweiden war. Behalt diese Möglichkeit im Auge!« Die Drachen verstärkten Leris Optimismus.

Moretas Ausbruch verging so rasch, wie er gekommen war. Sie sank in die Kissen zurück, ihre Lider wurden schwer, der Körper erschlaffte. Leri schien in weite Ferne zu entschwinden, obwohl Moreta wußte, daß sie noch an ihrem Bett saß.

»So ist es gut. Schlaf jetzt!« sagte die alte Weyrherrin sanft.

»Ich könnte gar nicht wachbleiben«, murmelte Moreta und entspannte sich.

Ruatha, 16. 3. 43

K'lon war unendlich erleichtert, als Heilergeselle Follen aus Baron Alessans Räumen kam. Der Totengestank in dem eiskalten Korridor erschütterte K'lon, obwohl er inzwischen abgehärtet war von dem Leid, das ihm überall begegnete.

»Ich habe seine Schwester und den Harfner geimpft. Baron Alessan meint, daß in diesem Korridor vielleicht noch mehr Patienten liegen; die oberen Stockwerke konnten sie inzwischen freimachen. Ich weiß nicht, wie der Mann das geschafft hat. Wenn ich geahnt hätte, daß die Dinge hier so schlimm stehen, hätte ich darauf bestanden, daß Meister Capiam uns mehr Serum mitgibt.«

»Wir haben nicht sehr viel davon.«

»Als ob ich das nicht wüßte!«

Follen lächelte dünn. Am Vorabend hatte der blaue Reiter den Heilergesellen nach Süd-Boll gebracht, nachdem die Trommeln verkündet hatten, daß es dort Überlebende der Epidemie gab. Da Capiams Besuch gleich zu Beginn des Krankheitsausbruchs sowie seine Empfehlungen an die Heiler von Süd-Boll dazu geführt hatten, daß sich die Seuche nicht so stark ausbreitete wie in den mittleren Regionen des Kontinents, war es nur gerecht, daß sämtliche Genesenen ein wenig Blut opferten. Selbst Baron Ratoshigan zählte zu den Spendern; allerdings hatte man den leicht erregbaren Burgherrn in dem Glauben gelassen, daß die Blutabnahme ein Teil der notwendigen Behandlung sei.

»Wir können auch hier Blut bekommen«, fuhr Follen fort und strich sich mit den Fingern durch die Haare. »Wenn Baron Alessans Zahlen stimmen, müßte die Burg in der Lage sein, sich selbst mit Impfstoff zu versorgen. Ich möchte den Patienten jedoch zuerst etwas von Desdras Kräftetrank geben. Fragen Sie Baron Shadder, ob er noch ein paar Freiwillige auftreibt, die uns unterstützen. Ich bin sicher, daß wir auch viele der an Nebeninfektionen Erkrankten retten können, wenn wir nur genügend Pfleger bekommen. Wir müssen es zumindest versuchen. In dieser Burg hat die Krankheit entsetzlich zugeschlagen.«

K'lon nickte langsam. Der Zustand von Ruatha hatte die Hilfsmannschaft entsetzt. Der Fort-Reiter war mit drei Grünen von Benden hergekommen, um den Heilergesellen Follen und sechs Freiwillige von der Burg Benden abzusetzen. Der Anblick, der sich ihnen geboten hatte, als sie aus dem *Dazwischen* tauchten, war grauenvoll gewesen. Die hoch aufgetürmten Begräbnishügel auf der Flußweide, der Ring von verbrannten Kadavern nahe der Rennebene und die hastig errichteten Zelte auf dem Festplatz hatten gezeigt, welche Anstrengungen Ruatha unternommen hatte, um diese Heimsuchung zu bekämpfen. Die traurigen Fetzen der bunten Festwimpel, die von den Simsen der fest verrammelten Fenster wehten, schienen die Ankömmlinge zu verhöhnen. Abfälle übersäten die Tanzfläche, und über einem längst erloschenen Lagerfeuer schwang ein Metallkessel auf einem Dreibein im eiskalten Wind hin und her.

»Lady Pendra?« begann K'lon.

Follen schüttelte stumm den Kopf. »Weder sie noch die Töchter, die sie zum Fest mitgebracht hatte, überlebten die Krankheit. Das ist sicher hart für Baron Tolocamp, aber Alessan erging es noch schlimmer: Seine Familie wurde bis auf eine Schwester des Burgherrn vollständig ausgerottet.«

»*Was?* Von allen Nachkommen, die Leef zeugte ...«

»Baron Alessan hat große Angst, auch sie zu verlieren. Sprechen Sie mit ihm!« Follen nickte ihm kurz zu und hastete dann den dunklen Korridor entlang zum nächsten Zimmer.

K'lon straffte die Schultern. Er hatte in den letzten Tagen gelernt, seine Gefühle hinter einer ausdruckslosen Maske zu verbergen und seine Worte so zu wählen, daß sie ermutigend, aber nicht allzu forsch klangen. Immerhin bestand seit Entdeckung der Impfmethode die berechtigte Hoffnung, daß man die Epidemie besiegen und die noch nicht Erkrankten vor der Ansteckung bewahren konnte. Er klopfte höflich an, öffnete jedoch die Tür, ohne die Aufforderung zum Eintreten abzuwarten.

Baron Alessan kniete neben einem Strohsack und wusch einem Kranken das Gesicht. An der Wand, die zu seiner Schlafkammer führte, befand sich ein weiteres Lager. K'lon unterdrückte einen entsetzten Ausruf, als er sah, wie sehr sich der junge Erbbaron verändert hatte. Wahrscheinlich verlor sich mit der Zeit seine Blässe und der schlaffe, ausgezehrte Körper wurde wieder straff, aber die scharfen Falten, die sich tief in das Gesicht gegraben hatten, würden ihn wohl für immer prägen. Alessan wandte sich mit einem Seufzer dem blauen Reiter zu.

»Seid mir vielmals willkommen, K'lon, Reiter des Blauen Rogeth!« Der Burgherr verneigte sich. Dann faltete er das feuchte Tuch und legte es dem Kranken auf die Stirn. »Laßt Meister Tirone wissen, daß wir ohne die Unterstützung und Erfindungsgabe seiner Harfner noch mehr gelitten hätten. Tuero hier verhielt sich großartig. Der junge Heiler ... wie hieß er?« Alessan fuhr sich mit zittriger Hand über die Stirn.

»Follen.«

»Seltsam, alle die anderen Namen kommen mir in den Sinn ...« Alessan schwieg und starrte aus dem Fenster. K'lon wußte, daß der Erbbaron die Begräbnishügel vor Augen hatte, und er fragte sich, ob der erschöpfte junge Mann die Namen jener meinte, die nun in den Massengräbern ruhten. »Man wird vergeßlich, wenn man im Bett liegt und darauf wartet, daß ...« Alessan warf den Kopf zurück. Er griff nach der Tischkante und richtete sich langsam auf. »Ihr habt uns in der Tat Trost gebracht. Follen sagt, daß Tuero, Deefer ...« Er deutete auf das zweite Lager. »... und meine Schwester überleben werden. Und er entschuldigte sich noch, weil er nicht mehr ... Impfstoff? Ist das richtig? ... weil er nicht mehr Impfstoff besaß ...«

»Setzen Sie sich, Baron ...«

»Ehe ich zusammenbreche?« Alessan lächelte schwach, aber er gehorchte.

»Die Leute haben eingeheizt, und bald wird es eine kräftige Suppe geben. Das Rezept stammt von Desdra. Sie pflegte Meister Capiam, und er behauptet, das Zeug habe bei ihm wahre Wunder gewirkt.«

»Vielleicht tut es das auch bei uns.« Aus Alessans Kammer drang ein schwaches Husten. Alessan horchte und atmete tief durch.

»Ihre Schwester? Sie werden sehen, daß es nach der Impfung rasch aufwärts mit ihr geht!«

»Ich hoffe es von ganzem Herzen. Sie ist die einzige Verwandte, die mir blieb.«

Obwohl Alessan bei diesen Worten ruhig wirkte, schnürte es K'lon vor Mitleid die Kehle zu.

»Das Serum wird die Viruswirkung stark dämpfen. Zumindest habe ich bei anderen Patienten erstaunliche Heilerfolge erlebt. Wenn ich mich nicht täusche, stammt das Medikament sogar von meinem eigenen Blut.« K'lon redete und redete, und es störte ihn nicht, daß er gelegentlich von der Wahrheit abwich. Was der Burgherr im Moment brauchte, war ein Anker, an den er sich klammern konnte.

Alessan zog überrascht die Brauen hoch und lächelte schwach. »Das Geschlecht von Ruatha war stets stolz auf das Drachenreiterblut, das in seinen Adern floß, aber daß die Bande so eng werden ...«

K'lon lachte. »Wenigstens haben Sie Ihren Humor behalten.«

»Das ist so ziemlich das einzige, was mir blieb.«

»Nein, Baron Alessan, Sie haben noch sehr viel mehr«, entgegnete K'lon ernst. »Und Sie werden jede nur mögliche Hilfe von Weyr, Burg und Gilde bekommen, um Ihren Besitz zu erhalten.«

»Vorausgesetzt das Serum weist die Krankheit in ihre Schranken ...« Wieder horchte Alessan angespannt zur Schlafkammer hin. »Nun, es ist bereits mehr, als wir erhofften.«

»Ich werde mir Ihre Vorräte ansehen und notieren, was Sie am dringendsten brauchen«, begann K'lon. Insgeheim schwor er sich, als erstes diese entsetzlichen bunten Fetzen von den Fenstern reißen zu lassen. Wenn er die Flaggen bereits als Hohn und Spott empfand, wie grausam mußte dann erst der Anblick für Baron Alessan sein!

Der Burgherr erhob sich ein wenig zu schnell und mußte sich an der Stuhllehne festhalten. »Ich weiß genau, was wir benötigen ...« Er ging unsicher zu seinem Schreibtisch am Fenster und stapelte geistesabwesend ein paar schmutzige Teller. Dann nahm er ein Stück Pergament in die Hand. »Zuallererst Medikamente. Wir haben kein Akonit und kein Fiebermittel mehr, nur noch einen viel zu schwachen Sirup gegen diesen verdammten Husten. Außerdem fehlen Thymus, Schwarzwurz, Mehl und Salz. Die Schwarzsteinvorräte sind aufgebraucht, und seit drei Tagen gibt es weder Gemüse noch Fleisch.« Er reichte K'lon das Blatt mit einem bitteren Lächeln. »Begreifen Sie, wie wichtig Ihre Ankunft für uns war? Tuero schickte heute morgen noch eine Trommelbotschaft los, ehe er zusammenbrach. Ich fürchte, ich selbst hätte nicht die Kraft aufgebracht, den Turm zu erklimmen.«

K'lon nahm die Liste entgegen, und seine Hand zitterte kaum weniger als die des Burgherrn. Er verneigte sich, um seinen Gesichtsausdruck zu verbergen. Als er wieder aufschaute, starrte Alessan mit verschlossener Miene aus dem Fenster.

»Follen sagte mir, daß sich ähnliche Szenen auf dem gesamten Kontinent abspielen.«

»Hier ... ist es besonders schlimm.« K'lons Stimme schwankte.

»Wie ... wie hart sind die Weyr betroffen?«

»Auch da gab es Verluste, aber die Drachenreiter konnten bei jedem Fädeneinfall aufsteigen.«

Alessan warf ihm einen verwirrten Blick zu, dann schaute er wieder aus dem Fenster. »Ja, ich nehme an, daß sie ihr Bestes taten. Ihr kommt vom Fort-Weyr?«

Da Alessan seine Weyr-Zugehörigkeit kennen mußte, zielte er mit seiner Frage wohl auf etwas Bestimmtes ab. K'lon erinnerte sich an den Klatsch, den Nesso verbreitet hatte: daß der junge Burgherr sich auf jenem Fest auffällig um Moreta bemüht hatte ...

»Lady Moreta befindet sich ebenso auf dem Wege der Besserung wie unser Weyrführer. Wir hatten auf Fort nur einen Todesfall zu beklagen – einen älteren braunen Reiter und seinen Drachen Koth. Auf Igen starben fünfzehn, auf Telgar acht und auf Ista zwei Männer; aber seit es den Impfstoff gibt, steigen unsere Hoffnungen.«

»Das ist gut.« Alessans Blicke schweiften von den Feldern hin zu den Bergketten, und seine Miene wirkte mit einem Mal erleichtert.

»Wußten Sie, daß sich hier noch vor wenigen Tagen einhundertzwanzig der besten Renner aus dem Kontinent tummelten? Und daß siebenhundert Gäste sich bei Tanz, Wein und Speisen vergnügten ...?«

»Baron Alessan, weshalb quälen Sie sich? Durch Ihre strikte Einhaltung der Quarantäne gelang es, die Epidemie auf ein kleines Gebiet zu beschränken!«

Alessan wandte sich abrupt vom Fenster ab. »Übermitteln Sie Baron Tolocamp mein tiefes Beileid! Lady Pendra und ihre Töchter kümmerten sich aufopfernd um die Kranken, bis sie selbst der Seuche zum Opfer fielen. Sie waren so tapfer.« Alessans Stimme klang hart.

K'lon nickte wortlos. Er war nicht der einzige, der Baron Tolocamp seine feige Flucht ein Leben lang vorwerfen würde. Es gab Leute, die es richtig fanden, daß Tolocamp das Wohl seiner Burg über das seiner Gemahlin und seiner Töchter gestellt hatte. Der Baron hielt sich in seinen Privaträumen verbarrikadiert, während auf Ruatha die Menschen litten und starben. Der Burgherr von Fort bekam die Krankheit sicher nicht, denn er hatte sehr energisch darauf bestanden, geimpft zu werden, ungeachtet der Prioritätenliste, die Meister Capiam und die Weyrherrinnen zusammengestellt hatten.

»Ich werde Ihre Worte ausrichten. Die Vorräte, die wir mitbrachten, stammen übrigens von Benden und Nerat.«

Alessans Augen blitzten kurz auf, und es hatte den Anschein, als sähe er K'lon zum ersten Mal richtig an.

»Ich danke Ihnen für diese Auskunft. Bestellen Sie Baron Shadder und Baron Gram, daß ich ihre Großzügigkeit zu schätzen weiß.« Wieder schweiften seine Blicke zu den Begräbnishügeln. Allmählich machte sich K'lon Sorgen um ihn.

»Ich muß gehen«, meinte der blaue Reiter unentschlossen. »Es gibt soviel zu tun.«

»Natürlich. Vielen Dank für Ihr Kommen und den Trost, den Sie mir gespendet haben. Und grüßen Sie Rogeth von mir!« Alessan streckte ihm die Hand entgegen.

K'lon durchquerte den Raum und umschloß die kraftlosen Finger mit einem warmen Druck beider Hände. Dann verließ er rasch den Raum. Er wollte nicht, daß der Burgherr merkte, wie nahe ihm dieser Besuch gegangen war. K'lon eilte durch den dunklen Korridor – jemand mußte neue Leuchtkörbe anbringen – in den Großen Saal, wo zwei Freiwillige von Benden saubermachten. Der Lärm, den sie dabei veranstalteten, war ein wohltuender Gegensatz zu der Grabesstille, die sie empfangen hatte. Er bat die beiden, Leuchtkörbe zu besorgen und so bald wie möglich die Festbanner einzuholen. Draußen hörte er Rogeth trompeten.

Das ist der trostloseste Ort, an dem wir bisher waren, klagte der blaue Drache. *Müssen wir noch sehr lange hierbleiben?*

K'lon bedankte sich noch einmal herzlich bei den Leuten von Benden und eilte hinaus in den Hof. Rogeth kam ihm entgegengestürzt.

Dieser Platz erfüllt auch dich mit Trauer! Können wir jetzt zu Granth und A'murry?

»Zumindest fliegen wir jetzt los.« K'lon schwang sich auf Rogeths Nacken. Unwillkürlich wanderte sein Blick über die trostlose Festwiese mit den halb eingesunkenen Notzelten, über die Rennebene und die Begräbnishügel. Zogen *sie* Baron Alessans Blicke an? Oder war es die Handvoll Renner, die weit weg am Horizont weideten? Das Poltern eines von Herdentieren gezogenen Totenkarrens scheuchte K'lon aus seinen Gedanken. Das Gespann zog zum Fluß hin.

»Bring mich weg von hier!« befahl er Rogeth. Er fühlte sich elend. »Ich muß mich kurz bei A'murry ausruhen. Vielleicht kann ich danach dieses Leid besser ertragen.«

K'lon empfand eine überwältigende Sehnsucht nach seinem einfühlsamen Freund, nach einem Moment der Stille und der Wärme. Er wußte, daß man ihn in der Heilerhalle erwartete. Es gab soviel zu tun. Dennoch schickte er Rogeth zu den sonnenhellen Höhen des Igen-Weyrs. Der blaue Drache schnellte in die Lüfte und tauchte ins *Dazwischen*.

Kapitel XI

Fort-Weyr, 17. 3. 43

»Beim Ei!« rief Jallora. »Er ist ohnmächtig geworden!«

Kadith trompetete in ihrem Weyr, und Moreta sprang auf, um den Drachen zu beruhigen, während die Heilergesellin sich über den Blutspender beugte und ihn untersuchte.

Was ist geschehen? erkundigte sich Orlith besorgt.

»Sh'gall hat eine Überreaktion gezeigt«, entgegnete Moreta. Sie wußte, daß ihre Königin die Botschaft sofort an Holth und Leri weitergeben würde. »Sei so gut und beruhige Kadith!«

»Meist sind es die kräftigsten Kerle, die umkippen«, stellte Jallora fest, als Moreta wieder neben sie trat. »Es besteht nicht die geringste Gefahr. Sosehr wir sein Blut für unser Serum benötigen – ich wäre nie und nimmer ein Risiko eingegangen.«

»Das hatte ich auch keine Sekunde angenommen, Jallora«, versicherte Moreta mit einem leisen Lachen.

Die Heilergesellin hatte eine erregte Diskussion zwischen Moreta und Sh'gall unterbrochen, in deren Verlauf der Weyrführer jede einzelne Entscheidung abwertete, die seit Beginn seiner Krankheit getroffen worden war. Daß Moreta selbst das Bett gehütet hatte und in keiner Weise für die Beschlüsse verantwortlich war, nahm er überhaupt nicht zur Kenntnis.

»Leute wie er sind keine angenehmen Patienten«, fuhr Jallora im Plauderton fort und beobachtete dabei aufmerksam den dünnen Blutstrahl, der in den Glasbehälter rann.

»Geht das hier nach Ruatha?«

»Ein Großteil davon – sobald die restlichen Fort-Reiter geimpft sind.« Als Moreta mit einer warnenden Geste auf Sh'gall deutete, fügte die Heilerin diplomatisch hinzu:

»Keine Sorge, ich weiß Bescheid. Er hat das Bewußtsein noch nicht wiedergewonnen. So! Mehr nehme ich ihm nicht ab, obwohl er einen halben Liter zusätzlich kaum spüren würde.« Geschickt schob sie einen kleinen Bausch über den Nadeldorn und zog ihn heraus; Moreta drückte den Finger auf die Einstichstelle, solange Jallora den Glasbehälter verschloß. »Er kommt in ein paar Minuten zu sich.« Die Heilerin begann ihre Utensilien auf ein Tablett zu legen. »F'duril sagte mir übrigens, daß Sie Dilenths Schwinge versorgt haben. Eine großartige Leistung!«

»Macht er Fortschritte?« Die Anerkennung der jungen Frau tat Moreta wohl.

»Zum Glück ja. Auch F'duril und dem jungen A'dan geht es besser. Ich war noch nie zuvor in einem Weyr. Offen gestanden hatte ich keine Ahnung, daß sich Drachen bei den Sporenkämpfen so schwer verletzen können. Sie wirken immer so imposant.«

»Leider sind sie nicht unverwundbar.«

»Wir können unseren Glückssternen danken, daß sie sich als immun gegen dieses Virus erwiesen.«

In diesem Moment begann Sh'gall leise zu stöhnen. Jallora eilte an sein Lager und räumte die restlichen Instrumente beiseite.

»Nun, Weyrführer, wieder unter den Lebenden?« Sie nahm eine orangefarbene Flüssigkeit vom Tisch, stützte Sh'gall mit einem Arm und setzte ihm das Glas an die Lippen. »Trinken Sie, dann werden Sie sich gleich besser fühlen!«

»Ich weiß nicht, ob es klug war, mich ...«, begann Sh'gall gereizt, aber er nahm das Glas entgegen und trank.

»Die Reiter von Fort brauchen das Serum, Weyrführer. Sie müssen alle geimpft werden, damit nicht noch mehr von ihnen das erleiden, was Sie soeben durchgemacht haben!«

Die Heilerin schlug den richtigen Ton an, und Sh'gall entließ sie mit einem gnädigen Kopfnicken. Moreta bedauerte, daß sie nicht auch einfach verschwinden konnte.

»Trotzdem – ich halte es nicht für klug, einem ohnehin

geschwächten Menschen Blut abzunehmen«, erklärte Sh'gall, sobald Jallora außer Hörweite war.

»Mich hat sie auch schon gemolken.« Moreta schob den Ärmel hoch und deutete auf den winzigen blauen Fleck in der Armbeuge. Sh'gall wandte den Blick ab. »Im Moment fallen einhundertzweiundachtzig Reiter wegen der Krankheit oder einer Verletzung aus.«

»Warum hat uns Capiam diese ... Frau geschickt, anstatt selbst zu kommen?«

»Jallora ist eine erfahrene Heilerin. Sie lernte gerade für ihre Meisterprüfung, als die Epidemie ausbrach. Capiam hat selbst gerade erst das Krankenlager verlassen, und er muß sich um den ganzen Kontinent kümmern!«

»Ich kann nicht glauben, daß Leri nichts von meiner Absicht wußte, P'nine als Stellvertreter einzusetzen!« Sh'gall nahm seine Beschwerden an dem Punkt wieder auf, wo Jallora ihn unterbrochen hatte.

»Leri hat sämtliche Entscheidungen aufgrund ihrer großen Erfahrung getroffen. Vergiß nicht, sie leitete diesen Weyr bereits, als wir noch keine Drachen für uns gewonnen hatten!«

»So? Und warum erfahre ich dann von Kadith, daß T'ral heute *zwei* Geschwader in Tillek anführte?« entgegnete Sh'gall erbost. »T'ral ist nur *Geschwaderzweiter!*«

»Mit Ausnahme des Hochlands werden im Moment alle Weyr von Geschwaderzweiten geführt. Du siehst: Je eher du das Kommando wieder übernimmst, desto besser.«

Die Bemerkung schien Sh'gall einzuleuchten, aber seine Miene blieb grimmig. »Ich war krank, sehr krank.«

»Du kannst auf mein Mitgefühl zählen.« Moreta versuchte ernst zu bleiben. »Aber glaub mir, bis zum Abend wirst du dich bedeutend besser fühlen.«

»Das kann ich jetzt noch nicht sagen ...«, quengelte er.

»Aber ich! Vergiß nicht, daß ich die gleiche Krankheit durchgemacht habe wie du!«

Sh'gall warf ihr einen Blick puren Hasses zu, aber Moreta ließ sich davon nicht beirren. Wenigstens ein Teil der schweren Last mußte von S'ligars Schultern genommen werden. Sh'gall war ein verdammt guter Führer im Kampf gegen die Fäden, und seine Fähigkeiten wurden dringend gebraucht.

»Nerat und Tillek sind die nächsten Kampffronten«, fuhr sie fort. »Du hast Glück: Dort gibt es wenigstens Bodentrupps.«

»Ich wollte Kadith nicht glauben, daß uns keine Bodenmannschaften zu Hilfe kamen! Begreifen denn die Bauern nicht ...«

»Sie begreifen sehr wohl, aber sie haben schlimmere Verluste erlitten als wir, Sh'gall. Unterhalte dich mal ein paar Minuten mit K'lon! Er wird dir ein paar harte Fakten erzählen.« Sie erhob sich. »Ich habe eine Menge zu tun. Jallora meinte, daß du heute noch das Bett hüten sollst. Morgen kannst du aufstehen. Kadith wird mich verständigen, wenn du etwas brauchst.«

»Von dir brauche ich nichts.« Sh'gall drehte sich zur Wand und zog die Felldecke bis über die Ohren.

Moreta ließ ihn nur zu gern in seinem Schmollwinkel. Aber sie hoffte, daß in drei Tagen sein Wunsch, die Geschwader anzuführen, größer sein würde als das Verlangen, seine eingebildeten Leiden zu pflegen. An der Spitze der vereinigten Weyr zu stehen, war für einen ehrgeizigen Mann wie Sh'gall sicher eine große Herausforderung. Sie bemühte sich, ihn mit etwas mehr Nachsicht zu betrachten: Er war geschockt von den schweren Verlusten und flüchtete sich vor der grausigen Wahrheit in nebensächliche Details, die er begreifen und bewältigen konnte.

Als sie sich zu Leris Weyr begab, stellte sie fest, daß ihr die Treppe nur noch halb so viel Mühe bereitete wie am Vortag. Sie hatte beschlossen, Holth das Kampfgeschirr anzulegen, nachdem Leri es sich nicht nehmen ließ, persönlich im Königinnengeschwader mitzureiten. Danach wollte Moreta aus den kläglich geschrumpften Rohstoffen des Weyrs neue Medikamente herstellen. Sie wußte, daß K'lon die Regale geplündert hatte, aber sie konnte es ihm nicht verdenken.

»Liegt er flach?« Leri kicherte boshaft. »Und er war alles andere als zufrieden mit den Entscheidungen, die ich während seiner Krankheit traf, stimmt's?«

»Hat Holth schon wieder gelauscht?«

»Gar nicht nötig! Ich sehe die roten Ärgerflecken auf deinen Wangen, ha!«

»Du machst mir mindestens genausoviel Ärger wie er!« sagte Moreta grimmig. »Du weißt genau, daß du dich übernimmst ...«

Leri winkte ab. »Ich denke nicht daran, freiwillig auf den Genuß des Fluges zu verzichten! Ich bleibe im Königinnengeschwader, solange ich mich im Sattel halten kann. Und ich fühle mich heute besser als seit vielen Planetenumläufen.« Sie nahm einen Schluck Wein.

»Hmm.« Moreta warf einen bedeutsamen Blick auf das Glas.

»Keine Sorge, da ist kein Fellissaft drin! Wir besitzen keinen mehr, meine Liebe!« erinnerte Leri sie mit einem honigsüßen Lächeln.

»K'lon versprach, mir zumindest ein paar getrocknete Früchte zu besorgen.«

Beide Frauen wußten, daß viele von K'lons Vorräten aus Höfen stammten, die keine Medikamente mehr benötigten. »Nun gut.« Leri hob stumm das Glas und trank.

Moreta wandte sich rasch dem Reitgeschrirr zu, um ihre Tränen zu verbergen. Sie durfte nicht ständig an den verwaisten Hof ihrer Eltern denken. Aber die Erinnerung an den sonnigen Ort, an die Kinder, die fröhlich über die Wiesen tollten, an die alten Leute, die an der warmen Hausmauer auf Bänken saßen und plauderten, ließen sich nicht verbannen. Das alles war jetzt ohne Leben. Sicher hatten Schlangen und wilde Where ...

»Moreta?« Leris Stimme klang sanft und liebevoll. Dann setzte sie hastig hinzu: »Holth sagt, daß K'lon soeben eingetroffen ist.«

In diesem Moment übermittelte ihr Orlith die gleiche Nachricht.

»Manchmal meine ich, daß ich mehr als zwei Ohren und einen Kopf habe!«

Ich habe keine Ohren, stellte Orlith richtig.

K'lon betrat den Weyr. Er strahlte Energie und gute Laune aus. Moreta fiel plötzlich seine gesunde braune Hautfarbe auf. Und als er den Helm abnahm, sah sie, daß sein Haar sonnengebleicht war.

»Nerat hat Fellissaft in Hülle und Fülle, Moreta«, verkündete er fröhlich und setzte einen prall gefüllten Sack ab. »Und von Lemos bekommen wir Akonit und Weidensalz.«

»Und wie geht es A'murry?« fragte sie mit einem warmen Lächeln. Sie wollte ihm mit der Frage zu verstehen geben, daß sie den kurzen Umweg billigte.

»Sehr, sehr viel besser.« K'lon strahlte erleichtert. »Natürlich ist er immer noch schwach, aber er sitzt den ganzen Tag in der Sonne, und allmählich bekommt er wieder Appetit.«

»Na, du hast dich wohl ausgiebig bei ihm gesonnt, was?« fragte Leri.

Moreta warf ihr einen raschen Blick zu, denn die Stimme der alten Frau klang betont arglos.

»Wann immer ich die Zeit dazu fand«, murmelte K'lon und machte sich an dem Sack zu schaffen.

»Soll das heißen ...« Endlich begriff auch Moreta, was Leri längst durchschaut hatte. »Soll das heißen, daß du *per Zeitsprung* bei A'murry warst?«

»Ich hatte soviel Arbeit und ...« Draußen trompetete Rogeth los.

»Niemand macht dir Vorwürfe, K'lon!« sagte Leri rasch. Holth summte beruhigend, und die Facetten der großen wirbelnden Augen glitzerten blau. »Aber du gehst ein großes Risiko ein. Du könntest dir bei so einem Ausflug selbst begegnen.«

»Aber ich habe genau aufgepaßt!« K'lons Stimme klang trotzig und unsicher zugleich.

»Sag mal, auf wie viele Stunden hast du deinen Tag eigentlich ausgedehnt?« Leri sprach mit großem Verständnis und Mitgefühl; aber auch eine Spur von Belustigung war zu vernehmen.

»Ich weiß nicht. Ich habe nicht mitgerechnet.« K'lon schob rebellisch das Kinn vor. »Es ging einfach nicht anders. Es gab soviel zu erledigen, und A'murry brauchte mich. Ich hatte ihm *versprochen,* jeden Nachmittag nach Igen zu kommen, ganz gleich, was ich zu tun hatte. Ich mußte mein Versprechen halten. Aber ich fühlte mich auch gezwungen, Meister Capiam beizustehen ...«

»Glaub uns, K'lon«, sagte Moreta, als er sie mit einem flehenden Blick ansah, »wir wissen, mit welchem Mut und mit welcher Hingabe du dich in der letzten Woche für die Kranken eingesetzt hast. Aber der Zeitsprung ist und bleibt eine gefährliche Angelegenheit ...«

»... die uns der Ausbilder nie erklärte!« warf K'lon ein wenig gereizt ein.

»Das Wissen um den Zeitsprung bleibt im allgemeinen den Bronzedrachen und Königinnen vorbehalten, K'lon. Ich nehme an, daß du durch Zufall dahinterkamst ...«

»Ja, irgendwie schon.« K'lons Miene spiegelte das Staunen wider, das er bei jenem ersten Erlebnis empfunden hatte. »Ich hatte mich verspätet und wußte, daß A'murry sich Sorgen machen würde. Ich sah ihn dasitzen und auf mich warten, und plötzlich war ich bei ihm ... rechtzeitig!«

»Ein Schock, nicht wahr?« Leri lachte.

K'lon sah sie an und begann breit zu grinsen. »Ich wußte nicht so recht, wie ich das geschafft hatte.«

»Also hast du es am nächsten Tag noch einmal ausprobiert ...«

K'lon nickte und entspannte sich ein wenig, als er sah, daß die Weyrherrin die Sache gelassen aufnahm. »Inzwischen sieht mein Zeitplan so aus: Ich melde mich morgens bei Meister Capiam und nehme seine Aufträge entgegen. Nachmittags fliege ich nach Igen, und abends erledige ich alle anderen Dinge.«

»Du wirst von jetzt an vorsichtiger sein«, erklärte Leri streng. »A'murry geht es besser, das hast du uns selbst erklärt. Aber *du* machst dich kaputt, wenn du deinen Tag willkürlich ausdehnst! Heute nachmittag – und *nur* heute nachmittag – bist du vom Fädeneinsatz befreit. Du kannst die Zeit bei deinem Freund verbringen. Aber von nun an hältst du dich an den normalen Stundenablauf auf Pern! Holth wird darüber wachen. Und wir wollen Meister Capiam bitten, daß er dich des öfteren nach Igen schickt.«

»Aber … aber …«

Leri hob warnend den verkrümmten Zeigefinger. »Du bist von den Zeitsprüngen zu müde, um das Risiko richtig einzuschätzen. Ein einziger Fehler, und A'murry muß für immer auf seinen Freund verzichten!« Die alte Frau musterte ihn scharf, und K'lon senkte den Blick. Holth stieß ein paar dumpfe, warnende Laute aus, und Rogeth antwortete verwirrt. K'lon starrte Leri aus weitaufgerissenen Augen an. »O ja, wenn es um die Disziplin des Weyrs geht, ist alles möglich. Ich nehme an, dir ist Holth lieber als Kadith?«

K'lon wandte sich an Moreta, aber sie schüttelte langsam den Kopf. Der junge Reiter wirkte niedergeschlagen, und seine strahlende Laune war wie weggeblasen; aber er mußte in seine Schranken gewiesen werden.

»Man braucht mich heute nachmittag während des Fädeneinfalls«, meinte er schließlich unsicher. »Wie soll ich das A'murry erklären? Wir bringen ohnehin nur knapp zwei Geschwader zusammen. Ista kann nicht mehr als ein Geschwader und zehn Ersatzleute schicken.«

»Sag A'murry, daß wir uns um deine Gesundheit Sorgen machen! Daß wir es für ratsam hielten, dich heute nachmittag ausruhen zu lassen. Daß du zu hart geschuftet hast und dein Einschätzungsvermögen während des Sporenkampfes herabgesetzt sein könnte. Wir wollen dich nicht verlieren!«

»K'lon, wir brauchen dich ebenso wie A'murry!« fügte Moreta hinzu.

»Die Heilerhalle und der Weyr stehen tief in deiner Schuld«, erklärte Leri. Ihre Stimme klang jetzt freundlicher. »Verschwinde jetzt und übergib die restlichen Aufträge Capiams an M'barak! Und noch eines, K'lon: Du wirst keiner

Menschenseele – auch nicht A'murry! – verraten, daß Drachen von einer Zeit in die andere gelangen können!«

Holths große Facettenaugen glommen rötlich. Der Reiter trat erschrocken einen Schritt zurück.

»Gut, Leri.«

Die alte Weyrherrin deutete auf Moreta.

»In Ordnung, Moreta, ich verspreche es!«

»Dann erwähnen wir die Angelegenheit nicht mehr. Grüße A'murry von uns!« Leri war die Liebenswürdigkeit selbst. »Wenn es hier nicht so verdammt kalt wäre, würde ich vorschlagen, daß du ihn nach Fort bringst. Aber ich schätze, er ist mit seinem Brustleiden im Süden momentan besser aufgehoben.«

Der gescholtene Reiter verließ den Weyr mit schweren Schritten. Sein Drache stupste ihn an und summte tröstend.

»Er wird jetzt eine Weile den Märtyrer spielen«, sagte Leri mit einem Seufzer.

»Besser das, als er setzt tatsächlich sein Leben aufs Spiel.«

Dann begann Leri leise zu lachen. »Es fiel mir verdammt schwer, ernst zu bleiben. Nicht ungeschickt, der Bursche! Wäre er nicht so braungebrannt gewesen, so hätten wir wohl nie Verdacht geschöpft.«

»Er besitzt schon wieder zuviel Energie. Einfach schändlich, wenn ich daran denke, wie ausgehöhlt ich mich fühle! Sag mal, kann Holth ihn wirklich überwachen?«

»Solange K'lon das glaubt, reicht es. Du kümmerst dich doch hin und wieder um Rogeth, meine Liebe, ja?« Sie tätschelte ihrer Königin liebevoll die Schnauze. »Moreta legt dir jetzt das Reitgeschirr an, und dann vernichten wir die Fäden ...«

Moreta zog die Augenbrauen hoch und warf ihr einen vorwurfsvollen Blick zu.

»Ach, Mädchen, laß mich zufrieden und geh deinen Fellissaft brauen!« Leri erhob sich ungeduldig von ihrem Lager.

Während Moreta Holth die Riemen festzurrte, überlegte sie, ob Orlith die alte Drachenkönigin unauffällig überwachen konnte, damit kein Unglück geschah.

Nein.

Moreta hob überrascht den Kopf, denn sie hatte ihre Gedanken gut abgeschirmt. Und sie konnte nicht einmal sagen, welcher Drache geantwortet hatte, Holth oder Orlith. Achselzuckend konzentrierte sie sich auf das Reitgeschirr. Nachdem sie Leri beim Aufsitzen geholfen hatte, begleitete Moreta die beiden zum Felsensims hinaus und sah ihnen nach, wie sie in die Lüfte stiegen. Die Geschwader, die zum Kampf gegen die Fäden ausrückten, wurden von den daheim gebliebenen Drachen mit einem lauten, trotzigen Trompeten verabschiedet. Wieder kam Moreta zu Bewußtsein, wie verwundbar im Moment nicht nur der Weyr, sondern ganz Pern war.

Entschlossen wandte sie sich ab und ging hinunter, um die Fellisfrüchte zu schälen und als Saft einzukochen. Ihre Hände waren nicht mehr so zittrig wie am Vortag, und dafür war sie dankbar, denn das scharfe Messer glitt des öfteren von der ledrigen Haut der Früchte ab. Während der dicke Brei blubberte, warf sie einen Blick auf die Medizinvorräte. Was ihr sechs Tage zuvor als überreichlich erschienen war, hatte sich nun in ein Nichts aufgelöst. Aber die Reiter waren alle geimpft, und man würde kaum noch Fiebermittel, Kräftigungsmedikamente oder Brustsalben benötigen. Ein Glück, denn gerade diese Dinge konnte sie im Moment nicht aufstocken.

»Wo ist K'lon?« fragte sie Orlith.

Auf Igen.

»Und wie geht es Sh'gall?« erkundigte sie sich pflichtschuldig.

Er schläft tief. Kadith sagt, daß er tüchtig gegessen hat. Seine Genesung macht Fortschritte.

Moreta lächelte über die Gleichgültigkeit in Orliths Gedanken, denn auch sie hing nicht sonderlich an Sh'gall. Wenn sie erneut zum Paarungsflug aufstieg ...

HOLTH KOMMT! Falga und Tamianth sind schwer verwundet.

Moreta zog rasch den Kessel von der Feuerstelle und eilte dann hinaus. Holth tauchte über den Sternsteinen auf und flog direkt ihren Sims an. Die Weyrherrin hastete die Stufen nach oben. Mit einer Beweglichkeit, die Moreta verblüffte, schwang sich Leri von ihrem Drachen und warf den unförmigen Agenodrei-Tank ab, der polternd zur Seite rollte.

»Tamianth hat eine schlimme Wunde davongetragen, Moreta!« Leris Gesicht war grau vor Angst und Entsetzen. »Die Heiler kümmern sich um Falgas Bein, aber Tamianths Schwinge ...« Tränen liefen ihr über die Wangen und gruben helle Furchen in die Schmutzkruste. »Hier! Nimm meine Reitjacke! Mein Helm und die Brille müßten dir ebenfalls passen. Bitte, mach rasch!«

»Orlith darf nicht mehr fliegen!« sagte Moreta hilflos. Sie spürte Leris Verzweiflung.

»Ich weiß. Nimm Holth!« Leri drückte ihr die Reitausrüstung in die Arme. »Du kannst den beiden jetzt besser beistehen als sonst jemand. Holth stört es nicht, und Orlith hat sicher auch nichts dagegen. Es handelt sich um einen Notfall!«

Beide Königinnen waren erregt. Orlith kam aus ihrem Weyr. Summend reckte sie den langen, biegsamen Hals nach ihrer Reiterin. Moreta schlüpfte in die Reitjacke. Da sie ein Stück größer war als Leri, reichte ihr das Kleidungsstück nicht einmal bis zur Taille; auch Leris Gürtel paßte nur knapp. Moreta setzte den Helm auf und schwang sich auf Holths Nacken, ehe ihre Bedenken zu stark werden konnten.

Verzeih mir, Orlith! Moreta winkte ihrer Königin zu.

Was gibt es da zu verzeihen?

»Los!« drängte Leri verzweifelt.

Holth setzte sich beinahe so mühsam in Bewegung wie Orlith mit ihrem schweren Leib. Moreta empfand einen Moment lang totale Verwirrung. Sie war an Orlith gewöhnt. Wie in aller Welt sollte sie eine Gedankenverbindung zu Holth herstellen? Und plötzlich schaffte sie es. Holth war in ihren Gedanken, und daneben spürte Moreta Orlith. Eifersucht? Nein, nur die Besorgnis, daß sie mit Holth nicht zurechtkam. Die alte Drachenkönigin schwang sich in die Lüfte. Moreta spürte, wie unendlich müde und erschöpft Holth war, aber der Wunsch, Tamianth zu helfen, gab ihr Kraft.

Ganz langsam und locker, meinte Moreta ermutigend und voller Verständnis.

Der Wachdrache verabschiedete sie. Er schien nicht zu bemerken, daß Leri und Moreta die Plätze getauscht hatten.

Moreta stellte sich den Hochland-Weyr vor. Sie übermittelte Holth das Bild des zerklüfteten Felsgrates mit seinen sieben ungleichen Zacken.

Ich weiß, wohin wir müssen. Vertrau mir! erklärte die alte Königin.

Ich vertraue dir voll und ganz, Holth, entgegnete Moreta. Sie war sich im klaren darüber, daß die Erfahrung von Holth weit größer war als die von Orlith, wenngleich die jüngere Königin mehr Kraft besaß. *Bring uns zum Hochland!*

Diesmal murmelte Moreta nicht ihren Bannspruch gegen die Kälte im *Dazwischen,* sondern versuchte den Unterschied zwischen den beiden Drachenköniginnen zu erfassen. Holth wirkte alt und müde, aber ihre Ausstrahlung war voll und tief, viele Schichten dichter als die von Orlith. Vielleicht würde Orlith im hohen Alter ähnlich sonor klingen.

Dann schwebten sie in der warmen Luft über dem Hochland-Weyr, und Holth glitt die zerklüfteten Grate entlang. Sie ging in einer langgezogenen Linkskurve tiefer, so daß Moreta einen ungehinderten Ausblick auf die Kesselsohle und die verwundeten Drachen hatte. Die Weyrherrin war erschrocken über die wenigen Helfer, die sich um die Verletzten kümmerten. Als Holth zur Landung ansetzte, konnte sie sehen, daß Tamianth alle drei Vorderkanten der Handschwingen verloren hatte. Und ihre linke Flanke war schlimm versengt.

Wie konnte das geschehen? fragte Moreta entsetzt.

Bei einem Formationswechsel, erklärte Holth. *Sie wollte den Geschwadern helfen und überforderte sich einfach.* Zusammen mit der Trauer gingen die Bilder des Unglücks auf Moreta über. Tamianth war in einem steilen Winkel aufgestiegen, damit Falga den Flammenwerfer einsetzen konnte, und ge-

riet in einen Aufwind. Sie kam ins Trudeln, konnte nicht mehr ausgleichen, und ein großes Fädenknäuel legte sich über ihre Schwinge und Schulter, streifte Falgas Bein ...

Holth konnte nicht auf der Stelle wenden wie Orlith, aber die alte Königin berechnete ihre Bahn so genau, daß sie eine Schwingenbreite neben der verwundeten Tamianth landete.

Kannst du mir helfen, ihre Schmerzen zu dämpfen, Holth? fragte Moreta, die in fieberhafter Eile vom Rücken der Königin glitt. Zuallererst mußte man Tamianths Schmerzgebrüll unterdrücken.

Orlith ist bei uns, erklärte Holth mit großer Würde, und ihre Augen funkelten gelb.

Falga lag auf einer Bahre und hatte das Gesicht ihrer Königin zugewandt, aber sie war kaum bei Bewußtsein. Zwei Heiler umwickelten ihr Bein mit Bandagen, auf die sie Betäubungssalbe gestrichen hatten.

Tamianth! Moreta hoffte, daß die Drachenkönigin ihre Gedanken auffing. *Ich bin Moreta, und ich möchte dir helfen!*

Tamianth schlug mit den Vorderpfoten heftig um sich und warf den Kopf von einer Seite auf die andere. Die Weyrleute kamen nicht nahe genug heran, um Betäubungssalbe auf die freigelegten Fingerknochen zu streichen. Moreta erkannte mit einem raschen Blick, daß es ihnen wenigstens gelungen war, die tiefe Flankenwunde zu behandeln, aus der Sekret austrat. Aber der Flügel verursachte Tamianth entsetzliche Schmerzen.

»Haltet sie fest!« schrie Moreta den Drachen und Menschen in ihrer Umgebung zu.

Die anderen verwundeten Tiere trompeteten los. Holth stellte sich auf die Hinterpfoten und spreizte die Schwingen. Aus den Weyrn in der Felsflanke kamen Drachen, deren Reiter noch zu geschwächt waren, um gegen die Fäden aufzusteigen. Und plötzlich wurde Tamianth durch die vereinte Willenskraft der Drachen ringsum festgehalten.

»Rasch!« fauchte Moreta die Weyrleute an, die fassungslos das Schaupsiel begafften. »Tragt die Betäubungssalbe auf!«

Sie nahm selbst ein Gefäß und einen Spatel in die Hand; während sie verbissen arbeitete, versuchte sie das Ausmaß der Verletzung abzuschätzen. Irgendwie erinnerte sie der Unfall an Dilenth. Allerdings hatte Tamianth weit mehr Schwingenmembran eingebüßt. Es würde sehr, sehr lange dauern, ehe sie wieder fliegen konnte.

»Können wir irgendwie helfen?« Ein kleiner Mann mit hellen Augen, vorspringender Nase und entschlossenem Kinn schaute prüfend zu ihr auf. In seiner Begleitung befand sich ein hochgewachsener, kräftiger Bursche, dessen Miene zu einer Grimasse der Angst und Besorgnis erstarrt schien. Beide trugen die Purpurstreifen der Heiler und den Schulterknoten der Gesellen. Moreta warf einen raschen Blick auf Falgas Bahre. »Ihre Wunde ist versorgt, aber sie hat das Bewußtsein noch nicht wiedergewonnen. Viel können wir im Moment nicht für sie tun. Ich benötige Öl, Schilfrohr, dünnen Gazestoff, Nadeln, behandelten Faden ...«

»Ich kenne mich in diesem Weyr nicht aus«, erklärte der Kleinere der beiden und wandte sich fragend an seinen Gefährten. Der nickte und lief zu dem niedrigen Steinbau, der den Bewohnern vom Hochland-Weyr als Hauptunterkunft diente. »Mein Name ist Pressen, Weyrherrin.«

»Gut, Pressen. Streichen Sie die Schwinge weiter mit Betäubungssalbe ein! Immer an den Knochen entlang. Ich möchte, daß sie dick bedeckt sind, besonders an den Gelenkstellen. Und vergessen Sie nicht die Flankenwunde! Tamianth darf nicht zuviel Sekret absondern.«

Eine alte Frau schleppte einen Eimer mit Rotwurzlösung herbei; ein paar Kinder mit Ölgefäßen folgten ihr im Laufschritt. Zwei Reiter mit frisch verbundenen Wunden kamen näher; ihre Drachen, ein Blauer und ein Brauner – beide ebenfalls verletzt – ließen sich auf dem Felsboden nieder und hefteten die Blicke fest auf Tamianth.

Moreta hatte mit einem Mal mehr Helfer, als sie beschäftigen konnte, und so schickte sie die Reiter los, um den Heiler bei der Suche nach den Geräten und Medikamenten zu unterstützen. Die alte Frau berichtete kurz, daß die Heiler des

Weyrs gestorben waren und die beiden Neuen sich zwar alle Mühe gaben, aber absolut nichts von Drachen verstanden. Sie selbst hätte gern geholfen, wie sie sagte, aber in ihren Händen war bereits »das Zittern«.

Moreta schickte sie nach Gazestoff los, den brauchte sie im Moment am dringendsten. Als sie ihre Vorbereitungen getroffen hatte, erfuhr sie von Orlith und Holth, daß Tamianths Wahnsinnsschmerzen einem dumpfen Pochen gewichen waren. Tamianths Schwinge war ein gutes Stück größer als die von Dilenth, und die Fäden hatten mehr von der Membran zerstört. Die beiden Reiter suchten in geduldiger Kleinarbeit sämtliche Fragmente zusammen und breiteten sie auf den Stoffbahnen aus. »Auf Gaze wäre ich nie im Leben gekommen«, murmelte Pressen. Er beobachtete fasziniert ihre Arbeit. Bei den feineren Stichen konnte er ihr assistieren; seine schmalen Hände erwiesen sich als ungemein sanft und geschickt. Nattal, die alte Küchenaufseherin, zwang Moreta zu einer kleinen Pause, in der sie ihr eine Schale Suppe anbot. Sie wußte, daß die Weyrherrin von Fort eben erst von ihrer schweren Krankheit genesen war. Allem Anschein nach enthielt die Suppe ein Anregungsmittel, denn als Moreta ihre Operation fortsetzte, konnte sie weit konzentrierter und exakter arbeiten als zuvor.

Dennoch zitterte sie vor Erschöpfung, als sie endlich fertig war.

Wir müssen heim! erklärte Holth in einem Tonfall, der keinen Widerspruch duldete.

Moreta war mehr als bereit, ihrem Befehl Folge zu leisten, aber eine unerklärliche Angst ließ sie zögern. Sie warf einen Blick auf Falga, die entweder immer noch bewußtlos war oder sehr tief schlief. Unruhig musterte sie den Weyrkessel und die verwundeten Drachen.

»Sie sehen sehr blaß aus, Weyrherrin«, sagte Pressen und berührte sie mit seiner rotfleckigen Hand leicht am Arm. »Ich bin sicher, daß wir mit den übrigen Problemen fertig werden. Nur, diese Schwinge hätten wir bestimmt nicht geschafft. Ich habe viel von Ihnen gelernt.«

»Danke. Achten Sie darauf, daß die Knochen immer mit Betäubungssalbe bestrichen sind. Sobald sich an den Gelenken Wundsekret bildet, wird es die offenen Stellen überkrusten. Dann beginnt der eigentliche Heilprozeß.«

»Mir war nie so recht zu Bewußtsein gekommen, daß Drachen beim Kampf gegen die Fäden verletzt werden«, meinte Pressen und warf einen nahezu ehrfürchtigen Blick auf die Riesengeschöpfe, die auf den Felsensimsen und Zinnen des Weyrs lagen.

Komm! Steig auf! Holths Botschaft klang drängend, und Moreta spürte nichts von Orlith.

»Ich muß aufbrechen.« Moreta schwang sich auf Holths Nacken. Sie fand, daß Holth hagerer war als Orlith und längst nicht so breit in der Schulter. Vielleicht entstand dieser Eindruck aber auch dadurch, daß Holth sich bereits zum Sprung duckte, als sie aufstieg.

Während sich die alte Königin konzentrierte, unterdrückte Moreta die Sorge, daß der Drache zu erschöpft für einen Start vom Boden aus sein könnte. Ihre Hinterpfoten ... Moretas Kopf flog nach hinten, als Holth sich kraftvoll abstieß, und die Weyrherrin hoffte verlegen, daß die Königin ihre Gedanken nicht erraten hatte. Sie stellte sich die Sternsteine des Fort-Weyrs vor, jenes uralte Monument, und den dahinter aufragenden Berggipfel. *Bring uns bitte nach Fort, Holth!*

Holth ging ins *Dazwischen,* sobald sie den Rand des Hochland-Weyrs erreicht hatte. In dem kurzen Moment der Kälte brannten Moretas Finger trotz der dicken Handschuhe, die sie trug. Sie hätte sie noch einmal einölen müssen. Während einer Operation zog sie sich immer kleine Schnitte und Kratzer zu. Der grüne Wachreiter winkte ihr zu, und auch das Trompeten seines Drachen klang erleichtert.

Holth glitt eine Spur zu schnell auf den Felsensims ihres Weyrs zu, und Moreta mußte sich festhalten, als sie abrupt landete.

Du wirst gebraucht, erklärte Holth, als Moreta die Riemen löste und zu Boden glitt.

»Ich nehme dir nur das Reitgeschirr ab ...«

Ich brauche dich jetzt! Orliths Stimme wirkte kläglich. *Ich habe lange auf dich gewartet.*

»Natürlich, mein Liebes, und es war großzügig, daß du mich mit Holth ...«

Leri sagt, du sollst keine Zeit verschwenden! unterbrach sie Holth, und die Facetten ihrer Augen begannen schneller zu kreisen.

»Ist Orlith etwas zugestoßen?« Moreta lief mit klopfendem Herzen die Steinstufen nach unten. Sie raste um die Kurve und stieß mit der Schulter schmerzhaft gegen die Eingangskante.

Orlith reckte den Hals und starrte ihr entgegen. Sobald sie ihrer ansichtig wurde, begann sie zu trompeten.

Leri stand neben ihrem Drachen, in eine Felldecke gehüllt. Sie strahlte Moreta an.

»Gerade noch geschafft!« verkündete sie erleichtert, während Moreta ihre Königin umarmte. »Aber je eher du sie zur Brutstätte hinunterbringst, desto besser. Ich weiß nicht, ob sie noch sehr viel länger durchgehalten hätte ...«

Moreta entschuldigte sich wieder und wieder bei ihrer Königin, daß sie gerade jetzt so lange ausgeblieben war.

»Kein Mensch wußte, daß du den Weyr verlassen hattest«, meinte Leri. »Aber es wäre mir schwergefallen, Orlith ohne Aufsehen zur Brutstätte zu schaffen.«

Es ist wirklich eilig! jammerte Orlith.

Kapitel XII

Burg Fort, Fort-Weyr und Hochland-Weyr, 18. 3. 43

»Ich jedenfalls freue mich, daß wir auch mal wieder eine angenehme Nachricht bekommen«, erklärte Capiam, nachdem das Echo der Trommelbotschaft verhallt war.

Sie alle hatten das Dröhnen der Trommeln gehört, aber die dicken Mauern von Baron Tolocamps Privatgemächern machten es unmöglich, die einzelnen Rhythmen zu unterscheiden. Erst als die Harfnerhalle die Botschaft weiterleitete, verstanden sie den Inhalt.

»Fünfundzwanzig Eier, nicht eben überwältigend«, quengelte Baron Tolocamp.

Capiam überlegte, ob seine Leute dem Burgherrn irgendein Gift in den Impfstoff gemischt hatten. Der Mann schien in seiner gesamten Persönlichkeit verändert. Mitleidige Seelen mochten sagen, daß er um seine Gemahlin und vier seiner Töchter trauerte, aber Capiam wußte, daß sich Tolocamp ziemlich rasch mit einer neuen Frau getröstet hatte; seine zur Schau gestellte Grabesmiene war irgendwie verdächtig. Tolocamp hatte es sich angewöhnt, eine ganze Reihe von Unzulänglichkeiten, so auch seinen Jähzorn und sein Zaudern, mit Kummer und Leid zu entschuldigen.

»Fünfundzwanzig Eier sind eine ganze Menge!« entgegnete Capiam entschieden. »Wir befinden uns immerhin kurz vor einem Intervall.«

Baron Tolocamp kaute an seiner Unterlippe und seufzte tief.

»Moreta darf nicht zulassen, daß Kadith noch einmal mit Orlith zum Paarungsflug aufsteigt. Sh'gall war sehr, sehr krank.«

»Das sind Dinge, die uns nichts angehen«, mischte sich

Tirone erstmals in das Gespräch. »Außerdem hat die Krankheit eines Reiters keine Auswirkung auf die Leistungsfähigkeit eines Drachen. Und da Sh'gall heute in Nerat gegen die Sporen kämpft, scheint er wieder gesund zu sein.«

»Ich wollte, man würde uns über die Verhältnisse in den Weyrn besser aufklären«, entgegnete Tolocamp und seufzte erneut. »Ich mache mir solche Sorgen ...«

»Die *Weyr*«, betonte Tirone und warf dem Baron einen wütenden Seitenblick zu, »haben ihre Pflichten gegenüber den Burgen auch in dieser schweren Zeit erfüllt, wie es die Tradition verlangt.«

»Habe *ich* etwa die Krankheit in den Weyrn eingeschleppt? Oder in den Burgen? Wenn die Drachenreiter nicht ständig hierhin und dorthin fliegen würden ...«

»Und die Burgherren nicht so sehr darauf bedacht wären, in jedem Winkel des Kontinents ...«

»Jetzt ist nicht der geeignete Moment für gegenseitige Vorwürfe!« Tirone warf Capiam einen warnenden Blick zu. »Tolocamp, Sie wissen ebensogut, wenn nicht besser als wir alle, daß ein paar Seeleute dieses Katzenscheusal auf unseren Kontinent brachten!« Der tiefe Baß des Meisterharfners klang hart. »Kehren wir lieber zu dem Thema zurück, das von der Trommelbotschaft unterbrochen wurde!« Tirones Miene verriet Capiam deutlich, daß er seine Antipathie gegen Tolocamp besser zügeln mußte. »In dem Lazarett, das Sie errichten ließen, liegen eine Reihe von Schwerkranken.« Tirone trat ans Fenster und schaute düster in die Ferne. »Wir haben im Moment nicht genug Impfstoff, um ihnen zu helfen, aber man könnte ihnen wenigstens anständige Quartiere beschaffen und eine gute Pflege angedeihen lassen.«

»Sagten Sie nicht selbst, daß Heiler bei ihnen sind?« entgegnete Tolocamp mürrisch.

»Heiler sind nicht immun gegen Viren, und auch sie können ohne Medikamente nichts ausrichten.« Capiam beugte sich über den Tisch und schaute dem Burgherrn fest in die

Augen. Tolocamp wich verängstigt zurück, eine weitere Angewohnheit, die den Heiler wütend machte. »Sie besitzen große Arzneivorräte ...«

»... die noch meine verstorbene Gemahlin gesammelt und zubereitet hatte ...«

Capiam schluckte grimmig an seinem Ärger. »Baron Tolocamp, wir brauchen diese Arzneien!«

Tolocamp verengte boshaft die Augen. »Für Ruatha, habe ich recht?«

»Es gibt noch mehr Burgen und Höfe auf Pern.« Capiam sprach rasch, um Tolocamps Verdacht zu entkräften.

»Die Vorratshaltung gehört zu den Pflichten eines jeden Burgherrn. Ich denke nicht daran, meinen Untertanen die Dinge zu rauben, die sie vielleicht selbst dringend benötigen.«

»Wenn es die Weyr schaffen, in dieser harten Zeit ihre Verantwortung weit über die Grenzen der ihnen anvertrauten Gebiete auszudehnen, dann werden Sie sich doch nicht weigern, das gleiche zu tun?« In Tirones vollem Baß schwang ein bittender Ton mit.

»O doch!« Tolocamp schob die Unterlippe vor. »Ich weigere mich! Kein Fremder soll es wagen, meinen Besitz zu betreten! Ich will nicht, daß diese Seuche oder sonst eine ansteckende Krankheit eingeschleppt wird. Ich setze das Wohl von Burg Fort nicht länger aufs Spiel. Und ich gebe nichts mehr von meinen Vorräten ab!«

»Dann werden meine Heiler die Burg verlassen«, erklärte Capiam. Er stand abrupt auf.

»Aber, aber, *das können Sie nicht dun!*«

»Selbstverständlich kann er, können *wir* das tun«, entgegnete Tirone. Er erhob sich und trat neben Capiam. »Sie haben vergessen, daß die Gildenangehörigen unserer Rechtssprechung unterstehen ...«

Capiam verließ den Raum, so wütend über Tolocamps schäbigen Geiz, daß er einen bitteren Geschmack auf der Zunge hatte. Tirone folgte ihm dicht auf den Fersen.

»Ich hätte nicht geglaubt, daß es dazu kommen würde.«

Capiam legte Tirone eine Hand auf die Schulter, um seinen Dank für den Beistand auszudrücken.

»Tolocamp hat die Großherzigkeit der Gilden einmal zu oft ausgenützt.« Tirones sonst so gütige Stimme klang scharf. »Ich hoffe, dieser Vorfall erinnert auch andere Burgherren daran, daß wir gewisse Rechte besitzen.«

»Meister Capiam ...«

Die beiden Männer wirbelten herum, als dicht hinter ihnen eine weibliche Stimme aufklang. Eine junge Frau löste sich aus dem Schatten eines Torbogens. Es war eine der drei Töchter Tolocamps, die das Fest auf Ruatha nicht besucht und deshalb überlebt hatten. Sie wirkte grobknochig, besaß ein intelligentes, aber unscheinbares Gesicht mit großen braunen Augen und hatte das dichte schwarze Haar streng nach hinten gekämmt.

»Ich besitze die Schlüssel zu den Vorratsräumen.«

»Aber, wie ...?« Tirone wußte nicht recht, was er sagen sollte.

»Baron Tolocamp machte seinen Standpunkt bereits klar, als der Hilferuf nach Arzneien hier eintraf. Aber einen Großteil der Pflanzen und Kräuter habe *ich* gesammelt und zubereitet.«

»Lady?« Capiam konnte sich nicht an ihren Namen erinnern.

»Nerilka.« Ein schwaches Lächeln huschte über ihre Züge. Sie schien nicht zu erwarten, daß sich jemand ihren Namen merkte. »Es ist mein Recht, Ihnen die Früchte meiner Arbeit anzubieten.« Sie warf Tirone einen herausfordernden Blick zu und wandte sich dann an Capiam: »Allerdings stelle ich eine Bedingung.«

»Wenn ich sie erfüllen kann ...« Capiam hätte eine Menge getan, um an die wertvollen Arzneien heranzukommen.

»Ich möchte die Burg mit Ihnen verlassen und die Kranken in diesem schrecklichen Lazarett vor den Toren von Fort pflegen. Ich bin geimpft.« Ein müdes Lächeln zuckte um ihre Mundwinkel. »Baron Tolocamp war an jenem Tag ungemein großzügig. Aber wie dem auch sei, ich habe keine Lust mehr, in einer Burg zu leben, in der mich ein Mädchen, das jünger ist als ich, als billige Arbeitskraft auszunützen versucht. Sie und ihre Familie durften die Burg betreten, während die Heiler und Harfner da draußen sterben!«

Die beiden Männer spürten, daß ihr eigentlicher Vorwurf unausgesprochen blieb: ... *während er meine Mutter und meine Schwestern auf Ruatha sterben ließ!*

»Hier entlang, rasch.« Sie faßte Capiam leicht am Arm und führte ihn weg.

»Ich werde inzwischen unsere Gildenangehörigen verständigen und mit ihnen die Burg verlassen«, sagte Tirone. Er wandte sich ab und ging über den Hof.

»Junge Frau, sind Sie sich über die Folgen dieses Schrittes im klaren? Wenn Sie die Burg ohne Erlaubnis Ihres Vaters verlassen, besonders jetzt, da seine Stimmung mehr als gereizt ist ...«

»Meister Capiam, ich bezweifle, daß er mein Verschwinden überhaupt bemerkt«, unterbrach sie ihn leichthin. Ihre Verbitterung schien vor allem der zweiten Frau ihres Vaters zu gelten. »Vorsicht, die Stufen sind sehr steil!« setzte sie hinzu und entfachte eine Handlampe.

Steil, gewunden und eng, erkannte Capiam, als sein Fuß von der ersten Stufe abglitt. Er haßte Geheimtreppen, von denen es auf Fort mehr als überall sonst zu geben schien. Die Alten hatten sie oft beim Bau der ursprünglichen Burgen in den Fels gehauen, um Hilfsverbindungen zwischen den in verschiedenen Höhen gelegenen Naturhöhlen zu schaffen. Er war dankbar, daß Nerilka mit dem Licht vorausging, aber der Abstieg schien eine Ewigkeit zu dauern. Dann schimmerte Tageslicht auf, und sie erreichten einen Absatz mit hohen, schmalen Gängen, die in drei Richtungen auseinanderliefen. Neben der Wendeltreppe, die sie eben benutzt hatten, befand sich eine zweite. Capiam hoffte sehnlichst, daß sie ihm erspart bleiben würde.

Nerilka führte ihn nach rechts, dann ein paar kurze, breite Stufen hinunter und nach links. Er kannte sich überhaupt nicht mehr aus. Nerilka bog erneut nach links ab. Drei Knechte, die auf einer Bank neben einer schweren Holztür warteten, sprangen mit unbewegten Gesichtern auf.

»Ihr seid pünktlich, wie ich sehe«, meinte Nerilka und nickte ihnen zu. »Vater schätzt Pünktlichkeit«, fuhr sie fort, an Capiam gewandt, während sie den Schlüsselbund hervorkramte. Sie benötigte drei verschiedene Schlüssel, um die massive Bohlentür zu öffnen. Einer der Männer stemmte sie auf; ein wirres Gemisch von scharfen, bitteren und würzigen Gerüchen wehte ihnen entgegen, vermischt mit abgestandener, staubiger Luft.

Nerilka machte Licht. Es fiel auf Spülsteine, Kohlepfannen, Arbeitstische, hohe Hocker, Meßgeräte und Waagen, glänzende Becken und Glasflaschen. Capiam stand nicht zum erstenmal in diesem Raum, doch er hatte ihn bisher stets in Begleitung von Lady Pendra und von der Burgseite her betreten. Nun sperrte Nerilka eine weitere Tür auf und winkte ihm zu, ihr zu folgen. Sie lächelte, als sie seinen erstaunten Ausruf hörte.

Capiam hatte gewußt, daß es auf Burg Fort eine großzügige Vorratshaltung gab, aber er war nie weiter als bis in die Kräuterküche vorgedrungen. Sie standen auf einer breiten Galerie, die durch ein Geländer von der dämmerigen Weite abgeschirmt war. Eine Holzstiege führte in die Tiefe. Tunnelschlangen flüchteten mit Geraschel und Gescharre, als das Licht aufflammte. Capiam erkannte Regale, die allem Anschein nach bis zum Deckengewölbe hinaufreichten. Fässer, Kisten und staubbedeckte Trockengestelle drängten sich aneinander. Er hatte den Eindruck, daß hier gewaltige Schätze lagerten, und sein Zorn über Tolocamps Geiz wuchs.

»Sehen Sie, Meister Capiam! Das sind die Früchte meiner Arbeit, seit ich alt genug war, Blätter und Blüten zu pflücken oder Wurzeln und Knollen auszugraben.« Nerilkas sarkastisches Flüstern war nur für seine Ohren bestimmt. »Ich will nicht behaupten, daß ich jedes einzelne Regal bis an den Rand gefüllt habe, aber meine Schwestern würden mir ihren

Anteil nicht verweigern, wenn sie noch lebten. Leider sind nicht mehr alle dieser Schätze zu gebrauchen, selbst Kräuter und Wurzeln verlieren mit der Zeit ihre Heilkraft. Nur die Tunnelschlangen werden fett von dem Zeug. Sim, verteile die Joche, die dort drüben in der Ecke liegen! Ihr schafft zuerst die Ballen ins Freie.« Ihre Stimme klang freundlich, aber befehlsgewohnt. »Meister Capiam, darf ich Ihnen den Fellissaft anvertrauen?« Sie deutete auf eine große Glasflasche in einem Korb aus Weidengeflecht. »Ich nehme das da.« Sie zerrte ein unförmiges Bündel an einem Tragriemen hoch und schwang sich einen zweiten Packen über die Schulter. »Ich habe heute nacht frischen Tussilago gemischt. So ist es gut, Sim. Ihr könnt jetzt losgehen. Wir benutzen den Küchenausgang. Baron Tolocamp hat sich erst kürzlich darüber beschwert, daß die Dienstboten die Teppiche des Wohntraktes zu sehr abnützen. Wir richten uns am besten nach seinen Befehlen, auch wenn es einen Umweg für uns bedeutet.« Sie deckte die Leuchtkörbe wieder zu.

Nerilka setzte ihre Last ab, um die Tür zum Vorratsraum wieder zu versperren. Capiam erkannte, daß sie den Diebstahl der Medikamente und ihre Flucht sorgfältig vorbereitet hatte. Einmal trafen sich ihre Blicke, als sie nachdenklich in der Kräuterküche umherschaute. Die Knechte waren bereits ein Stück vorausgegangen.

»Ich würde gern mehr mitnehmen, aber so ist es sicherer. Vier Knechte bei der mittäglichen Wachablösung, das fällt dem Posten vermutlich nicht auf.«

Erst jetzt bemerkte Capiam, daß Nerilka die groben dunklen Gewänder und die schweren Filzstiefel der Arbeiter trug.

»Keiner wird sich Gedanken darüber machen, wenn einer der Knechte zum Lager weitergeht.« Sie zuckte mit den Schultern. »Und das Gesinde in der Küche wird nichts dabei finden, daß der Meisterheiler Vorräte mitnimmt. Im Gegenteil, es würde die Leute wundern, wenn Sie mit leeren Händen gingen.«

Sie hatte die Außentür verschlossen und warf nun einen

nachdenklichen Blick auf ihren Schlüsselbund. »Man weiß nie«, murmelte sie und schob ihn in ihre Gürteltasche. Ein schwaches Lächeln huschte über ihre Züge, als sie Capiams Blick bemerkte. »Meine Stiefmutter hat ihre eigenen Schlüssel. Sie denkt, es seien die einzigen. Mutter dagegen fand immer, daß die Kräuterküche das geeignete Reich für mich sei. Hier entlang, Meister Capiam!«

Capiam folgte ihr. Die Fügsamkeit der Fort-Töchter hatte Anlaß zu manchen Lästerreden gegeben, wo immer Lady Pendra aufgetaucht war, um eine aus ihrer Schar an den Mann zu bringen. Nerilka, rechnete Capiam rasch nach, mußte die älteste der insgesamt elf Tolocamp-Mädchen sein. Vor ihr kamen noch zwei Söhne, Campen und Mostar, und nach ihr neben den Schwestern vier jüngere Brüder. Lady Pendra war ununterbrochen schwanger gewesen, eine weitere Quelle von Spott und Zoten unter den Heilerlehrlingen. Capiam hätte nie geglaubt, daß jemand aus der riesigen Fort-Nachkommenschaft einen scharfen Verstand oder auch nur eine Spur von eigenem Willen besitzen könnte. Nerilka belehrte ihn eines Besseren.

»Lady Nerilka, wenn Sie jetzt die Burg verlassen ...«

»Daran besteht kein Zweifel«, unterbrach sie ihn mit leiser, aber fester Stimme.

»... wird Baron Tolocamp ...«

Sie blieb unter dem großen Torbogen stehen und warf einen Blick auf das geschäftige Treiben im Küchengewölbe. »Er wird meine Abwesenheit gar nicht bemerken.« Sie deutete auf ihr Gepäck. »Und das da fehlt ihm sicher nicht.« Nerilka seufzte und starrte zu dem Ausgang, durch den die Knechte verschwunden waren. »Ich kann den Leuten im Lager echte Hilfe bringen, denn ich weiß, wie man Pulver mischt und Heiltränke braut. Es ist besser, etwas Nützliches zu vollbringen, als abgeschoben in irgendeiner Ecke herumzusitzen. Und ich weiß, daß Ihre Heiler überfordert sind. Sie brauchen jede Unterstützung.

Außerdem ...«, sie warf ihm einen Blick zu, der schon beinahe kokett wirkte, »... kann ich notfalls immer noch zurückkehren.« Sie deutete auf ihren Schlüsselbund. »Sehen Sie mich nicht so erstaunt an! Die Dienstboten machen das ständig. Warum nicht auch ich?«

Dann ging sie weiter, und er folgte ihr rasch und wortlos. Sobald sie das Küchengewölbe verlassen hatten, änderte sich ihr aufrechter Gang. Sie war jetzt nicht mehr die stolze Tochter eines Barons, sondern eine unbeholfene, schlurfende Frau, die ihre Schultern hängen ließ und mürrisch in die Runde schaute.

Capiam warf einen verstohlenen Blick nach links, wo der Haupthof und der Treppenaufgang zur Burg lagen. Tirone kam mit den Harfnern und Heilern, die bis jetzt bei Tolocamp ihren Dienst versehen hatten, die Rampe herunter.

»Er wird sie beobachten und nicht uns«, meinte Nerilka mit einem leisen Lachen. »Gehen Sie etwas gebückter, Meister Capiam! Im Augenblick sind Sie nur ein Knecht, der widerwillig bis zur Burggrenze geht, weil er Angst hat, sich anzustecken und wie alle im Lager zu sterben.«

»Es sterben nicht alle im Lager!«

»Natürlich nicht, aber Baron Tolocamp ist davon überzeugt. Und er hämmert es den Burgbewohnern immer wieder ein. Oh, ein verspäteter Versuch, den Exodus aufzuhalten! Gehen Sie weiter, als sei nichts geschehen!« Ihre Stimme klang mit einem Mal wieder sehr gebieterisch.

Capiam wäre wohl verwirrt stehengeblieben, wenn sie ihn nicht gewarnt hätte. Er sah, wie vier Wachtposten Tirone und seine Gruppe einzuholen versuchten.

»Sie können so langsam gehen, wie Sie wollen, das machen alle Dienstboten, aber halten Sie auf keinen Fall an!« wisperte sie.

Auch sie beobachtete die Wachen, und ihre Augen blitzten boshaft, als die Männer halbherzig versuchten, Tirone und seine Leute zur Umkehr zu überreden. Nach einem kurzen Wortwechsel setzten die Männer ihren Weg zur Harfnerhalle unbehelligt fort. Nerilka und Capiam näherten sich der Postenkette.

Das Lazarett befand sich zur Linken der steilen Klippe, in

einem kleinen Tal, das man von der Burg aus nicht einsehen konnte. Die Wachen waren oberhalb des Lagers postiert, wo Baron Tolocamp sie im Blickfeld hatte. Eine roh gezimmerte Wachhütte und ein provisorischer Zaun bildeten die Grenze.

Nerilkas drei Knechte legten ihre Lasten am Wachhaus ab, neben einigen Körben mit Nahrungsmitteln, die schon zum Abholen bereitstanden. Dann trotteten die Männer langsam zur Burg zurück, die leeren Tragjoche über den Schultern.

»Wenn Sie den Grenzzaun überschreiten, Meister Capiam, läßt er Sie nicht mehr in die Burg zurück!« warnte ihn Tolocamps Tochter.

Capiam nickte. »Wir sehen uns später, Lady Nerilka.«

Als sie sich der Hütte näherten, erhielten gerade einige Posten den Befehl, die Körbe und Ballen in das abgegrenzte Gelände zu bringen. In gebührendem Abstand warteten geduldig ein paar Männer und Frauen, um die Sachen in Empfang zu nehmen.

»Einen Moment, Meister Capiam.« Der Gardeoffizier trat näher und warf ihm einen verlegenen Blick zu. »Sie müßten im Lazarett bleiben, wenn Sie ...«

»Keine Sorge. Ich möchte lediglich verhindern, daß diese Medizin hier mehr als nötig herumgestoßen wird, Theng. Machen Sie den Leuten klar, daß die Fracht kostbar und sehr zerbrechlich ist!«

»Gut, den Gefallen kann ich Ihnen gern erweisen«, entgegnete Theng erleichtert. Er nahm den großen Glasbehälter entgegen. »He, das hier ist ein Medikament, das ihr mit Vorsicht behandeln sollt!« rief er den Wartenden zu. »Am besten übergebt ihr es gleich einem Heiler!«

Die Gruppe aus dem Lazarett setzte sich in Bewegung, um die Vorräte abzuholen, und Theng trat hastig den Rückzug an. Nerilka stand direkt hinter ihm, und als er sich umdrehte, um zur Wachhütte zu stapfen, huschte sie an ihm vorbei und gesellte sich zu der Abordnung aus dem Lager.

Capiam erwartete einen Aufschrei, denn sicher hatten die übrigen Posten sie bemerkt. Aber nichts geschah. Nerilka wanderte bereits den Hang hinunter auf die Zeltreihen des Lazaretts zu, als Theng ihn am Arm nahm.

»Äh, Sie verstehen, Meister Capiam, ich kann nicht zulassen, daß Sie mit einem Ihrer Gildeangehörigen zusammenkommen«, erklärte er schüchtern, als Capiam noch einmal nach Nerilka Ausschau hielt.

»Ich weiß, Theng. Mir ging es vor allem um die Medizin. Wir haben nur noch so wenig davon.«

Theng schnalzte bekümmert mit der Zunge und begann dann seine Posten neu zu ordnen. Langsam wandte sich Capiam ab.

Das Lazarett hatte nicht nur reichliche Vorräte, sondern obendrein eine wertvolle Pflegerin erhalten. Er mußte ein paar Freiwillige bitten, daß sie einen Teil der Medikamente holten und so rasch wie möglich nach Ruatha brachten.

»Man könnte das Sekret einer gesunden Königin anzapfen und auf Tamianths Gelenke streichen«, sagte Moreta zu Leri. »Außerdem sollst du nicht so weit laufen! Wäre es nicht einfacher, einen Boten mit der Nachricht hierherzuschicken?«

Sie standen am Eingang der Brutstätte und unterhielten sich leise, obwohl Orlith so fest schlief, daß sie vermutlich selbst bei lautem Geschrei nicht erwacht wäre. Die Drachenkönigin war immer noch erschöpft vom Eierlegen. Sie hatte ihren Körper um die fünfundzwanzig ledrigen Eier geringelt und hielt das Königinnen-Ei zwischen den Vorderpfoten fest. Ihr Bauch spannte nicht mehr, und die Haut nahm allmählich wieder eine gesunde Farbe an, so daß Moreta Zeit fand, an Falga und ihre verwundete Königin zu denken.

»Das schafft doch keiner von denen!« entgegnete Leri mit einer Spur von Verachtung. »Zumindest erklärte das Kilanath. Holth meinte, daß sie sehr beunruhigt wirkte.«

»Dazu gibt es auch allen Grund. Wenn sich bei Tamianth kein Wundsekret bildet ...« Moreta ging auf und ab. »Ist Falga bei Bewußtsein?«

»Sie phantasiert.«

»Die Epidemie?«

»Nein, Wundfieber. Sie haben es unter Kontrolle.«

»Verdammt. Falga weiß, wie man Sekret abzapft. Kilanath und Diona müßten sich zur Verfügung stellen ...« Moretas Blick streifte die schlafende Orlith.

»Sie wird so rasch nicht erwachen«, murmelte Leri. Die alte Frau trat neben Moreta und umklammerte ihre Hände. »Es dauert nicht lange, Sekret abzuzapfen und aufzutragen ...«

»Aber es hieße, Orliths Vertrauen zu mißbrauchen ...«

»Sie vertraut auch mir. Jede Sekunde, die wir zögern ...«

»Ich weiß, ich weiß.« Moreta dachte mit einem Gefühl des Elends an Falga und Tamianth, an all die Opfer, welche die Weyr in den letzten Tagen gebracht hatten.

»Wenn deine Königin tatsächlich erwachen sollte, wird Holth es erfahren. Aber angesichts der Notlage hat Orlith sicher Verständnis für deinen Entschluß.« Leris Druck um Moretas Handgelenke verstärkte sich.

Ungewöhnliche Ereignisse fordern ungewöhnliche Maßnahmen, dachte Moreta mit einem Seufzer. Nur gab es nach ihrem Geschmack im Moment einfach zu viele ungewöhnliche Ereignisse.

»Holth ist bereit, uns zu helfen. Ich habe sie gefragt, nachdem ich von Tamianths Zustand erfuhr.«

Moreta löste sich aus Leris Griff und eilte aus der Brutstätte.

»Langsamer!« wisperte Leri. »Vergiß nicht, daß ich eine alte Frau bin!«

Moreta nahm sich den Rat zu Herzen. Ein guter Beobachter hätte zwar bemerkt, daß ein Größenunterschied zwischen der Frau, die zur Brutstätte kam, und der Frau, die sie verließ, bestand, aber so kurz vor der Morgendämmerung war niemand in der Nähe. Da man am kommenden Tag Fäden über Nerat erwartete, versuchten die Reiter so lange wie möglich zu schlafen.

Moreta nahm sich die Zeit, ihre eigenen Reitsachen überzustreifen. Leris Jacke war ihr ein Stück zu kurz, und sie konnte jetzt keine Nierenentzündung riskieren. Holth begrüßte sie am Weyr-Eingang, und Moreta wartete, bis die Königin auf den Sims hinaustrat. Dann schwang sie sich auf den Rücken von Leris Gefährtin. Sie hoffte nur, daß Orlith ihr Verhalten nicht als Betrug empfinden würde.

»Bring mich bitte zum Hochland-Weyr, Holth!« sagte sie mit dedämpfter Stimme.

Der Wachreiter schläft, und der Blaue wird unseren Aufbruch nicht bemerken, erklärte Holth ruhig, und trotz ihrer düsteren Gedanken mußte Moreta lächeln. Leri und Holth hatten jede Einzelheit in Betracht gezogen.

Dann stieß sich Holth vom Felsensims ab. Sie schwebten nur einen Moment lang in der Luft, ehe sie ins *Dazwischen* tauchten. Moreta keuchte über die Kühnheit der alten Königin. Noch ehe sie ihre Beschwörungsformel gegen die Kälte und das Dunkel murmeln konnte, erkannte sie in der Tiefe die Lichter des Hochland-Weyrs.

Tamianth befindet sich auf der Kesselsohle, aber mir fällt es leichter, von einem Sims aus zu starten, erklärte Holth und landete auf einem der Felsenbänder. Dann setzte sie sanft hinzu: *Orlith schläft. Und Leri ebenfalls.*

»Ihr beide!« meinte Moreta mit einem leisen Lachen.

Holth schaute sie aus großen, leuchtenden Augen an.

»Bist du das, Moreta?« erklang eine ängstliche Stimme.

»Ja.«

»Oh, was für ein Glück, was für ein Glück! Entschuldige, daß ich dich rufen ließ, aber ich kann es einfach nicht. Ich habe solche Angst, Kilanath zu verletzen, einen Nerv zu treffen, oder so … Alle reden mir zu, daß gar nichts dabei wäre, aber ich schaffe es nicht. Komm, Kilanath, wach auf! Moreta ist da.«

Ein Paar Drachenaugen glomm sanft im Dunkel. Moreta tastete mit den Fußspitzen nach der Treppe, die in die Tiefe führte. Aus den Jungreiter-Quartieren, wo die verletzte Tamianth untergebracht war, quoll Licht, aber die Stufen selbst lagen im Schatten.

»Bitte, beeil dich, Moreta!« wimmerte Diona.

»Gern, wenn ich etwas sehen könnte.« Moretas Tonfall klang gereizt. Sie war verärgert über Dionas nutzloses Gejammer.

»Ja, natürlich. Das hatte ich vergessen. In diesem Weyr ist aber auch nichts zu finden.« Pflichtschuldig deckte Diona einen Leuchtkorb ab, hielt ihn jedoch ins Innere der Kammer. »Pressen, sie ist hier! Schnell, komm!« Erst jetzt merkte sie, daß sie mit der Lampe herumfuchtelte, anstatt den Weg zu beleuchten. »Entschuldige ...«

Moreta ging los, ehe Diona sich wieder von irgend etwas ablenken ließ. Kilanath hob den Kopf und schnüffelte.

»Keine Sorge, Kilanath«, flötete Diona zuckersüß. »Du weißt, daß sie eigens gekommen ist, um uns zu helfen.« Moreta dachte insgeheim, daß der Tonfall jeder normalen Königin auf die Nerven gehen mußte. Diona wandte sich an die Besucherin. »Sie wird bestimmt lieb sein, denn sie macht sich schreckliche Sorgen um Tamianth.«

Als Moreta das Krankenlager betrat, konnte sie den Grund erkennen. Tamianths Haut wirkte eher grün als golden; die verletzte Schwinge und die Wunde an ihrer Flanke hatten einen grauen Überzug. Obwohl der Flügel an der Schulter abgestützt war, damit sich die Königin entspannen konnte, zuckten ihre Muskeln unaufhörlich. Tamianth öffnete ein Augenlid, und Moreta las die Qual in ihrem Blick.

»Wasser! Wasser, bitte, Wasser!« stöhnte Falga im Fieber.

»Da, das ist alles, was sie sagt!« Diona rang die Hände.

Pressen, der Heiler mit den hellen Augen, rannte an die Seite der Kranken und bot ihr Wasser an, aber sie schob es weg und warf sich wieder unruhig hin und her.

Moreta war mit drei langen Schritten neben der Königin, nahm eine Hautfalte zwischen die Finger und stieß einen Fluch aus. Die Drachenkönigin war praktisch ausgetrocknet. Ihre Haut fühlte sich wie Pergament an.

»Wasser! *Tamianth* braucht das Wasser, nicht Falga! Ist denn keiner auf den Gedanken gekommen, der Königin etwas zu trinken zu geben?« Moreta sah sich nach einem Behälter um.

»Nein ...« Diona schlug entsetzt die Hände vor das Gesicht. »Kilanath sagte auch ständig etwas von Wasser, aber wir alle dachten, daß Falga ...« Sie deutete mit einer fahrigen Geste auf die fiebernde Frau.

»Dann tu endlich etwas, beim Ei von Faranth!« donnerte Moreta. »Wo sind die Jungreiter? Trommle ein paar von ihnen aus den Betten! Besorgt einen Kessel aus der Küche, so rasch wie möglich! Ein Wunder, daß das arme Geschöpf noch lebt! Soviel Einfalt und Unfähigkeit auf einmal ist mir noch nie begegnet ...« Moreta sah Pressens erschrockenen Gesichtsausdruck und nahm sich zusammen. »Ich kann doch nicht auch noch die Pfleger beaufsichtigen!« meinte sie mit einem hilflosen Achselzucken.

»Nein, natürlich nicht!« Pressens Antwort klang beschwichtigend und ängstlich zugleich.

Da die arme Königin zu schwach war, Kontakt mit anderen Drachen aufzunehmen, hatte ihre Reiterin selbst im Fieber versucht, die Weyrbewohner auf Tamianths Notlage hinzuweisen. Moreta schäumte vor Zorn über Dionas Unfähigkeit. Sie riß einen Leuchtkorb an sich und begann Tamianths Schwinge zu untersuchen. Zwei Tage ohne Sekret, und die Membranstücke heilten womöglich nie mehr zusammen! Das Licht fing sich in einer feuchten Pfütze unter Tamianths Flanke. Mit einem unterdrückten Aufschrei kniete Moreta nieder, tauchte einen Finger in die Flüssigkeit und roch daran.

»Pressen! Bringen Sie Ihren Koffer, ich brauche Rotwurz und Öl! Der Drache verblutet ja!«

»Was?«

Pressen hastete an ihre Seite, und Moreta hielt den Leuchtkorb höher. Düster erinnerte sie sich an die Anweisungen, die sie dem mit Drachen völlig unerfahrenen Heiler erteilt hatte: Sorgen Sie dafür, daß die Wunde mit Betäubungssalbe bedeckt ist! Warum hatte sie nicht selbst nach dem Rechten gesehen? Warum war sie so leichtsinnig gewesen, sich auf unerfahrene Heiler und übermüdete Reiter zu verlassen? Sie hatte sich nach der Operation einfach selbstzufrieden zurückgezogen!

»Die Schuld liegt bei mir, Pressen. Ich hätte mich auch um die Flankenwunde kümmern müssen. Offensichtlich haben die Sporenknäuel die Venen an der Flanke zerfressen. Die Betäubungssalbe deckte die Bruchstellen zu. Deshalb gelangt auch kein Sekret an die Schwinge. Wir müssen die Adern zusammenflicken. Das geht genauso wie bei einem verletzten Menschen, nur das Blut hat eine andere Farbe.«

»Chirurgie ist nicht mein Fach«, meinte er zögernd. Als er aber Moretas verzweifelte Miene sah, fügte er hinzu: »Ich habe hin und wieder assistiert. Das kann ich auch jetzt tun, wenn Sie wollen.«

»Ich brauche Klammern, Öl, Rotwurz, eingefädelte Nadeln ...«

Pressen goß bereits Öl und Rotwurz in flache Schalen. »Ich habe alle Instrumente hier, die wir brauchen. Man übergab mir Barlys Sachen, als ich hier ankam.«

Mit einem bangen Gefühl begann Moreta den verwundeten Flügel zu untersuchen. Zwar hatten sich auf den Gelenken hier und da Sekretperlen gebildet, aber weit weniger, als zur Heilung nötig waren. Tamianth benötigte jetzt eine gute Portion Glück, um die Dummheit ihrer Pfleger wieder wettzumachen. Vielleicht ließ sich der Schaden noch in Grenzen halten, wenn man Kilanath etwas Sekret abnahm und auf die am stärksten gefährdeten Stellen strich. Umschläge mit Betäubungssalbe hatten die Stücke wenigstens feucht gehalten. Sobald Tamianths Adern geflickt waren und das arme Geschöpf getrunken hatte ...

Moreta tauchte die Hände in Rotwurz. Sie preßte die Zähne zusammen, als das Zeug in den halb verheilten Rissen brannte. Dann ölte sie die Finger gründlich ein. Pressen folgte ihrem Beispiel.

»Zuerst müssen wir die Betäubungssalbe von der Wunde entfernen. Ich würde sagen, die Unterbrechungen liegen hier ... und hier, vielleicht auch noch da unten, ganz in der

Nähe des Herzens.« Mit ölgetränkten Tupfern begannen sie die Salbe abzuwischen. Tamianth zuckte. »Sie kann keine Schmerzen empfinden. Die Flanke ist völlig betäubt. Hier! Sehen Sie, wie das Sekret hervorquillt ...« Ihr Vater hatte ihr früher jeden Handgriff erklärt, während er verletzte Renner behandelte. Und sie hatte einen Großteil der Dinge, die er ihr beibrachte, später bei den Drachen anwenden können. Vielleicht war es falsch, ausgerechnet in diesem Moment an ihren Vater zu denken, aber wenn sie einige seiner Lehren an Pressen weitergeben konnte ... Jemand im Weyr mußte Bescheid wissen. »Ah, da haben wir die erste Ader. Dicht unter Ihrer Hand müßte die zweite verlaufen, Pressen. Und hier die große Vene, die zu den Herzen führt.« Moreta griff nach der feinen Nadel, die Pressen hergerichtet hatte.

»Tatsächlich, die Farbe ist anders.« Pressen betrachtete das grünliche Fleisch, das dunklere Sekret, das man als Drachenblut bezeichnen konnte, und die merkwürdig schillernden Fasern, aus denen sich die Muskeln zusammensetzten. Aufmerksam untersuchte er die Wunde. »Wurde die Schwinge überhaupt mit Sekret versorgt?«

»Kaum.«

»Durst! Durst! Wasser, bitte Wasser!« stöhnte Falga.

»Ist dieses alberne Frauenzimmer denn zu gar nichts nütze?« fauchte Moreta. »Da draußen ist ein See mit klarem Wasser.«

Noch während sie sprach, hörte sie das Klappern von Blecheimern, das Schwappen von Wasser und die verschlafenen Rufe der Jungreiter. Das heiß ersehnte Naß riß Tamianth aus ihrer Apathie.

Moreta, der die Sicht durch die große, abgespreizte Schwinge versperrt war, hörte nur das gierige Schlürfen der Drachenkönigin.

»Beim Ei, die Gute scheint am Verdursten zu sein!« hörte sie den erstaunten Ausruf eines Mannes. »Laßt euch Zeit mit dem Nachfüllen, Jungen, sie darf nicht soviel auf einmal trinken. Kann ich sonst noch etwas helfen?« Der Kopf des

Ausbilders tauchte hinter der Flügelspitze auf. Er starrte Moreta mißbilligend an. »Weyrherrin! Ich dachte, Ihre Königin sei in der Brutstätte!«

»Ja, aber hier geht es um Leben und Tod ...«

Als Moreta auf die Sekretpfütze am Boden deutete, wich die Empörung des Ausbilders blankem Entsetzen.

»S'ligar ist trotz der Impfung erkrankt«, stammelte Cr'not. »Aber ...« Er deutete hilflos zu Pressen und Diona hinüber. »Als ich Falga um Wasser rufen hörte, dachte ich ...«

»Keinen trifft die Schuld, Cr'not. Die Leute sind übermüdet oder müssen sich plötzlich mit ganz neuen Aufgaben befassen. *Ich* hätte mir die Wunde vor zwei Tagen besser ansehen sollen.«

»Manchmal habe ich das Gefühl, daß uns nur noch der Alltagstrott aufrecht erhält«, murmelte Cr'not und fuhr sich mit beiden Händen über die Augen.

»Das kann stimmen. So, die letzte Naht! Vielen Dank, Pressen. Sie haben das Zeug zu einem guten Heiler.«

»Sobald ich mich an so riesige Patienten gewöhnt habe ...« Pressen lächelte erschöpft.

»Und nun zeige ich Ihnen noch eine ganz wichtige Heilmethode für Drachen.« Moreta winkte Pressen neben sich. Sie nahm die größte Spritze aus Barlys Koffer, setzte einen Nadeldorn an die Öffnung, tauchte ein Stück Leinen kurz in Rotwurz und bückte sich unter Tamianths Schwinge. *»Diona!«*

»Nein!« wimmerte Diona und breitete die Arme aus, als wollte sie ihre Königin schützen. »Tamianth sieht schon viel besser aus. Ihre Farbe ist zurückgekehrt ...«

»Das hoffe ich. Aber wenn wir nicht etwas Sekret auf die Gelenke streichen, kann sie womöglich nie wieder fliegen. Holth, sag bitte Kilanath Bescheid!«

Cr'not trat mit finster entschlossener Miene neben die Weyrherrin, und Diona stöhnte von neuem.

»Es dauert nicht lange, und Kilanath wird nichts spüren.«

Die Königin zeigte mehr Hilfsbereitschaft als ihre Reiterin. Sie ging in die Knie und senkte einen Flügel bis zum Boden, damit Moreta sich nicht strecken mußte.

»Sehen Sie, Pressen? Hier, die Stelle, wo die Ader über dem Knochen verläuft!« Der Heiler nickte, und Moreta rieb die Fläche mit Rotwurz ein. Der feine, scharfe Nadeldorn durchdrang Haut und Ader so glatt, daß die Drachenkönigin den Stich überhaupt nicht spürte. Moreta sog geschickt das Sekret in die Spritze. Es schimmerte sattgrün im Schein des Leuchtkorbs.

»Erstaunlich.« Pressen ließ kein Auge von der Flüssigkeit. Die beiden achteten weder auf Dionas Gejammer noch auf Cr'nots ärgerliches Räuspern.

»Und nun tragen wir das hier ...« Moreta wandte sich wieder an Tamianth. »... auf die Gelenke und Knorpel auf. Sehen Sie, wie ausgetrocknet die Knorpelschicht ist? Saugt das Sekret richtig auf. Da, neben der Schulter bilden sich die ersten Perlen. Tamianth scheint sich zu erholen.« Sie strahlte den Heiler an. »Und ihre Augen nehmen wieder Farbe an.«

»Tatsächlich! Da, blinzelt sie mir zu?«

Moreta lachte leise. Allmählich wich das Grau aus Tamianths großen Augen, und das ›Blinzeln‹ war nichts anderes als der Glanz, der in die Facetten zurückkehrte. »Schon möglich. Sie weiß, wer ihr geholfen hat.«

»Und Falga schläft.« Pressen eilte an das Lager und fühlte nach Falgas Halsschlagader. Er seufzte erleichtert. »Sie ist jetzt viel ruhiger.«

Holth? erkundigte sich Moreta besorgt.

Sie schlafen ebenfalls, entgegnete Holth gelassen.

»Ich muß jetzt zurück nach Fort. Cr'not, könnten Sie Tamianths Schwinge beobachten? Pressen weiß jetzt, wie man Sekret abzapft und aufträgt, aber er hat keine Ahnung, wann die Behandlung notwendig ist. Beraten Sie ihn!«

»Gern.« Cr'not nickte ernst. »Aber Sie hätten Ihre Königin nicht allein lassen dürfen«, setzte er hinzu und schüttelte besorgt den Kopf.

»Manchmal muß man sich von Regeln freimachen,

Cr'not. Ich wurde um Hilfe gebeten, und ich kam. Aber jetzt muß ich wieder zurück.« Die Ausbilder der Jungreiter waren eine Rasse für sich. Sie maßten sich an, jeden und alles zu kritisieren. Moreta blinzelte Pressen zu, während sie ihre Reitsachen einsammelte und Tamianths Quartier verließ.

Sobald sie im Freien war, begann sie zu laufen.

Sie schlafen, wiederholte Holth mit Nachdruck.

»Und wir werden das gleiche tun, sobald wir daheim sind«, erklärte Moreta, als sie sich auf Holths schmalen Nakken schwang. »Bring uns bitte zum Fort-Weyr, Holth!«

Bereitwillig stieß sich die alte Königin vom Felsensims ab und ging ins *Dazwischen,* sobald sie Luft unter den Schwingen spürte. Moreta überlegte, ob sie mit Leri über diesen Trick von Holth sprechen sollte. War die Königin etwa zu alt, um eine Zeitlang in der Luft zu kreisen? Gleich darauf schämte sich Moreta dieses Gedankens.

Dann tauchte sie dicht über dem See von Fort auf. Das war die Erklärung: Holth versuchte so unauffällig wie möglich zu bleiben. Der Wachreiter konnte die Königin im diffusen Dämmerlicht bestimmt nicht erkennen, wenn sie so niedrig hereinflog.

Holth glitt zu ihrem eigenen Weyr und nahm Moretas überschwenglichen Dank entgegen, ehe sie müde in ihre Steinmulde sank. Moreta rannte die Treppe nach unten. Zu ihrer Erleichterung hatte Orlith während ihrer Abwesenheit nicht einmal den Kopf auf die andere Seite gedreht. Und Leri schlief friedlich auf Moretas Lager.

Kapitel XIII

Ruatha und Fort-Weyr, 19. 3. 43

Alessan mußte anhalten. Schweiß stand ihm auf der Stirn und perlte über Wangen und Kinn. Die Hände am Pflug waren feucht, und das Gespann keuchte ebenso wie er bei der harten Arbeit auf dem regenschweren Acker. Der Burgherr von Ruatha nahm einen Lumpen, den er am Gürtel befestigt hatte, und rieb sich Hände und Gesicht trocken. Die Blasen, die er sich bei der ungewohnten Arbeit zugezogen hatte, brannten. Alessan trank einen Schluck Wasser, ehe er das störrische Gespann wieder vorwärtstrieb.

Noch einen Tag, und die Renner hatten vergessen, daß sie je für den Wettkampf gezüchtet worden waren. Aber das sagte er sich schon eine graume Weile. Irgendwann würde es wohl eintreffen. Nun, er hatte derbere Tiere an den Reitsattel gewöhnt; es mußte ihm irgendwie gelingen, die schlanken Renner für die Feldarbeit abzurichten, wenn er die Burg behalten wollte. Mit einem bitteren Lächeln überlegte er, ob das eine späte Rache dafür war, daß er sich den Befehlen seines Vaters widersetzt hatte. Allerdings, von den Arbeitstieren hatte nicht eines überlebt. Die schwerfälligen Last- und Zugtiere waren besonders rasch an der Lungenentzündung erkrankt, die sich nach den ersten Tagen der Epidemie wie ein Lauffeuer ausgebreitet hatte. Die Renner hingegen hatten zufrieden auf den üppigen Flußweiden gegrast. Bis zu dem Moment, da er sie, und sich selbst, an den Pflug spannte.

Aber das Land mußte bestellt, das Volk ernährt, die Abgabe entrichtet werden, egal, wie er das schaffte. Er hatte den Feldrand erreicht und wendete die Tiere in einem weiten Bogen. Die Furchen waren krumm, aber zumindest hatte er die Scholle umgebrochen. Er ließ seine Blicke kurz über die anderen Felder schweifen, auf denen ebenfalls gearbeitet wurde. Von der Nordstraße her näherte sich ein Reiter der Burg. Alessan beschattete die Augen mit einer Hand und fluchte im nächsten Moment, da eines der Tiere seine Unaufmerksamkeit nützte und den Pflug aus der Furche riß. Als er das Mißgeschick wieder in Ordnung gebracht hatte, war der Mann so nahe, daß er die blaue Tracht der Harfner erkannte. Tuero kam von seinem Inspektionsritt der nördlichen Höfe zurück. Wer sonst hätte es gewagt, sich Ruatha zu nähern? Alessan hatte an seine Pächter eine Trommelbotschaft ausgesandt und um schwere Arbeitstiere gebeten, aber weder Drohungen noch hohe Geldangebote hatten bis jetzt einen Erfolg gebracht.

»Es ist die Seuche, Alessan«, hatte Tuero mit ernster Miene erklärt. »Auf Ruatha hat sie am schlimmsten gewütet. Solange nicht alle geimpft sind, werden sie kaum hierherkommen. Und selbst dann werden sie keine Tiere mitbringen, weil nahezu der gesamte Bestand verendete.«

Alessan war wütend auf und ab gegangen. »Wenn sie nicht kommen, werde ich mir die Gespanne eben selbst holen! Sie sollen ihrem Burgherrn ins Gesicht sagen, daß sie ihm die Unterstützung verweigern!« Insgeheim verstand er seine Pächter allerdings. Er selbst hatte bis jetzt nicht den Mut aufgebracht, Dag, Fergal und die Zuchtherde nach Ruatha zurückzuholen. Follen hatte ihm zwar immer wieder versichert, daß die Seuche durch Husten oder Niesen übertragen würde, durch persönlichen Kontakt also, und daß sich weder auf den Weiden noch auf der Rennbahn Krankheitskeime befanden ... aber Alessan wollte auf keinen Fall die kostbaren Renner gefährden, die Dag am Morgen nach dem verdammten Fest in Sicherheit gebracht hatte.

Nach einer längeren Diskussion mit Tuero, Deefer und Oklina, seinem engsten Beraterstab, war der Entschluß gefaßt worden, daß er auf der Burg bleiben mußte, da es niemanden von Rang und Namen gab, der seine Befehle auf Ruatha durchsetzen konnte. Alessan hatte lange gezögert, den eben erst genesenen Tuero auf die Reise zu schicken.

Aber Tuero verstand es wie alle Harfner, die Leute zu überreden, und schon deshalb eignete er sich besonders gut als Sendbote. Ein paar Tage an der frischen Frühlingsluft würden ihm eher guttun, behauptete er. Außerdem habe er keine Ahnung von Pflügen. Alessan hatte seinem Drängen schließlich nachgegeben, weil ihm gar keine andere Wahl blieb.

Der hochgewachsene, hagere Harfner saß auf einem viel zu kleinen, ebenfalls ausgemergelten Renner, und seine Beine schlenkerten im Takt. Alessan wollte ihm winken, aber er hatte gerade einen Abhang erreicht, und die Zugtiere wurden störrisch, weil ihnen das Geschirr immer wieder gegen die Beine schlug. Zum Glück war das Feld fast fertig. Alessan beschloß, seine Arbeit zu beenden und sich dann ganz auf Tueros Neuigkeiten zu konzentrieren.

Schade nur, daß der Harfner nicht gleich ein Zuggespann mitgebracht hatte! Alessan biß die Zähne zusammen und pflügte die beiden letzten Furchen.

Als er die erschöpften Tiere zu den Ställen brachte, waren die Säer bereits am Werk. Sie würden trotz der verdammten Seuche auch dieses Jahr ihre Ernte einfahren! Das hieß, wenn das Wetter mitmachte und keine Fäden auf Ruatha fielen ...

Zu seiner Überraschung wartete Tuero im Stall. Er hatte auf einem umgestülpten Eimer Platz genommen, die Satteltaschen lagen zu seinen Füßen, und er strahlte Zufriedenheit aus. Sein Klepper stand bereits abgerieben in der Box und vergrub die Nase in einem Berg von frischem Gras.

»Ich sah Sie bei der Arbeit, Baron Alessan«, begann Tuero, und seine Augen blitzten belustigt. Er erhob sich und nahm die Zügel des Gespanns. »Ihre Furchen wirken schon recht ordentlich.«

»Das hoffe ich.« Alessan begann das Geschirr zu lösen.

»Ihr Vorbild gibt den anderen Mut. Die Pächter sprechen mit Hochachtung von Ihrem Einsatz. Es hat Ihrem Ruf nicht geschadet, daß Sie selbst den Pflug in die Hand nehmen ...«

»Aber ein Zuggespann kann ich mir davon auch nicht

kaufen.« Alessan seufzte und streifte einem der Renner das schwere Kummet ab. »Oder war das nur die Einleitung zu den schlechten Nachrichten?«

»Nun, Sie können sich selbst ausmalen, wie es auf den Höfen aussieht.« Tuero half Alessan mit dem zweiten Kummet und deutete auf seine Satteltaschen. »Ich habe hier und da eine Kleinigkeit bekommen, aber ich sah mit eigenen Augen, wie leer die Vorratskammern Ihrer Leute sind. Zumindest im Norden.«

»Und?« Alessan zog es vor, die Wahrheit ganz und sofort zu erfahren.

»Hier und da beginnen sie mit der Feldarbeit«, berichtete Tuero, »aber manche der Höfe haben schwere Verluste erlitten. Ein Teil der Festbesucher brach auf, ehe die Quarantäne erlassen wurde, und sie verbreiteten die Krankheit. Ich habe eine Liste der Toten zusammengestellt – eine traurige Bilanz, die ich Ihnen gern erspart hätte. Es heißt, daß Elend die Gesellschaft liebt, nun ja ...« Tuero zog die Brauen hoch. »Aber mir kam unterwegs ein Gedanke, der unsere Probleme möglicherweise ein wenig erleichtert.

Ich hatte recht mit meiner Annahme, daß die Leute Ihre Burg aus Angst vor der Ansteckung meiden. Ich hatte recht, daß sie ihre Tiere nicht in den Tod schicken wollten. Anfangs wollten sie Skinny nicht einmal in ihre Ställe lassen. Sie befürchteten, daß er ihnen die Seuche bringen würde.«

»Aber der Renner hat die Krankheit doch *überlebt*!«

»Genau. So wie Sie und ich sie überlebt haben. Das Serum, das ich mitnahm, erwies sich als gutes Argument. Und nun hören Sie mir genau zu: Könnte man aus dem Blut genesener Renner nicht auch einen Impfstoff für Tiere herstellen?« Er grinste breit, als er Alessans Verblüffung sah. »Wenn sich diese Idee verwirklichen läßt, könnten wir hier auf Ruatha eine ganze Menge Serum herstellen und hätten einen hervorragenden Tauschartikel in der Hand!«

Alessan starrte Tuero an. Warum war ihm das nicht eingefallen? Viele der Hofbesitzer und Pächter hingen von der

Rennerzucht ab, und er verstand im Grunde ihre Furcht, daß sich die Seuche in den Ställen einnisten könnte.

»Daß ich darauf nicht selbst gekommen bin!« meinte er kopfschüttelnd. »Kommen Sie, versorgen wir die Tiere, und dann besprechen wir die Angelegenheit mit Heiler Follen!« Er gab dem Renner einen übermütigen Klaps. »Wie konnte ich so etwas übersehen?«

»Sie hatten ein paar andere Probleme am Hals, vergessen Sie das nicht!«

Die beiden entdeckten Follen im Großen Saal, wo er die Patienten versorgte. Alessan spürte, wie sich seine Kehle zusammenschnürte, nicht einmal der Duft der Räucherstäbchen konnte den Geruch von Krankheit und Tod überdekken. Er mied den Saal, so gut es ging. Das Husten, das rasselnde Atmen und das Stöhnen klangen ihm wie ein steter Vorwurf entgegen. Follens besorgte Miene hellte sich ein wenig auf, als Tuero die Satteltaschen schwenkte. Sie gingen in Alessans Arbeitszimmer, das jetzt dem Heiler als Quartier diente. Follen sah sich die Kräuter und Medikamente an, und seine Schultern sanken wieder nach vorn. Alessan mußte seine Frage nach einem Impfstoff für die Renner wiederholen, ehe der Mann sie überhaupt erfaßte.

»Der Vorschlag klingt vernünftig, Baron Alessan, aber ich besitze wenig Erfahrung mit der Tiermedizin. Der Herdenmeister ... Unsinn, ich vergaß, daß ... Aber auf Keroon muß es Leute geben, die besser Bescheid wissen als ich.«

Tuero seufzte enttäuscht. »Es ist zu spät, um heute noch eine Trommelbotschaft nach Keroon zu entsenden. Sie wären nicht gerade begeistert, wenn wir sie aus den Betten holen würden.«

»Ich kenne noch jemand, der uns Auskunft geben könnte«, meinte Alessan nachdenklich. »Äh, Follen, haben Sie noch ein wenig Impfstoff übrig? Genug für zwei Personen?«

»Ich kann jederzeit neues Serum zubereiten.«

»Bitte, tun Sie es, während Tuero und ich eine Trommelnachricht zum Fort-Weyr schicken! Moreta wird wissen, ob wir die Renner impfen können oder nicht.« Wenn ja, setzte er insgeheim hinzu, werde ich Dag und die Herde zurückholen.

Moreta empfand Verwirrung, als sie die Trommelbotschaft erhielt. Aber die Quarantäne war aufgehoben, und Alessan hatte eigens betont, daß er geimpft und wieder genesen sei. Sie sah keinen Grund, die Begegnung abzusagen, und mehr als einen Grund, sich darauf zu freuen. Orlith gehörte nicht zu den eifersüchtigen Drachenköniginnen. Sie hatte es sogar gern, wenn Besucher ihr Gelege bewunderten, das jetzt in einem schützenden Ring um das Königinnen-Ei gestapelt war.

»Als ob dir jemand die Eier wegnehmen wollte!« hatte Moreta liebevoll gespottet. Nachdem Orlith erwacht war, hatte sie ihr den Besuch im Hochland-Weyr gebeichtet.

Leri war hier. Holth hat dich begleitet. Ein fairer Tausch angesichts der besonderen Umstände. Außerdem schlief ich.

Moreta hatte sich nach ihrer Rückkehr vom Hochland-Weyr eine Weile hingelegt, aber sie schreckte immer wieder unruhig aus dem Schlaf. Vielleicht wäre es besser gewesen, bei Tamianth zu bleiben, bis feststand, daß sich wirklich neues Sekret auf der Wunde bildete. Aber sie hatte nun Pressen über die Gefahren aufgeklärt und ihm auch gezeigt, wie man die Verletzung behandelte. Es war zu erwarten, daß Tamianth und Falga sich ein wenig erholten und keine neue Krise auftrat.

So schob Moreta ihre Nervosität der Anspannung des langen Tages zu und schickte Leris bevorzugten Jungreiter M'barak nach Ruatha. K'lon hatte ihnen von den verheerenden Verlusten auf Ruatha berichtet. Wie sollte sie einem Mann begegnen, der so großes Leid erfahren hatte?

Und dann stand Alessan am Eingang der Brutstätte. Unter dem einfachen Ledergewand trug er ein frisches Hemd. Neben ihm befand sich ein hagerer, hochgewachsener Mann in der geflickten, ausgebleichten Tracht der Harfner. M'barak winkte die beiden Männer, die an der Schwelle zögerten, ungeduldig zu dem Teil der Galerie, den Moreta vorübergehend in ein Wohnquartier umgewandelt hatte. Orlith war wach und beobachtete die Besucher, aber sie verriet keinerlei Aufregung.

Moreta erhob sich und streckte in einer unbewußten Abwehrgeste die Hand aus, als sie die Veränderung in Alessans Zügen bemerkte. Zu deutlich erinnerte sie sich an den selbstsicheren jungen Mann, der sie acht Tage zuvor auf dem Fest von Ruatha begrüßt hatte. Er hatte Gewicht verloren und mußte das Wams mit einem Gürtel raffen. Sein Haar wirkte struppig und ungepflegt. Das störte sie mehr als die Flecken auf seinen Händen, die wohl von der ungewohnten Feldarbeit herrührten. Sie selbst hatte rissige, von Rotwurz verfärbte Finger. Mit Sorge sah sie die tief eingegrabenen Linien in seinem Gesicht und die bitter zusammengepreßten Lippen. Die hellgrünen Augen hatten ihre Leuchtkraft verloren.

»Das hier ist Tuero, Moreta, der mir seit ... seit dem Fest unermüdlich zur Seite stand.« Mit einem entschlossenen Ton, der jedes Beileid abwehrte, fuhr Alessan fort: »Er hatte eine Idee, die mir einleuchtend erschien, aber ich brauche den Rat von Experten. Und da ich um diese Zeit niemand mehr in Keroon befragen konnte, möchte ich Sie um ein Urteil bitten.«

»Ja?« Moreta spürte seine Angst vor Mitleid und beschränkte sich auf die notwendigsten Worte. Seine Veränderung schien tiefgreifend.

»Tuero ...«, Alessan verneigte sich leicht vor dem Harfner, »... überlegte, ob man nicht auch aus dem Blut genesener Renner einen Impfstoff herstellen könnte ...«

»Aber natürlich! Heißt das etwa, daß dies bis jetzt nicht geschehen ist?« Heftiger Zorn durchzuckte Moreta, und Orlith stemmte sich mit rötlich glimmenden Augen von ihrem Lager hoch.

»Nein«, entgegnete Alessan gepreßt.

»Weil bisher niemand daran dachte oder weil noch keine Zeit war ...?« fragte sie, elend bei dem Gedanken an weitere Verluste. »Ich nahm an, daß ...« Sie unterbrach sich, schloß einen Moment lang die Augen und ballte die Hände zu Fäusten. Die leeren Ställe von Keroon kamen ihr in den Sinn und der verlassene Hof ihrer Familie.

»Andere Dinge gingen vor«, sagte Alessan resigniert, aber ohne Bitterkeit.

»Ja, natürlich.« Sie riß sich mühsam von den düsteren Bildern los. »Gibt es Heiler auf Ruatha?«

»Einige.«

»Das Serum wird auf die gleiche Weise gewonnen wie bei Menschen. Natürlich kann man den Rennern mehr Blut abnehmen. Die Impfstoffmenge sollte sich nach dem Körpergewicht richten. Je schwerer ...«

Alessan zog die Brauen hoch, und sie verstand. Es gab keine schweren Tiere mehr auf Ruatha.

»Könnten Sie uns mit Nadeldornen aushelfen?« fragte Alessan in die Stille.

»Ja.« In diesem Moment hätte Moreta ihm alle ihre Vorräte ausgehändigt. »Benötigen Sie sonst noch etwas?«

»Man hat uns Nachschub von Fort versprochen«, erklärte Tuero. »Aber solange wir die Kärrner nicht überzeugen können, daß auf Ruatha Mensch und Tier gesund sind, werden sie sich nicht auf die Burg wagen.«

Moreta nickte langsam, ohne die Blicke von Alessan abzuwenden. Er wirkte so distanziert, als gingen ihn die Dinge nicht das geringste an. Aber irgendwie mußte er sich gegen das Leid abschotten, sonst hätte es ihn wohl zerbrochen.

»M'barak, bring bitte Baron Alessan und Harfner Tuero zur Vorratskammer. Sie können mitnehmen, was sie brauchen.«

M'barak sah sie mit großen Augen an.

»Ich komme gleich nach«, meinte Alessan, und Tuero machte sich mit M'barak auf den Weg. Alessan begann ein Paket auszuwickeln, das er unter dem Arm trug. »Ich kann mich für Ihre Großzügigkeit im Moment nicht erkenntlich zeigen. Aber ich habe wenigstens Ihr Kleid zurückgebracht.« Er holte das sorgfältig zusammengelegte goldbraune Festgewand aus der Umhüllung und reichte es ihr mit einer tiefen Verbeugung.

Moreta nahm es gefaßt entgegen, aber ihre Hände zitterten. Sie dachte an das Rennen, ihre ausgelassene Freude über das gelungene Fest, den wirbelnden Tanz an seiner Seite ... Die aufgestaute Verzweiflung, der Zorn, der Kummer, die wiederholten Trennungen von Orlith, die sie als Verrat empfand, das alles durchbrach unvermutet die mühsam aufgebauten Schranken. Sie vergrub das Gesicht in dem weichen Stoff und begann hemmungslos zu schluchzen.

Orlith summte tröstend, und Alessan zog sie an sich. Der Druck seiner Arme, die vermischten Gerüche von Mensch und Tier und feuchter Erde lösten ihre Tränen. Und sie spürte, daß auch sein Leid endlich ein Ventil fand. Seine Schultern zuckten wie im Krampf. Und jeder von ihnen spürte Trost in der Befreiung des anderen.

Das ist gut für dich! Orliths Mitgefühl schloß Alessan ein.

Moreta fing sich zuerst wieder. Sie hielt Alessan fest an sich gepreßt, murmelte Trost und Ermutigung, lobte seinen entschlossenen Einsatz für Ruatha, der für die anderen Vorbild und Ansporn war. Sie übertrug mit ihrer Stimme und ihrem Körper Wärme und Zuneigung, und erst als sie merkte, daß sein Schluchzen nachließ, löste sie ihren Griff. Langsam hob Alessan den Kopf und schaute sie an. Die Spuren des Leids und der Sorgen waren nicht ausgelöscht, aber der bittere Zug um seinen Mund hatte sich verloren.

Der Burgherr hob eine Hand und wischte ihr mit einer sanften Geste die Tränen von den Wangen. Einen Moment lang zögerte er, doch dann preßten sich seine Lippen auf die ihren. Moreta wich nicht aus. Sie wollte ihm Trost geben, mehr nicht. An Leidenschaft dachte keiner von ihnen, Moreta nicht, weil sie Bindungen außerhalb des Weyrs längst aufgegeben hatte, und Alessan nicht, weil er sich ausgehöhlt von den Ereignissen auf Ruatha glaubte.

Orlith summte nahezu unhörbar, und ihre Erregung übertrug sich auf Moreta. Sie spürte Alessans harte Schenkel, seinen sehnigen Körper, und eine Sinnlichkeit durchzuckte sie, die sie nicht einmal bei Talpan, ihrer großen Jugendliebe, empfunden hatte.

Langsam gab Alessan sie frei, erschreckt durch die Intensität seiner Gefühle und das Summen der Drachenkönigin, das sich immer mehr steigerte.

»Sie hat nichts dagegen!« sagte Moreta leise.

Mit großem Bedauern trat sie einen Schritt zur Seite, ohne jedoch seine Hände loszulassen.

»Hört man das nicht im ganzen Weyr?« Alessan horchte auf Orliths ekstatisches Summen.

»Eine Königin in der Brutstätte ist unberechenbar.«

»Das Kleid!« Hastig griff er nach dem Festgewand, das achtlos zerknüllt zu Moretas Füßen lag. Im gleichen Moment, da sie es entgegennahm, tauchten M'barak und Tuero wieder auf.

»Daß Sie daran dachten, obwohl Sie so viele andere Dinge zu erledigen hatten!« Moreta staunte über ihre beherrschte Stimme.

Tuero beobachtete sie mit wachen Augen. Er spürte, daß etwas vorgefallen war, vermochte die Situation aber nicht so recht zu deuten.

»Ich habe nicht alles genommen, wás wir benötigen«, erklärte der Harfner mit einem Lächeln. »Sonst hätte ich Ihre Kammern vollständig plündern müssen.«

»Ich kann vermutlich leichter Ersatz besorgen als Sie.« Moreta machte eine Pause. »Wie ich bereits mit Baron Alessan besprach, meiner Ansicht nach gibt es in den Archiven einige Hinweise darauf, daß unsere Vorfahren Tiere impften. Vielleicht könnte man das Serum erst einmal an weniger wertvollen Beständen erproben ...«

»Im Moment ist jedes Tier auf Ruatha wertvoll«, warf Alessan rasch ein. »Ich habe keine andere Wahl, als die Methode anzuwenden und zu hoffen, daß sie sich als ebenso wirksam erweist wie bei den Menschen.«

»Haben Sie schon mit Meister Capiam gesprochen?«

»Sie kennen sich mit Rennern besser aus als Meister Capiam. Warum sollte ich ihn mit einem Problem belasten, das ihm vermutlich nur Kopfzerbrechen bereitet?«

»Ich bin überzeugt davon, daß Sie Erfolg haben werden.« Moreta legte ihm die Hand auf den Arm. Sie sehnte sich danach, etwas von seiner Berührung festzuhalten. »Dennoch sollten Sie die Heilerhalle unverzüglich verständigen. Und halten Sie mich auf dem laufenden.«

Alessan nickte mit einem höflichen Lächeln. Seine Finger lagen sanft auf den ihren.

»Verlassen Sie sich darauf!«

»Ich habe gehört, daß Oklina am Leben blieb«, sagte sie hastig. »Was ist mit Dag ... und Squealer?«

»Beide haben es geschafft. Deshalb denke ich auch über die Impfungen nach. Squealer ist vermutlich der einzige vollwertige Zuchthengst, den ich noch habe.« Alessan wandte sich dem Ausgang zu. Ehe er die Brutstätte verließ, verneigte er sich tief vor Orlith.

Tuero eilte ihm nach, gefolgt von M'barak, der eine leicht verwunderte Miene aufgesetzt hatte.

Erschöpft und von zwiespältigen Gefühlen hin und her gerissen, sank Moreta auf die Steinbank und verschränkte die zitternden Finger. Sie hoffte nur, daß Leri und Holth die aufwühlende Begegnung entgangen war.

Kapitel XIV

Heilerhalle, Ruatha, Fort-Weyr, Burg Ista 20. 3. 43

»Betrachten Sie die Situation doch einfach als Herausforderung!« schlug Capiam Meister Tirone vor.

Der Harfner knallte die Tür so heftig hinter sich zu, daß Desdra zusammenzuckte und Meister Fortine nervös zu husten begann.

»Herausforderung? Als ob wir in den letzten zehn Tagen nicht genug davon gehabt hätten!« polterte Tirone. »Der halbe Kontinent krank! Der Rest wie gelähmt vor Furcht und hysterisch bei jedem Niesen! Drachenreiter, die der Fädenplage kaum Herr werden! Sämtliche Gilden haben unersetzliche Lehrmeister und vielversprechende Gesellen verloren! Und ich soll die Situation als Herausforderung betrachten!« Tirone hakte die Daumen in den Gürtel und starrte den Meisterheiler düster an. Er war in die Haltung verfallen, die Capiam respektlos als ›Harfner-Pose‹ bezeichnete.

»Sagten Sie nicht vor ein paar Stunden«, fuhr Tirone mit dröhnendem Baß fort – ›Harfner-Pathos‹, dachte Capiam schonungslos –, »daß nirgendwo auf dem Kontinent neue Krankheitsfälle aufgetreten sind?«

»Ganz recht. Aber ich werde erst erleichtert sein, wenn ich das auch noch nach einer Spanne von vier Tagen behaupten kann. Die erste Welle der Virusinfektion ist abgeklungen, ja. Aber die Grippe – so nannten die Alten die Epidemie – kann von neuem aufflackern. Und dieser zweite Schub bereitet mir Sorgen.«

»Der zweite Schub?« Tirone starrte Capiam an, als habe er nicht richtig gehört.

»Du liebe Güte, ja!« warf Meister Fortine von seinem Lager aus ungeduldig ein. Er hatte das Gefühl, daß sein Gildemeister Unterstützung brauchte. »Bis jetzt haben wir vier eindeutige Hinweise auf diese Art von Krankheit gefunden. Sie scheint zu mutieren. Der Impfstoff, der die eine Variante bekämpft, wirkt mitunter nicht mehr bei der nächsten.«

»Die Einzelheiten werden Meister Tirone vermutlich langweilen«, unterbrach ihn Capiam. Es hatte wenig Sinn, die Angst auf Pern noch zu schüren.

»Glauben Sie das nicht!« Tirone trat näher, zog sich einen Stuhl heran und nahm mit überkreuzten Armen vor Capiams Schreibtisch Platz. Seine Stimme klang aggressiv. »Ich höre.«

Capiam kratzte sich im Nacken, eine Gewohnheit, die er erst seit kurzem hatte und über die er sich selbst ärgerte. »Sie wissen, daß wir in den alten Archiven den Namen der Krankheit entdeckten, Grippe oder Virus-Influenza ...«

»Ja. Ein alberner Begriff.«

»Aber sehr treffend. Es gibt insgesamt vier Erwähnungen von Grippe-Wellen, die unsere Vorfahren geißelten. Sie gehen auf die Zeit vor der Ersten Großen Überfahrt zurück.«

»Lassen wir diese Streitfrage aus dem Spiel!«

Capiams Blick enthielt einen sanften Vorwurf. »Für mich ist das keine Streitfrage. Ich nahm an, Sie gehörten wie ich zu den Verfechtern der These, daß es zwei Überfahrten gab. Die Archivtexte jedenfalls scheinen diese Theorie zu bestätigen. Egal ...«, fuhr Capiam hastig fort, als er merkte, daß Tirone zu einer wütenden Entgegnung ansetzte, »... unsere Vorfahren schleppten jedenfalls bestimmte Bakterien und Viren ein, die unausrottbar waren.«

»Und die sich als notwendig für die Körperchemie der Menschen und Tiere erwiesen, die sich auf Pern ansiedelten«, warf Fortine mit ernster Stimme ein.

»Ganz recht. Aus diesem Grunde können wir manchen Infektionen nicht entgehen. Und deshalb müssen wir Maßnahmen gegen eine zweite Influenza ergreifen. Sie kann wieder auftauchen. Hier und jetzt. So wie sie das von Zeit zu Zeit auch auf dem Südkontinent tut. Wir wissen inzwischen leider, daß ein einziger Krankheitsträger genügt, um sie zu verbreiten. Darum müssen wir auf der Hut sein, Tirone. Wir haben weder die Medikamente noch die Leute, um mit einer zweiten Epidemie fertig zu werden.«

»Das weiß ich ebensogut wie Sie.« Tirones Stimme klang scharf. »Und verraten Ihre kostbaren Aufzeichnungen nicht, wie die Alten diese Plage bekämpften?« Er deutete auf den dicken Pergamentestapel auf Capiams Schreibtisch. Seine Geste sollte verächtlich wirken, verriet aber seine unterschwellige Angst.

»Durch Massenimpfung.«

Es dauerte einen Moment, bis Tirone erfaßte, daß Capiam ihm eine ehrliche Antwort gegeben hatte.

»Massenimpfung? Sie meinen den ganzen Kontinent?« Tirone machte eine fahrige Handbewegung.

»Die Immunität der Geimpften hält mit der Art von Serum, das wir herstellen können, etwa vierzehn Tage an. Begreifen Sie nun, uns bleibt nur ein begrenzter Handlungsspielraum! Das ist die Herausforderung! Meine Gilde stellt das Serum und die Heiler, Ihre Gilde sorgt dafür, daß Burgen, Höfe und Weyr nicht in Panik geraten.«

»Panik? Ja, da haben Sie recht.« Tirone wies mit dem Daumen zur Burg hinüber. Baron Tolocamp weigerte sich immer noch strikt, seine Privaträume zu verlassen. »Im Moment haben wir mehr von der Panik als von der Krankheit selbst zu befürchten.«

»Ja.« Capiam legte großen Nachdruck in diese knappe Antwort. Desdra war während der Diskussion neben ihn getreten. Er wußte nicht recht, ob sie ihn zu schützen versuchte oder ob sie selbst Schutz suchte, aber er schätzte ihre Nähe. »Und wir müssen rasch und mit Umsicht zu Werke gehen. Wenn es noch einen Krankheitsträger auf Igen, Keroon, Telgar oder Ruatha geben sollte ...«

Der Zorn und die Hilflosigkeit in Tirones Augen erinnerten ihn an seine eigene Reaktion, als Fortine und dann Desdra ihm die Stellen in den Aufzeichnungen gezeigt hatten und er die unausweichlichen Schlüsse zog.

»Um eine zweite Epidemie zu vermeiden, müssen wir innerhalb der nächsten Tage impfen.« Capiam wandte sich entschlossen an die Karten, die er vorbereitet hatte. »Teile von Lemos, Bitra, Crom, Nabol, das obere Telgar, das Hochland und Tillek hatten seit Beginn der kalten Jahreszeit keinen Kontakt mit den übrigen Bezirken. Wir können dort später impfen, wenn der Schnee schmilzt, aber noch vor Beginn der Frühjahrsregen. Also müssen wir uns im Moment nur mit diesem Teil des Kontinents befassen.« Capiams Finger kreiste die südliche Hälfte ein. »Die Gesellschaftsstruktur auf Pern hat gewisse Vorteile, Tirone, besonders in den Zeiten, da der Rote Stern vorbeizieht. Wir wissen genau, wo sich Siedlungen befinden. Wir können auch ungefähr sagen, wie viele Menschen die erste Grippewelle überlebt haben und wer von ihnen geimpft ist. Es geht also vor allem darum, den Impfstoff möglichst rasch unter die Leute zu bringen. Da auch Drachenreiter anfällig für die Krankheit sind, werden sie uns sicher helfen, das Serum an die Verteilerstellen zu befördern, die ich hier über den gesamten Kontinent hinweg markiert habe.«

Tirone lachte sarkastisch. »Von M'tani auf Telgar können Sie keinen Beistand erwarten. L'bol von Igen ist ein Versager, Wimmia regiert den Weyr, und wir können von Glück reden, daß im Moment alle Drachenreiter gemeinsam die Fäden bekämpfen. F'gal unterstützt uns vielleicht, aber ...«

Capiam schüttelte ungeduldig den Kopf. »Es reicht, wenn Moreta, S'ligar und K'dren helfen. Aber wir müssen sofort an die Arbeit gehen, ehe ein weiterer Grippefall auftritt. Diese Influenza kann zum Stillstand gebracht, kann abgewehrt werden, wenn sie keine neuen Opfer findet, die sie weiterverbreiten.«

»Das erinnert mich an die Fäden.«

»Kein schlechter Vergleich.« Capiam nickte müde. Er hatte in den letzten Tagen so viele Menschen überzeugen müssen, Fortine, Desdra, die übrigen Meister, und nebenbei kämpfte er gegen die Zweifel in seinem Innern. »Ein Fädenknäuel, das man übersieht, kann ein Feld, einen ganzen Kontinent ruinieren. Und ein Krankheitsträger genügt, um eine Epidemie auszulösen.«

»Oder ein idiotischer Seemann, der sich vorschnell Landbesitz auf dem Südkontinent zu sichern versucht ...«

»Was?«

Tirone holte aus seinem Wams ein fleckiges Pergamentbündel, das offensichtlich eine Zeitlang im Wasser gelegen hatte.

»Ich kam eigentlich her, um mit Ihnen darüber zu sprechen, Meister Capiam. Meister Burdion, Ihr Heiler auf der Meerburg von Igen, vertraute das hier meinem Gesellen an.« Er machte eine Pause und fuhr dann fort: »Die Geschichte von der Katze, die im Wasser trieb, ist erlogen, Capiam. Die Leute *landeten* auf dem Südkontinent. Burdion war sehr krank, wie Sie wissen, aber während seiner Genesung las er das Log der *Windtoss,* eigentlich eher aus Langeweile. Und er lebte lange genug auf der Meerburg, um sich mit Kurseintragungen auszukennen. Wohlgemerkt, Meister Varny war ein ehrenwerter Mann. Es gab tatsächlich einen Sturm, der ihn vom Kurs abtrieb. Aber er hätte auf keinen Fall landen dürfen. Nach einem alten Beschluß wird der Südkontinent erst erforscht, wenn der Rote Stern wieder verschwunden ist. Und es sollen sich alle daran beteiligen, Burgen, Höfe und Weyr. *Die Leute ankerten drei Tage!«* Tirone schlug mit der flachen Hand auf das zerknitterte Log. Capiam nahm es auf, und Desdra trat neben ihn, um die Einträge zu lesen.

»Aber das bedeutet, daß es sich nicht um einen Fall von Zoonose, sondern um eine Direktansteckung handelt!« erklärte Meister Fortine.

»Nur dann, wenn es Menschen auf dem Südkontinent gibt«, meinte Capiam nachdenklich.

»Davon steht nichts in den Logeinträgen«, entgegnete Tirone.

»Und die Aufzeichnungen von der Zweiten Überfahrt schließen diese Möglichkeit aus.«

»Können wir denn sicher sein, daß sie sich in südlichen Gewässern befanden?« warf Desdra ein.

»O doch«, erwiderte Tirone. »Der Harfnergeselle stammt von der Küste. Er erklärte, daß die angegebenen Positionen eindeutig zum Südkontinent gehören. Und er meinte außerdem, daß die See nur in der Nähe der kontinentalen Landmasse seicht genug zum Ankern ist. Drei Tage waren sie da!«

Desdra hatte sich in die Aufzeichnungen vertieft. »Im Log heißt es, daß sie das Boot reparieren mußten. Der Sturm hatte es beschädigt.«

»Zweifellos führten sie auch Reparaturen durch.« Tirone nickte grimmig. »Aber Burdion hat dem Log eine Notiz beigefügt ...« Tirone schwenkte ein Stück dünnes Leder und las dann vor: »›Ich entdeckte ungewöhnlich große Obstkerne im Abfalleimer der Kombüse, dazu halb verrottete Schalen von Früchten, die mir unbekannt waren, obwohl ich seit vielen Planetenumdrehungen auf dieser Burg lebe.‹« Tirone beugte sich vor, und seine Augen blitzten. »Also, meine Freunde, ist die *Windtoss* gelandet! Und was sich daraus entwickelt hat, wißt ihr selbst!« Tirone schwenkte die Arme.

Capiam ließ sich in seinen Sessel sinken und starrte die Karten an, die er vorbereitet hatte.

»Das Log bringt nicht nur Licht in diese Geschichte, mein guter Freund. Es warnt uns außerdem vor der geplanten Rückkehr auf den Südkontinent!«

»Darin pflichte ich Ihnen voll und ganz bei.«

»Und es bestärkt mich in dem Entschluß, alle Leute zu impfen, um ein Ausbreiten der Krankheit zu verhindern.« Er stockte. »Außerdem müssen die Renner geimpft werden, eine Komplikation, an die ich bisher nicht gedacht hatte ...«

»Wir sollten das als Herausforderung betrachten«, meinte Desdra trocken und begann Capiams verkrampfte Nackenmuskeln zu massieren.

»Ob unser neuer Herdenmeister das auch so sieht?«

fragte Capiam. »Ich fürchte, er wird mit dieser Arbeit überfordert sein.«

»Wir könnten Moreta zu Rate ziehen. Ihr Vater hatte in Keroon eine Rennerzucht ...« Der Meisterharfner schwieg einen Augenblick. Auch er wußte von der Tragödie, die sich dort abgespielt hatte. »Kümmerte sie sich nicht um dieses Tier, das bei den Rennen von Ruatha zusammenbrach, Capiam?«

»Keine Ahnung«, entgegnete Capiam schroff. Mußte er nun auch noch die erkrankten Tiere des Kontinents heilen? »Sie sind das Gedächtnis von Pern, nicht ich.«

»Wenn wir für Menschen Serum herstellen können, ist das für Renner sicher ebenso möglich«, warf Desdra besänftigend ein. »Und soviel ich weiß, haben bei Baron Alessan einige Tiere die Epidemie überlebt.«

»Ja, das stimmt.« Tirone warf einen besorgten Blick auf den niedergeschlagenen Meisterheiler. »Kommen Sie, mein Lieber, Sie haben so viele unserer Probleme gelöst! Sie dürfen jetzt nicht den Mut verlieren.« Tirones Baß klang bittend.

»Er hat recht, Capiam, wir dürfen jetzt nicht den Mut verlieren«, murmelte Fortine von seinem Lager.

Tirone erhob sich energisch. »Hören Sie, Capiam, ich fordere per Trommelbotschaft einen Drachenreiter an. Sie suchen den Fort-Weyr auf und führen ein Gespräch mit Moreta. Dann begeben Sie sich zu dem neuen Mann, der die Herden betreut, Bessel, nicht wahr? Ich werde inzwischen die Bewohner der Burgen und Höfe auf Ihre Impfaktion vorbereiten. Am besten beginne ich bei Tolocamp.« Tirone deutete mit dem Daumen zur Burg hinüber. »Wenn er einverstanden ist, werden wir kaum Probleme mit den übrigen Baronen haben, nicht einmal mit dieser Tunnelschlange Ratoshigan.«

»Und wie wollen Sie Tolocamp überzeugen?« fragte Capiam, ein wenig aufgemuntert von Tirones Schwung. »Der Mann ist doch kaum noch bei Verstand.«

»Sie vergessen, daß er seit einigen Tagen auf unsere Dienste verzichten muß. Da er weder seine Kinder noch seine Pächter zu eigenständigem Denken erzogen hat, ist er auf uns angewiesen. Er hatte jetzt Zeit genug, um seine Starrköpfigkeit zu bereuen.« Tirones Lächeln strahlte trügerische Milde aus. »Sie kümmern sich um den Impfstoff, und ich übernehme den Rest.«

Der Meisterharfner steckte das Log der *Windtoss* ein, verließ mit raschen Schritten den Raum und schloß energisch die Tür hinter sich.

Die gehobene Stimmung, in der sich Alessan nach seinem Besuch im Fort-Weyr befand, war ein Gemisch aus neuer Hoffnung und Herzklopfen bei dem Gedanken an Moreta. Er hätte sich gern länger mit dieser unerwarteten Begegnung befaßt, aber das vordringliche Problem bestand jetzt darin, Impfstoff für die Renner herzustellen, besonders für die kleine Zuchtherde, die Dag von der Burg weggebracht hatte. Der junge Baron hoffte inständig, daß die Tiere noch am Leben waren.

M'barak flog Alessan und Tuero nach Ruatha zurück und setzte sie im vorderen Hof ab. Oklina erschien mit ängstlicher Miene auf der Treppe. Alessan glitt über die Flanke des blauen Drachen zu Boden und winkte ihr fröhlich zu. Erleichtert lief sie ihm entgegen. Alessan schloß sie in die Arme und wirbelte sie herum. Sie war nach ihrer Krankheit immer noch leicht wie eine Feder.

»Moreta hält die Idee mit dem Impfstoff für sehr vernünftig. Wir werden sie erproben und zwar sofort!« sprudelte Alessan hervor. »Wenn alles klappt, herrscht auf Ruatha keine Ansteckungsgefahr mehr, und die Pächter werden mir ihre Hilfe nicht länger verweigern können. Und wenn es nicht klappt, haben wir auch nichts verloren.«

»Es *muß* klappen!« sagte Oklina leise.

Alessan rief nach Follen. »Wir werden seine Hilfe und seine Instrumente brauchen. Und jemand soll die alte Zuchtstute holen. Ich weiß, daß sie die Grippe hatte, und ich möchte keines der Zuggespanne riskieren.«

»Arith! Benimm dich! Das hier ist Lady Oklina!« rief M'barak erschrocken. Der blaue Drache hatte den Kopf weit vorgestreckt und kam schnüffelnd immer näher an Oklina heran. Sie wußte nicht recht, was sie tun sollte, und drückte sich eng an Alessan.

»Ich begreife wirklich nicht, was ihm einfällt! Arith benimmt sich im allgemeinen sehr gut. Aber es ist spät, er ist müde, und wir kehren am besten zum Weyr zurück.« Arith schnaubte hörbar, und M'barak schaute ihn verwirrt an. »*Ich* will aber heim, mein Lieber«, setzte er hinzu.

Alessan bedankte sich bei M'barak für den Flug und brachte Oklina weg, gefolgt von einem sehr nachdenklichen Tuero.

»Blaue Drachen fühlen sich im allgemeinen nicht vom anderen Geschlecht angezogen«, meinte der Harfner trocken zu Alessan.

»Nein?« entgegnete der Burgherr höflich, aber seine Gedanken weilten bereits bei der Herstellung des Impfstoffs.

»Und in der Brutstätte des Fort-Weyrs reift ein Königinnen-Ei heran!«

»Ja, und?« fragte Alessan ungeduldig. Es gab noch eine Menge zu tun, ehe er nach Dag und der Herde schauen konnte.

Tuero grinste breit. »Wenn ich mich recht erinnere, verbinden enge Blutsbande Ruatha und die Drachenreiter ...«

Alessan starrte von Oklina zu dem blauen Drachen, der sich bereits in die Lüfte erhoben hatte. »Das kann nicht sein!«

In diesem Moment kam Follen ins Freie gerannt, und Alessan wandte seine ganze Aufmerksamkeit wieder dem Impf-Problem zu.

Tuero holte die Zuchtstute vom Feld; sie war so gutmütig, daß man sie an der Mähne führen konnte. Follen, Oklina, Deefer und die vernünftigsten unter den Pfleglingen brachten die medizinische Ausrüstung zu den Ställen. Einen Moment lang herrschte Ratlosigkeit, als sie entdeckten, daß ihre Glasbehälter zu klein für die Blutmengen waren, die sie den Tieren abzapfen mußten. Dann aber fiel Oklina ein, daß Lady Uma vor langer Zeit ein paar große Zierflaschen auf die Seite gestellt hatte, die Meister Clargesh dem Erbbaron als Beispiele für die Kunstfertigkeit und den Fleiß seiner Lehrlinge überreicht hatte. Alessan, Tuero und Deefer bastelten inzwischen aus einem Wagenrad, einer Handkurbel und Drehspießen eine große Zentrifuge.

Die Stute stand ungerührt da und ließ sich Blut abnehmen. Ganz offensichtlich bereitete ihr die Prozedur keinerlei Schmerzen.

»Komisch«, sagte Follen, als der erste Behälter geschleudert war und man die strohfarbene Serumflüssigkeit in ein besonderes Gefäß geschüttet hatte. »Die gleiche Farbe wie bei Menschenblut.«

»Nur Drachen haben grünes Blut«, warf Oklina ein.

»Wir probieren den Impfstoff zunächst an dem lahmen Renner aus«, meinte Alessan. Er war sichtlich nervös. Am liebsten wäre er sofort aufgebrochen, um Dag und die Herde zu suchen und sich Gewißheit zu verschaffen. »Wenn sich keine negativen Reaktionen zeigen, können wir annehmen, dürfen wir annehmen, daß das Serum wie bei den Menschen wirkt.«

»Aber heute abend läßt sich nichts mehr entscheiden«, meinte Follen mit einem deutlichen Gähnen, nachdem er dem lahmen Tier das Serum injiziert hatte.

Tuero nickte und rieb sich die Augen. »Die Leute in der Harfnerhalle sind sicher nicht begeistert, wenn wir zu dieser Stunde eine Botschaft loslassen.«

»Ich bleibe heute nacht hier, nur für den Fall, daß eine Reaktion auftritt«, meinte Alessan und deutete auf den Renner.

»Und du brichst morgen in aller Frühe auf, um Dag und Squealer zu suchen, nicht wahr?« flüsterte Oklina ihm zu.

Er nickte und zog sie kurz an sich, ehe sie den anderen nacheilte. Alessan beobachtete die drei Leute mit ihren Leuchtkörben, bis sie am Ende des Weges verschwunden waren. Dann legte er sich ins Stroh der leeren Box neben dem geimpften Renner. Obwohl er sich fest vorgenommen hatte, hin und wieder nach dem Tier zu schauen, schlief er bis zum Morgengrauen durch. Der Renner lahmte immer noch, aber er zeigte keine Spur von Unruhe, sein Fell war frei von Schweiß, und er hatte das Heu in seiner Box gefressen.

Beruhigt sattelte Alessan den dürren Klepper, den Tuero Skinny genannt hatte, ein Reittier, das er keinem seiner Feinde angeboten hätte, aber Bettler konnten nun mal nicht wählerisch sein. Sorgfältig packte Alessan das Serum, die Nadeldorne und Follens Glasspritze in die Satteltaschen, polsterte alles mit sauberem Stroh aus und ritt los.

Am Abend zuvor, während das Serum hergestellt wurde, hatten ihn Zweifel überfallen: Zweifel über viele Dinge, auch über Moretas Reaktion. War Moretas Wärme nichts anderes gewesen als Wiedersehensfreude und der Wunsch, seine Trauer zu lindern? Auch er hatte bei seiner Heimkehr Oklina an sich gedrückt und geküßt. Aber jetzt, in der klaren Kälte des Frühlingsmorgens, wußte er, daß Moreta mehr als Trost zum Ausdruck gebracht hatte. Einen Moment lang waren er und die Weyrherrin eins gewesen, und die Drachenkönigin hatte es gespürt.

Skinny scheute vor einer eingebildeten Gefahr in den Büschen am Wegrand, und Alessan hatte Mühe, das Tier wieder zu beruhigen. Ärgerlich schüttelte er die Gedanken ab, die ihn bedrängten. Er mußte sich jetzt auf den Ritt konzentrieren. Wenn der Renner ausbrach, gefährdete er das kostbare Impfserum. Außerdem, Moreta war die Weyrherrin von Fort! Selbst wenn sie in eine heimliche Verbindung mit ihm einwilligte, selbst wenn sie eine Schwangerschaft zuließ – und plötzlich sehnte er sich nach einem Kind wie nie zuvor –, so mußte Alessan doch in erster Linie dafür sorgen, daß das Ruatha-Geschlecht erhalten blieb. Er mußte eine Gemahlin nehmen, die vom Rat der Barone anerkannt wurde, und so viele Nebenfrauen wie möglich, um eine große Nachkommenschaft zu zeugen.

Skinny trabte locker dahin. Alessan wollte nicht darüber

nachdenken, welche Tiere Dag ausgewählt hatte. Hoffentlich waren einige von Baron Leefs kräftigen Arbeitsbiestern dabei ... Norman hatte begonnen, Zuchtlisten anzulegen, aber dann waren die Rennställe in ein Lazarett umgewandelt worden, und seitdem schienen die Aufzeichnungen spurlos verschwunden. Und Runel lebte nicht mehr. Alessan selbst hatte keinen Blick mehr in die Ställe geworfen, ehe er selbst krank wurde.

Der junge Baron erreichte eine Stelle, wo sich der Weg teilte. Er blieb stehen und hielt Ausschau nach einem Zeichen von Dag, aber er fand nichts, kein Stück Stoff, keinen Knochen, keine unnatürliche Kieselansammlung. Nun, vermutlich hatte der Alte den weniger steilen Weg genommen. Neun Tage waren vergangen, seit er mit Fergal die Burg verlassen hatte. Die Angst, die Alessan bis jetzt eisern aus seinen Gedanken verbannt hatte, machte sich breit.

Er trieb Skinny zur Eile an, und der Renner, der wohl die Erregung seines Reiters spürte, trabte los. Alessan legte besänftigend eine Hand auf die Mähne des Tieres.

Dann hatten sie eine Anhöhe oberhalb der Weiden erreicht. Einen Herzschlag lang sah Alessan weder Mensch noch Tier auf der weiten, gewellten Ebene. Aber der Zaun aus Gestrüpp und Steinen war von Menschenhand angelegt! Der Burgherr richtete sich in den Steigbügeln auf. Wenn nun Dag die Grippe bekommen hatte und mit den Tieren hier draußen umgekommen war? Alessan erspähte eine dünne Rauchsäule zu seiner Rechten. Ein Hemd war zum Trocknen über einen Strauch gebreitet. Er hörte einen schrillen Pfiff.

Vom Bachlauf kam ein Trupp Renner angelaufen. Alessan spürte, wie ihm Tränen in die Augen stiegen. Er versetzte Skinny einen leichten Klaps, das Tier setzte über die niedrige Barriere und wieherte erstaunt, als es im Gras landete. Sie galoppierten auf die Herde zu. Jetzt erst sah der Burgherr einige staksige Fohlen und die gewölbten Leiber von hochträchtigen Stuten. Alessan stieß einen Jubelschrei aus. Hatte Dag etwa alle tragenden Tiere mitgenommen? Bis zu diesem Moment war er davon überzeugt gewesen, daß es in diesem Jahr keine Jungtiere geben würde, denn auf den Weiden nahe der Burg hatte er nur unfruchtbare Stuten und ein paar Wallache vorgefunden.

Auf seinen Schrei hin wurde die Tür der primitiven Hütte aufgerissen, die sich an den Felshang lehnte. Eine kleine Gestalt erschien im Eingang und winkte mit beiden Armen. *Eine* Gestalt? Unwillkürlich umklammerte Alessan die Zügel fester, und Skinny begann zu laufen. Fergal erwartete sie. Die dunklen Locken hingen ihm zerzaust in die Stirn, und er hatte die Hände grimmig in die Hüften gestemmt.

»Sie haben sich aber Zeit gelassen, Baron Alessan!« Die Miene des Jungen verriet Trotz und Empörung.

»Dag, was ist mit ihm?« Alessans Stimme klang heiser vor Erregung. Bis zu diesem Moment hatte er nicht gewußt, wie sehr er den alten Mann schätzte und wie notwendig er Dags Ratschläge brauchte. Allein würde er es nie und nimmer schaffen, eine neue Zucht aufzubauen ...

Fergal zuckte mit den Schultern und reckte wütend das Kinn vor.

»Ich dachte, Sie hätten uns *vergessen!*« Er wies mit dem Daumen in die Hütte. »Er hat sich das Bein gebrochen. Seitdem kümmere ich mich um die Renner, auch um die beiden neugeborenen Fohlen. Na, wie finden Sie das?«

Im Normalfall hätte sich kein Burgherr diesen Tonfall bieten lassen, und der Knirps wußte das auch, denn er rannte auf die Weide, ehe Alessan etwas erwidern konnte.

»Alessan?« rief Dag aus der Hütte, und der Baron eilte an die Seite seines alten Vertrauten. »Ich habe so viele mitgenommen, wie ich nur konnte, Alessan, so viele, wie ich nur konnte ...«

»Weißt du, daß du damit ganz Ruatha gerettet hast?«

»Es tut mir leid, daß ich Sie in der Brutstätte stören muß, Moreta.« Capiam blieb zögernd am Eingang stehen.

»Kommen Sie nur, kommen Sie!« Moreta winkte ihn zu ihrem Behelfsquartier auf den Zuschauerrängen.

Einen Moment lang schaute Capiam über die Schulter zurück, doch dann trat er näher. Er ließ Orlith keine Sekunde aus den Augen.

»Sie wirkt recht gelassen, nicht wahr?«

»Sie ist es, mein Lieber.«

»M'barak, der Desdra und mich hierherflog, behauptete sogar, sie würde Besuchern mit Vergnügen ihr prächtiges Königinnen-Ei zeigen.« Auf Zehenspitzen eilte Capiam über den heißen Sand der Brutstätte zu Moreta.

»Desdra ist hier? Ich habe von K'lon und M'barak schon so viel Gutes über sie gehört.«

»Sie plaudert draußen mit Jallora, weil ich Sie unter vier Augen sprechen wollte.« Capiam räusperte sich nervös.

Moreta nahm an, daß er Angst vor Orlith hatte, und sie streckte ihm beide Hände entgegen. Sie mußte sich allmählich daran gewöhnen, daß die Krankheit die Menschen ringsum verändert hatte. Capiam schien allerdings nur schmaler geworden zu sein. Seine Augen leuchteten wie eh und je aus dem kantigen Gesicht, das mit zunehmendem Alter immer anziehender wirkte. Auch wenn sich das Haar an den Schläfen lichtete und die grauen Strähnen zunahmen, verriet der Druck seiner Hände die ganze Kraft seiner Persönlichkeit.

»Was bringt mir das unverhoffte Vergnügen?« fragte sie.

Seine Augen blitzten. »Kein Vergnügen, eher eine Herausforderung, wie ich schon Meister Tirone sagte.«

Seine Freundlichkeit weckte ihr Mißtrauen. Forschend musterte sie ihn. »Eine Herausforderung?«

»Ich komme gleich darauf zu sprechen. Aber zunächst eine Frage: Glauben Sie, daß man auch die Renner mit einem Impfserum gegen die Epidemie schützen könnte?«

Moreta starrte ihn einen Moment lang an, verwirrt, weil ihr diese Frage innerhalb kurzer Zeit zum zweiten Male gestellt wurde, und erstaunt, daß es der Frage überhaupt bedurfte. Sie war wütend, daß niemand daran gedacht hatte, die Renner zu versorgen, obwohl sie auf dem Nordkontinent von unschätzbarem Wert waren. Gewiß, Menschenleben hatten Vorrang, aber war denn keiner der Züchter auf die Idee gekommen, das Prinzip der Schutzimpfung auf die Tiere auszudehnen?

»Gestern abend suchte mich Baron Alessan mit dem gleichen Anliegen auf.«

»Tatsächlich?« Capiam wirkte verblüfft. »Und wie fiel Ihre Antwort aus?«

»Positiv.«

»Nahm er Kontakt mit Meister Balfor auf?«

»Es war zu spät für eine Trommelbotschaft nach Keroon. Ist Balfor der neue Herdenmeister?«

»Er nimmt zumindest seine Aufgaben wahr. Jemand muß es schließlich tun.«

»Alessan hätte Sie oder zumindest die Harfnerhalle benachrichtigen sollen ...« Moreta zog die Stirn kraus. Warum nahm Tuero ihm diese Arbeit nicht ab? Oder hatte die Zeit nicht ausgereicht, um genügend Serum herzustellen? Nein. Wie sie Alessan kannte, war er sofort an die Arbeit gegangen.

»Es ist noch nicht Mittag«, nahm der Heiler den geplagten Burgherrn in Schutz. »Theoretisch müßte ein Serum, das aus dem Blut genesener Renner gewonnen wird, die gleiche Wirkung haben wie bei Menschen. Wünschen wir Alessan Glück und Erfolg! Er kann beides gebrauchen.«

Moreta nickte ernst. »Aber weshalb befaßt sich plötzlich die Heilerhalle mit den Rennern?«

»Weil ich guten Grund zu der Annahme habe, daß die Epidemie auch von Tier zu Mensch übertragen wird und deshalb von neuem ausbrechen kann – als ›zoonotisch‹ und ›rekurrent‹ beschrieben die Alten diese Eigenschaften.«

»Hm.« Moreta versuchte die neue Erkenntnis zu verarbeiten. Die Konsequenzen waren überwältigend. »Sie meinen, es könnte jederzeit eine zweite Epidemie ausbrechen? Beim Ei, Capiam, noch eine Grippewelle würde der Kontinent nicht verkraften!« Sie riß erregt die Arme hoch. »Die Weyr haben kaum genügend Leute, um die Fäden zu bekämpfen. Die Reiter tragen Verletzungen davon, weil sie übermüdet sind, oder sie leiden an Nebeninfektionen. Wenn die Krankheit ein zweites Mal ausbricht, sind wir verloren.« Erregt ging sie auf und ab. Capiam wartete geduldig, bis sie sich gefangen hatte. Schließlich blieb Moreta stehen und schaute ihn an. »Und wenn der Impfstoff bei Rennern wirkt, könnten wir diese Zoonose aufhalten? Deshalb möchten Sie Mensch und Tier impfen? Und Sie ...« Ein Lächeln huschte über ihre Züge, als sie endlich den Grund seines Besuchs erkannte. »Und Sie bitten die Drachenreiter um Mithilfe bei der Verteilung des Serums?«

»Am liebsten wäre mir, wenn wir die Impfung an einem einzigen Tag durchführen könnten.« Capiam rollte vorsichtig eine Karte auf und beobachtete unauffällig Moretas Reaktion. »Eine Massenimpfung ist die einzige Möglichkeit, der Seuche Einhalt zu gebieten. Aber sie erfordert einen ungeheuren Einsatz. In meiner Halle wird bereits damit begonnen, Menschenserum herzustellen. Um ehrlich zu sein, die Heiler-Gilde hatte die Renner übersehen. Wenn ich mich auf Tirones Berichte und Desdras gründliche Nachforschungen stütze, muß ich sagen, daß es keine andere Ursache als eine Zoonose für die rasche Ausbreitung der Epidemie geben kann. Und das bedeutet, daß wir die Viren in den nächsten Tagen immunisieren müssen. Andernfalls droht uns eine zweite Epidemie.«

Moreta erschauerte. Dann studierte sie aufmerksam seine Karte.

Capiam deutete auf das Pergament. »Natürlich steht und fällt der Plan damit, daß wir genügend Renner-Serum auftreiben und daß die Drachenreiter den Impfstoff verteilen.«

»Haben Sie sich schon an die übrigen Weyr gewandt?«

»Ich wollte mir zunächst Gewißheit verschaffen, daß man die Renner impfen kann, und Sie waren meine oberste Autorität.« Er lachte sie an.

»Baron Tolocamp wird ...«

»Baron Tolocamp überlasse ich Meister Tirone.« In der Stimme des Heilers schwang Schärfe mit. »Einer meiner Gesellen ist ein wahres Genie, wenn es um die Organisation von großräumigen Aktionen geht. Wenn wir von jedem Weyr ein Minimum von sechs Reitern erhalten, würde er dafür sorgen, daß der Rest reibungslos abläuft.«

Moreta schwieg einen Moment und überschlug die Zahlen im Kopf. Dann meinte sie skeptisch: »Unmöglich. Es sei denn, die Reiter ...« Sie unterbrach sich mitten im Satz und schluckte. Capiam grinste breit.

»Ganz genau. Sehen Sie, Moreta, ich habe in jüngster Zeit viel in den Archiven gelesen. Vor mir müssen Sie die Zeitsprünge nicht verheimlichen.«

»Wie kommt es, daß solche Dinge in den Heiler-Archiven stehen?« Sie war so verärgert, daß Orlith den Kopf hob und die Klauen fest um das Königinnen-Ei preßte.

»Weshalb sollten sie da nicht stehen?« erkundigte sich Capiam mit trügerischer Sanftheit. »Schließlich hat meine Gilde die Drachen gezüchtet.« Er seufzte wehmütig. »Können sie tatsächlich von einer Zeit in die andere gelangen?«

»Ja«, entgegnete sie nach einer kleinen Pause. »Aber wir ermutigen sie im allgemeinen nicht dazu.« K'lon kam ihr in den Sinn. Sie wußte genau, wie oft sich der blaue Reiter in der Heilerhalle aufgehalten hatte. War der entscheidende Tip von dort gekommen? Andererseits kannten die Heiler viele Dinge, die bei den übrigen Bewohnern von Pern längst in Vergessenheit geraten waren. Sie schalt sich, daß sie auch nur einen Augenblick an Meister Capiams Rechtschaffenheit gezweifelt hatte, besonders in einem so kritischen Moment, da man jede Strategie billigen mußte, um den Planeten zu retten. »Capiam, die Zeitsprünge führen mitunter zu paradoxen Situationen, die sehr gefährlich sein können.«

»Ich weiß, deshalb mein Stufenplan. Auf diese Weise kommt es zu keinen Überschneidungen.« Sein Eifer war entwaffnend.

»Es wird Ihnen nicht leicht fallen, M'tani von Telgar zu überzeugen.«

»Ich habe von seinem Treuebruch gehört. Und ich erfuhr, daß F'gal von Ista eine schwere Nierenentzündung hat. L'bol leidet an Depressionen ... Aus diesem Grunde nannte ich nur die Mindestzahl an Reitern, die das Unternehmen erfordert. Ich weiß nicht, wie der Kontinent bis jetzt ohne die Hilfe der Drachenreiter überlebt hätte.«

»Sie haben genug Impfstoff für die Menschen?«

»Ich denke schon. Meister Tirone trägt sein Anliegen bereits auf den Burgen und Höfen vor. Und er ist bekannt für seine Überredungskünste.«

»Sehr gut.«

Capiam seufzte tief. »Dann müssen wir nur noch herausfinden, ob es Baron Alessan tatsächlich gelungen ist, das Tierserum herzustellen.«

Geh mit ihnen nach Ruatha! meinte Orlith. Und nach einer winzigen Pause fügte sie hinzu: *Holth ist damit einverstanden.*

Moreta wehrte sich gegen diesen großzügigen Vorschlag, ohne recht zu wissen, warum. Es war doch völlig natürlich, daß sie das Ergebnis von Alessans Experiment sehen wollte. Oder hatte sie Angst vor der Anziehungskraft, die er auf sie ausübte? Verdammt, wo blieb nur ihre sonstige Entschlußkraft?

Du hattest schon immer eine Schwäche für Renner. Und nun brauchen sie deine Hilfe. Orliths Gedanken wurden verstärkt von Holth. *Irgendwann wirst du Ruatha wiedersehen müssen.* Der letzte Satz kam eindeutig von Orlith.

Moreta spürte einen Druck in der Kehle. Die Drachenkönigin hatte den wunden Punkt berührt, den Kern ihres Widerstands. Moreta hatte Angst davor, Ruatha in dem Zustand zu sehen, den ihr K'lon geschildert hatte.

»Vielleicht sollte ich Sie begleiten, Capiam«, sagte sie so gefaßt wie möglich.

Arith brennt darauf, euch hinzubringen, stellte Orlith fest. *Er mag das Mädchen.* Sie lockerte ihren Griff um das goldene Ei. Ariths Trompeten erklang aus dem Weyrkessel.

»Welches Mädchen?« erkundigte sich Moreta erstaunt.

Orlith gab keine Antwort, sondern buddelte eine Kuhle für das Ei. Achselzuckend suchte Moreta ihre Reitkleidung hervor.

»Arith wird uns nach Ruatha bringen.«

»Sie können Orlith allein lassen?«

»Der Vorschlag stammt von ihr selbst. Sie gehört nicht zu den Königinnen, die sich ständig von ihren Reiterinnen umhätscheln lassen. Leri und Holth befinden sich in der Nähe. Und wir bleiben nicht lange.« Sie warf Capiam einen düsteren Blick zu und lächelte dann über seine zerknirschte Miene.

Als Moreta und Capiam den Weyrkessel erreichten, führte Jallora gerade ein ernstes Gespräch mit einer dunkelhaarigen Frau, die ein paar Drachenlängen von M'barak und Arith entfernt stand. Desdra war älter, als Moreta nach K'lons Bemerkungen geschätzt hatte, vermutlich älter als sie selbst. Die Heilerin stand kurz vor ihrer Meisterprüfung, wie sie von Jallora wußte. Man konnte sie nicht arrogant nennen, aber sie wirkte kühl und zurückhaltend. Dennoch schienen ihr die Aktivitäten im Weyrkessel nicht zu entgehen. Zwei Geschwader von Fort bereiteten sich zum Fädenkampf über Bitra und Lemos vor. Sh'gall war nach Benden geflogen, um mit K'dren zu sprechen. Der Weyrführer von Benden war ein taktvoller Mann, und Moreta hoffte, daß er seinen Einfluß auf den störrischen M'tani von Telgar geltend machen würde. Sie sehnte sich nach dem Tag, da jeder Weyr wieder für sein traditionelles Territorium zuständig war.

»Desdra, Moreta kommt mit uns nach Ruatha«, erklärte Capiam. »Allem Anschein nach hat Baron Alessan die Herstellung des Renner-Impfstoffs bereits in die Hand genommen.«

Desdra verneigte sich höflich vor der Weyrherrin. Ihre großen grauen Augen ruhten einen Moment lang auf Moreta.

»Lassen Sie sich von Desdra nicht aus dem Gleichgewicht bringen, Moreta«, meinte Capiam. »Namen machen keinen Eindruck auf sie. Sie behauptet, daß sich eine Heilerin ihr eigenes Urteil über einen Menschen bilden muß.«

»Jallora hat mir berichtet, was für ein Meisterwerk Sie an Dilenth vollbrachten«, sagte Desdra mit einem Lächeln, und ihre Blicke streiften Moretas Hände.

»Wenn wir einmal mehr Zeit haben, können Sie den Drachen untersuchen. Ind, der Heiler vom Ista-Weyr, brachte mir die Technik bei. Ich konnte sie inzwischen vervollkommnen.«

»Ich hatte völlig vergessen, daß heute Sporen fallen, Moreta.« Capiam beobachtete besorgt die Vorbereitungen im Weyrkessel.

»Nun, ich muß erst zum *Ende* des Einsatzes wieder hier sein«, entgegnete Moreta. »Zum Glück kommen die Geschwader zur Zeit mit weniger Verletzungen zurück als früher. Die ständigen Einsätze in fremden Weyrn scheinen eine gute Übung für sie zu sein.«

»Tatsächlich?« Capiam schaute sie erstaunt an.

In diesem Moment verneigte sich M'barak vor Moreta, und sie schwang sich als erste auf Arith. Dann half der junge Reiter Desdra beim Aufsteigen. Obwohl die Heilerin kein Wort verlor und sehr gelassen wirkte, spürte Moreta, daß sie noch nicht oft geflogen war.

Capiam dagegen liebte Ausflüge mit Drachen. Er drehte sich lachend zu den beiden Frauen um und vergewisserte sich diskret, ob Desdra bequem saß. »Sind vier Leute nicht zu schwer, M'barak?« erkundigte er sich, als der Reiter dicht hinter dem Nacken seines Tieres Platz nahm.

»Nicht für Arith«, verkündete der junge Mann stolz.

Wie um seine Tüchtigkeit zu beweisen, stieß sich der Drache so kraftvoll vom Boden ab, daß seine Passagiere ein Stück nach hinten rutschten. Desdra umklammerte eine Nackenfalte des Tieres, und M'barak nahm die Zügel seines Gefährten kürzer. Sie kreisten über den Feuerhöhen. Der Jungreiter drehte sich kurz nach Moreta um, und sie nickte kaum merklich.

»Schwärze, dunkler als die Nacht ...«

Moreta hatte kaum die erste Zeile ihrer Beschwörungsformel gedacht, da kam die Helligkeit zurück, und in der Tiefe tauchte Ruatha auf. Die Weyrherrin hielt den Atem an. Sie stählte sich gegen den Anblick der Burg, gegen die aufgewühlte Rennebene, die großen Feuerkreise, die aufgetürmten Grabhügel. Erst nach einer Weile merkte sie, daß sie Desdras Taille fest umklammert hielt. Sie spürte die warmen Hände der Heilerin auf den ihren.

Schmerzhaft deutlich erinnerte sie sich an ihren ersten Besuch auf Ruatha. Am Ende der Rennstrecke ragten immer noch verloren die Zielpfosten auf. Einen Moment lang spürte sie Zorn. Warum hatte niemand die Spuren des Festes beseitigt, die Reisewagen, die Koffer und die Verkaufsbuden weggeräumt? Aber dann sah sie die düsteren Metall-Läden vor den Fenstern des Wohntraktes, und sie rief sich in Erinnerung, daß Ruatha einem schlimmeren Angriff standgehalten hatte als dem Sporeneinfall.

Und noch während sich ihr Herz beim Anblick der Burg verkrampfte, erspähte sie auf den Feldern eine Herde von Rennern, nicht die großen, kräftigen Zugtiere, die Alessan auf Weisung seines Vaters gezüchtet hatte, sondern drahtige kleine Sprinter wie Squealer. Die Ironie des Schicksals trieb ihr Tränen in die Augen, aber sie beherrschte sich rasch wieder. Alessan brauchte jetzt Zuspruch und Ermunterung, keine Trauer.

Arith landete nicht auf dem Haupthof, sondern in der Nähe der Ställe. Drei Renner wurden gerade von den Pflügen abgeschirrt, ein Stapel von Sätteln lehnte an der Wand, und mitten auf dem Hof stand ein Leiterwagen. Männer und Frauen eilten mit gefüllten Körben zu den Feldern hinüber. Allem Anschein nach ging das Leben auf Ruatha weiter.

»M'barak sagt, daß er Alessan bei den Ställen gesehen hat«, rief Desdra der Weyrherrin zu, während Arith tiefer-glitt. Nichts in ihrem Gesichtsausdruck verriet, daß sie Moretas Qual erkannt hatte.

Die Burgbewohner bemerkten nun auch den Drachen, und als Arith neben dem Weg landete, kamen ihnen zwei Männer entgegen. Beide waren hochgewachsen, und ihre Gesichter lagen im Schatten, aber Moreta wußte sofort, welcher von ihnen Alessan war. Der Burgherr zuckte zusammen, als er sie erkannte, doch dann kam er seinen Besu-

chern mit Würde entgegen. Moreta sah erleichtert, daß er seine Apathie abgeschüttelt hatte.

»Es tut mir leid, wenn wir ungelegen kommen, Baron Alessan«, rief ihm Capiam von seinem Hochsitz zu.

»Sie sind mir immer willkommen«, entgegnete der Burgherr, und seine Blicke ruhten auf Moreta, während er dem Heiler höflich beim Absteigen half. »Tuero und ich ...« Er deutete auf den Harfner, der ihn begleitete. »... wollten eben eine Botschaft an Sie absenden.« Dann gab Alessan seine steife Haltung auf und strahlte Moreta an. »Dag hat Squealer gerettet! Und wir haben Fohlen! Drei prächtige kleine Hengste ...« Der letzte Satz war ein einziger Jubelschrei.

»Das ist ja wunderbar, Alessan!« Sie ließ sich zu Boden gleiten, und der Burgherr umfaßte ihre Taille, um sie zu stützen. Seine grünen Augen leuchteten. »Squealer am Leben! Endlich einmal eine gute Nachricht!«

»Ich komme eben erst von den Zuchtweiden zurück«, berichtete er, ohne ihren Arm loszulassen. »Leider hatte ich nicht genug Impfstoff bei mir. Aber ich war nie und nimmer auf Fohlen gefaßt! Dag hat sich leider das Bein gebrochen. Wir müssen ihn mit dem Wagen holen, denn wir erwarten in sechs Tagen den nächsten Sporenregen. Aber er hat das wertvollste Zuchtmaterial gerettet und Ruatha vor dem Ruin bewahrt!«

Moreta hängte sich bei ihm ein und schüttelte ihm mehrmals die Hand. Ob die anderen merkten, daß sie seine Nähe suchte? Aber es war doch nicht verboten, ihm zu seinem großen Glück zu gratulieren! Danach stellte Capiam dem Burgherrn Desdra vor. Die Heilerin betrachtete Alessan mit dem gleichen durchdringenden Blick, mit dem sie bereits Moreta gemustert hatte. Ein Gefühl der Eifersucht beschlich die Weyrherrin.

»Ich entnehme Ihren Worten, daß Sie den Impfstoff präpariert und bereits angewandt haben«, meinte Capiam.

»Allerdings, Capiam. Ich konnte nicht riskieren, die Zuchtherde auf infiziertes Gelände zu bringen.« Alessans

Geste umfaßte die Ställe, die Burg und die Felder ringsum. »Follen stellt bereits neues Serum her.« Er ging zu den Ställen voraus. »Die Epidemie hat uns schlimme Verluste zugefügt. Deshalb erprobten wir noch gestern die neue Methode an diesem Tier hier.« Er deutete auf den lahmen Renner, der in seiner Box stand. »Sie scheint ihm nicht geschadet zu haben.«

»Sie wird ihm nicht schaden, verlassen Sie sich darauf!« Capiam trat ein wenig zur Seite, wo die Stallknechte ihn nicht hören konnten. »Das Heilverfahren hilft Tieren wie Menschen. Und ...« Er senkte die Stimme und warf Alessan und Tuero einen bedeutungsvollen Blick zu. »... und es ist zu dieser Stunde schlechthin unentbehrlich.« Desdra zog ein wenig spöttisch die Augenbrauen hoch. Erst jetzt fiel ihm auf, daß er unbewußt einen von Tirones Lieblingssätzen wiederholt hatte. Mit einer raschen Geste winkte Capiam seine Zuhörer noch näher zu sich heran. Follen war an der Zentrifuge beschäftigt, und einige Pächter kümmerten sich um die Renner, denen man Blut abgezapft hatte. »Baron Alessan«, sagte der Heiler leise, »die Epidemie könnte erneut ausbrechen.«

Moreta nahm entschlossen Alessans Arm, als sie sah, daß der junge Burgherr zurückwankte. Der Meisterheiler stützte ihn von der anderen Seite. Tuero beobachtete Alessan mit einem Gemisch aus Besorgnis und Mitgefühl.

»Deshalb müssen wir diesmal Menschen und Tiere impfen«, fuhr Capiam fort. »Auf dem gesamten Kontinent! Ich habe einen Einsatzplan ausgearbeitet, und Moreta wird versuchen, Unterstützung bei den Drachenreitern zu bekommen. Was wir vor allem brauchen, ist Serum von genesenen Tieren. Sie besitzen die meisten davon, zumindest genug, um Ihre eigenen Gebiete, Süd-Boll und den Teil von Telgar, der an Ihr Territorium angrenzt, zu versorgen. Baron Shadder wird uns wohl in den Ostregionen aushelfen.«

»Aber die Herden von Keroon sind riesig ...« warf Alessan zaghaft ein.

»Nicht mehr«, entgegnete Capiam ernst. »Daß es Dag gelungen ist, Ihre Zuchtherde zu retten, macht Sie zu einem reichen Mann, Baron Alessan.«

Alessan warf dem Meisterheiler einen müden Blick zu. »Ruatha hat viel verloren, an Menschen, Herden, Ehre und Stolz. Vielleicht trägt unsere Hilfe dazu bei, den Makel der schlechten Gastfreundschaft, der auf uns lastet, etwas zu verringern.«

»Was bringt Sie auf den Gedanken, daß *Sie* für die Ereignisse verantwortlich sind? Oder für das da?« Capiam deutete zu den Grabhügeln hinüber. »Sie trifft nicht die geringste Schuld. Eine unglückliche Verkettung von Umständen brachte die *Windtoss* vom Kurs ab. Opportunismus bewog den Kapitän, auf dem Südkontinent zu landen, und Habgier hielt ihn drei Tage dort fest. Weshalb die Mannschaft das Raubtier nach Norden mitnahm, werden wir nie mehr erfahren, denn alle Beteiligten haben ihren Entschluß mit dem Leben bezahlt. *Sie* dagegen kämpfen mit bewundernswertem Mut gegen die Auswirkungen der Katastrophe an, Baron Alessan! Sie haben sich um die Kranken gekümmert, haben die Felder bestellt und die Zuchtherde von Ruatha gerettet. Und vor allem ...« Capiam holte tief Luft. »... und vor allem sind Sie gewillt, trotz der schweren Prüfungen, die Ihnen auferlegt wurden, anderen zu helfen!

Nur der einfallslose Dummkopf wird versuchen, einen Schuldigen zu finden, wenn ihn ein Schicksalsschlag trifft; der tüchtige Mensch akzeptiert, was er nicht ändern kann, und reift mit den Aufgaben, die ihm das Leben auferlegt.

Ein Schiff, das durch einen unvorhergesehenen Sturm abgetrieben wird, und dieser lächerliche Vorfall bringt einen Kontinent an den Rand des Untergangs!« Capiam schüttelte traurig den Kopf. Er schaute kurz zu Desdra hinüber, die ihn verblüfft anstarrte. »Wenn Sie Gerechtigkeit als Ihre Lebensgrundlage betrachten, dann ist alles wieder ins Lot gekommen, denn Kapitän, Mannschaft und Raubkatze sind tot. *Wir* leben. Und *wir* haben eine Menge Arbeit vor uns.« Capiam packte Alessan an beiden Schultern und schüttelte ihn. »Hören Sie, Baron, Sie trifft nicht die geringste Schuld!

Im Gegenteil, Ihnen gebührt Anerkennung für Ihre Weitsicht!«

Vom Feldrand her klang plötzlich das helle Trompeten von Arith auf, und aus der Luft hörten sie einen vollen, mächtigen Antwortschrei.

»Ein Bronzedrache? Hier?« Moreta war mit ein paar schnellen Schritten am Stalltor. M'barak stand neben Arith, hielt eine Hand vor die Augen und spähte zum Himmel. Der Blaue wirkte ganz ruhig. Ob Sh'gall ihr gefolgt war? Aber dann hätte Orlith sicher Kontakt mit ihr aufgenommen. »M'barak! Wer kommt?«

»Nabeth und B'lerion«, entgegnete der Jungreiter gelassen.

»B'lerion?« Moreta war erleichtert. Und als eine schmale Gestalt die Burgrampe heruntergelaufen kam, begriff sie auch den Grund für den überraschenden Besuch.

Arith erhob sich auf die Hinterpfoten und schrie dem Bronzedrachen eine Herausforderung entgegen.

»Ich weiß nicht, was in ihn gefahren ist, Moreta«, meinte M'barak verlegen. »Irgendwie wacht er voller Eifersucht über Lady Oklina.«

»Nun ja, wir haben ein Königinnen-Ei in der Brutstätte«, entgegnete die Weyrherrin. Als sie merkte, daß der Jungreiter mit dieser Erklärung nichts anfangen konnte, fügte sie hinzu: »Blaue Drachen haben bei der Suche nach Kandidaten oft ein besonders feines Gespür. Bei Arith allerdings scheint sich dieser Sinn besonders früh zu entwickeln.« Sie beobachtete Oklina mit gerunzelter Stirn. »Ich weiß nicht, ob der Fort-Weyr das Recht hat, noch mehr von Ruatha zu fordern ...«

Achselzuckend wandte sie sich ab. Alessan führte Capiam, Desdra und Tuero gerade zur Zentrifuge. Das große Rad kam allmählich zur Ruhe, und der nächste Behälter mit Serum war voll. Moreta warf einen Blick über die Schulter. B'lerion ließ sich ohne große Umstände vom Rücken des Bronzedrachen in die Tiefe gleiten. Oklina begrüßte ihn zurückhaltend und deutete zu den Ställen hinüber. Der Bronzereiter nahm ihre Hand, und gemeinsam schlenderten sie näher. Als sie den Feldweg heraufkamen, erkannte Moreta, daß B'lerion den linken Arm in einer Schlinge trug. Er konnte also keine Einsätze gegen die Sporen fliegen. Mied er die Leere des Weyrs, nachdem seine Gefährten zum Kampf aufgestiegen waren? Spürte er die gleiche Unrast wie sie selbst, wenn die Geschwader allein loszogen? Oder war die Verletzung für ihn ein willkommener Grund, Oklina zu besuchen?

Als die Weyrherrin ihre Aufmerksamkeit wieder der Gruppe an der Zentrifuge zuwandte, diskutierten die Heiler gerade über die Dosis, die man den Rennern spritzen mußte, um sie wirksam gegen die Grippe zu schützen. Ein weiterer Unsicherheitsfaktor war die Zahl der Tiere, die auf den einzelnen Höfen standen.

»Ausschlaggebend ist immer das Körpergewicht«, mischte sich Moreta in das Gespräch ein.

»Gewiß«, entgegnete Alessan. »Aber wir müssen die Dosiervorschrift so einfach wie möglich halten. Viele Heiler werden der Methode skeptisch gegenüberstehen oder zu ungeschickt sein, um sie anzuwenden.« Er wurde rot, als Capiam ihm einen vorwurfsvollen Blick zuwarf.

»Wir haben dafür gesorgt, daß unsere tüchtigen Leute so gleichmäßig wie möglich verteilt wurden. Und es ist erstaunlich, was die Leute alles schaffen, wenn sie keine andere Wahl haben.«

»Meister Capiam, wie wichtig ist diese Impfung der Renner überhaupt zu diesem Zeitpunkt?« fragte Desdra und sah den Heiler aus ihren grauen Augen forschend an.

»Das hatten wir doch bereits besprochen ... Da wir inzwischen wissen, daß die Zoonose ein entscheidender Faktor ist ...«

»Sicher, aber ich fürchte, daß wir unsere Mühe verschwenden.« Desdra deutete auf die großen, kunstvoll verzierten Glasbehälter, in denen sich das Blut allmählich abgesetzt hatte. »Ich muß gestehen, daß unsere Nadeldorne kaum ausreichen, um alle *Menschen* zu impfen, geschweige denn die Tiere. Und es wäre Unfug, die Dorne mehrfach zu benutzen. Die Gefahr der Ansteckung ...«

»Ich weiß, ich weiß.« Capiam fuhr sich mit der Hand über die Stirn und ließ sich erschöpft auf einen Ballen Stroh sinken. »Das Risiko einer zweiten Epidemie läßt sich aber nur bannen, wenn wir Mensch *und* Tier schützen.«

»Sind die Nadeldorne unser einziges Problem?« fragte Moreta den niedergeschlagenen Heiler und hielt einen Moment lang seinen Blick fest. Capiams Augen weiteten sich ungläubig, als ihm klar wurde, was sie mit ihrer Frage zum Ausdruck bringen wollte.

»Ja, aber es bleibt uns leider bis zum Herbst erhalten«, murmelte Desdra enttäuscht. »Ich habe Trommelbotschaften an alle Burgen und Höfe gesandt und die Leute gebeten, uns mit ihren Vorräten auszuhelfen. So wie die Dinge stehen, wird uns nichts anderes übrigbleiben, als einige Gebiete auszuschließen ...«

»Wie? Wer? Und zu welchem Zeitpunkt?« wisperte Capiam der Weyrherrin zu. Seine angespannten Fragen ließen die anderen aufhorchen. Desdra wirbelte herum und kam näher.

Mit einem nervösen Lachen ließ Moreta die Diskretion fallen und redete laut weiter: »*Wie?* Einfach über den Feldweg. *Wer?* Am besten wir, denn Verschwiegenheit ist bei dieser Angelegenheit mindestens ebenso wichtig wie die Nadeldorne selbst. Und was den Zeitpunkt betrifft – ich würde sagen, sofort, ehe ich diesen Entschluß wieder bereue.« Sie lachte Capiam an und deutete dann auf B'lerion und Oklina, die eben am Stalltor aufgetaucht waren. »Bist du schwer verwundet, B'lerion?« erkundigte sie sich und flüsterte Capiam zu: »So schlimm kann es nicht sein, sonst hätte er nicht gewagt, ins *Dazwischen* zu gehen.«

»Nein, nur die Schulter verrenkt. Aber ich kann es nicht ertragen, wenn die Geschwader ohne mich aufsteigen. Und da Pressen ohnehin jemanden brauchte, der einen Teil unserer Medikamente nach Ruatha bringen würde, meldete ich mich freiwillig.« B'lerion tat so, als habe er nichts mit

Oklina zu tun, die atemlos neben ihm stand. Alessan kam ihm entgegen, und er verneigte sich. »Ich weiß nicht, wie ich meine Betroffenheit zum Ausdruck bringen soll ...« Der Bronzereiter spürte Alessans Trauer und sprach den Satz nicht zu Ende.

»B'lerion, du könntest uns einen großen Gefallen erweisen«, sagte Moreta und zog ihn beiseite, um ihm die Sachlage zu erklären.

Der Bronzereiter ließ seine Blicke unsicher von Capiam zu Alessan wandern. »Ich gebe zu, daß es sich um eine Notlage handelt«, raunte er. »Um eine schlimme Notlage sogar. Aber es ist eine Sache, hier und da einen Tag um eine Stunde zu verlängern, und eine ganz andere, ein paar Monate zu überspringen. Ein verdammt gefährliches Unternehmen, das weißt du so gut wie ich, Moreta!« B'lerion war zwar ein Draufgänger, der sich wenig um Vorschriften und Etikette kümmerte, aber er besaß ein ausgeprägtes Verantwortungsgefühl.

»B'lerion, ich weiß genau, an welchen Plätzen in Ista und Nerat die Dornen wachsen. Und ich weiß auch, zu welcher Zeit man sie am besten erntet – wenn der Ging-Baum in voller Blüte steht. Ich sah den Regenwald, als er einem grünen Gesicht mit tausend dunkel geränderten Augen glich ...«

»Sehr poetisch, Moreta, aber nicht die Wegzeichen, die mir weiterhelfen ...«

»Immerhin haben wir einen Anhaltspunkt für die Zeit. Um die richtigen Koordinaten zu bekommen, müssen wir nur die Herbstposition des Roten Sterns ermitteln, die sich immer weiter nach Westen verschiebt. Alessan hat sicher Karten im Haus, nach denen sich der Winkel errechnen läßt.« Sie spürte, daß dieses Argument B'lerion beruhigte.

»Ich hatte eigentlich nicht die Absicht, meinen Nachmittag mit dem Sammeln von Nadeldornen zu verbringen ...«, murmelte er zögernd, aber Moreta ließ nicht locker.

»Wir können uns dabei soviel Zeit lassen, wie wir wollen, B'lerion. Aber wir müssen *jetzt* aufbrechen, damit ich zum Ende des Sporenregens wieder zurück im Weyr bin.

Nabeth eignet sich hervorragend für ein solches Unternehmen.«

»Natürlich. Aber *sie* ...« Er deutete mit dem Daumen auf die Wartenden. »... würden vom Geheimnis des Zeitsprungs erfahren, Moreta.«

»Capiam und Desdra kennen es bereits.« Sie lächelte, als sie B'lerions entrüstete Miene sah. »Schließlich wurden die Drachen einst von Heilern gezüchtet.«

»Du hast recht.« Allmählich erholte sich B'lerion von seiner Verblüffung.

»Wir werden die besonderen Talente unserer Gefährten außerdem nützen müssen, um den Impfstoff zu verteilen.«

B'lerion riß die Augen auf, aber dann fiel sein Blick auf Oklina, und er schien sich zu beruhigen. »Bei *dem* Unternehmen werden die Weyr die Zeitsprünge vermutlich billigen.«

»Das nehme ich an. Und von unserem heutigen Ausflug müssen sie nichts erfahren. Wer weiß von deinem Besuch in Ruatha?«

»Pressen und der Junge da draußen.«

»M'barak schicke ich mit einem Auftrag fort, und auf Oklinas Schweigen können wir uns verlassen. Das heißt, daß wir insgesamt sechs wären. Dieser Zeitsprung ist absolut notwendig, B'lerion. Pern steht keine zweite Epidemie durch!«

»Du hast recht.« B'lerions Blicke schweiften über die Burg und die düsteren Überreste des großen Sterbens. »Die Veränderungen von Ruatha legen sich aufs Gemüt.« Er nahm ihre Hand und drückte sie kurz zum Zeichen der Zustimmung. »Ich werde Nabeth bitten, mit Orlith Kontakt aufzunehmen. Wenn sie einverstanden ist, fliegen wir los.«

»Sag Orlith, daß die Renner unsere Hilfe brauchen.«

»Du und deine Renner!«

Als Moreta ihren Plan mit Capiam, Desdra und Alessan besprach, wandten alle bestürzt ein, daß sie keine Zeit für derartige Expeditionen hätten.

»Meister Capiam, die Zeit, die wir für unser Vorhaben benötigen, wird nicht vom Jetzt und Heute abgezogen«, entgegnete sie ernst. »Sie, Alessan, können Ruatha ruhig einmal eine Stunde allein lassen. Es wird länger als das dauern, bis die Männer Dag mit dem Wagen abgeholt und die Herde von der Zuchtweide hierhergetrieben haben. Was wollen Sie in der Zwischenzeit tun? Zusehen, wie sich die Flaschen drehen? Das Hauptrisiko besteht darin, daß die falschen Leute von unserem Unternehmen erfahren. Capiam und Desdra wissen bereits um die besondere Fähigkeit der Drachen, und sie benötigen die Nadeldorne dringend. Ruatha wird unser Geheimnis wahren, dessen bin ich sicher. Nun hat uns ein glücklicher Zufall B'lerion geschickt, und der Bronzereiter ist bereit, uns zu helfen. Nabeth kann ohne weiteres sechs Leute befördern, und wenn wir alle einen Tag lang hart arbeiten, besitzen wir genug Nadeln, um der Epidemie Einhalt zu gebieten.«

»Sechs?« fragte Alessan nach einer überraschten Pause.

»Ist Ihnen entgangen, daß B'lerion die Nähe Ihrer Schwester sucht?«

Desdra lachte leise. Alessan sah sie verwirrt an und stimmte dann zögernd in das Lachen ein.

»Und wie steht es mit dem Zeit-Paradox, von dem Sie sprachen, Moreta?« erkundigte sich Capiam.

»Das betrifft uns nicht, solange keiner von uns nach Ista reist, wenn die *Ging*-Bäume blühen.«

»Sehr unwahrscheinlich«, pflichtete Capiam ihr bei.

»Außerdem können die Schluchten, die ich im Sinn habe, nur von einer hohen Klippe aus erreicht werden. Ich kenne sie noch aus der Zeit, da ich auf Ista lebte.«

Alessan schien immer noch unentschlossen. Seine Blicke wanderten von Follen zu den Männern, die neben den gesattelten Rennern und dem Wagen warteten.

»Noch eine kleine, aber wichtige Sache, Alessan«, sagte Desdra, die ihn beobachtet hatte. »Ihre Ställe sind sauber und gut geführt, aber nicht die richtige Umgebung für die Herstellung großer Mengen von Serum, das absolut keimfrei sein sollte.« Sie deutete auf die Exkremente des lahmen Renners.

»Ein guter Gedanke.« Alessan lächelte und fügte dann hinzu: »Die Umquartierung dürfte etwa eine Stunde in Anspruch nehmen. Was brauchen wir für unsere Expedition alles?«

»Nur Tragnetze«, erwiderte Moreta rasch. »Alles andere liefert uns der Regenwald.«

B'lerion kam auf sie zugeschlendert und grinste breit.

»Nabeth fand es zwar ungewöhnlich, mit zwei Königinnen gleichzeitig Kontakt aufzunehmen, aber du hast die Erlaubnis, nach Ista zu fliegen, wenn du nicht allzu lange bleibst. M'barak habe ich zur Hochland-Burg geschickt. Er soll dort noch einige der großen Ziergefäße holen, die Meister Clargesh den Baronen schenkte. Auch in den anderen Burgen gibt es sicher einige davon. Meister Clargesh war so stolz auf das Werk seiner Lehrlinge. Und der Auftrag wird den Jungen in Trab halten.«

»Gut, B'lerion. Nun brauchen wir noch eine Reitjacke für Oklina.«

»Sie *ist* etwas Besonderes, findest du nicht auch? Arith spürte es sofort, ein kluger Kerl! Kein Wunder, daß ich mich zu ihr hingezogen fühle.«

»Warte nur, bis das Königinnen-Ei hart ist, mein Freund! Jedes bricht auf seine Weise ...«

Capiam und Desdra erklärten Follen und Tuero, weshalb sie die Instrumente zur Serumherstellung umsiedeln mußten. Nachdem Alessan die Männer verabschiedet hatte, die Dag und die Herde heimholen sollten, schlug er vor, alles in den Großen Saal zu schaffen, da man inzwischen die meisten Patienten in die oberen Stockwerke verlegt hatte, wo sie eigene Zimmer zur Verfügung hatten. Moreta half dem Burgherrn, die mitgebrachten Tragnetze zu einem großen Bündel zusammenzurollen. Als B'lerion und Oklina aus der Hauptburg zurückkamen, warteten die übrigen vier bereits mit Ungeduld.

»Ich mußte erst die Karten holen, meine liebe Moreta. ›Ein grünes Gesicht mit tausend dunkel geränderten Augen‹ genügt mir nicht als Anhaltspunkt für den Sprung. Um ganz sicherzugehen, werden wir im Morgengrauen landen, denn zu diesem Zeitpunkt stehen beide Monde am Himmel.« Er hob die Faust, eine Geste, die seine Bereitschaft und den Wunsch nach Erfolg zum Ausdruck brachte.

Während sie zu dem kräftigen Bronzedrachen hinübergingen, flüsterte Moreta dem Burgherrn zu:

»Tuero beobachtet uns. Ahnt er etwas?«

Alessan legte die Hände um ihre Taille, zog sie einen Moment lang an sich und hob sie dann auf den Rücken des Drachen, dicht hinter B'lerion, der bereits Platz genommen hatte.

»Das weiß man bei Harfnern nie. Aber er nimmt wohl an, daß wir zu Meister Balfor fliegen, um ihn wegen des Tierserums um Rat zu fragen. Und er hat mit dem Umzug der Geräte so viel zu tun, daß er kaum zum Denken kommen wird.«

Nacheinander saßen die Teilnehmer der Expedition auf.

Orlith, es wird nicht lange dauern!

Das erklärte mir Nabeth bereits. Die Gedanken ihrer Königin klangen unbesorgt.

»Moreta!« B'lerions Stimme und ein leichter Rippenstoß unterbrachen ihr Zwiegespräch mit Orlith. »Ich stelle mir jetzt die Monde und den Roten Stern vor. Der Rote Stern befindet sich vor uns am nordwestlichen Horizont, Belior wandert als Halbmond über den Himmel, und dazwischen steht die Sichel vom Timor. Du konzentrierst dich bitte darauf, wie Ista mit diesen blühenden *Ging*-Bäumen aussieht. Denk an die Sommerhitze und den fauligen Geruch, der von den Regenwäldern aufsteigt!«

Nabeth war aufgeregt, aber er hob sich mit dem Geschick des erfahrenen Kampfdrachen vom Boden ab, und seine Reiter spürten nicht den leisesten Ruck, als er in die Luft schnellte.

Moreta hatte sich daran gewöhnt, zwei Drachen in ihren Gedanken zu spüren; nun schob sich ein dritter sacht, aber doch kraftvoll dazwischen. Sie beschwor das Bild von Istas südlicher Steilküste in herbstlicher Farbenpracht herauf, das düstere Glimmen des Roten Sterns über dem Westmeer, den Halbmond Belior, der immer höher stieg, und die Sichel des kleineren Timor. Sie hielt diese Vision in ihren Gedanken fest, während Nabeth ins *Dazwischen* tauchte. Unvermittelt spürte sie einen unglaublichen Druck auf Herz und Lungen, und dann schwebten sie in der warmen Luft hoch über Istas Felsenküste. Die cremeweißen Augen der *Ging*-Blüten wandten sich der Sonne zu, die eben im Osten heraufzog. B'lerion stieß einen Triumphschrei aus und zog Oklina fester an sich. Alessan umklammerte Moretas Taille, als suchte er einen Halt.

Nabeth flog den Felsensims an, auf dem Moreta oft mit Orlith gelandet war, um Nadeldorne zu sammeln. Er lag hoch über der hereinströmenden Flut, die gegen die Klippen donnerte. Der Bronzedrache landete so geschickt, wie er sich kurz zuvor in die Lüfte erhoben hatte. Seine Schwingen drückten die Sträucher flach, die sich ringsum an die Steilhänge krallten.

»Dort drüben am Hang wachsen die meisten Dornensträucher!« rief Moreta den anderen zu.

B'lerion sprang so tollkühn zu Boden, daß sein Drache erschrocken lostrompetete.

»Willst du dir den zweiten Arm verrenken, B'lerion?« fragte Moreta kopfschüttelnd und zeigte dann Oklina, wie man gefahrlos vom Nacken des mächtigen Bronzedrachen in die Tiefe gleiten konnte.

»Sind wir wirklich in der Zukunft?« fragte Capiam, als Alessan die Tragnetze verteilte. Er sah sich mit einer gewissen Scheu um.

»Ich hoffe es sehr«, meinte B'lerion und sah Moreta mit düster gerunzelter Stirn an, ehe er sich den drei Leitgestirnen am Himmel zuwandte.

»Keine Sorge«, entgegnete sie so ruhig, wie sie nur konnte. Ein eigenartiger Schwindel hatte sie erfaßt, ein Gefühl der Schwerelosigkeit und der wachsenden Euphorie – Empfindungen, die ihr bis zu diesem Moment fremd gewesen waren. Gewaltsam riß sie sich von dem Sog los und deutete eine Böschung hinunter. »Wir gehen hier entlang. Sobald wir auf die Dornsträucher stoßen, werden wir sicher sein. Ich kam nämlich letztes Jahr hierher und sammelte Dornen, mit Erlaubnis des Burgherrn, denn die Küstenbewohner holen sich das Zeug an leichter zugänglichen Stellen.« Die Weyrherrin von Fort ging voraus.

Die Schlucht lag zehn oder mehr Drachenlängen vom Rand der Klippe entfernt, und Moreta war plötzlich von Besorgnis erfüllt. Sie hatte die Sträucher im letzten Herbst nicht vollständig abgeräumt; aber damals hatten die Monde eindeutig eine andere Position eingenommen, und der Rote Stern war höher im Westen gestanden. Erleichtert atmete sie auf, als sie den Rand der Schlucht erreichte und die dichten braunen Nadelbüschel an den Zweigenden entdeckte. Über ihnen schloß sich der Regenwald zu einem Blätterdach. Die Schlucht, die gewunden von Nord nach Süd verlief, war in grauer Vorzeit vermutlich durch ein Erdbeben entstanden, und die dünne Humusschicht über dem blanken Fels ernährte nur Kletterpflanzen und die anspruchslosen Dornsträucher. Alessan stellte verwundert fest, daß die Schlinggewächse einen großen Abstand zu den Sträuchern einhielten.

»Der Nadeldorn verzehrt alles, was in seine Nähe kommt«, erklärte Moreta. »Im Frühling und im Sommer sind die Nadeln giftig. Sie nehmen den Saft von Tieren und anderen Pflanzen auf, bis der dicke Stamm der Pflanze im Herbst genügend Feuchtigkeit und Nährstoffe besitzt. Im Winter wächst der Strauch und sprengt seine Außenhülle. Es heißt, daß sein Fleisch sehr saftig schmeckt.«

Oklina schüttelte sich, aber Desdra ging in die Knie und untersuchte einen der Büsche genauer.

»Im Frühling und Sommer verströmt die Pflanze einen Geruch, der Schlangen und Insekten anzieht. Die hohlen Dornen saugen den aufgespießten Opfern den Lebenssaft aus, leiten aber auch das Regenwasser weiter. Der Strauch dort drüben hat eine Lücke. Hier scheint ein größeres Tier einen Teil der Dornen abgebrochen zu haben. Das erleichtert das Einsammeln.«

»Hast du nicht gesagt, daß das Zeug giftig ist?« B'lerion schien nicht gerade wild darauf, mit der Arbeit zu beginnen.

»Nur im Frühling und Sommer. Jetzt ist das Gift versiegt. Seht ihr die neuen Dornknospen am Zweigansatz? Sie sprengen mit der Zeit die alten Dornen ab. Paßt auf ...« Sie streifte mit der flachen Hand eines der Büschel vom Ast. »Es ist nicht schwer, die Dinger zu ernten. Aber seid nicht zu ehrgeizig! Ihr müßt darauf achten, daß die Spitzen nicht abbrechen und sich in eure Finger bohren. Und meidet die feinen Härchen an der Pflanze selbst! Sie können Entzündungen hervorrufen, die sich bei der Rückkehr nur schwer erklären lassen.«

»Und wie sollen wir die Dinger befördern?« fragte Capiam skeptisch, nachdem er einen Blick auf die feinen Nadeln auf Moretas Handfläche geworfen hatte.

»Wir wickeln sie in die Wedel des *Ging*-Baumes. Wenn man die Blätter an den Rändern einschneidet, sondern sie einen Saft ab, der wie Klebstoff wirkt. Und sie besitzen ein Schwammgewebe, das die Nadeln wie ein Polster schützt. Eine sehr praktische Angelegenheit! Wir teilen uns am besten in Zweiergruppen auf. Einer streift die Nadeln von den Sträuchern, der andere verpackt sie.«

»Gut, ich bleibe bei Ihnen, Moreta«, sagte Alessan schnell. Er nahm sein Gürtelmesser in die Hand und suchte nach einem *Ging*-Baum, um die breiten Wedel abzuschneiden.

B'lerion legte besitzergreifend den gesunden Arm um Oklinas Schultern. »Macht es dir etwas aus, mit einem Invaliden zusammenzuarbeiten?« fragte er mit blitzenden Augen.

Capiam verneigte sich vor Desdra. »Bleiben nur noch wir beide übrig. Möchtest du lieber sammeln oder verpacken? Obwohl wir uns natürlich abwechseln können, wenn die Sache zu langweilig wird.«

»Nachdem ich im Sammeln bereits Übung habe, fange ich am besten damit an«, meinte die Heilerin lachend und suchte vorsichtig einen Weg in die Schlucht hinunter. »Schau mir eine Weile zu, damit du dich später nicht stichst!«

»Alessan, wir brauchen vor allem die zarten, jungen Wedel!« rief Moreta dem Burgherrn zu. »Sie sind geschmeidig und enthalten mehr Saft.«

Der Baron säbelte verbissen an den großen Blattgebilden herum, bis ihm Moreta zeigte, daß man die Wedel mit einem kurzen Ruck nach unten leicht vom Stamm lösen konnte. Sie legte die inzwischen abgestreiften Nadeln auf die konkave Fläche eines Blattes, schnitt die Ränder zurecht, schlug die Kanten übereinander und verklebte das Ganze geschickt zu einem kleinen Paket.

»So einfach geht das!« staunte Alessan. »Der Regenwald liefert tatsächlich alles, was wir brauchen.«

»Wenn man weiß, wie man ihm seine Schätze entlockt – ja.« Sie lachte ihn an. »Dieses Päckchen enthält an die zweihundert Nadeldornen. Ich habe versucht, sie zu zählen, aber ich kann mich schlecht konzentrieren. Eine Folge der Zeitverzerrung, nehme ich an. An manchen der größeren Sträucher sitzen sicher Tausende von Nadeln, jede groß genug für die kräftigsten Renner des Kontinents.«

Alessan nahm ihre Hand, und Moreta gab es auf, ihre Nervosität durch hastiges, leeres Geschwätz zu überdecken. Sie waren allein, auch wenn sie die Stimmen der anderen noch hören konnten.

»Du hast gesagt, daß wir hierbleiben können, solange wir wollen«, sagte Alessan ruhig. Er kniete jetzt neben ihr. »Und daß wir mit einem Zeitverzug von höchstens einer Stunde zurückkehren würden ...« Moreta hatte das Gesicht abgewandt, aber Alessan nahm ihre Hände, ehe sie nach den nächsten Nadelbüscheln greifen konnte. »Warum nutzen wir nicht *ein wenig* von dieser Zeit für uns selbst?«

Oklinas Lachen scholl zu ihnen herüber, gefolgt von einem kräftigen Fluch B'lerions.

»Die Dinger brennen abscheulich!«

Moreta lächelte über die Entrüstung in der Stimme des Bronzereiters. Dann trafen ihre Blicke Alessan. Sie hob die Hände an sein Gesicht und strich sanft über die Falten, die Kummer und Anspannung in die jungen Züge gegraben hatten. Schon die leise Berührung erregte sie, und sie wehrte sich nicht, als er sie in die Arme riß und an sich preßte. Ohne Scheu genoß sie seine Küsse.

»Was kannst du von einem einarmigen Mann mehr erwarten?« klang B'lerions Baß dicht neben ihnen auf. Erschrocken fuhren sie auseinander. Der Bronzereiter war nicht zu sehen, aber er schien sich ganz in ihrer Nähe zu befinden. Moreta sah Alessan lächelnd an.

»Mittags wird es viel zu heiß zum Arbeiten, Alessan, und ich nehme an, daß wir dann mehr Zeit und Abgeschiedenheit für uns finden.«

Der Burgherr nickte und wandte sich mit einer heftigen Bewegung den Sträuchern zu. Im nächsten Moment stieß er einen unterdrückten Fluch aus. »Die Dornen brennen tatsächlich!« Er rieb sich mit einer Grimasse den geröteten Arm.

»Nicht!« Moreta griff nach einem *Ging*-Blatt und preßte etwas Saft auf die wunde Stelle. »So, nun tritt kein Blut aus.« Sie küßte ihn leicht auf die Wange. »Und nun müssen wir wirklich sehen, daß wir mit der Arbeit fertig werden.«

»Gut, aber dann laß mich die Nadeln sammeln! Ich habe mit dem Strauch hier eine offene Rechnung!« Und mit gespielter Grimmigkeit begann er ganze Händevoll der Dornenbüschel von den Zweigenden zu reißen.

»He, langsam, so schnell kan ich die Dinger gar nicht verpacken!« bremste sie seinen Eifer.

»Habt ihr beide Probleme?« fragte B'lerion, der plötzlich an der Biegung der Schlucht aufgetaucht war.

»Keine Sorge, wir schaffen das schon!« entgegneten sie im Chor und winkten ihm lachend zu. Der Bronzereiter sah sie einen Moment lang nachdenklich an und entfernte sich dann wieder.

Sie arbeiteten schweigend weiter, jeder erfüllt von der Nähe des anderen. Die Zeit verging wie im Flug, und sie hatten die Anwesenheit der anderen beinahe vergessen, als B'lerion und Oklina plötzlich am oberen Rand der Schlucht auftauchten und nach ihnen riefen.

»So etwas nennt man Fleiß!« meinte B'lerion kopfschüttelnd. »Merkt ihr überhaupt nicht, wie heiß es inzwischen ist?« Er hatte das Hemd ausgezogen, und Oklina trug ihre Bluse unter der Brust verknotet. Sie schleppten vier Netze mit ordentlich verpackten Nadeldornen. »Außerdem habe ich Hunger.« Er schwenkte sein Hemd. »Wir haben ein paar reife Früchte gesammelt und Palmenmark geschält. Los, gebt euch einen kleinen Ruck und macht eine Pause, sonst klappt ihr noch zusammen!« Er drehte sich um. »Capiam! Desdra! Mittagessen!«

Capiam und Desdra führten ein tiefschürfendes Gespräch über die adstringierende Wirkung des *Ging*-Saftes, als sie zu den anderen stießen. Auch Capiam hatte den Oberkörper freigemacht. Er war von der Krankheit so ausgezehrt, daß man seine Rippen zählen konnte.

»Ich weiß, daß es heiß ist«, stellte Moreta trocken fest. »Aber wir sollten uns davor hüten, mit einem Sonnenbrand nach Ruatha zurückzukehren.«

Capiam schwenkte ein großes Blatt wie einen Fächer. »Auch ein Hitzschlag würde uns verraten.« Er schnalzte mit der Zunge, als er die vielen Nadelpäckchen sah. »Wir haben unsere Netze weiter hinten gestapelt. Ich schlage vor, daß wir jetzt eine Ruhepause einlegen, wie es auf dieser Insel während der heißesten Stunden des Tages üblich ist.«

Alle fanden den Gedanken großartig.

»Hier sind Melonen und einige der Rotfrüchte, die man auf Ista so gern auf den Tisch bringt«, verkündete Desdra stolz.

Alessan erklärte sich ebenfalls bereit, einen Beitrag zum Mittagessen zu leisten. Er streifte Wams und Hemd ab und erklomm geschickt einen nahegelegenen Nußbaum, um die Früchte herunterzuschütteln. Moreta breitete sein Hemd aus und fing die Nüsse damit auf.

Während des Essens entspannten sich alle. Die Rotfrüchte enthielten viel Saft, die Nüsse hatten ein herrliches Aroma, und das Palmenmark zerging kühl auf der Zunge. Die überreifen Melonenscheiben, die sie sich bis zuletzt aufgehoben hatten, schmeckten fast nach Wein. B'lerion unterhielt die Gesellschaft mit seinen Späßen und einer pikanten Geschichte über Baron Diatis.

»Ist er immer so?« fragte Alessan leise. »Er kann besser erzählen als die meisten Harfner.«

»Nun, er singt recht passabel, aber irgendwie war B'lerion von Anfang an der Idealtyp des Bronzereiters.«

»Warum ist *er* dann nicht dein Weyrgefährte?«

»Orlith hat sich für Kadith entschieden.«

»Besitzt du kein Mitbestimmungsrecht?« Alessan schien um ihretwillen verärgert. Aus der einen oder anderen Bemerkung, die er im Laufe des Vormittags gemacht hatte, wußte sie, daß Alessan Sh'gall nicht mochte, und sie überlegte, ob ihre Beziehung zu dem jungen Burgherrn das Verhältnis zwischen Ruatha und dem Fort-Weyr belasten könnte. Während sie noch nach einer ehrlichen Antwort auf die Frage suchte, der sie bisher selbst vergeblich ausgewichen war, legte Alessan reumütig eine Hand auf die ihre. »Verzeih, Moreta, das sind Weyr-Angelegenheiten, die mich nichts angehen.«

»Ich will deine Frage wenigstens teilweise beantworten«, erklärte sie mit gedämpfter Stimme. »B'lerion ist tatsächlich immer so, charmant und amüssant. Aber Sh'gall *führt* die Männer, und er entwickelt bei Sporeneinfällen einen Instinkt, den der alte L'mal einmal als unheimlich bezeichnete.«

»Also wirklich, B'lerion, diese Geschichte war mir neu.« Capiam lachte immer noch, während er sich aufrichtete. »Ich schätze, Harfner müssen bei der Wahl ihrer Themen etwas diskreter sein.« Er streckte Desdra eine Hand entgegen. »Erinnerst du dich noch, wo du diese Pflanzen gesehen hattest, Desdra? Ja, ich weiß, daß wir eigentlich hier sind, um Nadeldornen zu sammeln, aber uns sind auch alle anderen Vorräte knapp geworden.«

»Ich helfe dir später gern bei der Suche«, entgegnete Desdra energisch, »aber jetzt solltest auch du eine Pause einlegen!« Keiner der beiden Heiler drehte sich um, als sie die

Schlucht nach oben geklettert waren und hinter einer Biegung verschwanden.

»Und ich gönne mir ebenfalls einen Mittagsschlaf!« verkündete B'lerion. »Komm, Oklina, bei unserem Nadeldornen-Dickicht gibt es genügend Schatten und eine angenehme Brise. Wir haben uns die Ruhe ehrlich verdient.«

Lächelnd nahm er das Mädchen am Arm und führte sie tiefer in das Dämmerlicht des Regenwaldes.

»Wenn er denkt, daß ich ihm das abnehme ...« Alessan lachte leise. Dann riß er Moreta an sich und küßte sie stürmisch. »Gehen wir zur Klippe hinüber! Ich möchte kein zweites Mal in Konflikt mit den Dornen geraten.« Während sie zur Steilwand schlenderten, meinte er nachdenklich: »Warum schnüffelt eigentlich der blaue Drache von M'barak immer so merkwürdig an Oklina herum? Ich könnte ja verstehen, daß sich Nabeth näher mit ihr befaßt, aber Arith ... Tuero deutete an, daß vielleicht ein Zusammenhang mit dem Königinnen-Ei besteht.«

»Vielleicht. Aber der Fort-Weyr würde Oklina niemals fordern, Alessan. Wir wissen, daß eure Linie vom Aussterben bedroht ist.«

»Hier.« Alessan war stehengeblieben und deutete auf einen schattigen Platz am Rande der Klippe. »Wenn ich noch ein paar *Ging*-Wedel über die Steine breite ...« Moreta half ihm, ein bequemes Lager herzurichten. Alle ihre Sinne waren mit einem Mal wach. Sie bedauerte nur, daß Nabeth und nicht Orlith droben auf dem Felsensims lag und sich sonnte. »Was Oklina betrifft, so weiß ich inzwischen aus berufenem Munde, daß in ihren Adern Drachenreiterblut fließt ...« Alessan sah Moreta lachend an, doch dann fuhr er ernst fort: »Wenn sich vereinbaren ließe, daß Oklinas Kinder nach Ruatha zurückkehren, würde ich ihr nichts in den Weg legen. Ich bin schließlich nicht mein Vater.« Er schlang die Arme um Moreta und zog sie auf das Lager.

»Mit deinem Vater wäre ich auch nicht hier im Regenwald.«

»Warum nicht? Er war ein sinnlicher Mensch. Und ich

werde dir beweisen, daß ich sein würdiger Nachfolger bin.«

Die Sonne malte Kringel und Kreise auf die Blätter. Und Alessan zeigte sich in der Tat so sinnlich und so zärtlich, wie sich eine Frau einen Mann nur wünschen konnte. Moreta gab sich ganz ihrer Leidenschaft hin.

Danach ließ die Hitze sie eine Weile einschlummern, aber die winzigen Insekten des Regenwaldes hatten die schlafenden Opfer bald entdeckt und umsurrten sie in Schwärmen.

»Die Biester fressen mich bei lebendigem Leib!« schimpfte Alessan und schlug um sich.

»Siehst du die breiten Blätter der Liane, die sich um den Baum dort drüben windet? Reiß ein paar davon ab und zerdrücke sie! Der Saft verhindert, daß die Stiche zu jucken beginnen.«

»Woher weißt du das alles?«

»Ich habe die ersten Jahre mit Orlith auf Ista verbracht. Ich kenne die Gegend und ihre Gefahren.«

Sie ließen sich Zeit mit der Rückkehr in die Schlucht. Die Sonne war ein Stück weiter nach Westen gewandert, und unter dem Blätterdach herrschte jetzt angenehme Kühle. Erst als die tropische Dämmerung hereinbrach, traf sich die Gruppe wieder auf dem Felsensims, wo Nabeth neben den prall gefüllten Netzen döste.

»So, hoffentlich reicht das!« meinte B'lerion und hob anklagend seinen zerkratzten Arm. »Ich muß sagen, soviel Arbeit an einem Tag habe ich noch nie geschafft – und das einhändig!«

Capiam und Desdra warfen einen Blick auf die Ausbeute und zuckten dann ratlos mit den Schultern.

»Hat einer von euch daran gedacht, die Dinger zu zählen?« fragte der Heiler schließlich.

»Nein«, entgegnete B'lerion entschieden, »aber ich mache Ihnen einen Vorschlag. Wenn das Zeug nicht reicht, kehre ich gern an diesen idyllischen Fleck zurück und besorge Ihnen Nachschub.«

Moreta legte ihm eine Hand auf die Schulter. »Nicht hierher, B'lerion! Falls die Nadeln wirklich nicht ausreichen, müßtest du nach Nerat gehen.«

»Ich verstehe, die Zeitüberschneidung. Und über der Landspitze von Nerat wäre die Position der Monde ähnlich.«

»Gut«, sagte Meister Capiam müde. »Dann können wir ja allmählich aufbrechen.«

»Im Gegenteil, Meister Capiam, das würde uns nur verraten.« B'lerion schnalzte mit der Zunge. »Wir verlasen Ruatha frisch und munter und kommen eine Stunde später erschöpft und ausgehungert zurück! Oklina, wo ist das Netz mit dem Abendessen? Ah, da haben wir es schon! Bitte sehr, nehmt in einem schönen Halbkreis Platz! Nabeth hat nichts dagegen, wenn ihr euch anlehnt.«

Oklina reichte ihm ein Netz aus Gräsern, und er hielt es hoch, so daß alle die im Feuer gehärteten Lehmkugeln sehen konnten.

»Ich habe während unserer Ruhepause ein wenig geangelt«, erklärte B'lerion und sah sich herausfordernd um, ob jemand diese Darstellung bezweifelte. »Und Oklina fand eine Menge Knollen. Also hüllten wir sie in Lehm und buken sie. Auf den Felsen oberhalb der Schlucht war es mittags so heiß, daß man ein Drachenei braten konnte – Verzeihung, Moreta! Eine gute Mahlzeit stärkt das Gemüt. Ach ja, Alessan und Moreta könnten noch ein paar dieser herrlichen Melonen holen, ehe es ganz dunkel wird.«

Als sie später auf den warmen Felsen saßen und sich den Fisch und die mehligen Knollen schmecken ließen, merkten sie erst, daß der Hunger ein Teil ihrer Erschöpfung gewesen war. Alle dankten B'lerion und Oklina für ihre weise Voraussicht.

»Oh, keine Ursache«, grinste B'lerion bescheiden. »Essen gehört zu den wenigen Lastern, die ich besitze. Obst mag ja ganz gut sein, um den Durst zu stillen, aber vor dem Schlafengehen sollte man doch etwas Warmes in den Magen bekommen.«

»Vor dem Schlafen!« riefen Capiam und Moreta gleichzeitig.

»Aber ja.« B'lerion warf Moreta einen strengen Blick zu. »Du mußt in spätestens vier Stunden bereitstehen, um die verwundeten Drachen zu betreuen. Das kannst du nur, wenn du ausgeruht bist.« Er deutete auf die Tragnetze, die im Schatten lagen. »Und Alessan wird alle Hände voll zu tun haben, um die Zuchtherde zu versorgen, die von den Bergen herunterkommt. Desdra und Capiam müssen die gesamte Impfaktion koordinieren. Also schlafen wir jetzt!« Der Bronzereiter legte eine Hand auf den Nacken seines Drachen. »Nabeth wird uns wecken, sobald Belior am Himmel steht, nicht wahr, mein Freund?«

Moreta schüttelte heftig den Kopf. »B'lerion, ich muß endlich zurück zu Orlith.«

»Orlith geht es prächtig. Ihr fehlt nicht das geringste. Für sie dauert deine Abwesenheit nicht länger als eine Stunde, vergiß das nicht. Und du siehst so aus, als könntest du etwas Schlaf gebrauchen.« B'lerion fuhr ihr wie in alten Zeiten durch das Haar, und Moreta spürte, wie Alessan sich anspannte. Die Weyrherrin trat unauffällig einen Schritt zur Seite. »Außerdem hast du gar keine Wahl«, fuhr B'lerion mit einem Lachen fort. »Du bist auf Nabeth angewiesen, und Nabeth gehorcht *mir.*«

»Er hat vollkommen recht«, kam ihm Desdra zu Hilfe. »Ich fürchte mich schon vor dem Moment, da der Trubel in der Heilerhalle wieder losgeht. Ganz zu schweigen davon, wie ich das hier erklären soll.« Sie untersuchte ihre zerkratzten Hände.

»Wenn du die Leute so auf Trab hältst wie gewohnt, Mädchen, dann finden sie gar keine Zeit, darüber nachzudenken«, spottete Capiam gutmütig.

»Hier, macht es euch an Nabeths Flanke bequem«, forderte B'lerion die Gruppe auf. »Die Brise vom Meer her wird die Mücken in Schach halten.«

Er schmiegte sich an die weiche Haut des Drachen, und die übrigen Teilnehmer der Expedition folgten seinem Beispiel.

»Wenn der Drache sich nun auf die andere Seite rollt?« wisperte Alessan Moreta zu.

»Keine Sorge, er steht mit B'lerion in Verbindung.«

Die Tropennacht war lau und erfüllt von schweren Düften. Moreta hörte, wie Capiams leiser Bariton nach einiger Zeit verstummte. Alessan schlief bereits, und sie wollte das gleiche tun, aber sie wurde wieder von jenem merkwürdigen Schwindel gequält, den sie bereits am Morgen gespürt hatte. Sie schmiegte sich eng an die weichen Hautfalten des Drachen; der schwache Geruch nach Feuerstein beruhigte und tröstete sie. Ihr kam zu Bewußtsein, daß sie erstmals seit zwanzig Planetenumläufen einen Tag ohne Orlith verbracht hatte. Die Drachenkönigin fehlte ihr. Sie hätte gern Alessans zärtliche Liebe mit Orlith geteilt. Nur das hatte zu ihrem vollkommenen Glück gefehlt. Bei dem Gedanken an Alessan schlief sie endlich ein.

Im gleichen Moment, da Nabeth über Ruatha auftauchte, spürte Moreta die erregten Gedanken Orliths.

Da bist du endlich! Woher kommst du?

Wo wart ihr so lange? Auch Holths Frage klang besorgt.

Auf Ista. Hatte Nabeth euch das nicht gesagt?

Wir konnten dich dort nicht finden! erklärten die Königinnen.

Nun bin ich hier. Ich habe die Nadeldornen, die wir so dringend benötigen. Alles ist gut. Es dauert nicht mehr lange, bis ich daheim bin.

Das Gefühl der Verlorenheit, wohl ausgelöst durch die Zeitverschiebung, das auf Ista sogar durch ihre Träume gegeistert war, verschwand, sobald sie Kontakt mit ihrer Königin hatte. Jetzt erst merkte sie, wie gut ihr die Ruhe getan hatte, und sie war B'lerion nachträglich dankbar, daß er auf dieser Erholung bestanden hatte.

Alessan, der hinter ihr auf Nabeth saß, spannte sich mit einem Mal an. Moreta schaute in die Tiefe. Die öde, verlassene Weite von Ruatha war unter ihnen aufgetaucht, ein erschütternder Anblick aus dieser Perspektive. Als Moreta

sich zu dem jungen Burgherrn umdrehte, hatte er sich wieder gefaßt; seine zusammengepreßten Lippen verrieten Entschlossenheit.

Sobald Nabeth in der Nähe der Ställe gelandet war, wandte sich Alessan seiner Schwester zu: »Einige unserer Leute müßten doch inzwischen gesund genug sein, um bei den Aufräumarbeiten zu helfen. Hast du dir die Hauptburg angesehen? Sie wirkt völlig verwahrlost. Einen Augenblick, Moreta!« Er hob sie vom Drachen und legte einen Arm um ihre Taille, als er sie von Nabeth wegführte.

»Ich werde also noch mehr von dem Serum anfertigen, Meister Capiam?« rief er dem Heiler zu, der gar nicht abgestiegen war. »Sie verständigen mich, wenn Sie etwas brauchen.« Dann reichte er Oklina die Hand und half ihr nach unten. »Hast du gesehen, was ich meine? Wir müssen unbedingt wieder Ordnung schaffen.« Alessan verneigte sich vor dem Bronzedrachen, dessen große Facettenaugen blaugrün schillerten. »Nabeth, ich danke dir!«

»Es war ihm ein Vergnügen«, entgegnete B'lerion mit einem Lächeln. Er wartete, bis Oklina ein Stück von Nabeth entfernt war, winkte ihr noch einmal fröhlich zu und erhob sich dann mit seinem Bronzedrachen in die Lüfte.

Sie hatten ihr weiteres Vorgehen bereits beim Aufbruch besprochen, als der grüngoldene Belior majestätisch am Himmel von Ista aufgetaucht war. B'lerion sollte die beiden Heiler mit den Nadeldornen zu ihrer Gildehalle zurückbringen. Der Bronzereiter hatte sich bereiterklärt, mit Desdra und Oklina weitere Dornen von Nerat zu holen, falls die gesammelte Menge nicht ausreichte. Capiam hatte unterwegs eine Botschaft an den Herdenmeister und alle Höfe entworfen, auf denen Renner gehalten oder gezüchtet wurden. Die Siedlungen, die man mit Trommeln nicht erreichen konnte, sollten durch Boten verständigt werden.

Der Staub, den Nabeths Schwingen aufgewirbelt hatten, legte sich gerade, als Tuero aus den Ställen gelaufen kam. Er warf den Heimkehrern einen überraschten Blick zu.

»Das ging aber schnell«, meinte er. »Alessan, wir können kein Serum anfertigen, solange M'barak keine neuen Glasgefäße auftreibt. Ich weiß nicht, wo er so lange steckt.«

Als habe er nur auf dieses Stichwort gewartet, jagte Arith im Tiefflug über die Felder heran und landete dicht neben der Stelle, von der Nabeth kurz zuvor aufgestiegen war. Moreta griff erschrocken nach Alessans Hand.

»Was ist denn in den Bengel gefahren?« rief Tuero. Der blaue Drache zog die Schwingen ein, und nun sahen sie, daß M'barak neben ein paar riesigen Tragnetzen auch drei Leute transportiert hatte.

»Moreta!« Der Jungreiter fuchtelte aufgeregt mit den Armen. »Kann mir jemand diese albernen Gläser abnehmen? Und ich habe ein paar Leute mitgebracht, die mit Rennern umzugehen wissen. Schnell, ich muß zurück und mich für den Sporenkampf vorbereiten. F'neldril zieht mir die Haut bei lebendigem Leib ab, wenn ich zu spät komme!«

Also eilten Alessan, Tuero, Oklina und Moreta zu Arith, um den Drachen von seinen Passagieren und den großen Zierflaschen zu befreien. Alessan hob Moreta mit Schwung auf Ariths Rücken. Seine Blicke ließen sie nicht los, und er bedauerte, daß sie ihm zum Abschied nicht mehr als ein Lächeln schenken konnte. Dann trat er zurück und begrüßte die Neuankömmlinge, darunter eine hochgewachsene, schmalhüftige Frau, die das dunkle Haar so kurz wie eine Drachenreiterin trug und Moreta an irgend jemanden erinnerte. Doch im nächsten Moment hatte sich Arith abgestoßen, und M'barak erklärte, daß sie ins *Dazwischen* gehen würden, sobald Arith genügend Bodenfreiheit besaß.

Im Kessel des Fort-Weyrs herrschte so reges Treiben, daß niemand ihre Ankunft bemerkte. Arith flog niedrig über dem See herein und setzte Moreta direkt vor dem Eingang der Brutstätte ab. Die Weyrherrin gab dem blauen Drachen einen liebevollen Klaps und rannte dann über den heißen Sand der Höhle auf Orlith zu. Es erstaunte sie nicht, Leris schmale Gestalt neben ihrer Königin zu sehen.

Du bist da! Endlich! Orlith trompetete erleichtert und

schlug so heftig mit den Flügeln, daß sie Leri mit Sand überschüttete.

»Schon gut, Orlith! Ich bin da. Nun mach keinen solchen Wirbel!« Moreta schlang die Arme um den Kopf ihrer Königin und strich ihr liebkosend über die Augenwülste.

»Beim Ersten Ei!« erklärte Leri mit einem Seufzer. »Bin ich erleichtert über deine Heimkehr! Wo hast du nur gesteckt? Holth konnte dich auch nicht finden. Ach, sei still, Orltih! *Holth!*«

Das war aber höchste Zeit! Holth drückte die Vorwürfe aus, die Orlith niemals geäußert hätte.

»Habt ihr denn keinen Kontakt zu Nabeth aufgenommen?« Moreta schaute von ihrer Königin zu Leri. Orliths goldener Glanz wirkte stumpf, und die alte Frau hatte graue, eingefallene Züge. Die Weyrherrin von Fort machte sich bittere Vorwürfe.

Ich wollte dich! entgegnete Orlith kläglich.

»Ich denke, du bist mir eine Erklärung schuldig«, sagte Leri mit brüchiger Stimme. Zerknirscht legte ihr Moreta eine Hand auf die Schulter. »Die vergangene Stunde war furchtbar. Ich hatte alle Mühe, Orlith zurückzuhalten. Sie wollte dich suchen, wo immer du warst.«

»Aber B'lerion sagte doch, daß Nabeth euch alles erklärt hätte.«

Leri winkte wütend ab. »Er sagte nur, daß du dringend fort müßtest und in spätestens einer Stunde wieder zurück wärst.«

»Wir waren nach einer Stunde wieder zurück!« Moreta wußte, daß sie es dabei belassen mußte.

»Nach einer reichlichen Stunde«, entgegnete Leri fest. »Du hattest eine geheime Besprechung mit Capiam ...« Leri machte eine bedeutsame Pause. »... und dann brachte M'barak den Meisterheiler, Desdra und dich nach Ruatha. Und kurze Zeit später nahm dann B'lerions Nabeth mit uns Verbindung auf.« Während sie sprach, trat sie unbehaglich von einem Fuß auf den anderen.

»Der heiße Sand tut dir nicht gut, Leri. Komm, wir begeben uns zu meinem Wohnquartier. Ich habe dir eine Menge zu berichten. Nein, Orlith, ich bleibe in Sichtweite. Aber was deinen Eiern nützt, schadet deiner Reiterin.« Moreta führte Leri zu den Rängen und tätschelte Orlith noch einmal liebevoll die Schnauze.

Leri nahm auf dem bequemen Lager Platz, und Orlith begann sorgfältig das Königinnen-Ei zu wenden.

»Es fing damit an, daß Meister Capiam mir die gleiche Frage stellte wie zuvor Alessan«, erklärte Moreta, als sie neben Leri Platz genommen hatte. »Er erkundigte sich, ob man auch Renner impfen könne.«

Leri machte eine abfällige Handbewegung. »Hat er nicht genug damit zu tun, die Menschen wieder gesund zu machen?«

»Das schon. Aber die Epidemie beruht auf Zoonose. Mit anderen Worten: Die Viren werden von Tieren auf Menschen und andere Tiere übertragen.«

Leri starrte Moreta entsetzt an. »*Zoonose?* Schon das Wort klingt abstoßend.« Sie schob sich ein weiteres Kissen unter. »So, nun sitze ich bequem. Meinetwegen kannst du jetzt mit den Einzelheiten herausrücken.«

Moreta berichtete von Capiams Besuch, von seiner Sorge, daß die Epidemie ein zweites Mal ausbrechen und den Kontinent erfassen könnte, und von seinem Vorschlag, eine Massenimpfung durchzuführen. Sie zeigte Leri die Karte, die der Meisterheiler mitgebracht hatte.

»Nach Capiams Plan benötigen wir nur ein Minimum an Drachenreitern für die Verteilung des Serums ...« Sie sprach nicht weiter, als sie die Empörung in den Zügen der alten Frau bemerkte. Leri hatte sofort begriffen, auf welche Weise der Impfstoff verteilt werden sollte.

»Die Reiter könnten das Pensum nur mit *Zeitsprüngen* bewältigen!« Ihre Nasenflügel zuckten. »Und du behauptest, daß Meister Capiam diesen unglaublichen Plan *mit*gebracht hat?« Als Moreta nickte, zitterte Leris Stimme vor Zorn. »*Woher,* frage ich dich, *woher* wußte Meister Capiam, daß die Drachen in eine andere Zeit gelangen könnten? Ich drehe diesem K'lon den Hals um!« Leri schnellte von ihrem Lager hoch, und Holth begann erregt zu trompeten.

»K'lon war es nicht!« Moreta nahm Leris Hände und hielt sie einen Moment fest. »Beruhige Holth, sonst kommt noch Sh'gall angestürmt!«

»Wenn *du* Capiam Bescheid gesagt hast, Moreta ...« Leris Augen funkelten angriffslustig.

»Ich bitte dich! Er wußte von Anfang an Bescheid.« Moreta verstand Leris Reaktion. Sie dachte an ihren eigenen Zorn, als sie erkannt hatte, daß der Heiler mit dem bestgehüteten Geheimnis der Weyr vertraut war. »Er mußte auch mich erst daran erinnern, daß seine Gilde schließlich die Drachen gezüchtet hatte.«

Leri holte tief Luft und nickte dann stumm. »Dennoch bist du mir einige Erklärungen schuldig, Moreta. Wo warst du in der vergangenen Stunde, als weder Orlith noch Holth dich erreichen konnten?«

Moreta zweifelte plötzlich, ob Leri ihren Aufenthalt gutheißen würde, besonders seit sie wußte, daß Nabeth die Wahrheit geschickt umgangen hatte.

»Wir begaben uns nach Ista, und zwar ein Stück in die Zukunft, um Nadeldornen zu ernten. Es hätte wenig Sinn, Serum herzustellen, wenn wir es dann nicht impfen können.«

Sie senkte den Kopf vor Leris durchdringendem Blick, vor ihrem ungläubigen, wütenden Gesichtsausdruck. Doch dann wirkte die alte Frau mit einem Mal resigniert.

»Du hast einfach *aufs Geratewohl* vier bis fünf Monate übersprungen?«

»Nicht aufs Geratewohl. B'lerion überprüfte den Stand des Roten Sterns und die Stellung der beiden Monde, um sicherzugehen, daß wir ungefähr zum Herbstäquinoktium auftauchten. Und wir trafen eine Stunde später wieder auf Ruatha ein, wie Nabeth versprochen hatte.«

Moreta streckte zögernd die Hand aus, und Leri nahm sie mit einem Seufzer. Zum ersten Mal bemerkte sie die vielen kleinen Kratzer an den Händen der Weyrherrin.

»Geschieht dir recht«, brummte sie. Dann fügte sie mit einem schwachen Lächeln hinzu: »Ich dachte, du hättest von K'lons Ungeschicklichkeit gelernt. Sonnenbrand, Kratzer!«

»Ein wenig Rotwurz, und keiner merkt etwas.« Aber Moreta preßte beide Hände gegen den kühlen Stein, um den Schmerz der tieferen Risse ein wenig zu lindern. »Ich wählte einen Ort in den Regenwäldern, den man nicht so leicht erreichen kann. Es gibt nur zwei Stellen auf dem Nordkontinent, wo die Nadeldornsträucher wachsen, und ich fand die Schlucht auf Ista sicherer als Nerat. Wir waren die ganze Zeit über völlig ungestört.«

»*Wir?*« Leri spannte sich eneut an.

»Allein hätte ich all die Nadeldornen nicht sammeln können.«

»*Wer* hat dich begleitet?« erkundigte sich Leri ruhig.

»B'lerion ...«

»Das dachte ich mir bereits.«

Moreta zuckte bei Leris trockenem Sarkasmus zusammen.

»Meister Capiam und Desdra. Die Heilergesellin hatte die Einträge über den Zeitsprung in den alten Archiven entdeckt.«

»Könnten wir Meister Capiam bitten, daß er die Aufzeichnungen verbrennt?« fragte Leri hoffnungsvoll.

»Er hat sich bereiterklärt, sie zu ›verlegen‹. Anders hätte ich die Reise nicht mitgemacht.«

»Das sind bis jetzt vier. Wer noch? Heraus mit der Sprache, meine Liebe! Wir kennen uns lange genug, mir kannst du nichts vormachen.«

»Alessan und Oklina.«

Die alte Frau seufzte und fuhr sich mit der Hand über die Augen.

»Für Alessan steht eine Menge auf dem Spiel. Er würde niemals verraten, was geschehen ist. Und wenn ich das Benehmen von Arith richtig deute, dann dürfte Oklina eine der aussichtsreichsten Kandidatinnen für Orliths Königinnen-Ei sein.«

»Du, du kannst doch Alessan nicht die einzige Schwester wegnehmen ...«, meinte Leri verwirrt.

»Ich nicht, aber Orlith tut es vielleicht. Alessan meinte, er hätte nichts dagegen, falls ihre Kinder nach Ruatha zurückkehrten.«

»Nun ja.« Die alte Frau nickte. »Ich gebe zu, daß du in der einen Stunde allerhand geschafft hast.«

»B'lerion bestand darauf, daß wir in der *anderen* Zeit sechs Stunden schliefen.«

»Und niemand wunderte sich über die Massen von Nadeldornen?«

Moreta begann sich zu entspannen. Sobald Leri über den ersten Schock hinweggekommen war, würde sie das Abenteuer in einem anderen Licht sehen.

»B'lerion setzte Alessan, Oklina und mich auf Ruatha ab und flog mit Capiam und Desdra weiter zur Heilerhalle. Kaum war er gestartet, da kam M'barak mit Glasgefäßen und einigen freiwilligen Helfern zurück ... Außerdem, wer würde es wagen, von einem Erbbaron Rechenschaft über eine Stunde Abwesenheit zu verlangen, oder den Meisterheiler nach dem plötzlichen Reichtum an Nadeldornen zu fragen? Er hat sie. Und damit Schluß der Debatte!«

Die alte Frau lachte mit brüchiger Stimme. »Ja, wenn du es so betrachtest ...«

»Morgen muß ich nur noch zu den übrigen Weyrn fliegen und die Leute bitten, Capiam bei der Verteilung des Serums zu helfen. Ich habe es dem Meisterheiler versprochen.«

»Mein liebes Kind, du kannst zwar unbemerkt eine Stunde verschwinden, aber wie willst du deine Weyrbesuche erklären?«

»Oh, das ist einfach. In unserer Brutstätte reift ein Königinnen-Ei heran. Ich muß nach Kandidatinnen Ausschau halten. Selbst Orlith wird die Notwendigkeit dieser Flüge einsehen. Und wenn ich mich recht erinnere, versprachen die Weyrführer bei jenem denkwürdigen Treffen am Kuppenfels, daß sie uns nicht im Stich lassen würden.«

»Das liegt eine Weile zurück«, warf Leri düster ein. »Dir

wird M'tanis Veränderung nicht entgangen sein. Ich kann mir nicht vorstellen, daß du von seinem Weyr auch nur eine Küchenmagd bekommst.«

»Daran habe ich bereits gedacht. Erinnerst du dich an die Listen, die die Weyrführer S'peren aushändigten? Hast du sie an Sh'gall weitergegeben?«

»Wofür hältst du mich? Sie liegen wohlverwahrt in meinem Weyr.«

»Schön. Dann können wir nachsehen, welche von den Bronzereitern auf Telgar am ehesten zu Zeitsprüngen fähig und bereit sind. Benden und der Hochland-Weyr halten vermutlich ihr Wort ...«

»Ganz sicher. T'grel auf Telgar dürfte der Bronzereiter sein, der dir am ehesten weiterhilft. Und auf Igen könntest du dich an Dalova wenden. Sie klatscht zwar gern, aber sie ist im Grunde eine vernünftige Person.« Moreta nickte, und die alte Frau schüttelte den Kopf. »Du hast das alles längst einkalkuliert, nicht wahr? Meine Liebe, du besitzt das Zeug zu einer außergewöhnlichen Weyrherrin! Vielleicht gelingt es dir auch noch, diesen ekligen Bronzereiter abzuschütteln und jemanden zu finden, mit dem du glücklich wirst. Wohlgemerkt, mit ›jemand‹ meine ich nicht diesen helläugigen Baron, der deine Vorliebe für Benden-Wein teilt, auch wenn er ein gutaussehender junger Mann ist!«

Draußen trompetete Kadith, und die Kampfgeschwader sammelten sich zum Aufbruch.

Kapitel XV

Fort-, Benden-, Ista-, Igen-, Telgar- und Hochland-Weyr, 21. 3. 43

»Eines Tages in nicht allzu ferner Zukunft werden wir überhaupt nichts mehr zu tun haben, M'barak«, erklärte Moreta dem Jungreiter am nächsten Morgen. »Dann können wir in der Sonne liegen und faulenzen.«

»Die Transporte machen mir nichts aus, Moreta. Und für Arith sind sie ein gutes Training.« M'barak wandte den Blick ab, und die Weyrherrin sah, daß er rot angelaufen war. »F'neldril hat mir übrigens gestern abend die Aufgabe von Suchdrachen erklärt. Nun weiß ich, warum Arith so unhöflich war.«

»Das hat nichts mit Unhöflichkeit zu tun, M'barak.«

»Jedenfalls ist es kein anständiges Benehmen für einen Drachen, und mich stört es einfach, wenn er eine so hochgestellte Dame wie Lady Oklina belästigt.«

»M'barak, sie versteht das. Und es ist ein Dracheninstinkt, den wir sogar fördern. Arith gehört zu den besonders sensiblen blauen Drachen unseres Weyrs, und auch du leistest Großartiges für Weyr, Burg und Gilde. Heute müssen wir auf Benden mit der Suche beginnen. Die Weyrführer dort haben uns Kandidaten angeboten ...«

»Sind alle geimpft?« fragte M'barak hastig.

»Aber ja.« Sie gingen zu Arith hinüber und saßen auf.

»Du bist immer willkommen auf Benden«, meinte Levalla, als Moreta den Königinnen-Weyr betrat, »aber vor allem, wenn du ohne Orlith kommst. Du weißt, es gibt immer Ärger mit Tuzuth.« Die Weyrherrin von Benden warf einen wissenden Seitenblick auf K'dren. »Ich nehme an, sie ist im Moment an die Brutstätte gefesselt.«

»Das ist mit ein Grund meines Besuches.« Moreta hatte

M'barak und Arith im Weyrkessel zurückgelassen und stand jetzt den beiden Weyrführern allein gegenüber. Sie wirkten erschöpft, und es tat ihr leid, daß nun auch sie ihre Dienste in Anspruch nehmen mußte, aber eine andere Möglichkeit, den Impfstoff zu verteilen, gab es einfach nicht.

»Orlith?« K'dren grinste schwach. »Ach so, natürlich. Ihr braucht Kandidaten für ihr Gelege. Keine Sorge, ich halte mein Versprechen. Wir haben ein paar vielversprechende Pfleglinge in unserem Weyr. Und sie sind inzwischen alle geimpft ...«

»Das ist der zweite Punkt.« Moreta ließ ihm keine Zeit zum Nachdenken, sondern trug mit knappen Worten ihr Anliegen vor.

K'dren und Levella hörten ihr mit bedrücktem Schweigen zu. Der Weyrführer strich sich über die langen Koteletten, und Levalla spielte mit einer Holzkette, die vom langen Gebrauch glattpoliert war.

»Ich sehe ein, daß wir uns keine zweite Epidemie leisten können«, meinte Levalla, als Moreta ihren Plan erläutert hatte. »Wir hier im Osten haben nicht so viele Rennerherden verloren, aber Baron Shadder ist sicher dankbar für den Impfstoff. Wenn man bedenkt, daß Alessan nach all dem Leid, das er durchgemacht hat, nun das Serum für den gesamten Kontinent herstellt ...«

»Ich bitte Reiter nicht gern darum, in eine andere Zeit zu gehen, Levalla.«

»Unsinn, K'dren, wir wenden uns nur an diejenigen, die es ohnehin tun. Erst während der letzten Planetendrehung mußte Oribeth V'mul streng bestrafen, und er ist nur ein brauner Reiter. Stinkfaul, er und sein Drache. Du weißt ja, wie braune Reiter sein können, Moreta. Und dir, K'dren, dürfte nicht entgangen sein, daß auch M'gent Zeitsprünge macht, wann immer es ihm paßt.«

K'dren schnippte mit den Fingern. »Dann soll er die Benden-Reiter befehligen, die wir für die Heilerhalle abstellen. Das ist genau die Aufgabe, die ihn davon abhält, Unfug zu machen.« Er blinzelte Moreta zu. »Ich glaube, er war ziemlich enttäuscht, daß ich mich so schnell von dieser Grippe erholte. Es macht ihm Spaß, die Geschwader zu führen. Vielleicht löst er mich bereits in Kürze als Weyrführer ab, nicht wahr, Levalla?« Er warf seiner schönen Weyrgefährtin einen so übertrieben eifersüchtigen Blick zu, daß Moreta lachen mußte. Die beiden verstanden sich großartig, und sie wußte, daß er keine Befürchtungen dieser Art hegte.

Levalla stimmte in ihr Lachen ein. »Als ob ich ausgerechnet jetzt Zeit für die Liebe hätte! Du siehst übrigens blendend aus, Moreta. Hattet ihr beim gestrigen Sporenkampf keine Verletzungen zu beklagen?«

»Ein paar Brandwunden und wieder eine ausgerenkte Schulter. Ich glaube, daß der Zusammenschluß der Weyr alle Geschwader zu Höchstleistungen anspornt.«

»Genau.« K'dren nickte. »Dennoch werde ich heilfroh sein, wenn ich mich nur noch um mein eigenes Territorium kümmern muß. Nein, nichts gegen Sh'gall, er ist ein verdammt guter Führer. Aber diese Ausgeburt von Telgar ...«

»K'dren ...« warf Levalla scharf ein.

»Ach was, wir sind unter uns.« K'dren ballte die Fäuste, und seine Augen blitzten. »Glaub ja nicht, Moreta, daß er auf deine Bitte eingehen wird.«

»*Er* vielleicht nicht.« Moreta holte ihre Listen heraus, und K'dren nahm sie mit einem erstaunten Ausruf in die Hand.

»Dann erfüllen die Dinger letzten Endes doch noch einen guten Zweck.« Er blätterte, bis er auf M'tanis eckige Handschrift stieß. »Ich denke, daß T'grel der richtige Mann für uns ist. Selbst wenn er kein verantwortungsbewußter Anführer wäre, er würde es tun, um sich für M'tanis Unverschämtheiten zu rächen. Und du brauchst Reiter aus jedem Weyr, Leute, die auch die kleinen, schlecht gekennzeichneten Siedlungen finden. Auf Benden kannst du jedenfalls zählen. Ich hatte mich schon gewundert, weshalb unser Heiler mir erneut Blut abnahm.« Er rieb sich mit einem Lächeln den Arm.

»Und Capiam ist sicher, daß diese Impfaktion Erfolg hat?« Wieder befingerte Levalla nervös ihre Holzkette.

»Er vergleicht die Krankheit mit den Sporen. Wenn sie nicht Fuß fassen kann, richtet sie keinen größeren Schaden an.«

»Hoffen wir es! Und was deine Suche betrifft, so haben wir einen tüchtigen jungen Mann aus einer Bergwerkssiedlung von Lemos, den wir vor zwei Planetenumläufen entdeckten«, meinte Levalla. »Ich weiß nicht, weshalb er damals keinen Drachen für sich gewann. Wenn er auch bei euch ohne Erfolg bleibt, würden wir ihn gern wiederhaben. Er versteht eine Menge von Bergwerken.«

»Sucht ihr jetzt mehr unter den Handwerkern als auf den Burgen und Höfen?«

»Der Rote Stern wird bald für immer verschwinden, und dann brauchen wir Leute mit handwerklichem Geschick in den Weyrn.«

»Wir erhalten unseren Tribut, ob Fäden fallen oder nicht«, entgegnete Moreta mit gerunzelter Stirn.

K'dren schaute auf. »Sicher, aber sobald die Gefahr vorbei ist, werden die Burgherren vielleicht nicht mehr so großzügig sein.« Er deutete auf die Listen. »Ich habe die Reiter angestrichen, von denen ich vermute, daß sie Zeitsprünge wagen. Mit L'bol auf Igen brauchst du gar nicht erst zu reden. Der Mann ist nutzlos. Wende dich direkt an Dalova, die Reiterin von Allaneth. Sie verlor einen Großteil ihrer Familie auf der Meerburg von Igen. Und sie wird wissen, wer von ihren Reitern in eine andere Zeit geht. Die Hilfe von Igen ist besonders wichtig, weil es dort all die winzigen Nester am Rande der Wüste und längs der Flußläufe gibt. Auf Ista findest du sicher am ehesten Verbündete, nachdem du zehn Planetenumläufe dort gelebt hast. Weißt du, daß F'gal an einer Nierenentzündung leidet?«

»Ja, ich wollte Wimmia schon deswegen aufsuchen. Dann ist da noch D'say, der Reiter von Kridith.«

»Du hast einen Sohn von ihm, nicht wahr?« warf Levalla mit einem Lächeln ein. »Solche Bande sind oft eine unerwartete Hilfe.«

»D'say ist ein vernünftiger Mann, und der Junge gewann

aus Torenths letztem Gelege einen Braunen für sich«, erzählte Moreta stolz. Sie stand auf. Es hätte ihr gutgetan, noch eine Weile mit den Weyrführern von Benden zu plaudern, aber sie hatte noch einen langen Tag vor sich.

»Wir geben Dannell Zeit zum Packen und schicken ihn morgen mit M'gent nach Fort. Du kannst bei dieser Gelegenheit alle Einzelheiten mit ihm besprechen. Soll ich inzwischen die Barone unseres Territoriums aufsuchen?«

»Meister Tirone will ihre Hilfsbereitschaft wecken, aber er ist sicher froh um Unterstützung.«

K'dren brachte Moreta bis an die Steinstufen. Als die Weyrherrin sich noch einmal umdrehte, sah sie, daß Levalla wieder ihre Holzkette umklammert hielt.

Die Ermutigung, die Moreta auf Benden erhalten hatte, gab ihr Kraft für die nächsten drei Besuche. F'gal und Wimmia von Ista hatten sich in ihren Weyr zurückgezogen, und Timenth lag draußen auf dem Felsensims, ein sicheres Zeichen dafür, daß die Weyrführer ungestört bleiben wollten. So landete M'barak auf Moretas Anweisung vor D'says Weyr. Kridith spreizte zur Begrüßung die Schwingen, und die Facetten seiner großen Augen schimmerten blau. Er schien allerdings enttäuscht, daß sie Orlith nicht mitgebracht hatte. Dann trat D'say aus seiner Kammer, hohlwangig und erschöpft. Allem Anschein nach hatte sie ihn mitten aus dem Schlaf gerissen. Moreta machte sich heftige Vorwürfe. Er war einer der wenigen gewesen, den die erste Grippewelle verschont hatte, und deshalb stand er pausenlos im Einsatz: Er kämpfte gegen die Sporen, versorgte kranke Reiter und stand dem geschwächten F'gal zur Seite.

Als Moreta ihm dann ihr Anliegen vortrug, wünschte sie insgeheim, daß D'say die Krankheit am eigenen Leib gespürt hätte; vielleicht wäre er dann leichter zu überzeugen gewesen. D'say hörte sich ihre Bitte mit düsterem Schweigen an, und seine Niedergeschlagenheit steckte sie an, als plötzlich ihr Sohn M'ray die Stufen heraufgestürmt kam.

»Entschuldige, D'say, aber ich hörte von Quoarth, daß Moreta hier ist!« Der Junge, in seiner Erscheinung bereits ein halber Mann, wartete einen Moment, bis sein Vater ihn näherwinkte. Dann lief er auf Moreta zu und schloß sie in die Arme. Er hatte die gleiche Augenfarbe und die gleichen geschwungenen Brauen wie sie. Im Körperbau und Ausdruck allerdings glich er weit mehr seinem Vater als ihr. Jetzt warf er ihr einen aufmerksamen Blick zu. »Es hieß, daß du sehr krank warst. Ich freue mich, dich wieder gesund hier zu sehen.«

»Orlith liegt in der Brutstätte und bewacht ihr Gelege. Ich hatte weniger zu tun als sonst, nur ein paar Wunden zu versorgen.«

M'ray schaute von Moreta zu seinem Vater, stellte aber keine Fragen.

»Moreta braucht Hilfe, die sie wohl im Moment von F'gal nicht bekommen wird«, sagte D'say mit unbewegter Miene. Er reichte Moreta einen Becher *Klah* und gab ihr durch einen Wink zu verstehen, daß sie M'ray einweihen könne.

Die Weyrherrin von Fort schilderte die Lage in kurzen Sätzen. Die anfängliche Bestürzung des Jungen verwandelte sich rasch in ungestüme Hilfsbereitschaft.

»Wimmia wäre einverstanden, D'say, das weißt du so gut wie ich. Wir müssen ihr nur klarmachen, wie dringend die Angelegenheit ist. Sie läßt sich nicht so gehen wie F'gal. Er, er hat sich in jüngster Zeit stark verändert.« Der junge Reiter biß sich auf die Lippen und warf seinem Vater einen erschrockenen Blick zu, als habe er zuviel gesagt. Aber D'say zuckte nur mit den Schultern. »*Ich* jedenfalls würde mich sofort freiwillig melden. Und T'lonneg, mein Geschwaderführer, auch. Er stammt von einem Hof, und keiner kennt die Siedlungen in den Regenwäldern besser als er. Er bekam die Grippe, und er verlor seine Familie. Wir müssen ihn einweihen, unbedingt! Eine solche Aufgabe dürfen wir nicht ablehnen, Vater, ebensowenig wie den Kampf gegen die Sporen!« Er trat vor D'say, die Schultern gestrafft, das Kinn trotzig vorgeschoben, und Moreta erinnerte sich an ihre eigene Jugend, wenn sie versucht hatte, ihren Willen gegen

Erwachsene durchzusetzen. »Ich bin mehr als einmal mit den Geschwadern von Ista aufgestiegen, und ich habe mir nicht einen Kratzer geholt.«

»Dann sieh zu, daß es so bleibt«, entgegnete sein Vater unwirsch. Moreta spürte, daß er seinen Stolz über den Jungen zu verbergen suchte. Und sie behielt recht, denn D'say setzte hinzu: »T'lonneg hat mir berichtet, daß M'ray und Quoarth ausgezeichnet fliegen.«

»So wie wir es erhofft hatten.« Moreta warf ihrem Sohn ein warmes Lächeln zu. Schade, daß sie nicht mehr Zeit für ihn gefunden hatte, aber sie war nach Fort berufen worden, und er hatte seine Kindheit in Ista verbracht. »K'dren meinte, daß wir von jedem Weyr sechs bis sieben Reiter benötigen.«

D'say erhob sich und trat neben seinen Sohn; sie waren bereits jetzt gleich groß. Moreta hatte nie eine besonders starke Mutterbeziehung zu ihren Kindern aufgebaut; als Königinreiterin war ihr nichts anderes übriggeblieben, als sie kurz nach der Geburt in Pflege zu geben. Aber sie konnte stolz auf M'ray sein, auf seinen Kampfgeist und seine Hilfsbereitschaft.

»Wir werden Reiter benennen, die sich für diese Aufgabe eignen, und sie an die Heilerhalle abstellen«, versicherte ihr D'say. »Ich spreche mit Wimmia, sobald sie Zeit hat. Sie wird unter den Pfleglingen nach möglichen Kandidaten für die Gegenüberstellung Ausschau halten, obwohl ich dir gleich sagen muß, daß wir große Verluste im Weyr und auf den Höfen hatten. Jeder wollte diese Raubkatze sehen, als sie auf dem Weg zum Fest hier vorbeikam.«

»Ich teile eure Trauer.« Moretas Blicke streiften M'ray, und sie empfand unendliche Dankbarkeit, daß er verschont geblieben war. »Schickt einen Boten zu Meister Capiam, wenn ihr bereit seid. Er kann euch über die Einzelheiten Auskunft geben.«

»Sehen wir uns bei der Gegenüberstellung?« fragte M'ray und blinzelte ihr zu. Sie umarmte ihn noch einmal, ehe die beiden Reiter sie zum Ausgang geleiteten.

»Fliegst du weiter nach Igen?« erkundigte sich D'say. »Dann wende dich an Dalova! Sie wird dich bestimmt nicht im Stich lassen.« In D'says Lächeln spürte sie etwas von dem Charme, der sie früher einmal verzaubert hatte. Der Bronzereiter machte sich Entscheidungen nicht leicht, aber wenn er einmal einen Entschluß traf, dann stand er dazu. »Und geh auf Telgar M'tani aus dem Weg! Frag nach T'grel! Er ist ein vernüftiger Mann.«

Moreta nickte und schwang sich auf Arith. M'barak steuerte seinen Drachen ins *Dazwischen.*

Über dem Igen-Weyr lag eine trockene, flirrende Wüstenhitze, und die Sonne ließ den Teich in der Tiefe wie einen Spiegel blitzen. Aber Moreta tat die Wärme nach dem Aufenthalt im *Dazwischen* wohl.

Dalova war auf den Felsensims herausgetreten, um Moreta zu begrüßen. Ihr gebräuntes Gesicht verriet ehrliche Freude über den Besuch.

»Du bist auf der Suche?« Sie umarmte Moreta und zog sie in die Kühle ihrer Gemächer. Dalova hatte ein herzliches Wesen, aber auch an ihr war die harte Zeit nicht spurlos vorübergegangen. Ihre nervösen Gesten, ihr Aufundabgehen, während sie Moreta zuhörte, die Art, wie sie Allaneths Nähe suchte, das alles verriet, wie gequält sie war.

»Selbstverständlich leisten wir unseren Beitrag, Moreta. Silga, Empie und Namurra werden bestimmt mitmachen. Hm, sechs Leute braucht Meister Capiam? Ich wette jede Summe ...« Sie lachte ein wenig zu schrill. »... daß P'leen hin und wieder in einer anderen Zeit landet. Irgendwie merkt man das einfach.« Dalova schnitt eine Grimasse. »Wenn nur L'bol nicht so entsetzlich depressiv wäre! Er macht sich Vorwürfe, weil er unseren Reitern erlaubte, die Raubkatze zu transportieren ...« Sie brach mitten im Satz ab und zuckte hilflos mit den Schultern. Allaneth stupste sie liebevoll an. »Ich kann dir helfen, den Impfstoff zu verteilen, aber ich könnte es gegenüber dem Weyr nicht verantworten, dir Kandidaten zu schicken. Wir haben so wenige junge Leute. Außerdem steigt Allaneth bald zum Paarungsflug auf. Ich rechne jedenfalls damit.« Ein Ausdruck der Verzweiflung huschte über Dalovas Züge.

»Ein gelungener Paarungsflug gibt dem ganzen Weyr neue Kraft und Auftrieb«, meinte Moreta.

»Glaubst du wirklich?« Tränen standen in Dalovas braunen Augen. Ohne Zögern nahm Moreta die Weyrherrin von Igen in die Arme, und Dalova weinte still vor sich hin, wie jemand, dem die Tränen keinen Trost und keine Erleichterung mehr brachten.

»So viele, Moreta, so viele! Und so plötzlich! Der Schock, als uns Ch'mon und Helith verließen. Dann ...« Sie schluchzte haltlos. »Und L'bol ist völlig in Apathie versunken. P'leen führt im Moment die Geschwader von Igen. Eine Zeitlang geht das, aber wenn wieder jeder Weyr für sich kämpft und *er* nicht mehr führen kann ... Deshalb hoffe ich so sehr auf Allaneths Paarungsflug. Vielleicht legt sich dann endlich die Furcht vor dieser Krankheit, auch bei L'bol.«

Dalova hob den Kopf und rieb sich die Augen trocken. »Du weißt doch, wie sehr mich der Geruch von Feuerstein zum Niesen reizt. Beim Ei, ich wäre oft schier geplatzt, um es zu unterdrücken! Aber die Leute hatten solche Angst, wenn jemand nieste oder hustete. Lächerlich, nicht wahr?« Dalova putzte sich geräuschvoll die Nase. »So, jetzt geht es mir wieder besser. Sehen wir uns einmal die Karte an! Ja, ich verstehe, was Meister Capiam meint. Sein Plan ist gut ausgearbeitet, das schaffen wir ohne weiteres. Ich werde selbst alles in die Hand nehmen. Warst du schon auf Telgar? Nein? Dann wende dich an T'grel. Und danach fliegst du zum Hochland-Weyr? Geht es Falga besser? Und Tamianth wird echt wieder fliegen können? Oh, endlich eine gute Nachricht! Es ist besser, du gehst jetzt, sonst fange ich wieder zu heulen an. Ich nehme mich so zusammen, um L'bol nicht noch stärker zu belasten. Wenn wir alles vorbereitet haben, schicke ich Empie. Vielleicht schaffen wir es allein mit den Königinnen und P'leen. Auf ihr Schweigen kann ich mich verlassen. L'bol wettert nämlich schon unter normalen Umständen gegen die Zeitsprünge, und in seiner jetzigen Verfassung ...« Dalova hatte Moreta zum Weyrausgang gebracht. Sie streichelte Arith, half der Weyrherrin beim Aufsteigen und winkte ihr noch einmal zu, als der blaue Drache sich in die Lüfte schwang.

Auf Telgar trompetete der Wachdrache Arith eine zornige Warnung zu und befahl ihm, am oberen Rand des Kessels zu landen.

»Ich habe meine Befehle, Weyrherrin«, erklärte C'ver arrogant. »M'tani duldet keine Fremden im Weyrkessel.«

»Seit wann sind Drachenreiter eines anderen Weyrs Fremde?« erkundigte sich Moreta, empört über den Befehl und die Unverschämtheit, mit der er vorgetragen wurde. »Ich bin auf der Suche ...«

»... Sie wagen es, Ihre Königin im Stich zu lassen?« unterbrach C'ver sie höhnisch.

»Die Eier werden allmählich hart. Ich möchte M'tani an das Versprechen erinnern, das er S'peren gab. Und ich habe Impfstoff bei mir, falls der Weyr nicht genug davon besitzt.«

»Er reicht für diejenigen, die es verdienen, geimpft zu werden.«

»Wenn ich jetzt Orlith bei mir hätte, C'ver ...«

»Selbst dann wären Sie nicht willkommen, Moreta von Fort! Führen Sie Ihre Suche auf eigenem Territorium durch, falls es auf den Burgen und Höfen in Ihrer Umgebung noch Menschen gibt!«

»Sind das Ihre Gefühle, C'ver?«

»Allerdings!«

»Dann seien Sie vorsichtig, wenn der Rote Stern nicht mehr am Himmel steht! Seien Sie vorsichtig!«

C'ver lachte nur. Sein Brauner richtete sich hoch auf und trompetete verächtlich. Arith zitterte von der Schnauze bis zur Schweifspitze.

»Weg von hier, M'barak!« befahl Moreta mit zusammengebissenen Zähnen. Telgar mochte an seinem Fieber verbrennen, sie würde keinen Finger rühren! Fäden konnten fallen, und sie ... »Bring uns zum Hochland-Weyr!«

Nicht einmal die Kälte im *Dazwischen* dämpfte Moretas Zorn, und Arith hörte erst zu zittern auf, als der Wachdrache vom Hochland sie begrüßte.

»Laß Arith anfragen, ob wir in der Nähe von Tamianths Krankenlager landen dürfen! Erkläre ihnen, daß wir auf der Suche sind.«

»Schon geschehen, Moreta.« M'baraks Miene war noch überschattet von der Kränkung, die ihnen auf Telgar widerfahren war. »Wir sind hier mehr als willkommen. Arith berichtete, daß Tamianth singt!«

Als Arith an den Sieben Nadeln und dem winkenden Wachreiter vorbeiglitt, hörten sie tatsächlich Tamianths helle, langgezogene Trillertöne. B'lerions Nabeth gab Antwort und kam dann von seiner Lagerstatt auf den Felsensims herausgeschossen. Auch S'ligars Gianarth tauchte auf. Er spreizte die Schwingen und fiel in den Gesang ein, während Arith zur Landung ansetzte.

M'barak drehte sich um und strahlte Moreta an. Sein angeknackstes Selbstbewußtsein war durch diesen Empfang wiederhergestellt. Moreta sah B'lerion im Eingang zu den Quartieren der Jungreiter stehen, wo man die verwundete Tamianth untergebracht hatte. Er winkte und trat ihr entgegen.

»Einen Augenblick«, wisperte er und legte ihr den gesunden Arm freundschaftlich um die Schultern. »Ich war mit Desdra und Oklina gestern in Nerat, um Nachschub zu besorgen. Wir besitzen jetzt mehr als genug Nadeldornen für unser Unternehmen. Falga und S'ligar wissen nichts von dem Ausflug, und niemand sonst stellte Fragen.« Er hob die Stimme. »Auf Tamianths Schwinge hat sich eine Kruste gebildet. Wir ließen große Bottiche mit Wasser herschleppen, damit sie baden kann. S'ligar geht es besser, im Weyr herrscht wieder Ordnung, und Pressen und ich stützten Falga gerade bei einem kurzen Spaziergang. Pressen spricht mit Hochachtung von dir, Moreta. Cr'not kann mir lange erzählen, daß das Dionas Werk war. *Wir* kennen unsere Diona, nicht wahr? Der Heiler hat sich übrigens um die Wunden gekümmert, die unsere Drachen gestern vom Fädenkampf mitbrachten. Er verbringt seine ganze freie Zeit an Falgas Lager und läßt sich genau erklären, wie man Drachen behandelt. So, da sind wir. Falga, ich bringe dir Tamianths Retterin.«

Das erste, was Moreta auffiel, waren die riesigen Bottiche neben Tamianths Lager und ein Stapel leerer Eimer.

B'lerion lachte leise. »Meine Idee! Jeder, der Falga besucht, macht einen kurzen Abstecher zum See und bringt einen Eimer Wasser mit. Von Zeit zu Zeit schafft ein Jungreiter die leeren Behälter wieder ans Seeufer. Wie du an dem Stapel erkennen kannst, hatte Falga in den letzten Stunden eine Menge Gesellschaft.«

Falga empfing sie sitzend, von einer Unmenge weicher Kissen gestützt. Sie bedankte sich so überschwenglich für die Behandlung ihrer Drachenkönigin, daß Moreta verlegen abwehrte und sich zu Tamianth begab, um die Schwinge zu begutachten. Der Heilprozeß machte große Fortschritte, und auch Falga schien sich allmählich zu erholen.

Holth läßt ausrichten, daß Orlith schläft. Es war Tamianth, die ihr diese Botschaft übermittelte.

Verwirrt schaute Moreta zu Falga, die ebenfalls überrascht schien, ihr dann jedoch freundlich zunickte.

»Du befindest dich auf der Suche«, begann Falga. »Ist es dafür nicht noch ein wenig zu früh?« Falga deutete auf ihr breites Lager, und Moreta nahm am Fußende Platz.

Moreta zögerte und warf einen Blick auf Pressen, aber der Heiler war am anderen Ende des großen Raumes beschäftigt und achtete nicht auf das Gespräch.

»Ich habe zwei Gründe für meinen Besuch.«

Falga ließ sich mit einem Seufzer in die Kissen fallen. »Also, was ist jetzt wieder schiefgegangen?« fragte sie resigniert.

»Du siehst das falsch«, erklärte Moreta mit großer Entschiedenheit. »Wir haben eine neue Erkenntnis gewonnen, wie sich die Epidemie wirksam bannen läßt. Aber dazu benötigt Meister Capiam unsere Unterstützung.« Wieder einmal erklärte Moreta die Sachlage. »Die abgelegenen Teile von Nabol, Crom und dem Hochland blieben von der Grippe verschont und können nach Ansicht Meister Capiams bis später warten. Ihr habt also etwas weniger Arbeit als die übrigen Weyr.«

»Moreta, nach allem, was du für Tamianth getan hast, kannst du von uns fordern, was du willst, nur nicht von S'ligar und Gianarth. Zum Glück ...« Falga lachte leise. »... sieht er selbst ein, daß er alt wird. B'lerion, bei deinem Lebenswandel bist du auf Zeitsprünge angewiesen. Und da du auch in den entlegensten Höfen nach hübschen Mädchen Ausschau hältst, kennst du unser Territorium wie kein anderer. Ich schlage deshalb vor, daß du die Aktion organisierst.«

»Falga!« B'lerion heuchelte gekränkten Stolz. »Darf ich einmal Meister Capiams Plan sehen?«

Der Bronzereiter erwies sich als geschickter Schauspieler, denn er betrachtete die Karten, als sähe er sie zum erstenmal. Moreta war innerlich beinahe entrüstet über seine Verstellungskünste.

Falga streifte die Weyrherrin von Fort mit einem nachdenklichen Blick. »Wenn Holth dir ausrichten läßt, daß Orlith schläft, dann war dein Besuch hier bestimmt nicht der erste.«

»Nein. Ich habe mir das Beste bis zuletzt aufgehoben.«

»Hm, das erklärt einiges. Holth hat Tamianth nämlich eben wissen lassen, daß Raylinth und sein Reiter in großer Erregung gelandet sind.« Sie machte eine kurze Pause. »M'tani hat sich geweigert, Capiam zu helfen?«

»Nicht nur das! Der Wachreiter zwang Arith, auf dem Rand des Weyrkessels zu landen!«

Diesmal war B'lerions Gefühlsausbruch echt. Die charmante Pose fiel von ihm ab, und er begann erregt zu fluchen.

»Wenn ich mit Orlith unterwegs gewesen wäre, hätte der schäbige Braune von C'ver das nicht gewagt ...«

»Bleib ruhig, Moreta!« meinte Falga ernst. »Ein einfältiger

brauner Reiter ist deinen Zorn nicht wert. Ich weiß nicht, was in letzter Zeit in M'tani gefahren ist. Vielleicht hat er zu lange gegen Fäden gekämpft. Aber seine schlechte Laune wirkt sich negativ auf den ganzen Weyr aus. So etwas ist schon in Normalzeiten schlimm genug, aber erst die Epidemie hat seine Führungsschwäche deutlich aufgezeigt. Glaubst du, wir werden einen Wechsel erzwingen müssen? Später vielleicht, wenn diese Aktion vorbei ist. Der Hochland-Weyr jedenfalls übernimmt die Verteilung des Impfstoffs im östlichen Grenzgebiet von Telgar. Bessara versteht etwas von Zeitsprüngen. Ich kann das an ihrer selbstzufriedenen Miene ablesen. B'lerion, welche Bronzedrachen schlägst du vor?«

»Sharth, Melath, Odioth«, zählte B'lerion an den Fingern ab. »Nabeth, wie du schon vermutet hattest, Ponteth und Bidorth. Das wären sieben, und wenn mich mein Gedächtnis nicht im Stich läßt, stammt N'mool, der Reiter von Bidorth, aus den Hochebenen von Telgar. Außerdem ist T'grel nicht der einzige Reiter, der von M'tanis Führung die Nase voll hat. Sobald einer von ihnen Geschmack an der Macht gewonnen hat, wird es Probleme für den alten Mann geben.«

Falga winkte ab. »Wir müssen Moreta jetzt entlassen, B'lerion. Holth hat eine Botschaft an Tamianth gesandt, daß sie im Fort-Weyr dringend gebraucht wird. Wir schicken dir einige von unseren Weyrlingen. Du kannst selbst die Wahl treffen. Und wenn wir bei der Verteilung des Impfstoffes weitere Kandidaten entdecken, fliegen wir sie einfach ein.«

Moreta bedankte sich und verabschiedete sich hastig. B'lerion begleitete sie nach draußen.

»Ich wollte eigentlich noch auf Ruatha landen«, meinte Moreta nervös.

»Das dachte ich mir. Aber es ist nicht nötig. Sie kommen gut zurecht. Capiam hat noch ein paar Helfer geschickt, und Desdra leitet die Serumherstellung. Sie läßt ausrichten, daß Tirone und seine Harfner auf den Burgen und Höfen ausgezeichnete Aufklärungsarbeit leisten.«

Orlith war wach, als Moreta nach Fort zurückkehrte. Sh'gall hatte sie geweckt, als er auf der Suche nach Moreta in die Brutstätte stürmte. Nun wanderte er gereizt auf der Galerie auf und ab und wirbelte angriffslustig herum, als sie im Eingang auftauchte.

»M'tani hat einen grünen Jungreiter geschickt«, schäumte er. »Praktisch ein halbes Kind! Und die Botschaft, die er unserem Wachreiter übermittelte, stellt eine unerhörte Beleidigung dar! Er hat jede beim Kuppenfelsen getroffene Vereinbarung zurückgewiesen, ein Treffen, bei dem *ich nicht* anwesend war und bei dem Dinge entschieden wurden, die *ich* nicht billigen kann.« Sh'gall ballte die Faust und wies in die ungefähre Richtung des Kuppenfelsens. »M'tani will mit den Absprachen nicht das geringste zu tun haben. Er will in Zukunft nicht mehr von den Problemen anderer Weyr belästigt – jawohl, belästigt – werden. Wenn wir so arm sind, daß wir um Kandidaten betteln müssen, dann verdienen wir kein Gelege!« Sh'gall fuchtelte mit den Armen wie ein Trommlerlehrling.

Moreta hatte ihn noch nie so wütend gesehen. Sie hörte ihn ruhig an, als er jedoch wieder seine Litanei anfing, daß sie dem Weyr Schande machte, daß er sich todkrank fühle und daß ein so armseliges Gelege die Suche nicht wert sei, konnte sie nicht länger an sich halten.

»Wir haben ein Königinnen-Ei, Sh'gall! Wir brauchen genug Kandidatinnen, um dem kleinen Geschöpf, das in Kürze ausschlüpfen wird, eine Auswahl zu ermöglichen. Ich wandte mich nicht nur an den Telgar-Weyr, sondern auch an Benden, Igen, Ista und das Hochland. Niemand dort empfand meine Suche als Bettelei. Und jetzt verlaß auf der Stelle die Brutstätte! Du hast Orlith für heute genug aufgeregt.«

Orlith war in der Tat erregt, als Moreta über den heißen Sand zu ihr eilte, aber nicht durch Sh'galls Verhalten, sondern durch die Botschaft von Telgar. Ihre Augen wirbelten, und die Facetten glommen rötlich, als sie ihrer Reiterin erklärte, was sie diesem räudigen Hogarth alles antun würde.

Moreta war zwischen Lachen und Entsetzen hin und her gerissen. Ein Drache in Paarungshitze zeigte oft ein extrem aggressives Verhalten, während der Brutzeit benahm er sich im allgemeinen jedoch passiv.

Moreta strich Orlith über die Augenwülste und kraulte sie am Nacken, um sie zu besänftigen.

Orlith hat völlig recht, kam die unmißverständliche Ausstrahlung von Holth. *Leri sagt, daß Raylinths Reiter das Nötigste mitbekommt. Und sie meint, daß du jetzt im Interesse des Weyr-Friedens hierbleiben und tüchtig ausschlafen sollst.*

Fehlt euch etwas, Holth und Leri?

Nein. Wenn Orlith Hogarth nicht fertigmacht, übernehme ich die Arbeit.

»Und ich ziehe diesem C'ver die Haut ab! Er ist haarig genug, daß ich ihn als Bettvorleger verwenden kann!« fauchte Moreta. Am liebsten hätte sie Sh'gall das gleiche Schicksal bereitet, aber das sprach sie lieber nicht aus, um Kadith nicht zu kränken.

Kamiana kommt, verkündete Orlith. Sie hatte sich so weit beruhigt, daß ihre Augen grünlich schillerten.

Moreta schaute auf und sah die Königinreiterin droben auf der Galerie winken. Die Weyrherrin gesellte sich zu ihr.

»Leri empfahl mir, eine Weile zu warten, bis ihr beide euch wieder gefangen habt«, meinte Kamiana und rollte die Augen zur Decke. »Sh'gall kann einem ganz schön auf die Nerven gehen, was? Er faßt diese Grippe-Epidemie als persönliche Schmach auf. Und M'tani erst! Beim Ei, wir haben es alle satt, gegen die Sporen zu kämpfen, aber wir tun dennoch unsere Pflicht. Er treibt es noch so weit, daß er von den übrigen Weyrn keine Hilfe mehr erhält, dabei weiß ich, daß nur die Hälfte seiner Geschwader einsatzbereit ist. Könnten *wir* ihn nicht stürzen? Oder müssen wir abwarten, bis Dalgerth beim nächsten Paarungsflug die Führung übernimmt? Aber eigentlich kam ich her, um dir zu sagen, daß Lidora, Haura und ich morgen für Capiam arbeiten. Leri versteift sich darauf, uns zu begleiten, aber ich habe kein gutes Gefühl dabei. Allerdings kennt sie die versteckten Orte besser als jeder andere hier im Weyr. Sie hat S'peren überredet, einige der Flüge zu übernehmen – und K'lon, obwohl der nur einen Blauen reitet.« Kamiana runzelte skeptisch die Stirn. »P'nine wäre geeigneter, aber er brachte vom letzten Sporenkampf eine Brandwunde mit.«

»K'lon ist bereits durch Zufall auf das Geheimnis der Zeitsprünge gestoßen. Außerdem kennt er die Gegend, weil er in jüngster Zeit eine Menge Kurierdienste übernahm.«

»Alles geht drunter und drüber«, seufzte Kamiana. »Und ausgerechnet jetzt muß Orlith in der Brutstätte sitzen und ihre Eier mit warmem Sand bedecken!«

22. 3. 43

Im Großen Saal von Ruatha, der bis vor kurzem als Lazarett gedient hatte, standen vierzig zu Zentrifugen umgerüstete Wagenräder. Auf dem erhöhten Podest, wo bei Festbanketten die Tafel für die Ehrengäste ihren Platz hatte, stapelten sich nun über hundert große Glasbehälter. Die hektische Schufterei der vergangenen drei Tage war in den späten Abendstunden mit den Vorbereitungen für die letzte, entscheidende Aktion des neuen Tages ausgeklungen. Die völlig erschöpften Helfer fanden keinen Trost in der Tatsache, daß in den Ställen von Keroon und auf Burg Benden die gleiche fieberhafte Aktivität geherrscht hatte.

Der lange Tisch in der Ecke neben dem Kücheneingang hatte abwechselnd zum Essen und zum Arbeiten gedient, und so sah man Reste der Abendmahlzeit dicht neben ausgebreiteten Karten und Plänen liegen. Die acht Leute, die Alessan seine ›Getreuen‹ nannte, saßen auf rasch herbeigeschafften Bänken und entspannten sich bei einem Becher Benden-Wein.

»Ich war nicht gerade begeistert von diesem Meister Balfor«, murmelte Dag, ohne den Blick von seinem Weinglas zu heben.

»Noch ist er nicht in seinem Amt als Herdenmeister bestätigt.« Alessan war zu müde, um mit dem Alten ein Streitgespräch anzufangen. Außerdem sah er, daß Fergal mit wachen Augen und gespitzten Ohren Dinge aufzuschnappen versuchte, die nicht für ihn bestimmt waren.

»Er besitzt als einziger den Meistertitel, aber ihm fehlt die Erfahrung.«

»Er hat bisher alles getan, was Meister Capiam von ihm verlangte«, stellte Tuero nach einem Seitenblick auf Desdra fest.

»Ah, es ist traurig, wie viele tüchtige Männer und Frauen den Tod fanden.« Dag hob sein Glas zu einem stummen Toast. »Und wie viele Geschlechter ganz ausstarben! Wenn ich an die Rennen denke, die Squealer nun ohne jede Konkurrenz bestreiten soll ...«

Alessan schenkte ihm noch ein Glas ein, kritisch beobachtet von Fergal, der sich als eine Art Beschützer seines Großvaters aufspielte.

»Runel ist auch tot, nicht wahr?« fuhr Dag fort. Er konnte nicht fassen, daß nur so wenige seiner alten Gefährten überlebt hatten. »Wurden alle seine Nachkommen ausgelöscht oder ...?«

»Der älteste Sohn und seine Familie leben ganz in der Nähe.«

»Gut. Wir werden sein Gedächtnis brauchen. Aber jetzt muß ich einen Blick auf die braune Stute werfen. Sie könnte heute nacht fohlen. Komm mit, Fergal!« Dag nahm die Krücken, die Tuero ihm angefertigt hatte, und stemmte sich hoch. Einen Moment lang machte Fergal ein mürrisches Gesicht und zögerte.

»Ich begleite Sie gern«, erklärte Rill. Sie stand auf und stützte den Alten unauffällig. »Eine Geburt ist immer ein schönes Ereignis.«

Sofort trat Fergal an die andere Seite seines Großvaters. Er duldete es nicht, daß ihm jemand den alten Mann abspenstig machte, auch nicht Nerilka, zu der er großes Vertrauen entwickelt hatte.

Tuero beobachtete die drei, bis sie den Saal verlassen hatten. »Irgendwo habe ich die junge Frau schon gesehen«, murmelte er.

»Ich auch«, bestätigte Desdra. »Sie oder jemanden, mit dem sie große Ähnlichkeit besitzt.« Sie wischte sich erschöpft über die Stirn. »Im Moment allerdings verschwimmen mir alle Gesichter vor den Augen. Wenn der große Tag morgen vorbei ist, werde ich nur noch schlafen, schlafen und schlafen. Und wehe ... einer wagt es ... mich zu wekken!«

»Der Wein war ausgezeichnet, Baron Alessan.« Follen erhob sich und zupfte Deefer am Ärmel. »Wir müssen noch die letzten drei Behälter fertigmachen. Wenn eines der Gläser bricht, benötigen wir Ersatz.«

Deefer gähnte ausgiebig und murmelte eine Entschuldigung.

Tuero starrte in seinen leeren Becher. Alessan beobachtete ihn lächelnd und fragte dann: »Nun, haben Sie sich mein Angebot überlegt, als Harfner auf Ruatha zu bleiben?«

»Genau darüber denke ich nach ...«

»Wenn Sie mich fragen, ich würde ablehnen«, stichelte Desdra. »Bei der vielen Arbeit ...«

»Sie fragt aber keiner«, entgegnete Alessan ebenso boshaft.

»Es ginge«, fuhr Tuero fort, »aber nur unter einer Bedingung ...«

»Was?« stöhnte Alessan. »Sie haben von mir bereits eine Suite in bester Lage erpreßt, Tribut an Ihre Gilde, einen erstklassigen Renner Ihrer Wahl und die Erlaubnis, nach dem Abzug des Roten Sterns in die Gildehalle zurückzukehren, um die Meisterprüfung abzulegen! Was verlangen Sie noch von einem verarmten Burgherrn?«

»Diese Dinge stehen einem Mann meiner Fähigkeiten auch zu.« Tuero legte eine Hand auf sein Herz und blickte bescheiden zu Boden.

»Also, wie lautet Ihre letzte Bedingung?«

»Daß Sie mich mit Benden-Wein versorgen.« Er streckte Alessan anklagend den leeren Becher entgegen.

Alessan schenkte nach und erklärte feierlich: »Mein lieber Harfner, ich verspreche Ihnen, daß Sie Ihren gerechten Anteil haben sollen, falls uns Benden wieder den einen oder anderen Schlauch Wein zukommen läßt.« Er hob sein Glas und stieß mit Tuero an. »Einverstanden?«

»Einverstanden!«

Desdra schüttelte tadelnd den Kopf und warf einen vorwurfsvollen Blick auf den Wein.

»Keine Sorge, es ist nicht mehr viel da!« meinte Alessan lachend.

»Ein Glück für uns alle! Morgen brauchen wir klare Köpfe. Kommen Sie, Oklina, Ihnen fallen ja im Sitzen die Augen zu!« Untergehakt gingen die beiden Frauen die Treppe nach oben. Beide hatten einen etwas unsicheren Gang.

Alessan schaute ihnen nach und überlegte schläfrig, daß er den Saal neu tünchen mußte. Das nackte Weiß erinnerte ihn zu sehr an die Kranken und Sterbenden. Tuero neben ihm sagte etwas, aber es klang wie aus weiter Ferne. Der Burgherr legte mit einem Seufzer den Kopf auf den Tisch und begann zu schnarchen. Einen Moment lang beobachtete ihn der Harfner kopfschüttelnd, dann hob er den Weinschlauch und prüfte den Inhalt. Enttäuscht stellte er fest, daß nur eine winzige Pfütze am Grund schwappte.

Hinter ihm klangen Schritte auf, und Tuero drehte sich um.

»Hat er das leergetrunken?«

»Mehr oder weniger. Zumindest ist er der einzige, der weiß, wo sich Nachschub befindet.«

Rill lächelte. »Das Fohlen ist ein Hengst, ein kräftiges Tier. Ich dachte, die Nachricht würde Baron Alessan freuen. Dag und Fergal sind noch im Stall und beobachten, ob der kleine Kerl richtig steht und trinkt.« Sie warf einen Blick auf den schlafenden Burgherrn, und ein zärtlicher Ausdruck verlieh ihren herben Zügen mit einem Mal eine stille Schönheit.

Tuero schaute sie zweimal an, um sicherzugehen, daß ihm der viele Wein keinen Streich spielte. Die Frau hatte ein gut geschnittenes Gesicht, stellte er nach eingehender Prüfung fest. Wenn sie nur etwas mehr auf ihre Kleidung achten und hellere Farben wählen würde! Auch aus dem dichten schwarzen Haar ließ sich mehr machen als diese Strubbelfrisur. Unvermittelt erlosch der Zauber, und der Harfner rätselte wieder, woher er dieses Gesicht nur kannte.

»Ich weiß, daß ich Sie schon mal gesehen habe«, murmelte er.

»Das kann ich mir nicht vorstellen. Ich gehöre nicht zu den Frauen, die sich Harfnergesellen einprägen müssen«, entgegnete sie nüchtern. »Kommen Sie, Tuero! Wir müssen ihn nach oben bringen. Er braucht dringend etwas Schlaf.«

»Ich bin nicht so sicher, daß ich noch gehen kann.«

»Versuchen Sie es!« Ihr Tonfall klang so gebieterisch, daß Tuero gehorchte, obwohl er in der Tat wacklig auf den Beinen stand.

Rill war nur einen halben Kopf kleiner als Alessan. Mit Tueros Hilfe stemmte sie den Burgherrn von der Bank hoch. Alessan ließ sich halb schlafend die kurze Treppe nach oben und in sein Schlafgemach schleppen. Rill bettete ihn vorsichtig auf sein Lager und deckte ihn zu. Tuero fand, daß sie entschieden zu viele Umstände machte.

»Wenn ich ... wenn ich ...«, begann er, aber er fand nicht die rechten Worte, um seinen Anflug von Eifersucht auszudrücken.

»Das Notbett steht immer noch im Nebenraum, Harfner.«

»Werden Sie mich auch zudecken?« fragte Tuero hoffnungsvoll.

Rill deutete nur lächelnd auf den Strohsack, der auf dem Boden lag, und nahm die Decke vom Fußende. Mit einem dankbaren Seufzer streckte sich Tuero aus.

»Sie sind zu gut zu einem müden, beschwipsten Harfner«, murmelte er, als sie die Decke über ihn breitete. »Eines Tages werde ich ...«

Der Morgen begann wie jeder andere im Weyr. Nesso hatte sich einigermaßen von ihrer Grippe erholt, obwohl sie immer noch von einem hartnäckigen Husten geplagt wurde.

Sie brachte Moreta das Frühstück und so viele Klagen über Gortas Wirtschaftsführung während ihrer Abwesenheit, daß Moreta ihr Gejammer mit dem Hinweis abschnitt, sie müsse sich um Leris Reitgeschirr kümmern.

»Ich begreife nicht, warum das Königinnen-Geschwader ausrückt, nach all der Schmach, die M'tani uns gestern zufügte!«

Moreta war froh, daß der Sporeneinfall die eigentliche Mission der Königinnen vertuschte, und doppelt froh, daß Nesso die Sache bis jetzt nicht durchschaut hatte.

»Es ist das letzte Mal«, erklärte Moreta und trank hastig ihren Becher leer. »Wir haben unsere Pflichten gegenüber Burg und Hof.«

Orlith wendete sorgfältig die Eier auf dem heißen Sand und prüfte die Härte der Schalen mit der Zungenspitze. Moreta wollte Leri beim Aufbruch helfen und Orlith dann zur Futterstelle begleiten. Dabei fiel ihr ein, daß sie kaum noch Vieh hatten. Sie mußte mit Peterpar sprechen. Vielleicht ließen sich im Vorgebirge einige fette Wildwhere aufstöbern. Und danach wurde es höchste Zeit, daß sie die Gegenüberstellung vorbereitete.

Leri trug bereits ihre Reitkleider, aber sie wirkte gereizt.

»Vielleicht solltest du doch nicht fliegen, wenn dir die Gelenke solche Schmerzen bereiten. Hast du genug Fellissaft in den Wein gemischt?«

»Ha! Ich wußte, daß du eines Tages kommen und mich betteln würdest, mehr Fellissaft zu schlucken!«

»Wer bettelt ...?«

»Nun, du brauchst mich jedenfalls auch nicht daran zu erinnern. Ich habe letzte Nacht schlecht geschlafen, das ist alles. Mußte noch einmal genau überlegen, wer den Impfstoff wohin befördert. M'tani hätte sich keinen besseren Zeitpunkt für seinen blöden Auftritt aussuchen können!« Leris Tonfall war düster und sarkastisch. »Dir fällt heute das Los zu, Sh'gall in seiner gekränkten Würde zu ertragen. Ein Glück, daß du heute in der Brutstätte bleibst, sonst wäre er mißtrauisch geworden.«

»Er schläft.«

»Kein Wunder. Gorta erzählte mir, daß er zwei Weinschläuche mit in sein Quartier nahm. Könntest du mir den Riemen da reichen? Danke.«

Holth stupste Moreta liebevoll an, als sie sich bückte, um das Nackengeschirr zu befestigen, und die Weyrherrin strich ihr über die Augenwülste.

»Du achtest mir heute besonders gut auf Leri, Holth, ja?«

Natürlich.

»He, redet nicht hinter meinem Rücken, als sei ich unzurechnungsfähig!« Leri tat entrüstet, aber sie lächelte Moreta herzlich zu, ehe sie das Reitgeschirr noch einmal überprüfte. »Wir verschwinden jetzt. Ich übernehme die Bergregion. Soll ich etwas bestellen, wenn ich die Impfstoffbehälter in Ruatha abhole?«

»Grüße und meine besten Wünsche. Und frag Holth, was sie von Oklina hält!«

»Gern.«

Moreta begleitete Leri zum Felsensims und half ihr beim Aufsteigen. Die alte Frau winkte, und Moreta trat ein paar Schritte zurück, als die Drachenkönigin mit sicheren Schwingenschlägen startete. Sie flog zur Futterstelle und tauchte dann unvermittelt ins *Dazwischen*. Die Weyrherrin seufzte. Auch wenn Leri im Moment unentbehrlich war, hoffte sie, daß die alte Frau sich bald überreden ließ, nach Ista umzusiedeln. Dort war das Klima weit zuträglicher für sie und Holth.

Als sich Moreta der Futterstelle zuwandte, jagten gerade einige Drachen die Weyrherde in Richtung See. Ein grünes Weibchen stieß auf einen Wher nieder, der sich in seiner Angst ins Wasser stürzen wollte. Triumphierend schleppte sie ihre Beute davon, aber nicht zu ihrem Weyr, sondern ans andere Ende des Sees, wo ein blauer Drache wartete. Es war Tigrath, die für Dilanth gejagt hatte. A'dan und F'duril standen in der Nähe und unterhielten sich mit einem dritten Mann, der eigentlich nur Peterpar, der Herdenmeister des Weyrs, sein konnte.

Als Moreta sich zu den Männern gesellte, hörte sie gerade noch, daß Peterpar für den Nachmittag eine Wherjagd ankündigte.

»Die Biester haben Schlupfwinkel in den Schluchten, Moreta«, erklärte Peterpar. »Wenn es so sonnig bleibt ...«, er warf einen prüfenden Blick zum wolkenlosen Horizont, »... werden sie vermutlich zum Vorschein kommen und grasen. A'dan hat sich bereiterklärt, mir zu helfen.«

»Vielleicht bitte ich sogar S'gor, daß er sich uns anschließt«, erklärte A'dan. »Malth brennt darauf, sich zu bewegen, und S'gor würde ein Flug ebenfalls recht gut tun.«

»Er darf sich nicht weiter abkapseln«, pflichtete F'duril ihm bei und warf einen Blick zum Westrand des Kessels, wo S'gors Weyr lag. Dann nickte er Moreta zu. »A'dan hier könnte eine Schlange zum Fliegen überreden, wenn er es sich in den Kopf setzt.« Grinsend hieb er dem Freund auf die Schulter.

Nur Peterpar blieb düster. »Wir werden auch in den Hügeln bald nichts mehr finden, Moreta«, meinte er kopfschüttelnd. »Wie lange kann es noch dauern, ehe uns die Barone wieder mit Herdentieren versorgen?«

»Könnten wir nicht einfach um Jagderlaubnis bitten?« schlug A'dan vor. Weder er noch F'duril waren krank gewesen, da sie beide während der schlimmsten Ansteckungsphase bei dem verwundeten Blauen geweilt hatten.

»Das würde den Baronen den Transport ersparen«, sagte Moreta. »Vielleicht sind sie einverstanden.«

Peterpar deutete zum Himmel. »Wohin fliegt das Königinnen-Geschwader? Und, das ist doch S'peren?«

»Sie gehen auf die Suche«, erklärte Moreta beiläufig.

»Königinnen gehen *nie* auf Suche«, widersprach Peterpar.

»Sie tun es, wenn eine Weyrherrin so unhöflich behandelt wurde wie ich auf Telgar«, entgegnete Moreta scharf. »Orlith muß fressen. Bitte sorg dafür, daß sie bald ein paar saftige Böcke vorfindet!«

Lächelnd verließ sie die Männer. Dieser Peterpar war ein Pedant, der seine Nase immer in die falschen Dinge steckte.

Zum Glück schien er wenigstens Leris Aufbruch nicht bemerkt zu haben. Hoffentlich verschlief Sh'gall den Rest des Tages ...

Sie fühlte sich an diesem Morgen großartig. Die Luft roch nach Frühling, die Sonne schien, und von den Kindern, die vor den Unteren Höhlen spielten, drang helles Lachen herüber. Sobald die Drachen gefressen hatten, würde sie an den See zurückkehren und baden. Die Atmosphäre im Weyrkessel entspannte sich allmählich. Als sie allerdings einen Blick ins Lazarett warf, wo Jallora einen der verwundeten Reiter impfte, spürte sie wieder die Hektik und Anspannung der vergangenen Tage.

»Guten Morgen, Moreta«, begrüßte sie Jallora. »Wenn du schon hier bist, kann ich dir die zweite Impfung verpassen, die Capiam für die Weyr angeordnet hat. Drachenreiter kommen so viel herum ...« setzte sie entschuldigend hinzu. Mit geschickter Hand führte sie die Nadel ein.

»Kann ich dir hier helfen?«

»Ich hätte nichts dagegen. Ich muß noch die Leute in den Unteren Höhlen versorgen. Die Königin-Reiterinnen bekamen ihre Dosis bereits vor dem Aufbruch.«

Bildete sich Moreta nur ein, daß Jallora ihr zublinzelte? Zumindest war sie außer Sh'galls Reichweite, wenn sie der Heilerin half, und der Vormittag verging wie im Flug. Als sie Peterpar mit A'dan und S'gor aufbrechen sah, übermittelte sie Orlith, daß sie ihren Hunger noch bis zum Nachmittag bezähmen solle, weil sie dann ein paar besondere Lekkerbissen bekäme.

Wildwhere sind zäh, stelle Orlith ein wenig verdrießlich fest. *Aber sie schmecken nicht schlecht,* setzte sie hinzu, als sie Moretas Sorge spürte. *Kadith schläft. Holth läßt ausrichten, daß bis jetzt alles gut verläuft.*

Moreta war sehr dankbar, daß Kadith noch schlief. Sh'gall entging sicher nicht, daß Fort-Reiter an der Verteilung des Impfstoffs mitgewirkt hatten, aber es war ihr lieber, wenn er sich bis dahin vom Alkohol und von M'tanis Kränkung erholt hatte. Moreta konnte sich täuschen, aber sie hegte den leisen Verdacht, daß Sh'gall sich insgeheim über M'tanis Verhalten ihr gegenüber freute.

Plötzlich richtete sich Orlith auf, und ihre Augen glommen orangerot. Moreta lief erschrocken zum Eingang der Brutstätte.

Er läßt die Bronzedrachen nicht fliegen. Sutanith macht sich Sorgen. Er ist gefährlich. Dalgeth, die älteste Königin, hält alle zurück. Orliths Gedanken klangen verwirrt und abwehrend zugleich.

»Sutanith nimmt Kontakt mit dir auf?« Moreta war erstaunt. Sutanith gehörte zu Miridan, der jüngsten Königin-Reiterin vom Telgar-Weyr. Moreta kannte sie kaum, denn Fort hatte im allgemeinen wenig Kontakt mit Telgar.

Der Anführer ist ins Dazwischen *gegangen, um gegen die Fäden zu kämpfen. Deshalb fand Sutanith Gelegenheit, uns zu warnen. Die Bronzereiter können uns nicht helfen.*

»M'tani hat herausgefunden, daß T'grel den Impfstoff verteilen wollte?«

Sutanith ist fort. Orlith entspannte sich.

»Und Dalgeth hält alle zurück? Wie kam M'tani bloß dahinter? Ich dachte, Leri und T'grel hätten alle Details ausgearbeitet. Und Keroon braucht den Impfstoff unbedingt.« Moreta wanderte hin und her und fuhr sich mit den Fingern nervös durch das kurze Haar. »Wenn Keroon den Impfstoff nicht erhält, ist der ganze Plan in Gefahr.« Sie lief über den Sand zu ihrem Lager und nahm Capiams Aufzeichnungen in die Hand. Auf Keroon und Telgar gab es eine ganze Reihe von Siedlungen, die versorgt werden mußten. Wer von den Reitern kannte die Gebiete gut genug?

Oribeth kommt. Diesmal sprang Orlith auf und breitete die Schwingen schützend über ihre Eier.

»Sei nicht albern, Orlith! Levalla kommt zu *mir*!«

Erstaunt lief Moreta der Weyrherrin von Benden entgegen. Die Königin war in der Mitte des Kessels gelandet, weit weg von der Brutstätte. Als Moreta ihre Besucherin erreichte, warf Levalla gerade einen kritischen Blick auf den Sonnenstand im Vergleich zu den Sternsteinen.

»Das war ein Zeitsprung, der sich sehen lassen kann. Ich wollte dich nicht unnötig beunruhigen.«

»Was? Du kommst aus der Zukunft? Orlith übermittelte mir eben Sutaniths rätselhafte Botschaft. Weißt du mehr darüber?« Moreta mußte schreien, um sich über den Lärm der Drachen verständlich zu machen, die von Orliths Angst angesteckt waren. Moreta sandte ihrer Königin beruhigende Gedanken zu, und die Drachen verstummten.

»Ich wollte euren Weyr nicht in Panik versetzen, aber ich mußte dich sofort sprechen.« Levalla streifte die Reithandschuhe ab. »Am Spätvormittag unserer Zeit kam M'gent zu dem Schluß, daß irgend etwas nicht stimmte, denn Baron Shadder erklärte, daß weder bei ihm noch bei Balfor der Impfstoff für Telgar abgeholt worden war. Wir waren also ein wenig vorgewarnt ... Dann sandte Sutanith ihre Botschaft an Oribeth, Wimmia und Allaneth. Ich muß Miridan wegen ihres Mutes bewundern. Aber K'dren sagte, daß sie mit T'grel zusammenlebt, und er lehnt sich offen gegen M'tanis Maßnahmen auf.« Levalla lächelte Moreta vielsagend zu. »Wir nahmen uns die Zeit und suchten zwei braune Reiter, die sich in den Ebenen und Flußniederungen von Telgar auskennen. D'say erklärte sich bereit, einen seiner Leute entlang der Küste bis zum Delta zu schicken. Dalova will ihr Gebiet bis in die Berge ausdehnen. Aber wir haben niemanden, der die Ebenen von Keroon gut genug kennt.« Sie machte eine Pause und sah Moreta lange an. »Du bist die einzige. Könntest du es mit diesen jungen blauen Drachen schaffen?«

Holth kommt. Ich komme. Sie vernahm Orliths und Holths Gedanken zur gleichen Zeit.

»Oh, der Kummer naht!« zischte Levalla und warf einen Blick zur Weyrtreppe. Dann zog sie Moreta in den Schatten von Oribeths mächtigem Leib. »Weiß Sh'gall Bescheid, oder hat ihn Orliths heftige Reaktion geweckt?«

»Er hat keine Ahnung.« Moreta schwirrte der Kopf von all den Neuigkeiten. Dann tauchte Holth auf, knapp zwei Flügelspannen über dem Kessel.

»Beim Ei, das ist ein knapper Anflug!« Levalla trat instinktiv einen Schritt zurück. »Sh'gall weiß nur, daß du gestern auf der Suche warst, nicht wahr?« Als Moreta nickte, fuhr sie fort: »Gut. Ich halte ihn auf. Du versorgst Keroon auf dem erstbesten Drachen, der zur Hand ist. Gerade die Zuchtbetriebe brauchen den Impfstoff! Meister Balfor hat alles vorbereitet, und seine Helfer warten auf den einzelnen Höfen. Such dir einen Drachen! Oribeth und ich haben getan, was wir konnten.«

Levalla umklammerte ihre Holzkette und ging Sh'gall entgegen, der sich über den Lärm und die fremde Königin im Weyr beschwerte.

Holth hatte ihren Gleitflug fortgesetzt und landete direkt am Eingang der Brutstätte. Sie starrte Oribeth an, die allmählich auf die feindselige Atmosphäre zu reagieren begann. Moreta rannte zu Leri, ehe Sh'gall sie erspähte.

»Was ist los? Orlith rief Holth in schierer Panik. Irgend etwas mit Sutanith und Oribeth ...«

Moreta hob beschwichtigend die Hände und deutete zur Treppe hin, wo Sh'gall stand. Holth machte sich ganz klein, so daß die Weyrherrin mit Leri sprechen konnte, ohne zu schreien.

»M'tani befahl Dalgeth, T'grel und die übrigen Bronzereiter zurückzuhalten. Deshalb konnte bis jetzt kein Impfstoff in Keroon verteilt werden. Sutanith gelang es, einige der Königinnen zu warnen. Levalla hat Ersatzreiter für die Ebenen und Flußniederungen von Telgar besorgt, D'say übernimmt die Küste bis zum Delta und Dalova die Berge ...«

»Bleibt *dir* also die Ebene von Keroon! Hol sofort dein Reitzeug! Der Tag im Osten ist halb vorbei. Ich sage Kamiana Bescheid, daß sie den Rest meiner Arbeit erledigen muß. S'peren kann sich um die Küste westlich des Deltas kümmern. Ich hatte so eine Ahnung, daß etwas schieflaufen würde. Deshalb suchte ich die versteckten Orte zuerst auf. Der Rest ist leicht zu finden. Geh nur, Mädchen! Ich bleibe bei Orlith. Und wenn du die Wahrheit wissen willst ...« Sie ließ sich ächzend zu Boden gleiten. »... ich bin froh, daß meine alten Knochen ein wenig ausruhen können.«

»Peterpar will einige Wildwhere fangen. Sorg dafür, daß Orlith genug Futter bekommt!«

»Natürlich. Und für Holth hebe ich ebenfalls einen Bissen auf. Sie wird hungrig sein, wenn ihr heimkehrt.« Moreta packte ihr Reitzeug und wollte sich von Orlith verabschieden, aber Leri drängte zur Eile. »Ich grüße sie von dir. Verschwinde jetzt!«

Du mußt nach Keroon, erklärte Orlith, ohne einen Blick von der Benden-Königin abzuwenden. *Holth bringt dich hin. Ich bewache inzwischen meine Eier.*

»Oribeth will deine Eier nicht!« rief Moreta und schwang sich auf Holth.

Das habe ich ihr auch schon gesagt, meinte Holth.

Moreta verstellte das Reitgeschirr mit ein paar hastigen Handgriffen auf ihre Größe und gab Holth das Zeichen zum Aufbruch. Die alte Drachenkönigin drehte sich um, lief an Oribeth vorbei und ein paar Längen auf den See zu und stieß sich dann vom Boden ab. Der Kessel zog unter ihnen vorbei. Levalla stand auf den Weyrstufen und hatte Sh'gall in ein so ernsthaftes Gespräch verwickelt, daß er bei Holths Start nicht einmal aufschaute. Erleichtert atmete Moreta durch. Der Weyrführer hatte von dem Tausch nichts bemerkt.

»Bitte, bring mich zu den Herden von Keroon, Holth!« Moreta beschwor das Bild der Felder herauf, die sie vom Boden ebenso gut kannte wie aus der Luft. Sie fand keine Zeit, an ihre Beschwörungsformel zu denken, sondern berechnete, *wann* sie landen mußte, um die entstandene Verspätung wiedergutzumachen. Die Gegend von Keroon stand vor ihrem inneren Auge wie die große Karte im Wohnraum ihrer Familie. Sie hatte die Region auf dem Rükken schneller Renner durchstreift und kannte jeden Hügel und jeden Bach. Lediglich den Norden hatte sie bis jetzt nur auf Drachenschwingen erkundet.

Die Zuchtbetriebe von Keroon bestanden aus einer

Gruppe massiver Steinhäuser und den niedrigen, schiefergedeckten Ställen inmitten grüner Koppel-Rechtecke. Dorthin hatte man die Raubkatze zur Untersuchung gebracht, und von dort hatten die Renner die Krankheit über den ganzen Kontinent verbreitet. Wenige Tiere standen auf den Weiden, aber es waren doch mehr, als sie erwartet hatte. Vielleicht war auch die eine oder andere Herde von den Zuchtweiden ihres Vaters hier. Sie hoffte es, denn es fiel ihr schwer zu glauben, daß seine sorgfältige Arbeit ganz umsonst gewesen sein sollte. Holth glitt tiefer und landete neben einer Gruppe von Männern, die bereits mit gefüllten Netzen warteten.

Moreta erkannte Balfor, einen ernsten Mann, dem man nur selten einen Satz entlocken konnte. An diesem Tag war er allerdings so aufgeregt, daß er Moreta mit einem wahren Wortschwall überfiel.

»Wir haben alles hergerichtet, Weyrherrin«, rief er. »Die Netze sind so geordnet, daß Sie die Burgen und Höfe von Ost nach West beliefern können. Wir haben uns vergewissert, daß die Mengen jeweils für Mensch und Tier ausreichen. Rasch, der Nachmittag ist halb vorbei.«

Balfor übertrieb, denn die Sonne hatte gerade erst den Mittagspunkt überschritten.

»Dann wollen wir keine Zeit verschwenden. Wartet hier in der Nähe! Ich komme auf direktem Weg wieder zurück.«

Moreta richtete Holth beim Start so aus, daß sie einen guten Blick auf den Sonnenwinkel hatte. Dann warf sie einen Blick auf das Schild des ersten Behälters: Siedlung am Fluß. Die Weyrherrin nickte. Die Höfe lagen am Eingang einer engen Schlucht, durch die sich der Fluß nach seinem Weg vom Hochplateau herunter ergoß. Noch ehe sich Moreta den Ort richtig vorgestellt hatte, stieg Holth höher und verschwand im *Dazwischen*. Als sie am Ziel auftauchte, erwartete sie bereits ein Heiler. Sie überreichte ihm die Impfstoffbehälter und wehrte seinen wortreichen Dank hastig ab. Im nächsten Moment startete Holth wieder.

Ihr zweites Ziel, die Burg am Hochplateau, lag etwas

mehr im Nordosten. Hier hatte man die Renner in einem natürlichen Hohlweg eingefangen und alles zum Impfen vorbereitet. Der Burgherr brauchte allerdings eine genaue Gebrauchsanweisung, da er seit Ausbruch der Quarantäne von der Umwelt abgeschnitten war und nur durch Trommelbotschaften über den Impfvorgang Bescheid wußte. Sie erklärte ihm das Nötigste und fügte hinzu, daß er nach der Impfaktion seine Burg verlassen und mit anderen Leuten Kontakt aufnehmen könne. Dann ging es weiter nach Westen, entlang der großen Plateauverwerfung bis zum Hof am Krummhügel, und danach war ihr erstes Netz leer.

Sie schaffte vier weitere Ritte, und jedesmal, wenn sie wieder bei den Zuchtbetrieben landete, war die Sonne um genau einen Stundenbogen gesunken, obwohl sie und Holth weit länger unterwegs gewesen waren. Bei jedem neuen Start schien die alte Drachenkönigin ein Stückchen flacher zu fliegen. Zweimal fragte Moreta, ob sie eine Rast einlegen sollten. Und beide Male lehnte Holth entschieden ab.

Der Sonnenwinkel bestimmte die Koordination, die Moreta an Holth weitergab. Das Zentralgestirn war zu einem drohenden Leuchtfeuer geworden, dessen Farbe immer rötlicher glomm, je weiter es in den Westen sank. Moreta begann die Sonne als ihren Feind zu betrachten. Sie kämpfte gegen die Zeit, die Holth benötigte, um sich jedes neue Ziel einzuprägen und um in die Tiefe zu gleiten. Sie kämpfte gegen die Minuten, die es dauerte, die Impfstoffbehälter und Nadeldornpakete abzuliefern. Geduldig erklärte sie immer wieder die Dosierung für Mensch und Tier sowie die Impftechnik. Und obwohl Meister Tirones Leute ihr Bestes getan hatten, herrschte in den abgelegenen Orten, die nicht von der Epidemie berührt worden waren, große Panik. Die Bewohner fürchteten die unbekannte Gefahr und versuchten sich abzukapseln. Nur die Tatsache, daß Moreta auf Drachenschwingen kam, dämpfte das Mißtrauen ein wenig. Drachen hatten stets Sicherheit bedeutet, auch für die fernsten Siedlungen. Wieder kostete es wertvolle Zeit, Holth zu ermuntern und das nächste Netz zu holen.

Während der letzten Landungen wählte Moreta stets die Koordinaten des Spätnachmittags. Sie spürte, wie die Zeitsprünge an ihrer Kraft zehrten. Holth bewegte sich mit bleiernen Schwingenschlägen. Aber als sie der Drachenkönigin erneut eine Pause vorschlug, stöhnte Holth nur: *Ich wollte, Keroon hätte ein paar Berge anstatt all dieser verdammten Ebenen!*

Dann hatten sie den letzten Impfstoffbehälter abgeliefert, und das Tragnetz hing schlaff an Holths Geschirr. Sie befanden sich auf einem kleinen Hof ganz im Westen, inmitten der weiten, welligen Ebene. Die Renner hatten sich unruhig um das große Wasserloch geschart, das ihnen als Tränke diente. Der Hofbesitzer wußte nicht recht, ob er mit dem Impfen beginnen sollte, solange das Tageslicht noch reichte, oder ob er sich um seine Gäste kümmern sollte.

»Gehen Sie nur, es gibt eine Menge zu tun«, meinte Moreta. »Das hier war unser letzter Transport.«

Der Mann bedankte sich überschwenglich und begann den Inhalt des Netzes an seine Helfer zu verteilen. Als er sich unter Verbeugungen entfernte, merkte Moreta, daß Holths Flanken unter ihr zitterten. Sie strich der alten Königin zärtlich über den Nacken.

»Geht es Orlith gut?« Sie hatte die Frage allzu häufig gestellt.

Ich bin zu müde, um so weit zu tasten.

Moreta warf einen Blick auf die Nachmittagssonne über der Ebene von Keroon und überlegte mit schrecklicher Lethargie, wie spät es jetzt wirklich sein mochte.

»Ein letzter Sprung, Holth, dann haben wir es geschafft.«

Erschöpft sammelte die alte Königin ihre Kräfte. Moreta begann dankbar mit der Beschwörungsformel:

»Schwärze, dunkler als die Nacht ...«

Sie gingen ins *Dazwischen.*

»Sollte Moreta nicht längst zurück sein, Leri?« Der blaue Reiter wanderte unruhig durch die Ränge und stieß sich hier und dort das Schienbein an.

Leri blinzelte und wandte den Blick von K'lon ab. Seine

Rastlosigkeit verstärkte ihre Angst, obwohl sie den ganzen Nachmittag Wein mit Fellissaft getrunken hatte. Der Schmerz in den überanstrengten Gelenken war allmählich gewichen, nicht aber die dumpfe Sorge. Sie straffte ärgerlich die Schultern, beugte sich über das Geländer und deutete auf Orlith, die neben ihren Eiern döste.

»Da, nimm dir ein Beispiel an ihr! Sie wirkt völlig entspannt. Und ich will die Konzentration der beiden nicht durch einen Kontakt im unpassenden Moment stören«, setzte sie hinzu. »Sicher sind sie völlig erschöpft. Um den Impfstoff noch rechtzeitig unter die Leute zu bringen, mußten sie aus jeder Minute zwanzig machen.« Leri hieb sich mit der geballten Faust gegen den Schenkel und krümmte dann die Finger. »Diesen M'tani bringe ich um! Und Holth wird seinen Bronzedrachen in Stücke fetzen!«

K'lon warf ihr einen entsetzten Blick zu. »Aber ich dachte, Sh'gall ...«

Leri lachte verächtlich. »L'mal hätte die Angelegenheit nicht erst mit K'dren und S'ligar ›diskutiert‹. Er wäre auf der Stelle nach Telgar geflogen und hätte Genugtuung verlangt!«

»*Was?*«

»Kein Weyrführer darf einen derartigen Hilferuf mißachten. Capiam hatte den Ausnahmezustand noch nicht zurückgenommen. Nun, M'tani wird sich noch bittere Vorwürfe machen, daß er dem Kontinent seinen Beistand verweigerte. Und ...« Leri lächelte boshaft. »... Dalgeth wird sich vor den übrigen Königinnen verantworten müssen.«

»Tatsächlich?«

»Ja, tatsächlich. Warte nur, bis Moreta zurückkommt!« Sie trommelte mit den Fingern an den Rand ihres Weinglases.

K'lon warf einen Blick zum Ausgang. »Die Sonne steht fast am Horizont. In Keroon muß es dunkel sein ...«

Später wurde K'lon klar, daß Reiterin und Drachen es im gleichen Moment erfuhren. Aber Orliths Reaktion war laut und spektakulär. Ihr Schrei ging ihm durch Mark und Bein.

Die Drachenkönigin richtete sich auf, stemmte den Schweif gegen die Felsen der Brutstätte und brüllte ihre Verzweiflung heraus. Immer schriller und höher wurden die Töne, abgerissene Dissonanzen, die wie Messer ins Herz schnitten. Dann warf sich Orlith mit einem mächtigen Satz über die Eier und verfehlte sie um eine Handbreite. Lang ausgestreckt lag sie da, die Schnauze im Sand vergraben, und aus ihrer goldenen Haut war jede Farbe gewichen. Dann begann sie sich zu winden, warf sich hin und her, ohne es zu merken, daß sich die rechte Schwinge unter ihrem Körper verfangen hatte.

Holth ist nicht mehr, erklärte Rogeth.

»Holth tot? Und Moreta?« K'lon konnte kaum fassen, was er hörte. Sein Inneres wehrte sich gegen die Wahrheit, noch während er den Schmerz der Drachenkönigin mitansah.

Leri!

»O nein!«

K'lon wirbelte herum. Leri lag keuchend in den Kissen, ihr Mund zuckte, und die Augen quollen weit vor. Eine Hand war gegen die Brust gepreßt, die andere umfaßte die Kehle. K'lon war mit einem Satz neben ihr.

Sie bekommt keine Luft.

»Erstickst du?« wisperte K'lon, und sein Entsetzen wuchs, als er das verzerrte Gesicht sah. »Versuchst du aus dem Leben zu gehen?« Ohne lange nachzudenken, packte K'lon Leri an beiden Schultern und schüttelte sie heftig. Diese Bewegung zwang Luft in ihre Lungen. Mit einem dünnen Wimmern, das noch ergreifender klang als Orliths schrille Schreie, ließ sich Leri schlaff in seine Arme sinken. Ihr Körper wurde von Schluchzen geschüttelt.

Halt sie ganz fest! Rogeths Befehl klang sonderbar laut.

»Warum?« rief K'lon. Erst jetzt kam ihm zu Bewußtsein, daß er in seiner Panik Leri am Sterben gehindert hatte. Aber wenn Holth tot war, hatte sie das Recht, ebenfalls aus dem Leben zu gehen. Mitgefühl, Schmerz und Gewissensbisse sprengten ihm beinahe die Brust.

»Wie ist das geschehen?« murmelte er. Welche schrecklichen Umstände mochten Orlith von Moreta und Leri von Holth getrennt haben?

Sie waren zu müde. Sie hätten nicht so lange weitermachen dürfen. Sie gingen ins Dazwischen ... *ins Nichts,* entgegneten die Drachen.

»Was habe ich nur getan?« Tränen strömten K'lon über die Wangen, als er die zerbrechliche alte Frau in den Armen wiegte. »Verzeih, Leri! Rogeth, so hilf mir doch! Was habe ich getan?«

Das, was nötig war, entgegnete Rogeth voller Trauer. *Orlith braucht sie. Sie muß bleiben.*

Nun war die Luft erfüllt vom Klagen der Weyr-Drachen. Der Lärm erschütterte die Brutstätte und hallte von den Felswänden wider. Während K'lon Leri sanft wiegte, sammelten sich die Drachen an den Eingängen zur Brutstätte. Sie senkten die großen Köpfe, und die Facetten ihrer Augen nahmen ein stumpfes Grau an. Sie teilten das Leid der Drachenkönigin, die ihrer Reiterin im Tod nicht folgen konnte, weil ein Gelege sie an die Brutstätte fesselte.

Menschen drängten jetzt an den Drachen vorbei und verneigten sich tief vor Orlith. K'lon erkannte S'peren und F'neldril, dicht gefolgt von den Königin-Reiterinnen und Jallora. Kamiana gab dem Weyrvolk mit einer gebieterischen Geste zu verstehen, daß alle draußen warten sollten. Jallora eilte auf den blauen Reiter zu. Die Heilerin murmelte Leri sanfte Worte ins Ohr und strich ihr über das Haar.

»Sie wollte sterben«, stammelte K'lon, als Jallora ihm die zerbrechliche Last abnahm. »Sie hatte es fast geschafft ...«

»Wir wissen es.« Kamianas Züge waren verzerrt.

»Gieß etwas Wein ein, Kamiana!« befahl die Heilerin und wiegte Leri, wie es zuvor K'lon getan hatte. »Vermische ihn mit viel Fellissaft! Aus dem braunen Fläschchen dort! Gib auch K'lon einen Becher!«

Aber als Jallora Leri den Becher reichte, preßte die alte Frau die Lippen zusammen und wandte den Kopf ab.

»Trink, Leri!« In Jalloras Stimme schwang tiefes Mitgefühl.

»Du *mußt,* Leri!« fügte Kamiana leise hinzu. »Orlith hat jetzt nur noch dich.«

Der Vorwurf in Leris Augen war mehr, als K'lon ertragen konnte. Er vergrub das Gesicht in den Händen und begann am ganzen Körper zu zittern. F'neldril stützte ihn.

»Bitte, Leri, auch L'mal würde es von dir erwarten. Ich flehe dich an, trink den Wein! Er wird dir helfen.« S'perens Stimme klang heiser.

»Tapfere Leri, großartige Leri!« murmelte Jallora bewundernd, und als K'lon aufschaute, sah er, daß die alte Weyrherrin den Becher entgegennahm.

Lidora drückte ihm ein Glas in die Hand. Das Zeug schmeckte bitter vom Fellissaft, aber er kippte es hinunter. Es half nichts. Der Schmerz und die Reue ließen sich nicht vertreiben. Tränen strömten ihm über die Wangen, während das Getränk allmählich seine Sinne betäubte. Selbst F'neldrils hartes, wettergegerbtes Gesicht zeigte Tränenspuren.

»Bringen wir sie hinauf in den Weyr!« wisperte Jallora S'peren und F'neldril zu.

»Nein!« entgegnete Leri heftig. Orliths Kreischen unterstrich ihre Abwehr.

Nein, erklärten auch die Drachenstimmen, und K'lon faßte S'peren am Arm.

»Ich bleibe.« Leri deutete auf Orlith. »Ich bleibe bei ihr.«

»Wird *sie* bleiben?« fragte Jallora die umstehenden Reiterinnen nach einem Blick auf die Drachenkönigin.

»Orlith bleibt«, entgegnete Kamiana mit kaum hörbarer Stimme, während Leri langsam nickte. »Sie wird bleiben, bis die Eier hart genug sind.«

»Dann werden wir beide gehen«, fügte Leri leise hinzu.

K'lon wußte, daß diese Worte für immer in seinem Gedächtnis sein würden, unauslöschlich eingeprägt wie das ganze entsetzliche Geschehen. S'peren und F'neldril standen neben ihm, schmerzgebeugt, um Jahre gealtert. Haura und Lidora klammerten sich schluchzend aneinander, während Kamiana erstarrt schien. An den gewölbten Eingängen zur Brutstätte drängten sich Drachen, grau vor Kummer, und das verängstigte, trauernde Weyrvolk. In diesem Moment ging eine Bewegung durch die Menge, und drei Reiter betraten langsam den Sand der Brutstätte: Sh'gall, geleitet von S'ligar und K'dren. Sh'gall legte die letzten Schritte allein zurück. Sein Körper war gramgebeugt, er fiel auf die Knie und vergrub das Gesicht in den Armen. Orlith, die sich immer noch wimmernd hin und her wälzte, sah ihn überhaupt nicht.

23. 4. 43

Eine Gegenüberstellung sollte ein freudiges Ereignis sein, überlegte Capiam ohne jeden Schwung, als er beobachtete, wie die Drachen tieferglitten, um die Gäste abzuholen und zum Fort-Weyr zu bringen.

Er hatte nicht recht aufgenommen, was Tirone zu ihm sagte. Erst nach einer Weile durchdrang der letzte Satz des Meisterharfners seine düsteren Gedanken.

»Ich werde meine neue Moreta-Ballade zur Feier des großen Tages singen!«

»Zur Feier des großen Tages!« fuhr Capiam auf. Desdra packte ihn am Arm und zog ihn von Rogeth weg, der wild um sich zu schlagen begann. »Zur *Feier?* Ist Tirone wahnsinnig geworden?«

»Oh, Capiam!« Desdras leiser Ausruf klang ungewöhnlich sanft für die sonst so kühle junge Frau, die eben ihren Meistertitel erworben hatte. Capiam drehte sich erstaunt um. Er sah K'lons versteinertes Gesicht, als sich der Reiter zu Boden schwang.

»Leri und Orlith gingen im Morgengrauen«, berichtete K'lon mit zitternder Stimme. »Keiner konnte und wollte sie aufhalten. Wir blieben bei ihnen bis zuletzt. Das war alles, was wir tun konnten.« K'lons Augen füllten sich mit Tränen.

Desdra nahm ihn in die Arme, und Capiam strich ihm über die Schultern. Desdra weinte nicht, aber ihre Mundwinkel zuckten verräterisch.

»Sie blieben nur, bis die Eier hart waren. Dann mußten wir sie gehen lassen.« K'lon schluchzte.

Capiam überlegte, ob er dem Mann ein Beruhigunsmittel geben sollte, aber als er Desdra fragend anschaute, schüttelte sie den Kopf.

»Sie waren so tapfer! So heldenhaft! Es war furchtbar, das Wissen, daß sie gehen würden! Das Wissen, daß wir eines Morgens aufwachen und erkennen würden, daß sie uns verlassen hatten! Wie Moreta und Holth!«

»Stell dir vor, sie wären gleich gegangen ...« Capiam wußte, daß dieser Einwurf keinen Trost für K'lon bedeutete.

»Orlith hätte auf alle Fälle ausharren müssen, bis die Eier hart waren«, meinte Desdra. »Leri blieb bei ihr. Sie hatten ein Ziel, und nun ist es erreicht. Heute muß auch ein Freudentag sein, denn junge Drachen kommen zur Welt. Das ist ein schöner Zeitpunkt für den Abschied. Ein Tag, der mit großem Leid begonnen hat, wird in großem Jubel enden. Ein Neubeginn für fünfundzwanzig, nein, für fünfzig Leben, denn die jungen Leute, die heute einen Drachen für sich gewinnen, fangen auch völlig neu an!«

Capiam starrte Desdra verwundert an. Er hätte das nie so gut auszudrücken vermocht. Desdra redete selten, aber wenn sie es tat, dann wählte sie die richtigen Worte.

»Ja, ja!« K'lon fuhr sich über die tränennassen Augen. »Ich muß mich darauf konzentrieren. Ich muß an die Zukunft denken. Nicht an das, was geschehen ist.« Er straffte die Schultern und schwang sich auf Rogeth.

Drachen weinten nicht wie Menschen, aber Capiam fand, daß Tränen vielleicht besser waren als dieses entsetzliche Grau, das die Augen und die Haut der Drachen verfärbte, wenn sie trauerten. Sie stiegen auf, und K'lon brachte sie zum Fort-Weyr. Capiam war erschüttert, als er den dichten Ring von Drachen um den Weyrkessel von Fort sah. Er konnte sie nicht zählen, aber allem Anschein nach waren auch die Vertreter von Telgar, dem in Ungnade gefallenen Weyr, zu diesem großen Ereignis erschienen. K'lon lenkte Rogeth dicht an die Brutstätte heran, eine nicht ganz ungefährliche Aufgabe bei all den Drachen, die über dem Kessel ihre Kreise zogen.

Jeder wird sich heute zusammennehmen müssen, dachte Capiam, und wieder strömten ihm Tränen über die Wangen. Desdra streichelte seine Hände, und er wußte, daß sie seine Gefühle teilte, auch wenn sie äußerlich unbewegt wirkte. Jeder verarbeitete die Trauer auf seine Weise. Und ihre klugen Worte vorhin hatten auch ihn ein wenig getröstet.

Capiam stellte fest, daß man wie immer Tische und Bänke vor den Unteren Höhlen aufgestellt hatte, um die Gäste zu bewirten. Er hoffte, daß er sich betrinken konnte, ehe Meister Tirone seine Ballade vortrug. Der Duft von Bratenfleisch strömte ihm entgegen, aber Capiam spürte keinen Hunger. Es war ein prachtvoller Tag, der vermutlich mit einem strahlenden Morgen begonnen hatte. Energisch wischte sich Capiam über die Augen. Der Meisterheiler von Pern mußte Haltung bewahren und den anderen mit gutem Beispiel vorausgehen. Dieser Tag war ein Beginn, kein Ende.

Als Desdra ihn zur Brutstätte zog, warf er unwillkürlich einen Blick zur Galerie hin, wo Moreta sich während der letzten Tage ihres Lebens eingerichtet hatte. Er putzte sich geräuschvoll die Nase und folgte Desdra zu einem Platz, der weit genug entfernt von den bitteren Erinnerungen lag.

Die Eier weckten seine Aufmerksamkeit. Sie waren im Kreis auf dem warmen Sand angeordnet. Nur das Königin-Ei lag etwas abgesondert in einer Kuhle. Ringsum schluchzten und wisperten Menschen.

Hätten die Drachen, die sich auf den Felsensimsen scharten, verhindern können, daß Orlith und Leri gingen? Capiam schüttelte ärgerlich den Kopf. Nutzlose Gedanken! Nein, die fehlenden Hälften ließen sich nie ersetzen. Orlith sehnte sich nach Moreta und Leri nach Holth. Wie K'lon mußte auch Capiam das Unvermeidliche akzeptieren.

Dann spürte er eine Vibration durch die Stiefelsohlen und blickte nach unten. Es dauerte nur einen Moment, ehe er begriff, daß die Gegenüberstellung begann. Die Drachen summten leise. Sie summten, bis der Felsengrund der Brutstätte mitschwang. Der Chor vermittelte Melancholie, aber auch freudige Erwartung. Die Zuschauer strömten herein.

Capiam sah sich um. Auf dem obersten Rang zu seiner Linken erkannte er Baron Shadder mit seiner Gemahlin, daneben Levalla und K'dren. M'gent saß bei Meister Balfor, der freiwillig auf die Ehre verzichtet hatte, Herdenmeister von Pern zu werden. Jemand sagte, er fühle sich mitschuldig am Tode von Moreta.

Desdra berührte seinen Arm, und er folgte ihren Blicken. Alessan betrat die Brutstätte zusammen mit Lady Nerilka. Ein auffallendes Paar, der hochgewachsene Burgherr und die dunkle, schlanke Frau, die nur einen halben Kopf kleiner war als er. Selbst auf die Entfernung konnte Capiam erkennen, daß Alessan sehr blaß wirkte. Er hatte sich bei Nerilka untergehakt und kam ruhig, aber langsam näher. Rechts von ihm ging Tuero, und den Schluß bildeten Dag und der kleine Fergal. Capiam war ein wenig erstaunt über die Wahl Alessans gewesen, aber Desdra meinte, daß Rill dem Burgherrn den Halt geben konnte, den er im Moment brauchte.

Meister Tirone traf ein, zusammen mit Baron Tolocamp und dessen alberner junger Frau. Capiam war nicht sicher, ob Baron Tolocamps Auftauchen aus seiner freiwilligen Quarantäne ein Zugeständnis an den großen Tag war oder ob er seine Angst endgültig überwunden hatte. Dem Mann war tatsächlich nie aufgefallen, daß eine seiner Töchter das Haus verlassen hatte. Und als er von Nerilkas Ehe mit Alessan erfuhr, hatte er nur sarkastisch bemerkt, daß wohl alle seine Frauen im Hause Ruatha endeten.

Baron Ratoshigan kam, allein wie immer, und überquerte den heißen Sand mit lächerlichen Trippelschritten. Das Summen der Drachen schwoll an. Die Trauer wich nach und nach Zuversicht. S'ligar stützte Falga, die ihr Bein immer noch nachzog, obwohl sie bereits wieder in die Sporenkämpfe eingriff. B'lerion erschien, ohne jemanden anzusehen, und setzte sich auf den erstbesten freien Platz. Unter den Handwerkern und Pächtern, den Lehrlingen und Weyrbewohnern sah Capiam nur selten die Farben von Telgar, aber um so häufiger das Abzeichen von Keroon.

Das Summen steigerte sich zu einem hellen Willkommensschrei. Eines der Eier begann zu schaukeln, und die Zuschauer schwiegen erwartungsvoll.

Sh'gall geleitete die Kandidaten in ihren weißen Gewändern herein. Die vier Mädchen gingen voraus. Der Weyrführer scheuchte die Jungen ungeduldig zu einem Halbkreis und brachte dann die Mädchen zum Königin-Ei. Capiam zählte rasch zweiunddreißig, keine große Auswahl, aber immerhin ...

Capiam fand, daß Oklina zu einer vollen Schönheit erblüht war. Er kannte sie nur als schüchternes, unauffälliges Mädchen, das in der lärmenden Großfamilie auf Ruatha stets ein wenig im Hintergrund gestanden hatte. Dann bemerkte er, wie sich B'lerion anspannte. Auch der Bronzereiter war seit dem Tode Moretas wie umgewandelt. *Seit dem Tode Moretas* – da war es heraus! Wieder traten dem Heiler Tränen in die Augen. Desdra umklammerte seine Hand.

Die Besucher reckten die Hälse, als sich die ersten Sprünge in der Eischale zeigten. Das Summen hatte einen neuen Höhepunkt erreicht. Capiams Atem ging schneller. Ein zweites Ei rührte sich und ein drittes. Man wußte nicht, wo man zuerst hinschauen sollte. Das Summen der Drachen hüllte alles ein, wurde beinahe greifbar.

Das erste Ei zerbrach, und ein feuchter kleiner Drache arbeitete sich unter jämmerlichem Geschrei aus dem Schalengefängnis. Es war ein Bronzedrache! Ein Seufzer der Erleichterung ging durch die Menge. Ein gutes Zeichen! Das kleine Geschöpf stolperte direkt auf einen hochgewachsenen Jungen mit einem dichten hellbraunen Haarschopf zu. Auch das war gut, ein Drache, der wußte, wen er als Partner wollte! Der Junge glaubte noch nicht recht an sein Glück und warf hilflose Blicke auf seine Nachbarn. Einer von ihnen schob ihn zu dem kleinen Geschöpf hin. Der Junge rannte los, kniete im Sand nieder und begann dem Kleinen die Augenwülste zu streicheln.

Diesmal hatte Capiam Tränen der Freude in den Augen. Wieder war das Wunder der Gegenüberstellung geschehen. Es linderte den Schmerz und vertrieb die Sorgen. Während er sich die Augen trocknete, fand ein kleiner blauer Drache seinen Partner.

Plötzlich ging ein Ruck durch das Königin-Ei. Es schaukelte zwei-, dreimal hin und her, heftiger als die anderen Eier. Ein Riß klaffte in der Mitte der Schale, die Hälften fielen mit einem leisen Knirschen auseinander, und die kleine Königin drängte mit ungestümer Kraft ins Freie. Wieder ein ausgezeichnetes Omen! Zwei der Mädchen beugten sich vor, aber für Capiam hatte es nie einen Zweifel gegeben, wen die kleine Königin wählen würde.

Capiam jubelte und umarmte Desdra. Schulter an Schulter beobachteten sie, wie Oklina sich mit leuchtenden Augen aufrichtete und B'lerion anschaute.

»Sie heißt Hannath!«

Die wichtigsten Burgen und ihre Weyrzugehörigkeit in der Reihenfolge ihrer Gründung

Fort-Weyr

Symbol: 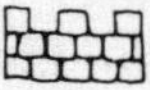

Farbe: braun

Weyrführer: Sh'gall; Bronzedrache Kadith
Weyrherrin: Moreta; Drachenkönigin Orlith
Geschwaderführer: S'peren; Bronzedrache Clioth

Burg Fort (älteste Burg), Erb-Baron Tolocamp
Ruatha (zweitälteste Burg), Erb-Baron Alessan
Süd-Boll, Erb-Baron Ratoshigan

Benden-Weyr

Symbol: **II**

Farbe: rot

Weyrführer: K'dren; Bronzedrache Kuzuth
Weyrherrin: Levalla; Drachenkönigin Oribeth
Geschwaderführer: M'gent; Bronzedrache Ith

Hochland-Weyr

Symbol: 

Farbe: blau

Weyrführer: S'ligar; Bronzedrache Gianarth
Weyrherrin: Falga; Drachenkönigin Tamianth
Geschwaderführer: B'lerion; Bronzedrache Nabeth

Tillek, Erb-Baron Diatis

Igen-Weyr

Symbol: 

Farbe: gelb

Weyrführer: L'bol; Bronzedrache Timenth
Weyrherrin: Dalova; Drachenkönigin Perforth

Ista-Weyr

Symbol: 

Farbe: orange

Weyrführer: F'gal; Bronzedrache Sanalth
Weyrherrin: Wimmia; Drachenkönigin Torenth
Geschwaderführer: T'lonneg; Bronzedrache Jalerth
Geschwaderführer: D'say; Bronzedrache Kridith

Burg Ista, Erb-Baron Fitatric
Nerat, Erb-Baron Gram

Telgar-Weyr

Symbol: 

Farbe: weiß

Weyrführer: M'tani; Bronzedrache Hogarth
Weyrherrin: Miridan; Drachenkönigin Sutanith
Geschwaderführer: T'grel; Bronzedrache Raylinth

Worterklärungen

Agenodrei: der chemische Brennstoff, der sich in Flammenwerfern befindet. Mit Flammenwerfern bekämpfen Bodentrupps und Königinreiterinnen die Sporen, die sich ins Erdreich gegraben haben.

Belior: Perns größerer Mond.

Dämmer-Schwestern: ein von Pern aus sichtbares Dreier-Gestirn, auch Tag-Schwestern genannt.

Dazwischen: ein Kontinuum, das Drachen durchqueren, um von einem Ort zum anderen zu gelangen; ein eiskaltes Nichts.

Drachen: die geflügelten, feuerspeienden Geschöpfe, die Pern vor den Fäden schützen. Die Drachen wurden von den ersten Kolonisten auf Pern gezüchtet, ehe ihnen das Wissen um Gen-Manipulation verlorenging. Drachen binden sich beim Ausschlüpfen aus dem Ei telepathisch und empathisch an einen Menschen; die Partnerschaft bleibt bis in den Tod erhalten. Es gibt verschiedene Drachen:

Grüne: Weibchen, 20–24 Meter. Die kleinsten und zahlreichsten Drachen. Leicht, wendig und agil, die Sprinter ihrer Rasse. Sie atmen kurze Flammenstöße aus. Durch das ständige Fressen von Feuerstein werden Grüne steril.

Blaue: Männchen, 24–30 Meter. Die Arbeitstiere unter den Drachen. Mittelgroß, ebenso zäh wie die Grünen, aber nicht so wendig. Sie zeigen auch in schwierigen Situationen großes Durchhaltevermögen und senden längere Flammenstöße aus.

Braune: Männchen, 30–40 Meter. Größer als Grüne und Blaue, manche kräftige Braune sind ebenso groß wie kleinere Bronzedrachen und könnten sich sogar mit den Königinnen paaren, wenn sie es wagen. Die Braunen sind die eigentlichen Kämpfer unter den Drachen, agil und kräftig genug, um sich ohne Zögern in die Schlacht gegen die Fäden zu stürzen. Sie besitzen mehr Intelligenz und Konzentration als Grüne und Blaue. Braune und ihre Reiter trainieren oft die jungen Drachen.

Bronzedrachen: Männchen, 35–45 Meter. Die Anführer der Drachen. Sämtliche Bronzedrachen bewerben sich um die Gunst der goldenen Königinnen; der Reiter, dessen Drache sich im Paarungsflug gegen die Konkurrenten durchsetzt, wird Weyrführer. Bronzedrachen werden im allgemeinen für Führungsrollen ausgebildet. Sie befinden sich meist an der Spitze der Kampfgeschwader.

Goldene Königin: Weibchen, 40–45 Meter. Sie sorgt für den Nachwuchs im Weyr und paart sich nach alter Tradition mit dem Bronzedrachen, der sie während des rituellen Fluges einfangen kann. Obwohl auch Braune sich mit Königinnen paaren dürfen – und dies mitunter auch tun, vor allem bei jungen Königinnen –, wird es nicht gern gesehen. Die Königin ist fruchtbar und hütet die Eier, die sie legt, bis zum Ausschlüpfen der Jungen. Ein Gelege enthält zehn bis vierzig Eier; am größten sind die Gelege dann, wenn der Rote Stern am Himmel steht. Die älteste Königin hat großen Einfluß auf die anderen Drachen und die Fortpflanzung ihrer Rasse.

Fäden: pilzgeflechtartige Sporen vom Roten Stern, die über Pern niedergehen und sich ins Erdreich graben, wo sie jegliche organische Materie zersetzen.

Fellissaft: Schlaftrunk, der aus den Früchten des Fellis-Strauches gewonnen wird.

Feuerstein: phosphinhaltiges Gestein, das die Drachen kauen, um Flammen ausatmen zu können.

Gegenüberstellung: die telepathische Kontaktaufnahme zwischen einem neugeborenen Drachen und seinem künftigen Reiter.

Harfner: Harfner sind die Lehrer und Musikanten von Pern. Sie unterrichten die Kinder in Weyr, Burg und Hof; sie leiten die Erwachsenen in der Ausübung ihrer traditionellen Pflichten. Der Meisterharfner von Pern trägt die Verantwortung für die Ausbildung der Harfner, für die Entsendung von Harfnern auf die Burgen und Höfe und für die Disziplin der Harfner. Er wird als Richter und Mittler bei Streitigkeiten zwischen Baronen und Weyr angerufen. Bei kleineren Meinungsverschiedenheiten gilt das Wort eines einfachen Harfners.

Hochland: bergiges Gebiet auf dem Nordkontinent von Pern (siehe Karte).

Intervall: die Zeit zwischen zwei Annäherungen des Roten Sterns, im allgemeinen 200 Planetenumläufe, bei einem Großen Intervall meist doppelt so lang.

K'lah: ein heißes, anregendes Getränk, das aus Baumrinde gebraut wird und schwach nach Zimt schmeckt.

Pern: der dritte von Rubkats fünf Planeten; er besitzt zwei natürliche Monde.

Planetenumlauf: ein Jahr auf Pern.

Renner: ein aus dem terranischen Pferd entwickeltes und an die Verhältnisse von Pern angepaßtes Tier. Zwischen den einzelnen Züchtungen gibt es deutliche Unterschiede: schwere Zug- und Ackertiere; gutmütige, friedliche Reittiere und die feingliedrigen, für Wettrennen geeigneten Tiere.

Roter Stern: Perns Schwesterplanet; besitzt eine sehr exzentrische Bahnellipse.

Rubkat: ein gelber Stern im Sagittarius-Sektor, besitzt fünf Planeten und zwei Asteroidengürtel.

Salbe: eine aus Heilkräutern zusammengebraute Tinktur, die eine schmerzbetäubende Wirkung besitzt.

Siebenspanne: eine Woche auf Pern.

Sternsteine: Markierungssteine am Rande eines jeden Weyrkessels. Wenn man bei Sonnenaufgang den Roten Stern über einem bestimmten Stein erkennen kann, ist das Intervall vorbei und man muß wieder mit dem Einfall von Fäden rechnen.

Timor: Perns kleinerer Mond.

Tunnelschlangen: Sie stellen weniger eine Gefahr, als ein Ärgernis auf Pern dar. Von den zahllosen Arten, die es auf diesem Planeten gibt, sind zwei besonders tückisch: eine Art lebt in Kellern und Tunnelanlagen, die andere gräbt selbst Tunnel in den Sand der Strände. Die letztere Art verspeist mit Vorliebe Feuerechsen-Eier.

Wachwher: ein Nachtreptil, entfernt verwandt mit Drachen.

Weyr: Heimstatt der Drachen und ihrer Reiter, auch Schlaflager der Drachen.

Weyrführer: im allgemeinen der Reiter des Bronzedrachen, der sich mit der ranghöchsten Drachenkönigin gepaart hat. Der Weyrführer befehligt die Geschwader des Weyrs während des Fädenkampfes und ist verantwortlich für die Disziplin der Reiter. Während eines Intervalls muß er dafür sorgen, daß die Kampftaktiken nicht in Vergessenheit geraten. Sein Rangabzeichen ist ein Drache.

Weyrherrin: Die Reiterin der ranghöchsten Drachenkönigin, die an der Seite des Weyrführers den Weyr regiert. Sie führt das Königinnen-Geschwader in den Kampf gegen die Sporen und kümmert sich um die inneren Angelegenheiten des Weyrs. Sie stellt das Gesinde ein, vergibt alle Posten, überwacht die Tributabgaben und schlichtet Streit – mit Ausnahme von Duellen zwischen den Reitern. Sie trägt die Verantwortung für die Ausbildung und den Austausch der Weyrkinder und -pfleglinge. Da jeder Drache einer Königin gehorcht, auch gegen den Willen seines Reiters, ist die Weyrherrin im Grunde die mächtigste Frau auf Pern. In ihrem Weyr haben die Weyrherrinnen volle Autonomie, in Angelegenheiten, die ganz Pern betreffen, beraten sie sich mit den übrigen Königin-Reiterinnen. Auch das Rangabzeichen einer Weyrherrin ist ein Drache.

Weyrling: unerfahrener Jungreiter, der von einem Ausbilder betreut wird.

Wherhühner: eine Art Geflügel, die Ähnlichkeit mit den Truthühnern auf der Erde haben, aber so groß wie Straußvögel werden können.

Wirtschafterin: wird von der Weyrherrin bestimmt und leitet die Unteren Höhlen. Sie überwacht im allgemeinen den gesamten Haushalt eines Weyrs, darunter auch die Schlaflager der Drachen und ihrer Reiter. Neben dem Heiler eines Weyrs übernimmt sie gelegentlich auch die Pflege der kleinen Kinder und Kranken.

Die Menschen auf Pern

A'dan: Reiter von Fort; grüner Drache T'grath
Alessan: Erb-Baron von Burg Ruatha
A'murry: Reiter von Igen; grüner Drache Granth
Baid: Pächter von Ruatha
Balfor: Meister in den Zuchtbetrieben von Keroon
Barly: (verst.) Heiler auf dem Hochland-Weyr
Berchar: Heiler-Meister auf dem Fort-Weyr
Bessel: Züchter
Bessera: Königin-Reiterin vom Hochland-Weyr; Drachenkönigin Odioth
B'greal: Jungreiter von Fort
B'lerion: Geschwaderführer vom Hochland-Weyr; Bronzedrache Nabeth
Boranda: Heilerin in der Heilerhalle
Bregard: Heiler auf Peyton
Burdion: Heiler auf der Meerburg Igen
Campen: erbberechtigter Sohn von Tolocamp, dem Erb-Baron von Burg Fort
Capiam: Meisterheiler auf Burg Fort
Ch'mon: Reiter von Igen; Bronzedrache Helith
Clargesh: Handwerksmeister für Glas, auf Burg Tillek
Cr'not: Ausbilder auf dem Hochland-Weyr; Bronzedrache Caith
Curmir: Harfner auf Fort
C'ver: Reiter auf Telgar; brauner Drache Hogarth
Dag: Renner-Experte auf Burg Ruatha
Dalova: Weyrherrin auf Igen; Drachenkönigin Perforth
Dangel: Bruder von Alessan, dem Erb-Baron auf Burg Ruatha
Cannell: Kandidat zur Gegenüberstellung von der Bergwerksgilde auf Lemos, zur Ausbildung im Benden-Weyr
Declan: Kandidat von Fort
Deefer: Aufseher auf Ruatha
Desdra: Heilergesellin auf Burg Fort
Diatis: Erb-Baron von Tillek

Diona: Königin-Reiterin vom Hochland-Weyr; Drachenkönigin Kilanath
D'ltan: Weyrling im Fort-Weyr
D'say: Geschwaderführer von Ista; Bronzedrache Kritith
Empie: Königin-Reiterin von Ista; Drachenkönigin Dulchenth
Emun: Harfnergeselle auf Ruatha
Falga: Weyrherrin vom Hochland-Weyr; Drachenkönigin Tamianth
Farelly: Harfner auf Ruatha
F'duril: Reiter von Fort; blauer Drache Dilenth
Felldool: Heiler auf Burg Brum
Fergal: Enkel von Dag, Renner-Experte auf Ruatha
F'gal: Weyrführer auf Ista; Bronzedrache Sanalth
Fitatric: Erb-Baron von Burg Ista
F'neldril: Ausbilder der Jungreiter auf Fort; brauner Drache Mnanth
Follen: Heilergeselle auf Ruatha
Fortine: Archiv-Meister auf Burg Fort
Gale: Heiler auf dem Hof an der Großen Bucht
Gallardy: Heiler in der Heilerhalle
Galnish: Heiler auf Gar
Genjon: Meister, Glasbläser auf Burg Tillek
Gorby: Heiler in den Höfen von Keroon
Gorta: Vertreterin der Wirtschafterin auf dem Fort-Weyr
Gram: Erb-Baron von Nerat
Haura: Königin-Reiterin von Fort; Drachenkönigin Werth
Helly: Rennreiter auf Ruatha
H'grave: Reiter von Benden; grüner Drache Hallath
Ind: Heiler im Ista-Weyr
Jallora: Heilergesellin im Fort-Weyr
J'tan: Reiter vom Hochland-Weyr; Bronzedrache Sharth
Kamiana: Königin-Reiterin von Fort; Drachenkönigin Pelianth
K'dall: Reiter von Telgar; blauer Drache Teelarth
K'dren: Weyrführer von Benden; Bronzedrache Kuzuth
Kilamon: Harfnergeselle auf Ruatha

K'lon: Reiter von Fort; blauer Drache Rogeth
Kulan: Pächter von Ruatha
Kylos: Heiler in der Burg an den Klippen
L'bol: Weyrführer von Igen; Bronzedrache Timenth
Leef: Vater von Alessan, dem Erb-Baron von Ruatha
Leri: frühere Weyrherrin von Fort; Drachenkönigin Holth
Levalla: Weyrherrin von Benden; Drachenkönigin Oribeth
Lidora: Königin-Reiterin von Fort; Drachenkönigin Ilith
L'mal: (verst.) Weyrführer von Fort; Bronzedrache Clinnith
Loreana: Heilerin in der Meerburg von Bay Head
L'rayl: Reiter von Fort; brauner Drache Sorth
L'vin: Reiter von Benden; Bronzedrache Jith
Markfar: Bruder von Alessan, dem Erb-Baron von Ruatha
Marl: Rennerknecht auf Ruatha
Masdek: Harfnergeselle auf Burg Fort
Maylone: Kandidat im Fort-Weyr
M'barak: Jungreiter von Fort; blauer Drache Arith
Mellor: Königin-Reiterin von Telgar; Drachenkönigin Dalgeth
M'gent: Geschwaderführer von Benden; Bronzedrache Ith
Mibbut: Heiler von Keroon
Miridan: Königin-Reiterin von Telgar; Drachenkönigin Sutanith
Moreta: Weyrherrin von Fort; Drachenkönigin Orlith
Mostar: Sohn von Tolocamp, dem Erb-Baron von Burg Fort
M'ray: Reiter von Ista; brauner Drache Quoarth; Sohn von Moreta und D'say
M'tani: Weyrführer von Telgar; Bronzedrache Hogarth
Namurra: Königin-Reiterin von Igen; Drachenkönigin Jillith
Nattal: alte Wirtschafterin im Hochland-Weyr
Nerilka (Rill): Tochter von Tolocamp, dem Erb-Baron von Burg Fort
Nesso: Wirtschafterin im Fort-Weyr
N'men: Reiter von Fort; blauer Drache Jelth
N'mool: Reiter vom Hochland-Weyr; Bronzedrache Bidorth
Norman: Renn-Verwalter auf Ruatha
N'tar: Reiter vom Hochland-Weyr; Bronzedrache Melath

Oklina: Schwester von Alessan, dem Erb-Baron von Ruatha
Pendra: Burgherrin von Fort
Peterpar: Betreuer der Weyrherden von Fort
P'leen: Reiter von Igen; Bronzedrache Aaith
P'nine: Reiter von Fort; Bronzedrache Ixth
Pollan: Heiler in der Großen Bucht
Pressen: Heiler im Hochland-Weyr
Quitrin: Heiler in der Burg von Süd-Boll
Rapal: Heiler auf Campbells Feld
Ratoshigan: Erb-Baron von Süd-Boll
Rill: siehe Nerilka
R'len: Reiter vom Hochland-Weyr; Bronzedrache Ponteth
R'limeak: Reiter von Fort; blauer Drache Gionth
Runel: alter Herdenbetreuer auf Ruatha
Scand: Heilermeister auf Ruatha
S'gor: Reiter von Fort; grüner Drache Malth
Shadder: Erb-Baron von Burg Benden
Sh'gall: Weyrführer von Fort; Bronzedrache Kadith
Silga: Königin-Reiterin von Igen; Drachenkönigin Brixth
Sim: Knecht auf Burg Fort
S'kedel: Reiter von Fort; brauner Drache Adath
S'ligar: Weyrführer vom Hochland; Bronzedrache Gianarth
Sneel: Heiler auf Greenfields
Soover: Pächter von Süd-Boll
S'peren: Geschwaderführer von Fort; Bronzedrache Clioth
Sufur: Herdenmeister von Keroon
Suriana: verstorbene Gemahlin von Alessan, dem Erb-Baron auf Ruatha
Talpan: Tierheiler von Keroon
Tellani: Frau im Fort-Weyr
T'grel: Geschwaderführer; Bronzedrache Raylinth
Theng: Wachoffizier auf Burg Fort
Tirone: Meisterharfner auf Burg Fort
T'lonneg: Geschwaderführer von Ista; Bronzedrache Jalerth
T'nure: Reiter von Fort; grüner Drache Tapeth
Tolocamp: Erb-Baron von Burg Fort
Tonia: Heilerin auf der Meerburg Igen

T'ragel: Weyrling von Fort; blauer Drache Keranth
T'ral: Reiter von Fort; brauner Drache Maneth
Trume: Herdenmeister in der Hochland-Burg
Tuero: Harfnergeselle auf Ruatha
Turvine: Pächter von Ruatha
Turving: Pächter von Ruatha
Uma: Baronin, Mutter von Alessan, dem Erb-Baron von Ruatha
Vander: Pächter von Ruatha
Varney: Kapitän der *Windtoss*
V'mal: Reiter vom Hochland-Weyr; brauner Drache Koth
V'mul: Reiter von Benden; brauner Drache Tellath
Wimmia: Weyrherrin von Ista; Drachenkönigin Torenth
W'ter: Reiter von Benden; Bronzedrache Taventh
W'ven: Reiter von Fort; grüner Drache Balgeth

Zeittabelle

58	1. Erscheinen des Roten Sterns nach der Landung
258	2. Erscheinen
508	3. Erscheinen
758	4. Erscheinen
	Erstes Großes Intervall
1208	5. Erscheinen
1458	6. Erscheinen
1505	Moretas Ritt (Die Epidemie)
1758	7. Erscheinen
2008	8. Erscheinen
	Zweites Großes Intervall
2405	Lessa im Benden-Weyr
2408	9. Erscheinen

HEYNE BÜCHER

Top Hits der Science Fiction

Man kann nicht alles lesen – deshalb ein paar heiße Tips

Ursula K. Le Guin
Die Geißel des Himmels
06/3373

Poul Anderson
Korridore der Zeit
06/3115

Wolfgang Jeschke
Der letzte Tag der Schöpfung
06/4200

John Brunner
Die Opfer der Nova
06/4341

Harry Harrison
New York 1999
06/4351

Wilhelm Heyne Verlag
München